LUCIEN LEUWEN

II

GF-Flammarion

© 1982, FLAMMARION, Paris.
ISBN 2-08-070351-X

Serena

Franceschina

pag 24

72

LUCIEN LEUWEN

II

CHAPITRE XXVI[1]

Il n'y avait qu'un instant pour se décider; l'amour tira parti de ce surcroît de trouble. Tout à coup, au lieu de continuer à marcher en silence et les yeux baissés pour éviter[2] les regards de Leuwen, Mme de Chasteller se tourna vers lui:

« M. Leuwen a-t-il eu quelque sujet de chagrin à son régiment? Il semble plongé dans les ombres de la mélancolie[3].

— Il est vrai, madame, je suis profondément tourmenté depuis hier. Je ne conçois rien à ce qui m'arrive. »

Et ses yeux, qu'il tourna en plein sur Mme de Chasteller, montraient qu'il disait vrai par leur sérieux profond. Mme de Chasteller fut frappée et s'arrêta comme fixée au sol; elle ne put plus faire un pas.

« Je suis honteux de ce que j'ai à dire, madame, reprit Leuwen, mais enfin mon devoir d'homme d'honneur veut que je parle. »

A ce préambule si sérieux, les yeux de Mme de Chasteller rougirent.

« La forme de mon discours, les mots que je dois employer, sont aussi ridicules que le fond même de ce que j'ai à dire est bizarre et même sot. »

Il y eut un petit silence. Mme de Chasteller regardait Leuwen avec anxiété; il avait l'air très peiné. Enfin, comme dominant péniblement beaucoup de mauvaise honte, il dit en hésitant, et d'une voix faible et mal articulée:

« Le croirez-vous, madame? Pourrez-vous l'entendre sans vous moquer de moi et sans me croire le dernier des hommes? Je ne puis chasser de ma pensée la personne que j'ai rencontrée hier chez vous. La vue de cette figure atroce, de ce nez pointu avec des lunettes, semble avoir empoisonné mon âme. »

Mme de Chasteller eut envie de sourire.

« Non, madame, jamais depuis mon arrivée à Nancy je n'ai éprouvé ce que j'ai senti après la vision de ce monstre, mon cœur en a été glacé. J'ai pu passer quelquefois jusqu'à une heure entière sans penser à vous, et, ce qui pour moi est encore plus étonnant, il m'a semblé que je n'avais plus d'amour. »

Ici, la figure de Mme de Chasteller devint fort sérieuse ; Leuwen n'y vit plus la moindre velléité d'ironie et de sourire.

« Vraiment, je me suis cru fou, ajouta-t-il, reprenant toute l'aisance de son ton habituel, qui aux yeux de Mme de Chasteller excluait jusqu'à la moindre idée de mensonge et d'exagération. Nancy m'a semblé une ville nouvelle que je n'avais jamais vue, car autrefois dans tout au monde c'était vous seule que je voyais ; un beau ciel me faisait dire : "Son âme est plus pure [4]", la vue d'une triste maison : "Si Bathilde habitait là, comme cette maison me plairait !" Daignez pardonner cette façon de parler trop intime. »

Mme de Chasteller fit un signe d'impatience qui semblait dire : « Continuez ; je ne m'arrête point à ces misères. »

— Eh ! bien, madame, reprit Leuwen qui semblait étudier dans les yeux de Mme de Chasteller l'effet produit par ses paroles, ce matin la maison triste m'a paru ce qu'elle est, le beau ciel m'a semblé beau sans me rappeler une autre beauté, en un mot, j'avais le malheur de ne plus aimer. Tout à coup, quatre lignes fort sévères que j'ai reçues en réponse à ma lettre, sans doute beaucoup trop longue, ont semblé dissiper un peu l'effet du venin. J'ai eu le bonheur de vous voir, cet affreux malheur s'est dissipé et j'ai repris mes chaînes, mais je me sens encore comme glacé par le poison... Je vous parle, madame, d'une façon un peu emphatique, mais en vérité je ne sais comment expliquer en d'autres mots ce qui m'arrive depuis la vue de votre demoiselle de compagnie. Le signe fatal en est que, pour vous parler un peu le langage de l'amour, il faut que je fasse effort sur moi-même. »

Après cet aveu sincère, il sembla à Leuwen avoir un poids de deux quintaux de moins sur la poitrine. Il avait si peu d'expérience de la vie qu'il ne s'attendait nullement à ce bonheur. Mme de Chasteller, au contraire, semblait atterrée.

« C'est clair, ce n'est qu'un _fat_. Y a-t-il moyen, se disait-elle, de prendre ceci au sérieux ? Dois-je croire que c'est l'aveu naïf d'une âme tendre ? »

Les façons de parler habituelles de Leuwen étaient si simples quand il s'adressait à Mme de Chasteller, qu'elle penchait pour ce dernier avis. Mais elle avait souvent remarqué qu'en s'adressant à toute autre personne qu'elle Leuwen disait souvent exprès des choses ridicules ; ce souvenir de tromperie habituelle lui fit mal. D'un autre côté, les manières de Leuwen, l'accent de ses paroles étaient chargées à un tel point, la fin de cette harangue avait l'air si vraie, qu'elle ne voyait pas comment faire pour ne pas y croire. A son âge, serait-il déjà un comédien aussi parfait ? Mais si elle ajoutait foi à cette étrange confidence, si elle la croyait sincère, d'abord elle ne devait pas paraître fâchée, encore moins attristée, et comment faire pour ne paraître ni l'un ni l'autre ?

Mme de Chasteller entendait les demoiselles de Serpierre qui revenaient au jardin en courant. M. et Mme de Serpierre étaient déjà dans la grande calèche de Leuwen. Mme de Chasteller ne voulut pas se donner le temps d'écouter la raison.

« Si je ne vais pas au _Chasseur vert_, deux de ces pauvres petites perdront cette partie de plaisir. »

Et elle monta en voiture avec les plus jeunes.

« J'aurai du moins, pensa-t-elle, quelques moments pour réfléchir. »

Ses réflexions furent douces.

« M. Leuwen est un honnête homme, et ce qu'il dit, quoique bizarre et incroyable en apparence, est vrai. Sa physionomie, toute sa manière d'être, me l'annonçaient avant qu'il eût parlé [5]. »

Quand on descendit de voiture à l'entrée des bois de Burelviller, Leuwen était un autre homme ; Mme de Chasteller le vit au premier coup d'œil. Son front avait repris la sérénité de son âge, ses manières avaient de l'aisance.

« Il y a de l'honnêteté dans ce cœur-là, pensa-t-elle avec

délices ; le monde n'en a point fait encore un être apprêté et faux ; c'est étonnant à vingt-trois ans ! Et il a vécu dans la haute société. »

En quoi Mme de Chasteller se trompait fort : dès l'âge de dix-huit ans, Leuwen n'avait point vécu dans la société de la cour et du faubourg Saint-Germain, mais au milieu des cornues et des alambics d'un cours de chimie.

Il se trouva au bout de quelques instants que Leuwen donnait le bras à Mme de Chasteller, et deux des demoiselles de Serpierre marchaient à leurs côtés ; le reste de la famille était à dix pas. Il prit un ton fort gai pour ne pas trop attirer l'attention de ces demoiselles.

« Depuis que j'ai osé dire la vérité à la personne que j'estime le plus au monde, je suis un autre homme. Il me semble déjà que les paroles dont je me suis servi, en parlant de cette demoiselle dont la vue m'avait empoisonné, sont ridicules. Je trouve qu'il fait ici un temps aussi beau qu'avant-hier. Mais avant de me livrer au bonheur inspiré par ce beau lieu, j'aurais besoin, madame, d'avoir votre opinion sur le ridicule de cette harangue, où il y avait des chaînes, du poison, et bien d'autres mots tragiques.

— Je vous avouerai, monsieur, que je n'ai pas d'opinion bien arrêtée. Mais en général, ajouta-t-elle après un petit silence et d'un air sévère, je crois voir de la sincérité ; si l'on se trompe, du moins l'on ne veut pas tromper. Et la vérité fait tout passer, même les chaînes, le poison, etc. »

Mme de Chasteller avait envie de sourire en prononçant ces mots.

« Quoi donc, se dit-elle avec un vrai chagrin, je ne pourrai jamais conserver un ton convenable en parlant à M. Leuwen ? Lui parler est-il donc un si grand bonheur pour moi ? Et qui peut me dire que ce n'est pas un fat qui a voulu jouer en moi une pauvre provinciale ? Peut-être, sans être précisément un malhonnête homme, il n'a pour moi que des sentiments fort ordinaires, et cet amour-là est fils de l'ennui d'une garnison. »

C'était ainsi que parlait encore dans le cœur de Mme de Chasteller l'avocat contraire à l'amour, mais déjà il avait étonnamment perdu de sa force. Elle trouvait un plaisir extrême à rêver, et ne parlait que juste autant qu'il le fallait pour ne pas se donner en spectacle à la famille de Serpierre qui s'était réunie autour d'eux [6]. Enfin, heureusement pour Leuwen, les cors allemands arrivèrent et se mirent à jouer des valses de Mozart, et ensuite des duos tirés de *Don Juan* et des *Nozze di Figaro*. Mme de Chasteller devint plus sérieuse encore, mais peu à peu elle fut bien plus heureuse. Leuwen était lui-même tout à fait transporté dans le roman de la vie, l'espérance du bonheur lui semblait une certitude. Il osa lui dire, dans un de ces courts instants de demi-liberté qu'on pouvait avoir en promenant avec toutes ces demoiselles :

« Il faut ne pas tromper le Dieu qu'on adore. J'ai été sincère, c'était la plus grande marque de respect que je puisse donner ; m'en punira-t-on ?

— Vous êtes un homme étrange !

— Il serait plus poli de vous dire oui. Mais, en vérité, je ne sais pas ce que je suis, et je donnerais beaucoup à qui pourrait me le dire. Je n'ai commencé à vivre et à chercher à me connaître que le jour où mon cheval est tombé sous des fenêtres qui ont des persiennes vertes. »

Ces paroles furent dites comme quelqu'un qui les trouve à mesure qu'il les prononce. Mme de Chasteller ne put s'empêcher d'être profondément touchée de cet air à la fois sincère et noble ; Leuwen avait senti une certaine pudeur à parler de son amour plus ouvertement, et on l'en remercia par un sourire tendre.

« Oserai-je me présenter demain ? ajouta-t-il. Mais je demanderai une autre faveur, presque aussi grande, celle de n'être pas reçu en présence de cette demoiselle.

— Vous n'y gagnerez rien, lui répondit Mme de Chasteller avec tristesse. J'ai une trop grande répugnance à vous entendre traiter, en tête à tête, un sujet qui semble être le seul dont vous puissiez me parler. Venez, si vous êtes assez honnête homme pour me promettre de me parler de tout autre chose. »

Leuwen promit. Ce fut là à peu près tout ce qu'ils purent se dire pendant cet après-midi. Il fut heureux pour tous les deux d'être environnés, et en quelque sorte empêchés de se parler. Ils auraient eu toute liberté qu'ils n'auraient pas dit beaucoup plus, et ils n'étaient pas, à beaucoup près, assez intimes, pour ne pas en avoir éprouvé un certain embarras, Leuwen surtout. Mais s'ils ne se dirent rien, leurs yeux semblèrent convenir qu'il n'y avait aucun sujet de querelle entre eux. Ils s'aimaient d'une manière bien différente de l'avant-veille. Ce n'étaient plus des transports de ce bonheur jeune et sans soupçons, mais plutôt de la passion, de l'intimité, et le plus vif désir de pouvoir avoir [7] de la confiance.

« Que je vous croie, et je suis à vous », semblaient dire les yeux de Mme de Chasteller ; et elle serait morte de honte, si elle eût vu leur expression. Voilà un des malheurs de l'extrême beauté, elle ne peut voiler ses sentiments. Mais ce langage ne peut être compris avec certitude que par l'indifférence observatrice. Leuwen croyait l'entendre pendant quelques instants, et un moment après doutait de tout.

Leur bonheur de se trouver ensemble était intime et profond. Leuwen avait presque les larmes aux yeux. Plusieurs fois, dans le courant de la promenade, Mme de Chasteller avait évité de lui donner le bras, mais sans affectation aux yeux des Serpierre ni dureté pour lui.

A la fin, comme il était déjà nuit tombante, on quitta le *café-hauss* pour revenir aux voitures, que l'on avait laissées à l'entrée du bois. Mme de Chasteller lui dit :

« Donnez-moi le bras, monsieur Leuwen. »

Leuwen serra le bras qu'on lui offrait, et le mouvement fut presque rendu.

Les cors bohêmes étaient délicieux à entendre dans le lointain. Il s'établit un profond silence [8].

Par bonheur, lorsqu'on arriva aux voitures, il se trouva qu'une des demoiselles de Serpierre avait oublié son mouchoir dans le jardin du *Chasseur vert ;* on proposa d'y envoyer un domestique, ensuite d'y retourner en voiture.

Leuwen, revenant de bien loin à la conversation, fit observer à Mme de Serpierre que la soirée était superbe, qu'un vent chaud et à peine sensible empêchait le *serein,* que Mlles de Serpierre avaient moins couru que l'avant-veille, que les voitures pouvaient suivre, etc., etc. Enfin, par une foule de bonnes raisons, il concluait que si ces dames ne se trouvaient pas fatiguées, il serait peut-être plus agréable de retourner à pied. Mme de Serpierre renvoya la décision à Mme de Chasteller.

« A la bonne heure, dit-elle, mais à condition que les voitures ne suivront pas : ce bruit de roues qui s'arrêtent quand vous vous arrêtez est désagréable. »

Leuwen pensa que les musiciens, étant payés, allaient quitter le jardin ; il envoya un domestique les engager à recommencer les morceaux de *Don Juan* et des *Nozze*. Il revint auprès de ces dames et reprit sans difficulté le bras de Mme de Chasteller. Les demoiselles de Serpierre étaient enchantées de cette augmentation de promenade. On marchait tous ensemble, la conversation générale était aimable et gaie. Leuwen parlait pour la soutenir et ne pas faire remarquer son silence. Mme de Chasteller et lui n'avaient garde de se rien dire : ils étaient trop heureux ainsi.

Bientôt on entendit les cors recommencer. En arrivant au jardin, Leuwen prétendit que M. de Serpierre et lui avaient grande envie de prendre du punch, qu'on en ferait un très doux pour les dames. Comme l'on se trouvait bien ensemble, la motion du punch passa, malgré l'opposition de Mme de Serpierre qui prétendit que rien n'était plus nuisible au teint des jeunes filles. Cet avis fut soutenu par Mlle Théodelinde, trop attachée à Leuwen pour n'être pas peut-être un peu jalouse.

« Plaidez votre cause auprès de Mlle Théodelinde », lui dit Mme de Chasteller avec enjouement et bonne amitié.

Enfin, on ne rentra à Nancy qu'à neuf heures et demie du soir [9].

CHAPITRE XXVII [10]

Leuwen avait manqué à un devoir de caserne : l'appel du soir avait eu lieu sans lui, et il était de semaine. Il courut bien vite chez l'adjudant, qui lui conseilla de s'aller dénoncer au colonel. Ce colonel était ce qu'on appelait en 1834 un juste milieu forcené et, comme tel, fort jaloux de l'accueil que Leuwen recevait dans la bonne compagnie. Le manque de succès dans ce quartier, comme disent les Anglais, pourrait retarder le moment où ce colonel si dévoué serait fait général, aide de camp du roi, etc., etc. Il ne répondit à la démarche du sous-lieutenant que par quelques mots fort secs qui le mettaient aux arrêts pour vingt-quatre heures.

C'était tout ce que celui-ci craignait. Il rentra chez lui pour écrire à Mme de Chasteller ; mais quel supplice de lui écrire une lettre officielle, et quelle imprudence de lui écrire sur les choses dont il osait lui parler ! Cette idée l'occupa toute la nuit.

Après mille incertitudes, Leuwen envoya tout simplement un domestique porter à l'hôtel de Pontlevé une lettre qui pouvait être vue de tous. Il n'osait en vérité écrire autrement à Mme de Chasteller : tout son amour était revenu, et avec lui l'extrême terreur qu'elle lui inspirait.

Le surlendemain, à quatre heures du matin, Leuwen fut réveillé par l'ordre de monter à cheval. Il trouva tout en émoi à la caserne. Un sous-officier d'artillerie était fort affairé à distribuer des cartouches aux lanciers. Les ouvriers d'une ville à huit ou dix lieues de là venaient, dit-on, de s'organiser et de se confédérer [11].

Le colonel Malher parcourait la caserne en disant aux officiers de façon à être entendu des lanciers :

« Il s'agit de leur donner une leçon qui compte au piquet. Pas de pitié pour ces b...-là. Il y aura des croix à gagner[12*]. »

En passant sous les fenêtres de Mme de Chasteller, Leuwen regarda beaucoup, mais il ne put rien apercevoir derrière les rideaux de mousseline brodée parfaitement fermés. Leuwen ne put pas blâmer Mme de Chasteller : le moindre signe pouvait être aperçu et commenté par tous les officiers du régiment.

« Mme d'Hocquincourt n'eût pas manqué de se trouver à sa fenêtre. Mais aimerais-je Mme d'Hocquincourt ? »

Si Mme de Chasteller se fût trouvée à sa fenêtre, Leuwen eût trouvé adorable cette marque d'attention. Le fait est que presque toutes les dames de la ville occupaient les fenêtres de la rue de la Pompe et de la suivante, que le régiment avait à parcourir pour sortir de la ville.

La septième compagnie, où était Leuwen, précédait immédiatement une demi-batterie d'artillerie, mèches allumées. Les roues des pièces et des caissons ébranlaient les maisons de bois de Nancy et causaient à ces dames une terreur pleine de plaisir. Leuwen salua Mmes d'Hocquincourt, de Puy-Laurens, de Serpierre, de Marcilly.

« Je voudrais bien savoir, pensait Leuwen, qui elles haïssent le plus, de Louis-Philippe ou des ouvriers... Et Mme de Chasteller n'a pas pu partager la curiosité de toutes ces dames et me donner cette petite marque d'intérêt[13] ! Me voilà allant sabrer des tisserands, comme dit élégamment M. de Vassignies. Si l'affaire est chaude, le colonel sera fait commandeur de la Légion d'honneur, et moi je gagnerai un remords. »

Le 27e de lanciers employa six heures pour faire les huit lieues qui séparent Nancy de N***. Le régiment était retardé par la demi-batterie d'artillerie. Le colonel Malher reçut trois estafettes et, à chaque fois, il fit changer les chevaux des pièces de canon ; on mettait à pied les lanciers dont les chevaux paraissaient les plus propres à tirer les canons.

A moitié chemin, M. Fléron, le préfet, rejoignit le régiment au grand trot ; il le longea de la queue à la tête, pour parler au colonel, et eut l'agrément d'être hué par les lanciers. Il avait un sabre que sa taille exiguë faisait paraître immense. Le murmure sourd se changea en éclats de rire, qu'il chercha à éviter en mettant son cheval au galop. Le rire redoubla avec les cris ordinaires : « Il tombera ! Il ne tombera pas [14*] ! »

Mais le préfet eut bientôt sa revanche : à peine engagés dans les rues étroites et sales de N***, les lanciers furent hués par les femmes et les enfants des ouvriers placés aux fenêtres des pauvres maisons, et par les ouvriers eux-mêmes, qui de temps en temps paraissaient au coin des ruelles les plus étroites. On entendait les boutiques se fermer rapidement de toutes parts.

Enfin, le régiment déboucha dans la grande rue marchande de la ville ; tous les magasins étaient fermés, pas une tête aux fenêtres, un silence de mort. On arriva sur une place irrégulière et fort longue, garnie de cinq ou six mûriers rabougris et traversée dans toute sa longueur par un ruisseau infect chargé de toutes les immondices de la ville ; l'eau bleue, parce que le ruisseau servait aussi d'égout à plusieurs ateliers de teinture [15].

Le colonel mit son régiment en bataille le long de ce ruisseau. Là, les malheureux lanciers, accablés de soif et de fatigue, passèrent sept heures, exposés à un soleil brûlant du mois d'août, sans boire ni manger. Comme nous l'avons dit, à l'arrivée du régiment toutes les boutiques s'étaient fermées, et les cabarets plus vite que le reste.

« Nous sommes frais », criait un lancier.

« Nous voici en bonne odeur », répondait une autre voix.

« Silence, f...e ! » glapissait quelque lieutenant juste milieu.

Leuwen remarqua que tous les officiers qui se respectaient gardaient un silence profond et avaient l'air fort sérieux.

« Nous voici à l'ennemi », pensait Leuwen.

Il s'observait soi-même et se trouvait de sang-froid, comme à une expérience de chimie à l'École polytechnique. Ce sentiment égoïste diminuait beaucoup de son horreur pour ce genre de service.

Le grand lieutenant grêlé dont le lieutenant-colonel Filloteau lui avait parlé vint lui parler en jurant des ouvriers. Leuwen ne répondit pas un mot et le regarda avec un mépris inexprimable. Comme ce lieutenant s'éloignait,

quatre ou cinq voix prononcèrent assez haut : « Espion !
Espion ! »

Les hommes souffraient horriblement, deux ou trois
avaient été forcés de descendre de cheval. On envoya des
hommes de corvée à la grande fontaine ; dans le bassin, qui
était immense, on trouva trois ou quatre cadavres de chats
récemment tués, et qui avaient rougi l'eau de leur sang. Le
filet d'eau tiède qui tombait du « triomphe » était fort exigu ;
il fallait plusieurs minutes pour remplir une bouteille, et le
régiment avait 380 hommes sous les armes.

Le préfet réuni au maire repassait souvent sur la place et
cherchait, disait-on dans les rangs, à acheter du vin.

« Si je vous vends, répondaient les propriétaires, ma maison sera pillée et détruite. »

Le régiment commençait à être salué toutes les demi-heu-
res par un redoublement de huées.

Au moment où le lieutenant espion le quittait, Leuwen
avait eu l'idée d'envoyer ses domestiques à deux lieues de là,
dans un village qui devait être paisible, car il n'y avait ni
métiers, ni ouvriers. Ces domestiques avaient la commission
d'acheter à tout prix une centaine de pains et trois ou quatre
faix de fourrage. Les domestiques réussirent et, vers les
quatre heures, on vit arriver sur la place quatre chevaux
chargés de pain et deux autres chargés de foin. A l'instant il
se fit un profond silence. Les paysans vinrent parler à Leuwen, qui les paya bien et eut le plaisir de faire une petite
distribution de pain aux soldats de sa compagnie.

« Voilà le républicain qui commence ses menées », dirent
plusieurs officiers qui ne l'aimaient pas. Filloteau vint, plus
simplement, lui demander deux ou trois pains pour lui et du
foin pour ses chevaux.

« Ce qui m'inquiète, ce sont mes chevaux », dit spirituel-
lement le colonel en pasant devant ses hommes.

Un instant plus tard, Leuwen entendit le préfet qui disait
au colonel :

« Quoi ! Nous ne pourrons pas appliquer un coup de sabre
à ces gredins-là ?

— Il est beaucoup plus furibond que le colonel, se dit
Leuwen. Le Malher ne peut guère espérer d'être fait général
pour avoir tué douze ou quinze tisserands, et M. Fléron peut

fort bien être nommé préfet [16], et il sera sûr de sa place pour deux ou trois ans [17]*. »

La distribution faite par Leuwen avait révélé cette idée ingénieuse qu'il y avait des villages dans les environs de la ville. Vers les cinq heures, on distribua une livre de pain noir à chaque lancier et un peu de viande aux officiers.

A la nuit tombante, on tira un coup de pistolet, mais personne ne fut atteint.

« Je ne sais pourquoi, pensait Leuwen, mais je parierais que ce coup de pistolet est tiré par ordre du préfet. »

Sur les dix heures du soir, on s'aperçut que les ouvriers avaient disparu. A onze heures, il arriva de l'infanterie, à laquelle on remit les canons et l'obusier, et à une heure du matin le régiment de lanciers, mourant de faim, hommes et chevaux, repartit pour Nancy. On s'arrêta six heures dans un village fort paisible, où le pain se vendit bientôt huit sous la livre et le vin cinq francs la bouteille ; le belliqueux préfet avait oublié d'y faire réunir des vivres. Pour les détails militaires, stratégiques, politiques, etc., etc., de cette grande affaire, voir les journaux du temps. Le régiment s'était couvert de gloire, et les ouvriers avaient fait preuve d'une insigne lâcheté [18]*.

Telle fut la première campagne de Leuwen.

« En revenant à Nancy, se disait-il, et en supposant que nous arrivions de jour, oserai-je me présenter à l'hôtel de Pontlevé ? »

Il osa, mais il mourait de peur en frappant à la porte cochère. Le cœur lui battait tellement en sonnant à la porte de l'appartement de Mme de Chasteller, qu'il se dit :

« Mon Dieu ! est-ce que je vais encore cesser de l'aimer ? »

Elle était seule, sans Mlle Bérard. Leuwen prit sa main avec passion. Deux minutes après, il fut sublime quand il se fut aperçu qu'il l'aimait plus que jamais. S'il avait eu un peu plus d'expérience, il se serait fait dire qu'on l'aimait. Avec de l'audace, il aurait pu se jeter dans les bras de Mme de Chasteller et n'être pas repoussé. Il pouvait du moins établir un traité de paix fort avantageux pour les intérêts de son amour. Au lieu de tout cela, il n'avança point ses affaires et fut parfaitement heureux.

On avait dit et cru à Nancy que le coup de pistolet tiré par les ouvriers à N*** avait tué un jeune officier de lanciers. Bientôt, Mme de Chasteller eut peur, elle comprenait la situation et se sentait attendrie [19]*.

« Il faut que je vous renvoie », lui dit-elle d'un air triste qui voulait être sévère.

Leuwen eut peur de la fâcher, et il céda.

« Ai-je l'espoir, madame, de vous revoir chez Mme d'Hocquincourt ? C'est son jour.

— Peut-être bien, et vous n'y manquerez pas ; je sais que vous ne haïssez pas de vous trouver avec cette jeune femme si jolie. »

Une heure après, Leuwen était chez Mme d'Hocquincourt, mais Mme de Chasteller n'y vint que fort tard.

Le temps s'envolait rapidement pour notre héros. Mais les amants sont si heureux dans les scènes qu'ils ont ensemble que le lecteur, au lieu de sympathiser avec la peinture de ce bonheur, en devient jaloux et se venge d'ordinaire en disant : « Bon Dieu ! Que ce livre est fade [20] ! »

CHAPITRE XXVIII [21]

Nous prendrons la liberté de sauter à pieds joints sur les
deux mois qui suivirent. Cela nous sera d'autant plus facile
que Leuwen, au bout de ces deux mois, n'était pas plus
avancé d'un pas que le premier jour. Bien convaincu qu'il
n'avait pas le talent de faire vouloir une femme, surtout s'il
en était sérieusement amoureux, il se bornait à tenter de faire
chaque jour ce qui actuellement, à l'heure même, lui faisait
le plus de plaisir. Jamais il n'imposait une gêne, une peine,
un acte de prudence au présent quart d'heure pour être plus
avancé dans ses prétentions amoureuses auprès de Mme de
Chasteller dans le quart d'heure suivant. Il lui disait la vérité
sur tout; par exemple :

« Mais il me semble, lui disait-elle un soir, que vous dites
à M. de Serpierre des choses absolument opposées à celles
que vous pensez et que vous me dites à moi. Seriez-vous un
peu faux ? En ce cas, les personnes qui s'intéressent à vous
seraient bien malheureuses. »

Mlle Bérard ayant usurpé le second salon, Mme de Chasteller recevait Leuwen dans un grand cabinet ou bibliothèque
qui suivait le salon, dont la porte restait toujours ouverte.
Quand le soir Mlle Bérard se retirait, la femme de chambre
de Mme de Chasteller s'établissait dans ce salon. Le soir
dont nous parlons, on osait parler de tout fort clairement,
nommer tout; Mlle Bérard était allée faire des visites, et la
femme de chambre qui la remplaçait était sourde [22].

« Madame, reprit Leuwen avec feu et une sorte d'indignation vertueuse, j'ai été jeté au milieu de la mer. Je nage pour
ne pas me noyer, et vous me dites du ton du reproche : "Il
me semble, monsieur, que vous remuez les bras !" Avez-

vous une assez bonne opinion de la force de mes poumons
pour croire qu'ils puissent suffire à refaire l'éducation de
tous les habitants de Nancy? Voulez-vous que je me ferme
toutes les portes et que je ne vous voie plus que chez vous?
Et encore, bientôt on vous fera honte de me recevoir, comme
on vous a fait honte de votre désir de retourner à Paris. Il est
vrai que sur toutes choses, même sur l'heure qu'il est, je
crois, je pense le contraire des habitants de ce pays. Voulez-
vous que je me réduise à un silence complet? A vous seule,
madame, je dis ce que je pense sur tout, même sur la
politique, où nous sommes si ennemis; et pour vous seule,
pour me rapprocher de vous, j'ai perfectionné cette habitude
de mentir que j'adoptai le jour où, pour me défaire de la
réputation de républicain, j'allai aux Pénitents guidé par
l'honnête docteur Du Poirier! Voulez-vous que dès demain
je dise ce que je pense et que je rompe en visière à tout le
monde? Je n'irai plus à la chapelle des Pénitents, chez
Mme de Marcilly je ne regarderai plus le portrait de Henri V,
comme chez Mme de Commercy, je n'écouterai plus les
homélies absurdes de M. l'abbé Rey; et en moins de huit
jours je ne pourrai plus vous voir.

— Non, je ne veux pas cela, répondit-elle avec tristesse;
et cependant, j'ai été profondément affligée depuis hier soir.
Quand je vous ai engagé à aller parler un peu à Mlle Théodelinde et à Mme de Puy-Laurens, je vous ai entendu dire à
M. de Serpierre le contraire de ce que vous me dites.

— M. de Serpierre m'a intercepté au passage. Maudissez
la province, où l'on ne peut vivre sans être hypocrite sur
tout, ou maudissez l'éducation que j'ai reçue et qui m'a
ouvert les yeux sur les trois quarts des sottises humaines.
Vous me reprochez quelquefois que l'éducation de Paris
empêche de *sentir;* cela est possible, mais, par compensation, elle apprend à y voir clair. Je n'y ai aucun mérite, et
vous auriez tort de m'accuser de pédantisme; la faute en est
aux gens d'esprit que réunit le salon de ma mère. Il suffit d'y
voir clair pour être frappé de l'absurdité de MM. de Puy-
Laurens, Sanréal, Serpierre, d'Hocquincourt, pour comprendre l'hypocrisie de MM. Du Poirier, Fléron le préfet, le
colonel Malher, tous coquins plus méprisables que les premiers, lesquels, plus par bêtise que par égoïsme, préfèrent

naïvement le bonheur de deux cent mille privilégiés à celui
de trente-deux millions de Français. Mais me voici faisant de
la propagande, ce qui serait employer bien gauchement mon
temps auprès de vous. Hier, lequel vous semblait avoir
raison, de M. de Serpierre, dont je ne combattais pas les
raisonnements, ou de moi, dont vous connaissez les véritables pensées ?

— Hélas ! tous les deux. Vous me changez, peut-être
est-ce en mal. Quand je suis seule, je me surprends à croire
que l'on m'a enseigné exprès de singuliers mensonges au
couvent du Sacré-Cœur. Un jour que j'étais en différend
avec le général (c'était M. de Chasteller), il me le dit presque en toutes lettres, et ensuite parut se repentir.

— Il venait de blesser son intérêt de mari. Il vaut mieux
qu'une femme ennuie son mari faute d'esprit et qu'elle soit
fidèle à ses devoirs. Là, comme ailleurs, la religion est le
plus ferme appui du pouvoir despotique. Moi, je ne crains
pas de blesser mes intérêts d'amant, ajouta Leuwen avec une
noble fierté ; et après cette épreuve je suis sûr de moi dans
tous les cas possibles. »

Prendre un amant est une des actions les plus décisives que
puisse se permettre une jeune femme [23]. Si elle ne prend pas
d'amant, elle meurt d'ennui, et vers les quarante ans devient
imbécile ; elle aime un chien dont elle s'occupe, ou un
confesseur qui s'occupe d'elle, car un vrai cœur de femme a
besoin de la sympathie d'un homme, comme nous d'un
partenaire pour faire la conversation. Si elle prend un amant
malhonnête homme, une femme se précipite dans la possibilité des malheurs les plus affreux... Rien n'était plus naïf, et
quelquefois plus tendre dans l'intonation de voix, que les
objections de Mme de Chasteller.

C'était après des conversations de ce genre qu'il semblait
impossible à Leuwen que Mme de Chasteller eût eu une
affaire avec le lieutenant-colonel du 20e régiment de hussards [24].

« Grand Dieu ! Que ne donnerais-je pas pour avoir, pendant une journée, le coup d'œil et l'expérience de mon
père [25] ! »

Quoique bien traité en général, et se croyant aimé quand il
était de sang-froid, Leuwen n'abordait cependant Mme de

Chasteller qu'avec une sorte de terreur. Il n'avait jamais pu se guérir d'un certain sentiment de trouble en sonnant à sa porte : il n'était jamais sûr de la façon dont il allait être reçu. A deux cents pas de l'hôtel de Pontlevé, aussitôt qu'il l'apercevait, il n'était plus soi-même. Un fat du pays l'eût salué qu'il lui eût rendu son salut avec trouble. La vieille portière de l'hôtel de Pontlevé était pour lui un être fatal, auquel il ne pouvait parler sans que la respiration ne lui manquât [26].

Souvent, ses phrases s'embrouillaient en parlant à Mme de Chasteller, chose qui ne lui arrivait avec personne. C'était cet être-là que Mme de Chasteller soupçonnait d'être un fat, et qu'elle regardait, elle aussi, avec terreur. Il était à ses yeux le maître absolu de son bonheur.

Un soir, Mme de Chasteller eut à écrire une lettre pressée.

« Voilà un journal pour amuser vos loisirs », dit-elle en riant et en jetant à Leuwen un numéro des *Débats*; et elle alla en sautant prendre un pupitre fermé qu'elle vint poser sur la table placée entre Leuwen et elle.

Comme elle ouvrait le pupitre, en se penchant, avec une petite clef attachée à la chaîne de sa montre [27], Leuwen se baissa un peu sur la table et lui baisa la main [28].

Mme de Chasteller releva la tête : ce n'était plus la même femme.

« Il eût pu tout aussi bien me baiser le front », pensa-t-elle. La pudeur blessée la mit hors d'elle-même.

« Je ne pourrai donc jamais avoir la moindre confiance en vous ? Et ses yeux exprimaient la plus vive colère [29]. Quoi ! je veux bien vous recevoir, quand j'aurai dû fermer ma porte pour vous, comme pour tout le monde ; je vous admets à une intimité dangereuse pour ma réputation et dont vous auriez dû respecter les lois (ici sa physionomie comme sa voix prirent l'air le plus altier); je vous traite en frère, je vous engage à lire un moment, pendant que je vais écrire une lettre indispensable, et sans à-propos, sans grâce, vous profitez de mon peu de défiance pour vous permettre un geste aussi humiliant, à le bien prendre, pour vous que pour moi ! Allez, monsieur, je me suis trompée en vous recevant chez moi. »

Il y avait dans le son de sa voix et dans son air toute la froideur et toute la résolution prise que son orgueil pouvait désirer. Leuwen sentait fort bien tout cela et était atterré.

Cette lâcheté de sa part augmenta le courage de Mme de Chasteller [30]. Il aurait dû se lever, saluer froidement Mme de Chasteller, et lui dire :

« Vous exagérez, madame. D'une petite imprudence sans conséquence, et peut-être sotte chez moi, vous faites un crime in-folio. J'aimais une femme aussi supérieure par l'esprit que par la beauté, et, en vérité, je ne vous trouve que jolie en ce moment. »

En disant ces belles paroles, il fallait prendre son sabre, l'attacher tranquillement, et sortir.

Bien loin de là : sans songer à ce parti, qu'il eût trouvé trop cruel pour soi et trop dangereux, Leuwen se bornait à être désolé d'être renvoyé. Il s'était bien levé, mais il ne partait point ; il cherchait évidemment un prétexte pour rester.

« Je vous céderai la place, monsieur », reprit Mme de Chasteller avec une politesse parfaite, au travers de laquelle perçait bien de la hauteur, et comme le méprisant de ce qu'il n'était point parti.

Comme elle repliait son pupitre pour le transporter ailleurs, Leuwen, tout à fait en colère, lui dit :

« Pardon, madame, je m'oubliais. » Et il sortit, outré de dépit contre soi-même et contre elle.

Il n'y avait eu de bon dans sa conduite que le ton de ces deux derniers mots, mais encore ce n'était pas talent, c'était hasard tout pur [31].

Une fois hors de cet hôtel fatal et délivré des regards curieux des domestiques, peu accoutumés à le voir sortir à cette heure :

« Il faut convenir, se dit-il, que je suis un bien petit garçon de me laisser traiter ainsi ! Je n'ai absolument que ce que je mérite [32]. Quand je suis auprès d'elle, au lieu de chercher à me faire une position un peu convenable, je ne songe qu'à la regarder comme un enfant. A mon retour de l'expédition de N***, il y a eu un moment où il n'eût dépendu que de moi de m'assurer les privilèges les plus solides. J'aurais pu obtenir qu'elle me dît nettement qu'elle m'aime, et de l'embrasser chaque jour en entrant et en sortant. Et je ne puis pas même lui baiser la main ! O grand sot ! »

C'était ainsi que se parlait Leuwen en fuyant par la princi-

pale rue de Nancy. Il se faisait bien d'autres reproches
encore.

Plein de mépris pour soi-même, il eut cependant l'esprit
de se dire :

« Il faut faire quelque chose. »

Il était assez embarrassé de sa soirée, car c'était le jour de
Mme de Marcilly, maison d'une haute vertu, où, en présence d'un buste de Henri V, les bonnes têtes du pays se
réunissaient pour commenter la *Quotidienne* et perdre trente
sous au whist.

Leuwen se sentait absolument hors d'état de jouer la
comédie. Il eut l'idée heureuse de monter chez Mme d'Hocquincourt. De toutes les provinciales qui existèrent jamais,
c'était celle qui avait le plus de naturel. Elle eût fait pardonner à la province, elle avait un naturel impossible à Paris, il y
ferait *perdre la carte*.

« Ah ! vous me décidez, monsieur ! s'écria-t-elle en le voyant entrer. Que je suis heureuse de vous voir ! Je n'irai pas chez Mme de Marcilly. »

Et elle rappela le domestique, qui sortait, pour dire de faire dételer les chevaux.

« Mais comment faites-vous pour n'être pas aux pieds de la sublime Chasteller ? Est-ce qu'il y aurait brouille dans le ménage ? »

Mme d'Hocquincourt examinait Leuwen d'un air riant et malin.

« Ah ! c'est clair, s'écria-t-elle en riant. Cet air contrit m'a tout dit. Mon malheur est écrit dans ces traits altérés, dans ce sourire forcé ; je ne suis qu'un pis-aller. Puisque je ne suis qu'une humble confidente, contez-moi vos chagrins[34]. Sous quel prétexte vous a-t-on chassé ? Vous chasse-t-on pour recevoir un homme plus aimable, ou vous chasse-t-on parce que vous l'avez mérité ? Mais d'abord, soyez sincère, si vous voulez être consolé. »

Leuwen eut beaucoup de peine à se tirer passablement des questions de Mme d'Hocquincourt. Elle ne manquait point d'esprit, et, cet esprit se trouvant tous les jours au service d'une volonté ferme et d'une passion vive, il avait acquis toutes les habitudes du bon sens. Leuwen était d'abord trop occupé de sa colère pour savoir donner le change. Dans un moment où, tout en répondant à Mme d'Hocquincourt, il pensait malgré lui à ce qui lui arrivait avec Mme de Chasteller, il se surprit adressant des propos galants, presque des choses aimables et personnelles à la jeune femme qui, dans un négligé élégant et dans l'attitude de l'intérêt le plus vif, se trouvait à demi couchée sur un canapé, à deux pas devant lui[35].

Dans la bouche de Leuwen, ce langage avait pour Mme d'Hocquincourt tout le mérite de la nouveauté. Leuwen remarqua que Mme d'Hocquincourt, occupée de l'effet d'une attitude charmante, qu'elle regardait dans une armoire à glace voisine, cessait de le tourmenter sur Mme de Chasteller. Leuwen, devenu machiavélique par le malheur, se dit :

« Le langage de la galanterie, en tête à tête avec une jeune femme qui lui fait l'honneur de l'écouter d'un air presque sérieux, ne peut guère se dispenser de prendre un ton hardi et presque passionné. »

Il faut avouer que Leuwen, en faisant ce raisonnement, trouvait un vif plaisir à n'être pas un petit garçon avec tout le monde. Pendant ce temps, Mme d'Hocquincourt allait sur son compte de découvertes en découvertes. Elle commençait à le trouver l'homme le plus aimable de Nancy. Cela était d'autant plus dangereux qu'il y avait déjà plus de dix-huit mois que durait M. d'Antin, c'était un règne bien long et qui étonnait tout le monde.

Heureusement pour sa durée, le tête-à-tête fut interrompu par l'arrivée de M. de Murcé. C'était un grand jeune homme maigre, qui portait avec fierté une petite tête surmontée de cheveux très noirs. Fort taciturne au commencement d'une visite, son mérite consistait en une gaieté parfaitement naturelle et fort drôle à cause de sa naïveté, mais qui ne le prenait que lorsque depuis une heure ou deux il se trouvait avec des gens gais. C'était un être profondément provincial, mais cependant fort aimable. Aucune de ses gaietés ne se seraient dites à Paris, mais elles étaient fort drôles et lui allaient fort bien[36].

Bientôt après survint un autre habitué de la maison, M. de Goëllo[37]. C'était un gros homme blond et pâle, de beaucoup d'instruction et d'un peu d'esprit, qui s'écoutait parler et disait une fois au moins par jour qu'il n'avait pas encore quarante ans, ce qui était vrai : il avait trente-neuf ans passés. Du reste, c'était un être prudent : répondre oui à la question la plus simple, ou avancer, dans l'occasion, une chaise à quelqu'un, était un sujet de délibération qui l'occupait un quart d'heure. Quand il agissait ensuite, il affectait les for-

mes de la bonhomie et de l'étourderie la plus enfantine.
Depuis cinq ou six ans, il était amoureux de Mme d'Hocquincourt, il espérait toujours que son tour viendrait, et
quelquefois cherchait à faire croire aux nouveaux arrivants
que son tour était déjà venu et passé.

Un jour, au cabaret, Mme d'Hocquincourt, le voyant occupé de ce rôle, lui dit :

« Tu es un futur, mon pauvre Goëllo, qui se fait passé,
mais qui ne sera jamais présent. » Car dans ses moments de
fougue d'esprit elle tutoyait ses amis sans que personne y
trouvât rien d'indécent ; on voyait que c'était l'intensité du
brio, qui est à mille lieues des sentiments tendres.

M. de Goëllo fut suivi, à intervalles pressés, de quatre ou
cinq jeunes gens.

« C'est, en vérité, tout ce qu'il y a de mieux et de plus gai
dans la ville, se disait Leuwen en les voyant arriver.

— Je sors de chez Mme de Marcilly, dit l'un d'eux, où ils
sont tout tristes, et affectent d'être plus tristes qu'ils ne le
sont.

— C'est ce qui est arrivé à N*** qui les rend si aimables.

— Moi, disait un autre, choqué de la façon dont
Mme d'Hocquincourt regardait Leuwen, quand j'ai vu que
nous n'avions ni Mme d'Hocquincourt, ni Mme de Puy-
Laurens, ni Mme de Chasteller, j'ai pensé que je n'avais de
ressource que d'enterrer ma soirée dans une bouteille de
champagne ; et c'était le parti que j'allais prendre si j'avais
trouvé la porte de Mme d'Hocquincourt fermée au vulgaire.

— Mais, mon pauvre Téran, reprit Mme d'Hocquincourt
à cette allusion hostile à la réputation de Leuwen, on ne
menace pas de s'enivrer, on s'enivre. Il faut avoir l'esprit de
voir cette différence.

— Rien de plus difficile, en effet, que de savoir boire,
reprit le pédant Goëllo. (On craignit une anecdote.)

— Qu'allons-nous faire ? Qu'allons-nous faire ? »
s'écrièrent à la fois Murcé et un des comtes Roller.

C'était la question que tout le monde se faisait sans que
personne trouvât la réponse, quand parut M. d'Antin. Son
air riant éclaircit tous les fronts[38], chassa tous les soucis.
C'était un grand jeune homme blond de vingt-huit à trente
ans, pour qui l'air sérieux et important était une impossibi-

lité. Il eût annoncé l'incendie de la rue, que sa figure n'eût pas été lugubre. Il était fort joli homme, mais quelquefois on eût pu reprocher à sa charmante figure l'expression un peu louche et stupide de l'homme qui commence à s'enivrer. Le fait est qu'il n'avait pas le sens commun, mais le meilleur cœur du monde et un fonds de gaieté incroyable. Il achevait de manger une grande fortune, qu'un père fort avare lui avait laissée depuis trois ou quatre ans. Il avait quitté Paris, où on l'avait pourchassé pour des plaisanteries sur un personnage auguste. C'était un homme unique pour organiser les parties de plaisir, rien ne pouvait languir dans les lieux où il se trouvait. Mais Mme d'Hocquincourt connaissait toutes ces grâces, et la surprise, élément si essentiel de son bonheur, était impossible. Goëllo, qui avait appris ce mot de Mme d'Hocquincourt, plaisantait lourdement M. d'Antin sur ce qu'il ne faisait plus rien de neuf, lorsque le comte de Vassignies entra.

« Vous n'avez qu'un moyen de durer, mon cher d'Antin, lui dit Vassignies, devenez raisonnable.

— Je m'ennuierais moi-même. Je n'ai pas votre courage, moi. J'aurai bien le temps d'être sérieux quand je serai ruiné ; alors, pour m'ennuyer d'une manière utile, je compte me jeter dans la politique et dans les sociétés secrètes en l'honneur de Henri V, qui est mon roi à moi. Me donnerez-vous une place ? En attendant, messieurs, comme vous êtes fort sérieux et encore endormis de l'amabilité de l'hôtel Marcilly, jouons à ce jeu italien que je vous ai appris l'autre jour, le pharaon. M. de Vassignies, qui ne le sait pas, taillera ; Goëllo ne pourra pas dire que j'arrange les règles du jeu pour gagner toujours. Qui sait le pharaon ?

— Moi, dit Leuwen.

— Eh ! bien, soyez assez bon pour surveiller M. de Vassignies et lui faire suivre les règles du jeu. Vous, Roller, vous serez le croupier. »

— Je ne serai rien, dit Roller d'un ton sec, car je file. »

Le fait est que le comte Roller croyait s'apercevoir que Leuwen, qu'il n'avait jamais rencontré chez Mme d'Hocquincourt, allait jouer un rôle agréable dans cette soirée, ce que ne pouvant digérer, il sortit.

Une bonne partie de la société de Nancy, surtout les jeunes

gens, ne pouvait souffrir Leuwen. Il avait eu le triste avantage de leur faire deux ou trois réponses insolentes qui passèrent, même à leurs yeux, pour fort spirituelles, et lui en firent des ennemis à la vie et à la mort[39].

« Après le jeu, à minuit, reprit d'Antin, quand vous serez ruinés comme de braves jeunes gens bien rangés, nous irons souper à la *Grande Chaumière*. » (C'est le meilleur cabaret de Nancy, établi dans le jardin d'un ancien couvent de Chartreux.)

« J'y consens, dit Mme d'Hocquincourt, si c'est un pique-nique.

— Sans doute, reprit d'Antin ; et comme M. Lafiteau, qui a d'excellent vin de Champagne, et M. Piébot, le seul glacier du pays, pourraient se coucher, je vais m'occuper, au nom du pique-nique, d'avoir du vin et de le faire frapper. J'enverrai à la *Grande Chaumière*. En attendant, M. Leuwen, voilà cent francs ; faites-moi l'honneur de jouer pour moi, et tâchez de ne pas séduire Mme d'Hocquincourt, ou je me venge, et je passe à l'hôtel de Pontlevé pour vous dénoncer. »

Tout le monde obéit à ce qu'avait décidé d'Antin, même le politique Vassignies. On joua, et après un quart d'heure le jeu fut fort animé. C'était sur quoi d'Antin avait compté pour chasser à jamais l'envie de bailler, prise chez Mme de Marcilly.

« Je jette les cartes par la fenêtre, dit Mme d'Hocquincourt, si quelqu'un ponte plus de cinq francs. Est-ce que vous voulez faire de moi une marquise brelandière ? »

D'Antin revint ; on partit à minuit et demi pour le jardin de la *Grande Chaumière*. Un petit oranger[40*] en fleurs, l'unique qui fût dans Nancy, se trouvait placé au milieu de la table. Le vin était parfaitement frappé. Le souper fut fort gai, personne ne s'enivra, et l'on se sépara les meilleurs amis du monde à trois heures du matin.

C'est ainsi qu'une femme se perd de réputation en province ; c'est ce dont Mme d'Hocquincourt se moquait parfaitement. En se levant, le lendemain matin, elle alla voir son mari, qui lui dit en l'embrassant :

« Tu fais bien de t'amuser, ma pauvre petite, puisque tu en as le courage… Sais-tu ce qui est arrivé à N*** ? Ce roi que nous haïssons tant se perd, et après lui la république, qui coupera le cou à lui et à nous[41].

— A lui, non; il a trop d'esprit. Et quant à vous, je vous enlève au-delà du Rhin. »

Leuwen prolongea[42] le plus possible sa demeure à l'hôtel d'Hocquincourt; il sortit avec les derniers de ses compagnons de soirée, il s'attacha à leur petite troupe qui s'allait diminuant à chaque coin de rue à mesure que chacun prenait le chemin de sa maison; enfin, il accompagna fidèlement celui de ces messieurs qui demeurait le plus loin. Il parlait beaucoup, et éprouvait une répugnance mortelle à se trouver seul avec soi-même. C'est que, à l'hôtel d'Hocquincourt, tout en écoutant les contes et l'amabilité de ces messieurs et cherchant à conserver, par des mots bien placés, la position que Mme d'Hocquincourt semblait lui donner et qui n'était pas d'un petit garçon, il avait pris une résolution pour le lendemain[43].

Il s'agissait de ne pas se présenter à l'hôtel de Pontlevé. Il souffrait.

« Mais il faut, se disait-il, avoir soin de son honneur, et si je m'abandonne moi-même, je verrai s'éteindre dans le mépris la préférence qu'il me semble quelquefois évident qu'elle a pour moi. D'un autre côté, Dieu sait quelle nouvelle insulte elle me prépare si j'arrive chez elle demain! »

Ces deux pensées, qui se présentaient successivement, furent un enfer pour lui.

Ce lendemain arriva bien vite, et avec lui parut le sentiment vif du bonheur dont il allait se priver s'il n'allait pas à l'hôtel de Pontlevé. Tout lui semblait fade, décoloré, odieux, en comparaison de ce trouble délicieux qu'il trouverait dans la petite bibliothèque, en face de cette petite table d'acajou devant laquelle elle travaillait en l'écoutant parler. La seule résolution de s'y présenter changeait sa position dès ce moment.

« D'ailleurs, si je n'y vais pas ce soir, ajoutait Leuwen, comment m'y présenter demain? (Son embarras mortel avait recours aux lieux communs.) Veux-je, après tout, me fermer cette maison? Et pour une sottise encore, dans laquelle peut-être j'avais tort[44]. Je puis demander une permission au

colonel et aller passer trois jours à Metz... Je me punirais
moi-même, j'y périrais de douleur. »

D'un autre côté, dans ses sentiments exagérés de délicatesse féminine, Mme de Chasteller n'avait-elle point voulu
lui faire entendre qu'il fallait rendre ses visites plus rares, par
exemple les réduire à une par semaine ? En se représentant si
tôt dans une maison de laquelle il avait été exclu en termes si
formels, ne s'exposait-il pas à redoubler la colère de Mme de
Chasteller et, bien plus, à lui donner de justes motifs de
plainte ? Il savait combien elle était susceptible pour ce
qu'elle appelait les égards dus à son sexe. Il est très vrai que
dans sa lutte désespérée contre le sentiment qu'elle avait
pour Leuwen, Mme de Chasteller, mécontente du peu de
confiance qu'elle pouvait avoir dans ses résolutions les plus
arrêtées, était souvent irritée contre elle-même, et lui faisait
alors de bien mauvaises querelles.

Avec un peu plus d'expérience de la vie, ces querelles,
sans sujet raisonnable de la part d'une femme qui avait autant
d'esprit et dont la modestie et l'équité naturelles étaient bien
loin de s'exagérer les torts des autres, ces querelles auraient
montré à Leuwen de quels combats était le théâtre ce cœur
qu'il assiégeait. Mais ce cœur *politique*[45] avait toujours
méprisé l'amour et ignorait l'art d'aimer, chose si nécessaire. Jusqu'au hasard qui lui avait fait voir Mme de Chasteller et au mouvement de vanité qui lui avait rendu désagréable l'idée qu'une des plus jolies femmes de la ville
pût avoir de justes raisons de se moquer de lui, il s'était
dit :

« Que penserait-on d'un homme qui, en présence d'une
éruption du Vésuve, serait tout occupé à jouer au bilbo-
quet ? »

Cette image imposante a l'avantage de résumer son caractère et celui de ce qu'il y avait de mieux parmi les jeunes
gens de son âge. Quand l'amour était venu remplacer dans le
cœur de ce jeune Romain un sentiment plus sévère, ce qui
restait de l'adoration du devoir s'était transformé en honneur
mal entendu[46].

Mais Leuwen était bien loin de ces idées. Au point de bon
sens et de vieillesse morale où nous en sommes, il faut, j'en
conviens, faire un effort sur soi-même pour pouvoir com-

prendre les affreux combats dont l'âme de notre héros était le théâtre, et ensuite pour ne pas en rire.

Vers le soir, Leuwen, ne pouvant plus tenir en place, se promenait à pas inquiets sur un bout de rempart solitaire, à trois cents pas de l'hôtel de Pontlevé. Comme Tancrède, il se battait contre des fantômes, et il avait besoin d'un grand courage. Il était plus incertain que jamais, lorsqu'une certaine horloge qu'il entendait de fort près lorsqu'il se trouvait dans la petite chambre de Mme de Chasteller vint à sonner sept heures et demie avec cette foule de quarts et de demi-quarts dont les heures sont entourées dans les horloges presque allemandes de l'est de la France.

Le son de cette cloche décida Leuwen. Sans se rendre compte de rien, il eut la vive sensation de l'état de bonheur qu'il goûtait tous les soirs en entendant ces quarts et ces demi-quarts, et il prit en dégoût profond les sentiments tristes, cruels, égoïstes, auxquels il était en proie depuis la veille. Il est même sûr qu'en se promenant sur ce triste rempart, il voyait tous les hommes bas et méchants. La vie lui semblait aride et dépouillée de tout plaisir et de ce qui fait qu'il vaut la peine de vivre. Mais, au son de la cloche, électrisé par cette communauté de sentiments de deux âmes grandes et généreuses, qui fait qu'elles s'entendent à demi-mot, il précipita ses pas vers l'hôtel de Pontlevé.

Il passa rapidement devant la portière.

« Où allez-vous, monsieur ? lui cria-t-elle de sa petite voix tremblante et en se levant de son rouet comme pour lui courir après. Madame est sortie.

— Quoi ! elle est sortie ? Vraiment ? » dit Lucien. Et il restait anéanti et comme pétrifié.

La portière prit son immobilité pour de l'incrédulité.

« Il y a une heure, reprit-elle avec un air de candeur, car elle aimait Leuwen ; vous voyez bien la remise ouverte, et le coupé n'y est pas. »

Leuwen prit la fuite à ces paroles, et en deux minutes il fut de nouveau sur son rempart. Il regardait sans voir le fossé fangeux, et au-delà la plaine aride et désolée.

« Il faut avouer que j'ai fait là une jolie expédition ! Elle me méprise... et au point de sortir exprès une heure avant celle où elle me reçoit tous les jours. Digne punition d'une lâcheté ! Ceci doit me servir de règle pour l'avenir. Si je n'ai pas le courage de résister de près, eh ! bien, il faut solliciter une permission pour Metz [47]. Je souffrirai, mais personne ne voit l'intérieur de mon cœur, et l'éloignement des lieux me sauvera la possibilité de commettre ces sortes de fautes qui déshonorent. Oublions cette femme orgueilleuse... Après tout, je ne suis pas colonel ; il y a plus que de la folie à moi, il y a insensibilité au mépris de s'obstiner à lutter contre l'absence de rang [48]. »

Il vola chez lui, attela lui-même les chevaux à sa calèche en maudissant la lenteur du cocher, et se fit conduire chez Mme de Serpierre. Madame était sortie, et la porte était fermée.

« C'est évident, toutes les portes sont fermées pour moi aujourd'hui. »

Il monta sur le siège et alla au galop au *Chasseur vert ;* les dames de Serpierre n'y étaient point. Il parcourut avec fureur les allées de ce beau jardin. Les musiciens allemands buvaient dans un cabaret voisin ; ils l'aperçurent et coururent après lui.

« Monsieur, monsieur, voulez-vous les duos de Mozart ?
— Sans doute. »

Il les paya et se jeta dans sa voiture pour regagner Nancy.

Il fut reçu chez Mme de Commercy, où il fut d'une gravité parfaite. Il y fit deux robs de whist avec M. Rey, grand vicaire de Mgr l'évêque de Nancy, sans que ce vieux partenaire grognon pût lui reprocher la moindre étourderie.

Après les deux robs, qui avaient paru à Leuwen d'une longueur interminable, il eut encore à soutenir sa partie dans l'histoire de l'enterrement d'un cordonnier auquel l'un des curés de la ville avait refusé le matin l'entrée de l'église.

Leuwen écoutait en pensant à autre chose cette dégoûtante histoire, quand le grand vicaire s'écria :

« Je n'en veux pour juge que M. Leuwen lui-même, quoique engagé au service. »

La patience échappa à Leuwen :

« C'est précisément parce que je suis engagé à ce service, et non pas *quoique*, que j'ai l'honneur de prier M. le grand vicaire de ne rien dire qui me force à faire un refus désagréable.

— Mais, monsieur, les choses réunissent les quatre qualités : acquéreur de biens nationaux, détenteur du... à l'époque du décès, marié devant la municipalité, n'ayant pas voulu contracter un nouveau mariage à son lit de mort.

— Vous en oubliez une cinquième, monsieur : payant une part de l'impôt qui fournit à vos appointements et aux miens. »

Et il partit.

Cependant, le mot eût fini par le perdre, ou du moins par diminuer de moitié la considération dont il jouissait dans Nancy, s'il eût dû habiter encore longtemps cette ville.

Il rencontra dans cette maison son ami le docteur Du Poirier qui le prit par un bouton de son uniforme et, bon gré mal gré, l'emmena se promener sur la place d'armes pour achever de lui expliquer son système de restauration pour la

France : le Code civil, par les partages qui suivent le décès de chaque père de famille, va amener la division des terres à l'infini. La population augmentera, mais ce sera une population malheureuse et manquant de pain. Il faut rétablir en France les grands ordres religieux ; ils auront de vastes propriétés et feront le bonheur du petit nombre de paysans nécessaires à la culture de ces vastes domaines [50].

« Croyez-moi, monsieur, rien de funeste comme une population trop nombreuse et trop instruite... »

Leuwen se conduisit fort bien.

« Cela est plausible, répondit-il... Il y a beaucoup à dire... Je ne suis point assez préparé sur ces hautes questions... »

Il fit quelques objections, mais ensuite eut l'air d'admettre les grands principes du docteur.

« Mais, ce coquin-là, se disait-il tout en écoutant, croit-il à ce qu'il me dit ? (Il examinait attentivement cette grosse tête sillonnée de rides si profondes.) Je vois bien là-dessous la finesse cauteleuse d'un procureur bas-normand, mais non la bonhomie nécessaire pour croire à ces bourdes. Du reste, on ne peut refuser à cet homme un esprit vif, une parole chaleureuse, un grand art à tirer tout le parti possible des plus mauvais raisonnements, des suppositions les plus gratuites. Les formes sont grossières, mais, en homme d'esprit et qui connaît son siècle, loin de vouloir corriger cette grossièreté il s'y complaît ; elle fait son originalité, sa mission et sa force ; on dirait qu'il l'exagère à dessein. C'est un moyen de succès. La noble fierté de ces hobereaux ne peut pas craindre qu'on le confonde avec eux. Le plus sot peut se dire : « Quelle différence de cet homme à moi ! » Et il en admet plus volontiers les bourdes du docteur. S'ils triomphent contre 1830, ils en feront un ministre, ce sera leur Corbière.

« ... Mais neuf heures sonnent, dit-il tout à coup au docteur Du Poirier. Adieu, cher docteur, il faut que je quitte ces raisonnements sublimes qui vous porteront à la Chambre et que vous finirez par mettre à la mode. Vous êtes vraiment l'homme éloquent et persuasif par excellence, mais il faut que j'aille faire ma cour à Mme d'Hocquincourt.

— C'est-à-dire à Mme de Chasteller. Ah ! jeune tête ! Vous prétendez me donner le change, à moi ? »

Et le docteur Du Poirier, avant de se coucher, alla encore

dans cinq ou six maisons savoir les affaires de tous, les diriger, les aider à comprendre les choses les plus simples, tout en ménageant leur vanité infinie et parlant de leurs aïeux au moins une fois la semaine à chacun, et prêcher sa doctrine des grands établissements de moines quand il n'avait rien de mieux à faire ou quand l'enthousiasme l'emportait [51].

Pendant que le docteur parlait, Leuwen, la tête haute, marchait d'un pas ferme, avec la mine intrépide de la résignation et du vrai courage. Il était satisfait de la façon dont il remplissait son devoir. Il monta chez Mme d'Hocquincourt, que ses amis de Nancy appelaient familièrement Mme d'Hocquin [52].

Il y trouva [53] le bon M. de Serpierre et le comte de Vassignies. On parlait de l'éternelle politique : M. de Serpierre expliquait longuement, et malheureusement avec preuves, comment les choses allaient au mieux, avant la Révolution, à l'Intendance de Metz, sous M. de Calonne, depuis ministre si célèbre.

« ... Ce courageux magistrat, disait M. de Serpierre, qui sut poursuivre ce malheureux La Chalotais, le premier des jacobins. On était alors en 1779 [54]... »

Leuwen se pencha vers Mme d'Hocquincourt et lui dit gravement :

« Quel langage, madame, et pour vous et pour moi ! »

Elle éclata de rire. M. de Serpierre s'en aperçut.

« Savez-vous bien, monsieur,... reprit-il d'un air piqué, en s'adressant à Leuwen.

— Ah ! mon Dieu ! me voici en scène, pensa celui-ci. Il était écrit que je tomberais du Du Poirier dans le Serpierre.

— Savez-vous bien, monsieur, continuait M. de Serpierre d'une voix tonnante, que les gentilshommes un peu titrés ou parents de titrés faisaient modérer les tailles et capitations de leurs protégés ainsi que leurs propres vingtièmes ? Savez-vous que quand j'allais à Metz je n'avais point d'autre auberge, moi qui vous parle, ainsi que tout ce qu'il y avait de comme il faut en Lorraine, que l'hôtel de l'Intendance de M. de Calonne ? Là, table somptueuse, des femmes

charmantes, les premiers officiers de la garnison, des tables
de jeu, un ton parfait. Ah! c'était le beau temps! Au lieu de
cela, vous avez un petit préfet morne et sombre, en habit
râpé, qui dîne tout seul, et fort mal, en supposant qu'il dîne!

— Grand Dieu! pensait Leuwen; celui-ci est encore plus
ennuyeux que le Du Poirier. »

Tandis que pour amener la fin de l'allocution il se content-
tait de répondre au discours de M. de Serpierre par une
pantomime admirative, le peu d'attention qu'il donnait et à
ce qu'il écoutait et à ce qu'il faisait laissèrent reprendre tout
leur empire aux pensées tendres.

« Il est évident, se disait-il, que, sans être le dernier des
hommes, je ne puis plus me présenter chez Mme de Chasteller. Tout est fini entre nous. Je ne puis plus me permettre,
tout au plus, que quelque rare visite de convenance de temps
à autre. En termes de l'art, j'ai eu mon congé. Les comtes
Roller, mes ennemis, le grand cousin Blançay, mon rival,
qui dîne cinq jours de la semaine à l'hôtel de Pontlevé et
prend du thé, tous les soirs, avec le père et la fille, tout cela
va bientôt s'apercevoir de ma disgrâce, et je vais être tympanisé d'importance. Gare le mépris, monsieur aux belles livrées jaunes et aux chevaux fringants! Tous ceux dont vous
avez fait trembler les vitres par le retentissement des roues de
vos voitures qui ébranlent le pavé, célébreront à l'envi votre
échec ridicule. Vous tomberez bien bas, mon ami! Peut-être
les sifflets vous chasseront-ils de ce Nancy que vous mépri-
sez tant. Jolie façon pour cette ville de se graver dans votre
souvenir! »

Tout en se livrant à ces réflexions agréables, les yeux de
Leuwen étaient fixés sur les jolies épaules de Mme d'Hocquincourt, qu'une charmante camisole d'été, arrivée de Paris
la veille, laissait fort découvertes. Tout à coup, il fut éclairé
par une idée :

« Voilà mon bouclier contre le ridicule. Attaquons! »

Il se pencha vers Mme d'Hocquincourt et lui dit tout bas :

« Ce qu'il pense de M. de Calonne qu'il regrette tant, je le
pense, moi, de notre joli tête-à-tête de l'autre jour. Je fus
bien gauche de ne pas profiter de l'attention sérieuse que je
lisais dans vos yeux, pour essayer si vous voudriez de moi
pour l'ami du cœur.

— Tâchez de me rendre folle, je ne m'y oppose pas », dit Mme d'Hocquincourt d'un air simple et froid. Elle le regardait en silence avec beaucoup d'attention et une petite moue philosophique charmante. Sa beauté, en ce moment, était relevée par un petit air de grave impartialité, délicieux.

« Mais, ajouta-t-elle quand il eut fait tout son effet, comme ce que vous me demandez n'est point un devoir, au contraire, tant que je ne serai pas folle de vos beaux yeux, mais folle à lier, n'attendez rien de moi. »

Le reste de la conversation à mi-voix répondit à un début aussi vif.

M. de Serpierre cherchait toujours à engager Leuwen dans ses raisonnements. Lucien l'avait accoutumé à beaucoup de complaisance de sa part quand il se rencontrait chez lui sans Mme de Chasteller. A la fin, M. de Serpierre vit bien aux sourires de Mme d'Hocquincourt que l'attention que lui prêtait Leuwen ne devait être que de la politesse pénible. Le vénérable vieillard prit le parti de se rabattre complètement sur M. de Vassignies, et ces messieurs se mirent à se promener dans le salon.

Leuwen était du plus beau sang-froid ; il cherchait à s'enivrer de la peau si blanche et si fraîche et des formes si voluptueuses qui étaient à deux pieds de ses yeux[55]. Tout en les louant beaucoup, il entendit que le Vassignies répondait à son partenaire en tâchant de lui inculquer les grands ordres religieux de M. Du Poirier, et les inconvénients de la division des terres et d'une population trop nombreuse.

La promenade politique de ces messieurs et la conversation galante de Leuwen duraient depuis un quart d'heure, lorsque Leuwen s'aperçut que Mme d'Hocquincourt n'était pas sans intérêt pour les propos tendres qu'il débitait à grand effort de mémoire. En un clin d'œil, cet intérêt lui fournit des idées nouvelles et des paroles qui ne furent pas sans grâce. Elles exprimaient ce qu'il sentait.

« Quelle différence de cet air riant, poli, plein de considération, avec lequel elle m'écoute, et de ce que je rencontre ailleurs ! Et ces bras potelés qui brillent sous cette gaze si transparente ! ces jolies épaules dont la molle blancheur flatte l'œil ! Rien de tout cela auprès de l'autre ! Un air hautain, un regard sévère et une robe qui monte jusqu'au cou[56]. Plus que tout cela, un penchant décidé pour les officiers d'un rang supérieur. Ici l'on me fait entendre, à moi non noble, et sous-lieutenant seulement, que je suis l'égal de tout le monde, au moins [57]. »

La vanité blessée de Leuwen rendait bien vif, chez lui, le plaisir de réussir.

MM. de Serpierre et de Vassignies, dans le feu de leur discussion, s'arrêtaient souvent à l'autre bout du salon. Leuwen sut profiter de ces instants de liberté complète, et on l'écoutait avec une admiration tendre [58].

Ces messieurs étaient à l'autre bout du salon depuis plusieurs minutes, arrêtés apparemment par quelque raisonnement frappant de M. de Vassignies en faveur des vastes terres et de la culture en grand, si favorables à la noblesse, quand arriva tout à coup, jusqu'à deux pas de Mme d'Hocquincourt, Mme de Chasteller, suivant de près, avec sa démarche jeune et légère, le laquais qui l'annonçait et que l'on n'avait pas écouté.

Il lui fut impossible de ne pas voir dans les yeux de Mme d'Hocquincourt, et même dans ceux de Leuwen, combien elle arrivait peu à propos. Elle se mit à parler beaucoup, avec gaieté et à voix haute, de ce qu'elle avait remarqué dans ses visites de la soirée. De cette façon, Mme d'Hocquincourt ne fut point embarrassée. Mme de Chasteller fut même mauvaise langue et commère, choses que jamais Leuwen n'avait vues chez elle.

« De la vie je ne lui aurais pardonné, se dit-il, si elle s'était mise à faire de la vertu et à embarrasser cette pauvre petite d'Hocquincourt. Au milieu de tout cela, elle a fort bien vu la nuance de trouble que commençait à créer mon talent pour la séduction. »

Leuwen était à demi sérieux en se prononçant cette phrase.

Mme de Chasteller lui parla avec liberté et grâce, comme à l'ordinaire. Elle ne disait rien qui fût remarquable, mais, grâce à elle, la conversation était vivante, et même brillante, car rien n'est amusant comme le commérage bien fait [59].

MM. de Vassignies et de Serpierre avaient quitté leur politique et s'étaient rapprochés, attirés par les grâces de la médisance. Leuwen parlait assez souvent.

« Il ne faut pas qu'elle s'imagine que je suis absolument au désespoir parce qu'elle m'a fermé sa porte [60]. »

Mais en parlant et tâchant d'être aimable, il oublia jusqu'à l'existence de Mme d'Hocquincourt. Sa grande affaire, au milieu de son air riant et désoccupé, était d'observer du coin de l'œil si ses beaux propos avaient quelque succès auprès de Mme de Chasteller.

« Quels miracles mon père ne ferait-il pas à ma place, pensait Leuwen, dans une conversation ainsi adressée à une personne pour être entendue par une autre ! Il trouverait encore le moyen de la faire satirique ou complimenteuse pour une troisième. Je devrais par le même mot qui doit agir sur Mme de Chasteller continuer à faire la cour à Mme d'Hocquincourt. »

Ce fut la seule fois qu'il pensa à celle-ci, et encore à travers son admiration pour l'esprit de son père.

L'unique soin de Mme de Chasteller était, de son côté, de voir si Leuwen s'apercevait de la vive peine qu'elle avait éprouvée en le trouvant établi ainsi d'un air d'intimité auprès de Mme d'Hocquincourt [61].

« Il faudrait savoir s'il s'est présenté chez moi avant de venir ici », pensait-elle.

Peu à peu, il vint beaucoup de monde : MM. Murcé, de Sanréal, de Roller, de Lanfort, et quelques autres inconnus au lecteur, et dont, en vérité, il ne vaut pas la peine de lui faire faire la connaissance. Ils parlaient trop haut et gesticulaient comme des acteurs. Bientôt parurent Mmes de Puy-Laurens, de Saint-Cyran, enfin M. d'Antin lui-même.

Malgré elle, Mme de Chasteller regardait toujours les yeux de sa brillante rivale. Après avoir répondu à tout le monde et fait rapidement le tour du salon, ces yeux, qui ce soir-là avaient presque le feu de la passion, revenaient toujours à Leuwen et semblaient le contempler avec une curiosité vive.

« Ou plutôt, ils lui demandent de l'amuser, se disait Mme de Chasteller. M. Leuwen lui inspire plus de curiosité que M. d'Antin, voilà tout. Ses sentiments ne vont pas au-delà *pour aujourd'hui ;* mais chez une femme de ce caractère, les incertitudes ne sont pas de longue durée [62]. »

Rarement Mme de Chasteller avait une sagacité aussi rapide. Ce soir-là, un commencement de jalousie la vieillissait.

Quand la conversation fut bien animée et que Mme de Chasteller put se taire sans inconvénient, sa physionomie devint assez sombre; ensuite, elle s'éclaircit tout à coup:

« M. Leuwen, se dit-elle, ne parle pas à Mme d'Hocquincourt avec le son de voix qu'on a en parlant à ce qu'on aime. »

Pour se soustraire un peu aux compliments de tous les arrivants, Mme de Chasteller s'était rapprochée d'une table sur laquelle était jetée une foule de caricatures contre l'ordre de choses [63]*. Leuwen bientôt cessa de parler; elle s'en aperçut avec délices.

Serait-il vrai? se dit-elle. Quelle différence cependant de ma sévérité, qui peut-être est un peu prude et tient à mon caractère trop sérieux, avec la joie, le laisser-aller, les grâces toujours nouvelles, toujours naturelles, de cette brillante d'Hocquincourt! Elle a eu trop d'amants, mais d'abord est-ce un défaut aux yeux d'un sous-lieutenant de vingt-trois ans, et qui a des opinions si singulières? Et d'ailleurs, le sait-il? »

Leuwen changeait fort souvent de position dans le salon. Il était enhardi à ces mouvements fréquents parce qu'il voyait tout le monde fort occupé par la nouvelle qui venait de se répandre qu'un camp de cavalerie allait être formé près de Lunéville. Cette nouvelle imprévue fit entièrement oublier Leuwen et l'attention que Mme d'Hocquincourt lui accordait ce soir-là. Lui, de son côté, avait également oublié les personnes présentes. Il ne se souvenait d'elles que pour craindre les regards curieux. Il brûlait de s'approcher de la table des caricatures, mais il trouvait que de sa part ce serait un manque de dignité impardonnable.

« Peut-être même un manque d'égards envers Mme de Chasteller, ajoutait-il avec amertume. Elle a voulu m'évitez chez elle, et j'abuse de ma présence dans le même salon qu'elle pour la forcer à m'écouter. »

Tout en trouvant ce raisonnement sans réplique, au bout de quelques minutes Leuwen se vit si rapproché de la table sur laquelle Mme de Chasteller était un peu penchée, que ne pas lui parler du tout eût été une chose marquée.

« Ce serait du dépit, se dit Leuwen, et c'est ce qu'il ne faut pas. »

Il rougit beaucoup. Le pauvre garçon n'était pas assez sûr dans ce moment des règles du savoir-vivre, elles disparaissaient à ses yeux, il les oubliait.

Mme de Chasteller, en éloignant une caricature pour en prendre une autre, leva un peu les yeux et vit bien cette rougeur, qui ne fut pas sans influence sur elle. Mme d'Hocquincourt, de loin, voyait fort bien aussi tout ce qui se passait près de la table verte, et M. d'Antin, qui cherchait à l'amuser, dans ce moment, par une histoire plaisante, lui parut un conteur infini dans ses développements.

Leuwen osa lever les yeux sur Mme de Chasteller, mais il tremblait de rencontrer les siens, ce qui l'eût forcé de parler à l'instant. Il trouva qu'elle regardait une gravure, mais d'un air hautain et presque en colère. La pauvre femme avait eu la mauvaise pensée de prendre la main de Leuwen, qu'il appuyait sur la table en tenant de l'autre une gravure, et de la porter à ses lèvres[64]. Cette idée lui avait fait horreur et l'avait mise dans une véritable colère contre elle-même.

« Et j'ose quelquefois blâmer avec hauteur Mme d'Hocquincourt ! se dit-elle ; dans le moment encore j'osais la mépriser. Je jurerais bien qu'une aussi infâme tentation ne s'est pas présentée à elle de toute la soirée. Dieu ! D'où de telles horreurs peuvent-elles me venir[65] ?

— Il faut en finir, se dit Leuwen, un peu choqué de cet air hautain, et puis n'y plus songer.

» Quoi ! madame, serais-je assez malheureux pour vous inspirer encore de la colère ? S'il en est ainsi, je m'éloigne à l'instant[66]. »

Elle leva les yeux, et ne put s'empêcher de lui sourire avec une extrême tendresse.

« Non, monsieur, lui dit-elle[68] quand elle put parler. J'avais de l'humeur contre moi-même, pour une sotte idée qui m'était venue[69].

» Dieu ! Dans quelle histoire est-ce que je m'engage ? Il ne me manque plus que de lui en faire confidence ! »

Elle devint si excessivement rouge que Mme d'Hocquincourt, dont l'œil ne les avait pas quittés, se dit :

« Les voilà réconciliés, et mieux que jamais. En vérité, s'ils l'osaient, ils se jetteraient dans les bras l'un de l'autre. »

Leuwen allait s'éloigner. Mme de Chasteller le vit.

« Restez auprès de moi, là [70], lui dit-elle ; mais, en vérité, je ne saurais vous parler en ce moment. »

Et ses yeux se remplirent de larmes. Elle se baissa beaucoup et regarda attentivement une gravure.

« Ah ! nous en sommes aux larmes ! » se dit Mme d'Hocquincourt.

Leuwen était tout interdit, et se disait :

« Est-ce amour ? Est-ce haine ? Mais il me semble que ce n'est pas de l'indifférence. Raison pour m'éclaircir, et en finir [71].

— Vous me faites tellement peur que je n'ose vous répondre, lui dit-il d'un air en effet fort troublé.

— Et que pourriez-vous me dire ? reprit-elle avec hauteur.

— Que vous m'aimez, mon ange. Dites-le-moi, je n'en abuserai jamais. »

Mme de Chasteller allait dire : « Eh ! bien, oui, mais ayez pitié de moi », lorsque Mme d'Hocquincourt, qui s'approchait rapidement, frôla la table avec sa robe de toile anglaise toute raide d'apprêt, et ce fut par ce bruit seulement que Mme de Chasteller s'aperçut de sa présence. Un dixième de seconde de plus, et elle répondait à Leuwen devant Mme d'Hocquincourt.

« Dieu ! Quelle horreur ! pensa-t-elle. Et à quelle infamie suis-je donc réservée ce soir ? Si je lève les yeux, Mme d'Hocquincourt, lui-même, tout le monde, verra que je l'aime. Ah ! quelle imprudence j'ai commise en venant ici ce soir ! Je n'ai plus qu'un parti à prendre : dussé-je périr à cette place, je vais rester ici, immobile et en silence. Peut-être ainsi parviendrai-je à ne plus rien faire dont je doive rougir. »

Les yeux de Mme de Chasteller restèrent en effet fixés sur une gravure, et elle se baissa extrêmement sur la table.

Mme d'Hocquincourt attendit un instant que Mme de Chasteller relevât les yeux, mais sa méchanceté n'alla pas plus loin. Elle n'eut point l'idée de lui adresser quelque parole piquante qui, tout en augmentant son trouble, l'eût forcée à relever les yeux et à se donner en spectacle. Elle oublia Mme de Chasteller et n'eut plus d'yeux que pour

Leuwen. Elle le trouva ravissant en ce moment : il avait des yeux tendres, et cependant un petit air mutin. Lorsqu'elle ne pouvait pas s'en moquer chez un homme, cet air mutin décidait de la victoire [72].

CHAPITRE XXXI [73]

Mme de Chasteller avait oublié son amour pour être uniquement attentive au soin de sa gloire. Elle prêta l'oreille à la conversation générale ; le camp de Lunéville et ses suites probables, qui n'étaient rien moins que la chute immédiate du pouvoir [74] qui avait l'imprudence d'en ordonner la formation, occupait encore toutes les attentions. Mais on en était à répéter des idées et des faits déjà dits plusieurs fois : on était beaucoup plus sûr de la cavalerie que de l'infanterie, etc., etc. [75]

« Ce rabâchage, pensa Mme de Chasteller, va bientôt impatienter Mme de Puy-Laurens ; elle va prendre un parti pour ne pas s'ennuyer. Placée auprès d'elle et dans les rayons de sa gloire, je pourrai écouter et me taire, et surtout M. Leuwen ne pourra plus me parler. »

Mme de Chasteller traversa le salon sans rencontrer Leuwen. Ce fut un grand point. Si ce beau jeune homme avait eu un peu de talent, il se faisait dire qu'on l'aimait et se fût fait donner parole qu'on le recevrait tous les jours de la vie.

On connaissait le goût de Mme de Chasteller pour l'esprit brillant de Mme de Puy-Laurens ; elle se plaça auprès d'elle. Mme de Puy-Laurens décrivait l'abandon malséant et la solitude ennuyeuse où la désertion de la bonne compagnie des environs allait laisser la ville.

Réfugiée dans ce port, Mme de Chasteller, qui se sentait presque des larmes aux yeux [76] et qui surtout était hors d'état de regarder Leuwen, rit beaucoup des ridicules que Mme de Puy-Laurens donnait à tout ce qui se mêlerait du camp de Lunéville.

Mme de Chasteller, une fois remise du mauvais pas et du

moment de terreur qui lui avait fait tout oublier, remarqua
que Mme d'Hocquincourt ne quittait plus d'un pas M. Leuwen [77]. Elle semblait vouloir le faire parler, mais Mme de
Chasteller croyait voir, à la vérité de fort loin, qu'il était
assez taciturne.

« Serait-il choqué du ridicule que l'on veut jeter sur le
prince qu'il sert ? Mais, il me l'a dit cent fois, il ne sert aucun
prince ; il sert la patrie, et trouve fort ridicule la prétention du
premier magistrat qui fait appeler ce métier *être à son service*. C'est ce que je prétends lui montrer, ajoute souvent
Leuwen. »

Ils étaient depuis longtemps parfaitement d'accord là-dessus [78].

« Ce silence, continua Mme de Chasteller, voudrait-il
montrer de l'insensibilité pour la cour marquée que lui fait
Mme d'Hocquincourt ? Il doit se croire bien maltraité par
moi ; serait-il malheureux ? En serais-je la cause [79] ? »

Mme de Chasteller n'osait le croire, et cependant son
attention avait redoublé. Leuwen parlait fort peu en effet, il
fallait vraiment lui arracher les paroles. Sa vanité lui avait
dit : « Il est possible que Mme de Chasteller se moque de
vous. S'il en est ainsi, bientôt tout Nancy l'imitera.
Mme d'Hocquincourt serait-elle du complot ? En ce cas,
auprès d'elle je ne dois montrer des prétentions que le lendemain de la victoire, et ici. Si l'on songe à moi, quarante
personnes peuvent m'observer. Dans tous les cas, mes ennemis ne manqueront pas de dire que je lui fais la cour pour
masquer ma déconvenue auprès de Bathilde. Il faut montrer
à ces bourgeois malveillants que c'est elle qui me fait la
cour, et pour cela faire je ne dirai pas un mot du reste de la
soirée. J'irai jusqu'au manque de politesse. »

Ce caprice de Leuwen redoubla celui de Mme d'Hocquincourt. Elle n'eut plus d'yeux ni d'oreilles pour M. d'Antin ;
elle lui dit deux ou trois fois d'un air bref et comme pressée
de s'en délivrer :

« Mon cher d'Antin, ce soir vous êtes ennuyeux ! »

Puis, elle revenait bien vite à l'examen de ce problème si
intéressant :

« Quelque chose a choqué Leuwen ; ce silence ne lui est

pas naturel. Mais qu'ai-je pu faire qui ait pu lui déplaire ? »

Comme Leuwen ne s'approcha pas une seule fois de Mme de Chasteller, Mme d'Hocquincourt en conclut aisément que tout était fini entre eux. D'ailleurs, elle devait à son génie naturel ce point de dissemblance marqué avec la province : elle s'occupait infiniment peu des affaires des autres, et poursuivait en revanche avec une activité incroyable les projets qui se présentaient à sa tête folle. Les siens sur Leuwen furent facilités par une circonstance grave : c'était vendredi le lendemain, et pour ne pas participer à la profanation de cette journée de pénitence, M. d'Hocquincourt, jeune homme de vingt-huit ans aux belles moustaches châtaines, s'était allé coucher longtemps avant minuit. A l'instant de son départ, Mme d'Hocquincourt avait fait servir du vin de Champagne et du punch.

« On dit, pensait-elle, que mon bel officier aime à s'enivrer ; il doit être bien joli dans cet état-là. Voyons-le. »

Mais Leuwen ne se départit point d'une fatuité digne de sa patrie ; pendant toute la fin de cette soirée, il ne daigna pas dire trois mots de suite ; ce fut là tout le spectacle qu'il présenta à Mme d'Hocquincourt. Elle en fut étonnée au dernier point, et à la fin ravie.

« Quel être étonnant, et à vingt-trois ans ! pensait-elle. Quelle différence avec les autres ! »

L'autre partie du duetto pensé par Leuwen était celle-ci : « On ne saurait être trop chargé avec ces hobereaux-ci. C'est pour le coup qu'il faut *frapper fort*. »

La bêtise des raisonnements qu'il entendait faire sur le camp de Lunéville, d'où devait sortir évidemment la chute du roi, ne le piquait nullement à cause de l'habit qu'il portait, mais deux ou trois fois elle lui arracha, sur le ton d'une prière éjaculatrice :

« Grand Dieu ! Dans quelle plate compagnie le hasard m'a-t-il jeté [80] ! Comment faire pour être plus sot et plus mesquinement bourgeois ? Quel attachement farouche au plus petit intérêt d'argent ! Et ce sont là les descendants des vainqueurs de Charles le Téméraire ! »

Telles étaient ses pensées en buvant avec gravité les verres de vin de Champagne que Mme d'Hocquincourt lui versait avec ravissement.

« Est-ce que je ne pourrai donc pas lui faire quitter cet air hautain ? » pensait-elle.

Et Leuwen ajoutait tout bas :

« Les domestiques de ces gens-ci, après deux ans de guerre dans un régiment commandé par un colonel juste, vaudraient cent fois mieux que leurs maîtres. On trouverait chez ces domestiques un dévouement sincère à quelque chose. Et pour comble de ridicule, ces gens-ci parlent sans cesse de *dévouement*, c'est-à-dire justement de la chose au monde dont ils sont le plus incapables. »

Ces pensées égoïstes, philosophiques, politiques, très fausses peut-être, étaient la seule ressource de Leuwen quand Mme de Chasteller le rendait malheureux. Ce qui faisait de Leuwen un sous-lieutenant philosophique, c'est-à-dire triste et assez plat sous l'effet d'un vin de Champagne admirablement frappé, comme c'était la mode alors, c'était une idée fatale qui commençait à poindre dans son esprit.

« Après ce que j'ai osé dire à Mme de Chasteller, après ce mot de *mon ange,* d'une familiarité si crue (en vérité, quand je lui parle je n'ai pas le sens commun, je devrais écrire ce que je veux lui dire ; où est la femme, quelqu'indulgente qu'elle soit, qui ne s'offenserait pas d'être appelée *mon ange,* surtout quand elle ne répond pas du même ton ?), après ce mot si cruellement imprudent, le premier qu'elle m'adressera va décider de mon sort. Elle me chassera, je ne la verrai plus... Il faudra voir Mme d'Hocquincourt. Et combien je vais être excédé par ces empressements continus et sans mesure, et il faudra m'y soumettre tous les soirs. Si je m'approche de Mme de Chasteller, mon sort peut se décider ici. Et je ne pourrais pas répliquer. D'ailleurs, elle peut être encore dans le premier transport de la colère. Si ce mot est : « Je ne serai pas chez moi avant le 15 du mois prochain ? »

Cette idée fit tressaillir Leuwen.

« Sauvons du moins la gloire. Il faut redoubler de fatuité atroce envers ces noblilions. Leur haine pour moi ne peut pas être augmentée, et ces âmes basses me respecteront en raison directe de mon insolence[a]. »

---

a. C'est un fat qui parle.

A ce moment, un des comtes Roller disait à M. de San-réal, déjà fort animé par le punch :

« Suis-moi. Il faut que je m'approche de ce fat-là, et lui dise deux mots fermes sur son roi Louis-Philippe. »

Mais alors précisément cette horloge à l'allemande, qui avait tant de pouvoir sur le cœur de Leuwen, sonnait avec tous ses carillons une heure du matin. Mme la marquise de Puy-Laurens elle-même, malgré son amour pour les heures avancées, se leva, et tout le monde la suivit. Ainsi notre héros n'eut point à montrer sa bravoure ce soir-là.

« Si j'offre mon bras à Mme de Chasteller, elle peut me dire un mot décisif. »

Il se tint immobile à la porte et il la vit passer devant lui, les yeux baissés et fort pâle, donnant le bras à M. de Blan-çay.

« Et c'est là le premier peuple de l'univers ! pensait Leu-wen en traversant les rues solitaires et puantes de Nancy pour revenir à son logement. Grand Dieu ! Que doit-il se passer dans les soirées des petites villes de Russie, d'Allemagne, d'Angleterre ! Que de bassesses ! Que de cruautés froidement atroces ! Là règne ouvertement cette classe privilégiée que je trouve, ici, à demi engourdie et *matée* par son exil du budget. Mon père a raison : il faut vivre à Paris, et unique-ment avec les gens qui mènent joyeuse vie. Ils sont heureux, et par là moins méchants. L'âme de l'homme est comme un marais infect : si l'on ne passe pas vite, on enfonce. »

Un mot de Mme de Chasteller eût changé ces idées philo-sophiques en extases de bonheur. L'homme malheureux cherche à se fortifier par la philosophie, mais pour premier effet elle l'empoisonne jusqu'à un certain degré en lui faisant voir le bonheur impossible [81].

Le lendemain matin, le régiment eut beaucoup d'affaires : il fallait préparer le livret [82] de chaque lancier pour l'inspec-tion qui devait avoir lieu avant le départ pour le camp de Lunéville ; on devait inspecter leur habillement pièce par pièce.

« Ne dirait-on pas, se disaient les vieilles moustaches, que nous allons passez la revue de Napoléon ?

— C'est plus qu'il n'en faut, disaient les jeunes sous-offi-ciers, pour la guerre de pots de chambre et de pommes cuites à laquelle nous sommes appelés. Quel dégoût! Mais si jamais il y a guerre, il faut se trouver ici, et savoir le *métier*. »

Après le travail d'inspection dans les chambres de la caserne, le colonel donna une heure pour la soupe, fit sonner à cheval, et il tint le régiment quatre heures à la manœuvre. Leuwen porta dans ces diverses occupations un sentiment de bienveillance pour les soldats; il se sentait une tendre pitié des faibles, et, au bout de quelques heures, il n'était plus qu'amant passionné. Il avait oublié Mme d'Hocquincourt ou, s'il s'en souvenait, ce n'était que comme d'un pis-aller qui sauverait sa gloire, mais en l'accablant d'ennui. Son affaire sérieuse, à laquelle il revenait dès que le mouvement actuel ne s'emparait pas de force de toute son attention, c'était ce problème : «Comment Mme de Chasteller me recevra-t-elle ce soir?»

Dès que Leuwen fut seul, son incertitude à cet égard alla jusqu'à l'anxiété. Après la pension, il tira sa montre en montant à cheval.

« Il est cinq heures; je serai de retour ici à sept heures et demie, et à huit mon sort sera décidé. Cette façon de parler : *mon ange,* est peut-être de mauvais goût avec tout le monde. Envers une femme légère, comme Mme d'Hocquincourt, elle pourrait passer; un mot galant et vif sur sa beauté l'excuserait. Mais avec Mme de Chasteller! Par quelle imprudence ce mot si cru a-t-il été mérité par cette femme sérieuse, raisonnable, sage?... Oui, *sage.* Car enfin, je n'ai pas vu son intrigue avec le lieutenant-colonel du régiment de hussards, et ces gens-ci sont si menteurs, si calomniateurs! Quelle foi peut-on ajouter à ce qu'ils disent?... D'ailleurs, voici longtemps que je n'en entends plus parler... Enfin, pour le trancher net, je ne l'ai pas *vu,* et désormais je ne veux croire que ce que *j'aurai vu.* Il y a peut-être des nigauds parmi ces gens d'hier, qui, voyant le ton que j'ai pris avec Mme d'Hocquincourt et ses prévenances incroyables, diront que je suis son amant... Eh! bien, tel pauvre diable qui en serait amoureux croirait à leurs rapports... Non, un homme sensé ne croit qu'à ce qu'il a vu, et encore bien vu. Dans les façons de Mme de Chasteller, qu'est-ce qui trahit une femme habituée à ne pas vivre sans amant?... On pourrait au contraire l'accuser d'un excès de réserve, de pruderie. La pauvre femme! Hier, plusieurs fois, elle a été gauche par timidité... Avec moi, souvent, en tête à tête, elle rougit et ne peut pas terminer sa phrase; évidemment, la pensée qu'elle voulait exprimer l'a abandonnée... Comparée à toutes ces dames d'hier soir, la pauvre femme a l'air de la déesse de la chasteté. Les demoiselles de Serpierre, dont la vertu est proverbiale dans le pays, à l'esprit près n'ont pas un ton différent du sien. La moitié des idées de Mme de Chasteller leur sont invisibles, voilà tout, et ces idées ne peuvent s'exprimer qu'avec un langage un peu philosophique, et qui, par là, a l'air moins retenu. Même, je puis dire à ces demoiselles bien des choses dont Mme de Chasteller conçoit la portée et qu'elle ne souffre pas. En un mot, de tous ces gens d'hier soir, à peine croirais-je leur témoignage, quand il s'agirait d'un fait matériel. Je n'ai contre Mme de Chasteller de témoignage explicite que celui du maître de poste Bouchard. J'ai eu tort de ne pas cultiver cet homme; quoi de plus simple que de prendre des chevaux chez lui, et d'aller les choisir dans son écurie? C'est lui qui m'a donné mon marchand de foin, mon maréchal, ses gens me voient d'un bon œil. Je suis un nigaud. »

Leuwen ne s'avouait pas que la personne de Bouchard lui faisait horreur: c'était le seul homme qui eût parlé ouvertement mal de Mme de Chasteller. Les demi-mots qu'il avait surpris un jour chez Mme de Serpierre étaient fort indirects. Sa hauteur, à laquelle personne, dans Nancy, se fût bien gardé d'assigner une autre cause que les quinze ou vingt mille francs de rente que son mari lui avait laissés en mourant, n'était que l'impression de l'impatience que lui causaient les compliments un peu trop directs dont cette fortune la rendait l'objet.

Tout en faisant ces tristes raisonnements[83], Leuwen maintenait son cheval au grand trot. Il entendit sonner six heures et demie à l'horloge d'un petit village à mi-chemin de Darney.

« Il faut retourner, pensa-t-il, et dans une heure et demie mon sort sera décidé. »

Tout à coup, au lieu de tourner la tête de son cheval, il le poussa au galop. Il ne cessa de galoper qu'à Darney, cette petite ville où autrefois il était allé chercher une lettre de

Mme de Chasteller. Il tira sa montre, il était huit heures [84].

« Impossible de voir ce soir Mme de Chasteller », se dit-il
en respirant plus librement. C'était un malheureux condamné
qui vient d'obtenir sursis.

Le lendemain soir, après la journée la plus occupée de sa
vie et pendant laquelle il avait changé deux ou trois fois de
projets, Leuwen fut cependant forcé de se présenter chez
Mme de Chasteller. Elle le reçut avec ce qui lui sembla une
froideur extrême : c'était de la colère contre soi-même, et de
la gêne avec Leuwen [85].

S'il se fût présenté la veille, Mme de Chasteller s'était décidée : elle l'eût prié de ne venir chez elle, à l'avenir, qu'une fois la semaine [87]. Elle était encore sous l'empire de la terreur causée par le mot que, la veille, Mme d'Hocquincourt avait été sur le point d'entendre, et elle de prononcer. Sous l'empire de la soirée terrible passée chez Mme d'Hocquincourt, à force de se dire qu'il lui serait impossible, à la longue, de cacher à Leuwen ce qu'elle sentait pour lui, Mme de Chasteller s'était arrêtée, avec assez de facilité, à la résolution de le voir moins souvent. Mais à peine ce parti pris, elle en sentit toute l'amertume. Jusqu'à l'apparition de Leuwen à Nancy, elle avait été en proie à l'ennui, mais cet ennui eût été maintenant pour elle un état délicieux, comparé au malheur de voir rarement cet être qui était devenu l'objet unique de ses pensées. La veille, elle l'avait attendu avec impatience ; elle désirait avoir eu le courage de parler. Mais l'absence de Leuwen dérangea tous ses sentiments. Son courage avait été mis aux plus rudes épreuves ; vingt fois, pendant trois mortelles heures d'attente, elle avait été sur le point de changer de résolution. D'un autre côté, le péril pour l'honneur était immense.

« Jamais mon père, pensait-elle, ni aucun de mes parents ne consentira à ce que j'épouse M. Leuwen, un homme du parti contraire, un *bleu*, et qui n'est pas noble. Il n'y faut pas même penser ; lui-même n'y pense pas. Que fais-je donc ? Je ne puis plus penser qu'à lui. Je n'ai point de mère pour me garder, je manque d'une amie à qui je puisse demander des conseils : mon père m'a séparée violemment de Mme de Constantin. A qui, dans Nancy, oserais-je seulement faire

entrevoir l'état de mon cœur? Il faut donc que je sois sévère
pour moi-même [88]. »

Ces raisonnements se soutenaient assez bien, quand enfin
dix heures sonnèrent, ce qui est, à Nancy, le moment après
lequel il n'est plus permis de se présenter dans une maison
non ouverte.

« C'en est fait, se dit Mme de Chasteller, il est chez
Mme d'Hocquincourt. Puisqu'il ne vient plus, ajouta-t-elle
avec un soupir, en perdant toute occasion de le voir il est
inutile de tant m'interroger moi-même pour savoir si j'aurai
le courage de lui parler sur la fréquence de ses visites. Je puis
me donner quelque répit. Peut-être ne viendra-t-il pas demain. Peut-être ce sera lui qui, sans effort de ma part, et tout
naturellement, cessera de venir ici tous les jours [89]. »

Lorsque Leuwen parut enfin le lendemain, elle aussi, deux
ou trois fois depuis la veille, avait entièrement changé de
pensée à son égard. Il y avait des moments où elle voulait lui
faire confidence de ses embarras comme à son meilleur ami
et lui dire ensuite :

« Décidez. — Si, comme en Espagne, je le voyais au
travers d'une grille, par la fenêtre, moi au rez-de-chaussée de
ma maison, et lui dans la rue, à minuit, je pourrais lui dire
ces choses dangereuses. Mais si tout à coup il me prend la
main en me disant, comme avant-hier, d'un ton si simple et
si vrai : « Mon ange, vous m'aimez », puis-je répondre de
moi ? »

Après les salutations d'usage, une fois assis vis-à-vis l'un
de l'autre, ils étaient pâles, ils se regardaient, ils ne trouvaient rien à se dire.

« Vous étiez hier, monsieur, chez Mme d'Hocquincourt ?

— Non, madame, dit Leuwen, honteux de son embarras
et reprenant la résolution héroïque d'en finir et de faire
décider son sort une fois pour toutes. Je me trouvais à cheval
sur la route de Darney lorsqu'a sonné l'heure à laquelle
j'aurais pu avoir l'honneur de me présenter chez vous. Au
lieu de revenir, j'ai poussé mon cheval comme un fou pour
me mettre dans l'impossibilité de vous voir. Je manquais de
courage ; il était au-dessus de mes forces de m'exposer à
votre sévérité habituelle pour moi. Il me semblait entendre
mon arrêt de votre bouche. »

Il se tut, puis ajouta d'une voix mal articulée et qui peignait la timidité la plus complète :

« La dernière fois que je vous ai vue, auprès de la petite table verte [90], je l'avouerai,... j'ai osé me servir d'un mot qui, depuis, m'a causé bien des remords. Je crains d'être puni par vous d'une façon sévère, car vous n'avez pas d'indulgence pour moi [91].

— Oh ! monsieur, puisque vous avez le repentir, je vous pardonne ce mot, dit Mme de Chasteller en essayant de prendre une manière d'être gaie et sans conséquence. Mais j'ai à vous parler, monsieur, d'objets bien plus importants pour moi [92]. »

Et son œil, incapable de soutenir plus longtemps l'apparence de la gaieté, prit un sérieux profond.

Leuwen frémit ; il n'avait point assez de vanité pour que le dépit d'avoir peur lui donnât le courage de vivre séparé de Mme de Chasteller. Que devenir les jours où il ne lui serait pas permis de la voir ?

« Monsieur, reprit Mme de Chasteller avec gravité, je n'ai point de mère pour me donner de sages avis. Une femme qui vit seule, ou à peu près, dans une ville de province, doit être attentive aux moindres apparences. Vous venez souvent chez moi...

— Eh ! bien ? » dit Leuwen, respirant à peine.

Jusque-là, le ton de Mme de Chasteller avait été convenable, sage, froid, aux yeux de Leuwen du moins. Le son de voix avec lequel il prononça ce mot : *eh ! bien*, eût manqué peut-être au Don Juan le plus accompli ; chez Leuwen il n'y avait aucun talent, c'était l'impulsion de la nature, le naturel. Ce mot de Leuwen changea tout. Il y avait tant de malheur, tant d'assurance d'obéir ponctuellement dans ce mot, que Mme de Chasteller en fut comme désarmée. Elle avait rassemblé tout son courage pour combattre un être fort, et elle trouvait l'extrême faiblesse. En un instant tout changeait, elle n'avait plus à craindre de manquer de résolution, mais bien plutôt de prendre un ton trop ferme, d'avoir l'air d'abuser de la victoire. Elle eut pitié du malheur qu'elle causait à Leuwen.

Il fallait continuer cependant. D'une voix éteinte et avec des lèvres pâles et comprimées avec effort pour tâcher d'avoir l'air de la fermeté, elle expliqua à notre héros les raisons qui lui faisaient désirer de le voir moins souvent et moins longtemps, tous les deux jours par exemple. Il s'agissait d'éviter de faire naître des idées, bien peu fondées sans doute, au public qui commençait à s'occuper de ces visites, et à Mlle Bérard surtout, qui était un témoin bien dangereux.

Mme de Chasteller eut à peine la force d'achever ces deux ou trois phrases. La moindre objection, le moindre mot, quel qu'il fût, de Leuwen, renversait tout ce projet. Elle avait une vive pitié du malheur dans lequel elle le voyait, elle n'eût jamais eu le courage de persister, elle le sentait. Elle ne voyait plus que lui dans la nature entière. Si Leuwen eût eu moins d'amour ou plus d'esprit, il eût agi tout autrement ; mais le fait difficile à excuser en ce siècle, c'est que ce sous-lieutenant de vingt-trois ans se trouva incapable d'articuler un mot contre ce projet qui le tuait. Figurez-vous un lâche qui adore la vie, et qui entend son arrêt de mort.

Mme de Chasteller voyait clairement l'état de Leuwen ; elle était elle-même sur le point de fondre en larmes, elle se sentait saisie de pitié pour le malheur extrême qu'elle causait.

« Mais, se dit-elle tout à coup, s'il voit une larme, me voici plus engagée que jamais. Il faut à tout prix mettre fin à cette visite pleine de dangers.

— D'après le vœu que je vous ai exprimé,... monsieur,... il y a déjà longtemps que je puis supposer que Mlle Bérard compte les minutes que vous passez avec moi... Il serait plus prudent d'abréger. »

Leuwen se leva ; il ne pouvait parler, à peine si sa voix fut capable d'articuler à demi :

« Je serais au désespoir, madame... »

Il ouvrit une porte de la bibliothèque qui donnait sur un petit escalier intérieur qu'il prenait souvent pour éviter de passer dans le salon et sous les yeux de la terrible Mlle Bérard.

Mme de Chasteller l'accompagna, comme pour adoucir par cette politesse ce qu'il pouvait y avoir de blessant dans la prière qu'elle venait de lui adresser. Sur le palier de ce petit escalier, Mme de Chasteller dit à Leuwen :

« Adieu, monsieur. A après-demain. »

Leuwen se retourna vers Mme de Chasteller. Il appuya la main droite sur la rampe d'acajou [93] ; il chancelait évidemment. Mme de Chasteller eut pitié de lui [94], elle eut l'idée de lui prendre la main à l'anglaise, en signe de bonne amitié [95]. Leuwen, voyant la main de Mme de Chasteller s'approcher de la sienne, la prit et la porta lentement à ses lèvres. En faisant ce mouvement, sa figure se trouva tout près de celle de Mme de Chasteller ; il quitta sa main et la serra dans ses bras, en collant ses lèvres sur sa joue. Mme de Chasteller n'eut pas la force de s'éloigner et resta immobile et presque abandonnée dans les bras de Leuwen. Il la serrait avec extase [96] et redoublait ses baisers. A la fin, Mme de Chasteller s'éloigna doucement, mais ses yeux baignés de larmes montraient franchement la plus vive tendresse. Elle parvint à lui dire pourtant :

« Adieu, monsieur… »

Et comme il la regardait, éperdu, elle se reprit :

« Adieu, *mon ami,* à demain… Mais laissez-moi. »

Et il la laissa, et il descendit [97] l'escalier, en se retournant il est vrai pour la regarder.

Leuwen descendit l'escalier dans un trouble inexprimable. Bientôt, il fut ivre de bonheur, ce qui l'empêcha de voir qu'il était bien jeune, bien sot.

Quinze jours ou trois semaines suivirent ; ce fut peut-être le plus beau moment de la vie de Leuwen, mais jamais il ne retrouva un tel instant d'abandon et de faiblesse [98]. Vous savez qu'il était incapable de le faire naître à force d'en sentir le bonheur [99].

Il voyait Mme de Chasteller tous les jours ; ses visites duraient quelquefois deux ou trois heures, au grand scandale de Mlle Bérard [100]. Quand Mme de Chasteller se sentait hors d'état de soutenir une conversation un peu passable avec lui, elle lui proposait de jouer aux échecs. Quelquefois, il lui prenait timidement la main, un jour même il tenta de l'embrasser ; elle fondit en larmes, sans le fuir pourtant, elle lui demanda grâce et se mit sous la sauvegarde de son honneur. Comme cette prière était faite de bonne foi, elle fut écoutée de même. Elle exigeait qu'il ne lui parlât pas ouvertement de son amour, mais en revanche souvent elle plaçait la main dans son épaulette et jouait avec la frange d'argent. Quand elle était tranquille sur ses entreprises, elle était avec lui d'une gaieté douce et intime qui, pour cette pauvre femme, était le bonheur parfait [101].

Ils se parlaient de tout avec une sincérité parfaite qui, quelquefois eût semblé bien impolie à un indifférent, et toujours trop naïve. Il fallait l'intérêt de cette franchise sans bornes sur tout pour faire oublier un peu le sacrifice qu'on faisait en ne parlant pas d'amour. Souvent un petit mot indirect amené par la conversation les faisait rougir ; alors, il y avait un petit silence. C'était lorsqu'il se prolongeait trop que Mme de Chasteller avait recours aux échecs.

Mme de Chasteller aimait surtout que Leuwen lui confiât ses idées sur elle-même [102], à diverses époques, dans le premier mois de leur connaissance, à cette heure… Cette confidence tendait à affaiblir une des suggestions de ce grand ennemi de notre bonheur nommé la prudence. Elle disait, cette prudence :

« Ceci est un jeune homme d'infiniment d'esprit et fort adroit qui joue la comédie avec vous. »

Jamais Leuwen n'osa lui confier le propos de Bouchard sur le lieutenant-colonel de hussards [103], et l'absence de toute feinte était si complète entre eux que deux fois ce sujet, approché par hasard, fut sur le point de les brouiller. Mme de Chasteller vit dans ses yeux qu'il lui cachait quelque chose.

« Et c'est ce que je ne pardonnerais pas », lui dit-elle avec fermeté.

Elle lui cachait, elle, que presque tous les jours son père lui faisait une scène à son sujet [104].

« Quoi ! ma fille, passer deux heures tous les jours avec un homme de ce parti, et encore auquel sa naissance ne permet pas d'aspirer à votre main ! »

Venaient ensuite les paroles attendrissantes sur un vieux père presque octogénaire abandonné par sa fille, par son unique appui.

Le fait est que M. de Pontlevé avait peur du père de Leuwen. Le docteur Du Poirier lui avait dit que c'était un homme de plaisir et d'esprit, dominé par ce penchant infernal, le plus grand ennemi du trône et de l'autel : l'ironie. Ce banquier pouvait être assez méchant pour deviner quel était le motif de son attachement passionné pour l'argent comptant de sa fille, et, qui plus est, le dire [105].

CHAPITRE XXXIII [106]

Pendant que la pauvre Mme de Chasteller oubliait le monde et croyait en être oubliée, tout Nancy s'occupait d'elle. Grâce aux plaintes de son père, elle était devenue pour les habitants de cette ville le remède qui les *guérissait de l'ennui*. A qui peut comprendre l'ennui profond d'une ville du second ordre, c'est tout dire [107].

Mme de Chasteller était aussi maladroite que Leuwen : lui, ne savait pas s'en faire aimer tout à fait [108] ; pour elle, comme la société de Nancy était tous les jours moins amusante pour une femme occupée avec passion d'une seule idée, on ne la voyait presque plus chez Mmes de Commercy, de Marcilly, de Puy-Laurens, de Serpierre, etc., etc. Cet oubli passa pour du mépris et donna des ailes à la calomnie.

On s'était flatté, je ne sais à propos de quoi, dans la famille de Serpierre, que Leuwen épouserait Mlle Théodelinde ; car, en province, une mère ne rencontre jamais un homme jeune et noble sans voir en lui un mari pour sa fille.

Quand toute la société retentit des plaintes que M. de Pontlevé faisait à tout venant de l'assiduité de Leuwen chez sa fille, Mme de Serpierre en fut choquée infiniment plus que ne le comportait même sa vertu si sévère. Leuwen fut reçu dans cette maison avec cette aigreur de l'*espoir de mariage trompé* qui sait se présenter avec tant de variété et sous des formes si aimables dans une famille composée de six demoiselles peu jolies.

Mme de Commercy, fidèle à la politesse de la cour de Louis XVI, traita toujours Leuwen également bien. Il n'en était pas de même du salon de Mme de Marcilly : depuis la réponse indiscrète faite, à propos de l'enterrement d'un cor-

donnier, à M. le grand vicaire Rey, ce digne et prudent
ecclésiastique avait entrepris de ruiner la position que notre
sous-lieutenant avait obtenue à Nancy. En moins de quinze
jours, M. Rey eut l'art de faire pénétrer de toutes parts et
d'établir dans le salon de Mme de Marcilly que le ministre
de la Guerre avait une peur particulière de l'opinion publique
de Nancy, ville voisine de la frontière, ville considérable,
centre de la noblesse de Lorraine, et peut-être surtout de
l'opinion telle qu'elle se manifestait dans le salon de
Mme de Marcilly. Cela posé, le ministre avait expédié à
Nancy un jeune homme, évidemment d'un autre bois que ses
camarades, pour bien voir la manière d'être de cette société
et pénétrer ses secrets : y avait-il du mécontentement simple,
ou était-il question d'agir ? « La preuve de tout ceci, c'est que
Leuwen entend sans sourciller des choses sur le duc
d'Orléans (Louis-Philippe) qui compromettraient tout autre
qu'un observateur. » Il avait été précédé à son régiment
d'une réputation de républicanisme que rien ne justifiait, et
dont il semblait faire bon marché devant le portrait
d'Henri V. Etc.

Cette découverte flattait l'amour-propre de ce salon, dont
jusque-là les plus grands événements avaient été neuf ou dix
francs perdus par M. Un tel au whist, un jour de guignon
marqué. Le ministre de la Guerre, qui sait ? peut-être Louis-
Philippe lui-même, songeait à leur opinion !

Leuwen était donc un espion du juste milieu. M. Rey avait
trop de sens pour croire à une telle sottise, et comme il se
pouvait faire qu'il eût besoin de quelque histoire un peu
mieux bâtie pour détruire la position de Leuwen dans les
salons de Mmes de Puy-Laurens et d'Hocquincourt, il avait
écrit à M.***, chanoine de XXX, à Paris. Cette lettre avait
été renvoyée à un vicaire de la paroisse sur laquelle résidait
la famille de Leuwen, et M. Rey attendait chaque jour une
réponse détaillée.

Par les soins du même M. Rey, Leuwen vit tomber son
crédit dans la plupart des salons où il se présentait. Il y fut
peu sensible, et ne s'arrêta même pas trop à cette idée, car le
salon d'Hocquincourt faisait exception, et une brillante exception. Depuis le départ de M. d'Antin, Mme d'Hocquincourt avait si bien fait que son tranquille mari avait pris

Leuwen en amitié particulière. M. d'Hocquincourt avait su
un peu de mathématiques dans sa jeunesse ; l'histoire, loin de
le distraire de ses idées noires sur l'avenir, l'y replongeait
plus avant.

« Voyez les marges de l'*Histoire d'Angleterre* de
Hume [109]* ; à chaque instant, vous y lisez une petite note
marginale, disant : *N. se distingue, Ses actions, Ses grandes
qualités, Sa condamnation, Son exécution.* Et nous copions
cette Angleterre ; nous, nous avons commencé par le meurtre
d'un roi, nous avons chassé son frère, comme elle son
fils. » Etc., etc.

Pour éloigner la conclusion qui, revenant sans cesse : *la
guillotine nous attend,* lui avait persuadé de revenir à la
géométrie, qui d'ailleurs peut être utile à un militaire, il
acheta des livres, et quinze jours après découvrit par hasard
que Leuwen était précisément l'homme fait pour le diriger. Il
avait bien songé à M. Gauthier, mais M. Gauthier était un
républicain ; mieux valait cent fois renoncer au calcul inté-
gral. On avait sous la main M. Leuwen, homme charmant et
qui venait tous les soirs dans l'hôtel. Car voici ce qui s'était
établi :

A dix heures ou dix heures et demie au plus tard, la
décence et la peur de Mlle Bérard forçaient Leuwen à quitter
Mme de Chasteller. Leuwen était peu accoutumé à se coucher à cette heure ; il allait chez Mme d'Hocquincourt. Sur
quoi il arriva deux choses : M. d'Antin, homme d'esprit, qui
ne tenait pas infiniment à une femme plutôt qu'à l'autre,
voyant le rôle que Mme d'Hocquincourt lui préparait, reçut
une lettre de Paris qui le força à un petit voyage. Le jour du
départ, Mme d'Hocquincourt le trouva bien aimable ; mais, à
partir du même moment, Leuwen le devint beaucoup moins.
En vain, le souvenir des conseils d'Ernest Dévelroy lui
disait : « Puisque Mme de Chasteller est une vertu, pourquoi
ne pas avoir une maîtresse en deux volumes ? Mme de
Chasteller pour les plaisirs du cœur, et Mme d'Hocquincourt
pour les instants moins métaphysiques [110]. » Il lui semblait
qu'il mériterait d'être trompé par Mme de Chasteller s'il la
trompait lui-même. La vraie raison de la vertu héroïque de
notre héros, c'est que Mme de Chasteller, elle seule au
monde, semblait une femme à ses yeux. Mme d'Hocquin-

court n'était qu'une importune pour lui, et il redoutait mortellement les tête-à-tête avec cette jeune femme, la plus jolie de la province. Jamais il n'avait éprouvé cette folie, et il s'y livrait tête baissée.

La froideur subite de ses discours après le départ de d'Antin porta presque jusqu'à la passion le caprice de Mme d'Hocquincourt; elle lui disait, même devant sa société, les choses les plus tendres. Leuwen avait l'air de les recevoir avec un sérieux glacial que rien ne pouvait dérider.

Cette folie de Mme d'Hocquincourt fut peut-être ce qui fit le plus haïr Leuwen parmi les hommes prétendus raisonnables de Nancy. M. de Vassignies lui-même, homme de mérite, M. de Puy-Laurens, personnage d'une toute autre force de tête que MM. de Pontlevé, de Sanréal, Roller, et parfaitement inaccessibles aux idées adroitement semées par M. Rey, commencèrent à trouver fort incommode ce petit étranger grâce auquel Mme d'Hocquincourt n'écoutait plus un seul mot de tout ce qu'on pouvait lui dire. Ces messieurs aimaient à parler un quart d'heure tous les soirs à cette femme si jeune, si appétissante, si bien mise. M. d'Antin ni aucun de ses prédécesseurs n'avaient donné à Mme d'Hocquincourt la mine froide et distraite qu'elle avait maintenant en écoutant leurs propos galants.

« Il nous confisque cette jolie femme, notre unique ressource, disait le grave M. de Puy-Laurens. Impossible de faire avec une autre une partie de campagne passable. Or, maintenant, quand on propose une course, au lieu de saisir avec enthousiasme une occasion de faire trotter des chevaux, Mme d'Hocquincourt refuse tout net. »

Elle savait bien qu'avant dix heures et demie Leuwen n'était pas libre. D'ailleurs, M. d'Antin savait tout mettre en train, la joie redoublait dans les lieux où il paraissait, et Leuwen, sans doute par orgueil, parlait fort peu et ne mettait rien en train. C'était un éteignoir.

Telle commençait à être sa position, même dans le salon de Mme d'Hocquincourt, et il n'avait plus pour lui absolument que l'amitié de M. de Lanfort et le cas que Mme de Puy-Laurens, inexorable sur l'esprit, faisait de son esprit.

Lorsqu'on sut que Mme Malibran, allant ramasser des

thalers en Allemagne, allait passer à deux lieues de Nancy, M. de Sanréal eut l'idée d'organiser un concert. Ce fut une grande affaire, qui lui coûta cher. Le concert eut lieu, Mme de Chasteller n'y vint pas, Mme d'Hocquincourt y parut environnée de tous ses amis. On vint à parler d'ami de cœur, on fit sur ce thème de la morale de concert.

« Vivre sans un ami de cœur, disait M. de Sanréal plus qu'à demi-ivre de gloire et de punch, ce serait la plus grande des sottises, si ce n'était pas une impossibilité.

— Il faut se hâter de choisir », dit M. de Vassignies.

Mme d'Hocquincourt se pencha vers Leuwen, qui était devant elle.

« Et si celui qu'on a choisi, lui dit-elle, à voix basse, porte un cœur de marbre, que faut-il faire [111] ? »

Leuwen se retourna en riant, il fut bien surpris de voir qu'il y avait des larmes dans les yeux qui étaient fixés sur les siens. Ce miracle lui ôta l'esprit, il songea au miracle au lieu de songer à la réponse. Elle se borna de sa part à un sourire banal [112].

En quittant le concert on revint à pied, et Mme d'Hocquincourt prit son bras. Elle ne parlait guère. Au moment où tout le monde la saluait, dans la cour de son hôtel, elle serra le bras de Leuwen ; il la quitta avec les autres.

Elle monta chez elle et fondit en larmes, mais elle ne le haït point, et le lendemain, à une visite du matin, comme Mme de Serpierre blâmait avec la dernière aigreur la conduite de Mme de Chasteller, Mme d'Hocquincourt se tut et ne dit pas un mot contre sa rivale [113]. Le soir, Leuwen, pour dire quelque chose, lui faisait compliment sur sa toilette :

« Quel admirable bouquet ! Quelles jolies couleurs ! Quelle fraîcheur ! C'est l'emblème de la beauté qui le porte !

— Vous croyez ? Eh ! bien, soit ; il représente mon cœur, et je vous le donne. »

Le regard qui accompagna ce dernier mot n'avait plus rien de la gaieté qui avait régné jusque-là dans la conversation. Il ne manquait ni de profondeur ni de passion, et à un homme sensé ne pouvait laisser aucun doute sur le sens du don du bouquet [114]. Leuwen le prit, ce bouquet, dit des choses plus ou moins dignes de Dorat sur ces jolies fleurs, mais ses yeux furent gais, légers. Il comprenait fort bien, et ne voulut pas comprendre.

Il fut violemment tenté, mais il résista. Le soir du lendemain, il eut l'idée de conter son aventure à Mme de Chasteller avec l'air de lui dire : « Rendez-moi ce que vous me coûtez », mais il n'osa pas.

Ce fut une de ses erreurs : en amour, il faut oser, ou l'on s'expose à d'étranges revers. Mme de Chasteller, qui avait déjà appris avec douleur le départ de M. d'Antin, le lendemain du concert Mme de Chasteller sut par les plaisanteries fort claires de son cousin Blançay que, la veille, Mme d'Hocquincourt s'était *donnée en spectacle;* le goût qu'elle commençait à prendre pour Leuwen était *une vraie fureur,* disait le cousin. Le soir, Leuwen trouva Mme de Chasteller fort sombre; elle le traita mal. Cette humeur sombre ne fit que s'accroître les jours suivants, et il régna entre eux des moments de silence d'un quart d'heure ou vingt minutes. Mais ce n'était plus ce silence délicieux d'autrefois, qui forçait Mme de Chasteller à avoir recours à une partie d'échecs.

Étaient-ce là les mêmes êtres qui, huit jours auparavant, n'avaient pas assez de toutes les minutes de deux longues heures pour s'apprendre tout ce qu'ils avaient à se dire [115] ?

Le surlendemain, Mme de Chasteller fut saisie d'une fièvre violente. Elle avait des remords affreux, elle voyait sa réputation perdue. Mais tout cela n'était rien : elle doutait du cœur de Leuwen [118].

Sa dignité de femme était effrayée par la nouveauté du sentiment qu'elle éprouvait, et surtout par la violence de ses transports. Ce sentiment était d'autant plus vif qu'elle ne craignait plus pour sa vertu. Dans un cas d'extrême danger, un voyage à Paris, où Leuwen ne pouvait la suivre, la mettait à l'abri de tous les périls, tout en la séparant violemment du seul lieu de la terre où elle crût le bonheur possible.

Depuis quelques jours, la possibilité de ce remède l'avait rassurée, lui avait rendu en quelque sorte une vie tranquille. Une lettre, envoyée à l'insu du marquis, et par un exprès, à Mme de Constantin, son amie intime, pour lui demander conseil, lui avait rapporté une réponse favorable et approuvé le voyage de Paris en un cas extrême. Ses remords une fois adoucis, Mme de Chasteller était heureuse.

Tout à coup, aux plaisanteries grossières, quoique exprimées en bons termes, dont, le lendemain du concert de Mme Malibran, M. de Blançay fut prodigue sur ce qui s'était passé la veille, elle fut surprise d'une douleur atroce, et dont son âme pure avait honte.

« Blançay n'a pas de tact, se dit-elle, il est au nombre de ceux qui sentent péniblement la supériorité de M. Leuwen. Il exagère peut-être ; comment M. Leuwen, si sincère avec moi, qui m'a avoué un jour qu'il avait cessé de m'aimer, me tromperait-il aujourd'hui [119]?...

» Rien de plus facile à expliquer, reprit avec amertume le

parti de la prudence. Il est agréable et de bon goût pour un
jeune homme d'avoir deux maîtresses à la fois, surtout si
l'une d'elles est triste, sévère, se retranchant toujours derrière les craintes d'une ennuyeuse vertu, tandis que l'autre
est gaie, aimable, jolie, et ne passe pas pour désespérer ses
amants par sa sévérité. M. Leuwen peut me dire : Ou ne
soyez pas pour moi d'une si haute vertu, ne me faites pas une
scène lorsque j'essaie de vous prendre la main... (Il est vrai
que je l'ai traité bien mal pour un mince sujet !...) »

Après un silence, elle continua avec un soupir :

« ... Ne soyez pas de cette vertu outrée, ou permettez-moi
de profiter de l'impression que j'ai pu faire sur Mme d'Hocquincourt.

— Mais quelque peu délicat que soit ce raisonnement,
reprit avec rage le parti de l'amour, encore fallait-il me faire
cette déclaration. Tel était le rôle d'un honnête homme. Mais
M. de Blançay exagère peut-être [120]... Il faut éclaircir tout
ceci. »

Elle demanda ses chevaux et se fit conduire précipitam-
ment chez Mmes de Serpierre et de Marcilly. Tout fut
confirmé ; Mme de Serpierre alla même bien plus loin que
M. de Blançay.

En rentrant chez elle, Mme de Chasteller ne pensait presque plus à Leuwen ; toute son imagination, enflammée par le
désespoir, était occupée à se figurer les charmes et l'amabilité séduisante de Mme d'Hocquincourt. Elle les comparait à
sa manière d'être retirée, triste, sévère. Cette comparaison la
suivit toute la nuit ; elle passa par tous les sentiments qui font
l'horreur de la plus noire jalousie.

Tout l'étonnait, tout effrayait sa retenue de femme dans la
passion dont elle était victime. Elle n'avait eu que de l'amitié
pour le général de Chasteller et de la reconnaissance pour ses
procédés parfaits. Elle n'avait pas même l'expérience des
livres : on lui avait peint tous les romans, au *Sacré-Cœur*,
comme des livres obscènes. Depuis son mariage, elle ne
lisait presque pas de romans ; il ne fallait pas connaître ce
genre de livres, quand on était admis à la conversation d'une
auguste princesse [121]. D'ailleurs, les romans lui semblaient
grossiers.

« Mais puis-je dire même que je suis fidèle à ce qu'une

femme se doit à elle-même ? se dit-elle vers le matin de cette nuit cruelle. Si M. Leuwen était là, vis-à-vis de moi, me regardant en silence, comme il fait quand il n'ose pas me dire tout ce qu'il pense, malheureux par les folles exigences que prescrit ma vertu, c'est-à-dire mon intérêt personnel, pourrais-je supporter ses reproches muets ? Non, je céderais... Je n'ai aucune vertu, et je fais le malheur de ce que j'aime... »

Cette complication de douleurs fut trop forte pour sa santé ; une forte fièvre se déclara.

La tête exaltée par la fièvre, qui dès le premier jour alla jusqu'au délire, elle voyait sans cesse sous ses yeux Mme d'Hocquincourt gaie, aimable, heureuse, parée de fleurs charmantes à ce concert de Mme Malibran (on lui avait parlé du fameux bouquet), ornée de mille grâces séduisantes, et Leuwen était à ses pieds. Ensuite, revenait ce raisonnement :

« Mais, malheureuse que je suis, qu'ai-je accordé à M. Leuwen qui puisse l'engager avec moi ? A quel titre puis-je prétendre l'empêcher de répondre aux prévenances d'une femme charmante, plus jolie que moi, et surtout bien autrement aimable, et aimable comme il faut l'être pour plaire à un jeune homme habitué à la société de Paris : une gaieté toujours nouvelle et jamais méchante [122] ? »

En suivant ces tristes raisonnements, Mme de Chasteller ne put s'empêcher de demander un petit miroir ovale. Elle s'y regardait. A chaque expérience de ce genre, elle se trouva moins bien. Enfin, elle conclut qu'elle était décidément laide, et en aima davantage Leuwen du bon goût qu'il avait de lui préférer Mme d'Hocquincourt.

Le second jour, la fièvre fut terrible et les chimères qui déchiraient le cœur de Mme de Chasteller encore plus sombres. La vue seule de Mlle Bérard lui donnait des convulsions. Elle ne voulut point voir M. de Blançay ; elle avait horreur de lui, elle le voyait sans cesse lui racontant ce concert fatal. M. de Pontlevé lui faisait deux visites de cérémonie chaque jour. Le docteur Du Poirier la soigna avec l'activité et la suite qu'il mettait à tout ce qu'il entreprenait ; il venait trois fois le jour à l'hôtel de Pontlevé. Ce qui frappa surtout Mme de Chasteller dans ses soins, c'est qu'il lui défendit absolument de se lever ; dès lors, elle ne put plus espérer de voir Leuwen. Elle n'osait prononcer son nom et demander à sa femme de chambre s'il venait demander de ses nouvelles. Sa fièvre était augmentée par l'attention continue et impatiente avec laquelle elle prêtait l'oreille pour chercher à entendre le bruit des roues de son tilbury, qu'elle connaissait si bien.

Leuwen se permettait de venir chaque matin. Le troisième jour de la maladie, il quittait l'hôtel de Pontlevé fort inquiet des réponses ambiguës de M. Du Poirier. En montant en tilbury, il lança son cheval avec trop de rapidité, et, sur la place garnie de tilleuls, taillés en parasol qu'on appelait promenade publique, passa fort près de M. de Sanréal. Celui-ci sortait de déjeuner et, en attendant le dîner, s'appuyant sur le bras du comte Ludwig Roller, promenait son oisiveté dans les rues de Nancy.

Ce couple formait un contraste burlesque. Sanréal, quoique fort jeune, était énorme, haut en couleur, n'avait pas cinq pieds de haut, et portait d'énormes favoris d'un blond hasardé. Ludwig Roller, long, blême, malheureux, avait l'air d'un moine mendiant qui a déplu à son supérieur. Au haut d'un grand corps de cinq pieds dix pouces au moins, une petite tête blême recouverte de cheveux noirs retombant sur les oreilles en couronne, comme ceux d'un moine; des traits maigres et immobiles entouraient un œil éteint et insignifiant; un habit noir, serré et râpé, achevait le contraste entre l'ex-lieutenant de cuirassiers, pour qui sa solde était une fortune, et l'heureux Sanréal, dont depuis de longues années l'habit ne pouvait plus se boutonner, et qui jouissait de quarante mille livres de rente au moins. A l'aide de cette fortune il passait pour fort brave, car il avait des éperons en fer brut longs de trois pouces, ne pouvait pas dire trois mots sans jurer, et ne parlait guère un peu au long que pour s'embarquer dans quelque histoire de duel à faire frémir. Il était donc fort brave, quoique ne s'étant jamais battu, apparemment à cause de la peur qu'on avait de lui. D'ailleurs, il possédait l'art de lancer les frères Roller sur les gens qui lui déplaisaient.

Depuis les journées de Juillet, suivies de leur démission, ces messieurs s'ennuyaient bien plus qu'auparavant; entre eux trois ils avaient un cheval, et ne sortaient guère avec plaisir de leur apathie que pour se battre en duel, ce dont ils s'acquittaient fort bien, et ce talent faisait leur considération.

Comme il n'était que midi quand le tilbury de Leuwen fit trembler le pavé sous les pas de l'énorme Sanréal, il n'était encore entré dans aucun café et ne se trouvait pas tout à fait gris. Soutenu par Ludwig Roller, il s'amusait à prendre sous le menton les jeunes paysannes qui passaient à sa portée. Il donnait des coups de cravache aux tentes placées devant la porte des cafés et aux chaises rangées sous ces tentes; il effeuillait aussi les branches des tilleuls de la promenade publique qui pendaient trop bas.

Le passage rapide du tilbury le tira de ces aimables passe-temps.

« Crois-tu qu'il ait voulu nous braver? dit-il à Ludwig Roller en le regardant avec un sérieux de <u>matamore</u>.

— Écoute, lui dit le comte Ludwig en pâlissant, ce fat-là est assez poli, et je ne crois pas qu'il ait voulu nous offenser avec son tilbury; mais je ne l'en déteste que plus, à cause de sa politesse. Il sort de l'hôtel de Pontlevé; il prétend nous enlever en toute douceur, et sans nous fâcher, la plus jolie femme de Nancy et la plus riche héritière, du moins dans la classe où toi et moi pouvons choisir une femme... Et cela, ajouta Roller d'un ton ferme, je ne le souffrirai pas.

— Dis-tu vrai? répondit Sanréal, enchanté.

— Dans ces choses-là, mon cher, répliqua Roller d'un ton sec et piqué, tu dois savoir que je ne dis jamais faux [124].

— Est-ce que tu vas me faire des phrases, à moi? répondit Sanréal d'un air de spadassin. Nous nous connaissons. L'essentiel est qu'il ne nous échappe pas; l'animal est <u>futé</u> et s'est bien tiré de deux duels qu'il a eus à son régiment...

— Des duels à l'épée! C'est une belle affaire! On a appliqué deux sangsues à la blessure qu'il a faite au capitaine Robé. Mais avec moi, morbleu! ce sera un bon duel au pistolet, et à dix pas; et s'il ne me tue pas, je te réponds qu'il lui faudra plus de deux sangsues.

— Allons chez moi; il ne faut pas parler de ces choses devant les espions du juste milieu qui remplissent notre promenade. J'ai reçu hier une caissette de kirschwasser de Fribourg-en-Brisgau [125]. Envoyons prévenir tes frères et Lanfort.

— Ai-je besoin de tant de monde, moi ? Une demi-feuille de papier va faire l'affaire. Et le comte Ludwig marchait vivement vers un café.

— Si tu veux faire le brutal avec moi, je te plante là... Il s'agit d'empêcher que, par quelque tour de passe-passe, ce maudit Parisien ne nous mette dans notre tort, et par suite ne se moque de nous. Qui l'empêche de répandre dans son régiment que nous avons formé entre nous, jeune noblesse lorraine, une société d'assurance pour ne pas nous laisser enlever les veuves qui ont de bonnes dots ? »

Les trois Roller, Murcé et Goëllo, que le garçon de café trouva à dix pas de là, faisant une poule au billard, furent bientôt rassemblés dans le bel hôtel de M. de Sanréal, enchantés d'avoir à parler de quelque chose ; aussi parlaient-ils tous ensemble. Le conseil se tenait autour d'une superbe table d'acajou massif. Il n'y avait pas de nappe, pour imiter les dandys anglais, mais sur l'acajou circulaient de magnifiques flacons de cristal de la manufacture voisine de Baccarat. Un kirchwasser limpide comme de l'eau de roche, une eau-de-vie d'un jaune ardent comme le madère, brillaient dans ces flacons. Il se trouva bientôt que chacun des trois frères Roller voulait se battre avec Leuwen. M. de Goëllo, fat de trente-six ans, sec et ridé, qui dans sa vie avait prétendu à tout, et même à la main de Mme de Chasteller, plaidait sa cause avec poids et mesure, et voulait se battre le premier avec Leuwen, car enfin il se trouvait lésé plus qu'aucun.

« Est-ce qu'avant son arrivée je ne prêtais pas à la dame des romans anglais de Baudry [126*] ?

— Baudry toi-même, dit M. de Lanfort qui était survenu. Ce beau monsieur nous a tous offensés, et personne plus que le pauvre d'Antin, mon ami, qui est allé se dépiquer.

— Digérer ses cornes, interrompit Sanréal en riant très fort.

— D'Antin est mon ami de cœur, reprit Lanfort choqué de ce ton grossier. S'il était ici, il se battrait avec vous tous, plutôt que de n'avoir pas affaire le premier à cet aimable vainqueur. Et pour toutes ces raisons, moi aussi je veux me battre. »

Le courage de Sanréal se trouvait depuis vingt minutes

dans une situation pénible. Il voyait fort bien que tout le monde voulait se battre, lui seul n'avait point annoncé de prétention. Celle de Lanfort, être doux, aimable, élégant par excellence, le poussa à bout.

« Dans tous les cas, messieurs, dit-il enfin d'une voix contrainte et criarde, je me trouve le second sur la liste : c'est Roller et moi qui avons fait le projet dans la grande promenade, sous les jeunes tilleuls.

— Il a raison, dit M. de Goëllo ; tirons au sort à qui défera le pays de cette peste publique. (Et il se rengorgea, fier de la beauté de la phrase.)

— A la bonne heure, dit Lanfort ; mais, messieurs, qu'on ne se batte qu'une fois. Si M. Leuwen doit avoir affaire à quatre ou cinq d'entre nous, l'*Aurore* s'emparera de cette histoire, je vous en avertis, et vous vous verrez dans les journaux de Paris.

— Et s'il tue un de nos amis ? dit Sanréal. Faudra-t-il donc laisser le mort sans vengeance [127] ? »

La discussion se prolongea jusqu'au dîner, que Sanréal avait fait préparer abondant et excellent. On se donna parole d'honneur en se quittant, à six heures, de ne parler de cette affaire à qui que ce soit ; et, avant huit heures, M. Du Poirier savait tout [128].

Or, il y avait ordre précis de Prague d'éviter toute querelle entre la noblesse et les régiments du camp de Lunéville ou des villes voisines. Le soir, M. Du Poirier s'approcha de Sanréal avec la grâce d'un bouledogue en colère ; ses petits yeux avaient le brillant de ceux d'un chat irrité [129].

« Demain, vous me donnez à déjeuner à dix heures. Invitez MM. Roller, de Lanfort, de Goëllo, et tous ceux qui sont du projet. Il faut qu'ils m'entendent. »

Sanréal eût bien voulu se fâcher, mais il craignit un mot piquant de Du Poirier qui serait répété par tout Nancy. Il accepta d'un signe de tête presque aussi gracieux que la mine du docteur.

Le lendemain, tous les convives du déjeuner firent la mine quand ils apprirent à qui ils auraient affaire. Il arriva d'un air affairé.

« Messieurs, dit-il aussitôt, et sans saluer personne, la religion et la noblesse ont bien des ennemis ; les journaux

entre autres, qui racontent à la France et enveniment tout ce
que nous faisons. S'il ne s'agissait ici que de bravoure
chevaleresque, je me contenterais d'admirer, et je me garderais bien d'ouvrir la bouche, moi, pauvre plébéien, fils
d'un petit marchand, et qui ai l'honneur de m'adresser aux
représentants de ce qu'il y a de plus noble en Lorraine.
Mais, messieurs, il me semble que vous êtes un peu en
colère. La colère seule, sans doute, vous a empêchés de faire
une réflexion qui est de mon domaine à moi. Vous ne voulez
pas qu'un petit officier vous enlève Mme de Chasteller [130]?
Eh! bien, quelle force au monde peut empêcher Mme de
Chasteller de quitter Nancy et de s'établir à Paris? Là,
environnée de ses amies qui lui donneront de la force, elle
adressera à M. de Pontlevé les lettres les plus touchantes du
monde. «Je ne puis être heureuse qu'avec M. Leuwen»,
dira-t-elle, et elle le dira bien parce que, d'après ce que vous
avez observé, elle le pense. M. de Pontlevé refuse-t-il, ce
qui est douteux, car sa fille parle sérieusement, et il ne
voudra pas rompre avec une personne qui a 400 000 francs
dans les fonds publics, M. de Pontlevé refuse-t-il? Mme de
Chasteller, fortifiée par les conseils de ses amies de Paris,
parmi lesquelles nous comptons des dames de la plus haute
distinction, Mme de Chasteller se passe fort bien du
consentement d'un père de province.

« Êtes-vous sûrs de tuer M. Leuwen raide? En ce cas, je
n'ai rien à dire; Mme de Chasteller ne l'épouse pas. Mais,
croyez-moi, elle n'épousera, pour cela, aucun de vous;
c'est, selon moi, une femme d'un caractère sérieux, tendre,
obstiné. Une heure après la mort de M. Leuwen, elle fait
mettre ses chevaux, en va prendre d'autres à la poste prochaine, et Dieu sait où elle s'arrêtera! A Bruxelles, à Vienne
peut-être, si son père a des objections invincibles contre
Paris. Quoi qu'il en soit, tenez-vous à ceci: si Leuwen est
mort, vous la perdez pour toujours. S'il est blessé, tout le
département saura la cause du duel; avec sa timidité, elle se
croit déshonorée, et le jour où Leuwen est hors de danger elle
s'enfuit à Paris, où un mois après il la rejoint. En un mot, la
seule timidité de Mme de Chasteller la retient à Nancy;
donnez-lui un prétexte, et elle part.

« En tuant Leuwen, vous satisfaites un bel accès de colère, je l'avoue, et à vous sept [131] vous le tuerez sans doute, mais les beaux yeux et la dot de Mme de Chasteller s'éloignent de vous à tout jamais. »

Ici l'on murmura, mais l'audace de Du Poirier en fut troublée.

« Si deux ou trois de vous, reprit-il avec énergie et en élevant la voix, se battent successivement contre Leuwen, vous passez pour des assassins, et le régiment tout entier prend parti contre vous.

— C'est justement ce que nous demandons, s'écria Ludwig Roller avec toute la fureur d'une colère longtemps contenue.

— C'est cela, dirent ses frères. Nous verrons les bleus.

— Et c'est justement ce que je vous défends, messieurs, au nom de M. le commissaire du roi en Alsace, Franche-Comté et Lorraine. »

Tout le monde se leva à la fois. On s'insurgea contre l'audace de ce petit bourgeois qui prenait ce ton avec la fleur de la noblesse du pays. C'était précisément dans ces occasions que jouissait la vanité de Du Poirier; son génie fougueux aimait ces sortes de batailles. Il n'était pas sans sentir vivement les marques de mépris, et avait besoin, dans l'occasion, d'écraser l'orgueil des gentilshommes.

Après des torrents de paroles insensées, dictées par la vanité puérile qu'on appelle orgueil de la naissance, la présente bataille tourna tout à fait à l'avantage du tacticien Du Poirier.

« Voulez-vous désobéir non à moi, qui suis un ver de terre, mais à votre roi légitime, Charles X ? » leur dit-il quand il vit que chacun à son tour s'était donné le plaisir de parler de ses aïeux, de sa bravoure, et de la place qu'il avait occupée dans l'armée avant les fatales journées de 1830… « Le roi ne veut pas se brouiller avec ses régiments. Rien de plus impolitique qu'une querelle entre un corps de noblesse et un régiment. »

Du Poirier répéta cette vérité si souvent et avec tant [132] de termes différents qu'elle finit par pénétrer dans ces têtes peu habituées à comprendre le nouveau. Les amours-propres capitulèrent au moyen d'un bavardage dont Du Poirier calcula la durée à trois quarts d'heure ou une heure. Pour tâcher de perdre moins de temps, Du Poirier, dont l'âpre vanité

commençait à être calmée par l'ennui, prit sur soi d'adresser
un mot agréable à tout le monde. Il fit la conquête de M. de
Sanréal, qui fournissait des raisons aux Roller, en lui demandant du vin brûlé. Sanréal avait inventé une façon nouvelle de faire ce breuvage adorable et courut à l'office le
préparer lui-même.

Quand tout le monde eut accordé la dictature à Du Poirier :

« Voulez-vous réellement, messieurs, éloigner M. Leuwen de Nancy, et ne pas perdre Mme de Chasteller ?

— Sans doute, répondit-on avec humeur.

— Eh! bien, j'en sais un moyen assuré... Vous le devi-
nerez probablement en y songeant. »

Et son œil malin jouissait de leur air attentif.

« Demain, à pareille heure, je vous dirai quel est ce
moyen ; il n'y a rien de plus simple. Mais il a un défaut, il
exige un secret profond pendant un mois. Je demande de ne
m'ouvrir qu'à deux commissaires désignés par vous, messieurs. »

En disant ces paroles, il sortit brusquement, et à peine
sorti Ludwig Roller le chargea d'injures atroces [133]. Tous
suivirent cet exemple, à l'exception de Lanfort, qui dit :

« Il a un fichu physique, il est laid, malpropre, son chapeau a bien dix-huit mois de date, il est familier jusqu'à la
grossièreté [134]. La plupart de ses défauts tiennent à sa naissance : son père était marchand de chanvre, comme il nous
l'a dit. Mais les plus grands rois se sont servis d'ignobles
conseillers. Du Poirier est plus fin que moi, car du diable
si [135] je devine son moyen infaillible. Et toi, Ludwig, qui
parles tant, le devineras-tu ? »

Tout le monde rit, excepté Ludwig, et Sanréal, enchanté
de la tournure que prenaient les affaires, les engagea à
déjeuner pour le lendemain. Mais avant de se séparer, quelque piqué que l'on fût contre Du Poirier, on désigna les deux
commissaires qui devaient s'aboucher avec lui, et naturellement le choix tomba sur les deux personnes qui auraient le
plus crié de n'être pas nommées, MM. de Sanréal et Ludwig
Roller.

En quittant ces fougueux gentilshommes, Du Poirier alla
d'un pas pressé chercher, au fond d'une rue étroite, un petit
prêtre que le préfet croyait son espion dans la bonne compa-

gnie et qui, comme tel, accrochait un assez bon lopin des *fonds secrets.*

« Vous allez dire à M. Fléron, mon cher Olive, que nous avons reçu une dépêche de Prague [136], sur laquelle nous avons délibéré cinq heures, en séance, chez M. de Sanréal; mais que cette dépêche est d'une telle importance que demain, à dix heures et demie, nous nous réunissons de nouveau au même lieu. »

L'abbé Olive avait de Mgr l'évêque la permission de porter un habit bleu extrêmement râpé et des bas gris de fer. Ce fut dans ce costume qu'il alla trahir M. Du Poirier et annoncer à M. l'abbé Rey, grand vicaire, la commission qu'il venait de recevoir du docteur. Ensuite, il se glissa chez le préfet qui, sur cette grande nouvelle, ne dormit pas de la nuit.

Le lendemain, de grand matin, il fit dire à l'abbé Olive qu'il paierait cinquante écus une copie fidèle de la dépêche de Prague [137].

« Quoi ! se dit Du Poirier en apprenant le choix des deux commissaires qu'on lui avait donnés, ces animaux-là ne sauront pas même nommer deux commissaires ! Du diable si je leur raconte mon projet ! »

A la réunion du lendemain, Du Poirier, plus grave et plus rogue que de coutume, prit par le bras MM. Ludwig Roller et de Sanréal et les conduisit dans le cabinet du dernier, qu'il ferma à clef. Du Poirier fut avant tout fidèle aux formes, il savait que c'était la seule chose que Sanréal comprendrait dans cette affaire.

Une fois placés dans trois fauteuils, Du Poirier dit après un petit silence :

« Messieurs, nous sommes ici réunis pour le service de Sa Majesté Charles X, notre roi légitime. Vous me jurez un secret absolu même sur le peu qu'il m'est permis de vous révéler aujourd'hui ?

— Parole d'honneur ! dit Sanréal, ahuri de respect et de curiosité.

— Eh ! f... ! dit Roller, impatienté.

— Messieurs, vos domestiques sont payés par les républicains ; cette secte se glisse partout, et sans un secret absolu, même envers nos meilleurs amis, le bon parti ne pourrait parvenir à rien et vous, messieurs, ainsi que moi, pauvre plébéien, nous nous verrions vilipendés dans l'*Aurore*. »

En faveur du lecteur, j'abrège infiniment le discours que Du Poirier se vit dans la nécessité de débiter à cet homme riche et à cet homme brave. Comme il ne voulait leur rien dire, il allongea encore plus qu'il n'était nécessaire.

« Le secret que j'espérais pouvoir vous soumettre, dit-il enfin, n'est plus à moi. Pour le moment, je ne suis chargé que de demander à votre bravoure, dit-il en s'adressant surtout à Sanréal, une trêve qui lui coûtera beaucoup.

— Certes ! dit Sanréal.

— Mais, messieurs, quand on est membre d'un grand parti, il faut savoir faire des sacrifices à la volonté générale, eût-elle tort. Autrement, on *n'est rien*, on ne parvient à rien. On ne mérite que le nom d'enfant perdu. Il faut, messieurs, que personne d'entre vous ne provoque M. Leuwen avant quinze grands jours.

— Il faut... Il faut... répéta Ludwig Roller avec amertume.

— Vers cette époque, M. Leuwen quittera Nancy, ou du moins il n'ira plus chez Mme de Chasteller. C'est, ce me semble, ce que vous désirez, et ce que je vous ai montré que vous n'obtiendriez pas par un duel [139]. »

Il fallut répéter cela en termes différents pendant une heure. Les deux commissaires prétendaient que leur droit, comme leur devoir, étaient de savoir un secret.

« Quel rôle jouerons-nous, disait Sanréal, si ces messieurs qui nous attendent dans mon salon apprennent que nous sommes restés ici une heure entière pour ne rien apprendre ?

— Eh ! bien, laissez croire que vous savez, dit froidement Du Poirier ; je vous seconderai. »

Il fallut encore une bonne heure pour faire accepter ce *mezzo termine* à la vanité de ces messieurs.

Le docteur Du Poirier se tira bien de cette épreuve de patience, au milieu de laquelle son orgueil jouissait. Il aimait surtout à parler et à avoir à convaincre des personnages ennemis. C'était un homme d'un extérieur repoussant mais d'un esprit ferme, vif, entreprenant. Depuis qu'il se mêlait d'intrigues politiques, l'art de guérir, où il avait obtenu l'une des premières places, l'ennuyait. Le service de Charles X, ou ce qu'il appelait *la politique,* donnait un aliment à son envie de faire, de travailler, d'être compté. Ses flatteurs lui disaient :

« Si des bataillons prussiens ou russes nous ramènent Charles X, vous serez député, ministre, etc. Vous serez le Villèle de cette nouvelle position.

— Alors comme alors », répondait Du Poirier.

En attendant, il avait tous les plaisirs de l'ambition conquérante. Voici comment :

MM. de Puy-Laurens et de Pontlevé avaient reçu des pouvoirs de qui de droit pour diriger les efforts des royalistes dans la province dont Nancy était le chef-lieu ; Du Poirier ne devait être que l'humble secrétaire de cette commission ou plutôt de ce pouvoir occulte, lequel n'avait qu'une chose de raisonnable : il ne se divisait pas. Il était confié à M. de Puy-Laurens, en son absence à M. de Pontlevé, en l'absence de ce dernier à M. Du Poirier, et cependant depuis un an Du Poirier faisait tout. Il rendait des comptes fort légers aux deux titulaires de l'emploi, et ceux-ci ne se fâchaient pas trop. C'est qu'il avait l'art de leur faire entrevoir la guillotine, ou tout au moins le château de Ham, au bout de leurs menées, et ces messieurs, qui n'avaient ni zèle, ni fanatisme, ni dévouement, étaient bien aises, au fond, de laisser se compromettre ce bourgeois hardi et grossier, sauf à se brouiller avec lui et à tâcher de le jeter au bas de l'échelle, s'il y avait succès quelconque ou troisième restauration.

Du Poirier n'avait nulle haine contre Leuwen ; mais dans son ardeur de faire, puisqu'il était chargé de le faire déguerpir, il voulait, et voulait fermement, en venir à bout.

Le premier jour, lorsqu'il demanda deux commissaires à la réunion Sanréal, le second lorsqu'il se débarrassa de la curiosité inquiète de ces deux commissaires, il n'avait encore aucun plan bien arrêté. Celui qu'il suivit ne se présenta à lui que par parties successives, et à mesure qu'il se persuada que laisser avoir lieu ce duel qu'il avait défendu au nom du roi serait une défaite marquée, un *fiasco* pour sa réputation et son influence en Lorraine dans la moitié jeune du parti.

Il commença par confier, sous le sceau du secret, à Mmes de Serpierre, de Marcilly et de Puy-Laurens, que Mme de Chasteller était plus malade qu'on ne le pensait, et que sa maladie serait longue tout au moins. Il engagea Mme de Chasteller à souffrir un vésicatoire à la jambe et l'empêcha ainsi de marcher pendant un mois [140]. Peu de jours après, il arriva chez elle d'un air sérieux qui devint sombre en lui tâtant le pouls, et il l'engagea à toutes les cérémonies religieuses qui, en province, sont comprises dans

ce seul mot : se faire administrer. Tout Nancy retentit de ce
grand événement, et l'on peut juger de l'impression qu'il fit
sur Leuwen : Mme de Chasteller était donc en danger de
mort ?

« Mourir n'est donc que cela ? se disait Mme de Chasteller, qui était loin de se douter qu'elle n'avait qu'une fièvre
fort ordinaire. La mort ne serait rien absolument si j'avais
M. Leuwen là, auprès de moi. Il me donnerait du courage si
je venais à en manquer. Au fait, sans lui la vie aurait eu peu
de charmes pour moi. On me fait bouder au fond de cette
province, où avant lui ma vie était si triste... Mais il n'est pas
noble, mais il est soldat du juste milieu ou, ce qui est encore
pis, de la république... »

Mme de Chasteller parvint à désirer la mort.

Elle était sur le point de haïr Mme d'Hocquincourt, et
quand elle surprenait ce commencement de haine dans son
cœur, elle se méprisait. Comme depuis quinze grands jours
elle ne voyait plus Leuwen, le sentiment qu'elle avait pour
lui ne lui donnait que du malheur.

Leuwen, dans son désespoir, était allé mettre à la poste à
Darney trois lettres, heureusement fort prudentes, lesquelles
avaient été interceptées par Mlle Bérard, maintenant parfaitement d'accord avec le docteur Du Poirier.

Leuwen ne quittait plus le docteur. Ce fut une fausse
démarche. Leuwen était loin d'être assez savant en hypocrisie pour pouvoir se permettre la société intime d'un intrigant
sans moralité. Sans s'en douter, il l'offensa mortellement.
Le docteur, piqué de la naïveté du mépris de Leuwen pour
les fripons, les renégats, les hypocrites, parvint à le haïr.
Étonné de la chaleur de son bon sens lorsqu'il était question
entre eux du peu d'apparence du retour des Bourbons :

« Mais à ce compte, moi, lui dit un jour le docteur poussé à
bout, je ne suis donc qu'un imbécile ? »

Il continua tout bas :

« Nous allons voir, jeune insensé, ce qui va advenir de ton
plus cher intérêt. Raisonne sur l'avenir, répète des idées que
tu trouves toutes faites dans ton Carrel, moi je suis maître de
ton présent et vais te le faire sentir. Moi, vieux, ridé, mal
mis, homme de mauvaises manières à tes yeux, je vais
t'infliger la douleur la plus cruelle, à toi beau, jeune, riche,

doué par la nature de manières si nobles, et en tout si différent de moi, Du Poirier. J'ai usé les trente premières années de ma vie mourant de froid dans un cinquième étage, en tête à tête avec un squelette ; toi, tu t'es donné la peine de naître, et tu prétends en secret que quand ton *gouvernement raisonnable* sera établi on ne punira que par le mépris les hommes forts tels que moi ! Cela serait bête à ton parti ; en attendant, il est bête à toi de ne pas deviner que je vais te faire du mal, et beaucoup. Souffre, jeune bambin ! »

Et le docteur se mit à parler à Leuwen de la maladie de Mme de Chasteller dans les termes les plus inquiétants. S'il voyait le sourire effleurer les lèvres de Leuwen, il lui disait :

« Tenez, c'est dans cette église qu'est le caveau de famille des Pontlevé. Je crains bien, ajoutait-il avec un soupir, que bientôt il ne soit rouvert. »

Il attendait depuis plusieurs jours que Leuwen, fou comme le sont les amants, entreprît de voir en secret Mme de Chasteller.

Depuis la conférence avec les jeunes gens du parti chez M. de Sanréal, Du Poirier, qui méprisait assez la méchanceté plate et sans but de Mlle Bérard, s'était rapproché d'elle. Il chercha à lui faire jouer un rôle dans la famille ; c'était à elle de préférence, et non à M. de Pontlevé, à M. de Blançay ou aux autres parents, qu'il s'ouvrait sur le prétendu danger de Mme de Chasteller.

Il y avait une grande difficulté au projet qui peu à peu se débrouillait dans la tête de M. Du Poirier : c'était la présence continuelle de Mlle Beaulieu, femme de chambre de Mme de Chasteller [141], et qui adorait sa maîtresse.

Le docteur la gagna en lui témoignant toute confiance, et fit consentir Mlle Bérard à ce que souvent, en sa présence, il s'entretînt de préférence avec Mlle Beaulieu sur les soins nécessaires à la malade jusqu'à la prochaine visite de lui docteur.

Cette bonne femme de chambre comme la très peu bonne Mlle Bérard croyaient également Mme de Chasteller fort dangereusement malade.

Le docteur confia à la femme de chambre qu'il supposait qu'un chagrin de cœur augmentait la maladie de sa maîtresse. Il insinua qu'il trouverait *naturel* que M. Leuwen cherchât à voir encore une fois Mme de Chasteller.

« Hélas ! Monsieur le docteur, il y a quinze jours que
M. Leuwen me tourmente pour le laisser venir ici pour cinq
minutes. Mais que dirait le monde ? J'ai refusé absolument. »

Le docteur répondit par une quantité de phrases arrangées
de façon à ce que l'intelligence de la femme de chambre fût
hors d'état de jamais les répéter, mais dans le fait ces phrases
engageaient indirectement cette bonne fille à permettre l'en-
tevue demandée.

Enfin, il arriva qu'un soir M. de Pontlevé, d'après l'ordre
du docteur, alla faire sa partie de whist chez Mme de Marcilly, partie interrompue par deux ou trois accès de larmes.
Justement, M. le vicomte de Blançay n'avait pu résister à
une partie de chasse pour le passage des bécasses [142]. Leuwen vit à la fenêtre de Mlle Beaulieu le signal dont l'espérance donnait encore à la vie quelque intérêt pour lui. Leuwen vola chez lui, revint habillé en bourgeois, et enfin,
annoncé avec des précautions infinies par la bonne femme de
chambre, qui ne quitta pas le voisinage du lit, il put passer
dix minutes avec Mme de Chasteller.

(Détails d'amour [143]... Mme d'Hocquincourt nommée à la
fin par Mme de Chasteller :)

« Je ne m'y suis pas présenté depuis que vous êtes malade. »

Le lendemain, le docteur trouva Mme de Chasteller sans fièvre et tellement bien, qu'il eut peur d'avoir perdu tous les soins qu'il se donnait depuis trois semaines. Il affecta l'air très inquiet devant la bonne Mlle Beaulieu. Il partit comme un homme pressé, et revint une heure après, à une heure insolite.

« Beaulieu, lui dit-il, votre maîtresse tombe dans le marasme.

— Oh! mon Dieu, monsieur!»

Ici, le docteur expliqua longuement ce que c'est que le marasme.

« Votre maîtresse a besoin de lait de femme. Si quelque chose peut lui sauver la vie, c'est l'usage du lait d'une jeune et fraîche paysanne. Je viens de faire courir dans tout Nancy, je ne trouve que des femmes d'ouvriers, dont le lait ferait plus de mal que de bien à Mme de Chasteller. Il faut une jeune paysanne...»

Le docteur remarqua que Beaulieu regardait attentivement la pendule.

«Mon village, Chefmont, n'est qu'à cinq lieues d'ici. J'arriverai de nuit, mais n'importe...

— Bien, très bien, brave et excellente Beaulieu. Mais si vous trouvez une jeune nourrice, ne lui faites pas faire les cinq lieues tout d'une traite. N'arrivez qu'après-demain matin; le lait échauffé serait un poison pour votre pauvre maîtresse.

— Croyez-vous, monsieur le docteur, que voir encore une fois M. Leuwen puisse faire du mal à madame ? Elle vient en quelque sorte de m'ordonner de le faire entrer ce soir s'il se présente. Elle lui est si attachée!... »

Le docteur croyait à peine au bonheur qui lui arrivait.

« Rien de plus *naturel*, Beaulieu. (Il insistait toujours sur le mot *naturel*.) Qui est-ce qui vous remplace ?

— Anne-Marie, cette brave fille si dévote.

— Eh ! bien, donnez vos instructions à Anne-Marie. Où M. Leuwen se place-t-il en attendant le moment où vous pouvez l'annoncer ?

— Dans la soupente où couchait Joseph autrefois, dans l'antichambre de madame.

— Dans l'état où est votre pauvre maîtresse, elle n'a pas besoin de trop d'émotions à la fois. Si vous m'en croyez, vous ferez défendre la porte pour tout le monde absolument, même pour M. de Blançay. »

Ce détail et beaucoup d'autres furent convenus entre le docteur et Mlle Beaulieu. Cette bonne fille quitta Nancy à cinq heures, laissant ses fonctions à Anne-Marie.

Or, depuis longtemps Anne-Marie, que Mme de Chastel-ler ne gardait que par bonté et qu'elle avait été sur le point de renvoyer une ou deux fois, était entièrement dévouée à Mlle Bérard, et son espion contre Beaulieu.

Voici ce qui arriva :

A huit heures et demie, dans un moment où Mlle Bérard parlait à la vieille portière, Anne-Marie fit passer dans la cour Leuwen qui, deux minutes après, fut placé dans un retranchement en bois peint qui occupait la moitié de l'antichambre de Mme de Chasteller. De là, Leuwen voyait fort bien ce qui se passait dans la pièce voisine et entendait presque tout ce qui se disait dans l'appartement entier [145*].

Tout à coup, il entendit les vagissements d'un enfant à peine né. Il vit arriver dans l'antichambre le docteur essoufflé portant l'enfant dans un linge qui lui parut taché de sang.

« Votre pauvre maîtresse, dit-il en toute hâte à Anne-Marie, est enfin sauvée. L'accouchement a eu lieu sans accident. M. le marquis est-il hors de la maison ?

— Oui, monsieur.

— Cette maudite Beaulieu n'y est pas ?

— Elle est en route pour son village.

— *Le docteur :* Sous un prétexte je l'ai envoyée chercher

une nourrice, puisque celle que j'ai retenue au faubourg ne veut pas d'un enfant clandestin.

— *Anne-Marie* : Et M. de Blançay ?

— *Le docteur* : Ce qu'il y a de bien singulier, c'est que votre maîtresse ne veut pas le voir.

— Je le crois pardieu bien, dit Anne-Marie, après un tel cadeau !

— Après tout, peut-être l'enfant n'est pas de lui.

— Ma foi ! ces grandes dames, ça ne va pas souvent à l'église, mais en revanche cela a plus d'un amoureux.

— Je crois entendre gémir Mme de Chasteller, je rentre, dit le docteur. Je vais vous envoyer Mlle Bérard. »

Mlle Bérard arriva. Elle exécrait Leuwen, et dans une conversation d'un quart d'heure eut l'art, en disant les mêmes choses que le docteur, d'être bien plus méchante. Mlle Bérard était d'avis que ce gros poupon, comme elle l'appelait, appartenait à M. de Blançay ou au lieutenant-colonel de hussards.

« Ou à M. de Goëllo, dit naturellement Anne-Marie.

— Non, pas à M. de Goëllo, madame ne peut plus le souffrir. C'était de lui la fausse couche qui faillit, dans les temps, la brouiller avec ce pauvre M. de Chasteller. »

On peut juger de l'état où se trouvait Leuwen. Il fut sur le point de sortir de sa cachette et de s'enfuir, même en présence de Mlle Bérard.

« Non, se dit-il ; elle s'est moquée de moi comme d'un vrai blanc-bec que je suis. Mais il serait indigne de la compromettre. »

A ce moment, le docteur, craignant de la part de Mlle Bérard quelque raffinement de méchanceté trop peu vraisemblable, vint à la porte de l'antichambre.

« Mademoiselle Bérard ! Mademoiselle Bérard ! dit-il d'un air alarmé, il y a une hémorragie. Vite, vite, le seau de glace que j'ai apporté sous mon manteau. »

Dès qu'Anne-Marie fut seule, Leuwen sortit en remettant sa bourse à Anne-Marie, en quoi faisant il vit, bien malgré lui, l'enfant qu'elle portait avec ostentation et qui, au lieu de quelques minutes de vie, avait bien un mois ou deux. C'est ce que Leuwen ne remarqua pas. Il dit avec beaucoup de tranquillité apparente à Anne-Marie :

« Je me sens un peu indisposé. Je ne verrai Mme de Chasteller que demain. Voulez-vous venir parler à la portière pendant que je sortirai ? »

Anne-Marie le regardait avec des yeux extrêmement ouverts :

« Est-ce qu'il est d'accord, lui aussi ? » pensait-elle.

Heureusement pour le succès des projets du docteur, comme le geste de Leuwen la pressait fort, elle n'eut pas le temps de commettre une indiscrétion ; elle ne dit rien, alla déposer l'enfant sur un lit dans la chambre voisine, descendit chez la portière.

« Cette bourse si pesante, se disait-elle, est-elle remplie d'argent ou de jaunets ? »

Elle conduisit la portière au fond de sa loge, et Leuwen put sortir inaperçu.

Il courut chez lui et s'enferma à clef dans sa chambre. Ce ne fut qu'à ce moment qu'il se permit de considérer en plein tout son malheur. Il était trop amoureux pour être furieux, dans ce premier moment, contre Mme de Chasteller.

« M'a-t-elle jamais dit qu'elle n'eût aimé personne avant moi ? D'ailleurs, vivant avec moi comme un frère par ma sottise et ma très grande sottise, me devait-elle une telle confidence ?... Mais, ma chère Bathilde, je ne puis donc plus t'aimer ? » s'écriait-il tout à coup en fondant en larmes.

« Il serait digne d'un homme, pensa-t-il au bout d'une heure, d'aller chez Mme d'Hocquincourt, que j'abandonne sottement depuis un mois, et de chercher à prendre une revanche. »

Il s'habilla en se faisant une violence mortelle et, comme il allait sortir, il tomba évanoui dans le salon.

Il revint à lui quelques heures après ; un domestique le heurta du pied, en allant voir à trois heures du matin s'il était rentré.

« Ah ! le voilà encore ivre-mort ! Quelle saleté pour un maître ! » dit cet homme.

Leuwen entendit fort bien ces paroles ; il se crut d'abord dans l'état que disait ce domestique ; mais tout à coup l'affreuse vérité lui apparut, et il fut bien plus malheureux que dans la soirée.

Le reste de la nuit se passa dans une sorte de délire. Il eut un instant l'ignoble idée d'aller faire des reproches à Mme de Chasteller; il eut horreur de cette tentation. Il écrivit au lieutenant-colonel Filloteau qui, par bonheur, commandait le régiment, qu'il était malade, et sortit de Nancy fort matin, espérant n'être pas vu.

Ce fut dans cette promenade solitaire qu'il sentit en plein toute l'étendue de son malheur.

« Je ne puis plus aimer Bathilde! » se disait-il tout haut de temps en temps.

A neuf heures du matin, comme il se trouvait à six lieues de Nancy, l'idée d'y rentrer lui parut horrible.

« Il faut que j'aille à Paris à franc étrier, voir ma mère. »

Ses devoirs comme militaire avaient disparu à ses yeux, il se sentait comme un homme qui approche des derniers moments. Toutes les choses du monde avaient perdu leur importance à ses yeux, deux objets surnageaient seuls : sa mère, et Mme de Chasteller.

Pour cette âme épuisée par la douleur, l'idée folle de ce voyage fut comme une consolation, la seule qu'il entrevît. C'était une distraction.

Il renvoya son cheval à Nancy et écrivit au colonel Filloteau pour le prier de ne pas faire parler de son absence.

« Je suis mandé secrètement par le ministre de la Guerre. »

Ce mensonge se trouva sous sa plume parce qu'il eut la crainte folle d'être poursuivi.

Il demanda un cheval à une poste. Comme, sur son air égaré, on lui faisait quelques objections, il se dit envoyé par le colonel Filloteau, du 27e de lanciers, à une compagnie du régiment qui était détachée à Reims [146]* pour faire la guerre aux ouvriers.

Les difficultés qu'il eut pour obtenir le premier cheval ne se renouvelèrent plus, et trente-deux heures après il était à Paris.

Près d'entrer chez sa mère, il pensa qu'il lui ferait peur; il alla descendre à un hôtel garni voisin, et ne revint chez lui que quelques heures plus tard [147].

SECONDE PARTIE [148]

Lecteur bénévole,

En arrivant à Paris, il me faut faire de grands efforts pour ne pas tomber dans quelque personnalité. Ce n'est pas que je n'aime beaucoup la satire, mais en fixant l'œil du lecteur sur la figure grotesque de quelque ministre, le cœur de ce lecteur fait banqueroute à l'intérêt que je veux lui inspirer pour les autres personnages. Cette chose si amusante, la satire personnelle, ne convient donc point, par malheur, à la narration d'une histoire. Le lecteur est tout occupé à comparer mon portrait à l'original grotesque, ou même odieux, de lui bien connu ; il le voit sale ou noir, comme le peindra l'histoire.

Les personnalités sont charmantes quand elles sont vraies et point exagérées, et c'est une tentation que ce que nous voyons depuis vingt ans est bien fait pour nous ôter.

« Quelle duperie, dit Montesquieu, que de calomnier l'Inquisition ! » Il eût dit de nos jours : « Comment ajouter à l'amour de l'argent, à la crainte de perdre sa place, et au désir de tout faire pour deviner la fantaisie du maître, qui font l'âme de tous les discours hypocrites de tout ce qui mange plus de cinquante mille francs au budget ? »

Je professe qu'au-dessus de cinquante mille francs la vie privée doit cesser d'être murée.

Mais la satire de ces heureux du budget n'entre point dans mon plan. Le vinaigre est en soi une chose excellente, mais mélangé avec une crème il gâte tout. J'ai donc fait tout ce que j'ai pu pour que vous ne puissiez reconnaître, ô lecteur bénévole, un ministre de ces derniers temps qui voulut jouer

de mauvais tours à Leuwen. Quel plaisir auriez-vous à voir
en détail que ce ministre était voleur, mourant de peur de
perdre sa place, et ne se permettant pas un mot qui ne fût une
fausseté? Ces gens-là ne sont bons que pour leur héritier.
Comme rien d'un peu spontané n'est jamais entré dans leur
âme, la vue intérieure de cette âme vous donnerait du dégoût, ô lecteur bénévole, et bien plus encore si j'avais le
malheur de vous faire deviner les traits doucereux ou ignobles qui recouvraient cette âme plate.

C'est bien assez de voir ces gens-là quand on va les
solliciter le matin.

Non ragioniam di loro, ma guarda e passa [149].

« Je ne veux point abuser de mon titre de père pour vous contrarier ; soyez libre, mon fils. »

Ainsi, établi dans un fauteuil admirable, devant un bon feu, parlait d'un air riant M. Leuwen père, riche banquier déjà sur l'âge, à Lucien Leuwen, son fils et notre héros.

Le cabinet où avait lieu la conférence entre le père et le fils venait d'être arrangé avec le plus grand luxe sur les dessins de M. Leuwen lui-même. Il avait placé dans ce nouvel ameublement les trois ou quatre bonnes gravures qui avaient paru dans l'année en France et en Italie, et un admirable tableau de l'école romaine dont il venait de faire l'acquisition. La cheminée de marbre blanc contre laquelle s'appuyait Leuwen avait été sculptée à Rome dans l'atelier de Tenerani [151]*, et la glace de huit pieds de haut sur six de large, placée au-dessus, avait figuré dans l'exposition de 1834 comme absolument sans défaut. Il y avait loin de là au misérable salon dans lequel, à Nancy, Lucien promenait ses inquiétudes. En dépit de sa douleur profonde, la partie parisienne et vaniteuse de son âme était sensible à cette différence. Il n'était plus dans des pays barbares, il se trouvait de nouveau au sein de sa patrie [152].

« Mon ami, dit M. Leuwen père, le thermomètre monte trop vite, faites-moi le plaisir de pousser le bouton de ce ventilateur numéro 2... là... derrière la cheminée... Fort bien. Donc, je ne prétends nullement abuser de mon titre pour *abréger* votre liberté. Faites absolument ce qui vous conviendra. »

Leuwen, debout contre la cheminée, avait l'air sombre, agité, tragique, l'air en un mot que nous devrions trouver à un jeune premier de tragédie malheureux par l'amour. Il cherchait avec un effort pénible et visible à quitter l'air farouche du malheur pour prendre l'apparence du respect et de l'amour filial le plus sincère, sentiments très vivants dans son cœur. Mais l'horreur de sa situation depuis la dernière soirée passée à Nancy avait remplacé sa physionomie de bonne compagnie par celle d'un jeune brigand qui paraît devant ses juges.

« Votre mère prétend, continua M. Leuwen père, que vous ne voulez pas retourner à Nancy? Ne retournez pas en province; à Dieu ne plaise que je m'érige en tyran. Pourquoi ne feriez-vous pas des folies, et même des sottises? Il y en a une, pourtant, mais une seule, à laquelle je ne consentirai pas, parce qu'elle a des suites: c'est le mariage; mais vous avez la ressource des *sommations respectueuses*,... et pour cela je ne me brouillerai pas avec vous. Nous plaiderons, mon ami, en dînant ensemble.

— Mais, mon père, répondit Lucien revenant de bien loin, il n'est nullement question de mariage [153].

— Eh! bien, si vous ne songez pas au mariage, moi j'y songerai. Réfléchissez à ceci: je puis vous marier à une fille riche et pas plus sotte qu'une pauvre, et il est fort possible qu'après moi vous ne soyez pas riche [155]. Ce peuple-ci est si fou, qu'avec une épaulette une fortune bornée est très supportable pour l'amour-propre. Sous l'uniforme, la pauvreté n'est que la pauvreté, ce n'est pas grand-chose, il n'y a pas le mépris. Mais tu croiras ces choses-là, dit M. Leuwen en changeant de ton, quand tu les auras vues toi-même... Je dois te sembler un radoteur... Donc, brave sous-lieutenant, vous ne voulez plus de l'état militaire?

— Puisque vous êtes si bon que de raisonner avec moi au lieu de commander, non, je ne veux plus de l'état militaire en temps de paix, c'est-à-dire passer ma soirée à jouer au billard et à m'enivrer au café, et encore avec défense de prendre sur la table de marbre mal essuyée d'autre journal que le *Journal de Paris*. Dès que nous sommes trois officiers à promener ensemble, un au moins peut passer pour espion dans l'esprit des deux autres. Le colonel, autrefois intrépide soldat, s'est transformé, sous la baguette du juste milieu, en sale commissaire de police. »

M. Leuwen père sourit comme malgré lui. Lucien le comprit, et ajouta avec empressement :

« Je ne prétends point tromper un homme aussi clair-voyant ; je ne l'ai jamais prétendu, croyez-le bien, mon père ! Mais enfin, il fallait bien commencer mon conte par un bout. Ce n'est donc point pour des motifs raisonnables que, si vous le permettez, je quitterai l'état militaire. Mais cependant, c'est une démarche raisonnable. Je sais donner un coup de lance et commander à cinquante hommes qui donnent des coups de lance ; je sais vivre convenablement avec trente-cinq camarades, dont cinq ou six font des rapports de police. Je sais donc le *métier*. Si la guerre survient, mais une vraie guerre, dans laquelle le général en chef ne trahisse pas son armée, et que je pense comme aujourd'hui, je vous deman-derai la permission de faire une campagne ou deux. La guerre, suivant moi, ne peut pas durer davantage, si le général en chef ressemble un peu à Washington. Si ce n'est qu'un pillard habile et brave, comme Soult, je me retirerai une seconde fois.

— Ah ! c'est là votre politique ! reprit son père avec iro-nie [156]. Diable ! c'est de la haute vertu ! Mais la politique, c'est bien long ! Que voulez-vous pour vous personnelle-ment ?

— Vivre à Paris, ou faire de grands voyages : l'Améri-que, la Chine.

— Vu mon âge et celui de votre mère, tenons-nous-en à Paris. Si j'étais l'enchanteur Merlin et que vous n'eussiez qu'un mot à dire pour arranger le matériel de votre destinée, que demanderiez-vous ? Voudriez-vous être commis dans mon comptoir, ou employé dans le bureau particulier d'un ministre qui va se trouver en possession d'une grande in-fluence sur les destinées de la France, M. de Vaize [157]*, en un mot ? Il peut être ministre de l'Intérieur demain.

— M. de Vaize ? Ce pair de France qui a tant de génie pour l'administration ? Ce grand travailleur [158]* ?

— Précisément, répondit M. Leuwen en riant et admirant la haute vertu des intentions et la bêtise des perceptions.

— Je n'aime pas assez l'argent pour entrer au comptoir, répondit Lucien. Je ne pense pas assez au *métal*, je n'ai jamais senti vivement et longtemps son absence. Cette absence terrible ne sera pas toujours là, en moi, pour répondre victorieusement à tous les dégoûts. Je craindrais de manquer de persévérance une seconde fois si je nommais le comptoir.

— Mais si après moi vous êtes pauvre ?

— Du moins à la dépense que j'ai faite à Nancy, maintenant je suis riche ; et pourquoi cela ne durerait-il pas bien longtemps encore ?

— Parce que 65 n'est pas égal à 24.

— Mais cette différence... »

La voix de Lucien se voilait.

« Pas de phrases, monsieur ! Je vous rappelle à l'ordre. La politique et le sentiment nous écartent également de l'objet à l'ordre du jour :

Sera-t-il dieu, table ou cuvette ?

C'est de vous qu'il s'agit, et c'est à quoi nous cherchons une réponse. Le comptoir vous ennuie et vous aimez mieux le bureau particulier du comte de Vaize ?

— Oui, mon père.

— Maintenant paraît une grande difficulté : serez-vous assez coquin pour cet emploi ? »

Lucien tressaillit ; son père le regarda avec le même air gai et sérieux tout à la fois. Après un silence, M. Leuwen père reprit :

« Oui, monsieur le sous-lieutenant, serez-vous assez coquin ? Vous serez à même de voir une foule de petites manœuvres ; voulez-vous, vous subalterne, aider le ministre dans ces choses, ou le contrecarrer ? Voudrez-vous *faire aigre*, comme un jeune républicain qui prétend repétrir les Français pour en faire des anges ? *That is the question*, et c'est là-dessus que vous me répondrez ce soir, après l'Opéra, car ceci est un secret : pourquoi n'y aurait-il pas crise ministérielle en ce moment ? La Finance et la Guerre ne se sont-elles pas dit les gros mots pour la vingtième fois ? Je suis fourré là-dedans, je puis ce soir, je puis demain, et peut-être je ne pourrai plus après-demain vous nicher d'une façon brillante.

» Je ne vous dissimule pas que les mères jetteront les yeux sur vous pour vous faire épouser leurs filles ; en un mot, la position *la plus honorable*, comme disent les sots. Mais

serez-vous assez coquin pour la remplir ? Réfléchissez donc à
ceci : jusqu'à quel point vous sentez-vous la force d'être un
coquin, c'est-à-dire d'aider à faire une petite coquinerie, car
depuis quatre ans, il n'est plus question de verser du sang...

— Tout au plus de voler l'argent, interrompit Lucien.

— *Du pauvre peuple!* interrompit à son tour M. Leuwen
père d'un air piteux. Ou de l'employer un peu différemment
qu'il ne l'emploierait lui-même, ajouta-t-il du même ton.
Mais il est un peu bête, et ses députés un peu sots et pas mal
intéressés...

— Et que désirez-vous que je sois ? demanda Lucien d'un
air simple.

— Un coquin, reprit le père, je veux dire un homme
politique, un Martignac, je n'irai pas jusqu'à dire un Talleyrand. A votre âge et dans vos journaux, on appelle cela être
un coquin. Dans dix ans, vous saurez que Colbert, que Sully,
que le cardinal Richelieu, en un mot tout ce qui a été homme
politique, c'est-à-dire *dirigeant les hommes*, s'est élevé au
moins à ce premier degré de coquinerie que je désire vous
voir. N'allez pas faire comme N... qui, nommé secrétaire
général de la police, au bout de quinze jours donna sa
démission parce que cela était trop sale. Il est vrai que dans
ce temps on faisait fusiller *Frotté* par des gendarmes chargés
de le conduire de sa maison en prison, et qu'avant que de
partir les gendarmes savaient qu'il essaierait de s'échapper
en route, ce qui les réduirait à la triste nécessité de le tuer à
coups de fusil [159]*.

— Diable ! dit Lucien.

— Oui. Le préfet C*** [160], ce brave homme préfet à
Troyes et mon ami, dont vous vous souvenez peut-être, un
homme de cinq pieds six pouces [161], à cheveux gris, à
Plancy.

— Oui, je m'en souviens très bien. Ma mère lui donnait
la belle chambre à damas rouge, à l'angle du château.

— C'est cela. Eh ! bien, il perdit sa préfecture dans le
Nord, à Caen ou environs, enfin, parce qu'il ne voulut pas
être assez coquin, et je l'approuvai fort. Un autre fit l'affaire
Frotté [162].

» Ah ! diable, *mon jeune ami,* comme disent les pères
nobles, vous êtes étonné ?

— *On le serait à moins,* répond souvent le jeune premier, dit Leuwen. Je croyais que les jésuites seuls et la Restauration...

— Ne croyez rien, mon ami, que ce que vous avez vu, et vous en serez plus sage. Maintenant, à cause de cette maudite liberté de la presse, dit M. Leuwen en riant, il n'y a plus moyen de traiter les gens à la Frotté. Les ombres les plus noires du tableau actuel ne sont plus fournies que par des pertes d'argent ou de place...

— Ou par quelques mois de prison préventive !

— Très bien. A ce soir réponse décisive, claire, nette, sans phrases sentimentales surtout. Demain, peut-être je ne pourrai plus *rien pour mon fils.* »

Ces mots furent dits d'une façon à la fois noble et sentimentale, comme eût fait Monvel, le grand acteur [163].

« A propos, dit M. Leuwen père en revenant, vous savez sans doute que *sans votre père* vous seriez à l'*Abbaye.* J'ai écrit au général D...; j'ai dit que je vous avais envoyé un courrier parce que votre mère était fort malade. Je vais passer à la Guerre pour que votre congé antidaté arrive au colonel. Écrivez-lui de votre côté [164], et tâchez de le séduire.

— Je voulais vous parler de l'Abbaye. Je pensais à deux jours de prison, et à remédier à tout par ma démission...

— Pas de démission, mon ami ; il n'y a que les sots qui donnent leur démission. Je prétends bien que vous serez toute votre vie un jeune militaire de la plus haute distinction attiré par la politique, une véritable *perte pour l'armée,* comme disent les *Débats* [165].

CHAPITRE XXXVIII [166]

La distraction violente causée par la réponse catégorique, décisive, demandée par son père, fut une première consolation pour Leuwen. Pendant le voyage de Nancy à Paris, il n'avait pas réfléchi : il fuyait la douleur, le mouvement physique lui tenait lieu de mouvement moral. Depuis son arrivée, il était dégoûté de soi-même et de la vie. Parler avec quelqu'un était un supplice pour lui, à peine pouvait-il prendre assez sur soi pour parler une heure de suite avec sa mère.

Dès qu'il était seul, ou il était plongé dans une sombre rêverie, dans un océan sans limites de sentiments déchirants ; ou, raisonnant un peu, il se disait :

« Je suis un grand sot, je suis un grand fou ! J'ai estimé ce qui n'est pas estimable : le cœur d'une femme ; et, le désirant avec passion, je n'ai pas pu l'obtenir. Il faut ou quitter la vie, ou me corriger profondément [167]. »

Dans d'autres moments, où un attendrissement ridicule prenait le dessus :

« Peut-être l'eussé-je obtenue, se disait-il, sans la cruauté de l'aveu à faire : "Un autre m'a aimée, et je suis…"

» Car il y a des jours où elle m'aimait vraiment… Sans le cruel état où elle se trouvait, elle m'eût dit : "Eh ! bien, oui, je vous aime !" Mais alors il fallait ajouter : "L'état où je me trouve…" Car elle a de l'honneur, j'en suis sûr… Elle m'a mal connu ; cet aveu n'eût pas détruit l'étrange sentiment que j'ai pour elle. Toujours j'en ai eu honte, et toujours il m'a dominé.

» Elle a été faible ; et moi, suis-je parfait ? Mais pourquoi m'abuser ? disait-il en s'interrompant avec un sourire amer.

Pourquoi parler le langage de la raison? Quand j'aurais trouvé en elle des défauts choquants, que dis-je? des vices déshonorants, j'aurais été cruellement combattu, mais je n'aurais pu cesser de l'aimer. Désormais, qu'est-ce que la vie pour moi? Un long supplice. Où trouver le plaisir, où trouver seulement un état exempt de peines?»

Cette sensation triste finissait par amortir toutes les autres. Il parcourait tous les états de la vie, les voyages comme le séjour à Paris, la richesse extrême, le pouvoir, partout il trouvait un dégoût invincible. L'homme qui venait lui parler lui semblait toujours le plus ennuyeux de tous.

Une seule chose le tirait de l'inaction profonde et faisait agir son esprit : c'était de revenir sur les événements de Nancy. Il frémissait en rencontrant sur une carte géographique le nom de cette petite ville; ce nom le poursuivait dans les journaux : tous les régiments qui revenaient de Lunéville semblaient devoir passer par là. Le nom de Nancy ramenait toujours, invariablement, cette idée :

« Elle n'a pu se résoudre à me dire : "J'ai un grand secret que je ne puis vous confier... Mais à cela près, je vous aime uniquement." Souvent en effet je la voyais profondément triste, cet état me semblait extraordinaire, inexplicable... Si j'allais à Nancy me jeter à ses pieds?... Et lui demander pardon de ce qu'elle m'a fait cocu », ajoutait le parti Méphistophélès en ricanant.

Après avoir quitté le cabinet de son père, cet ordre de pensées semblait s'être attaché au cœur de Lucien avec plus d'acharnement que jamais.

« Et il faut qu'avant demain matin, se disait-il avec terreur, je prenne une décision, que *j'aie foi en moi-même*... Est-il un être au monde dont j'estime aussi peu le jugement? »

Il était extrêmement malheureux; le fond de tous ses raisonnements était cette folie :

« A quoi bon choisir un état pour la troisième fois? Puisque je n'ai pas su plaire à Mme de Chasteller [168], que saurai-je jamais? Quand on possède une âme comme la mienne, à la fois faible et impossible à contenter, on va se jeter à la Trappe. »

Le plaisant, c'est que toutes les amies de Mme Leuwen lui faisaient compliment sur l'excellente tenue que son fils avait acquise. « C'est maintenant l'homme sage, disait-on de toutes parts, l'homme fait pour satisfaire l'ambition d'une mère. »

Dans son dégoût pour les hommes, Lucien n'avait garde de leur laisser [deviner] ses pensées; il ne leur répondait que par des lieux communs bien maniés.

Tourmenté par la nécessité de donner le soir même une réponse décisive, il alla dîner seul, car il fallait parler et *être aimable* à la maison ou bien il pleuvait des épigrammes, et l'usage était de n'épargner personne.

Après dîner, Lucien erra sur le boulevard et ensuite dans les rues; il craignait de rencontrer des amis sur le boulevard, et chaque minute était précieuse et pouvait lui donner l'idée d'une réponse. En passant dans la [place de Beauvau [169]], il entra machinalement dans un cabinet de lecture mal éclairé et où il espérait trouver peu de monde. Un domestique rendait un livre à la demoiselle du comptoir; il lui trouva une mise d'une fraîcheur charmante et de la grâce (Lucien rentrait de province).

Il ouvrit le livre au hasard; c'était un ennuyeux moraliste qui avait divisé sa drogue par portraits détachés, comme Vauvenargues : *Edgar, ou le Parisien de vingt ans.*

« Qu'est-ce qu'un jeune homme qui ne connaît pas les hommes ? qui n'a vécu qu'avec des gens polis, ou des subordonnés, ou des gens dont il ne choquait pas les intérêts ? Edgar n'a pour garant de son mérite que les magnifiques promesses qu'il se fait à soi-même. Edgar a reçu l'éducation la plus distinguée, il monte à cheval, il mène admirablement son cabriolet, il a, si vous l'exigez, toute l'instruction de Lagrange, toutes les vertus de Lafayette, qu'importe ! Il n'a point éprouvé l'effet des autres sur lui-même, il n'est sûr de rien ni sur les autres ni, à plus forte raison, sur soi-même. Ce n'est tout au plus qu'un brillant *peut-être.* Que sait-il au fond ? Monter à cheval, parce que son cheval n'est pas poli et le jette par terre s'il fait un faux mouvement. Plus sa société est polie, moins elle ressemble à son cheval, moins il vaut. Laisse-t-il s'enfuir ces rapides années de dix-huit à trente ans sans *se colleter avec la nécessité,* comme dit Montaigne [170]*, il n'est plus même un *peut-être;* l'opinion le dépose dans l'ornière des gens communs, elle cesse de le regarder, elle ne voit plus en lui qu'un être comme tout le monde, important seulement par le nombre de billets de mille francs que ses fermiers placent sur son bureau.

» Moi, philosophe, je néglige le bureau chargé de billets, je regarde l'homme qui les compte. Je ne vois en lui qu'un être jaune, ennuyé, réduit quelquefois par son ineptie à se faire l'*exagéré* d'un parti, l'*exagéré* des Bouffes et de Rossini, l'*exagéré* du juste milieu se réjouissant du nombre des morts sur les quais de Lyon, l'*exagéré* de Henri V répétant que Nicolas va lui prêter deux cent mille hommes et quatre cents millions. Que m'importe, qu'importe au monde ? Edgar s'est laissé tomber à n'être qu'un sot !

» S'il va à la messe, s'il proscrit autour de lui toute conversation gaie, toute plaisanterie sur quoi que ce soit, s'il fait des aumônes bien entendues, vers cinquante ans les charlatans de toutes les sortes, ceux de l'Institut comme ceux de l'archevêché, proclameront qu'il a toutes les vertus ; par la suite, ils le porteront peut-être à être l'un des douze maires de Paris. Il finira par fonder un hôpital. *Requiescat in pace.* Colas vivait, *Colas* est mort [171]. »

Lucien relisait chaque phrase de cette morale deux et même trois fois ; il en examinait le sens et la portée. Sa rêverie sombre fit lever le nez aux lecteurs du *Journal du soir ;* il s'en aperçut, paya avec humeur, sortit. Il se promenait sur la place de Beauvau, devant le cabinet littéraire.

« *Je serai un coquin* », s'écria-t-il tout à coup.

Il passa encore un quart d'heure à bien tâter son courage, puis appela un cabriolet et courut à l'Opéra.

« Je vous cherchais », lui dit son père qu'il trouva errant dans le foyer.

Ils montèrent rapidement dans la loge de M. Leuwen père, ils y trouvèrent trois demoiselles, et Raimonde en costume de sylphide.

« *They can not understand.* (Elles ne comprendront pas un mot à ce que nous dirons ; ainsi, ne nous gênons pas.)

— Messieurs, nous lisons dans vos yeux, dit Mlle Raimonde, des choses beaucoup trop sérieuses pour nous ; nous allons sur le théâtre. Soyez heureux, si vous le pouvez, sans nous.

— Eh bien, vous sentez-vous l'âme assez scélérate [172] pour entrer dans la carrière des honneurs [173]?

— Je serai sincère avec vous, mon père. L'excès de votre indulgence m'étonne et augmente ma reconnaissance et mon respect. Par l'effet de malheurs sur lesquels je ne puis m'expliquer, même avec mon père, je me trouve dégoûté de moi-même et de la vie. Comment choisir telle ou telle carrière? tout m'est également indifférent, et je puis dire odieux [174]. Le seul état qui me conviendrait serait d'abord celui d'un mourant à l'Hôtel-Dieu, ensuite peut-être celui d'un sauvage qui est obligé de chasser ou de pêcher pour sa subsistance de chaque jour. Cela n'est ni beau ni honorable pour un homme de vingt-quatre ans, aussi personne au monde n'aura jamais cette confidence…

— Quoi! Pas même votre mère [175]?

— Ses consolations augmenteraient mon martyre; elle souffrirait trop de me voir dans ce malheureux état… »

(L'égoïsme de M. Leuwen eut une jouissance qui l'attacha un peu à son fils. « Il a, se dit-il, des secrets pour sa mère qui n'en sont pas pour moi. »)

« … Si je reviens à la sensibilité pour les choses extérieures, il se peut que je me trouve étrangement choqué des exigences de l'état que j'aurai choisi. Une place dans votre comptoir pouvant se quitter sans scandaliser personne, je devrais peut-être le choisir.

— Je dois vous mettre en possession d'une donnée importante: vous serez plus utile à mes intérêts comme secrétaire du ministre de l'Intérieur que comme chef de correspondance dans mon bureau. Vos qualités comme homme du monde me seraient inutiles dans mon bureau. »

Lucien fut adroit pour la première fois depuis *son cocuage* (c'était le mot qu'il employait avec une amère ironie, car, pour torturer davantage son âme, il se regardait comme un mari trompé et s'appliquait la masse de ridicule et d'antipathie dont le théâtre et le monde vulgaire affublent cet état. Comme s'il y avait encore des caractères d'état [176]!

Leuwen allait conclure pour la place au ministère, principalement par curiosité: il connaissait le comptoir [177], et n'avait pas la moindre idée de l'intérieur intime d'un ministre. Il se faisait une fête d'approcher M. le comte de Vaize,

travailleur infatigable et le premier administrateur de France,
disaient les journaux, un homme qu'on comparait au comte
Daru de l'Empereur.

A peine son père eut-il cessé de parler :

« Ce mot me décide, s'écria-t-il avec une fausseté naïve
qui pouvait donner de l'espoir pour l'avenir. Je penchais
pour le comptoir, mais je m'engage au ministère sous la
condition que je ne contribuerai à aucun assassinat comme le
maréchal Ney, le colonel Caron, Frotté, etc. Je m'engage
tout au plus pour des friponneries d'argent ; et enfin, peu sûr
de moi-même, je ne m'engage que pour un an.

— C'est bien peu pour le monde. On dira : "Il ne peut pas
tenir en place plus de six mois." Peut-être aurez-vous du
dégoût dans les commencements, et de l'indulgence pour les
faiblesses et les friponneries des hommes six mois plus tard.
Pouvez-vous, par amitié pour moi, me sacrifier six mois de
plus et me promettre de ne pas quitter les bureaux de la rue
de Grenelle avant dix-huit mois ?

— Je vous donne ma parole pour dix-huit mois, toujours à
moins d'assassinat, par exemple si mon ministre engageait
quatre ou cinq officiers à se battre en duel successivement
contre un député trop éloquent.

— Ah ! mon ami, dit M. Leuwen en riant de tout son
cœur, d'où sortez-vous ? Allez, il n'y aura jamais de ces
duels-là, et pour cause !

— Ce serait là, continua son fils fort sérieusement, un cas
rédhibitoire. Je partirais à l'instant pour l'Angleterre.

— Mais qui sera juge des crimes, homme vertueux ?

— Vous, mon père.

— Les friponneries, les mensonges, les manœuvres
d'élections ne rompront pas notre marché ?

— Je ne ferai pas les pamphlets menteurs...

— Fi donc ! Cela regarde les gens de lettres. Dans le
genre sale, vous dirigez, vous ne faites jamais. Voici le
principe : tout gouvernement, même celui des États-Unis,
ment toujours et en tout ; quand il ne peut pas mentir au fond,
il ment sur les détails. Ensuite, il y a les bons mensonges et
les mauvais ; les *bons* sont ceux que croit le petit public de
cinquante louis de rente à douze ou quinze mille francs, les
excellents attrapent quelques gens à voiture, les *exécrables*

sont ceux que personne ne croit et qui ne sont répétés que par les ministériels éhontés. Ceci est entendu. Voilà une première *maxime d'État;* cela ne doit jamais sortir de votre mémoire ni de votre bouche.

— J'entre dans une caverne de voleurs, mais tous leurs secrets, petits et grands, sont confiés à mon honneur.

— Doctement. Le gouvernement escamote les droits et l'argent des populations tout en jurant tous les matins de les respecter. Vous souvenez-vous du fil rouge que l'on trouve au centre de tous les cordages, gros ou petits, appartenant à la marine royale d'Angleterre, ou plutôt vous souvenez-vous de *Werther,* je crois, où j'ai lu cette belle chose ?

— Très bien.

— Voilà l'image d'une corporation ou d'un homme qui a un mensonge *de fond* à soutenir. Jamais de vérité *pure et simple.* Voyez les doctrinaires.

— Le mensonge de Napoléon n'était pas aussi grossier, à beaucoup près.

— Il n'y a que deux choses sur lesquelles on n'ait pas encore trouvé le moyen d'être hypocrite : amuser quelqu'un dans la conversation, et gagner une bataille. Du reste, ne parlons pas de Napoléon. Laissez le sens moral à la porte en entrant au ministère, comme de son temps on laissait l'amour de la patrie en entrant dans sa garde. Voulez-vous être un *joueur d'échecs* pendant dix-huit mois et n'être rebuté par aucune affaire d'argent ? Le sang seul vous arrêterait ?

— Oui, mon père.

— Eh ! bien, n'en parlons plus [178]. »

Et M. Leuwen père s'enfuit de sa loge. Lucien remarqua qu'il marchait comme un homme de vingt ans. C'est que cette conversation avec un niais l'avait mortellement excédé.

Lucien, étonné d'avoir pris intérêt à la politique, regardait la salle de l'Opéra [179].

« Me voici au milieu de ce qu'il y a de plus élégant à Paris. Je vois ici à profusion tout ce qui me manquait à Nancy. »

A ce nom chéri, il tira sa montre.

« Il est onze heures. Dans nos jours de confiance intime ou de grande gaieté, je prolongeais jusqu'à onze heures ma visite du soir. »

Une idée bien lâche, qu'il avait déjà repoussée plusieurs

fois, se présenta avec une vivacité à laquelle il ne put résister :

« Si je campais là le ministère, et retournais à Nancy et au régiment ? Si je lui demandais pardon du secret qu'elle m'a fait, ou plutôt si je ne lui parlais pas de ce que j'ai vu, ce qui est plus juste, pourquoi ne me recevrait-elle pas comme la veille de ce jour fatal ? En quoi puis-je être offensé raisonnablement, moi qui ne suis point son amant, de rencontrer la preuve qu'elle a eu un amant avant de me connaître ?

» Mais ma façon d'être avec elle serait-elle la même ? Tôt ou tard, elle saurait la vérité ; je ne pourrais m'empêcher de la lui dire si elle me la demandait et là, comme il m'est déjà arrivé plusieurs fois, *l'absence de vanité* me ferait mépriser comme un homme sans cœur. Serai-je tranquille avec le sentiment que si l'on me connaissait l'on me mépriserait, et surtout moi ne pouvant pas lui en faire confidence [180] ? »

Cette grande question agitait le cœur de Leuwen, tandis que ses yeux s'arrêtaient avec une sorte d'attention machinale sur chacune des femmes qui remplissaient les loges à la mode. Il en reconnut plusieurs, elles lui semblèrent des comédiennes de campagne.

« Mais, grand Dieu ! je deviens fou à la lettre, se dit-il quand sa lorgnette fut arrivée au bout du rang des loges. J'appliquais absolument le même mot de *comédiennes de campagne* aux femmes qui remplissaient le salon de Mmes de Puy-Laurens ou d'Hocquincourt. Un homme opprimé par une fièvre dangereuse peut trouver amère la saveur de l'eau sucrée ; l'essentiel est que personne ne s'aperçoive de ma folie. Je ne dois dire absolument que des choses communes, et jamais rien qui s'écarte le moins du monde de l'opinion reçue dans la société où je me trouverai. Le matin, une grande assiduité dans mon bureau, si j'ai un bureau, ou de longues promenades à cheval ; le soir, afficher une passion pour le spectacle, fort naturelle après huit mois d'exil en province. Dans les salons, quand je ne pourrai absolument éviter d'y paraître, un goût démesuré pour l'*écarté* [181]. »

Les réflexions de Lucien furent interrompues par une obscurité soudaine : c'est qu'on éteignait les lampes ou becs de gaz de toutes parts.

« Bon, se dit-il avec un sourire amer, le spectacle m'intéresse tellement, que je suis le dernier à le quitter [183]. »

Huit jours après l'entretien à l'Opéra, le *Moniteur* portait l'acceptation de la démission de M. N..., ministre de l'Intérieur, la nomination à cette place de M. le comte de Vaize, pair de France, des ordonnances analogues pour quatre autres ministères, et beaucoup plus bas, dans un coin obscur :

« Par ordonnance du ... MM. N..., N..., et Lucien Leuwen ont été nommés maitres des requêtes. M. L. Leuwen est chargé du bureau particulier de M. le comte de Vaize, ministre de l'Intérieur. »

Pendant que Leuwen recevait de son père les premières leçons de sens commun, voici ce qui se passait à Nancy :

Quand, le surlendemain du brusque départ de Lucien, ce grand événement fut connu de M. de Sanréal, du comte Roller et des autres conspirateurs qui avaient dîné ensemble pour arranger un duel contre lui, ils pensèrent tomber de leur haut. Leur admiration pour M. Du Poirier fut sans bornes; ils ne pouvaient deviner ses moyens de succès.

Suivant un premier mouvement toujours généreux et dangereux, ces messieurs oublièrent leur répugnance pour ce bourgeois aux mauvaises manières, et allèrent en corps lui faire une visite. Et comme le provincial est avide de tout ce qui peut prendre un air officiel et le tirer de la monotonie de sa vie habituelle, ces messieurs montèrent avec gravité au troisième étage du docteur. Ils entrèrent en saluant sans mot dire et, s'étant rangés en haie contre la muraille, M. de Sanréal porta la parole. Parmi beaucoup de lieux communs, la phrase suivante frappa Du Poirier :

« Si vous songez à la Chambre des Députés de Louis-Philippe et qu'il vous convienne de paraître aux élections, nous vous promettons nos voix et toutes celles dont chacun de nous peut disposer. »

Le discours fini, M. Ludwig Roller s'avança d'un air gauche, et ensuite se tut par timidité. Sa figure blonde et sèche se couvrit d'un nombre infini de rides nouvelles, il fit une grimace et enfin dit d'un air piqué :

« Moi seul, peut-être, je ne dois pas de remerciements à M. Du Poirier; il m'a privé du plaisir de punir un insolent, ou du moins de l'essayer. Mais je devais ce sacrifice aux ordres de S. M. Charles X et, quoique partie lésée dans cette circonstance, je n'en fais pas moins à M. Du Poirier les mêmes offres de service que ces messieurs, quoique, à vrai dire, je ne sache pas si, à cause du serment à Louis-Philippe, ma conscience me permettra de paraître aux élections. »

L'orgueil de Du Poirier et sa manie de parler en public triomphaient. Il faut avouer qu'il parla admirablement ; il se garda bien d'expliquer pourquoi et comment Lucien était parti, et cependant sut attendrir ses auditeurs : Sanréal pleurait tout à fait ; Ludwig Roller lui-même serra la main du docteur avec cordialité en quittant son cabinet.

La porte fermée, Du Poirier éclata de rire [185]. Il venait de parler pendant quarante minutes, il avait eu beaucoup de succès, il se moquait parfaitement des gens qui l'avaient écouté. C'était là, pour ce coquin singulier, les trois éléments du plaisir le plus vif.

« Voilà une vingtaine de voix qui me sont acquises, si toutefois d'ici aux élections ces animaux-là ne prennent pas la mouche à propos de quelqu'une de mes démarches ; cela peut mériter considération. J'apprends de tous les côtés que M. de Vassignies n'a pas plus de cent vingt voix assurées, et il y aura trois cents électeurs présents ; ce qu'il y a de plus pur dans notre saint parti lui reproche le serment qu'il devra prêter en entrant à la Chambre, lui serviteur particulier d'Henri V. Pour moi, je suis plébéien ; c'est un avantage. Je loge au troisième étage, je n'ai pas de voiture. Les amis de M. de Lafayette et de la révolution de Juillet [186]* doivent, à haine égale, me préférer à M. de Vassignies, cousin de l'empereur d'Allemagne, et qui a en poche le brevet de gentilhomme de la chambre... si jamais il y a une chambre du roi... Je leur jurerai, s'il le faut, d'être libéral, comme Dupont de l'Eure, l'honnête homme du parti maintenant qu'ils ont enterré M. de Lafayette. »

Un autre chef de parti, aussi honnête que Du Poirier l'était peu, mais bien plus fou, car il s'agitait beaucoup sans le moindre espoir de gagner de l'argent, M. Gauthier le républicain, était resté fort étonné et encore plus effrayé du départ de Lucien.

« Ne m'avoir rien dit, à moi qui l'aimais ! Ah ! cœurs parisiens ! politesse infinie et sentiment nul ! Je le croyais un peu différent des autres, je croyais voir qu'il y avait de la chaleur et de l'enthousiasme au fond de cette âme [187]!... »

Les mêmes sentiments, mais poussés à un bien autre degré d'énergie, agitaient le cœur de Mme de Chasteller.

« ... Ne m'avoir pas écrit, à moi qu'il jurait de tant aimer, à moi, hélas, dont il voyait bien la faiblesse ! »

Cette idée était trop horrible ; Mme de Chasteller finit par se persuader que la lettre de Lucien avait été interceptée.

« Est-ce que je reçois une réponse de Mme de Constantin ? se disait-elle ; et je lui ai écrit six fois au moins depuis que je suis malade. »

Le lecteur doit savoir que Mme Cunier, la directrice de la poste aux lettres de Nancy, pensait bien. A peine M. le marquis de Pontlevé vit-il sa fille malade et dans l'impossibilité de sortir, qu'il se transporta chez Mme Cunier [188], petite dévote de trois pieds et demi de haut. Après les premiers compliments [189]* :

« Vous êtes trop bonne chrétienne, madame, et trop bonne royaliste, dit-il avec onction, pour n'avoir pas une idée juste de ce que doit être l'autorité du roi (*id est* Charles X) et des commissaires établis par lui durant son absence. Les élections vont avoir lieu, c'est un événement décisif. La prudence oblige, de vrai, à certains ménagements ; mais là est le droit, madame : Prague avant tout. Et, n'en doutez pas, on tient un registre fidèle de tous les services, et..., madame la directrice, il entre dans mon pénible devoir de le dire, tout ce qui ne nous aide pas dans ces temps difficiles est contre nous. » Etc., etc.

A la suite d'un dialogue entre ces deux graves personnages, d'une longueur et d'une prudence infinies et d'un ennui encore plus grand pour le lecteur s'il lui était présenté (car aujourd'hui, après quarante ans de comédie, qui ne se peut donner l'entretien d'un vieux marquis égoïste et d'une dévote de profession ?), on en vint à la conclusion des articles suivants [190] :

1° Aucune lettre du préfet, du maire, du lieutenant de gendarmerie, etc., ne sera jamais livrée à M. le marquis. Mme Cunier lui montrera seulement, sans s'en dessaisir, les lettres écrites par M. le grand vicaire Rey, par M. l'abbé Olive, etc.

Toute la conversation de M. de Pontlevé avait porté sur ce premier article. En cédant, il obtint un triomphe complet sur le second :

2° Toutes les lettres adressées à Mme de Chasteller seront remises à M. le marquis, qui se charge de les donner à Mme sa fille, qui est retenue au lit par la maladie.

3° Toutes les lettres écrites par Mme de Chasteller seront montrées à M. le marquis.

Il fut tacitement convenu que le marquis pourrait s'en saisir pour les faire parvenir par une voie plus économique que la poste. Mais dans ce cas, qui entraînait une perte de deniers pour le gouvernement, Mme Cunier, sa représentante dans la présente affaire, pouvait naturellement s'attendre à un cadeau d'un panier de bon vin du Rhin de seconde qualité.

Dès le surlendemain de cette conversation, Mme Cunier remit un paquet, fermé par elle, au vieux Saint-Jean, valet de chambre du marquis. Ce paquet contenait une toute petite lettre de Mme de Chasteller à Mme de Constantin. Le ton en était doux et tendre ; Mme de Chasteller aurait voulu demander des conseils à son amie, mais n'osait s'expliquer.

« Bavardage insignifiant », se dit le marquis en la serrant dans son bureau. Et, un quart d'heure après, on vit passer le vieux valet de chambre portant à Mme Cunier un panier de seize bouteilles de vin du Rhin.

Le caractère de Mme de Chasteller était la douceur et la nonchalance. Rien ne parvenait à agiter cette âme douce, noble, amante de ses pensées et de la solitude. Mais placée par le malheur hors de son état habituel, les décisions ne lui coûtaient rien : elle envoya son valet de chambre jeter à la poste, au bourg de Darney, une lettre adressée à Mme de Constantin.

Une heure après le départ du valet de chambre, quelle ne fut pas la joie de Mme de Chasteller en voyant Mme de Constantin entrer dans sa chambre. Ce moment fut bien doux pour les deux amies.

« Quoi ! ma chère Bathilde, dit enfin Mme de Constantin, quand on put parler après les premiers transports, six semaines sans un mot de toi ! Et c'est par hasard que j'apprends d'un des agents que M. le préfet emploie pour les élections que tu es malade et que ton état donne des inquiétudes...

— Je t'ai écrit huit lettres au moins.

— Ma chère, ceci est trop fort ; il est un point où la bonté devient duperie...

— Il croit bien faire... »

Ceci voulait dire : « Mon père croit bien faire », car l'indulgence de Mme de Chasteller n'allait pas jusqu'à ne pas voir ce qui se passait autour d'elle ; mais le dégoût inspiré par les petites manœuvres dont elle suivait le développement n'avait ordinairement d'autre effet que de redoubler son amour pour l'isolement. Ce qui lui convenait de la société, c'étaient les plaisirs des beaux-arts, le spectacle, une promenade brillante, un bal très nombreux. Quand elle voyait un salon avec six personnes, elle frémissait, elle était sûre que quelque chose de bas allait la blesser. L'expérience désagréable lui faisait redouter tout dialogue entre elle et une seule personne [191].

C'était un caractère tout opposé qui faisait compter pour beaucoup dans la société Mme de Constantin. Une humeur vive et entreprenante, s'attaquant aux difficultés et aimant à se moquer de tous les ridicules ennemis, faisait considérer Mme de Constantin comme l'une des femmes du département qu'il était le plus dangereux d'offenser [192]. Son mari, très bel homme et assez riche, s'occupait avec passion de tout ce qu'elle lui indiquait. Depuis un an, par exemple, il ne songeait qu'à un moulin à vent, en pierre, qu'il faisait construire sur une vieille tour voisine de son château et qui devait lui rapporter quarante pour cent [193]. Depuis trois mois, il négligeait le moulin et ne songeait qu'à la Chambre des Députés. Comme il n'avait point d'esprit, n'avait jamais offensé personne, et passait pour s'acquitter avec complaisance et exactitude des petites commissions qu'on lui donnait, il avait des chances.

« Nous croyons être assurés de l'élection de M. de Constantin. Le préfet le porte en seconde ligne par la peur qu'il a du marquis de Croisans, *notre rival*, ma chère. »

Mme de Constantin dit ce mot en riant.

« Le candidat ministériel sera perdu. C'est un friponneau assez méprisé, et la veille de l'élection fera courir trois lettres de lui qui prouvent clairement qu'il s'adonne un peu au noble

métier d'espion. Cela explique sa croix du 1er de mai dernier, qui a outré d'envie jalouse tout l'arrondissement de
Beuvron. Je te dirai en grand secret, ma chère Bathilde, que
nos malles sont faites; quel ridicule si nous ne l'emportons
pas! ajouta-t-elle en riant. Mais aussi, si nous réussissons, le
lendemain du grand jour nous partons pour Paris, où nous
passons au moins six grands mois. Et tu viens avec nous. »

Ce mot fit rougir Mme de Chasteller.

« Eh! bon Dieu, ma chère [194], dit Mme de Constantin en
s'interrompant, que se passe-t-il donc? »

Mme de Chasteller était pourpre. Elle aurait été heureuse
en ce moment que Mme de Constantin eût reçu la lettre que
le valet de chambre portait à Darney; là se trouvait le mot
fatal: « Une femme que tu aimes a donné son cœur. »
Mme de Chasteller dit enfin avec une honte infinie:

« Hélas! mon amie, il y a un homme qui doit croire que je
l'aime, et, ajouta-t-elle en baissant tout à fait la tête, il ne se
trompe guère.

— Que tu es folle! s'écria Mme de Constantin en
riant [195]. Réellement, si je te laisse encore un an ou deux à
Nancy, tu vas prendre toutes les manières de sentir d'une
religieuse. Et où est le mal, grand Dieu! qu'une jeune veuve
de vingt-quatre ans, qui n'a pour unique soutien qu'un père
de soixante-dix ans qui, par excès de tendresse, intercepte
toutes ses lettres, songe à choisir un mari, un appui, un
soutien?...

— Hélas! ce ne sont pas toutes ces bonnes raisons; je
mentirais si j'acceptais tes louanges. Il se trouve par hasard
qu'il est riche et bien né, mais il aurait été pauvre et fils d'un
fermier qu'il en eût été tout de même. »

Mme de Constantin exigea une histoire suivie; rien ne
l'intéressait comme les histoires d'amour sincères, et elle
avait une amitié passionnée pour Mme de Chasteller.

« Il commença par tomber deux fois de cheval sous mes
fenêtres... »

Mme de Constantin fut saisie d'un rire fou [196]; Mme de
Chasteller fut très scandalisée. Enfin, les yeux remplis de
larmes, Mme de Constantin put dire, en s'interrompant vingt
fois:

« Ainsi, ma chère Bathilde,... tu ne peux pas appliquer...

à ce puissant vainqueur… le mot obligé de la province : *c'est un beau cavalier!* »

L'injustice faite à Lucien ne fit que redoubler l'intérêt avec lequel Mme de Chasteller raconta à son amie tout ce qui s'était passé depuis six mois [197]. Mais toute la partie tendre ne toucha guère Mme de Constantin : elle ne croyait pas aux grandes passions. Cependant, sur la fin du récit, qui fut infini, elle devint pensive. Le récit terminé, elle se taisait.

« Ton M. Leuwen, dit-elle enfin à son amie, est-il un Don Juan terrible pour nous autres pauvres femmes, ou est-ce un enfant sans expérience ? Sa conduite n'a rien de naturel.

— Dis qu'elle n'a rien de commun, rien de convenu d'avance », reprit Mme de Chasteller avec une vivacité bien rare chez elle ; et elle ajouta avec une sorte d'enthousiasme : « C'est pour cela qu'il m'est cher. Ce n'est point un nigaud qui a lu des romans. »

Le discours des deux amies fut infini sur ce point. Mme de Constantin garda ses méfiances, elles furent même augmentées par le profond intérêt qu'à son grand chagrin elle découvrait chez son amie.

Mme de Constantin avait espéré d'abord un petit amour bien convenable pouvant conduire à un mariage avantageux si toutes les convenances se rencontraient ; sinon, un voyage en Italie ou les distractions d'un hiver à Paris effaçait le reste de ravage produit par trois mois de visites journalières. Au lieu de cela, cette femme douce, timide, indolente et que rien ne pouvait émouvoir, elle la trouvait absolument folle et prête à prendre tous les partis.

« Mon cœur me dit, disait de temps en temps Mme de Chasteller, qu'il m'a lâchement abandonnée. Quoi ! ne pas m'écrire !

— Mais de toutes les lettres que je t'ai écrites, pas une seule n'est arrivée, disait avec feu Mme de Constantin ; car elle avait une qualité bien rare en ce siècle : elle n'était jamais de mauvaise foi avec son amie, même pour son bien ; à ses yeux, mentir eût tué l'amitié.

— Comment n'a-t-il pas dit à un postillon, reprenait Mme de Chasteller avec un feu bien singulier, comment n'a-t-il pas dit à un postillon, à dix lieues d'ici : Mon ami, voilà cent francs, allez vous-même remettre cette lettre à

Mme de Chasteller, à Nancy, rue de la Pompe. Donnez la
lettre à elle-même, et non à une autre.

— Il aura écrit en partant, écrit de nouveau en arrivant à
Paris.

— Et voilà neuf jours qu'il est parti ! Jamais je ne lui ai
avoué tout à fait mes soupçons sur le sort de mes lettres ;
mais il sait ce que je pense sur toutes choses. Mon cœur me
le dit, il sait que mes lettres sont ouvertes [198]. »

Les soupçons de Mme de Chasteller lui fournirent une objection décisive à la proposition de suivre Mme de Constantin à Paris si son mari était nommé député.

« N'aurais-je pas l'air, lui dit-elle, de *courir après* M. Leuwen ? »

Pendant les quinze jours qui suivirent, cette objection occupa seule les moments les plus intimes de la conversation des deux amies.

Trois jours après l'arrivée de Mme de Constantin, Mlle Bérard fut payée magnifiquement et renvoyée. Mme de Constantin, avec son activité ordinaire, interrogea la bonne Mlle Beaulieu et renvoya Anne-Marie.

M. le marquis de Pontlevé, extrêmement attentif à ces petits événements domestiques, comprit qu'il avait une rivale invincible dans l'amie de sa fille [200].

C'était un peu l'espoir de Mme de Constantin : son activité continue rendit la santé à Mme de Chasteller. Elle voulut être menée dans le monde et, sous ce prétexte, elle força son amie à paraître presque chaque soir chez Mmes de Puy-Laurens, d'Hocquincourt, de Marcilly, de Serpierre, de Commercy, etc.

Mme de Constantin voulait bien établir que Mme de Chasteller n'était pas au désespoir du départ de M. Leuwen.

« Sans s'en douter, se disait-elle, cette pauvre Bathilde aura commis quelque imprudence. Et si nous ne détruisons pas ce mauvais bruit ici, il peut nous poursuivre jusqu'à Paris. Ses yeux sont si beaux qu'ils en sont parlants malgré elle,

E sotto l'usbergo del sentirsi pura [201].

ils auront regardé ce jeune officier avec un de ces regards qu'aucune explication au monde ne peut justifier. »

En voiture, un soir, en allant chez Mme de Puy-Laurens :

« Quel est l'homme le plus actif, le plus impertinent, le plus influent de toute votre jeunesse ? dit Mme de Constantin.

— C'est M. de Sanréal sans doute, répondit Mme de Chasteller en souriant.

— Eh ! bien, je vais attaquer ce grand cœur dans ton intérêt. Dans le mien, dis-moi, dispose-t-il de quelques voix ?

— Il a des notaires, un agent, des fermiers. Cet homme est aimable parce qu'il a quarante mille livres de rente au moins.

— Et qu'en fait-il ?

— Il s'enivre soir et matin, et il a des chevaux [202].

— C'est-à-dire qu'il s'ennuie. Je vais le séduire. Est-ce que jamais une femme un peu bien a voulu le séduire ?

— J'en doute. Il faudrait d'abord trouver le secret de ne pas mourir d'ennui en l'écoutant. »

Les jours de mélancolie profonde, où Mme de Chasteller éprouvait une répugnance invincible à sortir, Mme de Constantin [203] s'écriait :

« Il faut que j'aille chasser aux voix pour mon mari. *Dans le vaste champ de l'intrigue, il ne faut rien négliger*. Quatre voix, trois voix nous venant de l'arrondissement de Nancy peuvent tout décider. Songe que je meurs d'envie d'entendre Rubini [204*], et que du vivant d'un beau-père avare je n'ai qu'un moyen au monde de retourner à Paris : la députation. »

En peu de jours, Mme de Constantin [205] devina, sous une écorce grossière, l'esprit supérieur du docteur Du Poirier, et se lia tout à fait avec lui. Cet ours n'avait jamais vu une jolie femme non malade lui adresser la parole deux fois de suite. En province, les médecins n'ont pas encore succédé aux confesseurs.

« Vous serez notre collègue, cher docteur, lui disait-elle ; nous voterons ensemble, nous ferons et déferons les ministres... Mes dîners vaudront bien les leurs, et vous me donnerez votre voix, n'est-ce pas ? Douze voix toujours bien

unies se feraient compter... Mais j'oubliais : vous êtes légitimiste furibond, et nous anti-républicains modérés... »

Au bout de quelques jours, Mme de Constantin fit une
découverte bien utile : Mme d'Hocquincourt était au désespoir du départ de Leuwen. Le silence farouche de cette
femme si gaie, si parlante, qui autrefois était l'âme de la
société, sauvait Mme de Chasteller ; personne presque ne
songeait à dire qu'elle aussi avait perdu *son attentif*.
Mme d'Hocquincourt n'ouvrait la bouche que pour parler
de Paris et de ses projets de voyage aussitôt après les élections.

Un jour, Mme de Serpierre dit méchamment à
Mme d'Hocquincourt, qui parlait de Paris :

« Vous y retrouverez M. d'Antin. »

Mme d'Hocquincourt la regarda avec un étonnement profond qui fut bien amusant pour Mme de Constantin :
Mme d'Hocquincourt avait oublié l'existence de M. d'Antin [206] !

Mme de Constantin ne trouva de propos réellement dangereux pour son amie que dans le salon de Mme de Serpierre.

« Mais, disait Mme de Constantin à son amie, comment
peut-on avoir la prétention de marier une fille aussi cruellement, aussi ridiculement laide à un jeune homme riche de
Paris, et sans que ce jeune homme ait jamais dit un seul mot
encourageant ? Cela est fou réellement. Il faudrait des millions pour qu'un Parisien osât entrer dans un salon avec une
telle figure.

— M. Leuwen n'est pas ainsi, tu ne le connais pas. S'il
l'aimait, le blâme de la société serait méprisé par lui, ou
plutôt il ne le verrait pas. »

Et elle expliqua pendant cinq minutes le caractère de
Lucien. Ces explications avaient le pouvoir de rendre
Mme de Constantin très pensive.

Mais à peine Mme de Constantin eut-elle vu cinq ou six
fois la bonne Théodelinde qu'elle fut touchée de la tendre
amitié qu'elle avait prise pour Leuwen. Ce n'était pas de
l'amour, la pauvre fille n'osait pas ; elle connaissait et s'exagérait peut-être tous les désavantages de sa taille et de sa
figure. C'était sa mère qui avait des prétentions, fondées sur

ce que sa haute noblesse lorraine honorait trop un petit
roturier.

« Mais que fait-on à Paris de ce lustre-là? » lui disait un
jour Théodelinde.

Le vieux M. de Serpierre plut aussi beaucoup à Mme de
Constantin : il avait un cœur admirable de bonté et passait
son temps à soutenir des doctrines atroces.

« Ceci me rappelle, disait Mme de Constantin à son amie,
ce qu'on nous faisait tant admirer au *Sacré-Cœur :* le bon
duc N [207]*. faisant atteler son carrosse à sept heures du
matin, au mois de février, pour aller solliciter le *point coupé.*
On discutait alors la loi du sacrilège à la Chambre des Pairs,
et il s'agissait d'établir la pénalité pour les voleurs de vases
sacrés dans les églises. »

Mme de Constantin, avec sa jolie figure un peu commune,
mais si appétissante à regarder, avec son activité, sa politesse
parfaite, son adresse insinuante, eut bientôt fait la paix de
son amie avec la maison Serpierre. Mme de Serpierre dit
bien d'un air mutin, la dernière fois qu'on traita cette question délicate :

« Je garde ma pensée.

— À la bonne heure, ma chère amie, dit le bon lieutenant
de roi à Colmar; mais ne parlons plus de cela, autrement
les méchants diront que nous allons à la chasse aux maris. »

Il y avait bien six ans que le bon M. de Serpierre n'avait
trouvé un mot si dur. Celui-ci fit époque dans sa famille, et la
réputation de Leuwen, jusque-là séducteur de mauvaise foi
de Mlle Théodelinde, fut restaurée.

Tous les jours, pour fuir le malheur d'être rencontrées par
des *électeurs* auxquels il eût fallu faire bon accueil, les deux
amies faisaient de grandes promenades au *Chasseur vert.*
Mme de Chasteller aimait à revoir ce charmant *café-
hauss.* Ce fut là que l'ultimatum sur le voyage de Paris fut
arrêté.

« Ta conscience elle-même, si timorée, ne pourra t'appliquer ce mot si humiliant et si vulgaire : *courir après un
amant,* si tu te jures à toi-même de ne jamais lui parler.

— Eh! bien, soit! dit Mme de Chasteller saisissant cette
idée. A ces conditions, je consens, et mes scrupules s'éva-

nouissent. Si je le rencontrais au bois de Boulogne, s'il s'approchait de moi et m'adressait la parole, je ne lui répondrais pas un seul mot avant d'avoir revu le *Chasseur vert*. »

Mme de Constantin la regardait étonnée.

« Si je voulais lui parler, continua Mme de Chasteller, je partirais pour Nancy, et ce n'est qu'après avoir touché barre ici que je me permettrais de lui répondre. »

Il y eut un silence.

« Ceci est un vœu », reprit Mme de Chasteller avec un sérieux qui fit sourire Mme de Constantin, et puis la jeta dans une humeur sombre.

Le lendemain, en allant au *Chasseur vert,* Mme de Constantin remarqua un cadre dans la voiture. C'était une belle Sainte-Cécile, gravée par Perfetti [208]*, offerte jadis à Mme de Chasteller par Leuwen. Mme de Chasteller pria le maître du café de placer cette gravure au-dessus de son comptoir.

« *Je vous la redemanderai peut-être un jour.* Et jamais, dit-elle tout bas en s'éloignant avec Mme de Constantin, je n'aurai la faiblesse d'adresser même un seul mot à M. Leuwen tant que cette gravure sera ici. C'est ici qu'a commencé cette préoccupation *fatale.*

— Halte-là sur ce mot *fatal !* Grâce au ciel, l'amour n'est point un *devoir,* c'est un plaisir ; ne le prenons donc point au tragique. Quand ton âge réuni au mien fera cinquante ans, alors nous serons tristes, raisonnables, lugubres, tant qu'il te plaira ; nous ferons ce beau raisonnement de mon beau-père : « Il pleut, tant pis ! Il fait beau, tant pis encore ! » Tu t'ennuyais à périr, jouant la colère contre Paris sans être en colère. Arrive un beau jeune homme…

— Mais il n'est pas très bien…

— Arrive un jeune homme, sans épithète ; tu l'aimes, tu es occupée, l'ennui s'envole bien loin, et tu appelles cet amour-là *fatal !* »

Le départ arrêté, il y eut de grandes scènes à ce sujet avec M. de Pontlevé. Heureusement, Mme de Constantin soutint la plus grande part du dialogue, et le marquis avait une peur mortelle de sa gaieté quelquefois ironique.

« Cette femme-là *dit tout ;* il n'est pas difficile d'être aimable quand on ne se refuse rien, répétait-il un soir, fort piqué, à Mme de Puy-Laurens. Il n'est pas difficile d'avoir de l'esprit quand on se permet tout.

— Eh! bien, mon cher marquis, engagez Mme de Ser-pierre, que voilà là-bas, à ne se rien refuser, et nous allons voir si nous serons amusés.

— Des propos toujours ironiques, répliqua le marquis avec humeur; rien n'est sacré aux yeux de cette femme-là!

— Jamais personne au monde n'eut l'esprit de Mme de Constantin, dit M. de Sanréal, prenant la parole d'un air imposant, et si elle se moque des prétentions ridicules, à qui la faute?

— Aux prétentions! dit Mme de Puy-Laurens, curieuse de voir ces deux êtres se gourmer.

— Oui, ajouta Sanréal d'un air pesant, aux prétentions, aux tyrannies. »

Heureux d'avoir une idée, plus heureux d'être approuvé par Mme de Puy-Laurens, ce qui ne lui était peut-être jamais arrivé, M. de Sanréal tint la parole pendant un gros quart d'heure, et retourna sa pauvre idée dans tous les sens.

« Il n'y a rien de plus plaisant, madame, dit tout bas Mme de Constantin à Mme de Puy-Laurens, qu'un homme sans esprit qui rencontre une idée! Cela est scandaleux! » Et le rire fou de ces deux dames fut pris pour une marque d'approbation par Sanréal. « Cet être aimable doit m'adorer. Mme de Constantin avait raison. »

Elle accepta deux ou trois dîners magnifiques qui réunirent toute la bonne compagnie de Nancy. Quand M. de Sanréal, faisant sa cour à Mme de Constantin, ne trouvait rien abso-lument à dire, Mme de Constantin lui demandait sa voix au collège électoral pour la centième fois. Elle était sûre de quelque protestation bizarre; il lui jurait qu'il lui était dé-voué, lui, son homme d'affaires, son notaire et ses fermiers. « Et de plus, madame, j'irai vous voir à Paris.

— A Paris, je ne vous recevrai qu'une fois par semaine, disait-elle en regardant Mme de Puy-Laurens. Ici, nous nous connaissons tous, là vous me compromettriez. Un jeune homme, votre fortune, vos chevaux, votre état dans le monde! Une fois la semaine, je dis trop; deux visites par mois tout au plus. »

Jamais Sanréal ne s'était trouvé à pareille fête. Il eût

volontiers pris acte, par devant notaire, des choses aimables
que lui adressait Mme de Constantin, une femme d'esprit. Il
lui donnait ce titre au moins vingt fois par jour, et avec une
voix de stentor, ce qui faisait beaucoup d'effet et faisait
croire à ses paroles.

A cause de ces beaux yeux il eut une querelle avec M. de
Pontlevé, auquel il déclara tout net qu'il prétendait aller au
collège électoral, sauf à prêter serment à Louis-Philippe.

« Qui croit *au serment* en France aujourd'hui? Louis-Philippe même croit-il aux siens? Des voleurs m'arrêtent au
coin d'un bois, ils sont trois contre un et me demandent un
serment. Irai-je le refuser? Ici, le gouvernement est le voleur
qui prétend me voler ce droit d'élire un député qu'a tout
Français. Le gouvernement a ses préfets, ses gendarmes,
irai-je le combattre? Non, ma foi! Je le paierai en monnaie
de singe, comme lui-même paie les partisans des glorieuses
journées. »

Dans quel pamphlet M. de Sanréal avait-il pris ces trois
phrases? Car personne ne le soupçonna jamais de les avoir
inventées. Mme de Constantin, qui lui donnait des idées tous
les soirs, se serait bien gardée de répandre des raisonnements
qui eussent pu choquer le préfet du département. C'était le
fameux M. Dumoral [209], renégat célèbre, autrefois, avant
1830, libéral déclamateur, mais allant fort bien en prison. Il
parlait sans cesse de huit mois de séjour à Sainte-Pélagie faits
sous Charles X. Le fait est qu'il était beaucoup moins bête,
qu'il avait même acquis quelque finesse, depuis son changement de religion, et pour tout au monde Mme de Constantin n'eût pas hasardé un mot réellement imprudent.

M. Dumoral voulait une direction générale de
40 000 francs et Paris, et pour y arriver il était réduit à
mâcher du mépris deux ou trois fois la semaine.

Mme de Constantin savait qu'un homme qui est à ce
régime est peu sensible aux grâces d'une jolie femme. Dans
le moment actuel, M. Dumoral voulait se tirer d'une façon
brillante des élections et passer à une autre préfecture; les
sarcasmes de l'*Aurore* (le journal libéral de M. Gauthier),
ses éternelles citations des opinions autrefois libérales de
M. Dumoral l'avaient tout à fait démoralisé dans le département, c'est le mot du pays.

Nous supprimons ici huit ou dix pages sur les faits et
gestes de M. Dumoral préparant les élections ; cela est vrai,
mais vrai comme la Morgue, et c'est un genre de vérité que
nous laissons aux romans in-12 pour femmes de chambre.
Retournons à Paris, chez le ministre de M. Dumoral. A
Paris, les manœuvres des gens du pouvoir sont moins dé-
goûtantes [210].

Le soir du jour où le nom de Leuwen avait paru si glorieux dans le *Moniteur*, ce maître des requêtes, outré de fatigue et de dégoût, était assis chez sa mère dans un petit coin sombre du salon, comme le Misanthrope. Accablé des compliments auxquels il avait été en butte toute la journée, les mots de carrière superbe, de bel avenir, de premier pas brillant, papillonnaient devant ses yeux et lui faisaient mal à la tête. Il était horriblement fatigué des réponses, la plupart de mauvaise grâce et mal tournées, qu'il avait faites à tant de compliments, tous fort bien faits et encore mieux dits : c'est le talent de l'habitant de Paris.

« Maman, voilà donc le bonheur ! dit-il à sa mère quand ils furent seuls.

— Mon fils, il n'y a point de bonheur avec l'extrême fatigue, à moins que l'esprit ne soit amusé ou que l'imagination ne se charge de peindre vivement le bonheur à venir. Des compliments trop répétés sont fort ennuyeux, et vous n'êtes ni assez enfant, ni assez vieux, ni assez ambitieux, ni assez vaniteux, pour rester ébahi devant un uniforme de maître des requêtes. »

M. Leuwen père ne parut qu'une bonne heure après la fin de l'Opéra.

« Demain, à huit heures, dit-il à son fils, je vous présente à votre ministre, si vous n'avez rien de mieux à faire. »

Le lendemain, à huit heures moins cinq minutes, Lucien était dans la petite antichambre de l'appartement de son père.

Huit heures sonnèrent, huit heures un quart.

« Pour rien au monde, monsieur, dit à Leuwen Anselme,

l'ancien valet de chambre, je n'entrerais chez monsieur avant
qu'il ne sonne. »

Enfin, la sonnette se fit entendre à dix heures et demie.

« Je suis fâché de t'avoir fait attendre, mon ami, dit
M. Leuwen avec bonté.

— Moi, peu importe, mais le ministre !

— Le ministre est fait pour m'attendre quand il le faut. Il
a, ma foi, plus affaire de moi que moi de lui ; il a besoin de
ma banque et peur de mon salon. Mais te donner deux heures
d'ennui à toi, mon fils, un homme que j'aime *et que j'estime*,
ajouta-t-il en riant, c'est fort différent. J'ai bien entendu
sonner huit heures, mais je me sentais un peu de transpira-
tion, j'ai voulu attendre qu'elle fût bien passée. A soixante-
cinq ans, la vie est un problème,... et il ne faut pas l'embrouiller par des difficultés imaginaires.

» ... Mais comme te voilà fait ! dit-il en s'interrompant. Tu
as l'air bien jeune ! Va prendre un habit moins frais, un gilet
noir, arrange mal tes cheveux,... tousse quelquefois,... tâche
de te donner vingt-huit ou trente ans. La première impression
fait beaucoup avec les imbéciles, et il faut toujours traiter un
ministre comme un imbécile, il n'a pas le temps de penser.
Rappelle-toi de n'être jamais très bien vêtu tant que tu seras
dans les affaires. »

On partit après une grande heure de toilette ; le comte de
Vaize n'était point sorti. L'huissier accueillit avec empressement le nom de MM. Leuwen, et les annonça sans délai.

« Son Excellence nous attendait, dit M. Leuwen à son fils
en traversant trois salons où les solliciteurs étaient étagés
suivant leur mérite et leur rang dans le monde.

MM. Leuwen trouvèrent Son Excellence fort occupée à
mettre en ordre, sur un bureau de citronnier chargé de cise-
lures de mauvais goût, trois ou quatre cents lettres.

« Vous me trouvez occupé de ma circulaire, mon cher
Leuwen. Il faut que je fasse une circulaire qui sera déchi-
quetée par le *National,* par la *Gazette,* etc., et messieurs mes
commis me font attendre depuis deux heures la collection des
circulaires de mes prédécesseurs. Je suis curieux de savoir
comment ils ont passé le pas. Je suis fâché de ne pas l'avoir
faite, un homme d'esprit comme vous m'avertirait des phrases qui peuvent donner prise. »

Son Excellence continua ainsi pendant vingt minutes. Pendant ce temps, Lucien l'examinait. M. de Vaize annonçait une cinquantaine d'années, il était grand et assez bien fait[212]*. De beaux cheveux grisonnants, des traits fort réguliers, une tête portée haute prévenaient en sa faveur. Mais cette impression ne durait pas. Au second regard, on remarquait un front bas, couvert de rides, excluant toute idée de pensée. Lucien fut tout étonné et fâché de trouver à ce grand administrateur l'air plus que commun, l'air valet de chambre. Il avait de grands bras dont il ne savait que faire ; et, ce qui est pis, Lucien crut entrevoir que Son Excellence cherchait à se donner des grâces imposantes. Il parlait trop haut et s'écoutait parler.

M. Leuwen père, presque en interrompant l'éloquence du ministre, trouva le moment de dire les paroles sacramentelles :

« J'ai l'honneur de présenter mon fils à Votre Excellence.

— J'en veux faire un ami, il sera mon premier aide de camp. Nous aurons bien de la besogne : il faut que je me fourre dans la tête le caractère de mes quatre-vingt-six préfets, stimuler les flegmatiques, retenir le zèle imprudent qui donne la colère pour auxiliaire aux intérêts du parti contraire, éclairer les esprits plus courts. Ce pauvre N... (le prédécesseur) a tout laissé dans un désordre complet. Les commis qu'il a fourrés ici, au lieu de me répondre par des faits et des notions exactes, me font des phrases[213].

« Vous me voyez ici devant le bureau de ce pauvre Corbière. Qui m'eût dit, quand je combattais à la Chambre des Pairs sa petite voix de chat qu'on écorche, que je m'assoirais dans son fauteuil un jour ? C'était une tête étroite, sa vue était courte, mais il ne manquait pas de sens dans les choses qu'il apercevait. Il avait de la sagacité, mais c'était bien l'antipode de l'éloquence, outre que sa mine de chat fâché donnait au plus indifférent l'envie de le contredire. M. de Villèle eût mieux fait de s'adjoindre un homme éloquent, Martignac par exemple. »

Ici, dissertation sur le système de M. de Villèle. Ensuite, M. de Vaize prouva que la justice est le premier besoin des sociétés. De là, il passa à expliquer comment la bonne foi est la base du crédit. Il dit ensuite à ces messieurs qu'un gouvernement partial et injuste *se suicide* de ses propres mains.

La présence de M. Leuwen père avait semblé lui imposer d'abord, mais bientôt, enivré de ses paroles, il oublia qu'il parlait devant un homme dont Paris répétait les épigrammes ; il prit des airs importants et finit par faire l'éloge de la probité de son prédécesseur, qui passait généralement pour avoir économisé huit cent mille francs pendant son ministère d'une année.

« Ceci est trop magnanime pour moi, mon cher comte », lui dit M. Leuwen, et il s'évada.

Mais le ministre était en train de parler ; il prouva à son secrétaire intime que sans probité l'on ne peut pas être un grand ministre. Pendant que Lucien était l'unique objet de l'éloquence du ministre, il lui trouva l'air commun.

Enfin, Son Excellence installa Lucien à un magnifique bureau, à vingt pas de son cabinet particulier. Lucien fut surpris par la vue d'un jardin charmant sur lequel donnaient ses croisées ; c'était un contraste piquant avec la sécheresse de toutes les sensations dont il était assailli. Lucien se mit à considérer les arbres avec attendrissement [214*].

En s'asseyant, il remarqua de la poudre sur le dossier de son fauteuil.

« Mon prédécesseur n'avait pas de ces idées-là », se dit-il en riant.

Bientôt, en voyant l'écriture sage, très grosse et très bien formée de ce prédécesseur, il eut le sentiment de la *vieillerie* au suprême degré.

« Il me semble que ce cabinet sent l'éloquence vide et l'emphase plate. »

Il décrocha deux ou trois gravures de l'école française : Ulysse arrêtant le char de Pénélope, par MM. Fragonard et Le Barbier,... et les envoya dans les bureaux. Plus tard, il les remplaça par des gravures d'Anderloni [215*] et de Morghen.

Le ministre revint une heure après et lui remit une liste de vingt-cinq personnes qu'il fallait inviter pour le lendemain.

« J'ai décidé qu'au moment où l'horloge du ministère sonne l'heure, le portier vous apportera toutes les lettres arrivées à mon adresse. Vous me donnerez sans délai ce qui viendra des Tuileries ou des ministères, vous ouvrirez tout le reste et m'en ferez un extrait en une ligne, ou deux tout au plus; mon temps est précieux. »

A peine le ministre sorti, huit ou dix commis vinrent faire connaissance avec M. le maître des requêtes, dont l'air déterminé et froid leur parut de bien mauvais augure [216*].

Pendant toute cette journée, remplie presque exclusivement d'un cérémonial faux à couper au couteau, Lucien fut plus froid encore et plus ironique qu'au régiment. Il lui semblait être séparé par dix années d'une expérience impitoyable de ce moment de premier début à Nancy, où il était froid pour éviter une plaisanterie qui aurait pu conduire à un coup d'épée. Souvent alors il avait toutes les peines du monde à réprimer une bouffée de gaieté; au risque de toutes les plaisanteries grossières et de tous les coups d'épée du monde, il aurait voulu jouer aux barres avec ses camarades du 27e. Aujourd'hui, il n'avait besoin que de ne pas trop déguiser le profond dégoût que lui inspiraient tous les hommes. Sa froideur d'alors lui semblait la bouderie joyeuse d'un enfant de quinze ans; maintenant, il avait le sentiment de s'enfoncer dans la boue. En rendant le salut à tous les commis qui venaient le voir, il se disait :

« J'ai été dupe à Nancy parce que je n'étais pas assez méfiant. J'avais la naïveté et la duperie d'un cœur honnête, je n'étais pas assez coquin. Oh! que la question de mon père avait un grand sens : *Es-tu assez coquin?* Il faut courir à la Trappe, ou me faire aussi adroit que tous ces chefs et souschefs qui viennent donner la bienvenue à M. le maître des requêtes. Sans doute, les premiers vols à favoriser sur quelque fourniture de foin pour les chevaux ou de linge pour les hôpitaux me répugneront. Mais à la Trappe, menant une vie innocente et dont tout le crime est de mystifier quelques paysans des environs ou quelques novices, ma vanité blessée me laisserait-elle un moment de repos? Comment digérer cette idée d'être inférieur par l'esprit à tous ses contemporains?... Apprenons donc sinon à voler, du moins à *laisser passer le vol de Son Excellence*, comme tous ces commis dont je fais la connaissance aujourd'hui. »

La physionomie que donnent de pareilles idées n'est pas précisément celle qu'il faut pour faire naître un dialogue facile et de bon goût entre gens qui se voient pour la première

fois. Après cette première journée de ministère, la misanthropie de Lucien était de cette forme : il ne songeait pas aux
hommes quand il ne les voyait pas, mais leur présence un
peu prolongée lui était importune et bientôt insupportable [217].

Pour l'achever de peindre, il trouva, en rentrant à la
maison, son père d'une gaieté parfaite.

« Voici deux petites assignations, lui dit-il, qui sont les
suites naturelles de vos dignités du matin. »

C'étaient deux cartes d'abonnement à l'Opéra et aux
Bouffes.

« Ah ! mon père, ces plaisirs me font peur.

— Vous m'avez accordé dix-huit mois au lieu d'un an
pour une certaine position dans le monde. Pour rendre la
grâce complète, promettez-moi de passer une demi-heure
chaque soir dans ces *temples du plaisir*, particulièrement
vers la fin des plaisirs, à onze heures.

— Je le promets. Ainsi, je n'aurai pas une pauvre petite
heure de tranquillité dans toute la journée ?

— Et le dimanche donc ! »

Le second jour, le ministre dit à Lucien :

« Je vous charge d'accorder des rendez-vous à cette foule
de figures qui affluent chez un ministre nouvellement
nommé. Éloignez l'intrigant de Paris faufilé avec des femmes de moyenne vertu ; ces gens-là sont capables de tout,
même de ce qu'il y a de plus noir. Faites accueil au pauvre
diable de provincial entêté de quelque idée folle. Le solliciteur portant avec une élégance parfaite un habit râpé est un
fripon ; il habite Paris ; s'il valait quelque chose, je le ren-
contrerais dans quelque salon, il trouverait quelqu'un pour
me le présenter et répondre de lui. »

Peu de jours après, Lucien invita à dîner un peintre de
beaucoup d'esprit, Lacroix, qui portait le nom d'un préfet
destitué par M. de Polignac, et justement ce jour-là le ministre n'avait que des préfets.

Le soir, quand le comte de Vaize se trouva seul dans son
salon avec sa femme et Leuwen, il rit beaucoup de la mine
attentive des préfets dînant qui, voyant dans le peintre un
candidat à préfecture destiné à les remplacer, l'observaient
d'un œil jaloux.

« Et pour fortifier le quiproquo, disait le ministre, j'ai adressé dix fois la parole à Lacroix, et toujours sur de graves sujets d'administration.

— C'est donc pour cela qu'il avait l'air si ennuyé et si ennuyeux, dit la petite comtesse de Vaize de sa voix douce et timide. C'était à ne pas le reconnaître ; je voyais sa petite figure spirituelle par-dessus un des bouquets du plateau. Je ne pouvais deviner ce qui lui arrivait. Il maudira votre dîner.

— On ne maudit point un dîner chez un ministre, dit le comte de Vaize, à demi sérieux.

— Voilà la griffe du lion », pensa Leuwen.

Mme de Vaize, fort sensible à ces coups de boutoir, avait pris un air morne.

« Ce petit Leuwen va me faire jouer un sot rôle chez son père.

» Il veut avoir des tableaux, reprit-il d'un air gai ; et par-bleu, à votre recommandation je lui en donnerai. Je remar-que que, de façon ou d'autre, il vient ici deux fois la se-maine.

— Dites-vous vrai ? Me promettez-vous des tableaux pour lui, et cela sans qu'il soit besoin de vous solliciter ?

— Ma parole !

— En ce cas, j'en fais un ami de la maison.

— Ainsi, madame, vous aurez deux hommes d'esprit : MM. Lacroix et Leuwen. »

Le ministre partit de ce propos gracieux pour plaisanter Lucien un peu trop rudement sur la méprise qui l'avait fait inviter M. Lacroix, le peintre d'histoire. Lucien, réveillé, répondit à Son Excellence sur le ton de la parfaite égalité, ce qui choqua beaucoup le ministre. Lucien le vit et continua à parler avec une aisance qui l'étonna et l'amusa.

Il aimait à se trouver avec Mme de Vaize, jolie, très timide, bonne, et qui en lui parlant oubliait parfaitement qu'elle était une jeune femme et lui un jeune homme. Cet arrangement convenait beaucoup à notre héros.

« Me voilà, se disait-il, sur le ton de l'intimité avec deux êtres dont je ne connaissais pas la figure il y a huit jours, et dont l'un m'amuse surtout quand il m'attaque et l'autre m'intéresse. »

Il mit beaucoup d'attention à sa besogne ; il lui sembla que le ministre voulait prendre avantage de l'erreur de nom dans l'invitation à dîner pour lui attribuer l'aimable légèreté de la première jeunesse.

« Vous êtes un grand administrateur, M. le comte; en ce sens, je vous respecte; mais l'épigramme à la main je suis votre homme; et, vu vos honneurs, j'aime mieux risquer d'être un peu trop ferme que vous laisser empiéter sur ma dignité. Cela vous indiquera d'ailleurs que je me moque parfaitement de ma place, tandis que vous adorez la vôtre. »

Au bout de huit jours de cette vie-là, Lucien fut de retour sur la terre; il avait surmonté l'ébranlement produit par la dernière soirée à Nancy. Son premier remords fut de n'avoir pas écrit à M. Gauthier; il lui fit une lettre infinie et, il faut l'avouer, assez imprudente. Il signa d'un nom en l'air et chargea le préfet de Strasbourg de la mettre à la poste.

« Venant de Strasbourg, se dit-il, peut-être elle échappera à Mme Cunier et au commissaire de police du renégat Dumoral. »

Il fut curieux de suivre dans les divers bureaux la correspondance de ce Dumoral, dont le comte de Vaize semblait avoir peur. On était alors dans tout le feu des élections et des affaires d'Espagne. La correspondance de M. Dumoral, parlant de Nancy, l'amusa infiniment; il s'agissait de M. de Vassignies, homme très dangereux, de M. Du Poirier, personnage moins à craindre dont on aurait raison avec une croix et un bureau de tabac pour sa sœur, etc. Ces pauvres préfets, mourant de peur de manquer leurs élections et exagérant leur embarras à leur ministre, avaient le pouvoir de le tirer de sa mélancolie.

Telle était la vie de Leuwen : six heures au bureau de la rue de Grenelle le matin, une heure au moins à l'Opéra le soir. Son père, sans le lui dire, l'avait précipité dans un travail de tous les moments.

« C'est l'unique moyen, disait-il à Mme Leuwen, de parer au coup de pistolet, si toutefois nous en sommes là, ce que je suis loin de croire. Sa vertu si ennuyeuse l'empêcherait seule de nous laisser seuls et, outre cela, il y a l'amour de la vie et la curiosité de lutter avec le monde. »

Par amitié pour sa femme, M. Leuwen s'était entièrement appliqué à résoudre ce problème [218].

« Vous ne pouvez vivre sans votre fils, lui disait-il, et moi sans vous. Et je vous avouerai que depuis que je le suis de près il ne me semble plus aussi plat. Il répond quelquefois aux épigrammes de son ministre, et la ministresse l'admire. Et, à tout prendre, les jeunes reparties un peu trop vertes de Lucien valent mieux que les vieilles épigrammes sans pointe du de Vaize... Reste à voir comment il prendra la première friponnerie de Son Excellence.

— Lucien a toujours la plus haute idée des talents de M. de Vaize.

— C'est là notre seule ressource ; c'est une admiration qu'il faut soigneusement entretenir. Cela est capital pour nous. Mon unique ressource, après avoir nié tant que je pourrai le coup de canif donné à la probité, sera de dire : Un ministre de ce talent est-il trop payé à 400 000 francs par an ? Là-dessus, je lui prouverai que Sully a été un voleur. Trois ou quatre jours après, je paraîtrai avec ma *réserve*, qui est superbe : le général Bonaparte, en 1796, en Italie, volait. Auriez-vous préféré un honnête homme comme Moreau, se laissant battre en 1799 [219] à Cassano, à Novi, etc. Moreau coûtait au trésor 200 000 francs peut-être, et Bonaparte trois millions... J'espère que Lucien ne trouvera pas de réponse, et je vous réponds de son séjour à Paris tant qu'il admirera M. de Vaize.

— Si nous pouvons gagner le bout de l'année, dit Mme Leuwen, il aura oublié sa Mme de Chasteller.

— Je ne sais, vous lui avez fait un cœur si constant ! Vous n'avez jamais pu vous déprendre de moi, vous m'avez toujours aimé en dépit de ma conduite abominable. Pour un cœur tout d'une pièce tel que celui que vous avez fait à votre fils, il faudrait un nouveau goût. J'attends une occasion favorable pour le présenter à Mme Grandet.

— Elle est bien jolie, bien jeune, bien brillante.

— Et de plus veut absolument avoir une grande passion.

— Si Lucien voit l'affectation, il prendra la fuite. » Etc. [220].

Un jour de grand soleil, vers les deux heures et demie, le ministre entra dans le bureau de Leuwen la figure fort rouge, les yeux hors de la tête et comme hors de lui.

« Courez auprès de monsieur votre père... Mais d'abord,

copiez cette dépêche télégraphique... Veuillez prendre copie
aussi de cette note que j'envoie au *Journal de Paris*... Vous
sentez toute l'importance et le secret de la chose... »

Il ajouta pendant que Lucien copiait :

« Je ne vous engage pas à prendre le cabriolet du ministère, et
pour cause. Prenez un cabriolet sous la porte cochère en face,
donnez-lui six francs d'avance, et au nom de Dieu trouvez
monsieur votre père avant la clôture de la Bourse [221]*. Elle
ferme à trois heures et demie, comme vous le savez. »

Lucien, prêt à partir et son chapeau à la main, regardait le
ministre tout haletant et qui avait peine à parler. En le voyant
entrer, il l'avait cru remplacé, mais le mot *télégraphe* l'avait
bientôt mis sur la voie. Le ministre s'enfuit, puis rentra ; il dit
d'un ton impérieux :

« Vous me remettrez à moi, à moi, monsieur, les deux
copies que vous venez de faire, et, sur votre vie, vous ne les
montrerez qu'à monsieur votre père. »

Cela dit, il s'enfuit de nouveau.

« Voilà un ton qui est bien grossier et bien ridicule, se dit
Lucien. Ce ton si offensant n'est propre qu'à suggérer l'idée
d'une vengeance trop facile.

« Voilà donc tous mes soupçons avérés, pensait Lucien en
courant en cabriolet. Son Excellence joue à la Bourse, à coup
sûr... Et me voilà bel et bien complice d'une friponnerie. »

Lucien eut beaucoup de peine à trouver son père ; enfin,
comme il faisait un beau froid et encore un peu de soleil, il
eut l'idée de le chercher sur le boulevard, et il le trouva en
contemplation devant un énorme poisson exposé au coin de
la rue de Choiseul.

M. Leuwen le reçut assez mal et ne voulut point monter en
cabriolet.

« Au diable ton casse-cou ! Je ne monte que dans ma
voiture, quand toutes les Bourses du monde devraient fermer
sans moi ! »

Lucien courut chercher cette voiture au coin de la rue de la
Paix, où elle attendait. Enfin, à trois heures un quart, au
moment où la Bourse allait fermer, M. Leuwen y entra [222].

Il ne reparut chez lui qu'à six heures.

« Va chez ton ministre, donne-lui ce mot, et attends-toi à
être mal reçu.

— Eh! bien, tout ministre qu'il est, je vais lui répondre ferme », dit Lucien fort piqué de jouer un rôle dans une friponnerie.

Il trouva le ministre au milieu de vingt généraux. « Raison de plus pour être ferme », se dit-il. On venait d'annoncer le dîner; déjà le maréchal N... donnait le bras à Mme de Vaize. Le ministre, debout au milieu du salon, faisait de l'éloquence; mais, en voyant Lucien, il n'acheva pas sa phrase. Il partit comme un trait en lui faisant signe de le suivre; arrivé dans son cabinet, il ferma la porte à clef et enfin se jeta sur le billet. Il faillit devenir fou de joie, il serra Lucien dans ses grands bras vivement et à plusieurs reprises. Leuwen, debout, son habit noir boutonné jusqu'au menton, le regardait avec dégoût.

« Voilà donc un voleur, se disait-il, et un voleur en action! Dans sa joie comme dans son anxiété, il a des gestes de laquais. »

Le ministre avait oublié son dîner; c'était la première affaire qu'il faisait à la Bourse, et il était hors de lui du gain de quelques milliers de francs. Ce qui est plaisant, c'est qu'il en avait une sorte d'orgueil, il se sentait ministre dans toute l'étendue du mot.

« Cela est divin, mon ami, dit-il à Lucien en revenant avec lui vers la salle à manger... Au reste, il faudra voir demain à la revente. »

Tout le monde était à table, mais, par respect pour Son Excellence, on n'avait pas osé commencer. La pauvre Mme de Vaize était rouge et transpirait d'anxiété. Les vingt-cinq convives, assis en silence, voyaient bien que c'était le cas de parler, mais ne trouvaient rien à dire et faisaient la plus sotte figure du monde pendant ce silence forcé qu'interrompaient de temps à autre les mots timides et à peine articulés de Mme de Vaize qui offrait une assiette de soupe au maréchal son voisin, et les mines de refus de ce dernier formaient le centre d'attention le plus comique.

Le ministre était tellement ému qu'il en avait perdu cette assurance si vantée dans ses journaux; d'un air fort ahuri, il balbutia quelques mots en prenant place : « Une dépêche des Tuileries... »

Les potages se trouvèrent glacés, et tout le monde avait

froid. Le silence était si complet et tout le monde tellement
mal à son aise, que Lucien put entendre ces mots :

« Il est bien troublé, disait à voix basse à son voisin un
colonel assis près de Leuwen ; serait-il chassé ?

— La joie surnage », lui répondit du même ton un vieux
général en cheveux blancs.

Le soir, à l'Opéra, toute l'attention de Lucien était pour
cette triste pensée :

« Mon père participe à cette manœuvre… On peut répondre qu'il fait son métier de banquier. Il sait une nouvelle, il
en profite, il ne trahit aucun serment… Mais sans le recéleur
il n'y aurait pas de voleur. »

Cette réponse ne lui rendait point la paix de l'âme. Toutes
les grâces de Mlle Raimonde, qui vint dans sa loge dès
qu'elle le vit, ne purent en tirer un mot. L'*ancien homme*
prenait le dessus.

« Le matin avec des voleurs, et le soir avec des catins ! » se
disait-il amèrement. Mais qu'est-ce que l'opinion ? Elle
m'estimera pour ma matinée, et me méprisera parce que je
passe la soirée avec cette pauvre fille. Les belles dames sont
comme l'Académie pour le romantisme : elles sont juges et
parties… Ah ! si je pouvais parler de tout ceci avec… »

Il s'arrêta au moment où il prononçait mentalement le nom
de Chasteller.

Le lendemain, le comte de Vaize entra en courant dans le
bureau de Leuwen. Il ferma la porte à clef. L'expression de
ses yeux était étrange [223].

« Dieu ! que le vice est laid ! » pensa Lucien.

« Mon cher ami, courez chez votre père, dit le ministre
d'une voix entrecoupée. Il faut que je lui parle… *absolument*… Faites tout au monde pour l'emmener au ministère,
puisque, enfin, moi, je ne puis pas me montrer dans le
comptoir de MM. Van Peters et Leuwen. »

Lucien le regardait attentivement.

« Il n'a pas la moindre vergogne en me parlant de son
vol ! »

Lucien avait tort, M. de Vaize était tellement agité par la
cupidité (il s'agissait de réaliser un bénéfice de
17 000 francs) qu'il en oubliait la timidité qu'il souffrait fort
grande en parlant à Lucien, non par pudeur morale, mais il le

croyait un homme à épigrammes comme son père, et redoutait un mot désagréable. Le ton de M. de Vaize était, dans ce moment, celui d'un maître parlant à son valet. D'abord, il ne se serait pas aperçu de la différence, un ministre honorait tellement l'être auquel il adressait la parole qu'il ne pouvait pas manquer de politesse ; ensuite, dès qu'il s'agissait d'affaires d'argent il ne s'apercevait de rien.

M. Leuwen reçut en riant la communication que son fils était chargé de lui faire.

« Ah ! parce qu'il est ministre il voudrait me faire courir ? Dis-lui de ma part que je n'irai pas à son ministère, et que je le prie instamment de ne pas venir chez moi. L'affaire d'hier est terminée ; j'en fais d'autres aujourd'hui. »

Comme Lucien se hâtait de partir :

« Reste donc un peu. Ton ministre a du génie pour l'administration, mais il ne faut pas gâter les grands hommes, autrement ils se négligent... Tu me dis qu'il prend un ton familier et même grossier avec toi. *Avec toi* est de trop. Dès que cet homme ne déclame pas au milieu de son salon, comme un préfet accoutumé à parler tout seul, il est grossier avec tout le monde. C'est que toute sa vie s'est passée à réfléchir sur le grand art de mener les hommes et de les conduire au bonheur par la vertu [225]. »

M. Leuwen regardait son fils pour voir si cette phrase passerait. Lucien ne fit pas attention au ridicule des mots.

« Comme il est encore loin d'écouter son interlocuteur et de savoir profiter de ses fautes ! pensa M. Leuwen. C'est un artiste, mon fils ; son art exige un habit brodé et un carrosse, comme l'art d'Ingres et de Prudhon exige un chevalet et des pinceaux.

» Aimerais-tu mieux un artiste parfaitement poli, gracieux, d'un ton parfait, faisant des croûtes, ou un homme au ton grossier occupé du fond des choses et non de la forme, mais produisant des chefs-d'œuvre ? Si après deux ans de ministère M. de Vaize te présente vingt départements où l'agriculture ait fait un pas, trente autres dans lesquels la moralité publique se soit augmentée, ne lui pardonneras-tu pas une inflexion négligée ou même grossière en parlant à son premier aide de camp, jeune homme qu'il aime et estime, et qui d'ailleurs lui est nécessaire ? Pardonne-lui le ton ridicule dans lequel il tombe sans s'en douter, car il est né ridicule et emphatique. Ton rôle à toi est de rappeler son attention à ce qu'il te doit par une conduite ferme et des mots bien placés et perçants. »

M. Leuwen père parla longtemps sans pouvoir engager la conversation avec son fils. Il n'aimait pas cet air rêveur.

« J'ai vu trois ou quatre agents de change attendre dans le premier salon [226], dit Lucien ; et il se levait pour retourner à la rue de Grenelle.

— Mon ami, lui dit son père, toi qui as de bons yeux, lis-moi un peu les *Débats*, la *Quotidienne* et le *National*. »

Lucien se mit à lire haut, et malgré lui ne put s'empêcher de sourire.

« Et les agents de change ?

— Leur métier est d'attendre.

— Et le mien de lire le journal ! »

M. de Vaize était comme hors de lui quand Lucien rentra enfin vers les trois heures. Leuwen le trouva dans son bureau, où il était venu plus de dix fois, lui dit le garçon de bureau, parlant à mi-voix et de l'air du plus profond respect.

« Eh ! bien, monsieur ? lui dit le ministre d'un air hagard.

— Rien de nouveau, répondit Lucien avec la plus belle tranquillité. Je quitte mon père, par ordre duquel j'ai attendu. Il ne viendra pas et vous prie instamment de ne pas aller chez lui. L'affaire d'hier est terminée, et il en fait d'autres aujourd'hui. »

M. de Vaize devint pourpre et se hâta de quitter le bureau de son secrétaire.

Tout émerveillé de sa nouvelle dignité, qu'il adorait en perspective depuis trente ans, il voyait pour la première fois que M. Leuwen était tout aussi fier de la position qu'il s'était faite dans le monde.

« Je vois l'argument sur lequel se fonde l'insolence de cet homme, se disait M. de Vaize en se promenant à grands pas dans son cabinet. Une ordonnance du roi fait un ministre, une ordonnance ne peut faire un homme comme M. Leuwen. Voilà à quoi en arrive le gouvernement en ne nous laissant en place qu'un an ou deux. Est-ce qu'un banquier eût refusé à Colbert de passer chez lui ? »

Après cette comparaison judicieuse, le colérique ministre tomba dans une rêverie profonde.

« Ne pourrais-je pas me passer de cet insolent ? Mais sa probité est célèbre, presque autant que sa méchanceté. C'est un homme de plaisir, un *viveur*, qui depuis vingt ans se moque de ce qu'il y a de plus respectable : le roi, la religion... C'est le Talleyrand de la Bourse ; ses épigrammes font loi dans ce monde-là ; et, depuis la révolte de juillet, *ce monde-là* se rapproche tous les jours davantage du grand monde, du seul qui devrait avoir de l'influence. Les gens à argent sont aux lieu [227]* et place des grandes familles du faubourg Saint-Germain... Son salon réunit tout ce qu'il y a d'hommes d'esprit parmi les gens d'affaires..., et il s'est faufilé avec tous les diplomates qui vont à l'Opéra... Villèle le consultait. »

A ce nom, M. de Vaize s'inclina presque. Il avait le ton fort haut, quelquefois il poussait l'assurance jusqu'au point où elle prend un autre nom, mais, par un contraste étrange, il était sujet à des *bouffées* de timidité incroyables ; par exemple, il lui eût été extrêmement pénible et presque impossible de faire des ouvertures à une autre maison de banque. Il réunissait à un âpre amour pour le gain l'idée fantasque que le public lui croyait une probité sans tache ; sa grande raison, c'est qu'il succédait à un voleur.

Après une grande heure de promenade agitée dans son cabinet et après avoir envoyé au diable fort énergiquement son huissier qui annonçait des chefs de bureau et même un aide de camp du roi, il sentit que l'effort de prendre un autre banquier était au-dessus de son courage. Les journaux faisaient trop peur à Son Excellence. Sa vanité plia devant la paresse épigrammatique d'un homme de plaisir, il y eut des capitulations avec la vanité.

« Après tout, je l'ai connu avant d'être ministre... Je ne compromets point ma dignité en souffrant chez ce vieillard caustique le ton de presque égalité auquel je l'ai laissé s'accoutumer. »

M. Leuwen avait prévu tous ces mouvements. Le soir, il dit à son fils :

« Ton ministre m'a écrit, comme un amant à sa maîtresse, des picoteries. J'ai été obligé de lui répondre, et cela me

pèse. Je suis comme toi, je n'aime pas assez le *métal* pour
me beaucoup gêner. Apprends à faire l'opération de bourse ;
rien n'est plus simple pour un grand géomètre, élève chassé
de l'École polytechnique. La bêtise du petit joueur à la
Bourse est une quantité infinie. M. Métral, mon commis, te
donnera des leçons, non pas de bêtise, mais de l'art de la
manier. (Lucien avait l'air très froid.) Tu me rendras un
service personnel si tu te fais capable d'être l'intermédiaire
habituel entre M. de Vaize et moi. La morgue de ce grand
administrateur lutte contre l'immobilité de mon caractère. Il
tourne autour de moi, mais depuis notre dernière opération je
n'ai voulu lui livrer que des mots gais. Hier soir, sa vanité
était furibonde, il voulait me réduire au sérieux. C'était
plaisant [228]. D'ici à huit jours, s'il ne peut te mater, il te fera
la cour. Comment vas-tu recevoir un ministre homme de
mérite te faisant la cour ? Sens-tu l'avantage d'avoir un père ?
C'est une chose utile à Paris.

— J'aurais trop à dire sur ce dernier article, et vous
n'aimez pas le provincial tendre.

» Quant à l'Excellence, pourquoi ne serais-je pas naturel
avec lui comme envers tout le monde ?

— Ressource des paresseux. Fi donc !

— Je veux dire que je serai froid, respectueux, et laissant
toujours paraître, même fort clairement, le désir de voir se
terminer la communication sérieuse avec un si grand personnage.

— Serais-tu de force à hasarder le propos léger et un peu
moqueur ? Il dirait : Digne fils d'un tel père !

— L'idée plaisante qui vous vient en une seconde ne se
présente à moi qu'au bout de deux minutes.

— Bravo ! Tu vois les choses par le côté utile et, ce qui est
pis encore, par le *côté honnête*. Tout cela est déplacé et
ridicule en France. Vois ton saint-simonisme ! Il avait du
bon, et pourtant il est resté odieux et inintelligible au premier
étage, au second, et même au troisième ; on ne s'en occupe
un peu que dans la mansarde. Vois l'Église française [229]*, si
raisonnable, et la fortune qu'elle fait. Ce peuple-ci ne sera à
la hauteur de la raison que vers l'an 1900. Jusque-là, il faut
voir d'instinct les choses par le côté plaisant et n'apercevoir
l'*utile* ou l'*honnête* que par un effort de volonté. Je me serais

gardé d'entrer dans ces détails avant ton voyage à Nancy, maintenant je trouve du plaisir à parler avec toi.

» Connais-tu cette plante de laquelle on dit que plus elle est foulée aux pieds plus elle est prospère ? Je voudrais en avoir, si elle existe, j'en demanderai à mon ami Thouin [230] et je t'en enverrai un bouquet. Cette plante est l'image de ta conduite envers M. de Vaize.

— Mais, mon père, la reconnaissance...

— Mais, mon fils, c'est un animal. Est-ce sa faute si le hasard a jeté chez lui le génie de l'administration ? Ce n'est pas un homme comme nous, sensible aux bons procédés, à l'amitié continue, envers lequel on puisse se permettre des procédés délicats : il les prendrait pour de la faiblesse. C'est un préfet insolent après dîner qui, pendant vingt années de sa vie, a tremblé tous les matins de lire sa destitution dans le *Moniteur;* c'est encore un procureur bas-normand sans cœur ni âme, mais doué en revanche du caractère inquiet, timide et emporté d'un enfant. Insolent comme un préfet en crédit deux heures tous les matins, et penaud comme un courtisan novice qui se voit de trop dans un salon pendant deux heures tous les soirs [231]. Mais les écailles ne sont pas encore tombées de tes yeux ; ne crois aveuglément personne, pas même moi. Tu verras tout cela dans un an. Quant à la reconnaissance, je te conseille de rayer ce mot de tes papiers. Il y a eu convention, *contrat bilatéral* avec le de Vaize aussitôt après ton retour à Paris (ta mère a prétendu qu'elle mourrait si tu allais en Amérique). Il s'est engagé : 1° à arranger ta désertion avec son collègue de la Guerre ; 2° à te faire maître des requêtes, secrétaire particulier, avec la croix au bout de l'année. Par contre, mon salon et moi nous sommes engagés à vanter son crédit, ses talents, ses vertus, sa probité surtout. J'ai fait réussir son ministère, sa nomination, à la Bourse, et, à la Bourse aussi, je me charge de faire, de compte à demi, toutes les affaires de Bourse basées sur des dépêches télégraphiques. Maintenant, il prétend que je me suis engagé pour les affaires de Bourse basées sur les délibérations du Conseil des ministres, mais cela n'est point. J'ai vu M. N..., le ministre de..., qui ne sait rien administrer mais qui sait *deviner* et lire sur les physionomies. Lui, N..., voit l'intention du roi huit jours à l'avance, le pauvre de Vaize ne sait

pas la voir à une heure de distance [232]. Il a déjà été battu à
plate couture dans deux conseils depuis un mois à peine qu'il
est au ministère [233]. Mets-toi bien dans la tête que M. de
Vaize ne peut se passer de mon fils. Si je devenais un
imbécile, si je fermais mon salon, si je n'allais plus à
l'Opéra, il pourrait peut-être songer à s'arranger avec une
autre maison, encore je ne le crois pas de cette force de
tête-là. Il va te battre froid cinq ou six jours, après quoi il y
aura explosion de confiance. C'est le moment que je crains.
Si tu as l'air comblé, reconnaissant, d'un commis à cent
louis, ces sentiments louables, joints à ton air si jeune, te
classent à jamais parmi les dupes que l'on peut accabler de
travail, compromettre, humilier à merci et miséricorde,
comme jadis on *taillait le tiers-état*, et qui n'en sont que plus
reconnaissants.

— Je ne verrai dans l'épanchement de [ce] sot-là que de
l'enfantillage mêlé de fausseté.

— Auras-tu l'esprit de suivre ce programme ? »

Pendant les jours qui suivirent cette leçon paternelle, le
ministre parlait à Lucien d'un air abstrait, comme un homme
accablé de hautes affaires. Lucien répondait le moins possible et faisait la cour à Mme la comtesse de Vaize [235].

Un matin, le ministre arriva dans le bureau de Leuwen
suivi d'un garçon de bureau qui portait un énorme portefeuille. Le garçon de bureau sorti, le ministre poussa lui-
même le verrou de la porte et, s'asseyant familièrement
auprès de Lucien :

« Ce pauvre N..., mon prédécesseur, était sans doute un
fort honnête garçon, lui dit-il. Mais le public a d'étranges
idées sur son compte. On prétend qu'il faisait des affaires.

» Voici, par exemple, le portefeuille de l'Administration
de*a* [236]... C'est un objet de sept ou huit millions. Puis-je de
bonne foi demander au chef de bureau qui conduit tout cela
depuis dix ans s'il y a eu des abus ? Je ne puis qu'essayer de
deviner ; M. Crapart (c'était le chef de la police du ministère)
me dit bien que Mme M..., la femme du chef de bureau

---

a. On a mieux aimé jeter de l'obscurité et du froid dans le récit que
changer l'épopée en satire. Supposons l'administration des Postes, des
Ponts et Chaussées, des Enfants trouvés, des...

susdit, dépense quinze ou vingt mille francs, les appointements du mari sont de douze et ils ont deux ou trois petites propriétés sur lesquelles j'attends des renseignements. Mais tout cela est bien éloigné, bien vague, bien peu concluant, et à moi il me faut des faits. Donc, pour lier M. M..., je lui ai demandé un rapport général et approfondi; le voici, avec les pièces à l'appui. Enfermez-vous, *cher ami*, comparez les pièces au rapport, et dites-moi votre avis. »

Lucien admira la physionomie du ministre; elle était convenable, raisonnable, sans morgue. Il se mit sérieusement au travail. Trois heures après, Leuwen écrivit au ministre :

« *Ce rapport n'est point approfondi;* ce sont des phrases. M. M... ne convient franchement d'aucun fait, je n'ai pas trouvé une seule assertion sans quelque faux-fuyant. M. M... ne se *lie* nullement. C'est une dissertation bien écrite, redondante d'humanités, c'est un article de journal, mais l'auteur semble brouillé avec Barrême. »

Quelques minutes après le ministre accourut, ce fut une explosion de tendresse. Il serrait Lucien dans ses bras :

« Que je suis heureux d'avoir un tel capitaine dans mon régiment ! » Etc.

Leuwen s'attendait à avoir beaucoup de peine à être hypocrite. Ce fut sans la moindre hésitation qu'il prit l'air d'un homme qui désire voir finir l'accès de confiance; c'est qu'à cette seconde entrée M. de Vaize lui parut un comédien de campagne qui charge beaucoup trop. Il le trouva manquant de noblesse presque autant que le colonel Malher, mais l'air faux était bien plus visible chez le ministre. La froideur de Lucien écoutant les éloges de son talent était tellement glaciale, sans s'en douter lui aussi outrait tellement son rôle, que le ministre déconcerté se mit à dire du mal du chef de bureau M... Une chose frappa Leuwen : le ministre n'avait pas lu le travail de M. M... « Parbleu, je vais le lui dire, pensa Lucien. Où est le mal ? »

« Votre Excellence est tellement accablée par les grandes discussions du Conseil et par la préparation du budget de son département, qu'elle n'a pas eu le temps de lire même ce rapport de M. M..., qu'elle censure, et avec raison. »

Le ministre eut un mouvement de vive colère. Attaquer

son aptitude au travail, douter des quatorze heures que de jour ou de nuit, disait-il, il passait devant son bureau, c'était attaquer son palladium.

« Parbleu, monsieur, prouvez-moi cela, dit-il en rougissant.

— A mon tour », pensa Leuwen ; et il triompha par la modération, par la clarté, par la respectueuse politesse. Il démontra clairement au ministre qu'il n'avait pas lu le rapport du pauvre M. M..., si injurié. Deux ou trois fois, le ministre voulut tout terminer en embrouillant la question.

« Vous et moi, mon cher ami, avons tout lu.

— Votre Excellence me permettra de lui dire que je serais tout à fait indigne de sa confiance, moi le mince débutant dans la carrière, qui n'ai autre chose à faire, si je lisais mal ou trop vite un document qu'elle daigne me confier. Il y a ici, au cinquième alinéa... » Etc., etc.

Après avoir ramené trois fois la question à son véritable point, Lucien finit par avoir ce succès, qui eût été si fatal à tout autre bureaucrate : il réduisit son ministre au silence. Son Excellence sortit du cabinet en fureur, et Lucien l'entendit maltraiter le pauvre chef de division, qu'en l'entendant revenir l'huissier avait introduit dans son cabinet. La voix redoutable du ministre passa jusqu'à l'antichambre répondant à la porte dérobée par laquelle on entrait dans le bureau de Lucien. Un ancien domestique, placé là par le ministre de l'Intérieur Crétet [237]*, et que Leuwen soupçonnait fort d'être espion, entra sans être appelé.

« Est-ce que Son Excellence a besoin de quelque chose ?

— Non ; pas Son Excellence, mais moi. J'ai à vous prier fort sérieusement de n'entrer ici que quand je vous sonne. »

Telle fut la première bataille de Leuwen [238].

CHAPITRE XLII [239]

Un des bonheurs de Lucien avait été de ne pas trouver à Paris son cousin Ernest Dévelroy, futur membre de l'Académie des Sciences morales et politiques. Un des académiciens moraux, qui donnait quelques mauvais dîners et disposait de trois voix, outre la sienne, avait eu besoin d'aller aux eaux de Vichy, et M. Dévelroy s'était donné le rôle de garde-malade. Cette abnégation de deux ou trois mois avait produit le meilleur effet dans l'Académie morale.

« C'est un homme à côté duquel il est agréable de s'asseoir », disait M. Bonneau, l'un des meneurs de cette société.

« La campagne d'Ernest aux eaux de Vichy, disait M. Leuwen, avance de quatre ans son entrée à l'Institut.

— Ne vaudrait-il pas mieux pour vous, mon père, avoir un tel fils ? dit Lucien presque attendri.

— *Troppo aiuto a sant'Antonio*, dit M. Leuwen. Je t'aime encore mieux avec ta vertu. Je ne suis pas en peine de l'avancement d'Ernest, il aura bientôt pour 30 000 francs de places, comme le philosophe N... [240]. Mais j'aimerais autant avoir pour fils M. de Talleyrand. »

Il y avait dans les bureaux du comte de Vaize un M. Desbacs [241], dont la position sociale avait quelques rapports avec celle de Lucien. Il avait de la fortune, M. de Vaize l'appelait son cousin, mais il n'avait pas un salon accrédité et un dîner renommé toutes les semaines pour le soutenir dans le monde. Il sentait vivement cette différence et résolut de s'accrocher à Lucien.

M. Desbacs avait le caractère de Blifil (de *Tom Jones*), et c'est ce qui malheureusement se lisait trop sur sa figure extrêmement pâle et fort marquée de la petite vérole. Cette figure n'avait guère d'autre expression que celle d'une politesse forcée ou d'une bonhomie qui rappelait celle de Tartufe. Des cheveux extrêmement noirs sur cette face blême fixaient trop les regards.

Avec ce désavantage, qui était grand, comme M. Desbacs disait toujours tout ce qui était convenable et jamais rien au-delà, il avait fait des progrès rapides dans les salons de Paris. Il avait été sous-préfet destitué par M. de Martignac comme trop jésuite, et c'était un des commis les plus habiles qu'eût le ministère de l'Intérieur.

Lucien était, comme toutes les âmes tendres, au désespoir : tout lui était indifférent ; il ne choisissait pas les hommes et se liait avec ce qui se présentait : M. Desbacs se présentait de bonne grâce. Lucien ne s'aperçut pas seulement que Desbacs lui faisait la cour. Desbacs vit que Lucien désirait réellement s'instruire et travailler, et il se donna à lui comme chercheur de renseignements non seulement dans les bureaux du ministère de l'Intérieur, mais dans tous les bureaux de Paris. Rien n'est plus commode et n'abrège plus les travaux. En revanche, M. Desbacs ne manquait jamais au dîner que Mme Leuwen avait établi une fois la semaine pour les employés du ministère de l'Intérieur qui se lieraient avec son fils.

« Vous vous liez là avec d'étranges figures, dit son mari ; des espions subalternes, peut-être.

— Ou bien des gens de mérite inconnus : Béranger a été commis à 1 800 francs. Mais quoi qu'il en soit, on voit trop dans les façons de Lucien que la présence des hommes l'importune et l'irrite. C'est le genre de misanthropie que l'on pardonne le moins.

— Et vous voulez fermer la bouche à ses collègues de l'Intérieur. Mais au moins tâchez qu'ils ne viennent pas à nos mardis. »

Le but de M. Leuwen était de ne pas laisser un quart d'heure de solitude à son fils. Il trouva qu'avec son heure d'Opéra tous les soirs le pauvre garçon n'était pas assez bouclé.

Il le rencontra au foyer des Bouffes.

« Voulez-vous que je vous mène chez Mme Grandet [242] ?

Elle est éblouissante ce soir, c'est sans contredit la plus jolie femme de la salle. Et je ne veux pas vous vendre chat en poche : je vous mène d'abord chez Duvernoy, dont la loge est à côté de celle de Mme Grandet.

— Je serais si heureux, mon père, de n'adresser la parole qu'à vous ce soir !

— Il faut que le monde connaisse votre figure du vivant de mon salon. »

Déjà plusieurs fois M. Leuwen avait voulu le conduire dans vingt maisons du juste milieu, fort convenables pour le chef du bureau particulier du ministre de l'Intérieur ; Lucien avait toujours trouvé des prétextes pour différer. Il disait :

« Je suis encore trop sot. Laissez-moi me guérir de ma distraction ; je tomberais dans quelque gaucherie qui s'attacherait à mon nom et me décréditerait à jamais... C'est une grande chose que de débuter. » Etc.

Mais comme une âme au désespoir n'a de forces pour rien, ce soir-là il se laissa entraîner dans la loge de M. Duvernoy, receveur général, et ensuite, une heure plus tard, dans le salon de M. Grandet, ancien fabricant fort riche et juste milieu furibond. L'hôtel parut charmant à Lucien, le salon magnifique, mais M. Grandet lui-même d'un ridicule trop noir.

« C'est le Guizot moins l'esprit, pensa Lucien. Il tend au sang, ceci sort de mes conventions avec mon père. »

Le soir du dîner qui suivit la présentation de Lucien, M. Grandet exprima tout haut, devant trente personnes au moins, le désir que M. N..., de l'opposition, mourût d'une blessure qu'il venait de recevoir dans un duel célèbre.

La beauté célèbre de Mme Grandet ne put faire oublier à Lucien le dégoût profond inspiré par son mari. C'était une femme de vingt-trois à vingt-quatre ans au plus ; il était impossible d'imaginer des traits plus réguliers, c'était une beauté délicate et parfaite, on eût dit une figure d'ivoire. Elle chantait fort bien, c'était une élève de Rubini. Son mérite pour les aquarelles [243]* était célèbre, son mari lui faisait quelquefois le compliment de lui en voler une qu'il envoyait vendre, et on les payait 300 francs.

Mais elle ne se contentait pas du mérite d'excellent peintre d'aquarelles, c'était une bavarde effrénée. Malheur à la conversation si quelqu'un venait à prononcer les mots terribles de bonheur, religion, civilisation, pouvoir légitime, mariage, etc.

« Je crois, Dieu me pardonne, qu'elle vise à imiter Mme de Staël, se dit Lucien écoutant une de ces *tartines*. Elle ne laisse rien passer sans y clouer son mot. Ce mot est juste, mais il est d'un plat à mourir, quoique exprimé avec noblesse et délicatesse. Je parierais qu'elle fait provision d'esprit dans les manuels à trois francs [244]. »

Malgré son dégoût parfait pour la beauté aristocratique et les grâces imitatives de Mme Grandet, Lucien était fidèle à sa promesse et, deux fois la semaine, il paraissait dans le salon le plus aimable du *juste milieu*.

Un soir que Lucien rentrait à minuit et qu'il répondait à sa mère qu'il avait été chez les Grandet :

« Qu'as-tu fait pour te tirer de pair aux yeux de Mme Grandet ? lui dit son père.

— J'ai imité les talents qui la font si séduisante : j'ai fait une aquarelle.

— Et quel sujet a choisi ta galanterie ? dit Mme Leuwen.

— Un moine espagnol monté sur un âne et que Rodil [245]* envoie pendre[a].

— Quelle horreur ! Quel caractère vous vous donnez dans cette maison ! s'écria Mme Leuwen. Et encore, ce caractère n'est pas le vôtre. Vous en avez tous les inconvénients sans les avantages. Mon fils, un bourreau !

— Votre fils, un héros : voilà ce que Mme Grandet voit dans les supplices décernés sans ménagement à qui ne pense pas comme elle. Une jeune femme qui aurait de la délicatesse, de l'esprit, qui verrait les choses comme elles sont, enfin qui aurait le bonheur de vous ressembler un peu, me prendrait pour un vilain être, par exemple pour un séide des ministres qui veut devenir préfet et chercher en France des « rue Transnonain ». Mais Mme Grandet vise au génie, à la grande passion, à l'esprit brillant. Pour une pauvre petite femme qui n'a que du bonheur, et encore du plus plat, un moine envoyé à la mort, dans un pays superstitieux, et par un

---

a. Vers 1834.

général juste milieu, c'est sublime. Mon aquarelle est un tableau de Michel-Ange [246].

— Ainsi, tu vas prendre le triste caractère d'un Don Juan », dit Mme Leuwen avec un profond soupir

M. Leuwen éclata de rire.

« Ah! que cela est bon! Lucien un Don Juan! Mais, mon ange, il faut que vous l'aimiez avec bien de la passion : vous déraisonnez tout à fait! Heureux qui bat la campagne par l'effet d'une passion! Et mille fois heureux qui déraisonne par amour, dans ce siècle où l'on ne déraisonne que par impuissance et médiocrité d'esprit! Le pauvre Lucien sera toujours dupe de toutes les femmes qu'il aimera. Je vois dans ce cœur-là du fonds pour être dupe jusqu'à cinquante ans...

— Enfin, dit Mme Leuwen, souriant de bonheur, tu as vu que l'horrible et le plat était le sublime de Michel-Ange pour cette pauvre petite Mme Grandet.

— Je parie que tu n'as pas eu une seule de ces idées en faisant ton moine, dit M. Leuwen.

— Il est vrai. J'ai pensé tout simplement à M. Grandet qui, ce soir-là, voulait faire pendre tout simplement tous les journalistes de l'opposition. D'abord, mon moine sur son âne ressemblait à M. le baron Grandet.

— As-tu deviné quel est l'amant de la dame?

— Ce cœur est si sec, que je le croyais sage.

— Mais sans amant il manquerait quelque chose à son état de maison. Le choix est tombé sur M. Crapart [247].

— Quoi! le chef de la police de mon ministère?

— *The same* (lui-même)! et par lequel vous pourrez faire espionner votre maîtresse aux frais de l'État. »

Sur ce mot, Lucien devint fort taciturne, sa mère devina son secret.

« Je te trouve pâle, mon ami. Prends ton bougeoir et, de grâce, soit toujours dans ton lit avant une heure.

— Si j'avais eu M. Crapart à Nancy, se disait Lucien, j'aurais su autrement qu'en le voyant ce qui arrivait à Mme de Chasteller. Et que fût-il arrivé si je l'eusse connu un mois plus tôt? J'aurais perdu un peu plus tôt les plus beaux jours de ma vie... J'aurais été condamné un mois plus tôt à vivre le matin avec un fripon Excellence, et le

soir avec une coquine, la femme la plus considérée de
Paris. »

On voit par l'exagération en noir de ces jugements combien l'âme de Lucien souffrait encore. Rien ne rend méchant
comme le malheur. Voyez les prudes.

Un soir, vers les cinq heures, en revenant des Tuileries, le ministre fit appeler Lucien dans son cabinet. Notre héros le trouva pâle comme la mort.

« Voici une affaire, mon cher Leuwen. Il s'agit pour vous de la mission la plus délicate... »

A son insu, Lucien prit l'air altier du refus, et le ministre se hâta d'ajouter :

« ... et la plus honorable. »

Après ces mots, l'air sec et hautain de Lucien ne se radoucit pas beaucoup. Il n'avait pas grande idée de l'honneur que l'on peut acquérir en servant avec 900 francs.

Son Excellence continua :

« Vous savez que nous avons le bonheur de vivre sous cinq polices [250],... mais vous savez comme le public et non comme il faut savoir pour agir avec sûreté [251]*. Oubliez donc, de grâce, tout ce que vous croyez savoir là-dessus. Pour être lus, les journaux de l'opposition enveniment toutes choses. Gardez-vous de confondre ce que le public croit vrai avec ce que je vous apprendrai, autrement vous vous tromperez en agissant. N'oubliez pas surtout, mon cher Leuwen, que le plus vil coquin a de la vanité, et de l'honneur à sa manière. Aperçoit-il le mépris chez vous, il devient intraitable... Pardonnez ces détails, mon ami, je désire vivement vos succès...

— Ah ! se dit Lucien, j'ai aussi de la vanité comme un vil coquin. Voilà deux phrases trop rapprochées, il faut qu'il soit bien ému ! »

Le ministre ne songeait déjà plus à amadouer Lucien ; il était tout à sa douleur. Son œil hagard se détachait sur des

joues d'une pâleur mortelle; en tout, c'était l'air du plus
grand trouble [252]. Il continua :

« Ce diable de général N... [253] ne pense qu'à se faire
lieutenant général. Il est, comme vous le savez, chef de la
police du Château [254*]. Mais ce n'est pas tout : il veut être
ministre de la Guerre et, comme tel, se montrer habile dans
la partie la plus difficile; et, à vrai dire, la seule difficile de
ce pauvre ministère, ajouta avec mépris le grand administrateur : veiller à ce que trop d'intimité ne s'établisse pas entre
les soldats et les citoyens [255], et cependant maintenir entre
eux les duels suivis de mort à moins de six par mois [256]. »

Lucien le regarda.

« Pour toute la France, reprit le ministre; c'est le taux
arrêté dans le Conseil des ministres. Le général N... s'était
contenté jusqu'ici de faire courir dans les casernes des bruits
d'attaques et de guet-apens commis par des gens du bas
peuple, par des ouvriers, sur des militaires isolés. Ces classes sont sans cesse rapprochées par la *douce égalité* ; elles
s'estiment : il faut donc, pour les désunir, un soin continu
dans la police militaire. Le général N... me tourmente sans
cesse pour que je fasse insérer dans *mes journaux* des récits
exacts de toutes les querelles de cabaret, de toutes les grossièretés de corps de garde, de toutes les rixes d'ivrognes,
qu'il reçoit de ses sergents déguisés. Ces messieurs sont
chargés d'observer l'ivresse sans jamais se laisser tenter. Ces
choses font le supplice de nos gens de lettres. « Comment
espérer, disent-ils, quelque effet d'une phrase délicate, d'un
trait d'ironie de bon goût, après ces saletés ? Qu'importent à
la bonne compagnie des succès de cabaret, toujours les
mêmes ? A l'exposé de toutes ces vilenies, le lecteur un peu
littéraire jette le journal et ajoute, non sans raison, quelque
mot de mépris sur les gens de lettres salariés.

» Il faut avouer, continua le ministre en riant, que, quelque adresse qu'y mettent messieurs de la littérature, le public
ne lit plus ces querelles dans lesquelles deux ouvriers maçons
auraient assassiné trois grenadiers, armés de leurs sabres,
sans l'intervention miraculeuse du poste voisin. Les soldats
même, dans les casernes, se moquent de cette partie de nos
journaux, que je fais jeter dans les corridors. Dans cet état de
choses, ce diable de N..., tourmenté par les deux étoiles qui

sont sur ses épaulettes, a entrepris d'avoir des faits. Or, mon ami, ajouta le ministre en baissant la voix, l'affaire Kortis [257], si vertement démentie dans nos journaux d'hier matin, n'est que trop vraie [258*]. Kortis, l'un des hommes les plus dévoués du général N..., un homme à 300 francs par mois, a entrepris mercredi passé de désarmer un conscrit bien niais qu'il guettait depuis huit jours. Ce conscrit fut mis en sentinelle au beau milieu du pont de..., à minuit. Une demi-heure après, Kortis s'avance en imitant l'ivrogne. Tout à coup, il se jette sur le conscrit et veut lui arracher son fusil. Ce diable de conscrit, si niais en apparence et choisi sur sa mine, recule deux pas et campe au Kortis un coup de fusil dans le ventre. Le conscrit s'est trouvé être un chasseur des montagnes du Dauphiné. Voilà Kortis blessé mortellement, mais le diable c'est qu'il n'est pas mort.

» Voici l'affaire. Maintenant, le problème à résoudre : Kortis sait qu'il n'a que trois ou quatre jours à vivre, *qui nous répond de sa discrétion ?*

» *On* [259] vient de faire une scène épouvantable au général N... Malheureusement je me suis trouvé sous la main, *on* a prétendu que moi seul avais le tact nécessaire pour faire finir cette cruelle affaire comme il faut. Si j'étais moins connu, j'irais voir Kortis, qui est à l'hôpital de ..., et étudier les personnes qui approchent son lit. Mais ma présence seule centuplerait le venin de cette affaire.

» Le général N... paie mieux ses employés de police que moi les miens ; c'est tout simple : les garnements qu'il surveille inspirent plus de craintes que ceux qui sont la pâture ordinaire de la police du ministère de l'Intérieur. Il n'y a pas un mois que le général N... m'a enlevé deux hommes ; ils avaient cent francs de traitement chez nous, et quelques pièces de cinq francs par-ci, par-là quand il leur arrivait de faire de bons rapports. Le général leur a donné deux cent cinquante francs par mois, et je n'ai pu lui parler qu'en riant de ces moyens d'embauchage fort ridicules. Il doit être furieux de la scène de ce matin et des éloges dont j'ai été l'objet en sa présence, et presque à ses dépens [260]. Un homme d'esprit comme vous devine la suite : si mes agents font quelque chose qui vaille auprès du lit de douleur de Kortis, ils auront soin de remettre leur rapport dans mon cabinet cinq minutes après qu'ils m'auront vu sortir de l'hôtel de la rue de Grenelle, et une heure auparavant le général N... les aura interrogés tout à son aise.

» Maintenant, mon cher Leuwen, voulez-vous me tirer d'un grand embarras ? »

Après un petit silence, Lucien répondit :

« Oui, monsieur. »

Mais l'expression de ses traits était infiniment moins rassurante que sa réponse. Lucien continua d'un air glacial :

« Je suppose que je n'aurai pas à parler au chirurgien.

— Très bien, mon ami, très bien ; vous devinez le point de la question, se hâta de répondre le ministre. Le général N... a déjà agi, et trop agi. Ce chirurgien est une espèce de colosse, un nommé Monod, qui ne lit que le *Courrier français* au café près l'hôpital, et qui enfin, à la troisième tentative de l'homme de confiance de N..., a répondu à l'offre de la croix par un coup de poing effectif qui a considérablement refroidi le zèle de l'homme de N... et, qui plus est, fait scène dans l'hôpital.

» Voilà un jeanfoutre, s'est écrié Monod, qui me propose simplement d'empoisonner avec de l'opium le blessé du numéro 13 ! »

Le ministre, dont le ton avait été jusque-là vif, serré, sincère, se crut obligé de faire deux ou trois phrases éloquentes comme le *Journal de Paris* [261] sur ce que, quant à lui, jamais il n'eût fait parler au chirurgien.

Le ministre ne parlait plus. Lucien était violemment agité. Après un silence inquiétant, il finit par dire au ministre :

« Je ne veux pas être un être inutile. Si j'obtiens de Votre Excellence de me conduire envers Kortis comme ferait le parent le plus tendre, j'accepte la mission.

— Cette condition me fait injure », s'écria le ministre d'un air affectueux. Et réellement les idées d'empoisonnement ou seulement d'opium lui faisaient horreur. Lorsqu'il avait été question, dans le conseil, d'opium pour calmer les douleurs du malheureux Kortis, il avait pâli.

« Rappelons-nous, ajouta-t-il avec effusion, l'opium tant reproché au général Bonaparte sous les murs de Jaffa. Ne nous exposons pas à être en butte pour toute la vie aux calomnies des journaux républicains et, ce qui est bien pis, des journaux légitimistes, qui pénètrent dans les salons. »

Ce mouvement vrai et vertueux diminua l'angoisse horrible de Lucien. Il se disait :

« Ceci est bien pis que tout ce que j'aurais pu rencontrer au régiment. Là, sabrer ou même fusiller, comme à..., un pauvre ouvrier égaré, ou même innocent; ici, se trouver mêlé toute la vie à un affreux récit d'empoisonnement. Si j'ai du courage, qu'importe la forme du danger? »

Il dit d'un ton résolu :

« Je vous seconderai, monsieur le comte. Je me repentirai peut-être toute ma vie de ne pas tomber malade à l'instant, garder le lit réellement huit jours, ensuite revenir au bureau, et, si je vous trouvais trop changé, donner ma démission. Le ministre est trop honnête homme (et il pensait : trop engagé avec mon père) pour me persécuter avec les grands bras de son pouvoir, mais je suis las de reculer devant le danger. (Ceci fut dit avec une chaleur contenue.) Puisque la vie, au XIXe siècle, est si pénible, je ne changerai pas d'état pour la troisième fois. Je vois très bien à quelle affreuse calomnie j'expose tout le reste de ma vie; je sais comme est mort M. de Caulaincourt. Je vais donc agir avec la vue continue, à chaque démarche, de la possibilité de la justifier dans un mémoire imprimé.

» Peut-être, monsieur le comte, eût-il été mieux, même pour vous, de laisser ces démarches à des agents recouverts par l'épaulette : le Français pardonne beaucoup à l'uniforme... »

Le ministre fit un mouvement.

« Je ne veux, monsieur, ni vous donner des conseils, non demandés ni d'ailleurs tardifs, ni encore moins vous insulter. Je n'ai pas voulu vous demander une heure pour réfléchir, et naturellement j'ai pensé tout haut. »

Cela fut dit d'un ton si simple, mais en même temps si mâle, que la figure morale de Lucien changea aux yeux du ministre.

« C'est un homme, et un homme ferme, pensa-t-il. Tant mieux ! J'en maudirai moins l'effroyable paresse de son père. Nos affaires de télégraphe sont enterrées à jamais, et je puis en conscience fermer la bouche à celui-ci par une préfecture. Ce sera une façon fort honnête de m'acquitter

avec le père, s'il ne meurt pas d'indigestion d'ici là, et en
même temps de *lier* son salon. »

Ces réflexions furent faites plus vite qu'elles ne sont
lues [262].

Le ministre prit le ton le plus mâle et le plus généreux qu'il
put. Il avait vu la veille la tragédie *Horace* de Corneille, fort
bien jouée.

« Il faut se rappeler, pensa-t-il, des intonations d'Horace et
de Curiace s'entretenant ensemble après que Flavian leur a
annoncé leur combat futur. »

Sur quoi le ministre, usant de sa supériorité de position, se
mit à se promener dans son cabinet, et à se dire :

[Ici deux vers]

Lucien avait pris son parti.

« Tout retard, se dit-il, est un reste d'incertitude ; et une
lâcheté, pourrait ajouter une langue ennemie. »

A ce nom terrible qu'il se prononça à soi-même, il
se tourna vers le ministre qui se promenait d'un air
héroïque [263].

« Je suis prêt, monsieur. Le ministère de l'Intérieur [264]
a-t-il fait quelque chose dans cette affaire ?

— En vérité, je l'ignore.

— Je vais voir où en sont les choses, et je reviens. »

Lucien courut dans le bureau de M. Desbacs et, sans se
compromettre en aucune façon, l'envoya aux informations
dans les bureaux. Il rentra bien vite.

« Voici, dit le ministre, une lettre qui place sous vos ordres
tout ce que vous rencontrerez dans les hospices, et voici de
l'or. »

Lucien s'approcha d'une table pour écrire un mot de reçu.

« Que faites-vous là, mon cher ? Un reçu entre nous ? dit le
ministre, avec une légèreté guindée.

— Monsieur le comte, tout ce que nous faisons ici peut un
jour être imprimé », répondit Lucien avec le sérieux d'un
homme qui dispute sa tête à l'échafaud.

Ce regard ôta toute leur facilité aux manières de Son
Excellence.

« Attendez-vous à trouver auprès du lit de Kortis un agent

du *National* ou de la *Tribune*. Surtout, pas d'emportement, pas de duel avec ces messieurs. Vous sentez quel immense avantage pour eux, et comme le général N... triompherait de mon pauvre ministère.

— Je vous réponds que je n'aurai pas de duel, du moins du vivant de Kortis.

— Ceci est l'affaire du jour. Dès que vous aurez fait ce qui est possible, cherchez-moi partout. Voici mon itinéraire. Dans une heure, j'irai aux Finances, de là chez..., chez... Vous m'obligerez sensiblement en me tenant au courant de tout ce que vous ferez.

— Votre Excellence m'a-t-elle mis au courant de tout ce qu'Elle a fait? dit Lucien d'un air significatif.

— D'honneur! dit le ministre. Je n'ai pas dit un mot à Crapart. De mon côté, je vous livre l'affaire vierge.

— Votre Excellence me permettra de lui dire, avec tout le respect que je lui dois, que dans le cas où j'aperçois quelqu'un de la police, je me retire. Un tel voisinage n'est pas fait pour moi.

— De ma police, oui, mon cher aide de camp. Mais puis-je être responsable envers vous des sottises que peuvent faire les autres polices? Je ne veux ni ne puis rien vous cacher. Qui me répond qu'aussitôt après mon départ *on* n'a pas donné la même commission à un autre ministre? L'inquiétude est grande au Château. L'article du *National* est abominable de modération. Il y a une finesse, une hauteur de mépris... On le lira jusqu'au bout dans les salons. Ce n'est point le ton de la *Tribune*... Ah! ce Guizot qui n'a pas fait M. Carrel conseiller d'État!

— Il eût refusé mille fois [265]. Il vaut mieux être candidat à la République française que conseiller d'État. Un conseiller d'État a douze mille francs, et il en reçoit trente-six pour dire ce qu'il pense. D'ailleurs, son nom est dans toutes les bouches. Mais fût-il lui-même auprès du lit de Kortis, je n'aurai pas de duel. »

Cet épisode de vrai jeune homme, dit avec feu, ne parut pas plaire infiniment à Son Excellence.

« Adieu, adieu, mon cher, bonne chance. Je vous ouvre un crédit illimité, et tenez-moi au courant. Si je ne suis pas ici, soyez assez bon pour me chercher. »

Lucien retourna à son cabinet avec le pas résolu d'un homme qui marche à l'assaut d'une batterie. Il n'y avait qu'une petite différence : au lieu de penser à la gloire, il voyait l'infamie.

Il trouva Desbacs dans son bureau.

« La femme de Kortis a écrit. Voici sa lettre. »

Lucien la prit.

« … Mon malheureux époux n'est pas entouré de soins suffisants à l'hôpital. Pour que mon cœur puisse lui prodiguer les soins que je lui dois, il faut de toute nécessité que je puisse me faire remplacer auprès de ses malheureux enfants qui vont être orphelins… Mon mari est frappé à mort sur les marches du trône et de l'autel… Je réclame de la justice de Votre Excellence… »

« Au diable l'Excellence ! pensa Lucien. Je ne pourrai pas dire que la lettre m'est adressée…

» Quelle heure est-il ? dit-il à Desbacs. Il voulait avoir un témoin irrécusable.

— Six heures moins un quart. Il n'y a plus un chat dans les bureaux. »

Lucien marqua cette heure sur une feuille de papier. Il appela le garçon de bureau espion.

« Si l'on vient me demander dans la soirée, dites que je suis sorti à six heures. »

Lucien remarqua que l'œil de Desbacs, ordinairement si calme, était étincelant de curiosité et d'envie de se mêler [266].

« Vous pourriez bien n'être qu'un coquin, mon ami, pensa-t-il, ou peut-être même un espion du général N…

» C'est que, tel que vous me voyez, reprit-il d'un air assez indifférent, j'ai promis d'aller dîner à la campagne. On va croire que je me fais attendre comme un grand seigneur. »

Il regardait l'œil de Desbacs, qui à l'instant perdit tout son feu.

Lucien vola à l'hôpital de N... Il se fit conduire par le portier au chirurgien de garde [268]. Dans les cours de l'hôpital, il rencontra deux médecins, il déclina ses noms et qualités, et pria ces messieurs de l'accompagner un instant [269]. Il mit tant de politesse dans ses manières que ces messieurs n'eurent pas l'idée de le refuser.

« Bon, se dit Lucien ; je n'aurai pas été en tête à tête avec qui que ce soit. C'est un grand point.

» Quelle heure est-il, de grâce ? demanda-t-il au portier qui marchait devant eux.

— Six heures et demie.

— Ainsi, je n'aurai mis que dix-huit minutes du ministère ici, et je puis le prouver. »

En arrivant auprès du chirurgien de garde, il le pria de prendre communication de la lettre du ministre.

« Messieurs, dit-il aux trois médecins qu'il avait auprès de lui, on a calomnié l'administration du ministère de l'Intérieur à propos d'un blessé, nommé Kortis, qui appartient, dit-on, au parti républicain... Le mot d'*opium* a été prononcé. Il convient à l'honneur de votre hôpital et à votre responsabilité comme employés du gouvernement, d'entourer de la plus grande publicité tout ce qui se passera autour du lit de ce blessé Kortis. Il ne faut pas que les journaux de l'opposition puissent calomnier. Peut-être ils enverront des agents. Ne trouveriez-vous pas convenable, messieurs, d'appeler M. le médecin et M. le chirurgien en chef ? »

On expédia des élèves internes [270] à ces deux messieurs.

« Ne serait-il pas à propos de mettre dès cet instant auprès du lit de Kortis deux infirmiers, gens *sages et incapables de mensonge* ? »

Ces mots furent compris par le plus âgé des médecins présents dans le sens qu'on leur eût donné quatre ans plus tôt. Il désigna deux infirmiers appartenant jadis à la congrégation et coquins consommés; l'un des chirurgiens se détacha pour aller les installer sans délai.

Les médecins et chirurgiens affluèrent bien vite dans la salle de garde, mais il régnait un grand silence et ces messieurs avaient l'air morne. Quand Lucien vit sept médecins ou chirurgiens réunis :

« Je vous propose, messieurs, leur dit-il, au nom de M. le ministre de l'Intérieur, dont j'ai l'ordre dans ma poche, de traiter Kortis comme s'il appartenait à la classe la plus riche. Il me semble que cette marche convient à tous. »

Il y eut assentiment méfiant, mais général.

« Ne conviendrait-il pas, messieurs, de nous rendre *tous* autour du lit du blessé, et ensuite de faire une consultation? Je ferai dresser un bout de procès-verbal de ce qui sera dit, et je le porterai à M. le ministre de l'Intérieur. »

L'air résolu de Lucien en imposa à ces messieurs, dont la plupart avaient disposé de leur soirée et comptaient la passer d'une façon plus profitable ou plus gaie.

« Mais, monsieur, j'ai vu Kortis ce matin, dit d'un air résolu une petite figure sèche et avare. C'est un homme mort; à quoi bon une consultation?

— Monsieur, je placerai votre observation au commencement du procès-verbal.

— Mais, monsieur, je ne parlais pas dans l'intention que mon observation fût répétée...

— *Répétée*, monsieur, vous vous oubliez! J'ai l'honneur de vous donner ma parole que tout ce qui est dit ici sera fidèlement reproduit dans le procès-verbal. Votre dire, monsieur, comme ma réponse. »

Les paroles du rôle de Lucien n'étaient pas mal; mais il devint fort rouge en les prononçant, ce qui pouvait envenimer la chose.

« Nous ne voulons tous certainement que la guérison du blessé », dit le plus âgé des médecins pour mettre le holà. Il ouvrit la porte, l'on se mit à marcher dans les cours de l'hôpital, et le médecin objectant fut éloigné de Lucien. Trois ou quatre personnes se joignirent au cortège dans les cours. Enfin, le chirurgien en chef arriva comme on ouvrait la porte de la salle où était Kortis. On entra chez un portier voisin.

Lucien pria le chirurgien en chef de s'approcher avec lui d'un quinquet, lui fit lire la lettre du ministre, et raconta en deux mots ce qui avait été fait depuis son arrivée à l'hôpital. Ce chirurgien en chef était un fort honnête homme et, malgré un ton d'emphase bourgeoise, ne manquait pas de tact. Il comprit que l'affaire pouvait être importante.

« Ne faisons rien sans M. Monod, dit-il à Leuwen. Il loge à deux pas de l'hôpital.

— Ah! pensa Lucien; c'est le chirurgien qui a repoussé par un coup de poing l'idée de l'opium. »

Au bout de quelques minutes, M. Monod arriva en grommelant; on avait interrompu son dîner, et il songeait un peu aux suites du coup de poing du matin. Quand il sut de quoi il s'agissait :

« Eh! bien, messieurs, dit-il à Lucien et au chirurgien en chef, c'est un homme mort, voilà tout. C'est un miracle qu'il vive avec une balle dans le ventre, et non seulement la balle, mais des lambeaux de drap, la bourre du fusil, et que sais-je, moi? Vous sentez bien que je ne suis pas allé sonder une telle blessure. La peau a été brûlée par la chemise, qui a pris feu. »

En parlant ainsi, on arriva au malade. Lucien lui trouva la physionomie résolue et l'air pas trop coquin, moins coquin que Desbacs.

« Monsieur, lui dit Lucien, en rentrant chez moi, j'ai trouvé cette lettre de Mme Kortis...

— Madame! Madame! Une drôle de madame, qui sera à mendier son pain dans huit jours...

— Monsieur, à quelque parti que vous apparteniez, *res sacra miser,* le ministre ne veut voir en vous qu'un homme qui souffre.

» On dit que vous êtes ancien militaire... Je suis lieutenant au 27ᵉ de lanciers... En qualité de camarade, permettez-moi de vous offrir quelques petits secours temporaires... »

Et il plaça deux napoléons dans la main que le malade sortit de dessous sa couverture. Cette main était brûlante, ce contact donna mal au cœur à Lucien[271].

« Voilà qui s'appelle parler, dit le blessé. Ce matin, il est venu un monsieur avec l'espérance d'une pension... Eau bénite de cour..., rien de comptant. Mais vous, mon lieutenant, c'est bien différent, et *je vous parlerai...* »

Lucien se hâta d'interrompre le blessé et, se tournant vers les médecins et chirurgiens présents, au nombre de sept :

« Monsieur, dit Lucien au chirurgien en chef, je suppose que la présidence de la consultation vous appartient.

— Je le pense aussi, dit le chirurgien en chef, si ces messieurs n'ont pas d'objection...

— En ce cas, comme mon devoir est de prier celui de ces messieurs que vous aurez la bonté de désigner de dresser un procès-verbal fort circonstancié de tout ce que nous faisons, il serait peut-être bien que vous fissiez la désignation de la personne qui voudra bien écrire... »

Et comme Lucien entendait une conversation peu agréable pour le pouvoir qui commençait à s'établir à voix basse, il ajouta, de l'air le plus poli qu'il put :

« Il faudrait que chacun de nous parlât à son tour. »

Cette gravité ferme en imposa enfin. Le blessé fut examiné et interrogé régulièrement. M. Monod, chirurgien de la salle et du lit numéro 13 [272], fit un rapport succinct. Ensuite, on quitta le lit du malade, et dans une salle à part on fit la consultation que M. Monod écrivit, pendant qu'un jeune médecin, portant un nom bien connu dans les sciences, écrivait le procès-verbal sous la dictée de Leuwen.

Sur sept médecins ou chirurgiens, cinq conclurent à la mort possible à chaque instant, et certaine avant deux ou trois jours. Un des sept proposa l'opium.

« Ah ! voilà le coquin gagné par le général N... », pensa Leuwen.

C'était un monsieur fort élégant, avec de beaux cheveux blonds, et portant à sa boutonnière deux rubans énormes [273].

Lucien lut sa pensée dans les yeux de la plupart de ces messieurs. On fit justice de cette proposition en deux mots :

« Le blessé n'éprouve pas de douleurs atroces », dit le médecin âgé.

Un autre proposa une saignée abondante au pied, pour prévenir l'hémorragie dans les entrailles. Lucien ne voyait rien de politique dans cette mesure, mais M. Monod lui fit

changer d'avis en disant de sa grosse voix et d'un ton
significatif :

« Cette saignée n'aurait qu'un effet hors de doute, celui
d'ôter la parole au blessé [274].

— Je la repousse de toutes mes forces, dit un chirurgien
honnête homme.

— Et moi.

— Et moi.

— Et moi.

— Il y a majorité, ce me semble, dit Lucien d'un ton fort
animé. Il vaudrait mieux être impassible, se disait-il, mais
comment y tenir ? »

La consultation et le procès-verbal furent signés à dix
heures un quart. MM. les chirurgiens et médecins, parlant
tous de malades à voir, se sauvaient à mesure qu'ils avaient
signé. Lucien resta seul avec le chirurgien géant.

« Je vais revoir le blessé, dit Lucien.

— Et moi achever le dîner. Vous le trouverez mort peut-
être : il peut passer comme un poulet. Au revoir ! »

Lucien rentra dans la salle des blessés [275]*. Il fut choqué de
l'obscurité et de l'odeur. On entendait de temps à autre un
gémissement faible. Notre héros n'avait jamais rien vu de
semblable ; la mort était pour lui quelque chose de terrible sans
doute, mais de propre et de bon ton. Il s'était toujours figuré
mourir sur le gazon, la tête appuyée contre un arbre, comme
Bayard. C'est ainsi qu'il avait vu la mort dans ses duels.

Il regarda sa montre.

« Dans une heure, je serai à l'Opéra... Mais je n'oublierai
jamais cette soirée... *Au devoir !* » dit-il. Et il s'approcha du
lit du blessé.

Les deux infirmiers étaient à demi couchés sur leurs chaises, et les pieds étendus sur la chaise percée. Ils dormaient à
peu près, et lui semblèrent à demi ivres.

Lucien passa de l'autre côté du lit. Le blessé avait les yeux
bien ouverts.

« Les parties nobles ne sont pas offensées, ou bien vous
seriez mort dans la première nuit. Vous êtes bien moins
dangereusement blessé que vous ne le croyez.

— Bah ! dit le blessé avec impatience, comme se moquant
de l'espérance.

— Mon cher camarade, ou vous mourrez, ou vous vivrez, reprit Lucien d'un ton mâle, résolu et même affectueux. Il trouvait le blessé bien moins dégoûtant que le beau monsieur aux deux croix. Vous vivrez, ou vous mourrez.

— Il n'y a pas de *ou*, mon lieutenant. Je suis un homme *frit*.

— Dans tous les cas, regardez-moi comme votre ministre des Finances.

— Comment? le ministre des Finances me donnerait une pension? Quand je dis *moi*..., à ma pauvre femme!»

Lucien regarda les deux infirmiers : ils ne jouaient pas l'ivresse, ils étaient bien hors d'état d'entendre, ou du moins de comprendre.

«Oui, mon camarade, *si vous ne jasez pas*. »

Les yeux du mourant s'éclaircirent et se fixèrent sur Leuwen avec une expression étonnante.

«Vous m'entendez, mon camarade?

— Oui, mais à condition que je ne serai pas empoisonné... Je vais mourir, je suis f..., mais, voyez-vous, j'ai l'idée que dans ce qu'on me donne...

— Vous vous trompez. D'ailleurs, n'avalez rien de ce que vous fournit l'hôpital. Vous avez de l'argent...

— Dès que j'aurai tapé de l'œil, ces b...-là vont me le voler [276].

— Voulez-vous, mon camarade, que je vous envoie votre femme?

— F..., mon lieutenant, vous êtes un brave homme. Je donnerai vos deux napoléons à ma pauvre femme.

— N'avalez que ce que votre femme vous présentera. J'espère que c'est parler, cela?... D'ailleurs, je vous donne ma parole d'honneur qu'il n'y a rien de suspect...

— Voulez-vous approcher votre oreille, mon lieutenant? Sans vous commander [277] !... Mais quoi! le moindre mouvement me tue le ventre.

— Eh! bien, comptez sur moi, dit Lucien en s'approchant.

— Comment vous appelez-vous?

— Lucien Leuwen, sous-lieutenant au 27e de lanciers.

— Pourquoi n'êtes-vous pas en uniforme?

— Je suis en permission à Paris, et détaché près le ministre de l'Intérieur.

— Où logez-vous ? Pardon, excuse, voyez-vous...

— Rue de Londres, numéro 43 [278]*.

— Ah ! le fils de ce riche banquier Van Peters et Leuwen ?

— Précisément. »

Après un petit silence :

« Enfin, quoi ! je vous crois. Ce matin, pendant que j'étais évanoui après le pansement, j'ai entendu qu'on proposait de me donner de l'*opium* à ce grand chirurgien si puissant. Il a juré, et puis ils se sont éloignés. J'ai ouvert les yeux, mais j'avais la vue trouble : la perte de sang... Enfin, suffit !... Le chirurgien a-t-il topé à la proposition, ou n'a-t-il pas voulu ?

— Êtes-vous bien sûr de cela ? dit Lucien fort embarrassé. Je ne croyais pas le parti républicain si alerte... »

Le blessé le regarda.

« Mon lieutenant, sauf votre respect, vous savez aussi bien que moi d'où ça vient.

— Je déteste ces horreurs, j'abhorre et je méprise les hommes qui ont pu se les permettre, s'écria Lucien, oubliant presque son rôle. Comptez sur moi. Je vous ai amené sept médecins, comme on ferait pour un général. Comment voulez-vous qu'autant de gens s'entendent pour une manigance ? Vous avez de l'argent ; appelez votre femme, ou un parent, ne buvez que ce que votre femme aura acheté... »

Lucien était ému, et le malade le regardait fixement ; la tête restait immobile, mais ses yeux suivaient tous les mouvements de Leuwen.

« Enfin, quoi ! dit le malade ; j'ai été caporal au 3e de ligne à Montmirail. Je sais bien qu'il faut sauter le pas, mais on n'aime pas à être empoisonné... Je ne suis pas honteux..., et, ajouta-t-il en changeant de physionomie, *dans mon métier* il ne faut pas être honteux. S'il avait du sang dans les veines, après ce que j'ai fait pour lui et à sa demande vingt fois répétée, le général N... devrait être là à votre place. Êtes-vous son aide de camp ?

— Je ne l'ai jamais vu.

— L'aide de camp s'appelle Saint-Vincent et non pas Leuwen, dit le blessé comme se parlant à lui-même... Il y a une chose que j'aimerais mieux que votre argent.

— Dites.

— Si c'était un effet de votre bonté, je ne me laisserai panser que quand vous serez là... Le fils de M. Leuwen, le riche banquier qui entretient Mlle Des Brins, de l'Opéra... Car, voyez-vous, mon lieutenant, dit-il en élevant de nouveau la voix,... quand ils verront que je ne veux pas boire leur opium [279]..., en me pansant, crac !... un coup de lancette est bien vite donné, là, dans le ventre. Et ça me brûle ! Ça me brûle !... Ça ne durera pas, ça ne peut pas durer. Pour demain, voulez-vous ordonner, car il me semble que vous commandez ici... Et pourquoi commandez-vous ? Et sans uniforme, encore !... Enfin, au moins pansé sous vos yeux... Et le grand chirurgien puissant, a-t-il dit oui ou non ? Voilà le fait. »

La tête s'embarrassait.

« Ne jasez pas, dit Lucien, et je vous prends sous ma protection. Je vais vous envoyer votre femme.

— Vous êtes un bien brave homme... Le riche banquier Leuwen, avec Mlle Des Brins, ça ne triche pas... Mais le général N... ?

— Certainement, je ne triche pas. Et tenez, ne parlez jamais du général N... ni de personne, et voilà dix napoléons.

— Comptez-les-moi dans la main... Lever la tête me fait trop mal au ventre. »

Lucien compta les napoléons à voix basse, et en les faisant sentir comme il les mettait dans la main du blessé.

« Motus, dit celui-ci.

— Motus, bien dit. Si vous parlez, on vous vole vos napoléons. Ne parlez qu'à moi, et quand nous sommes seuls. Je viendrai vous voir tous les jours jusqu'à ce que vous soyez en convalescence. »

Il passa encore quelques instants auprès du blessé, dont la tête semblait se perdre. Il courut ensuite dans la rue de Braque [280*], où logeait Kortis. Il trouva Mme Kortis entourée de commères, qu'il eut assez de peine à faire retirer [281].

Cette femme se mit à pleurer, voulut montrer à Lucien ses enfants, qui dormaient paisiblement.

« Ceci est moitié nature, moitié comédie, pensa Lucien. Il faut la laisser parler, et qu'elle se lasse. »

Après vingt minutes de monologue et de précautions ora-
toires infinies, car le peuple de Paris a pris à la bonne
compagnie sa haine pour les idées présentées brusquement,
Mme Kortis parla d'opium; Lucien écouta cinq minutes
d'éloquence conjugale et maternelle sur l'opium.

« Oui, dit Lucien négligemment, on dit que les républicains ont voulu donner de l'opium à votre mari. Mais le
gouvernement du roi veille sur tous les citoyens. A peine
ai-je eu reçu votre lettre que j'ai mené sept médecins ou
chirurgiens auprès du lit de votre mari. Et voici leur consultation », dit-il en plaçant le papier dans les mains de Mme
Kortis. Il vit qu'elle ne savait pas trop lire.

« Qui osera maintenant donner de l'opium à votre mari?
Toutefois, il est préoccupé de cette idée, cela peut empirer
son état...

— C'est un homme confisqué, dit-elle assez froidement.

— Non, madame; puisqu'il n'y a pas eu gangrène dans
les vingt-quatre heures, il peut fort bien en revenir. Le
général Michaud a eu la même blessure. Etc., etc.

» Mais il ne faut pas parler d'opium, tout cela ne sert qu'à
envenimer les partis. Il ne faut pas que Kortis jase. D'ailleurs, donnez le soin de vos enfants à une voisine à laquelle
vous passerez quarante sous par jour; je vais payer la semaine d'avance. Vous, madame, vous pouvez aller vous
établir auprès du lit de votre mari. »

A ce mot, toute l'éloquence de la physionomie pathétique
de Mme Kortis sembla l'abandonner. Lucien continua :

« Votre mari ne boira rien, ne prendra rien, que vous ne
l'ayez préparé de vos propres mains...

— Dame! monsieur, un hôpital, c'est bien dégoûtant...
D'ailleurs mes pauvres enfants, mes orphelins, loin des yeux
d'une mère comment seront-ils soignés?... Etc., etc.

— Comme vous voudrez, madame, vous êtes si bonne
mère!... Ce qui me fâche, c'est qu'on peut le voler...

— Qui?

— Votre mari.

— Le plus souvent! Je lui ai pris vingt-deux livres et sept
sous qu'il avait sur lui. Je lui ai rempli sa tabatière, à ce
pauvre cher homme, et j'ai donné dix sous à l'infirmier...

— A la bonne heure! Rien de plus sage... Mais sous la

condition qu'il ne bavardera pas politique, qu'il ne parlera pas d'*opium*, ni lui, ni vous, j'ai remis à M. Kortis douze napoléons.

— Des napoléons d'or? interrompit Mme Kortis d'une voix aigre.

— Oui, madame, deux cent quarante francs, dit Lucien avec beaucoup d'indifférence.

— Et il ne faut pas qu'il jase?...

— Si je suis content de lui et de vous, je vous passerai un napoléon chaque jour.

— Je dis vingt francs? dit Mme Kortis avec des yeux extrêmement ouverts.

— Oui, vingt francs, si vous ne parlez jamais d'opium. D'ailleurs moi, tel que vous me voyez, j'ai pris de l'opium pour une blessure, et on ne voulait pas me tuer. Toutes ces idées sont des chimères. Enfin, si vous parlez, si cela est imprimé [282] dans quelque journal que Kortis a craint l'opium ou a parlé de sa blessure et de sa dispute avec le conscrit sur le pont d'Austerlitz, plus de vingt francs; autrement, si vous ni lui ne jasez, vingt francs par jour.

— A compter de quand?

— De demain.

— Si c'est un effet de votre bonté, à compter de ce soir, et avant minuit je vais à l'hôpital. Le pauvre cher homme, il n'y a que moi qui puisse l'empêcher de jaser... Mme Morin! Mme Morin!» dit Mme Kortis en criant...

C'était une voisine à laquelle Lucien compta quatorze francs pour soigner les enfants pendant sept jours. Leuwen donna aussi quarante sous pour le fiacre qui allait conduire Mme Kortis à l'hôpital de...

Enfin, comme onze heures trois quarts sonnaient [284], Lucien remonta dans son cabriolet. Il s'aperçut qu'il mourait de faim : il n'avait pas dîné et presque toujours parlé.

« Actuellement, il faut chercher mon ministre. »

Il ne le trouva pas à l'hôtel de la rue de Grenelle [285]*. Il écrivit un mot, fit changer le cheval du cabriolet et le domestique, et alla au ministère des Finances ; M. de Vaize en était sorti depuis longtemps.

« C'est assez de zèle comme cela, pensa Lucien. » Et il s'arrêta dans un café pour dîner. Il remonta en voiture après quelques minutes et fit deux courses inutiles dans la Chaussée d'Antin. Comme il passait devant le ministère des Affaires étrangères, il eut l'idée de faire frapper. Le portier répondit que M. le ministre de l'Intérieur était chez Son Excellence.

L'huissier ne voulait pas annoncer Leuwen et interrompre la conférence des deux Excellences. Lucien, qui savait qu'il y avait une porte dérobée, eut peur que son ministre ne lui échappât ; il était las de courir et n'avait pas envie de retourner à la rue de Grenelle. Il insista, l'huissier refusa avec hauteur, Lucien se mit en colère.

« Parbleu, monsieur, j'ai l'honneur de vous répéter que je suis porteur de l'ordre exprès de M. le ministre de l'Intérieur. J'entrerai. Appelez la garde si vous voulez, mais j'entrerai de force. J'ai l'honneur de vous répéter que je suis M. Leuwen, maître des requêtes... »

Quatre ou cinq domestiques étaient accourus sur la porte du salon. Lucien vit qu'il allait avoir à combattre cette canaille, il était fort attrapé et fort en colère. Il eut l'idée

d'arracher les cordons des deux sonnettes à force de sonner [286].

Au mouvement de respect que firent les laquais, il s'aperçut que M. le comte de Beausobre, ministre des Affaires
étrangères, entrait dans le salon. Lucien ne l'avait jamais vu.

« Monsieur le comte, je me nomme Leuwen, maître des
requêtes. J'ai un million d'excuses à demander à Votre
Excellence. Mais je cherche M. le comte de Vaize depuis
deux heures, et par son ordre exprès; il faut que je lui parle
pour une affaire importante et pressée.

— *Quelle affaire... pressée?* dit le ministre avec une
fatuité rare et en redressant sa petite personne [287].

— Parbleu, je vais te faire changer de ton, pensa Lucien.
Et il ajouta d'un grand sang-froid et avec une prononciation
marquée :

— L'affaire Kortis, Monsieur le comte, cet homme blessé
sur le pont d'Austerlitz par un soldat qu'il voulait désarmer.

— Sortez, dit le ministre aux valets. Et, comme l'huissier
restait : Sortez donc ! »

L'huissier sorti, il dit à Leuwen :

« Monsieur, le mot Kortis eût suffi sans les explications.
(L'impertinence du ton de voix et des mouvements était
rare.)

— Monsieur le comte, je suis nouveau dans les affaires,
dit Lucien d'un ton marqué. Dans la société de mon père,
M. Leuwen, je n'ai pas été accoutumé à être reçu avec
l'accueil que Votre Excellence me faisait. J'ai voulu faire
cesser aussi rapidement que possible un état de choses désagréable et peu convenable.

— Comment, monsieur, *peu convenable?* dit le ministre
en prononçant du nez, relevant la tête encore plus et redou-
blant d'impertinence. Mesurez vos paroles.

— Si vous en ajoutez une seule sur ce ton, Monsieur le
comte, je donne ma démission et nous mesurerons nos épées.
La fatuité, monsieur, ne m'en a jamais imposé. »

M. de Vaize venait d'un cabinet éloigné savoir ce qui se
passait; il entendit les derniers mots de Lucien et vit que lui,
de Vaize, pouvait être la cause indirecte du bruit.

« De grâce, mon ami, de grâce, dit-il à Lucien. Mon cher

collègue, c'est un jeune officier, dont je vous parlais. N'allons pas plus loin.

— Il n'y a qu'une façon de ne pas aller plus loin, dit Lucien avec un sang-froid qui cloua les ministres dans le silence. Il n'y a absolument qu'une façon, répéta-t-il d'un air glacial : c'est de ne pas ajouter un seul *petit* mot sur cet incident, et de supposer que l'huissier m'a annoncé à Vos Excellences.

— Mais, monsieur, dit M. de ..., ministre des Affaires étrangères, en se redressant excessivement.

— J'ai un million de pardons à demander à Votre Excellence ; mais si elle ajoute un mot, je donne ma démission à M. de Vaize, que voilà, et je vous insulte, vous, monsieur, de façon à rendre une réparation nécessaire à vous.

— Allons-nous-en, allons-nous-en ! » s'écria M. de Vaize fort troublé et entraînant Lucien. Celui-ci prêtait l'oreille pour entendre ce que dirait M. le comte de ... Il n'entendit rien.

Une fois en voiture, il pria M. de Vaize, qui commençait un discours dans le genre paternel, de lui permettre de lui rendre compte d'abord de l'affaire Kortis. Ce compte rendu fut très long. En le commençant, Lucien avait parlé du procès-verbal et de la consultation. A la fin du récit, le ministre lui demanda ces pièces.

« Je vois que je les ai oubliées chez moi, dit Lucien. Si le comte de ... veut faire le méchant, avait-il pensé, ces pièces peuvent prouver que j'avais raison de vouloir rendre un compte immédiat au ministre de l'Intérieur, et que je ne suis pas un solliciteur forçant la porte. »

Comme on arrivait dans la rue de Grenelle, l'affaire Kortis étant finie, M. le comte de Vaize essaya de revenir à l'éloquence onctueuse et paternelle.

« Monsieur le comte, dit Lucien en l'interrompant, je travaille pour Votre Excellence depuis cinq heures du soir. Une heure sonne, souffrez que je monte dans mon cabriolet, qui suit votre carrosse. Je suis mort de fatigue. »

M. de Vaize voulut revenir au genre paternel.

« N'ajoutons pas un mot sur l'incident, dit Lucien ; un seul petit mot peut tout envenimer. »

Le ministre se laissa quitter ainsi ; Lucien monta en ca-

briolet, et dit à son domestique de monter et de conduire : il
était réellement très fatigué. En passant sur le pont
Louis XV [288], son domestique lui dit :

« Voilà le ministre.

— Il retourne chez son collègue malgré l'heure avancée,
et sûrement je vais faire les frais de la conversation. Parbleu,
je ne tiens pas à ma place ; mais s'ils me destituent, je force
ce fat à mettre l'épée à la main. Ces messieurs peuvent être
mal élevés et impertinents tant qu'il leur plaira, mais il faut
choisir les gens. Avec des Desbacs qui veulent faire fortune à
tout prix, à la bonne heure ; mais avec moi, c'est impossible. »

En rentrant, Lucien trouva son père, le bougeoir à la main,
qui montait se coucher. Malgré l'envie passionnée d'avoir
l'avis d'un homme de tant d'esprit :

« Par malheur, il est vieux, se dit Leuwen, et il ne faut pas
l'empêcher de dormir. A demain les affaires. »

Le lendemain, à dix heures, il conta tout à son père, qui se
mit à rire.

« M. de Vaize te mènera dîner demain chez son collègue
des Affaires étrangères. Mais voilà assez de duels dans ta vie
comme ça, maintenant ils seraient de mauvais ton pour toi...
Ces messieurs se sont promis de te destituer dans deux mois,
ou de te faire nommer préfet à Briançon ou à Pondichéry.
Mais si cette place éloignée ne te convient pas plus qu'à moi,
je leur ferai peur et j'empêcherai cette disgrâce... Du moins,
je le tenterai avec quelque apparence de succès. »

Le dîner chez Son Excellence des Affaires étrangères se fit
attendre jusqu'au surlendemain, et dans l'intervalle Lucien,
toujours très occupé de l'affaire Kortis, ne permit pas que
M. de Vaize lui reparlât de l'*incident*.

Le lendemain du dîner, M. Leuwen père raconta l'anecdote à trois ou quatre diplomates. Il ne tut que le nom de
Kortis et le genre de l'affaire importante qui obligeait Lucien
à chercher son ministre à une heure du matin.

« Tout ce que je puis dire sur l'heure avancée, c'est que ce
n'était pas une affaire de télégraphe », dit-il à l'ambassadeur
de Russie.

Quelques jours après, M. Leuwen surprit dans le monde
un léger bruit qui supposait que son fils était saint-simonien.

Sur quoi, à l'insu de Lucien, il pria M. de Vaize de le conduire un jour chez son collègue des Affaires étrangères.

« Et pourquoi, cher ami ?

— Je tiens beaucoup à laisser à Votre Excellence le plaisir de la surprise. »

Tout le long du chemin, en allant à cette audience, M. Leuwen se moqua de la curiosité de son ami le ministre.

Il commença sur un ton fort peu sérieux la conversation que Son Excellence des Affaires étrangères daignait lui accorder.

« Personne, Monsieur le comte, ne rend plus de justice que moi à l'habileté de Votre Excellence ; mais il faut convenir aussi qu'elle a de grands moyens. Quarante personnages couverts de titres et de cordons, que je lui nommerais au besoin, cinq ou six grandes dames appartenant à la première noblesse et assez riches grâce aux bienfaits de Votre Excellence [289]*, peuvent faire l'honneur à mon fils Lucien Leuwen, maître des requêtes indigne, de s'occuper de lui [290]. Ces personnages respectables peuvent répandre tout doucement qu'il est saint-simonien. On pourrait dire à aussi peu de frais qu'il a manqué de cœur dans une occasion essentielle. On pourrait faire mieux, et lui lâcher deux ou trois de ces personnages recommandables dont j'ai parlé qui, étant jeunes encore, cumulent et sont aussi bretteurs [291]*. Ou bien, si l'on voulait user d'indulgence et de bonté envers mes cheveux blancs, ces personnages, tels que M. le comte de ..., M. de ..., M. le baron de ... qui a 40.000 francs de rente, M. le marquis ..., pourraient se borner à dire que ce petit Leuwen gagne toujours à l'écarté. Sur quoi, je viens, Monsieur le comte, en votre qualité de ministre des Affaires étrangères, vous offrir la guerre ou la paix. »

M. Leuwen prit un malin plaisir à prolonger beaucoup l'entretien ainsi commencé. Au sortir de l'hôtel des Affaires étrangères, M. Leuwen alla chez le roi, duquel il avait obtenu une audience. Il répéta exactement au roi la conversation qu'il venait d'avoir avec son ministre des Affaires étrangères.

« Viens ici, dit M. Leuwen à son fils en rentrant chez lui, que je répète pour la seconde fois la conversation que j'ai eu l'honneur d'avoir avec les ministres auxquels tu manques de

respect. Mais pour ne pas m'exposer à une troisième répétition, allons chez ta mère. »

A la fin de la conférence chez Mme Leuwen, notre héros
crut pouvoir hasarder un mot de remerciement à son père.

« Tu deviens commun, mon ami, sans t'en douter. Tu ne
m'as jamais autant amusé que depuis un mois. Je te dois
l'intérêt de *jeunesse* avec lequel je suis les affaires de bourse
depuis quinze jours, car il fallait me mettre en position de
jouer quelque bon tour à mes deux ministres s'ils se permettent à ton égard quelque trait de fatuité. Enfin, je t'aime, et ta
mère te dira que jusqu'ici, pour employer une phrase des
livres ascétiques, je l'aimais en toi. Mais il faut payer mon
amitié d'un peu de gêne.

— De quoi s'agit-il?

— Suis-moi. »

Arrivé dans sa chambre:

« Il est capital de te laver de la calomnie qui t'impute
d'être saint-simonien. Ton air sérieux, et même imposant,
peut lui donner cours.

— Rien de plus simple: un bon coup d'épée...

— Oui, pour te donner la réputation de duelliste, presque
aussi triste! Je t'en prie, plus de duel sous aucun prétexte.

— Et que faut-il donc?

— Un amour célèbre. »

Lucien pâlit.

« Rien de moins, continua son père. Il faut séduire
Mme Grandet, ou, ce qui serait plus cher mais peut-être
moins ennuyeux, faire des folies d'argent pour Mlle Julie,
ou Mlle Gosselin, ou Mlle..., et passer quatre heures tous les
jours avec elle. Je ferai les frais de cette passion [292].

— Mais, mon père, est-ce que je n'ai pas déjà l'honneur
d'être amoureux de Mlle Raimonde?

— Elle n'est pas assez connue. Voici le dialogue: « Leuwen fils est décidément avec la petite Raimonde. — Et
qu'est-ce que c'est que Mlle Raimonde?... » — Il faut qu'il
soit ainsi: « Leuwen fils est actuellement avec Mlle Gosselin. — Ah! diable! et est-il amant en pied? — Il en est fou
jaloux... Il veut être seul [293]. »

Cette alternative de Mme Grandet ou de Mlle Gosselin
embarrassa beaucoup Leuwen.

L'affaire Kortis s'était fort bien terminée, et le comte de Vaize lui avait fait des compliments. Cet agent trop zélé n'était mort qu'au bout de huit jours et n'avait pas parlé.

Lucien demanda au ministre un congé de quatre jours pour terminer quelques affaires d'intérêt à Nancy. Il se sentait depuis quelque temps une envie folle de revoir la petite fenêtre de Mme de Chasteller. Après avoir obtenu le congé du ministre, Lucien en parla à ses parents, qui ne trouvèrent pas d'inconvénient à un petit voyage à Strasbourg; jamais Lucien n'eut le courage de prononcer le nom de Nancy [294].

« Pour que ton absence ne paraisse pas longue, tous les jours de soleil, vers les deux heures, j'irai voir ton ministre », dit M. Leuwen.

Lucien était encore à dix lieues de Nancy que son cœur battait à l'incommoder. Il ne respirait plus d'une façon naturelle. Comme il fallait entrer de nuit dans Nancy et n'être vu de personne, Lucien s'arrêta à un village situé à une lieue. Même à cette distance, il n'était pas maître de ses transports; il n'entendait pas de loin une charrette sur les chemins, qu'il ne crût reconnaître le bruit de la voiture de Mme de Chasteller [295]...

... « J'ai gagné bien de l'argent par ton télégraphe, dit M. Leuwen à son fils, et jamais ta présence n'eût été plus nécessaire. »

Lucien trouva à dîner chez son père son ami Ernest Dévelroy. Il était fort triste : son savant moral, qui lui avait promis quatre voix à l'Académie des Sciences politiques, était mort aux eaux de Vichy, et après l'avoir dûment enterré, Ernest s'était aperçu qu'il venait de perdre quatre mois de soins ennuyeux et de gagner un ridicule.

« Car il faut réussir, disait-il à Lucien. Et parbleu, si jamais je me dévoue à un membre de l'Institut, je le prendrai de meilleure santé !... »

Lucien admirait le caractère de son cousin : il ne fut triste que huit jours, et puis fit un nouveau plan et recommença sur nouveaux frais. Ernest disait dans les salons :

« Je devais quelques jours de regrets sans limites à la mémoire du savant Descors. L'amitié de cet excellent homme et sa perte feront époque dans ma vie, il m'a appris à mourir... J'ai vu le sage à sa dernière heure entouré des consolations du christianisme; c'est auprès du lit d'un mourant qu'il faut apprécier cette religion... » Etc., etc.

Peu de jours après sa rentrée dans le monde, Ernest dit à Leuwen:

« Tu as une grande passion. (Lucien pâlit.) Parbleu! tu es bien heureux: on s'occupe de toi! Il ne s'agit plus que de deviner l'objet. Je ne te demande rien, je te dirai bientôt quels sont les beaux yeux qui t'ont enlevé ta gaieté. Fortuné Lucien, tu occupes le public! Ah! grand Dieu! qu'on est heureux d'être né d'un père qui donne à dîner et qui voit M. Pozzo di Borgo et la haute diplomatie! Si j'avais un tel père, je serais pour tout cet hiver le héros de l'amitié, et la mort de Descors dans mes bras me serait peut-être plus utile que sa vie. Faute d'un père tel que le tien, je fais des miracles, et tout cela ne compte pas, ou ne compte que pour me faire appeler intrigant. »

Lucien trouva le même bruit sur son compte chez trois dames, anciennes amies de sa mère, qui avaient des salons du second ordre où il était reçu avec amitié.

Le petit Desbacs, auquel il donna exprès quelques libertés de parler de choses étrangères aux affaires, lui avoua que les personnes les mieux instruites parlaient de lui comme d'un jeune homme destiné aux plus grandes choses, mais arrêté tout court par une grande passion.

« Ah! mon cher, que vous êtes heureux, surtout si vous n'avez pas cette *grande* passion! Quel parti ne pouvez-vous pas en tirer? Ce vernis vous rend pour longtemps imperméable au ridicule. »

Lucien se défendait du mieux qu'il pouvait, mais il se dit:

« Mon malheureux voyage à Nancy a tout découvert. »

Il était loin de deviner qu'il devait cette grande passion à son père, qui réellement, depuis l'aventure du ministre des Affaires étrangères, avait pris de l'amitié pour lui, jusqu'au point d'aller à la Bourse même les jours froids et humides, chose à laquelle, depuis le jour où il avait eu soixante ans, rien au monde n'avait pu le déterminer [296].

« Il finira par me prendre en guignon, disait-il à Mme Leuwen, si je le dirige trop et lui parle sans cesse de ses affaires. Je dois me garder du rôle de père, si ennuyeux

pour le fils quand le père s'ennuie ou quand il aime vivement. »

Mme Leuwen s'opposa de toute sa force à ce qu'il affublât
son fils d'une grande passion; elle voyait dans ce bruit une
source de dangers.

« Je voudrais pour lui, disait-elle, une vie tranquille et non
brillante.

— Je ne puis, répondait M. Leuwen, je ne puis, en
conscience. Il faut qu'il ait une grande passion, ou tout ce
sérieux que vous prisez tant tournerait contre lui, ce ne serait
qu'un plat saint-simonien, et qui sait même, plus tard, à
trente ans, un inventeur de quelque nouvelle religion. Tout
ce que je puis faire, c'est de lui laisser le choix de la belle
pour laquelle il aura ce grand et sérieux attachement. Sera-ce
Mme de Chasteller, Mme Grandet, Mlle Gosselin, ou cette
ignoble petite Raimonde, une actrice à 6.000 francs de gages? (il n'ajoutait pas la fin de sa pensée : ... et qui, toute la
journée, se permet des épigrammes sur mon compte, car
Mlle Raimonde avait beaucoup plus d'esprit que Mlle Des
Brins et la voyait souvent.)

— Ah! ne prononcez pas le nom de Mme de Chasteller!
s'écria Mme Leuwen. Vous lui feriez faire de vraies folies. »

M. Leuwen songeait à Mmes de Thémines [297]* et Toniel,
ses amies depuis vingt ans et toutes deux fort liées avec
Mme Grandet [298]. Depuis bien des années il prenait soin de
la fortune de M. de Thémines; c'est un grand service à Paris
et pour lequel la reconnaissance est sans bornes, car, dans la
déroute des dignités et de la noblesse d'origine, l'argent est
resté la seule chose, et l'argent sans inquiétude est la belle
chose des belles choses. Il alla leur demander des nouvelles
du cœur de Mme Grandet.

Nous ôterons à leurs réponses les formes trop longues de
la narration, et même nous réunirons les renseignements
donnés par les deux dames, qui vivaient dans le même hôtel
et n'avaient qu'une voiture, mais ne se disaient pas tout.
Mme Toniel avait du caractère, mais, une certaine âpreté,
elle était le conseil de Mme Grandet dans les grandes circonstances. Pour Mme de Thémines, elle avait une douceur
infinie, beaucoup d'à-propos dans l'esprit, et était l'arbitre
souverain de ce qui convient ou ne convient pas; sa lunette

ne voyait pas très au loin, mais elle apercevait parfaitement ce qui était à sa portée. Née dans la haute société, elle avait fait des fautes qu'elle avait su réparer, et il y avait quarante ans qu'elle ne se trompait guère dans les jugements qu'elle portait sur l'effet que devaient produire les choses dans les salons de Paris. Depuis quatre ans, sa sérénité était un peu troublée par deux malheurs : l'apparition dans la société de noms qu'on n'eût dû jamais y voir ou qu'on n'eût jamais dû voir annoncés par des laquais de bonne maison, et le chagrin de ne plus voir de places dans les régiments à tous ces jeunes gens de bonne maison qui avaient été autrefois les amis de ses petits-fils que depuis longtemps elle avait perdus.

M. Leuwen père, qui voyait Mme de Thémines une fois la semaine ou chez lui ou chez elle, pensa qu'il fallait auprès d'elle prendre le rôle de père au sérieux. Il alla plus loin, il jugea qu'à son âge il pouvait entreprendre de la tromper net et de supprimer, dans l'histoire de son fils, le nom de Mme de Chasteller. Il fit des aventures de son fils une histoire fort jolie et, après avoir amusé Mme de Thémines pendant toute la fin d'une soirée, finit par lui avouer des inquiétudes sérieuses sur son fils qui, depuis trois mois qu'il était admis dans le salon de Mme Grandet, était d'une tristesse mortelle ; il craignait un amour pris au sérieux, ce qui dérangerait tous ses projets pour ce fils chéri. Car il faut le marier... Etc.

« Ce qu'il y a de singulier, lui dit Mme de Thémines, c'est que depuis son retour d'Angleterre Mme Grandet est fort changée ; il y a aussi du chagrin dans cette tête-là. »

Mais, pour prendre les choses par ordre, voici ce que M. Leuwen apprit de Mmes de Thémines et Toniel, qu'il vit séparément et ensuite réunies, et nous y ajouterons tout de suite ce que des mémoires particuliers nous ont appris [299] sur cette femme célèbre.

Mme Grandet se voyait à peu près la plus jolie femme de Paris, ou du moins on ne pouvait citer les six plus jolies femmes sans la mettre du nombre. Ce qui brillait surtout en elle, c'était une taille élancée, souple, charmante. Elle avait les plus beaux cheveux blonds du monde et beaucoup de grâce à cheval, où elle ne manquait pas de courage. C'était une beauté élancée et blonde comme les jeunes Vénitiennes de Paul Véronèse. Les traits étaient jolis, mais pas très distingués. Pour son cœur, il était à peu près l'opposé de ce que l'on se figure comme étant le cœur italien. Le sien était parfaitement étranger à tout ce que l'on appelle émotions tendres et enthousiasme, mais elle passait sa vie à jouer ces sentiments. Lucien l'avait trouvée dix fois s'apitoyant sur les infortunes de quelque prêtre prêchant l'évangile à la Chine, ou sur la misère de quelque famille appartenant dans sa province *à tout ce qu'il y a de mieux*. Mais dans le secret du cœur de Mme Grandet rien ne lui semblait bas, ridicule, bourgeois en un mot, comme d'être attendrie. Elle voyait en cela la marque la plus sûre d'une âme faible. Elle lisait souvent les *Mémoires* du cardinal de Retz : ils avaient pour elle le charme qu'elle cherchait vainement dans les romans. Le rôle politique de Mmes de Longueville et de Chevreuse était pour elle ce que sont les aventures de tendresse et de danger pour un jeune homme de dix-huit ans.

« Quelles positions admirables, se disait Mme Grandet, si elles eussent su se garantir de ces erreurs de conduite qui donnent tant de prise sur nous ! »

L'amour même, dans ce qu'il a de plus réel [300], ne lui semblait qu'une corvée, qu'un ennui. C'était peut-être à cette tranquillité d'âme [301] qu'elle devait son étonnante fraîcheur, ce teint admirable qui la mettait en état de lutter avec les plus belles Allemandes, et un air de jeunesse et de santé qui était comme une fête pour les yeux. Aussi aimait-elle à se laisser voir à neuf heures du matin, au sortir de son lit. C'est alors surtout qu'elle était incomparable ; il fallait songer au ridicule du mot pour résister au plaisir de la comparer à l'aurore [302]. Aucune de ses rivales ne pouvait approcher d'elle sous le rapport de la fraîcheur des teintes. Aussi son bonheur était-il de prolonger jusqu'au grand jour les bals qu'elle donnait et de faire déjeuner les danseurs au soleil, les volets ouverts [303]. Si quelque jolie femme, sans se douter de ce coup de Jarnac, était restée, à l'étourdie, entraînée par le plaisir de la danse, Mme Grandet triomphait ; c'était le seul moment dans la vie où son âme perdît terre, et ces humiliations de ses rivales étaient l'unique chose à quoi sa beauté lui semblât bonne. La musique, la peinture, l'amour, lui semblaient des niaiseries inventées par et pour les petites âmes.

Et elle passait sa vie à goûter un plaisir sérieux, disait-elle, dans sa loge aux Bouffes, car, avait-elle soin d'ajouter, les chanteurs italiens ne sont pas excommuniés. Le matin, elle peignait des aquarelles avec un talent vraiment fort distingué; cela lui semblait aussi nécessaire à une femme du grand monde qu'un métier à broder, et bien moins ennuyeux. Une chose marquait qu'elle n'avait pas l'âme noble, c'était l'habitude, et presque la nécessité, de se comparer à quelque chose ou à quelqu'un pour s'estimer ou se juger, par exemple aux nobles dames du faubourg Saint-Germain.

Elle avait engagé son mari à la conduire en Angleterre pour voir si elle trouverait une blonde qui eût plus de fraîcheur, et pour savoir si elle aurait peur à cheval. Elle avait trouvé dans les élégants *country seats* où elle avait été invitée l'ennui, mais non le sentiment de la crainte.

Quand Lucien lui fut présenté, elle revenait d'Angleterre, et son séjour en ce pays venait d'envenimer le sentiment d'admiration voisin de l'envie qu'elle éprouvait pour la noblesse d'origine; son âme n'avait pas la supériorité qu'il faut pour chercher l'estime des gens qui estiment peu la noblesse[304*]. Mme Grandet n'avait été en Angleterre que la femme d'un des *juste milieu* de Juillet les plus distingués par la faveur de Louis-Philippe, mais à chaque instant elle s'était sentie une *femme de marchand*. Ses cent mille livres de rente, qui la tiraient si fort du pair à Paris, en Angleterre n'étaient presque qu'une vulgarité de plus. Elle revenait d'Angleterre avec ce grand souci : « Il faut n'être plus une femme de marchand, et devenir une Montmorency. »

Son mari était un gros et grand homme de quarante ans, fort bien portant, et il n'y avait pas de veuvage à espérer. Même elle ne s'arrêta pas à cette idée : sa grande fortune l'avait éloignée de bonne heure, et par orgueil, des voies obliques, et elle méprisait tout ce qui était crime. Il s'agissait de devenir une Montmorency sans rien se permettre que l'on ne pût avouer. C'était comme la diplomatie de Louis XIV quand il était heureux[305].

Son mari, colonel de la garde nationale, avait bien remplacé les Rohan et les Montmorency, politiquement parlant, mais quant à elle, personnellement, sa fortune était encore à faire.

Qu'est-ce qu'une Montmorency, à peine âgée de vingt-trois ans et avec une immense fortune, ferait de son bonheur?

Et même, ce n'était pas encore là toute la question:

Ne fallait-il pas faire encore autre chose pour arriver à être regardée dans le monde, à peu près comme cette Montmorency l'eût été?

Une haute et sublime dévotion, ou bien avoir de l'esprit comme Mme de Staël, ou bien une illustre amitié; devenir l'amie intime de la reine ou de Mme Adélaïde et une sorte de Mme de Polignac de 1785, être ainsi à la tête de la cour des femmes et donner des soupers à la reine; ou bien il fallait au moins une illustre amitié dans le faubourg Saint-Germain.

Toutes ces possibilités, tous ces partis, occupaient tour à tour son esprit et l'accablaient, car elle avait plus de persévérance et de courage que d'esprit. Et elle ne savait pas se faire aider; elle avait bien deux amies, Mmes de Thémines et Toniel, mais elle n'accordait sa confiance que pour une partie seulement des projets qui l'empêchaient de dormir. Plusieurs des idées dont nous avons parlé, et des plus brillantes encore dont la possibilité absolue s'était présentée à son ambition, étaient hors de toute probabilité.

Quand Lucien lui fut présenté, il la trouva faisant la Mme de Staël, et de là le dégoût que nous lui avons vu pour son effroyable bavardage à propos de tout et sur tous les sujets.

Un peu avant le voyage de Lucien à Nancy, Mme Grandet, ne voyant rien se présenter pour la mise à exécution de ses grands projets, s'était dit:

« Ne serait-ce pas négliger un avantage actuel et perdre une grande chance de distinction que de ne pas inspirer quelque grand amour célèbre par le malheur de l'amoureux? Ne serait-il pas admirable, dans toutes les suppositions, qu'un homme distingué allât voyager en Amérique pour m'oublier, moi qui ne lui accorderais jamais un instant d'attention? »

Cette grande question avait été mûrement pesée sans le moindre grain de faiblesse féminine, et même d'autant plus sévèrement pesée qu'elle avait toujours été l'écueil des femmes dont Mme Grandet admirait le plus la fortune et la façon d'être dans le monde.

« Ce serait négliger un avantage actuel et bien passager, s'était-elle dit enfin, que de ne pas inspirer une grande passion ; mais le choix est scabreux : que n'ai-je pas fait pour conquérir simplement pour ami un homme qui fût de haute naissance ? Les agréments, la jeunesse et, à plus forte raison, la fortune, n'ont rien été pour moi ; je ne voulais qu'un sang pur et une réputation sans tache. Mais aucun homme appartenant à l'ancienne noblesse de cour n'a voulu prendre ce rôle. Comment espérer d'en trouver un pour celui d'un être parfaitement infortuné, de l'amoureux, en un mot, de la femme d'un fabricant enrichi ? »

Ainsi se parlait Mme Grandet. Elle avait cette force : elle ne ménageait point les termes en raisonnant avec soi-même ; c'était l'invention, c'était l'esprit proprement dit que l'on ne trouvait point chez elle. Elle repassait dans sa tête toutes les démarches et presque toutes les bassesses qu'elle avait faites. En vain avait-elle fait des bassesses pour voir plus souvent deux ou trois hommes de cette volée que le hasard avait fait paraître dans son salon, toujours après deux ou trois mois ces nobles messieurs avaient rendu leurs visites plus rares.

Tout cela était vrai, il n'en était pas moins convenable d'inspirer une grande passion !

Ce fut dans ces circonstances intérieures, tout à fait inconnues à M. Leuwen père, qu'un matin Mme de Thémines vint passer une heure avec sa jeune amie pour deviner si ce cœur était occupé de notre héros. Après avoir reconnu et ménagé l'état de sa vanité ou de son ambition, Mme de Thémines lui dit [306] :

« Vous faites des malheureux, ma belle, et bien vous choisissez.

— Je suis si éloignée de choisir, répondit fort sérieusement Mme Grandet, que j'ignore jusqu'au nom du malheureux chevalier. Est-ce un homme de distinction ?

— La naissance seule lui manque.

— Trouve-t-on de vraiment bonnes manières sans naissance ? répondit-elle avec une sorte de découragement.

— Que j'aime le tact parfait qui vous distingue ! s'écria Mme de Thémines. Malgré la plate adoration qu'on a pour l'*esprit*, pour cette eau-forte, cet acide de vitriol qui ronge tout, vous n'admettez point l'esprit comme compensation des bonnes manières [307]. Ah! que vous êtes des nôtres! Mais je croirais assez que votre victime nouvelle a des manières distinguées. Il est vrai qu'il est habituellement si triste depuis qu'il vient ici, qu'il n'est pas bien sûr d'en juger; car c'est la gaieté d'un homme, c'est le genre de ses plaisanteries et sa manière de les dire qui marque sa place dans la société. Mais pourtant, si celui que vous rendez malheureux appartenait à une famille, on le placerait indubitablement au premier rang [308].

— Ah! c'est M. Leuwen, le maître des requêtes!

— Eh! bien, est-ce vous, ma belle, qui le conduirez au tombeau?

— Ce n'est pas l'air malheureux que je lui trouve, dit Mme Grandet, c'est l'air ennuyé. »

On ajouta à peine quelques mots. Mme de Thémines laissa tomber le discours sur la politique et dit, à propos de quelque chose :

« Ce qui est du dernier choquant et ce qui décide de tout, c'est la *bourse* où votre mari ne va pas [309]*.

— Il y a plus de vingt mois qu'il n'y a mis les pieds, dit Mme Grandet avec empressement.

— Ce sont les gens que vous recevez chez vous qui font et défont les ministres.

— Mais je suis bien loin de recevoir exclusivement ces messieurs! (Du même ton piqué.)

— Ne désertez pas une belle position, ma chère! Et, entre nous, dit-on en baissant la voix, et d'un ton d'intimité, ne prenez pas pour l'apprécier les paroles des ennemis de cette position. Déjà une fois, sous Louis XIV, comme le rabâche sans cesse ce méchant duc de Saint-Simon, que vous aimez tant, les bourgeois ont pris le ministère. Qu'étaient Colbert, Séguier? Et, à la longue, les ministres font la fortune de qui ils veulent. Et qui fait les ministres aujourd'hui? Les Rothschild, les ..., les ..., les Leuwen. A propos, n'est-ce pas M. Pozzo di Borgo qui disait l'autre jour que M. Leuwen avait fait une scène à M. le ministre des Affaires étrangères à propos de son fils, ou bien c'est le fils qui, au milieu de la nuit, est allé faire une scène à ce ministre? »

Mme Grandet dit tout ce qu'elle savait. C'était la vérité à
peu près, mais racontée à l'avantage des Leuwen. Là encore,
il n'y avait pas trace d'intérêt ou de relations particulières,
plutôt de l'éloignement pour l'air ennuyé de Leuwen.

Le soir, Mme de Thémines crut pouvoir rassurer M. Leuwen et lui dire qu'il n'y avait ni amour ni galanterie entre son
fils et la belle Mme Grandet.

M. Leuwen père [311] était un homme fort gros, qui avait le teint fleuri, l'œil vif, et de jolis cheveux gris bouclés. Son habit, son gilet étaient un modèle de cette élégance modeste qui convient à un homme âgé [312]*. On trouvait dans toute sa personne quelque chose de leste et d'animé. A son œil noir, à ses brusques changements de physionomie, on l'eût pris plutôt pour un peintre homme de génie (comme il n'y en a plus) que pour un banquier célèbre. Il paraissait dans beaucoup de salons, mais passait sa vie avec les diplomates gens d'esprit (il abhorrait les graves) et le corps respectable des danseuses de l'Opéra; il était leur providence dans leurs petites affaires d'argent, tous les soirs on le trouvait au foyer de l'Opéra. Il faisait assez peu de cas de la société qui s'appelle *bonne*. L'impudence et le charlatanisme, sans lesquels on ne réussit pas, l'importunaient. Il ne craignait que deux choses au monde : les ennuyeux, et l'air humide. Pour fuir ces deux pestes, il faisait des choses qui eussent donné des ridicules à tout autre, mais jusqu'à soixante-cinq ans qu'il avait maintenant, c'était lui qui donnait des ridicules, et n'en prenait pas. Promenant sur le boulevard, son laquais lui donnait un manteau pour passer devant la rue de la Chaussée-d'Antin. Il changeait d'habit cinq ou six fois par jour au moins, suivant le vent qui soufflait, et avait pour cela des appartements dans tous les quartiers de Paris. Son esprit avait du naturel, de la verve, de l'indiscrétion aimable, plutôt que des vues fort élevées. Il s'oubliait quelquefois et avait besoin de s'observer pour ne pas tomber dans les genres imprudents ou indécents.

« Si vous n'aviez pas fait fortune dans le commerce de

l'argent, lui disait sa femme qui l'adorait, vous n'eussiez pu réussir dans aucune autre carrière. Vous racontez une anecdote innocemment, et vous ne voyez pas qu'elle blesse mortellement deux ou trois prétentions.

— J'ai paré à ce désavantage : tout homme solvable est toujours sûr de trouver dans ma caisse mille francs offerts de bonne grâce. Enfin, depuis dix ans on ne me discute plus, on m'accepte. »

M. Leuwen ne disait jamais la vérité qu'à sa femme, mais aussi il la lui disait toute ; elle était pour lui comme une seconde mémoire à laquelle il croyait plus qu'à la sienne propre. D'abord, il avait voulu s'imposer quelque réserve quand son fils était en tiers présent, mais cette réserve était incommode et gâtait l'entretien (Mme Leuwen aimait à ne pas se priver de la présence de son fils) ; il le jugeait fort discret, il avait fini par tout dire devant lui.

L'intérieur de ce vieillard, dont les mots méchants faisaient tant de peur, était fort gai.

A l'époque où nous sommes, on trouva pendant quelques jours qu'il était triste, agité ; il jouait fort gros jeu le soir, il se permit même de jouer à la Bourse ; Mlle Des Brins donna deux soirées dansantes dont il fit les honneurs.

Un soir, à deux heures du matin, en revenant d'une de ces soirées, il trouva son fils qui se chauffait dans le salon, et son chagrin éclata.

« Allez pousser le verrou de cette porte. Et comme Lucien revenait près de la cheminée : Savez-vous un ridicule affreux dans lequel je suis tombé ? dit M. Leuwen avec humeur [313].

— Et lequel, mon père ? Je ne m'en serais jamais douté.

— Je vous aime, et par conséquent, vous me rendez malheureux ; car la première des duperies, c'est d'aimer, ajouta-t-il en s'animant de plus en plus et prenant un ton sérieux que son fils ne lui avait jamais vu. Dans ma longue carrière je n'ai connu qu'une exception, mais aussi elle est unique. J'aime votre mère, elle est nécessaire à ma vie, et elle ne m'a jamais donné un grain de malheur. Au lieu de vous regarder comme mon rival dans son cœur, je me suis avisé de vous aimer, c'est un ridicule dans lequel je m'étais bien promis de ne jamais tomber, et *vous m'empêchez de dormir*. »

A ce mot, Lucien devint tout à fait sérieux. Son père

n'exagérait jamais, et il comprit qu'il allait avoir affaire à un accès de colère réel.

M. Leuwen était d'autant plus irrité qu'il parlait à son fils après s'être promis quinze jours durant de ne pas lui dire un mot de ce qui le tourmentait.

Tout à coup, M. Leuwen quitta son fils.

«Daignez m'attendre», lui dit-il avec amertume.

Il revint bientôt après avec un petit portefeuille de cuir de Russie.

«Il y a là 12 000 francs, et si vous ne les prenez pas, je crois que nous nous brouillerons.

— Le sujet de la querelle serait neuf, dit Lucien en souriant. Les rôles sont renversés, et...

— Oui, ce n'est pas mal. Voilà du petit esprit. Mais, en un mot comme en mille, il faut que vous preniez une grande passion pour Mlle Gosselin. Et n'allez pas lui donner votre argent, et puis vous sauver à cheval dans les bois de Meudon ou au diable, comme c'est votre noble habitude. Il s'agit de passer vos soirées avec elle, de lui donner tous vos moments, il s'agit d'en être fou.

— Fou de Mlle Gosselin!

— Le diable t'emporte! Fou de Mlle Gosselin ou d'une autre, que m'importe! Il faut que le public sache que tu as une maîtresse.

— Et, mon père, la raison de cet ordre si sévère?

— Tu la sais fort bien. Et voilà que tu deviens de mauvaise foi en parlant avec ton père, et traitant de tes intérêts encore! Que le diable t'emporte, et qu'après t'avoir emporté il ne te rapporte jamais! Je suis sûr que si je passe deux mois sans te voir, je ne penserai plus à toi. Que n'es-tu resté à ton Nancy! Cela t'allait fort bien, tu aurais été le digne héros de deux ou trois bégueules morales.»

Lucien devint pourpre [314].

«Mais dans la position que je t'ai faite; ton fichu air sérieux, et même triste, si admiré en province, où il est l'exagération de la mode, n'est propre qu'à te donner le ridicule abominable de n'être au fond qu'un fichu saint-simonien.

— Mais je ne suis point saint-simonien! Je crois vous l'avoir prouvé.

— Eh! sois-le, saint-simonien, sois encore mille fois plus
sot, mais ne le parais pas!

— Mon père, je serai plus parlant, plus gai, je passerai
deux heures à l'Opéra au lieu d'une.

— Est-ce qu'on change de caractère? Est-ce que tu seras
jamais folâtre et léger? Or, toute ta vie, si je n'y mets ordre
d'ici à quinze jours, ton sérieux passera non pour l'enseigne
du *bon sens*, pour une mauvaise conséquence d'une bonne
chose, mais pour tout ce qu'il y a de plus antipathique à la
bonne compagnie. Or, quand ici l'on s'est mis à dos la bonne
compagnie, il faut accoutumer son amour-propre à recevoir
dix coups d'épingle par jour, auquel cas la ressource la plus
douce qui reste, c'est de se brûler la cervelle ou, si l'on n'en
a pas le courage, d'aller se jeter à la Trappe. Voilà où tu en
étais il y a deux mois, moi me tuant de faire comprendre que
tu me ruinais en folies de jeune homme. Et en ce bel état,
avec ce fichu bon sens sur la figure, tu vas te faire un ennemi
du comte de Beausobre [315], un renard qui ne te pardonnera
de la vie, car si tu parviens à faire quelque figure dans le
monde et que tu t'avises de parler, tôt ou tard tu peux
l'obliger à se couper la gorge avec toi, ce qu'il n'aime pas.
Sans t'en douter, malgré tout ton fichu bon sens, que le ciel
confonde, tu as à tes trousses huit ou dix hommes d'esprit
fort bien disants, fort moraux, fort bien reçus dans le monde,
et de plus espions du ministère des Affaires étrangères.
Prétendras-tu les tuer en duel? Et si tu es tué, que devient ta
mère, car le diable m'emporte si je pense à toi deux mois
après que je ne te verrai plus! Et pour toi, depuis trois mois
je cours les chances de prendre un accès de goutte qui peut
fort bien m'emporter. Je passe ma vie à cette Bourse qui est
plus humide que jamais depuis qu'on y a mis des poêles.
Pour toi, je me refuse le plaisir de jouer ma fortune à quitte
ou double, ce qui m'amuserait. Ainsi, tout résolument,
veux-tu prendre une grande passion pour Mlle Gosselin?

— Ainsi, vous déclarez la guerre aux pauvres petits
quarts d'heure de liberté que je puis encore avoir. Sans
reproche, vous m'avez pris tous mes moments, il n'est pas
de pauvre diable d'ambitieux qui travaille autant que moi,
car je compte pour travail, et le plus pénible, les séances à
l'Opéra et dans les salons, où l'on ne me verrait pas une fois

en quinze jours si je suivais mon inclination. Ernest a l'ambition du fauteuil académique, ce petit coquin de Desbacs
veut devenir conseiller d'État, cela les soutient; moi, je n'ai
aucune passion dans tout cela que le désir de vous prouver
ma reconnaissance. Ce qui est le bonheur pour moi, ou du
moins ce que je crois tel, c'est de vivre en Europe et en
Amérique avec six ou huit mille livres de rente, changeant de
ville, ou m'arrêtant un mois ou une année selon que je me
trouverais bien. Le charlatanisme, indispensable à Paris, me
paraît ridicule, et cependant j'ai de l'humeur quand je le vois
réussir. Même riche, il faut ici être comédien et continuellement sur la brèche, ou l'on accroche des ridicules. Or, moi,
je ne demande point le bonheur à l'opinion que les autres
peuvent avoir de moi; le mien serait de venir à Paris six
semaines tous les ans pour voir ce qu'il y aurait de nouveau
en tableaux, drames, inventions, jolies danseuses. Avec
cette vie, le monde m'oublierait, je serais ici, à Paris,
comme un Russe ou un Anglais. Au lieu de me faire l'amant
heureux de Mlle Gosselin, ne pourrais-je pas faire un voyage
de six mois où vous voudrez, au Kamschatka par exemple, à
Canton, dans l'Amérique du sud?

— En revenant, au bout de six mois, tu trouverais ta
réputation complètement perdue, et tes vices odieux seraient
établis sur des faits incontestables et parfaitement oubliés.
C'est ce qu'il y a de pis pour une réputation, la calomnie est
bien heureuse quand on la fuit. Il faut ensuite ramener
l'attention du public, et redonner l'inflammation à la blessure pour la guérir. M'entends-tu?

— Que trop, hélas! Je vois que vous ne voulez pas de six
mois de voyage ou de six mois de prison en échange de
Mlle Gosselin.

— Ah! tu parais devenir raisonnable, le ciel en soit loué!
Mais comprends donc que je ne suis pas baroque. Raison-
nons ensemble. M. de Beausobre dispose de vingt, de trente,
peut-être de quarante espions diplomatiques appartenant à la
bonne compagnie, et plusieurs à la très haute société; il a des
espions volontaires, tels que de Perte qui a quarante mille
livres de rente. Mme la princesse de Vaudémont était à ses
ordres. Ces gens ne manquent pas de tact, la plupart ont servi
sous dix ou douze ministres, la personne qu'ils étudient de

plus près, avec le plus de soin, c'est leur ministre. Je les ai surpris jadis ayant des conférences entre eux à ce sujet. Même, j'ai été consulté par deux ou trois qui m'ont des obligations d'argent. Quatre ou cinq, M. le comte N..., par exemple, que tu vois chez moi, quand ils peuvent écumer une nouvelle, veulent jouer à la rente, et n'ont pas toujours ce qu'il faut pour couvrir la différence. Je leur rends service, par-ci par-là, pour de petites sommes. Enfin, pour te dire tout, j'ai obtenu l'aveu, il y a quinze jours, que le Beausobre a une colère *mue* contre toi. Il passe pour n'avoir du cœur que lorsqu'il y a un grand cordon à gagner. Peut-être rougit-il de s'être trouvé faible en ta présence. Le pourquoi de sa haine, je l'ignore, mais il te fait l'honneur de te haïr.

» Mais ce dont je suis sûr, c'est qu'on a organisé la mise en circulation d'une calomnie qui tend à te faire passer pour un saint-simonien retenu à grand-peine dans le monde par ton amitié pour moi. Après moi, tu arboreras le saint-simonisme, ou te feras chef de quelque nouvelle religion.

» Je ne répondrais pas, même, si la colère de Beausobre lui dure, que quelqu'un de ses espions ne le servît comme [on] servit Édouard III contre Beckett. Plusieurs de ces messieurs, malgré leur brillant cabriolet, ont souvent le besoin le plus pressant d'une gratification de cinquante louis et seraient trop heureux d'accrocher cette somme au moyen d'un duel. C'est à cause de cette partie de mon discours que j'ai la faiblesse de te parler. Tu me fais faire, coquin, ce qui ne m'est pas arrivé depuis quinze ans : manquer à la parole que je me suis donnée à moi-même. C'est à cause de la gratification de cent louis, gagnée si l'on t'envoie *ad patres,* que je n'ai pas pu te parler devant ta mère. Si elle te perd, elle meurt, et j'aurais beau faire des folies, rien ne pourrait me consoler de sa perte ; et (ajouta-t-il avec emphase [316]) nous serions une famille effacée du monde.

— Je tremble que vous ne vous moquiez de moi, dit Lucien d'une voix qui semblait s'éteindre à chaque mot. Quand vous me faites une épigramme, elle me semble si bonne que je me la répète pendant huit jours contre moi-même, et le Méphistophélès que j'ai en moi triomphe de la partie agissante. Ne me plaisantez pas sur une chose que vous savez sans doute, mais que je n'ai jamais avouée à âme qui vive [317].

— Diable! c'est du neuf, en ce cas. Je ne t'en parlerai jamais.

— Je tiens, ajouta Lucien d'une voix brève et rapide et en regardant le parquet, à être fidèle à une maîtresse que je n'ai jamais eue. Le moral entre pour si peu dans mes relations avec Mlle Raimonde, qu'elle ne me donne presque pas de remords; mais cependant... (vous aller vous moquer de moi) elle m'en donne souvent... quand je la trouve gentille. Mais quand je ne lui fais pas la cour ..., je suis trop sombre, et il me vient des idées de suicide, car rien ne m'amuse... Répondre à votre tendresse est seulement un devoir moins pénible que les autres. Je n'ai trouvé de distraction complète qu'auprès du lit de ce malheureux Kortis..., et encore à quel prix! Je côtoyais l'infamie... Mais vous vous moquerez de moi, dit Lucien en osant relever les yeux à la dérobée.

— Pas du tout! Heureux qui a une passion, fût-ce d'être amoureux d'un diamant, comme cet Espagnol dont Tallemant des Réaux nous conte l'histoire [318]. La vieillesse n'est autre chose que la privation de folie, l'absence d'illusion et de passion. Je place l'absence des folies bien avant la diminution de la force physique. Je voudrais être amoureux, fût-ce de la plus laide cuisinière de Paris, et qu'elle répondît à ma flamme. Je dirais comme saint Augustin : *Credo quia absurdum*. Plus ta passion serait absurde, plus je l'envierais [319].

— De grâce, ne faites jamais d'allusion indirecte, et de moi seul comprise, à ce grain de folie.

— *Jamais!* » dit M. Leuwen; et sa physionomie prit un caractère de solennité que Lucien ne lui avait jamais vu. C'est que M. Leuwen n'était jamais absolument sérieux; quand il n'avait personne de qui se moquer, il se moquait de soi-même, souvent sans que Mme Leuwen même s'en aperçût. Ce changement de physionomie plut à notre héros, et encouragea sa faiblesse.

« Eh bien, reprit-il d'une voix plus assurée, si je fais la cour à Mlle Gosselin ou à toute autre demoiselle célèbre, tôt ou tard je serai obligé d'être heureux, et c'est ce qui me fait horreur. Ne vous serait-il pas égal que je prisse une femme honnête ? »

Ici, M. Leuwen éclata de rire.

« Ne... te... fâche pas, dit-il en étouffant. Je suis fidèle... à notre traité, ce n'est pas de la partie réservée... que je ris... Et où diable... prendrais-tu ta femme honnête ?... Ah ! mon Dieu ! (et il riait aux larmes) et quand enfin un beau jour... ta femme honnête confessera sa sensibilité à ta passion, quand enfin sonnera l'heure du berger..., que feras le Berger ?

— Il lui reprochera gravement qu'elle manque à la vertu, dit Lucien d'un grand sang-froid. Cela ne sera-t-il pas bien digne de ce siècle moral ?

— Pour que la plaisanterie fût bonne, il faudrait choisir cette maîtresse dans le faubourg Saint-Germain.

— Mais vous n'êtes pas duc, mais je ne sais pas avoir de l'esprit et de la gaieté en ménageant trois ou quatre préjugés saugrenus dont nous rions [320] même dans nos salons du juste milieu, si stupides d'ailleurs. »

Tout en parlant, Lucien vint à songer à quoi il s'engageait insensiblement ; il tourna à la tristesse sur-le-champ, et dit malgré lui :

« Quoi ! mon père, une grande passion ! Avec ses assidui- tés, sa constance, son occupation de tous les moments ?

— Précisément.

— *Pater meus, transeat a me calix iste!*

— Mais tu vois mes raisons.

Fais ton arrêt toi-même, et choisis tes supplices[a].

» J'en conviens, la plaisanterie serait meilleure avec une vertu à haute piété et à privilèges, mais tu n'es pas ce qu'il faut, et d'ailleurs le pouvoir, qui est une bonne chose, se retire de ces gens-là et vient chez nous. Eh ! bien, parmi nous autres, nouvelle noblesse, gagnée en écrasant ou escamotant la révolution de Juillet...

— Ah ! je vois où vous voulez en venir !

— Eh ! bien, dit M. Leuwen, du ton de la plus parfaite bonne foi, où veux-tu trouver mieux ? N'est-ce pas une vertu *d'après* celles du faubourg Saint-Germain ?

a. *Cinna*, V, sc. 1[321].

— Comme Dangeau n'était pas un grand seigneur, mais *d'après* un grand seigneur. Ah! Elle est trop ridicule à mes yeux; jamais je ne pourrai m'accoutumer à avoir une grande passion pour Mme Grandet. Dieu! Quel flux de paroles [322]! Quelles prétentions!

— Chez Mlle Gosselin, tu auras des gens désagréables à force de mauvais ton. D'ailleurs, plus elle est différente de ce que l'on a aimé, moins il y a d'infidélité. »

M. Leuwen alla se promener à l'autre bout du salon. Il se reprochait cette allusion.

« J'ai manqué au traité, cela est mal, fort mal. Quoi! même avec mon fils, ne puis-je pas me permettre de penser tout haut?

» Mon ami, ma dernière phrase ne vaut rien, et je parlerai mieux à l'avenir. Mais voilà trois heures qui sonnent. Si tu fais ce sacrifice, c'est pour moi uniquement. Je ne te dirai point que, comme le prophète, tu vis dans un nuage depuis plusieurs mois, qu'au sortir de la nuée tu seras étonné du nouvel aspect de toutes choses... Tu en croiras toujours plus tes sensations que mes récits. Ainsi, ce que mon amitié ose te demander, c'est le sacrifice de six mois de ta vie; il n'y aura de très amer que le premier, ensuite tu prendras de certaines habitudes dans ce salon où vont quelques hommes passables, si toutefois tu n'en es pas expulsé par la vertu terrible de Mme Grandet, auquel cas cas nous chercherions une autre vertu. Te sens-tu le courage de signer un engagement de six mois? »

Lucien se promenait dans le salon et ne répondait pas.

« Si tu dois signer le traité, signons-le tout de suite, et tu me donneras une bonne nuit, car (en souriant) depuis quinze jours, à cause de vos beaux yeux je ne dors plus [323]. »

Lucien s'arrêta, le regarda, et se jeta dans ses bras. M. Leuwen père fut très sensible à cette embrassade: il avait soixante-cinq ans!

Lucien lui dit, pendant qu'il était dans ses bras:

« Ce sera le dernier sacrifice que vous me demanderez?

— Oui, mon ami, je te le promets. Tu fais mon bonheur. Adieu [324]! »

Leuwen resta debout dans le salon, profondément pensif. L'émotion si vraie d'un homme si insensible, ce mot si touchant : *tu fais mon bonheur*, retentissaient dans son cœur.

Mais d'un autre côté faire la cour à Mme Grandet lui semblait une chose horrible, une hydre de dégoût, d'ennui et de malheur.

« Devoir renoncer, se disait-il, à tout ce qu'il y a de plus beau, de plus touchant, de plus sublime au monde n'était donc pas assez pour mon triste sort ; il faut que je passe ma vie avec quelque chose de bas et de plat, avec une affectation de tous les moments qui représente exactement tout ce qu'il y a de plat, de grossier, de haïssable dans le train du monde actuel ! Ah ! ma destinée est intolérable !

» Voyons ce que dit la raison, se dit-il tout à coup. Quand je n'aurais pour mon père aucun des sentiments que je lui dois, en stricte justice je dois lui obéir ; car enfin, le mot d'Ernest s'est trouvé vrai ; je me suis trouvé incapable de gagner quatre-vingt-quinze francs par mois. Si mon père ne me donnait pas ce qu'il faut pour vivre à Paris, ce que je devrais faire pour gagner de quoi vivre ne serait-il pas plus pénible que de faire la cour à Mme Grandet ? Non, mille fois non. A quoi bon se tromper soi-même ?

» Dans ce salon, je puis penser, je puis rencontrer des ridicules curieux, des hommes célèbres. Cloué dans le comptoir de quelque négociant d'Amsterdam ou de Londres correspondant de la maison, ma pensée devrait être constamment enchaînée à ce que j'écris, sous peine de commettre des erreurs. J'aimerais bien mieux reprendre ma vie de garnison : la manœuvre le matin, le soir la vie de billard. Avec une pension de cent louis je vivrais fort bien. Mais encore, qui me donnerait ces cent louis ? Ma mère. Mais si elle ne les avait pas, pourrais-je vivre avec ce que produirait la vente de mon mobilier actuel et les quatre-vingt-quinze francs par mois [325] ? »

Lucien prolongea longtemps l'examen qui devait amener la réponse à cette question, afin de ne pas passer à cet autre examen, bien autrement terrible :

« Comment ferai-je dans la journée de demain pour marquer à Mme Grandet que je l'adore ? »

Ce mot le jeta peu à peu dans un souvenir profond et tendre de Mme de Chasteller. Il y trouva tant de charme, qu'il finit par se dire :

« A demain les affaires. »

Ce demain-là n'était qu'une façon de parler, car quand il éteignit sa bougie les tristes bruits d'une matinée d'hiver remplissaient déjà la rue.

Il eut ce jour-là beaucoup de travail au bureau de la rue de Grenelle et à la Bourse. Jusqu'à deux heures, il examina les articles d'un grand règlement sur les gardes nationales, dont il fallait rendre le service de plus en plus ennuyeux, car règne-t-on avec une garde nationale? Depuis plusieurs jours, le ministre avait pris l'habitude de renvoyer à l'examen consciencieux de Leuwen les rapports de ses chefs de division, dont l'examen exigeait plutôt du bon sens et de la probité qu'une profonde connaissance des 44 000 [326] lois, arrêtés et circulaires qui régissent le ministère de l'Intérieur [327]. Le ministre avait donné à ces rapports de Lucien le nom de *sommaires succincts;* ces sommaires succincts avaient souvent dix ou quinze pages. Lucien était très occupé de ses affaires de télégraphe et, ayant été obligé de laisser en retard plusieurs sommaires succincts, le ministre l'autorisa à prendre deux commis et lui fit le sacrifice de la moitié de son arrière-cabinet. Mais dans cette position indispensable, le commis futur ne serait séparé des plus grandes affaires que par une cloison, à la vérité garnie de matelas en sourdine. La difficulté était de trouver des gens discrets et incapables par honneur de fournir des articles, même anonymes, à cet abhorré *National*.

Lucien, après avoir inutilement cherché dans les bureaux, se souvint d'un ancien élève de l'École polytechnique, garçon fort silencieux, taciturne, qui avait voulu être fabricant et qui, parce qu'il avait les connaissances supérieures, avait cru avoir les inférieures. Ce commis, nommé Coffe, l'homme le plus taciturne de l'École, coûta quatre-vingts louis au ministère, car Lucien le découvrit à Sainte-Pélagie, dont on ne put le tirer qu'en donnant un acompte aux créanciers; mais il s'engagea à travailler pour dix et, qui plus est, on put parler devant lui en toute sûreté. Ce secours permit à Leuwen de s'absenter quelquefois un quart d'heure du bureau.

Huit jours après, le comte de Vaize reçut cinq ou six dénonciations anonymes contre M. Coffe; mais dès sa sortie de Sainte-Pélagie, Lucien l'avait mis, à son insu, sous la

surveillance de M. Crapart, le chef de la police du ministère.
Il fut prouvé que M. Coffe n'avait aucune relation avec les
journaux libéraux; quant à ses rapports prétendus avec le
comité gouvernemental de Henri V, le ministre en rit avec
Coffe lui-même.

« Accrochez-leur quelques louis, cela m'est tout à fait
égal », dit-il à ce commis, qui se trouva fort choqué du
propos. car par hasard c'était un honnête homme. Le ministre répondit aux exclamations de Coffe :

« Je vois ce que c'est, vous voulez quelque marque de
faveur qui fasse cesser les lettres anonymes des surnumérai-
res jaloux du poste que M. Leuwen vous a donné.

» Eh ! bien, dit-il à ce dernier, faites-lui une autorisation.
que je signerai, pour qu'il puisse faire copier *d'urgence* dans
tous les bureaux les pièces dont il faudra les doubles au
secrétariat particulier. »

A ce moment, le ministre fut interrompu par l'annonce
d'une dépêche télégraphique d'Espagne. Cette dépêche en-
leva bien vite Leuwen aux idées d'arrangement intérieur
pour le jeter dans un cabriolet roulant rapidement vers le
comptoir de son père, et de là à la Bourse. Comme à
l'ordinaire, il se garda bien d'y entrer, mais attendait des
nouvelles de ses agents en lisant les brochures nouvelles chez
un libraire voisin.

Tout à coup, il rencontra trois domestiques de son père qui
le cherchaient partout pour lui remettre un billet de deux
lignes :

« Courez à la Bourse, entrez-y vous-même, arrêtez toute
l'opération, coupez net. Faites revendre, même à perte. et,
cela fait, venez bien vite me trouver. »

Cet ordre l'étonna beaucoup; il courut l'exécuter. Il y eut
assez de peine, et enfin put courir chez son père.

« Eh ! bien, as-tu défait cette affaire ?

— Tout à fait. Mais pourquoi la défaire ? Elle me semble
admirable.

— C'est de bien loin la plus belle dont nous nous soyons
occupés. Il y avait là trois cent mille francs à réaliser.

— Et pourquoi donc s'en retirer ? dit Lucien avec
anxiété.

— Ma foi, je ne le sais pas, dit M. Leuwen d'un air

sournois. Tu le sauras de ton ministre si tu sais l'interroger. Cours le rassurer : il est fou d'inquiétude. »

L'air de M. Leuwen ne fit qu'augmenter la curiosité de Lucien. Il courut au ministère et trouva M. de Vaize qui l'attendait enfermé à double tour dans sa chambre à coucher qu'il arpentait, tourmenté par une profonde agitation.

« Voilà bien le plus timide des hommes, se dit Lucien.

— Eh ! bien, mon ami ? Êtes-vous parvenu à tout couper ?

— Tout absolument, à dix mille francs près que j'avais fait acheter par Rouillon, que je n'ai plus retrouvé.

— Ah ! cher ami, je sacrifierais le billet de cinq cents francs, je sacrifierais même le billet de mille pour ravoir cette bribe et ne pas paraître avoir fait la moindre affaire sur cette damnée dépêche. Voulez-vous aller retirer ces dix mille francs ? »

L'air du ministre disait : « Partez ! »

« Je ne saurai rien, se dit Lucien, si je n'arrache le fin mot dans ce moment où il est hors de lui. »

« En vérité, je ne saurais où aller, reprit Lucien de l'air d'un homme qui n'a pas envie de remonter en cabriolet. M. Rouillon dîne en ville. Je pourrai tout au plus dans deux heures passer chez lui, et ensuite aller explorer les environs de Tortoni. Mais Votre Excellence veut-elle me dire le pourquoi de toute cette peine que je me suis donnée et qui va engloutir toute ma soirée ?

— Je devrais ne vous rien dire, dit Son Excellence en prenant l'air fort inquiet, mais il y a longtemps que je ne doute pas de votre prudence. On se réserve cette affaire ; et encore, ajouta-t-il d'un air de terreur, c'est par miracle que je l'ai su, par un de ces cas fortuits admirables [328]*. A propos, il faut que demain vous soyez assez complaisant pour acheter une jolie montre de femme... »

Le ministre alla à son bureau, où il prit deux mille francs.

« Voici deux mille francs, faites bien les choses, allez jusqu'à trois mille francs au besoin, s'il le faut. Peut-on pour cela avoir quelque chose de présentable ?

— Je le crois.

— Eh ! bien, il faudra faire remettre cette jolie montre de femme avec une chaîne d'or, et cela par une main sûre, et avec un volume des romans de Balzac portant un chiffre impair, 3, 1, 5, à Mme Lavernaye, rue Sainte-Anne, n° 90. Actuellement que vous savez tout, mon ami, encore un acte de complaisance. Ne laissez pas les choses faites à demi, raccrochez-moi ces dix mille francs, et qu'il ne soit pas dit, ou du moins qu'on ne puisse pas prouver à qui de droit que j'ai fait, moi ou les miens, la moindre affaire sur cette dépêche.

— Votre Excellence ne doit avoir aucune inquiétude à ce sujet, cela vaut fait », dit Lucien en prenant congé avec tout le respect possible.

Il n'eut aucune peine à trouver M. Rouillon, qui dînait tranquillement à son troisième étage avec sa femme et ses enfants. Et moyennant l'assurance de payer la différence à la revente, le soir même, au café Tortoni, ce qui pouvait être un objet de cinquante ou cent francs, toute trace de l'opération fut anéantie, ce dont il prévint le ministre par un mot [329].

Lucien n'arriva chez son père qu'à la fin du dîner. Il était tout joyeux en venant de la place des Victoires, où logeait M. Rouillon, à la rue de Londres. La corvée du soir, dans le salon de Mme Grandet, ne lui semblait plus qu'une chose fort simple. Tant il est vrai que les caractères qui ont leur imagination pour ennemie doivent agir beaucoup avant les choses pénibles, et non y réfléchir [330].

« Je vais parler *ab hoc et ab hac*, se disait Lucien, et dire tout ce qui me viendra à la tête, bon, mauvais ou pire. Je suppose que c'est ainsi qu'on est brillant aux yeux de Mme Grandet, cette sublime personne. Car il faut être brillant avant que d'être tendre, et l'on méprise le cadeau si l'objet offert n'est pas de grand prix. »

« Maman, pardonnez-moi toutes les choses communes que je vais dire avec emphase », dit Lucien à sa mère en la quittant sur les neuf heures.

En entrant à l'hôtel Grandet, Lucien examinait curieusement ce portier, cette cour, cet escalier au milieu desquels il allait manœuvrer. Tout était magnifique, cher, mais trop neuf. Dans l'antichambre, un paravent de velours bleu garni de ses clous d'or et un peu usé eût dit aux passants : « Ce n'est pas d'hier seulement que nous sommes riches.... » mais un Grandet pense à faire une spéculation sur les paravents, et non à ce qu'ils disent aux passants dans une antichambre.

Lucien trouva Mme Grandet en petit comité, il y avait sept à huit personnes dans l'élégante rotonde où elle recevait à cette heure [332]. Il était de bonne heure, trop tôt pour venir chez Mme Grandet. Lucien le savait bien, mais il voulait faire acte d'un *cœur bien épris*. Elle examinait, avec des bougies que l'on plaçait successivement sur tous les points, un buste de Cléopâtre de Tenerani que l'ambassadeur du roi à Rome venait de lui envoyer. L'expression de la reine d'Égypte était simple et noble. Toutes ces figures faisaient des phrases et l'admiraient.

« Elle illumine leur air commun, se dit Leuwen. Toutes ces grosses mines à cheveux grisonnants ont l'air de dire : Oh ! quels bons appointements j'ai ! »

Un député du centre complaisant, attaché à la maison, proposa une poule au billard. Lucien reconnut la grosse voix qui, à la Chambre, est chargée de rire quand, par hasard, on fait quelque proposition généreuse [333]*.

Mme Grandet sonna avec empressement pour faire allu-

mer le billard [334]. Tout semblait à Lucien avoir une physionomie nouvelle.

« Il est bon à quelque chose, pensa-t-il, d'avoir des projets, quelque ridicules qu'ils soient. Elle a une taille charmante, et le jeu de billard donne cent occasions de se placer
dans les poses les plus gracieuses. Il est étonnant que les
convenances religieuses du faubourg Saint-Germain ne se
soient pas encore avisées de proscrire ce jeu ! »

Au billard, Lucien commença à parler, et ne cessa presque
pas. Sa gaieté augmentait à mesure que le succès de ses
propos communs et lourds venait chasser l'image de l'embarras que devait lui causer l'ordre de faire la cour à
Mme Grandet.

D'abord, ses propos furent trop communs ; il se donnait le
plaisir de se moquer lui-même de ce qu'il disait : c'était de
l'esprit d'arrière-boutique, des anecdotes imprimées partout,
des nouvelles de journaux, etc., etc.

« Elle a des ridicules, pensa-t-il, mais cependant elle est
accoutumée à un certain taux d'esprit. Il faut des anecdotes
ici, mais moins usées, des considérations lourdes sur des
sujets délicats [335], sur la tendresse de Racine comparée à
celle de Virgile, sur les contes italiens où Shakespeare a pris
le sujet de ses pièces ; il ne faut jamais de mots vifs et
rapides, ils passeraient inaperçus. Il n'en est peut-être pas de
même des regards, surtout quand on est bien amoureux. » Et
il considéra avec une admiration assez peu dissimulée les
charmantes poses dans lesquelles se plaçait Mme Grandet.

« Grand Dieu ! qu'eût dit Mme de Chasteller si elle eût
surpris un de ces regards !

Mais il faut l'oublier pour être heureux ici »,

se dit Leuwen. Et il éloigna cette idée fatale, mais pas assez
vite pour que son regard n'eût pas l'air fort ému.

Mme Grandet le regardait elle-même d'une façon assez
singulière, point tendre il est vrai, mais assez étonnée ; elle se
rappelait vivement tout ce que Mme de Thémines lui avait
appris, quelques jours auparavant, de la passion que Lucien
avait pour elle. Elle s'étonnait d'avoir trouvé si ridicules les
idées réveillées par le récit de Mme de Thémines.

« Réellement, il est présentable, se disait-elle, il a beaucoup de distinction. »

A la poule, le hasard avait donné à Lucien la bille numéro 6. Un grand jeune homme silencieux, apparemment adorateur muet de la maîtresse de la maison, eut le 5, et Mme Grandet le numéro 4 [336]. Leuwen essaya de tuer le 5, réussit, et se trouva par là chargé de jouer sur Mme Grandet et de la faire perdre, ce dont il s'acquitta avec assez de grâce [337]. Il tentait toujours les coups les plus difficiles, et avait le malheur de ne jamais *faire* la bille de Mme Grandet et de la placer presque toujours dans une position avantageuse. Mme Grandet était heureuse.

« La chance de gagner une poule de vingt francs, se dit Lucien, donnerait-elle de l'émotion à cette âme de femme de chambre hôte d'un si beau corps ? La poule va finir, voyons si ma conjecture est fondée ? »

Lucien se laissa tuer ; alors, ce fut au numéro 7 à jouer sur Mme Grandet. Ce numéro était tenu par un préfet en congé, grand hâbleur et porteur de toutes les prétentions, même de celle de bien jouer au billard. Ce fat montrait une exaltation de mauvais goût à parler des coups qu'il allait faire, à menacer Mme Grandet de faire sa bille ou de la mal placer.

Mme Grandet, voyant son sort tellement changé par la *mort* de Leuwen, prit de l'humeur, les coins de sa bouche si fraîche se serrèrent entre ses dents.

« Ah ! voilà sa manière d'être piquée ! » se dit Lucien.

Au troisième mauvais coup que lui donnait le préfet impitoyable [338], Mme Grandet regarda Lucien avec l'expression du regret, à quoi Lucien osa répondre en regardant avec l'expression du désir les jolies poses auxquelles Mme Grandet s'abandonnait au milieu de sa douleur de perdre [339]. Lucien, tout mort qu'il était, se donnait beaucoup de mouvement autour du billard et suivait les billes de Mme Grandet avec l'anxiété du plus vif intérêt [340]. Il prit son parti avec une vivacité affectée [341] et assez plaisante dans une chicane mal fondée qu'elle fit au préfet hâbleur qui était resté *seul* avec elle et prétendait gagner.

Bientôt Mme Grandet perdit la poule, mais Lucien avait fait de tels progrès dans son esprit qu'elle jugea à propos de lui adresser une petite dissertation géométrique et profonde sur les angles que forment les billes d'ivoire en frappant les bandes du billard. Lucien fit des objections.

« Ah ! vous êtes élève de l'École polytechnique, mais vous êtes un élève chassé, et sans doute vous n'êtes pas très fort en géométrie. »

Lucien invoqua des expériences ; on mesura des distances sur le billard ; Mme Grandet eut l'occasion d'étaler de charmants petits mots de surprise et de jolis éclats de voix. Une fois, Lucien se dit :

« Voici tout ce que j'aurais pu demander à Mlle Gosselin [342]. »

De ce moment, il fut vraiment bien, Mme Grandet ne quitta les expériences que pour lui offrir de faire une partie de billard avec elle.

« Mais il est étonnant [343], pensait-elle. Grand Dieu ! comme la timidité donne la physionomie d'un sot à l'homme le plus aimable ! »

Sur les dix heures, il vint assez de monde. On avait l'usage de présenter à Mme Grandet la plupart des personnages un peu marquants qui passaient à Paris. Il ne manquait à sa collection que les artistes tout à fait crottés [344] ou les grands seigneurs tout à fait de la première volée [345]. Aussi la présence à Paris de ceux-ci, annoncée par les journaux, lui donnait-elle de l'humeur [346], et quelquefois elle se permettait contre eux des propos semi-républicains qui désolaient son mari. Ce mari [347]*, tout bouffi de la faveur du roi de son choix [348], arriva avec un ministre sur les dix heures et demie. Bientôt survint un second ministre, et sur ses pas les trois ou quatre députés les plus influents dans la Chambre. Cinq ou six savants qui se trouvaient là se mirent à faire bassement la cour aux ministres, et même aux députés. Ils eurent bientôt pour rivaux deux ou trois littérateurs célèbres [349], un peu moins plats dans la forme et peut-être plus esclaves au fond, mais cachant leur bassesse sous des formes de parfaite urbanité. Ils débitaient d'une voix périodique et adoucie des compliments indirects et admirables de délicatesse. Le préfet hâbleur fut terrifié de ce langage, et se tut.

« Voilà les gens dont on se moque à la maison, se dit Lucien ; ici, ils sont les admirés. »

La plupart des noms célèbres de Paris parurent successivement.

« Il ne manque ici que les hommes d'esprit qui ont la folie d'être de l'opposition. Comment peut-on estimer assez les hommes, cette matière sale, pour être de l'opposition [350] ?... Mais au milieu de tant de célébrités mon règne va finir », pensa Leuwen.

A ce moment, Mme Grandet vint du bout du salon lui adresser la parole.

« Voilà une impertinence, se dit-il en riant. Où diable a-t-elle pris cette attention délicate ? Est-ce qu'elle doit se permettre de telles choses ? Serais-je duc sans le savoir ? »

Le député était devenu abondant dans le salon [351]. Lucien remarqua qu'ils parlaient haut et cherchaient à faire du bruit. Ils levaient le plus possible leurs têtes grisonnantes et essayaient de se donner des mouvements brusques. L'un posait sa belle boîte d'or sur la table où il jouait, de façon à faire tourner la tête à trois ou quatre voisins ; un autre, s'établissant sur sa chaise, la faisait se mouvoir à chaque instant sur le parquet, sans égard pour les oreilles de ses voisins.

« Leur mine, se dit Lucien, a toute l'importance du gros propriétaire qui vient de renouveler un bail avantageux. »

Celui qui se remuait avec tant de bruit sur sa chaise vint un instant après dans la salle de billard et demanda à Leuwen la *Gazette de France* qu'il lisait [352]. Il *pria* pour ce petit service d'un air si bas que notre héros en fut tout attendri : cet ensemble lui rappela Nancy [353]. Ses yeux devinrent fixes et très ouverts, toute l'expression d'urbanité de la bouche tomba [354].

Lucien sortit de sa rêverie parce qu'on riait beaucoup à ses côtés. Un écrivain célèbre contait une anecdote fort plaisante sur l'abbé Barthélemy, auteur du *Voyage d'Anacharsis ;* puis, vint une anecdote de Marmontel, ensuite une troisième sur l'abbé Delille.

« Le fond de cette gaieté est sec et triste. Ces gens d'Académie, pensa Lucien, ne vivent que sur les ridicules de leurs prédécesseurs. Ils mourront banqueroutiers envers leurs successeurs : ils sont trop timides même pour faire des sottises. Il n'y a rien ici de la joyeuse folie que je trouvais chez Mme d'Hocquincourt quand d'Antin nous mettait en train. »

Au commencement d'une quatrième anecdote sur les ridicules de Thomas, Lucien n'y put tenir et regagna le grand salon par une galerie garnie de bustes que l'on tenait moins éclairée. Dans une porte, il rencontra Mme Grandet qui lui adressa encore la parole.

« Je serais un ingrat si je ne me rapprochais pas de son groupe, au cas qu'il lui prenne envie de faire la Mme de Staël. »

Lucien n'eut pas longtemps à attendre. On avait présenté ce soir-là à Mme Grandet un jeune savant allemand à grands cheveux blonds séparés au milieu du front, et horriblement maigre. Mme Grandet lui parla des savantes découvertes faites par les Allemands : Homère n'a peut-être fait qu'un épisode de la collection de chansons si célèbre sous son nom et dont la savante ordonnance, fruit du hasard, est si admirée par le pédant. Mme Grandet parla très bien de l'école d'Alexandrie. On faisait tout à fait cercle autour d'elle. On en vint aux antiquités chrétiennes, Mme Grandet prit un air sérieux, les coins de sa bouche s'abaissèrent.

Cet Allemand nouvellement présenté ne se mit-il pas à attaquer la messe, en parlant à une bourgeoise de la cour de Louis-Philippe ? (Ces Allemands sont les rois de l'inconvenance[355*].)

« La messe n'était au Ve siècle, disait-il qu'une réunion où l'on rompait le pain en commun, en mémoire de Jésus-Christ. C'était une sorte de thé de gens bien pensants. Il n'entrait dans l'idée de personne que l'on fît actuellement quelque chose de sérieux, de différent le moins du monde d'une action ordinaire, et encore moins que l'on fît un miracle, le changement du pain et du vin dans le corps et le sang du Sauveur[356]. Nous voyons peu à peu ce thé des premiers chrétiens augmenter d'importance, et la messe se former.

— Mais, grand Dieu ! où voyez-vous cela, monsieur ? disait Mme Grandet effrayée ; apparemment, dans quelques-uns de vos auteurs allemands, ordinairement pourtant si amis des idées sublimes et mystérieuses, et par là si chéris de tout ce qui pense bien. Quelques-uns se seront égarés et leur langue, malheureusement si peu connue de mes légers compatriotes, les met à l'abri de toute réfutation.

— Non, madame. Les Français aussi sont fort savants, reprenait le jeune dialecticien allemand, qui apparemment, pour avoir le plaisir de faire durer les discussions, avait appris des formes très polies. Mais, madame, la littérature française est si belle, les Français ont tant de trésors, qu'ils sont comme les gens trop riches, ils ignorent leurs trésors. Toute cette histoire véritable de la messe, je l'ai trouvée dans le père Mabillon, qui vient de donner son nom à une des rues de votre brillante capitale. A la vérité, ce n'est pas dans le texte de Mabillon — le pauvre moine n'osait pas — mais dans les notes. Votre messe, madame, est une invention d'hier; c'est comme votre Paris, qui n'existait pas au Vᵉ siècle. »

Mme Grandet avait répondu jusque-là par des phrases entrecoupées et insignifiantes, sur quoi notre Allemand, relevant ses lunettes, répondit aux phrases par des faits, et, comme on les lui contestait, par des citations. Le monstre avait une mémoire étonnante.

Mme Grandet était excessivement contrariée.

« Comme Mme de Staël, se disait-elle, eût été belle dans ce moment, au milieu d'un cercle si nombreux et si attentif ! Je vois au moins trente personnes qui nous écoutent, et moi, grand Dieu ! je vais rester sans un mot à répondre, et il est trop tard pour se fâcher. »

En comptant les auditeurs qui, après s'être moqués de l'étrange tournure de l'Allemand, commençaient à l'admirer, précisément à cause de sa dégaine étrange et de sa façon nouvelle de relever ses lunettes, les yeux de Mme Grandet rencontrèrent ceux de Lucien. Dans sa terreur, elle lui demanda presque grâce. Elle venait d'éprouver que ses regards les plus enchanteurs n'avaient aucun effet sur le jeune Allemand, qui s'écoutait parler et ne voyait rien.

Lucien vit dans ce regard suppliant un appel à sa bravoure ; il perça le cercle, vint se placer auprès du jeune dialecticien allemand [357].

Il se trouva que cet Allemand n'avait point trop de peur des plaisanteries et de l'ironie françaises. Lucien avait un peu trop compté sur ce moyen, et enfin, comme il ne savait pas le premier mot de cette question, et ne savait pas même en quelle langue Mabillon avait écrit, il fut battu [358].

A une heure, Lucien quitta cette maison où l'on avait tout fait pour chercher à lui plaire. Son âme était desséchée. Les idées de l'homme, de l'anecdote du littérateur[359], de la discussion savante, des formes admirablement polies, lui faisaient horreur. Ce fut avec délices qu'il se permit un tête à tête d'une heure avec le souvenir de Mme de Chasteller. Les hommes, dont il venait de voir la fleur ce soir-là, étaient faits pour le faire douter de la possibilité de l'existence d'êtres comme Mme de Chasteller. Ce fut avec délices qu'il retrouva cette image chérie, elle avait comme la grâce de la nouveauté, qui est l'unique chose peut-être qui manque au souvenir de l'amour.

Les gens de lettres, les savants, les députés qu'il venait de voir n'avaient garde de paraître dans le salon horriblement méchant de Mme Leuwen : on s'y fût moqué d'eux tout en plein. Là, tout le monde se moquait de tout le monde, tant pis pour les sots et pour les hypocrites qui n'avaient pas infiniment d'esprit. Les titres de duc, de pair de France, de colonel de la garde nationale[360], comme l'avait éprouvé M. Grandet, n'y mettaient personne à l'abri de l'ironie la plus gaie[361].

« Je n'ai rien à demander à la faveur des hommes, gouvernants et gouvernés, disait quelquefois M. Leuwen dans son salon. Je ne m'adresse qu'à leur bourse, c'est à moi de leur prouver, dans mon cabinet, le matin, que leur intérêt et le mien sont les mêmes. Hors de mon cabinet, je n'ai qu'un intérêt : me délasser et rire des sots, qu'ils soient sur le trône ou dans la crotte. Ainsi, mes amis, moquez-vous de moi, si vous pouvez. »

Toute la matinée du lendemain, Lucien travailla à tâcher d'y voir clair dans une dénonciation sur Alger, faite par un M. Gandin. Le roi avait demandé un avis motivé à M. le comte de Vaize, qui avait été d'autant flatté que cette affaire regardait le ministère de la Guerre. Il avait passé la nuit à faire un beau travail, puis avait fait appeler Lucien.

« Mon ami, critiquez-moi cela impitoyablement, avait-il dit en lui remettant son cahier fort barbouillé. Trouvez-moi des objections. J'aime mieux être critiqué en secret par mon aide de camp que par mes collègues en plein Conseil. A mesure que vous ne vous servirez plus d'une de mes pages,

faites-la copier par un commis discret, n'importe l'écriture.
Comme il est fâcheux que la vôtre soit si détestable ! Réellement, vous ne formez pas vos lettres. Ne pourriez-vous pas
tenter une réforme ?

— Est-ce qu'on réforme l'habitude ? Si cela se pouvait,
combien de voleurs qui ont deux millions deviendraient
honnêtes gens !

— Ce Gandin prétend que le général lui a fermé la bouche
avec 1.500 louis [362]... Au reste, mon cher ami, j'ai besoin
du mis au net de mon rapport et de votre critique avant huit
heures. Je veux mettre cela dans mon portefeuille. Mais je
vous demande une critique sans pitié. Si nous pouvions
compter que votre père ne tirerait pas une épigramme des
trésors de la casbah, je paierais au poids de l'or son avis sur
cette question. »

Lucien feuilletait la minute du ministre, qui avait douze
pages.

« Pour tout au monde, mon père ne lirait pas un rapport
aussi long, et encore il faudra vérifier les pièces. »

Lucien trouva que cette affaire était aussi difficile, pour le
moins, que l'origine de la messe [363]*. A sept heures et
demie, il envoya au ministre son travail, qui était au moins
aussi long que le rapport du ministre, et le mis au net de
celui-ci. Sa mère avait fait naître des accidents pour prolonger le dîner, et à son arrivée il n'était pas fini.

« Qui t'amène si tard ? dit M. Leuwen.

— Son amitié pour sa mère, répondit Mme Leuwen.
Certainement il eût été plus commode pour lui d'aller au
cabaret.

» Que puis-je faire pour te marquer ma reconnaissance ?
dit-elle à son fils.

— Engager mon père à me donner son avis sur un petit
opuscule de ma façon que j'ai là dans ma poche... »

Et l'on parla d'Alger, de casbah, de quarante-huit millions, de treize millions volés, jusqu'à neuf heures et demie.

« Et Mme Grandet ? dit M. Leuwen.

— Je l'avais tout à fait oubliée [364]... »

Leuwen était tout homme d'affaires ce jour-là; il courut chez Mme Grandet comme il serait allé à son bureau pour une affaire en retard. Il traversa lestement la cour, l'escalier, l'antichambre, en souriant de la facilité de l'affaire dont il allait s'occuper. Il avait le même plaisir qu'à retrouver une pièce importante, un instant égarée au moment où on la chercherait pour la joindre à un rapport au roi.

Il trouva Mme Grandet entourée de ses complaisants ordinaires, et le mépris éteignit ce sourire de jeunesse. Ces messieurs disputaient : un M. Greslin, référendaire à la Cour des Comptes moyennant 12.000 francs comptés à la cousine de la maîtresse du comte de Vaize, s'enquérait si l'épicier du coin, M. Béranville, qui avait la fourniture de l'état-major de la garde nationale, oserait mécontenter de si *bonnes paies*, et voter dans le sens de son journal. Un de ces messieurs, jésuite avant 1830, et maintenant lieutenant de grenadiers, décoré, venait de dire qu'un des commis de Béranville était abonné au *National*, ce qu'il n'eût certes osé faire si son patron avait eu toute l'horreur convenable pour cette rapsodie républicaine et désorganisatrice [366].

Chaque mot diminuait sensiblement, aux yeux de Lucien, la beauté de Mme Grandet. Pour comble de misère, elle se mêlait fort à cette discussion, qui n'eût pas déparé la loge d'un portier. Elle voulait que l'épicier fût menacé indirectement de destitution par le tambour de la compagnie de grenadiers, qu'elle connaissait fort [367].

« Au lieu de jouir de leur position, ces gens-ci s'amusent à *avoir peur*, comme mes amis les gentilshommes de Nancy, et par-dessus le marché ils me font mal au cœur. »

Lucien était à mille lieues du sourire de jeunesse avec lequel il était entré dans ce salon magnifique, qui se changeait à ses yeux en sale loge de portier.

« Sans doute la conversation de mes demoiselles de l'Opéra est moins ignoble que ceci. Quelle drôle d'époque ! Ces Français si braves, dès qu'ils sont riches s'occupent à avoir peur. Mais peut-être ces âmes nobles du juste milieu sont-elles incapables de sérénité tant qu'il y a un danger possible au monde. »

Et il ne les écouta plus. Il aperçut seulement alors que Mme Grandet le recevait très fraîchement ; il en fut amusé.

« J'avais pensé, se disait-il, que ma faveur durerait bien quinze jours. En moins de temps encore cette tête légère se fatigue d'une idée. »

Le ton leste et tranchant des raisonnements de Lucien eût été bien ridicule aux yeux d'un homme politique. C'était lui qui était une tête légère : il n'avait point deviné le caractère de Mme Grandet. Cette femme si jeune, si fraîche, si occupée des peintures à *fresque* de sa galerie d'été, imitées de Pompeia, était presque continuellement absorbée dans les calculs de la politique la plus profonde. Elle était riche comme une Rothschild, et voulait être une Montmorency.

« Ce jeune Leuwen, maître des requêtes, n'est pas mal. Si la moitié de son mérite réel s'échangeait en position acquise dans le monde et que personne ne puisse nier, il serait bon à quelque chose dans le monde. Tel qu'il paraît là, avec cette tournure simple jusqu'à la naïveté et pourtant noble, il conviendrait assez à une de ces petites femmes qui songent à la galanterie et non à se faire une position élevée. »

Et elle eut horreur de cette façon de penser vulgaire.

« Celui-ci n'a point de nom. C'est un petit jeune homme, fils d'un banquier riche et qui s'est acquis la réputation d'homme d'esprit par sa méchante langue. M. Lucien est tout simplement un débutant dans la carrière où M. Grandet est si avancé, il n'a pas de nom, pas de parenté considérable et bien établie dans le monde. Il est hors de son pouvoir de rien ajouter à ma position [368]. Toutes les fois que M. Leuwen sera invité aux Tuileries, je le serai aussi, et avant lui. Il n'a jamais été admis à l'honneur de danser avec les princesses [369]. »

Telles étaient les idées que Mme Grandet cherchait à vérifier en regardant Lucien, pendant qu'il la croyait toute
occupée de la faute de M. l'épicier Béranville et des moyens
de l'en punir en lui ôtant la pratique de l'état-major de la
garde nationale.

Mme Grandet se dit tout à coup, presque en riant, mouvement rare chez elle :

« S'il a pour moi cette passion que Mme de Thémines lui
prête, si généreusement je pense, il faut le rendre tout à fait
fou. Et pour cela le régime des rigueurs convient peut-être à
ce beau jeune homme, et certainement me convient beaucoup. »

Au bout d'une demi-heure, Lucien, se voyant décidément
reçu avec une froideur marquée, se trouva à l'égard de la
belle Mme Grandet dans la situation d'un connaisseur qui
marchande un tableau médiocre : tant qu'il compte l'avoir
pour quelques louis, il s'exagère ses beautés ; les prétentions
du vendeur s'élèvent-elles outre mesure, le tableau devient
ridicule aux yeux du connaisseur, il ne voit plus que des
défauts, et n'y songe que pour s'en moquer.

« Je suis ici, se dit Leuwen, pour avoir une grande passion
aux yeux de ces nigauds. Or, que fait-on quand, dévoré par
un amour violent, on se voit mal reçu par une aussi jolie
femme ? On tombe dans la plus sombre et silencieuse mélancolie. »

Et il ne dit plus mot.

« Comme le monde connaît les passions ! continua-t-il en
souriant sur lui-même et devenant réellement mélancolique.
Quand j'étais, ce me semble, dans l'état que je joue, personne ne faisait plus de bruit au café Charpentier [370]. »

Lucien resta sur sa chaise, cloué dans la plus louable
immobilité. Par malheur, il ne pouvait fermer les oreilles.

Sur les dix heures arriva à grand bruit M. de Torpet [371],
jeune et député, fort bel homme, et rédacteur éloquent d'un
journal ministériel [372]*.

« Avez-vous lu le *Messager*, madame ? dit-il en s'approchant de la maîtresse de la maison d'un air commun, presque
familier, et comme prenant acte de sa familiarité avec une
jeune femme dont le monde s'occupait. Avez-vous lu le
Messager ? Ils ne peuvent répondre à ces quelques lignes que

j'ai lancées ce matin sur l'exaltation et le dernier période des
idées de ces réformistes. J'ai traité en quelques mots
l'augmentation du nombre des électeurs. L'Angleterre en a
800 000, et nous 180 000 seulement ; mais si je jette un coup
d'œil rapide sur l'Angleterre, que vois-je avant tout ? Quelle
sommité frappe mes yeux de son éclat brillant ? Une aristocratie puissante et respectée, une aristocratie qui a des raci-
nes profondes dans les habitudes de ce peuple sérieux avant
tout, et sérieux parce qu'il est biblique. Que vois-je de ce
côté-ci du détroit ? Des gens riches pour tout potage. Dans
deux ans, l'héritier de leur richesse et de leur nom sera
peut-être à Sainte-Pélagie... »

Ce discours si bien adressé à une riche bourgeoise, femme
riche dont la grand-mère n'avait pas eu de voiture, amusa
d'abord Lucien. Mais malheureusement M. de Torpet ne
savait pas avoir de l'esprit en quatre lignes, il lui fallait de
longues périodes [373].

« Ce Gascon impudent se croit obligé de parler comme les
livres de M. de Chateaubriand », se disait Lucien impatienté.

Il dit deux petits mots qui, expliqués à cet auditoire,
eussent pu devenir une plaisanterie. Mais il s'arrêta tout
court.

« Je sors de la grande passion : le silence et la tristesse
conviennent à la réception que me fait Mme Grandet. »

Lucien, obligé de se taire, entendit tant de sottises et
surtout vit tant de sentiments bas étalés avec orgueil, qu'il
eut le sentiment d'être dans l'antichambre de son père.

« Quand ma mère a des laquais qui parlent comme M. de
Torpet, elle les renvoie. »

Il prit en grippe les ornements élégants du petit salon ovale
de Mme Grandet. Il avait tort : rien n'était plus élégant et
moins vaudeville ; sans la forme ovale et quelques ornements
gais placés exprès par l'architecte, ce salon délicieux eût été
un temple ; les artistes entre eux eussent dit : « Il est sur le
bord du *sérieux*. » Mais l'impudence de M. de Torpet gâtait
tout aux yeux de Lucien. La jeunesse, la fraîcheur de la
maîtresse de la maison, quoique relevées par le mauvais
accueil qu'elle lui faisait, lui semblèrent convenir à une
femme de chambre.

Lucien continuait à se croire philosophe, et il ne voyait pas que, tout simplement, il avait l'impudence en horreur. C'était cette qualité poussée à l'extrême par M. de Torpet, et si indispensable au succès, qui lui donnait un dégoût si voisin de la colère. Cette horreur pour une qualité nécessaire était le symptôme qui alarmait le plus M. Leuwen père sur le compte de son fils.

« Il n'est pas fait pour son siècle, se disait-il, et ne sera jamais qu'un plat homme de mérite [374]. »

Lorsqu'arriva la proposition de l'inévitable poule, Lucien vit que M. de Torpet se disposait à prendre une bille. Lucien avait réellement l'oreille offensée par la voix éclatante de ce bel homme. A force de dégoût, Lucien ne se sentit pas réellement la force de marcher autour du billard, et il sortit silencieusement avec la démarche lente qui convient au malheur.

« Il n'est que onze heures ! » se dit Lucien avec joie ; et pour la première fois de la saison il courut à l'Opéra avec l'envie d'y arriver.

Il trouva Mlle Raimonde dans la loge grillée de son père, elle était seule depuis un quart d'heure et mourait d'envie de parler. Lucien l'écouta avec un plaisir qui le surprit, il fut charmant pour elle.

« C'est là le véritable esprit, se disait-il dans son engouement. Comme cela tranche avec l'emphase lente et monotone du salon Grandet !

» Vous êtes charmante, belle Raimonde, ou du moins je suis charmé. Contez-moi donc la grande histoire de la dispute de Mme... avec son mari, et le duel ! »

Pendant que sa petite voix douce et bien timbrée parcourait les détails en sautillant rapidement :

« Comme ils sont lourds et tristes, se répondant les uns aux autres par de fausses raisons, et dont le parleur comme l'écouteur sentent le faux ! Mais ce serait choquer toutes les convenances de cette confrérie que de ne pas se payer de fausse monnaie. Il faut gober je ne sais combien de sottises et ne pas se moquer des vérités fondamentales de leur religion, ou tout est perdu [375]. »

Il dit gravement :

« Auprès de vous, ma belle Raimonde, un M. de Torpet est impossible.

— D'où revenez-vous ? » lui dit-elle.

Il continua :

« Avec votre esprit naturel et hardi, vous vous moqueriez de lui tout de suite, vous mettriez en pièces son emphase. Quel dommage de ne pas pouvoir vous faire déjeuner ensemble ! Mon père serait digne d'être de ce déjeuner. Jamais votre vivacité ne pourrait supporter ces longues phrases emphatiques, qui sont le ton parfait pour les gens de bonne compagnie de la province. »

Notre héros se tut et pensa :

« Ne ferais-je pas bien, se dit-il, de transférer ma grande passion de Mme Grandet à Mlle Elssler ou à Mlle Gosselin [376] ? Elles sont fort célèbres aussi ; Mlle Elssler n'a ni l'esprit, ni l'imprévu de Raimonde, mais, même chez Mlle Gosselin, un Torpet est impossible. Et voilà pourquoi la bonne compagnie, en France, est arrivée à une époque de décadence. Nous sommes arrivés au siècle de Sénèque et n'osons plus agir et parler comme du temps de Mme de Sévigné et du grand Condé [377]. Le naturel se réfugie chez les danseuses. Qui me sera le moins à charge pour une grande passion ? Mme Grandet, ou Mlle Gosselin ? Suis-je donc condamné à écrire des sottises le matin, et à en entendre encore le soir ? »

Au plus fort de cet examen de conscience et de la folie de Mlle Raimonde[a], la porte de la loge s'ouvrit avec fracas pour donner passage à un non moindre personnage que Son Excellence M. le comte de Vaize [379].

« C'est vous que je cherchais, dit-il à Lucien avec un sérieux qui n'était pas exempt d'importance. Mais cette petite fille est-elle sûre [380*] ? »

Quelque bas que ce dernier mot fût prononcé, Mlle Raimonde le saisit.

« C'est une question que l'on ne m'a jamais faite impunément, s'écria-t-elle ; et puisque je ne puis chasser Votre Excellence, je remets ma vengeance à la Chambre prochaine. » Et elle s'enfuit.

« Pas mal, dit Lucien en riant, réellement pas mal !

---

a. Le lecteur qui connaît les lieux lira : assise sur les genoux de Leuwen, qui avait la main je ne sais où et allait la br... [378].

— Mais peut-on, quand on est dans les affaires, et dans les plus grandes, être aussi léger que vous [381] ? dit le ministre avec l'humeur naturelle à l'homme qui, embrouillé dans des pensées difficiles, se voit distrait par une fadaise.

— Je me suis vendu corps et âme à Votre Excellence pour les matinées ; mais il est onze heures du soir et, parbleu, mes soirées sont à moi. Et que m'en donnerez-vous si je les vends ? dit Lucien gaiement encore.

— Je vous ferai lieutenant, de sous-lieutenant que vous êtes.

— Hélas ! cette monnaie est fort belle, mais par malheur je ne sais qu'en faire.

— Il viendra un moment où vous en sentirez tout le prix. Mais nous n'avons pas le temps de faire de la philosophie. Pouvez-vous fermer cette loge ?

— Rien n'est plus facile », dit Lucien en poussant le verrou.

Pendant ce temps, le ministre regardait si l'on pouvait entendre des loges voisines. Il n'y avait personne. Son Excellence se cacha soigneusement derrière la colonne.

« Par votre mérite vous vous êtes fait mon premier aide de camp, dit-il d'un air grave. Votre place n'était rien, et je vous y avais appelé pour faire la conquête de monsieur votre père. Vous avez créé la place, elle n'est point sans importance, et je viens de parler de vous au roi [382]. »

Le ministre s'arrêta, s'attendant à un grand effet ; il regarda attentivement Lucien, et ne vit qu'une attention triste.

« Malheureuse monarchie ! pensa le comte de Vaize. Le nom du roi est dépouillé de tout effet magique [383]*. Il est réellement impossible de gouverner avec ces petits journaux qui démolissent tout. Il nous faut tout payer argent comptant ou par des grades... Et cela nous ruine : le trésor comme les grades ne sont pas infinis. »

Il y eut un petit silence de dix secondes, pendant lesquelles la physionomie du ministre prit un air sombre. Dans sa première jeunesse, à Coblentz, où il était, les trois lettres R, O, I, avaient encore un effet étonnant.

« Est-ce qu'il va me proposer une affaire Caron ? se disait Lucien. En ce cas, l'armée n'aura jamais un lieutenant nommé Leuwen.

— Mon ami, dit enfin le ministre, le roi approuve que je vous charge d'une double mission électorale.

— Encore les élections ! Je suis ce soir comme M. de Pourceaugnac.

« Votre Excellence n'ignore pas, répondit-il d'un ton très ferme, que ces missions-là ne sont pas précisément tout ce qu'il y a de plus honorable aux yeux d'un public abusé.

— C'est ce que je suis loin d'accorder, dit le ministre. Et, permettez-moi de vous le dire, j'ai plus d'expérience que vous. »

Ce dernier mot fut lancé avec une assurance de mauvais ton, aussi la réponse ne se fit-elle pas attendre.

« Et moi, monsieur le comte, j'ai moins de dévouement au pouvoir, et je supplie Votre Excellence de confier ces sortes de missions à un plus digne.

— Mais, mon ami, répliqua le ministre en contenant son orgueil de ministre, c'est un des devoirs de votre place, de cette place dont vous avez fait quelque chose...

— En ce cas, j'ai une seconde prière à ajouter à la première, celle d'agréer ici ma démission et mes remerciements de vos bontés pour moi.

— Malheureux principe monarchique ! » dit le ministre comme se parlant à soi-même.

Il ajouta du ton le plus poli, car il ne lui convenait nullement de se séparer de Leuwen et de son père :

« Souffrez que je vous dise, mon cher monsieur [384], que je ne puis parler de cette démission qu'avec monsieur votre père.

— Je voudrais bien, reprit Lucien après un petit instant, ne pas être obligé à chaque instant d'avoir recours au génie de mon père. S'il convient à Votre Excellence de m'expliquer ces missions et qu'il n'y ait pas de combat de la rue Transnonain au fond de cette affaire, je pourrai m'en charger.

— Je gémis comme vous des accidents terribles qui peuvent arriver dans l'emploi trop rapide de la force la plus légitime. Mais vous sentez bien qu'un accident déploré et réparé autant que possible ne prouve rien contre un système. Est-ce qu'un homme qui blesse son ami à la chasse est un assassin ?

— M. de Torpet nous a parlé pendant une grande demi-heure, ce soir, de cet inconvénient exagéré par la mauvaise presse.

— Torpet est un sot, et c'est parce que nous n'avons pas de Leuwen, ou qu'ils manquent de liant dans le caractère, que nous sommes forcés quelquefois d'employer des Torpet. Car enfin, il faut bien que la machine marche. Les arguments et les mouvements d'éloquence pour lesquels ces messieurs sont payés ne sont pas faits pour des intelligences telles que la vôtre. Mais dans une armée nombreuse tous les soldats ne peuvent pas être des héros de délicatesse.

— Mais qui m'assurera qu'un autre ministre n'emploiera pas en mon honneur précisément les mêmes termes dont Votre Excellence se sert pour faire le panégyrique de M. de Torpet?

— Ma foi, mon ami, vous êtes intraitable!»

Ceci fut dit avec naturel et bonhomie, et Lucien était si jeune encore que ce ton amena la réponse :

« Non, monsieur le comte; car pour ne pas chagriner mon père je suis prêt à prendre ces missions, s'il n'y a pas de sang au bout.

— Est-ce que nous avons le pouvoir de répandre du sang?» dit le ministre avec un ton de voix bien différent, et où il y avait du reproche et presque du regret.

Ce mot venant du cœur frappa Lucien.

« Voilà un inquisiteur tout trouvé, se dit-il.

— Il s'agit de deux choses », reprit le ministre avec un ton de voix tout administratif.

« Il faut mesurer ses termes et chercher à ne pas blesser notre Leuwen, se disait le ministre. Et voilà à qui nous en sommes réduits avec *nos subalternes!* Si nous en trouvons de respectueux, ce sont des hommes douteux [385], prêts à nous vendre au *National* ou à Henri V [386].

» Il s'agit de deux choses, mon cher aide de camp, continua-t-il tout haut [387]* : aller faire une opposition à Champagnier, dans le Cher, où monsieur votre père a de grandes propriétés, parler à vos hommes d'affaires, et par leur secours deviner ce qui rend la nomination de M. Blondeau si incertaine. Le préfet, M. de Riquebourg, est un brave homme très dévot, très dévoué, mais qui me fait l'effet d'un imbécile. Vous serez accrédité auprès de lui. Vous aurez de l'argent à distribuer sur les bords de la Loire et, de plus, trois débits de tabac. Je crois même qu'il y a aussi deux directions de la poste aux lettres. Le ministre des Finances ne m'a pas encore répondu à cet égard, mais je vous dirai cela par le télégraphe. De plus, vous pourrez faire destituer à peu près qui vous voudrez. Vous êtes sage, vous userez de tous ces droits avec discrétion. Ménagez l'ancienne noblesse et le clergé : entre eux et nous, il n'y a que la vie d'un enfant. Point de pitié pour les républicains, surtout pour ces jeunes gens qui ont reçu une bonne éducation et n'ont pas de quoi vivre. Le Mont-Saint-Michel ne les tient pas tous. Vous savez que mes bureaux sont pavés d'espions, vous m'écrirez les choses importantes sous le couvert de monsieur votre père.

» Mais l'élection de Champagnier ne me chagrine pas infiniment. M. Malot, le libéral rival du Blondeau, est un hâbleur, un exagéré, mais il n'est plus jeune et s'est fait peindre en uniforme de capitaine de la garde nationale, bonnet de poil en tête. Ce n'est point un homme du parti sombre et énergique. Pour me moquer de lui, j'ai dissous sa garde huit jours après. Un tel homme ne doit pas être insensible à un ruban rouge qui ferait un bel effet dans son portrait. Dans tous les cas, c'est un hâbleur imprudent et vide qui, à la Chambre, fera tort à son parti. Vous étudierez les moyens de capter Malot, en cas de non-réussite pour le fidèle Blondeau.

» Mais la grande affaire, c'est Caen, dans le Calvados [388]. Vous donnerez un jour ou deux aux affaires de Champagnier, et vous vous rendrez en toute hâte à ***. Il faut à tout prix que M. Mairobert ne soit pas élu. C'est un homme de tête et d'esprit ; avec douze ou quinze têtes comme cela, la Chambre serait ingouvernable [389*]. Je vous donne à peu près carte blanche en argent, places à accorder et destitutions. Ces dernières seules pourraient être contrariées par deux pairs, des nôtres, qui ont de grands biens dans le pays. Mais dans tous les cas la Chambre des pairs n'est pas gênante, et je ne veux à aucun prix de M. Mairobert [390]. Il est riche, il n'a pas de parents pauvres et il a la croix. Ainsi, rien à faire de ce côté-là.

» Le préfet de ***, M. Boucaut [391*], a tout le zèle qui ne vous brûle pas ; il a fait lui-même un pamphlet contre M. Mairobert, et il a eu l'étourderie de le faire imprimer là-bas, dans le chef-lieu de sa préfecture. Je viens de lui ordonner, par le télégraphe de demain matin, de ne pas distribuer un seul exemplaire. Comme M. Mairobert est puissant dans l'opinion, c'est là qu'il a fallu l'attaquer. M. de Torpet a composé un autre pamphlet, dont vous prendrez trois cents exemplaires dans votre voiture. Nos faiseurs ordinaires, MM. C... et F..., ont fait deux pamphlets dont l'impression sera terminée ce soir à minuit [392*]. Tout cela n'est pas fort et coûte fort cher : le pamphlet de Desterniers, qui est injurieux et emporte la pièce, m'a coûté six cents francs ; l'autre, qui est fin, ingénieux et de bonne compagnie, à ce que dit l'auteur, me coûte cinquante louis. Vous lancerez l'un ou l'autre de ces pamphlets ou tous les deux suivant les circonstances. Les Normands sont bien fins. Enfin, vous serez le maître de distribuer ou de ne pas distribuer ces pamphlets. Si vous voulez en faire un vous-même, ou tout neuf, ou extrait des autres, selon les dispositions où vous verrez les esprits, vous m'obligerez sensiblement. Enfin, faites tout au monde pour empêcher l'élection de M. Mairobert. Écrivez-moi deux fois par jour, je vous donne ma parole d'honneur que je lirai vos lettres au roi. »

Lucien se mit à sourire.

« Anachronisme, monsieur le comte. Nous ne sommes plus au temps de Samuel Bernard. Que peut le roi pour moi en choses raisonnables ? Quant aux distinctions, M. de Torpet dîne tous les mois une fois ou deux avec Leurs Majestés. Réellement, les récompenses, bribes de séduction, manquent à votre monarchie.

— Pas tant que vous croyez. Si M. Mairobert est nommé, malgré vos bons et loyaux services, vous serez lieutenant. S'il n'est pas nommé, vous serez lieutenant d'état-major avec le ruban.

— M. de Torpet n'a pas manqué de nous apprendre ce soir qu'il est officier de la Légion d'honneur depuis huit jours, apparemment à cause de son grand article sur les maisons ruinées par le canon à Lyon. Au reste, je me souviens du conseil donné par le maréchal Bournonville au roi d'Espagne Ferdinand VII. Il est minuit, je partirai à deux heures du matin.

— Bravo, bravo, mon ami. Faites vos instructions dans le sens que j'ai dit et vos lettres aux préfets et aux généraux. Je signerai tout à une heure et demie, avant de me coucher. Probablement il faudra que je passe encore cette nuit pour ces diables d'élections... Ainsi, ne vous gênez pas. Vous aurez le télégraphe.

— Est-ce à dire que je pourrai vous écrire à l'insu des préfets sans leur communiquer ma dépêche ?

— A la bonne heure ! Mais ils la connaîtront toujours par l'homme du télégraphe. Il faudrait tâcher de ne pas cabrer les préfets. S'ils sont bonnes gens, ne leur communiquez que ce que vous voudrez. S'ils sont disposés à jalouser votre mission, ne les cabrez pas : il ne faut pas diviser notre armée au moment du combat.

— Je compte agir prudemment, mais enfin puis-je correspondre par le télégraphe avec Votre Excellence sans communiquer mon dire au préfet ?

— Oui, j'y consens, mais ne vous brouillez pas avec les préfets. Je voudrais que vous eussiez cinquante ans au lieu de vingt-six.

— Votre Excellence est bien libre assurément de choisir un homme de cinquante ans qui peut-être serait moins sensible que moi aux injures des journaux.

— Je vous donnerai tout l'argent que vous voudrez. Si votre orgueil veut me permettre la gratification, vous l'aurez, et considérable. En un mot, il faut réussir ; mon opinion particulière est qu'il vaut mieux dépenser cinq cent mille francs et ne pas avoir Mairobert devant nous à la Chambre. C'est un homme tenace, sage, considéré, terrible. Il méprise l'argent et en a beaucoup. En un mot, on ne peut rien voir de pis.

— Je ferai mon possible pour vous en préserver. »

Sur ce mot, dit très froidement, le ministre quitta la loge. Il dut rendre le salut à cinquante personnes et serrer huit ou dix mains avant d'arriver à sa voiture, dans laquelle il fit monter Lucien.

« Tirez-vous de cette affaire aussi bien que de celle de Kortis, dit-il à Lucien qu'il voulut absolument conduire place de la Madeleine, et je dirai au roi que l'Administration n'a aucun sujet qui vous soit supérieur. Et vous n'avez pas vingt-cinq ans! Vous pouvez aller à tout. Je ne vois que deux obstacles : aurez-vous le courage de parler devant quatre cents députés, dont trois cents imbéciles ? Saurez-vous vous garantir du premier mouvement, qui chez vous est terrible ? Surtout, tenez-vous ceci pour dit et dites-le aux préfets : n'en appelez jamais à ces sentiments prétendus généreux et qui tiennent de trop près à l'insubordination des peuples.

— Ah! dit Lucien avec douleur.

— Qu'est-ce ?

— Ceci n'est pas flatteur.

— Rappelez-vous que votre Napoléon n'en voulut pas, même en 1814, quand l'ennemi avait passé le Rhin [393].

— Pourrai-je emmener M. Coffe, qui a du sang-froid pour deux ?

— Mais je resterai seul !

— Seul avec quatre cent cinquante commis ! Par exemple, M. Desbacs.

— C'est un petit coquin trop malléable qui trahira plus d'un ministre avant d'être conseiller d'État. Je voudrais tâcher de n'être pas un de ces ministres, c'est pourquoi je réclame votre concours malgré vos aspérités. Desbacs, c'est exactement votre opposé... Mais cependant, emmenez qui vous voudrez, même M. Coffe. Pas de Mairobert, à aucun prix. Je vous attends avant une heure et demie. Heureux temps que la jeunesse pour son activité [395] ! »

Et Leuwen monta chez sa mère. On lui donna la calèche de voyage de la maison de banque, qui était toujours prête, et à trois heures du matin il était en route pour le département du Cher [396].

La voiture était encombrée de pamphlets électoraux. Il y en avait partout, et jusque sur l'impériale ; à peine y avait-il place pour Leuwen et Coffe. Ils arrivèrent à Blois à six heures du soir, et s'arrêtèrent pour dîner [397]. Tout à coup, ils entendirent un grand vacarme devant l'auberge.

« C'est quelqu'un qu'on hue, dit Leuwen à Coffe.

— Que le diable les emporte ! » dit celui-ci froidement.

L'hôte entra tout pâle.

« Messieurs, sauvez-vous ; on veut piller votre voiture.

— Et pourquoi ? dit Leuwen.

— Ah ! vous le savez mieux que moi !

— Comment ? » dit Leuwen furieux. Et il sortit vivement du salon, qui était au rez-de-chaussée. Il fut accueilli par des cris assourdissants :

« A bas l'espion, à bas le commissaire de police ! »

Rouge comme un coq, il prit sur lui de ne pas répondre, et voulut s'approcher de sa voiture. La foule s'écarta un peu. Comme il ouvrait la portière, une énorme pelletée de boue tomba sur sa figure, et de là sur sa cravate. Comme il parlait à M. Coffe dans ce moment, la boue entra même dans sa bouche.

Un grand commis aux favoris rouges, qui fumait tranquillement au balcon du premier étage chargé de tous les voyageurs qui se trouvaient dans l'hôtel et qui dominait la scène de fort près, dit en criant au peuple :

« Voyez comme il est sale ; vous avez mis son âme sur sa figure [398*] ! »

Ce propos fut suivi d'un petit silence, et puis accueilli par un éclat de rire général qui se prolongea dans toute la rue avec un bruit assourdissant et dura bien cinq minutes.

Comme Leuwen se retournait vivement vers le balcon et levait les yeux pour chercher à deviner parmi tant de figures riant d'un rire affecté celle de l'insolent qui avait parlé de lui, deux gendarmes au galop arrivèrent sur la foule. Le balcon fut vide en un instant, et la foule se dissipa rapidement par les rues latérales. Leuwen, ivre de colère, voulut rentrer dans la maison pour chercher l'homme qui l'avait si insulté, mais l'hôte avait barricadé toutes les portes, et ce fut en vain que notre héros y donna des coups de poing et de pied. Pendant ces tentatives, il avait derrière lui [le brigadier de gendarmerie].

« Filez rapidement, messieurs, disait ce fonctionnaire d'un ton grossier et riant lui-même de l'état où la boue avait mis le gilet et la cravate de Leuwen. Je n'ai que trois hommes ; ils peuvent revenir avec des pierres. »

On mettait les chevaux en toute hâte. Leuwen était fou à force de colère et parlait à Coffe qui ne répondait pas et tâchait, à l'aide du grand couteau du cuisinier, d'ôter le plus gros de la boue fétide dont les manches de son habit étaient couvertes.

« Il faut que je retrouve l'homme qui m'a insulté, répétait Leuwen pour la cinq ou sixième fois.

— Dans le métier que nous faisons, vous et moi, répondit enfin Coffe d'un fort grand sang-froid, il faut secouer les oreilles et aller en avant. »

L'hôte survint. Il était sorti de son auberge par une porte de derrière, et ne put ou ne voulut répondre à Leuwen qui demandait le nom du grand jeune homme qui l'avait insulté.

« Payez-moi, monsieur, cela vaudra mieux. C'est quarante-deux francs.

— Vous vous moquez de moi ! Un dîner pour deux, quarante-deux francs ?

— Je vous conseille de filer, dit le brigadier. Ils vont revenir avec des tronçons de choux. »

Et Leuwen remarqua que l'hôte remerciait le brigadier du coin de l'œil.

« Mais comment avez-vous l'audace ?... dit Lucien.

— Monsieur, allons chez le juge de paix si vous vous croyez lésé », dit l'hôte avec l'assurance insolente d'un homme de cette classe. Tous les voyageurs de mon hôtel ont été effrayés. Il y a un Anglais et sa femme qui ont loué la moitié du premier pour deux mois, il m'a déclaré que je recevais chez moi des... »

L'hôte s'arrêta tout court.

« Des quoi ? dit Leuwen pâle de colère et courant à la voiture pour prendre son sabre.

— Enfin, monsieur, vous m'entendez, dit l'hôte. Et l'Anglais m'a menacé de déloger.

— Délogeons, dit Coffe, voici le peuple qui revient. »

Il jeta quarante-deux francs à l'hôte, et l'on partit.

« Je vous attendrai hors de la ville, dit-il au brigadier ; je vous ordonne de venir m'y joindre.

— Ah ! j'entends, dit le brigadier souriant avec mépris, monsieur le commissaire a peur.

— Je vous ordonne de prendre une autre rue que moi et de m'attendre en dehors de la porte. Et, dit-il au postillon, vous traverserez la foule au pas. »

La foule commençait à paraître au bout de la rue. Arrivé à

vingt pas de la foule, le postillon prit le galop, malgré les cris de Leuwen. La boue et les tronçons de choux volaient de tous côtés dans la calèche. Malgré le brouhaha épouvantable, ces messieurs eurent le plaisir d'entendre les plus sales injures.

En approchant de la porte, il fallut mettre les chevaux au trot à cause du pont fort étroit. Il y avait huit ou dix criards sous la porte même, qui était double.

« A l'eau ! A l'eau ! criaient-ils.

— Ah ! c'est le lieutenant Leuwen, dit un homme en capote verte déchirée, apparemment lancier congédié.

— A l'eau, Leuwen ! A l'eau, Leuwen ! » cria-t-on à l'instant. On criait à deux pas de la calèche sous la porte, et les cris redoublèrent dès que la calèche fut à six pas en dehors. A deux cents pas plus loin, tout était calme. Le brigadier arriva bientôt.

« Je vous félicite, messieurs, dit-il aux voyageurs ; vous l'avez échappé belle. »

Son air goguenard acheva de mettre Leuwen hors de lui. Il lui ordonna de lire son passeport, et ensuite :

« Quelle peut être la cause de tout ceci ? lui dit-il.

— Eh ! monsieur, vous le savez mieux que moi. Vous êtes le commissaire de police qui vient pour les élections. Vos papiers imprimés, que vous aviez mis sur l'impériale de votre calèche, sont tombés en entrant en ville, vis-à-vis le café Ramblin, c'est le café *National*. On les a lus, on vous a reconnus, et, ma foi, il est bien heureux qu'ils n'aient pas eu de pierres. »

M. Coffe monta tranquillement sur le siège de devant de la calèche.

« En effet, il n'y a plus rien, dit-il à Leuwen en regardant sur l'impériale.

— Ce paquet perdu était-il pour le Cher[399] ou pour M. Mairobert ?

— Contre M. Mairobert, dit Coffe ; c'est le pamphlet de Torpet. »

La figure du gendarme pendant ce court dialogue désolait Leuwen. Il lui donna vingt francs et le congédia. Le brigadier fit mille remerciements.

« Messieurs, dit-il, les Blésois[400] ont la tête chaude, les messieurs comme vous autres ne traversent ordinairement la ville que de nuit.

— F...-moi le camp! lui dit Leuwen. Et toi, marche au galop, dit-il au postillon.

— Eh! n'ayez pas tant de peur, répondit celui-ci en ricanant; il n'y a personne sur la route. »

Au bout de cinq minutes de galop:

« Eh! bien, Coffe? dit Leuwen à son compagnon en se tournant vers lui.

— Eh! bien, répondit Coffe froidement, le ministre vous donne le bras au sortir de l'Opéra; les maîtres des requêtes, les préfets en congé, les députés à entrepôts de tabac [401]* envient votre fortune. Ceci est la contrepartie. C'est tout simple.

— Votre sang-froid me ferait devenir fou, dit Leuwen, ivre de colère. Ces indignités, ce propos atroce: « Son âme est sur sa figure », cette boue!

— Cette boue, c'est pour nous la noble poussière du champ d'honneur. Cette huée publique vous comptera, ce sont les actions d'éclat dans la carrière que vous avez prise, et où ma pauvreté et ma reconnaissance me portent à vous suivre.

— C'est-à-dire que si vous aviez 1 200 francs de rente vous ne seriez pas ici.

— Si j'avais 300 francs de rente seulement, je ne servirais pas le ministère, qui retient des milliers de pauvres diables dans les horribles cachots du Mont-Saint-Michel et de Clairvaux. »

Un profond silence suivit cette réponse trop sincère, et ce silence dura pendant trois lieues. A six cents pas d'un village dont on apercevait le clocher pointu s'élever derrière une colline nue et sans arbres, Leuwen fit arrêter.

« Il y aura vingt francs pour vous, dit-il au postillon, si vous ne dites rien de l'émeute.

— A la bonne heure! Vingt francs, c'est bon, je vous remercie. Mais, not' maître, votre figure si pâle de la venette que vous venez d'avoir, mais votre belle calèche anglaise couverte de boue, ça va sembler drôle, on jasera; ce ne sera pourtant pas moi qui aurai parlé.

— Dites que nous avons versé, et aux gens de la poste

qu'il y a vingt francs pour eux s'ils attellent en trois minutes.
Dites que nous sommes des négociants courant pour une
banqueroute.

« Et être obligés de nous cacher! dit Leuwen à Coffe.

— Voulez-vous être reconnu, ou n'être pas reconnu?

— Je voudrais être à cent pieds sous terre, ou avoir votre
impassibilité. »

Leuwen ne dit mot pendant qu'on attelait, il était immobile au fond de la calèche, la main sur ses pistolets, apparemment mourant de colère et de honte [402].

Quand ils furent à cinq cents pas du relais:

« Que me conseillez-vous, Coffe? dit-il les larmes aux
yeux en se tournant vers son taciturne compagnon. Je veux
envoyer ma démission de tout et vous céder la mission, ou si
cela vous contrarie, je manderai M. Desbacs. Moi, j'attendrai huit jours et viendrai chercher l'insolent [403].

— Je vous conseille, dit froidement M. Coffe, de faire
laver votre calèche à la première poste, de continuer comme
si de rien n'était, et de ne dire jamais un mot de cette
aventure à qui que ce soit, car tout le monde rirait.

— Quoi! dit Leuwen, vous voulez que je supporte toute
ma vie cette idée d'avoir été insulté impunément?

— Si vous avez la peau si tendre au mépris, pourquoi
quitter Paris [404]?

— Quel quart d'heure nous avons passé à la porte de cet
hôtel! Ce sera comme un fer rouge qui me brûlera toute ma
vie.

— Ce qui rendait l'aventure piquante, dit M. Coffe, c'est
qu'il n'y avait pas le moindre danger, et nous avions tout le
loisir de goûter le mépris. La rue était pleine de boue, mais
parfaitement pavée, pas une seule pierre de disponible. C'est
la première fois que j'ai senti le mépris. Quand j'ai été arrêté
pour Sainte-Pélagie, trois ou quatre personnes seulement
s'en sont aperçues, comme je montais en fiacre, un peu aidé,
et l'une a dit avec beaucoup de pitié et de bonté: *Le pauvre
diable!* »

Leuwen ne répondait pas. Coffe continua à penser tout
haut avec une cruelle franchise.

« Ici, c'était le mépris tout pur. Cela m'a fait penser au
mot célèbre: on avale le mépris, mais on ne le mâche pas. »

Ce sang-froid rendait Leuwen fou ; s'il n'eût été retenu par l'idée de sa mère, il eût déserté actuellement sur la grande route, se serait fait conduire à Rochefort, et de là il était facile de s'embarquer pour l'Amérique, et sous un nom supposé.

« Au bout de deux ans, je puis revenir à Blois et donner des soufflets au jeune homme le plus marquant de la ville. »

Cette tentation le dominait trop, il avait besoin de parler.

« Mon ami, dit-il à Coffe, je compte que vous ne rirez avec personne de mes angoisses.

— Vous m'avez tiré de Sainte-Pélagie où j'aurais dû faire mes cinq ans [405] ; et il y a plusieurs années que nous sommes liés.

— Eh ! bien, mon cœur est faible, j'ai besoin de parler, je parlerai si vous me promettez une discrétion éternelle.

— Je le promets. »

Leuwen expliqua tout son projet de désertion, et finit par pleurer à chaudes larmes.

« J'ai mal conduit toute ma vie, répéta-t-il plusieurs fois ; je suis dans un bourbier sans issue.

— Soit, mais quelque raison que vous ayez, vous ne pouvez pas déserter au milieu de la bataille, comme les Saxons à Leipzig ; cela n'est pas beau, et vous donnerait des remords par la suite, du moins je le crains. Tâchez d'oublier, et surtout pas un mot à M. de Riquebourg, le préfet de Champagnier [406]. »

Après cette belle consolation, il s'établit un silence de deux heures. On avait à faire une poste de six lieues, il faisait froid, il pleuvait un peu, il fallut fermer la calèche. La nuit tombait, le pays qu'on traversait était stérile et plat, pas un arbre. Pendant cette éternelle poste de six lieues, la nuit se fit tout à fait, l'obscurité devint profonde. Coffe voyait Leuwen changer de position toutes les cinq minutes [407].

« Il se tord comme saint Laurent sur le gril... Il est fâcheux qu'il ne trouve pas de lui-même un remède à sa position... L'homme dans cet état n'est pas poli, se dit Coffe un quart d'heure après... Cependant, ajouta-t-il après un nouveau quart d'heure de réflexions et déductions mathématiques, je lui dois de m'avoir tiré de cette chambre de Sainte-Pélagie, grande à peu près comme cette calèche... Exposons-nous au

coup de boutoir de la bête fauve. Il n'a pas été régulièrement
poli avec moi dans le dialogue qui a précédé. Toutefois,
subissons l'ennui de parler, et à un homme malheureux
encore, et, qui pis est, à un beau fils de Paris malheureux par
sa faute, malheureux avec de la santé, de l'argent et de la
jeunesse à revendre. Quel sot! Comme je le haïrais!... mais
il m'a tiré de Sainte-Pélagie. A l'école, quel présomptueux,
et surtout quel bavard: parler, parler, toujours parler!...
Mais cependant, il faut l'avouer, et cela fait un *fameux point
pour lui,* pas le moindre mot inconvenant quand il a eu le
caprice de me tirer de Sainte-Pélagie... Oui, mais pour me
faire apprenti bourreau... Le bourreau est plus estimable...
C'est par pur enfantillage, par suite de leur sottise ordinaire,
que les hommes l'ont pris en grippe. Il remplit un devoir...,
un devoir nécessaire..., indispensable... Et nous! nous qui
sommes sur la route de tous les honneurs que peut distribuer
la société, nous voilà en route pour faire une infamie..., une
infamie *nuisible.* Le peuple, qui se trompe si souvent, par
hasard a eu toute raison cette fois. Dans cette brillante
calèche anglaise si cossue, il découvre deux infâmes... et
nous dit : « Vous êtes des infâmes! » Bien dit, pensa Coffe en
riant. Le peuple n'a pas dit à Leuwen : « Tu es un infâme »,
mais il a dit à nous deux : « Vous êtes des infâmes. »

Et Coffe pesait ce mot-là pour soi-même. A cet instant,
Leuwen soupira à demi-haut.

« Le voilà qui souffre de son absurdité : il prétend réunir
les profits du ministériel avec la susceptibilité délicate de
l'homme d'honneur. Quoi de plus sot! Eh! mon ami, avec
l'habit brodé prenez la peau dure aux outrages... Cependant,
l'on peut dire à sa décharge qu'il n'y a peut-être pas un de
ces coquins d'agents du ministre qui souffre par ce mécanisme. Cela fait son éloge... Les autres savent bien à quelles
missions ils s'exposent en demandant des places... Il serait
bien qu'il trouvât le remède tout seul... L'orgueil, la joie de
la découverte diminueraient la douleur que fait le tranchant
acéré du conseil en pénétrant dans le cœur... Mais ça est
riche, ça est gâté par toutes les joies d'une belle position...
Jamais il n'accouchera tout seul du remède, si toutefois il y
en a un. Car du diable si je connais le fond de sa position...
C'est toujours là qu'est le diable... Ce faquin de ministre le

traite avec une distinction étonnante ; peut-être que le ministre a une fille, légitime ou bâtarde, dont il prétend l'embâ-
ter... Peut-être que Leuwen a de l'ambition, ce doit être un
homme à préfecture, à croix..., un ruban rouge sur un frac
bien neuf... et se promener, le jarret tendu, sous la promenade des tilleuls de l'endroit !

— Ah ! mon Dieu ! dit Leuwen à voix basse.

— Le voilà sur la route du mépris public..., comme dans
mes premiers jours de Sainte-Pélagie, quand je pensais que
les voisins de mon magasin pouvaient me croire un banque-
routier frauduleux... »

Le souvenir de cette vive douleur fut assez puissant pour
porter M. Coffe à parler.

« Nous ne serons pas en ville avant onze heures ; voulez-
vous débarquer à l'auberge ou chez le préfet ?

— S'il est debout, voyons le préfet. »

Leuwen avait la faiblesse de penser tout haut devant
Coffe : il avait toute honte bue, puisqu'il avait pleuré. Il
ajouta :

« Je ne puis être plus contrarié que je ne le suis. Jetons la
dernière ancre de salut qui reste au misérable, faisons notre
devoir.

— Vous avez raison, dit froidement Coffe. Dans l'extré-
mité du malheur, et surtout du pire des malheurs, de celui qui
a pour cause le mépris de soi-même, faire son devoir et agir
est en effet la seule ressource [408]. *Experto crede Roberto* : je
n'ai pas passé ma vie sur des roses. Si vous m'en croyez,
vous secouerez les oreilles et tâcherez d'oublier l'algarade de
Blois. Vous êtes bien loin encore du comble des malheurs :
vous n'avez pas lieu de vous mépriser vous-même. Le juge
le plus sévère ne pourrait voir que de l'imprudence dans
votre fait. Vous avez jugé la vie d'un *ministériel* par ce qu'on
voit à Paris, où ils ont le monopole de tous les agréments que
peut donner la vie sociale. Ce n'est qu'en province que le
ministériel voit le mépris que lui accorde si libéralement la
grande majorité des Français. Vous n'avez pas la peau assez
dure pour ne pas sentir le mépris public. Mais on s'y accou-
tume, on n'a qu'à mettre sa vanité ailleurs. Voyez M. de
N... [410]. On peut même observer à l'égard de cet homme
célèbre que quand le mépris est devenu lieu commun, il n'y a

plus que les sots qui l'expriment. Or, les sots, parmi nous,
gâtent jusqu'au mépris.

— Voilà une drôle de consolation que vous me donnez là,
dit Leuwen assez brusquement.

— C'est, ce me semble, la seule dont vous soyez capable.
Il faut d'abord dire la vérité quand on entreprend la tâche
ingrate de consoler un homme de courage. Je suis un chirurgien cruel en apparence, je sonde la plaie jusqu'au fond,
mais je puis guérir. Vous souvient-il que le cardinal de Retz,
qui avait le cœur si haut, l'homme de France auquel on a vu
peut-être le plus de courage, un homme comparable aux
anciens, ayant donné d'impatience un coup de pied au cul à
son écuyer qui faisait quelque sottise pommée, fut accablé de
coups de canne et rossé d'importance par cet homme, qui se
trouva beaucoup plus fort que lui [411]? Eh! bien, cela est plus
piquant que de recevoir de la boue d'une populace qui vous
croit l'auteur de l'abominable pamphlet que vous portez en
Normandie. A le bien prendre, c'est à l'insolence si provo-
cante de ce fat de Torpet qu'on a jeté de la boue. Si vous
étiez Anglais, cet accident vous eût trouvé presque insensible. Lord Wellington l'a éprouvé trois ou quatre fois en sa
vie.

— Ah! les Anglais ne sont pas des juges fins et délicats
en fait d'honneur, comme les Français. L'ouvrier anglais
n'est qu'une machine; le nôtre ne fait pas si bien sa tête
d'épingle [412]*, mais c'est souvent une sorte de philosophe, et
son mépris est affreux à supporter.»

Leuwen continua quelque temps de parler avec toute la
faiblesse de l'homme réduit au dernier degré du malheur.
Coffe lui prit la main, et Leuwen pleura pour la seconde fois.

«Et ce lancier qui m'a reconnu? On a crié: A bas Leuwen!

— Ce soldat a appris au peuple de Blois le nom de
l'auteur de l'infâme pamphlet de Torpet.

— Mais comment sortir de la boue où je suis plongé au
moral comme au physique? s'écria Leuwen avec la dernière
amertume [413]. Encore enfant continua-t-il un instant après,
j'ai fait ce que j'ai pu pour être utile et estimable. J'ai
travaillé dix heures par jour pendant trois ans pour entrer à
l'École polytechnique; vous avez été reçu avec le numéro 4,

et moi avec le numéro 7. A l'école surcroît de travail, impossibilité de distraction. Indignés par une action infâme du gouvernement, nous paraissons dans la rue...

— Faute de calcul ridicule, surtout chez des mathématiciens : nous étions deux cent cinquante jeunes gens, le gouvernement nous a opposé 12 000 paysans incapables du moindre raisonnement et que cette chaleur de sang qui anime tous les Français à l'aspect du danger font excellents soldats. Nous sommes tombés dans la même erreur que ces pauvres seigneurs russes [414]* en 1826 [415]... »

Le taciturne Coffe bavardait pour distraire Leuwen, mais Coffe s'aperçut que Leuwen ne l'écoutait plus.

« Indigné d'être oisif et peu estimable, j'ai pris l'état militaire. Je l'ai quitté pour une raison particulière ; mais je l'aurais quitté tôt ou tard, pour n'être pas exposé à sabrer des ouvriers. Voulez-vous que je devienne un héros de la rue Transnonain ? Cela est pardonnable à un soldat qui voit dans les habitants de cette maison un Russe qui défend une batterie ennemie ; mais moi, officier, qui comprends ?

— Eh ! bien, cela est bien pis que de recevoir de la boue à Blois de gens que leur préfet, M. de Nomtour, a dupés de la façon la plus irritante lors d'une élection partielle [416]*, il y a un an. Vous vous rappelez qu'il a placé sur le pont de la Loire des gendarmes qui ont demandé leur passeport aux habitants du faubourg qui venaient voter en ville ; et comme aucun n'avait de passeport, on les a empêchés de passer [417]. Convenez que ces gens-là, trouvant l'occasion de se venger de M. de Nomtour en votre personne, ont bien fait.

— Ainsi, le métier de soldat conduit à une action comme celle de la rue Transnonain. Faut-il que le malheureux officier qui attendait l'époque de la guerre dans un régiment donne sa démission au milieu des balles d'une émeute ?

— Non, parbleu, et vous avez bien fait de quitter.

— Me voici dans l'administration. Vous savez que je travaille en conscience de neuf heures du matin à quatre. J'expédie bien vingt affaires, et souvent importantes. Si à dîner je crains d'avoir oublié quelque chose d'urgent, au lieu de rester auprès du feu avec ma mère je reviens au bureau, où je me fais maudire par le commis de garde, qui ne m'attend pas à cette heure-là. Pour ne pas faire de la peine à mon père, et aussi un peu par la peur que j'ai de discuter avec lui, je me suis laissé entraîner dans cette exécrable mission. Me voilà occupé à calomnier un honnête homme, M. Mairobert, avec tous les moyens dont un gouvernement dispose ; je suis couvert de boue, et on me crie que mon âme est sur ma figure ! Ah ! »

Et Leuwen se tordait en allongeant les jambes dans la calèche.

« Que devenir ? manger le bien gagné par mon père, ne rien faire, n'être bon à rien ! Attendre ainsi la vieillesse en me méprisant moi-même, et m'écriant : « Que je suis heureux d'avoir un père qui valut mieux que moi ! » Que faire ? Quel état prendre ?

— Quand on a le malheur de vivre sous un gouvernement fripon et le second malheur, fort grand à mon sens, de raisonner trop juste et de voir la vérité, on s'aperçoit que sous un gouvernement tel que le nôtre, pourri par essence, et plus que les Bourbons et Napoléon, car il trahit constamment son premier serment, l'agriculture et le commerce sont les seuls métiers indépendants. Je me suis dit : l'agriculture me jette au milieu des champs, à cinquante lieues de Paris, parmi nos paysans qui sont encore des bêtes brutes. J'ai préféré le commerce. Il est vrai que dans le commerce il faut supporter et partager certains usages sordides et affreux, par manque de la plus vulgaire générosité, établis par la barbarie du XVIIe siècle et soutenus aujourd'hui par les gens âgés, avares et tristes, qui sont le fléau du commerce. Ces usages sont comme les cruautés du Moyen Age, qui n'étaient pas cruautés de leur temps, et ne sont devenues telles que par les progrès de l'humanité. Mais enfin, ces usages sordides, dût-on finir par les trouver naturels, valent mieux que d'égorger des bourgeois tranquilles rue Transnonain, ou, ce qui est pire et plus bas encore, justifier de telles choses dans les pamphlets que nous colportons.

— Je devrai donc changer une troisième fois d'état !

— Vous avez un mois pour songer à cela. Mais déserter au milieu du combat ou vous embarquer à Rochefort, comme vous en avez l'idée, vous donne aux yeux de la société une teinte de folie pusillanime dont vous ne pourrez jamais vous laver. Or, aurez-vous bien le caractère de mépriser le jugement de la société au milieu de laquelle vous êtes né ? Lord Byron n'a pas eu cette force, le cardinal de Retz lui-même ne l'a pas eue, Napoléon, qui se croyait noble, a frémi devant l'opinion du faubourg Saint-Germain. Un faux pas, dans la situation où vous vous trouvez, vous conduit au suicide. Songez à ce que vous me disiez, il y a un mois, de la haine adroite du ministre des Affaires étrangères à la tête de ses quarante espions de bonne compagnie. »

Après avoir fait l'effort de parler aussi longtemps, Coffe se tut, et quelques minutes après on arriva à la ville chef-lieu du département du Cher [418].

CHAPITRE XLIX [419]

Le préfet, M. de Riquebourg, les reçut en bonnet de coton, mangeant une omelette, seul dans son cabinet, sur une petite table ronde. Il appela sa cuisinière Marion, avec laquelle il discuta fort posément sur ce qui restait dans le garde-manger et sur ce qui pourrait être le plus tôt prêt pour le souper de ces messieurs [421].

« Ils ont dix-neuf lieues [422] dans le ventre », dit-il à cette cuisinière, faisant allusion à la distance parcourue par les voyageurs depuis leur dîner à Blois.

La cuisinière partie :

« C'est moi, messieurs, qui compte avec ma cuisinière ; par ce moyen, ma femme n'a que l'embarras des bambins, et moi, en laissant bavarder cette fille, je sais tout ce qui se passe chez moi ; ma conversation, messieurs, est toute dévouée à ma police, et bien m'en prend, car je suis environné d'ennemis. Vous n'avez pas d'idée, messieurs, des frais que je fais. Par exemple, j'ai un perruquier libéral pour moi, et le coiffeur des dames légitimistes pour ma femme. Vous comprenez, messieurs, que je pourrais fort bien me faire la barbe. J'ai deux petits procès que j'entretiens uniquement pour donner occasion de venir à la préfecture au procureur, M. Clapier, l'un des libéraux les plus matois du pays, et à l'avocat, M. Le Beau, personnage éloquent, modéré et pieux, comme les grands propriétaires qu'il sert. Ma place, messieurs, ne tient qu'à un fil ; si je ne suis pas un peu protégé par Son Excellence, je suis le plus malheureux des hommes. J'ai pour ennemi, en première ligne, M. l'évêque ; c'est le plus dangereux. Il n'est pas sans relations avec quelqu'un qui approche de bien près l'oreille de S. M. la reine, et les lettres de Mgr l'évêque ne passent point par la poste. La noblesse dédaigne de venir dans mon salon et me harcèle avec son Henri V et son suffrage universel. J'ai enfin ces malheureux républicains, ils ne sont qu'une poignée et font du bruit comme mille. Le croiriez-vous messieurs ? les fils des familles les plus riches, à mesure qu'ils arrivent à dix-huit ans n'ont pas de honte d'être de ce parti. Dernièrement, pour payer l'amende de 1 000 francs à laquelle j'ai fait condamner le journal insolent qui avait semblé approuver le charivari donné à notre digne substitut du procureur général, les jeunes gens nobles ont donné soixante-sept francs, et les jeunes gens non nobles quatre-vingt-neuf francs. Cela n'est-il pas horrible ! Nous qui garantissons leurs propriétés de la République !

— Et les ouvriers ? dit Coffe.

— Cinquante-trois francs, monsieur, cela fait horreur ! Et cinquante-trois francs tout en sous ! La plus forte contribution parmi ces gens-là a été six sous ; et, messieurs, c'est le cordonnier de mes filles qui a eu le front de donner ces six sous.

— J'espère que vous ne l'employez plus », dit Coffe en fixant son œil scrutateur sur le pauvre préfet. Celui-ci eut l'air très embarrassé, car il n'osait mentir, redoutant la contre-police de ces messieurs.

« Je serai franc, dit-il enfin, la franchise est la base de mon caractère. Barthélemy est le seul cordonnier pour femmes de la ville. Les autres chaussent les femmes du peuple... et mes filles n'ont jamais voulu consentir... Mais je lui ai fait une bonne semonce. »

Excédé de tous ces détails, à minuit moins un quart Leuwen dit assez brusquement à M. de Riquebourg :

« Vous plairait-il, monsieur, lire cette lettre de M. le ministre de l'Intérieur ? »

Le préfet la lut deux fois très posément. Les deux jeunes voyageurs se regardaient.

« C'est une grande diable de chose que ces élections, dit le préfet après avoir lu, et qui depuis trois semaines m'empêche de dormir la nuit, moi qui, grâce à Dieu, en temps ordinaire n'entends pas tomber ma dernière pantoufle. Si, entraîné par mon zèle pour le gouvernement du roi, je me laisse aller à quelque mesure un peu trop acerbe envers mes administrés, je perds la paix de l'âme. Au moment où je cherche le sommeil, un remords, ou du moins une discussion pénible avec moi-même pour décider si je n'ai point encouru le remords vient chasser le sommeil. Vous ne connaissez point encore cela, monsieur le commissaire. (C'était le nom dont le bon M. de Riquebourg affublait Leuwen ; pour lui faire honneur, il le traitait de commissaire aux élections [423].) Votre âme est jeune, monsieur, les soucis administratifs n'ont jamais altéré la paix dont elle jouit. Vous ne vous êtes jamais trouvé en opposition directe avec une population. Ah ! monsieur, ce sont des moments bien durs ! L'on se demande ensuite : Ma conduite a-t-elle été parfaitement pure ? Mon dévouement au roi et à la patrie a-t-il été mon seul guide ? — Vous ne connaissez pas ces pénibles incertitudes, monsieur. La vie est couleur de rose pour vous ; en courant la poste, vous vous amusez de la forme bizarre d'un nuage...

— Ah ! monsieur, dit Leuwen oubliant toute prudence, toute convenance, et torturé par sa conscience.

— Votre jeunesse pure et calme n'a pas même l'idée de ces dangers, leur seule mention vous fait horreur ! Et je vous en estime davantage, permettez-moi de vous le dire, mon jeune collaborateur. Ah ! conservez longtemps la paix de l'âme honnête ! Ne vous permettez jamais, en administration, la moindre action, je ne dis pas douteuse aux yeux de l'honneur, mais douteuse à vos propres yeux. Sans la paix de l'âme, monsieur, y a-t-il possibilité de bonheur ? Après une action douteuse aux yeux de l'honneur le plus scrupuleux, il n'y aurait plus de tranquillité pour votre âme. »

Le souper était servi et ces messieurs étaient à table.

« Vous auriez tué le sommeil, comme dit le grand tragique des Anglais dans son *Macbeth*.

— Ah ! infâme ! es-tu fait pour me torturer ? pensait Lucien ; et, quoique mourant de faim, il éprouva une telle contraction du diaphragme qu'il ne put avaler une seule bouchée.

— Mangez donc, monsieur le commissaire, disait le préfet ; imitez M. votre adjoint.

— Secrétaire seulement, monsieur », dit Coffe en continuant à tordre et à avaler comme un loup.

Ce mot jeté avec force parut cruel à Leuwen. Il ne put s'empêcher de regarder Coffe.

« Vous ne voulez donc pas m'aider à porter l'infamie de ma mission ? » disait ce regard.

Coffe ne comprit rien. C'était un homme parfaitement raisonnable, mais nullement délicat ; il méprisait les délicatesses, qu'il confondait avec les prétextes que prennent les gens faibles pour ne pas exécuter ce qui est raisonnable ou de leur devoir.

« Mangez, monsieur le commissaire... »

Coffe, qui comprit cependant que ce malheureux titre choquait Leuwen, dit au préfet :

« Maître des requêtes, s'il vous plaît, monsieur.

— Ah ! maître des requêtes ? dit le préfet étonné. Et c'est toute notre ambition à nous autres, pauvres préfets de province, après avoir fait deux ou trois bonnes élections [424].

— Est-ce naïveté sotte ? est-ce malice ? se disait Leuwen, peu disposé à l'indulgence.

— Mangez, monsieur le maître des requêtes. Si vous ne devez m'accorder que trente-six heures, comme me le dit le ministre dans sa lettre, j'ai à vous dire bien des choses, à vous communiquer bien des détails, à vous soumettre bien des mesures [425], avant après-demain à midi, qui serait l'heure où vous quitteriez cet hôtel. Demain, j'ai le projet de vous prier de recevoir une cinquantaine de personnes, une cinquantaine d'administrateurs douteux ou timides, et d'ennemis non déclarés ou timides aussi. Les sentiments de tous seront stimulés, je n'en doute point, par l'avantage de parler avec un fonctionnaire qui, lui-même, parle au ministre. D'ailleurs, cette audience que vous leur accorderez, et dont toute la ville parlera, sera un engagement solennel pour eux. Parler au ministre, c'est un grand avantage, une belle prérogative, monsieur le maître des requêtes [426]. Que peuvent nos froides dépêches, monsieur, nos dépêches qui, pour être claires, ont besoin d'être longues ? Que peuvent-elles auprès du compte rendu vif et intéressant d'un administrateur qui peut dire : *J'ai vu ?* »

Ces phrases à demi-sottes duraient encore à une heure et demie du matin. Coffe, qui mourait de sommeil, étant allé s'informer des lits, le préfet demanda à Leuwen s'il pouvait parler devant ce secrétaire.

« Certainement, monsieur le préfet. M. Coffe travaille dans le bureau particulier du ministre, et a pour les élections toute la confiance de Son Excellence. »

Au retour de Coffe, M. de Riquebourg se crut obligé de reprendre toutes les considérations qu'il avait déjà exposées à Leuwen, en y ajoutant les noms propres. Mais ces noms, tous également inconnus pour les deux voyageurs, ne faisaient qu'embrouiller à leurs yeux le système d'influence que M. le préfet se proposait d'exercer. Coffe, fort contrarié de ne pouvoir dormir, voulut du moins travailler sérieusement, et avec l'autorisation de M. le maître des requêtes, comme il eut soin de l'exprimer, se mit à presser de questions M. de Riquebourg.

Ce bon préfet, si moral et si soigneux de ne pas se préparer des remords, articula enfin que le département était fort mal disposé, parce que huit pairs de France, dont deux étaient grands propriétaires, avaient fait nommer un nombre considérable de petits fonctionnaires et les couvraient de leur protection.

« Ces gens-là, messieurs, reçoivent mes circulaires, et me répondent des calembredaines. Si vous fussiez arrivés quinze jours plus tôt, nous eussions pu ménager trois ou quatre destitutions salutaires.

— Mais, monsieur, n'avez-vous pas écrit dans ce sens au ministre ? Il est, ce me semble, question de la destitution d'une directrice de la poste aux lettres ?

— Mme Durand, la belle-mère de M. Duchadeau ? Eh ! la pauvre femme ! Elle pense fort mal, il est vrai ; mais cette destitution, si elle arrive à temps, fera peur à deux ou trois fonctionnaires du canton de Tourville, dont l'un est son gendre, et les deux autres ses cousins. Mais ce n'est pas là que sont mes grands besoins ; c'est à Meylan [427], où, comme je viens d'avoir l'honneur de vous le montrer sur ma carte électorale, nous avons une majorité contre nous de vingt-sept voix au moins.

— Mais, monsieur, j'ai dans mon portefeuille les copies de vos lettres. Si je ne me trompe, vous n'avez pas parlé du canton de Meylan au ministre.

— Eh! monsieur le maître des requêtes, comment voulez-vous que j'écrive de telles choses? M. le comte d'Allevard, pair de France, ne voit-il pas votre ministre tous les jours? Ses lettres à son homme d'affaires, le bonhomme Ruflé, notaire, ne sont remplies que des choses qu'il a entendu dire, la veille ou l'avant-veille, par Son Excellence M. le comte de Vaize, quand il a eu l'honneur de dîner avec Elle. Ces dîners sont fréquents, à ce qu'il paraît. On n'écrit point de telles choses, monsieur. Je suis père de famille, demain j'aurai l'honneur de vous présenter Mme de Riquebourg et mes quatre filles. Il faut songer à établir tout cela. Mon fils est sergent au 86e depuis deux ans, il faut le faire sous-lieutenant; et je vous avouerai franchement, monsieur le maître des requêtes, et sous le sceau de la confession, qu'un mot de M. d'Allevard peut me perdre; et M. d'Allevard, qui veut détourner un chemin public qui passe dans son parc, protège tout le monde dans le canton de Meylan. Pour moi, monsieur le maître des requêtes, la simple demi-punition de changer de préfecture serait une ruine; trois mariages que Mme de Riquebourg a ébauchés pour ses filles ne seraient plus possibles. Et mon mobilier est immense. »

Ce ne fut que vers les deux heures du matin que les questions pressantes, et même quelque chose de plus, de l'inflexible Coffe, forcèrent M. le préfet à faire connaître une grande manœuvre à laquelle il renvoyait sans cesse.

« C'est ma seule et unique ressource, messieurs, et si elle est connue, si l'on peut seulement s'en douter douze heures avant l'élection, tout est perdu. Car, messieurs, ce département est un des plus mauvais de France: vingt-sept abonnements au *National,* et huit à la *Tribune!* Mais à vous, messieurs, qui avez l'oreille du ministre, je ne puis rien cacher. Or donc, il faut savoir que je ne lancerai ma manœuvre électorale, je ne mettrai le feu à la mine, que lorsque je verrai la nomination du président à demi décidée; car si cela éclatait trop tôt, deux heures suffiraient pour tout perdre, messieurs: l'élection, comme la position de votre très humble serviteur.

» Nous posons donc que nous portons pour candidat du gouvernement M. Jean-Pierre Blondeau, maître de forges à N..., que nous avons pour rival à chances probables, et

malheureusement plus que probables, M. Malot, ex-chef de
bataillon de l'ex-garde nationale de N... Je dis *ex,* quoi-
qu'elle ne soit que suspendue, mais il fera beau jour quand
elle s'assemblera de nouveau. Donc, messieurs, M. Blondeau [est] ami du gouvernement, car il a une peur du diable
d'une réduction du droit sur les fers étrangers [428]*. Malot est
négociant drapier et en bois de construction et bois de
chauffage ; il a de fortes rentrées à opérer à Nantes. Deux
heures avant le dépouillement du scrutin pour la nomination
du président, un courrier de commerce, *réellement* parti de
Nantes, lui apporte la nouvelle alarmante que deux négociants de Nantes que je connais bien et qui tiennent en leurs
mains une partie de sa fortune, sont sur le point de manquer
et aliènent déjà leurs propriétés à leurs amis moyennant des
actes de vente antidatés. Mon homme perd la tête et part,
cela j'en suis sûr. Il planterait là toutes les élections du
monde...

— Mais comment ferez-vous arriver un courrier réel de
Nantes précisément à point ?

— Par l'excellent Chauveau, le secrétaire général à Nantes, mon ami intime. Il faut savoir que la ligne du télégraphe
de Nantes ne passe qu'à deux lieues d'ici, et Chauveau, qui
sait que mon élection commence le 23, s'attend à un mot de
moi le 23 au soir ou le 24 au matin. Une fois [que] M. Malot
aura la puce à l'oreille pour ses rentrées de Nantes, je me
tiens en grand uniforme dans les environs de la salle des
Ursulines, où se fait l'élection. Malot absent, je n'hésite pas
à adresser la parole aux électeurs paysans, et, ajouta M. de
Riquebourg en baissant extrêmement la voix, si le président
du collège électoral est fonctionnaire public, même libéral,
je lâche à mes électeurs en guêtres [429] des bulletins où j'ai
flanqué en grosses lettres : *Jean-Pierre Blondeau, maître de
forges* [430]*. Je gagnerai bien dix voix de cette façon. Les
électeurs, sachant que Malot est sur le point de faire banqueroute...

— Comment ! banqueroute ? dit Leuwen en fronçant le
sourcil.

— Eh ! monsieur le maître des requêtes, dit M. de Riquebourg d'un air encore plus bénin que de coutume, puis-je
empêcher que les bavards de la ville, exagérant tout, comme

de coutume, ne voient dans la faillite des correspondants de
Malot à Nantes la nécessité pour lui de suspendre ses paiements ici ? Car avec quoi peut-il payer ici, ajouta le préfet en
affermissant son ton, si ce n'est avec l'argent qu'il tire de
Nantes pour les bois qu'il a envoyés ? »

Coffe souriait et avait toutes les peines du monde de ne pas
éclater.

« Cette brèche faite au crédit de M. Malot ne pourrait-elle
point, en alarmant les personnes qui ont des fonds chez lui,
amener une suspension de paiements véritable ?

— Eh ! tant mieux, morbleu ! dit le préfet s'oubliant tout à
fait. Je ne l'aurai pas sur les bras lors de la réélection pour la
garde nationale, si elle a lieu. »

Coffe était aux anges.

« Tant de succès, monsieur, alarmeraient peut-être une
susceptibilité...

— Eh ! monsieur, la République coule à pleins bords. La
digue contre ce torrent qui emporterait nos têtes et incendie-
rait nos maisons [431], c'est le roi monsieur, uniquement le roi.
Il faut fortifier l'autorité et faire la part au feu. Tant pis pour
la maison qu'il faut abattre afin de sauver toutes les autres !
Moi, messieurs, quand l'intérêt du roi parle, ces choses-là
me sont égales comme deux œufs.

— Bravo, M. le préfet, mille fois bravo ! *Sic itur ad
astra*, c'est-à-dire au Conseil d'État.

— Je ne suis pas assez riche, monsieur : 12 000 fr. et
Paris me ruineraient avec ma nombreuse famille. La préfecture de Bordeaux, monsieur, celle de Marseille, de Lyon,
avec de bonnes dépenses secrètes. Lyon, par exemple, doit
être excellentissime. Mais revenons, il se fait tard. Donc, je
pose dix voix au moins, gagnées personnellement par moi.
Mon terrible évêque a un petit grand vicaire, fin matois et
grand amateur de l'*espèce*. S'il convenait à Son Excellence
de faire les fonds, je remettrais vingt-cinq louis à M. Crochard (c'est ce grand vicaire) pour faire des aumônes à de
pauvres prêtres. Vous me direz, monsieur, que donner de
l'argent au parti jésuitique c'est porter des ressources à
l'ennemi. C'est une chose à pondérer sagement. Ces vingt-
cinq louis me donneront une dizaine de voix dont M. Crochard dispose, et plutôt douze que dix.

— Le Crochard prendra votre argent et se moquera de vous, dit Leuwen. La conscience de ses électeurs les aura empêchés de voter au moment décisif.

— Oh! que non! On ne se *moque* pas d'un préfet, dit en ricanant M. de Riquebourg, choqué du mot. Nous avons certain *dossier*, avec neuf lettres originales du sieur Crochard. Il s'agit d'une petite fille du couvent de Saint-Denis-Sambucy. Je lui ai juré que j'avais brûlé ses lettres lors d'un petit service qu'il m'a rendu auprès de son évêque dans l'affaire…, mais le sieur Crochard n'en croit pas un mot.

— Douze voix, ou au moins dix? dit Leuwen.

— Oui, monsieur, dit le préfet étonné.

— Je vous donne ces vingt-cinq louis. »

Il s'approcha de la table et écrivit un bon de 600 francs sur le caissier du ministère.

La mâchoire inférieure de M. de Riquebourg s'abaissa lentement, sa considération pour Leuwen doubla en un instant. Coffe ne put retenir un petit éclat de glotte en voyant la manière dont le bon préfet ajouta :

« Ma foi, monsieur, c'est y aller bon jeu bon argent. Outre mes moyens généraux : circulaires, agents, voyageurs, menaces verbales, etc., etc., dont je ne vous fatiguerai pas, car vous ne me croyez pas assez gauche pour ne pas avoir poussé les choses aussi loin qu'elles peuvent aller, et, monsieur, je puis prouver tout cela par les lettres de l'ennemi arrêtées à la poste, et j'en ai trois au *National,* détaillées comme un procès-verbal et, je vous assure, qui doivent plaire au roi, — outre les moyens généraux, dis-je, outre la disparition de Malot au moment du combat, outre les électeurs jésuites de M. Crochard, j'ai le moyen de séduction en faveur de Blondeau. Cet excellent maître de forges n'a pas inventé la poudre, mais il sait quelquefois suivre un bon conseil, faire des sacrifices à propos. Il a un neveu, avocat à Paris et homme de lettres, qui a fait une pièce à l'Ambigu. Ce neveu n'est point sot, il a reçu mille écus de son oncle pour faire des démarches en faveur du maintien du droit sur les fers. Il a fait des articles de journaux, enfin il dîne au ministère des Finances. Des gens du pays établis à Paris l'ont écrit. Par le premier courrier après le départ de Malot, il m'arrive une lettre de Paris qui m'annonce que M. Blondeau neveu est

nommé secrétaire général du ministère des Finances. Depuis
huit jours, je reçois une pareille lettre par chaque courrier ;
or, dix-sept électeurs libéraux (je suis sûr du chiffre) ont des
intérêts directs au ministère des Finances, et Blondeau leur
déclarera net que si l'on vote contre lui son neveu s'en
ressentira.

» Maintenant, monsieur le maître des requêtes, daignez
rejeter un coup d'œil sur le bordereau des votes :

Électeurs inscrits 613
Présents au collège, au plus 400

Constitutionnels dont je suis sûr 178
Votants pour Malot que je gagnerai personnellement   10
Votes jésuites dirigés en secret par M. Crochard, 12,
   tablons au plus bas 10
      TOTAL 198

Il me manque deux voix, et la nomination de M. Blondeau
neveu, *Aristide Blondeau,* aux Finances me donne au moins
six voix. *Majorité : quatre voix.* Ensuite, monsieur, si vous
m'autorisez, dans un cas extrême, à promettre quatre destitutions (je dis parole d'honneur, appuyée par un dédit de
1 000 francs déposé en mains tierces), je pourrai promettre
au ministre une majorité non de quatre misérables voix, mais
de douze et peut-être de dix-huit voix. J'ai le bonheur que
Blondeau est un imbécile qui de la vie n'a porté ombrage à
personne. Il me répète bien tous les jours que personnellement il a une douzaine de voix, mais rien n'est moins clair.
Mais tout cela, monsieur, est cher, et je ne puis pas, moi,
père de famille, faire la guerre absolument à mes dépens.
Le ministre, par sa dépêche timbrée *particulière* du 5, m'a
ouvert un crédit de 1 200 francs pour mes élections. Sur ce
crédit, j'ai déjà dépensé 1 920 francs. Je pense que Son
Excellence est trop juste pour me laisser ces 720 francs sur
les bras.

— Si vous réussissez, il n'y a pas de doute, dit Leuwen.
En cas contraire, je vous dirai, monsieur, que mes instructions ne parlent pas de cet objet. »

M. de Riquebourg roulait dans ses mains le bon de
600 francs de Leuwen. Tout à coup, il s'aperçut que cette
écriture était la même que celle de la lettre timbrée *particu-*

lière, dont il n'avait raconté qu'une partie à ces messieurs, par discrétion. De ce moment, son respect pour M. le commissaire aux élections fut sans bornes.

« Il n'y a pas deux mois, ajouta M. de Riquebourg, tout rouge d'émotion de parler à un favori du ministre, que Son Excellence a daigné m'écrire une lettre de sa main[432] sur la grande affaire N...

— Le roi y attache la plus haute importance. »

Le préfet ouvrit le secret d'un énorme bureau à cylindre et en tira la lettre du ministre, qu'il lut tout haut, et ensuite il la passa à ces messieurs.

« C'est de la main de Cromier, dit Coffe.

— Quoi ! ce n'est pas Son Excellence ! dit le préfet ébahi. Je me connais en écritures, messieurs ! »

Et comme M. de Riquebourg ne songeait pas à sa voix, elle avait pris un ton aigre et un ton moqueur, entre le reproche et la menace.

« Ton de préfet, pensa Leuwen ; rien ne gâte plus la voix. Les trois quarts des grossièretés de M. de Vaize lui viennent d'avoir, dix ans durant, parlé tout seul au milieu de son salon de préfecture.

— M. de Riquebourg est en effet connaisseur en écritures, dit Coffe, qui n'avait plus envie de dormir et de temps en temps se versait de grands verres de vin blanc de Saumur[433]. Rien ne ressemble plus à la main de *Son Excellence* que celle du petit Cromier[434], surtout quand il cherche la ressemblance[435]. »

Le préfet fit quelques objections ; il était humilié, car la pièce de résistance de sa vanité comme de son espoir d'avancement c'était les lettres de la propre main du ministre. A la fin, il fut convaincu par Coffe, qui était sans pitié pour cet honorable amphitryon depuis qu'il pensait à la banqueroute possible de M. Malot, le drapier marchand de bois. Le préfet resta pétrifié, tenant sa lettre de la main du ministre.

« Quatre heures sonnent, dit Coffe. Si nous prolongeons la séance, nous ne pourrons pas être debout à neuf heures, comme le veut M. le préfet. »

M. de Riquebourg prit le mot *veut* pour un reproche.

« Messieurs, dit-il en se levant et saluant jusqu'à terre, je ferai convoquer pour neuf heures et demie les personnes que je vous prie d'admettre à votre première audience. Et j'entrerai moi-même dans vos chambres à dix heures sonnantes. Jusqu'à ce que vous me voyiez, dormez sur l'une et l'autre oreille. »

Malgré ces messieurs, M. de Riquebourg voulut leur indiquer lui-même leurs deux chambres, qui communiquaient par un petit salon. Il poussa les attentions jusqu'à regarder sous les lits [436].

« Cet homme n'est point sot au fond, dit Coffe à Leuwen quand le préfet les eut enfin laissés : voyez ! »

Et il indiquait une table sur laquelle un poulet froid, du rôti de lièvre, du vin et des fruits étaient disposés avec propreté. Et il se mit à resouper de fort bon appétit.

Les deux voyageurs ne se séparèrent qu'à cinq heures du matin.

« Leuwen a l'air de ne plus songer à l'accident de Blois [437] », se disait Coffe. En effet, Leuwen, comme il convient à un bon employé, était tout occupé de l'élection de M. Blondeau, et avant de se mettre au lit relut le bordereau des votes qu'il s'était fait remettre par M. de Riquebourg.

A dix heures sonnantes, M. de Riquebourg entra dans la chambre de Leuwen, suivi de la fidèle Marion, qui portait un cabaret avec du café au lait, et Marion était elle-même suivie d'un petit jockey qui portait un autre cabaret avec du thé, du beurre et une bouilloire [438].

« L'eau est bien chaude, dit le préfet. Jacques va vous faire du feu. Ne vous pressez nullement. Prenez du thé ou du café. Le déjeuner à la fourchette est indiqué à onze heures, et, à six, dîner de quarante personnes [439]. Votre arrivée fait le meilleur effet. Le général est susceptible comme un sot, l'évêque est furibond et fanatique. Si vous le jugez à propos, ma voiture sera attelée à onze heures et demie, et vous pourrez donner dix minutes à chacun de ces fonctionnaires. Ne vous pressez pas : les quatorze personnes que j'ai réunies pour votre première audience n'attendent que depuis neuf heures et demie...

— Je suis désolé, dit Leuwen.

— Bah ! Bah ! dit le préfet, ce sont des gens à nous, des gens qui mangent au budget. Ils sont faits pour attendre. »

Leuwen avait horreur de tout ce qui peut ressembler à un

manque d'égards. Il s'habilla en courant, et courut recevoir les quatorze fonctionnaires. Il fut atterré de leur pesanteur, de leur bêtise, de leur [air] d'adoration à son égard.

« Je serais le prince royal qu'ils n'auraient pas salué plus bas ! »

Il fut bien étonné quand Coffe lui dit :

« Vous les avez mécontentés, ils vous trouveront de la hauteur.

— De la hauteur ? dit Leuwen étonné.

— Sans doute. Vous avez eu des idées, ils ne vous ont pas compris. Vous avez eu cent fois trop d'esprit pour ces animaux-là. *Vous tendez vos filets trop haut.* Attendez-vous à des figures étranges à déjeuner. Vous allez voir Mlles de Riquebourg. »

La réalité passa toutes les prévisions. Leuwen eut le temps de dire à Coffe :

« Ce sont des grisettes qui viennent de gagner 40 000 francs à la loterie. »

Une d'elles était plus laide que ses sœurs, mais moins fière des grandeurs de sa famille. Elle ressemblait un peu à Théodelinde de Serpierre. Ce souvenir fut tout-puissant sur Leuwen. Dès qu'il s'en fut aperçu, il parla avec intérêt à Mlle Augustine, et Mme de Riquebourg vit sur-le-champ un brillant mariage pour sa fille.

Le préfet rappela à Leuwen la visite au général et à l'évêque. Mme de Riquebourg fit un signe d'impatience méprisant à son mari, et enfin le déjeuner ne finit qu'à une heure, et Leuwen sortit en voiture que quatre ou cinq groupes des amis plus ou moins sûrs du gouvernement l'attendaient déjà, parqués et soigneusement gardés dans différents bureaux de la préfecture.

Coffe n'avait pas voulu suivre son ancien camarade, il comptait courir un peu la ville et s'en faire [une idée], mais il eut à recevoir la visite officielle de M. le secrétaire général [440] et de MM. les commis de la préfecture.

« Je vais aider au débit de l'orviétan », se dit-il. Et, avec son sang-froid inexorable, il sut donner à ces commis une haute idée de la mission qu'il remplissait.

Au bout de dix minutes il les renvoya sèchement, et il s'échappait pour tâcher de voir la ville, quand le préfet, qui

le guettait, le prit au passage et le força d'écouter la lecture
de toutes les lettres adressées par lui au comte de Vaize au
sujet des élections.

« Ce sont des articles de journaux du troisième ordre,
pensait Coffe, indigné. Cela ne serait pas payé douze francs
l'article par notre *Journal de Paris*. La conversation de cet
homme vaut cent fois mieux que sa correspondance. »

Au moment où Coffe se ménageait un prétexte pour
échapper à M. de Riquebourg, Leuwen rentra, suivi du général comte de Beauvoir. C'était un fat de haute taille, à
figure blonde et grasse d'une rare insignifiance, du reste joli
garçon encore, très poli, très élégant, mais qui, à la lettre, ne
comprenait rien de ce qu'on disait devant lui. Les élections
semblaient lui avoir troublé la cervelle, il disait à tout propos : « Cela regarde l'autorité administrative. » Coffe vit par
ses discours qu'il en était encore à deviner l'objet de la
mission de Leuwen, et cependant celui-ci lui avait envoyé la
veille au soir une lettre du ministre on ne peut pas plus
explicite.

Les audiences de l'avant-dîner furent de plus en plus
absurdes. Leuwen, qui avait le tort d'avoir agi le matin avec
trop d'intérêt, était mort de fatigue dès deux heures après
midi, et n'avait pas une idée. Alors, il fut parfaitement
convenable et le préfet prit une grande idée de lui. Aux
quatre ou cinq dernières audiences, qui furent individuelles,
et accordées aux personnages les plus importants, il fut
parfait, et de l'insignifiance la plus convenable. Le préfet
tenait à faire voir par Leuwen M. le grand vicaire Crochard ;
c'était un personnage maigre, une figure de pénitent, et à ses
discours Leuwen le trouva fait à point pour recevoir vingt-
cinq louis et faire agir à sa guise une douzaine d'électeurs
jésuites.

Tout alla bien jusqu'au dîner. A six heures, le salon du
préfet comptait quarante-trois personnages, l'élite de la ville.
La porte s'ouvrit à deux battants, mais M. le préfet fut
consterné en voyant Leuwen paraître sans uniforme. Lui
préfet, le général, les colonels, étaient en grande tenue.
Leuwen, excédé de fatigue et d'ennui, fut placé à la droite de
Mme la préfète [441], ce qui fit faire la mine au général comte
de Beauvoir. On n'avait pas épargné les bûches du gouver-

nement, il faisait une chaleur insupportable, et avant la
moitié du dîner, qui dura sept quarts d'heure, Leuwen craignait de faire une scène et de se trouver mal.

Après dîner, il demanda la permission de faire un tour
dans le jardin de la préfecture ; il fut obligé de dire au préfet,
qui s'attachait à lui et voulait le suivre :

« Je vais donner mes instructions à M. Coffe sur les lettres
qu'il doit me faire signer avant le départ de la poste. Il faut
non seulement prendre de sages mesures, mais encore en
tenir note [442].

— Quelle journée ! » se dirent les deux voyageurs [443].

Il fallut rentrer au bout de vingt minutes et avoir cinq ou
six apartés dans les embrasures des fenêtres du salon de la
préfecture avec des hommes importants, amis du gouvernement, mais qui, sous prétexte de la nullité désespérante de
M. Blondeau, qui à table avait parlé de fer et de la justice de
prohiber les fers anglais, de façon à lasser la patience même
des fonctionnaires d'une ville de province *(sic)*. Plusieurs
amis du gouvernement trouvaient absurde que la *Tribune* en
fût à son cent quatrième procès [444]* et que la prison préventive retînt tant de centaines de pauvres jeunes gens. Ce fut à
combattre cette hérésie dangereuse que Leuwen consacra sa
soirée. Il cita avec assez de brillant dans l'expression les
Grecs du bas-empire qui disputaient sur la lumière *incréée* du
Thabor, tandis que les féroces Osmanlis [445] escaladaient les
murs de Constantinople.

Voyant l'effet qu'avait produit ce trait d'érudition, Leuwen déserta la préfecture et fit un signe à Coffe. Il était dix
heures du soir.

« Voyons un peu la ville », se disaient les pauvres jeunes
gens. Un quart d'heure après, ils cherchaient à démêler
l'architecture d'une église un peu gothique, lorsqu'ils furent
rejoints par M. de Riquebourg.

« Je vous cherchais, messieurs… »

La patience fut sur le point d'échapper à Leuwen.

« Mais, monsieur le préfet, le courrier ne part-il pas à
minuit ?

— Entre minuit et une heure.

— Eh bien, M. Coffe a une mémoire si étonnante que, tel
que vous me voyez, je lui dicte mes dépêches ; il les retient à

merveille, souvent corrige les répétitions et autres petites fautes dans lesquelles je puis tomber. J'ai tant d'affaires ! Vous ne connaissez pas la moitié de mes embarras. »

Par de tels propos et d'autres encore plus ridicules, Leuwen et Coffe eurent toutes les peines du monde à renvoyer M. de Riquebourg à sa préfecture.

Les deux amis rentrèrent à onze heures et firent une lettre de vingt lignes au ministre. Cette lettre, adressée à M. Leuwen père, fut jetée à la poste par Coffe.

Le préfet fut bien étonné quand, à onze heures trois quarts, son huissier vint lui dire que M. le maître des requêtes n'avait pas remis de dépêches pour Paris. Cet étonnement redoubla quand le directeur des postes vint lui dire qu'aucune dépêche adressée au ministre n'avait été jetée à la poste. Ce fait plongea M. le préfet dans les plus graves soucis.

A sept heures, le lendemain matin, le préfet fit demander une audience à Leuwen pour lui présenter le travail des destitutions. M. de Riquebourg en demandait sept, Leuwen eut grand-peine à lui faire réduire ses demandes à quatre.

Pour la première fois le préfet, qui jusque-là avait été humble jusqu'à la servilité, voulut prendre un ton ferme et parla à Leuwen de la responsabilité de lui, Leuwen. A quoi Leuwen répondit avec la dernière impertinence, et il termina par refuser le dîner que le préfet avait fait préparer pour deux heures, un dîner d'amis intimes, il n'y avait que dix-sept personnes. Leuwen alla faire une visite à Mme de Riquebourg et partit à midi précis, comme le portaient les instructions qu'il s'était faites, et sans vouloir permettre au préfet de rentrer en matière.

Heureusement pour les voyageurs, la route traversait une suite de collines, et ils firent deux lieues à pied, au grand scandale du postillon.

Cette effroyable activité de trente-six heures avait placé déjà bien loin le souvenir des huées et de la boue de Blois. La voiture avait été lavée, brossée, etc., à deux reprises. En ouvrant une poche pour prendre l'itinéraire de M. de Vaize, Leuwen la trouva remplie de boue encore humide, et le livre abîmé [446].

Ces messieurs firent un détour de six lieues pour aller voir les ruines de la célèbre abbaye de N... Ils les trouvèrent admirables et ne purent, en véritables élèves de l'École polytechnique, résister à l'envie d'en mesurer quelques parties.

Cette diversion délassa les voyageurs. Le vulgaire et le plat qui avaient encombré leurs cerveaux furent emportés par les discussions sur la convenance de l'art gothique avec la religion, qui promet l'enfer à cinquante et un enfants sur cent qui naissent, etc.

«Rien n'est bête comme votre église de la Madeleine, dont les journaux sont si fiers. Un temple grec, respirant la gaieté et le bonheur, pour abriter les mystères terribles de la religion des épouvantements! Saint-Pierre de Rome lui-même n'est qu'une brillante absurdité; mais en 1500, quand Raphaël et Michel-Ange y travaillaient, Saint-Pierre n'était pas absurde: la religion de Léon X était gaie, lui, pape, plaçait par la main de Raphaël, dans les ornements de sa galerie favorite, les amours du cygne et de Léda répétées vingt fois. Saint-Pierre est devenu absurde depuis le jansénisme de Pascal se reprochant le plaisir d'aimer sa sœur, et depuis que les plaisanteries de Voltaire ont resserré si étroitement le cercle des convenances religieuses.

— Vous traitez trop le ministre en homme d'esprit, dit Coffe. Vous agissez *au mieux de ses intérêts*, comme nous disons dans le commerce. Mais une lettre de vingt lignes ne le satisfait pas. Probablement, il porte toute sa correspondance chez le roi, et, si l'on consulte, tombe sur votre lettre. On trouvera qu'elle serait suffisante si elle était signée

Carnot ou Turenne. Mais, permettez-moi de vous le dire, monsieur le commissaire aux élections, votre nom ne rappelle pas encore une masse énorme d'actions de haute prudence.

— Eh! bien, démontrons cette prudence au ministre. »

Les voyageurs s'arrêtèrent quatre heures dans un bourg et écrivirent plus de quarante pages sur MM. Malot, Blondeau et Riquebourg. La conclusion était que, même sans destitutions, M. Blondeau aurait une majorité de quatre voix à dix-huit. Le moyen décisif inventé par M. de Riquebourg, la faillite à Nantes, la nomination de M. Aristide Blondeau secrétaire général du ministère des Finances, et enfin les vingt-cinq louis de M. le grand vicaire, furent annoncés au ministre par une lettre à part, toute en chiffres, adressée à M..., rue Cherche-Midi, n° 3, dont l'office était de recevoir ces lettres et d'écrire les lettres que Son Excellence voulait faire passer pour être de sa main.

« Nous avons fait maintenant les administrateurs comme on l'entend à Paris », dit Coffe à son compagnon en remontant en voiture. Deux heures après, au milieu de la nuit, ils rencontrèrent le courrier, qu'ils prièrent d'arrêter. Le courrier se fâcha, fit l'insolent, et bientôt demanda pardon à M. le Commissaire extraordinaire quand Coffe, avec son ton sec, eut fait connaître au courrier le nom du personnage qui lui remettait des dépêches. Il fallut faire procès-verbal du tout [448].

Le troisième jour, à midi, nos voyageurs aperçurent à l'horizon les clochers pointus de ***, chef-lieu du département de ..., où l'on redoutait tant l'élection de M. Mairobert.

« Voilà *** », dit Coffe.

La gaieté de Leuwen le quitta aussitôt; et, se tournant vers Coffe avec un grand soupir :

« Je pense tout haut avec vous, mon cher Coffe. J'ai toute honte bue, vous m'avez vu pleurer... Quelle nouvelle infamie vais-je faire ici ?

— Effacez-vous; bornez-vous à seconder les mesures du préfet; travaillez moins sérieusement à la chose.

— Ce fut une faute d'aller loger à la préfecture.

— Sans doute, mais cette faute part du sérieux avec

lequel vous travaillez et de l'ardeur avec laquelle vous marchez au résultat. »

En approchant de ***, les voyageurs remarquèrent beaucoup de gendarmes sur la route, et certains bourgeois, marchant raide, en redingote, et avec de gros bâtons.

« Si je ne me trompe, voici les assommeurs de la Bourse, dit Coffe.

— Mais a-t-on assommé à la Bourse ? N'est-ce pas la *Tribune* qui a inventé cela [449]* ?

— Pour ma part, j'ai reçu cinq ou six coups de bâton, et la chose aurait mal fini, si je ne me fusse trouvé un grand compas avec lequel je fis mine d'éventrer ces messieurs. Leur digne chef, M. N... [450], était à dix pas de là, à une fenêtre de l'entresol, et criait : « Ce petit homme chauve est un agitateur. » Je me sauvai par la rue des Colonnes. »

En arrivant à la porte de ***, on examina pendant dix minutes les passeports des deux voyageurs, et, comme Leuwen se fâchait, un homme d'un certain âge, grand et fort, et badinant avec un énorme bâton, et qui se promenait sous la porte l'envoya faire f..... en termes fort clairs.

« Monsieur, je m'appelle Leuwen, maître des requêtes, et je vous regarde comme un plat. Donnez-moi votre nom, si vous l'osez.

— Je m'appelle *Lustucru,* répondit l'homme au bâton en ricanant et tournant autour de la voiture. Donnez mon nom à votre procureur du roi, monsieur l'homme brave. Si jamais nous nous rencontrons en Suisse, ajouta-t-il à voix basse, vous aurez autant de soufflets et de marques de mépris que vous pouvez désirer pour obtenir de l'avancement de vos chefs.

— Ne prononce jamais le mot honneur, espion déguisé !

— Ma foi, dit Coffe en riant presque, je serais ravi de vous voir un peu bafoué comme je le fus jadis place de la Bourse.

— Au lieu de compas, j'ai des pistolets.

— Vous pouvez tuer impunément ce gendarme déguisé. Il a l'ordre de ne pas se fâcher, et peut-être à Montmirail ou Waterloo il était un brave soldat. Aujourd'hui, nous appartenons au même régiment, continua Coffe avec un rire amer ; ne nous fâchons pas.

— Vous êtes cruel, dit Leuwen.

— Je suis vrai quand on m'interroge, c'est à prendre ou à laisser. »

Les larmes vinrent aux yeux de Leuwen.

La voiture eut la permission d'entrer en ville. En arrivant à l'auberge, Leuwen prit la main de Coffe.

« Je suis un enfant.

— Non pas, vous êtes un heureux du siècle, comme disent les prédicateurs, et vous n'avez jamais eu de besogne désagréable à faire. »

L'hôte mit beaucoup de mystère à les recevoir : il y avait des appartements prêts, et il n'y en avait pas.

Le fait est que l'hôte fit prévenir la préfecture. Les auberges qui redoutaient les vexations des gendarmes et des agents de police avaient ordre de ne point avoir d'appartements pour les partisans de M. Mairobert.

Le préfet, M. Boucaut, donna l'autorisation de loger MM. Leuwen et Coffe. A peine dans leurs chambres, un monsieur très jeune, fort bien mis, mais évidemment armé de pistolets, vint remettre sans mot dire à Leuwen deux exemplaires d'un petit pamphlet in-18, couvert de papier rouge et fort mal imprimé. C'était la collection de tous les articles ultra-libéraux que M. Boucaut de Séranville avait publiés dans le *National*, le *Globe*, le *Courrier*, et autres journaux libéraux de 1829.

« Ce n'est pas mal, disait Leuwen ; il écrit bien.

— Quelle emphase ! Quelle plate imitation de M. de Chateaubriand ! A tous moments, les mots sont détournés de leur sens naturel, de leur acception commune. »

Ces messieurs furent interrompus par un agent de police qui, avec un sourire faux et en faisant force questions, vint leur remettre deux pamphlets in-8°.

« Voilà du luxe ! C'est l'argent des contribuables, dit Coffe. Je parierais que c'est un pamphlet de goût.

— Eh ! parbleu, c'est le nôtre, dit Leuwen, c'est celui que nous avons perdu à Blois ; c'est du Torpet tout pur. »

Et ils se remirent à lire les articles qui faisaient briller autrefois dans le *Globe* le nom de M. Boucaut de Séranville.

« Allons voir ce renégat, dit Leuwen.

— Je ne suis pas d'accord sur les qualités. Il ne croyait

pas plus en 1829 les doctrines libérales qu'aujourd'hui les maximes d'ordre, de paix publique, de stabilité. Sous Napoléon, il se fût fait tuer pour être capitaine. Le seul avantage de l'hypocrisie d'alors sur celle d'aujourd'hui, de 1809 sur celle de 1834, c'est que celle en usage sous Napoléon ne pouvait se passer de la bravoure, qualité qui, en temps de guerre, n'admet guère l'hypocrisie.

— Le but était noble et grand.

— Cela était l'affaire de Napoléon. Appelez un cardinal de Richelieu, au trône de France, et la platitude du Boucaut, le zèle avec lequel il fait déguiser des gendarmes auront peut-être un but utile. Le malheur de ces pauvres préfets, c'est que leur métier actuel n'exige que les qualités d'un procureur de Basse-Normandie.

— Un procureur de Basse-Normandie reçut l'empire, et le vendit à ses compères. »

Ce fut dans ces dispositions hautes et vraiment philosophiques, voyant les Français du XIX⁰ siècle sans haine ni amour et uniquement comme des machines menées par le possesseur du budget, que Leuwen et Coffe entrèrent à la préfecture de *** [451].

Un valet de chambre, vêtu avec un soin rare en province, les introduisit dans un salon fort élégant. Des portraits à l'huile de tous les membres de la famille royale ornaient ce cabinet, qui n'eût pas été déplacé dans une des maisons les plus élégantes de Paris.

« Ce renégat va nous faire attendre ici dix minutes. Vu votre grade, le sien, et ses grandes occupations, c'est la règle.

— J'ai justement apporté le pamphlet in-18 composé de ses articles. S'il nous fait attendre plus de cinq minutes, il me trouvera plongé dans la lecture de ses ouvrages. »

Ces messieurs se chauffaient près de la cheminée quand Leuwen vit à la pendule que les cinq minutes d'attente sans affectation de la part de l'attendu étaient expirées. Il s'établit dans un fauteuil tournant le dos à la porte, et continua la conversation ayant à la main le pamphlet in-18 couvert de papier rouge.

On entendit un bruit léger, et Leuwen devint tout attention pour son pamphlet. Une porte s'ouvrit, et Coffe, qui tournait le dos à la cheminée et que la rencontre de ces deux fats[453] amusait assez, vit paraître un être exigu, très petit, très mince, fort élégant; il était dès le matin en pantalon noir collant, avec des bas qui dessinaient la jambe la plus grêle peut-être de son département. A la vue du pamphlet, que Leuwen ne remit dans sa poche que quatre ou cinq mortelles secondes après l'entrée de M. de Séranville, la figure de celui-ci prit une couleur de rouge foncé, couleur de vin. Coffe remarqua que les coins de sa bouche se contractaient.

Coffe trouva que le ton de Leuwen était froid, simple, militaire, un peu goguenard.

« Il est singulier, pensa Coffe, combien l'habit militaire a besoin de peu de temps pour s'incruster dans le caractère du Français qui le porte. Voilà ce bon enfant au fond, qui a été soldat, et quel soldat, pendant dix mois, et toute sa vie sa jambe, son bras, diront : je suis militaire. Il n'est pas étonnant que les Gaulois aient été le peuple le plus brave de l'Antiquité. Le plaisir de porter un signe militaire bouleverse ces êtres-là, mais leur inspire avec la dernière force deux ou trois vertus auxquelles ils ne manquent jamais. »

Pendant ces réflexions philosophiques et peut-être légèrement envieuses, car Coffe était pauvre et y pensait souvent, la conversation entre Leuwen et le préfet s'engageait profondément sur les élections.

Le petit préfet parlait lentement et avec une extrême affectation d'élégance. Mais il était évident qu'il se contenait. En parlant de ses adversaires politiques, ses petits yeux brillaient, sa bouche se contractait sur ses dents.

« Ou je me trompe fort, se dit Coffe, ou voilà une mine atroce. Elle est surtout plaisante, ajouta Coffe, quand il prononce le mot *monsieur* dans la demi-phrase *monsieur Mairobert* (qui revenait sans cesse). Il est fort possible que ce soit là un petit fanatique. Il m'a l'air de faire fusiller le Mairobert s'il le tenait à son aise devant une bonne commission militaire comme celle du colonel Caron. Il se peut aussi que la vue du pamphlet rouge ait troublé à fond cette âme *politique*[454]. (Le préfet venait de dire : *Si je suis jamais un homme politique.*) Plaisant fat, pensa Coffe, pour être un *homme politique*. Si le cosaque ne fait pas la conquête de la France, nos hommes politiques seront des Fox ou des Peel, des Tom Jones comme Fox, ou des Blifils comme M. Peel, et M. de Séranville sera tout au plus un grand chambellan ou un grand référendaire de la Chambre des pairs. »

Il était évident que M. de Séranville traitait Leuwen très froidement.

« Il le prend pour un rival, se dit Coffe. Cependant, ce petit fat exigu a bien trente-deux ou trente-trois ans. Le Leuwen n'est, ma foi, pas mal : parfaitement froid avec tendance à une ironie polie de fort bonne compagnie ; et l'attention qu'il donne à ses manières pour les rendre sèches et leur ôter le ton d'enjouement de bonne compagnie n'ôte point l'attention qu'il donne à ses idées.

— Vous conviendrait-il, monsieur le préfet, de me confier le bordereau de vos élections ? »

M. de Séranville hésita évidemment, et enfin dit :

« Je le sais par cœur, mais je ne l'ai pas écrit.

— M. Coffe, mon adjoint dans ma mission... »

Leuwen répéta les qualités de Coffe, parce qu'il lui semblait que M. le préfet lui accordait trop peu de part dans son attention.

« ... M. Coffe aura peut-être un crayon, et, si vous le permettez, notera les chiffres, si vous avez la bonté de nous les confier. »

L'ironie de ces derniers mots ne fut pas perdue pour M. de Séranville. Sa mine fut réellement agitée pendant que Coffe dévissait, avec le sang-froid le plus provocant, l'écritoire du portefeuille en cuir de Russie de M. le maître des requêtes.

« A nous deux, nous mettons ce petit homme sur le gril. Mon affaire à moi est de le retenir le plus longtemps possible dans cette position agréable. »

L'arrangement de l'écritoire, ensuite de la table, prit bien une minute et demie pendant laquelle Leuwen fut de la froideur et du silence les plus parfaits.

« Le fat militaire l'emporte sur le fat civil », se disait Coffe.

Quand il fut enfin commodément arrangé pour écrire :

« S'il vous convient de nous communiquer votre bordereau, nous pouvons en prendre note.

— Certainement, certainement, dit le préfet exigu.

— Répétition vicieuse », pensa l'inexorable Coffe.

Et le préfet dit, mais sans dicter...

« Il y a de l'habitude de diplomate dans cette nuance, se dit
Leuwen. Il est moins bourgeois que le Riquebourg, mais
réussira-t-il aussi bien ? Toute l'attention que cet être-là
donne à la figure qu'il fait dans son salon n'est-elle pas volée
à son métier de préfet, de directeur d'élections ? Cette tête
étroite, ce front si bas, ont-ils assez de cervelle pour qu'il y
en ait à la fois pour la fatuité et pour le métier ? J'en doute.
Videbimus infra. »

Leuwen arriva à se rendre le témoignage qu'il était convenable avec ce petit préfet ergoteur, et qu'il donnait l'attention
nécessaire à la friponnerie dans laquelle il avait accepté un
rôle [455]. Ce fut le premier plaisir que lui donna sa mission, la
première compensation à l'affreuse douleur causée par la
boue de Blois.

Coffe écrivait pendant que le préfet, immobile et les jambes serrées vis-à-vis de Leuwen, disait :

Électeurs inscrits	1 280 [456]
Présents, probablement	900
M. Gonin [457], candidat constitutionnel	400
M. de Mairobert	500

M. le préfet n'ajouta aucun détail sur les nuances qui
formaient ces chiffres totaux : 400 et 500, et Leuwen ne
jugea pas convenable de lui demander de nouveau des détails.

M. de Séranville s'excusa de les loger à la préfecture sur
les ouvriers qu'il avait et qui l'empêchaient d'offrir les pièces les plus convenables. Il n'invita ces messieurs à dîner
que pour le lendemain.

Ces trois messieurs se quittèrent avec une froideur qui ne
pouvait pas être plus grande sans devenir marquée [458].

A peine dans la rue :

« Celui-ci est bien moins ennuyeux que le Riquebourg, dit
Leuwen gaiement à Coffe, car la conscience d'avoir bien
joué son rôle plaçait pour la première fois sur le second plan
l'outrage de Blois [459].

— Et vous avez été infiniment plus homme d'État,
c'est-à-dire insignifiant et donnant dans le lieu commun
élégant et vide.

— Aussi en savons-nous beaucoup moins sur les élections de Caen après une conférence d'une grande heure que sur celles de M. de Riquebourg après un quart d'heure, dès que vous l'eûtes fait sortir de ses maudites généralités par vos questions incisives [460].

» M. de Séranville n'admettrait nulle comparaison avec ce bon bourgeois de Riquebourg, qui dissertait sur les comptes de sa cuisinière. Il est bien plus commode, il n'est nullement ridicule, il est bien plus confit en méfiance et méchanceté, comme dirait mon père [461]. Mais je parie qu'il ne fait pas son affaire aussi bien que M. de Riquebourg.

— C'est un animal qui a infiniment plus d'apparence que le Riquebourg, dit Coffe, mais il est fort possible qu'à l'user il vaille beaucoup moins.

— J'ai bien retrouvé sur sa figure, surtout quand il parle de M. Mairobert, l'âcreté qui fait la seule vie des articles de littérature compris dans le pamphlet rouge.

— Serait-ce un fanatique sombre qui aurait besoin d'agir, de comploter, de faire sentir son pouvoir aux hommes? Il aurait mis ce besoin de venin au service de son ambition, comme jadis il l'employait dans la critique des ouvrages littéraires de ses rivaux.

— Il y a plutôt du sophiste qui aime à parler et à ergoter parce qu'il s'imagine raisonner puissamment. Cet homme serait puissant dans un comité de la Chambre des députés, il serait un Mirabeau pour les notaires de campagne [462]. »

En sortant de l'hôtel de la préfecture, ces messieurs apprirent que le courrier de Paris ne partait que le soir. Ils se mirent à parcourir la ville gaiement. Il était évident que quelque chose d'extraordinaire pressait la démarche ordinairement si désoccupée des bourgeois de province.

« Ces gens-ci n'ont point l'air apathique qui leur est normal, dit Leuwen.

— Vous verrez qu'au bout de trente ou quarante ans d'élections le provincial sera moins bête. »

Il y avait une collection d'antiquités romaines trouvées à Lillebonne. Ces messieurs perdaient leur temps à discuter avec le custode l'antiquité d'une chimère étrusque tellement verdie par le temps que la forme en était presque perdue. Le custode, d'après son bibliothécaire, la faisait âgée de

2 700 ans, quand nos voyageurs furent abordés par un monsieur très poli.

« Ces messieurs voudront-ils bien me pardonner si je leur adresse la parole sans être connu ? Je suis le valet de chambre du général Fari, qui attend ces messieurs depuis une heure à leur auberge et qui les prie d'agréer ses excuses de ce qu'il les fait avertir. Mais le général Fari m'a chargé de dire à ces messieurs ces propres mots : Le temps presse.

— Nous vous suivons, dit Leuwen. Voilà un valet de chambre qui me fait envie.

— Voyons si nous pourrons dire : Tel valet, tel maître. Dans le fait, nous étions un peu enfants d'examiner des antiquités, tandis que nous sommes chargés de construire le présent. Peut-être que dans notre conduite il y avait un peu d'aigreur contre la fatuité administrative du Séranville. Votre fatuité militaire, si vous me permettez le mot, a complètement battu la sienne [463]. »

Ces messieurs trouvèrent la porte de leur auberge suffisamment garnie de gendarmes, et dans leur salon un homme de cinquante ans, à figure rouge ; il avait l'air un peu paysan, mais ses yeux étaient animés et doux, et ses manières ne démentaient pas ce que promettait son regard. C'était le général Fari [464], commandant la division [465*]. Avec des façons un peu communes d'un homme qui avait été simple dragon pendant cinq ans, il était difficile d'avoir plus de véritable politesse et, à ce qu'il paraît, d'entendre mieux les affaires. Coffe fut étonné de le trouver absolument pur de fatuité militaire, ses bras et ses jambes remuaient comme ceux d'un homme d'esprit ordinaire. Son zèle pour faire élire M. Gonin, pamphlétaire employé par le gouvernement, et pour éloigner M. Mairobert n'avait aucune nuance de méchanceté ni même d'animosité. Il parlait de M. Mairobert comme il aurait fait d'un général prussien commandant la ville qu'il assiégeait. Le général Fari parlait avec beaucoup d'égards de tout le monde, et même du préfet ; toutefois, il était évident qu'il n'était point infidèle à la règle qui fait du général l'ennemi naturel et instinctif du préfet qui fait tout dans le pays, tandis que le général n'a à vexer qu'une douzaine d'officiers supérieurs au plus.

A peine le général Fari avait-il reçu la lettre du ministre,

que Leuwen lui avait envoyée en arrivant, qu'il l'avait cherché.

« Mais vous étiez à la préfecture. Je vous l'avouerai,
messieurs, je tremble pour notre élection. Les 500 votants
pour M. Mairobert sont énergiques, pleins de conviction, ils
peuvent faire des prosélytes. Nos 400 votants sont silencieux, tristes. Je trancherai le mot avec vous, messieurs, car
nous sommes au moment de la bataille, et tous les vains
ménagements peuvent compromettre la chose, je trouve nos
bons électeurs honteux de leur rôle. Ce diable de M. Mairobert est le plus honnête homme du monde, riche, obligeant.
Il n'a jamais été en colère qu'une fois dans sa vie, et encore
poussé à bout par le pamphlet noir...

— Quel pamphlet ? dit Leuwen.

— Quoi ! monsieur, M. le préfet ne vous a pas remis un
pamphlet couvert de papier de deuil ?

— Vous m'en donnez la première nouvelle, et je vous
serais vraiment obligé, général, si vous pouvez me le procurer.

— Le voici.

— Comment ! C'est le pamphlet du préfet. N'a-t-il pas eu
ordre par le télégraphe de n'en pas laisser sortir un exemplaire de chez son imprimeur ?

— M. de Séranville a pris sur lui de ne pas obéir à cet
ordre. Ce pamphlet est peut-être un peu dur, il circule depuis
avant-hier, et, je ne puis vous le dissimuler, messieurs, il
produit l'effet le plus déplorable. Du moins, telle est ma
façon de voir les choses [466]. »

Leuwen, qui ne l'avait vu que manuscrit dans le cabinet du
ministre, le parcourait rapidement. Et comme un manuscrit
est toujours obscur, les traits de satire et même de calomnie
contre M. Mairobert lui semblaient cent fois plus forts [467].

« Grand Dieu ! » disait Leuwen en lisant ; et l'accent était
plus celui de l'honnête homme froissé que celui du commissaire aux élections choqué d'une fausse manœuvre.

« Grand Dieu ! dit-il enfin. Et l'élection se'fait après-
demain ! Et M. Mairobert est généralement estimé en ce
pays ! Ceci décidera à agir les honnêtes gens indolents, et
même les timides.

— Je crains bien, dit le général que ce pamphlet ne lui

donne quarante voix de cette espèce. Il n'y a qu'une façon de voir sur son compte. Si le gouvernement du roi ne l'éloignait pas, il aurait toutes les voix moins la sienne et celle de douze ou quinze jésuites [468] enragés.

— Mais au moins il sera avare ? dit Leuwen. On l'accuse ici de gagner ses procès en donnant à dîner aux juges du tribunal de première instance.

— C'est l'homme le plus généreux. Il a des procès, car enfin nous sommes en Normandie, dit le général en souriant ; il les gagne parce que c'est un homme d'un caractère ferme, mais tout le département sait qu'il n'y a pas deux ans il a rendu comme aumône à une veuve la somme qu'elle avait été condamnée à lui payer à la suite d'un procès injuste commencé par son mari. M. Mairobert a mieux de 60 000 livres de rente, et chaque année presque il fait des héritages de douze ou quinze mille livres de rente. Il a sept à huit oncles, tous riches et non mariés. Il n'est point niais comme la plupart des hommes bienfaisants. Il y a peut-être quarante fermiers dans le pays auxquels il double les bénéfices qu'ils font. C'est pour accoutumer, dit-il, les fermiers à tenir des livres comme les commerçants, chose sans laquelle, dit-il, il n'y a point d'agriculture. Le fermier prouve à M. Mairobert que, ses enfants, sa femme et lui entretenus, il a gagné 500 francs cette année ; M. Mairobert lui remet une somme pareille de 500 francs, remboursable sans intérêts dans dix ans.

» A cent petits industriels peut-être il donne la moitié ou le tiers de leurs bénéfices. Comme conseiller de préfecture provisoire, il a mené la préfecture et a tout fait en 1814 pendant la présence des étrangers. Il a tenu tête à un colonel insolent et l'a chassé de la préfecture le pistolet à la main. Enfin, c'est un homme complet.

— M. de Séranville ne m'a pas dit le plus petit mot de tout cela. »

Il parcourut encore quelques phrases du pamphlet.

« Grand Dieu ! ce pamphlet nous perd. Et les bras lui tombèrent. Vous avez bien raison, général, nous sommes au commencement d'une bataille qui peut devenir une déroute. Quoique M. Coffe et moi n'ayons pas l'honneur d'être connus de vous, nous vous demandons une confiance entière pendant les trois jours qui nous restent encore jusqu'au scrutin définitif, qui décidera entre M. Mairobert et le gouvernement. Je puis disposer de cent mille écus, j'ai sept à huit places à donner, je puis demander par le télégraphe autant de destitutions pour le moins. Voici, général, mes instructions particulières, que je me suis faites à moi-même, et que je ne confie qu'à vous. »

Le général Fari les lut lentement et avec une attention marquée [469].

« M. Leuwen, dit-il ensuite, dans ce qui regarde les élections je n'aurai pas de secrets pour vous, comme vous n'en avez pas pour moi. *Il est trop tard.* Si vous fussiez venu il y a deux mois, si M. le préfet avait consenti à écrire moins et à parler davantage, peut-être eussions-nous pu gagner les gens timides. Tout ce qui est riche ici n'apprécie pas convenablement le gouvernement du roi, mais a une peur effroyable de la république. Néron, Caligula, le diable, régnerait, qu'on le soutiendrait par peur de la république, qui ne veut pas nous gouverner selon nos penchants actuels, mais qui prétend nous repétrir, et ce remaniement du caractère français exige des Carrier et des Joseph Le Bon. Nous sommes donc sûrs de 300 voix de gens riches ; nous en aurions 350, mais il faut calculer sur 30 jésuites et sur 15 ou 20 propriétaires, jeunes gens poitrinaires ou vieillards de bonne foi, qui voteront d'après les ordres de M. l'évêque, qui lui-même s'entend avec le comité de Henri V.

» Nous avons dans le département 33 ou 34 républicains décidés. S'il s'agissait de voter entre la monarchie et la république, nous aurions, sur 900 voix, 860 contre 40. Mais on voudrait que la *Tribune* n'en fût pas à son cent quatrième procès, et surtout que le gouvernement du roi n'humiliât pas la nation à l'égard des étrangers. De là les 500 voix qu'espèrent les partisans de M. Mairobert.

» Je pensais, il y a deux mois, que M. Mairobert n'aurait pas plus de 350 à 380 voix inattaquables. Je supposais que dans sa tournée électorale M. le préfet gagnerait 100 voix indécises, surtout dans le canton de R..., qui a le plus pressant besoin d'une grande route débouchant à D... Le préfet n'a aucune influence personnelle. Il parle trop bien et manque de rondeur apparente ; il est incapable de séduire un Bas-Normand par une conversation d'une demi-heure. Il est terrible même avec ses commissaires de police, qui sont pourtant à plat ventre devant lui. L'un d'eux, un misérable digne [du bagne], où peut-être il a été, M. de Saint-..., s'est fâché il y a un mois, et, dans des termes que vous me dispenserez de répéter, a dit son fait au préfet et le lui a prouvé. Voyant bien qu'il n'avait aucune influence personnelle, M. de Séranville s'est jeté dans le système des circulaires et des lettres menaçantes aux maires. Selon moi (à la vérité je n'ai jamais administré, je n'ai que commandé, et je me soumets aux lumières des plus expérimentés), mais enfin, selon moi, M. de Séranville, qui écrit fort bien, a abusé de la lettre administrative. Je connais plus de quarante maires, dont je puis fournir la liste au ministre, que ces menaces continuelles ont *cabrés*.

» Eh! bien, que peut-il arriver après tout? disent-ils. Il *ratera* son élection. Eh! bien, tant mieux : il sera déplacé et nous en serons délivrés. Nous ne pouvons pas avoir pis. »

» M. Bordier, un maire timide de la grande commune de N..., qui a neuf électeurs, a été tellement épouvanté par les lettres du préfet et la nature des renseignements qu'on lui demandait, qu'il a prétendu avoir la goutte. Depuis cinq jours, il ne sort plus de chez lui, et fait dire qu'il est au lit. Mais dimanche, à six heures du matin, au petit jour, il est sorti pour aller à la messe.

» Enfin, dans sa tournée électorale, M. le préfet a fait peur à quinze ou vingt électeurs timides, et en a cabré cent au moins qui, réunis aux 360 que je regarde comme inébranlables, gens qui veulent un roi soliveau gouvernant *recta* d'après la Charte, font bien un total de 460. C'est là le chiffre de M. Mairobert, c'est une bien petite majorité, 10 seulement. »

Le général, Leuwen et Coffe raisonnèrent longtemps sur ces chiffres, qu'on retourna de toutes les façons. On arrivait toujours pour M. Mairobert à 450 au moins, une seule voix de plus donnant la majorité dans un collège de 900.

« Mais Mgr l'évêque doit avoir un grand vicaire favori. Si l'on donnait 10 000 francs à ce jésuite...

— Il a de l'aisance et veut devenir évêque. D'ailleurs, il ne serait peut-être pas impossible qu'il fût honnête homme. Ça s'est vu. »

« Ma foi, il fait soleil, dit Leuwen à Coffe aussitôt que le général Fari fut sorti ; il n'est qu'une heure et demie après midi, j'ai envie de faire une dépêche télégraphique au ministre. Il vaut mieux qu'il sache la vérité.

— Vous servez lui, et vous desservez vous. Ce n'est pas un moyen de faire votre cour. Cette vérité est amère. Et que pensera-t-on de vous à la cour si après tout M. Mairobert n'est pas nommé ?

— Ma foi, c'est assez d'être un coquin au fond, je ne veux pas l'être dans la forme. J'en agis avec M. de Vaize comme je voudrais qu'on en agît avec moi. »

Il écrivit la dépêche, Coffe l'approuva en lui faisant ôter trois mots qu'il remplaça par un seul.

Leuwen sortit seul pour aller à la préfecture, et monta au bureau du télégraphe. Il fit lire par M. Lamorte, le directeur du télégraphe, l'article qui le concernait, et le pria de transmettre sa dépêche sans délai. Le directeur parut embarrassé, fit des phrases.

Leuwen, qui regardait sa montre à chaque instant, craignait les brumes dans une journée d'hiver ; il finit par parler clairement et fortement. Le commis lui insinua qu'il ferait bien de voir le préfet.

Le préfet parut fort contrarié, relut plusieurs fois les pouvoirs de Leuwen, et au total imita son commis. Leuwen, impatienté d'avoir perdu trois quarts d'heure, dit enfin :

« Daignez, monsieur, m'accorder un mot de réponse claire.

— Monsieur, je tâche d'être toujours clair, répondit le préfet, fort piqué.

— Vous convient-il, monsieur, de faire passer ma dépêche ?

— Il me semble, monsieur, que je pourrais voir cette dépêche...

— Vous vous écartez, monsieur, de la clarté qu'après trois quarts d'heure perdus vous m'aviez fait espérer.

— Il me semble, monsieur, que cette qualification pourrait se rapprocher peut-être un peu plus du ton... »

Le préfet pâlit.

« Monsieur, je n'admets plus de périphrases. La journée s'avance, de votre part différer la réponse c'est me la donner négative, tout en n'osant pas me dire non.

— En n'osant pas, monsieur !...

— Voulez-vous, monsieur, ou ne voulez-vous pas faire passer ma dépêche ?

— Eh ! bien, monsieur, jusqu'à ce moment c'est moi qui suis préfet du Calvados, et je vous réponds : *Non.* »

Ce *non* fut dit avec la rage d'un pédant outragé.

« Monsieur, je vais avoir l'honneur de vous faire ma question par écrit. J'espère que vous *oserez* me répondre par écrit aussi, et je vais envoyer un courrier au ministre.

— Un courrier ! un courrier ! Vous n'aurez ni chevaux, ni courrier, ni passeport. Savez-vous, monsieur, qu'au pont de *** il y a ordre de ne laisser rien passer sans passeport signé de moi, et encore avec un signe particulier ?

— Eh ! bien, monsieur le préfet, dit Leuwen en mettant un intervalle fort marqué entre chacun de ses mots, il n'y a plus de gouvernement possible du moment que vous n'obéissez pas au ministre de l'Intérieur. J'ai des ordres pour le général, et je vais lui demander de vous faire arrêter.

— Me faire arrêter, morbleu ! »

Et le petit préfet se lança sur Leuwen, qui prit une chaise et l'arrêta à trois pas de distance.

« Monsieur le préfet, avec ces façons-là vous serez battu et puis arrêté. Je ne sais pas si vous serez content.

— Monsieur, vous êtes un insolent, et vous me rendrez raison.

— Vous auriez bon besoin, monsieur, que je vous rendisse la raison. Pour le présent, je me bornerai à vous dire que mon mépris pour vous est complet ; mais je ne vous accorderai l'honneur de tirer l'épée avec moi que le lendemain de l'élection de M. Mairobert. Je vais, monsieur, avoir l'honneur de vous écrire ; en même temps j'irai faire part de mes instructions au général. »

Ce mot parut mettre le préfet tout à fait hors de lui.

« Si le général obéit, comme je n'en doute pas, aux ordres du ministre de la Guerre, vous serez arrêté, et moi mis par force en possession du télégraphe. Si le général ne pense pas devoir me prêter main-forte, je vous laisse, monsieur, tout l'honneur de faire élire M. Mairobert, et je pars pour Paris. Je passerai au pont de ***, et d'ailleurs serai toujours prêt, à Paris comme ici, à vous renouveler l'hommage de mon mépris pour vos talents comme pour votre caractère. Adieu, monsieur. »

Comme Leuwen s'en allait, on frappa violemment à la porte qu'il allait ouvrir, et dont M. de Séranville avait poussé le verrou aux premières paroles un peu trop acerbes de leur conversation. Leuwen ouvrit la porte.

« Dépêche télégraphique, dit M. Lamorte, le même directeur du télégraphe qui venait de faire perdre une demi-heure à Leuwen.

— Donnez », dit le préfet avec la hauteur la plus dépourvue de politesse.

Le malheureux directeur restait pétrifié. Il connaissait le préfet pour un homme violent et n'oubliant jamais de se venger.

« Donnez donc, morbleu ! dit le préfet.

— La dépêche est pour M. Leuwen, dit le directeur du télégraphe d'une voix éteinte.

— Eh ! bien, monsieur, vous êtes préfet, dit M. de Séranville avec un rire amer et en montrant les dents. Je vous cède la place. »

Et il sortit en poussant la porte de façon à ébranler tout le cabinet.

« Il a la mine d'une bête féroce, pensa Leuwen.

« Voulez-vous, monsieur, me communiquer cette terrible dépêche ?

— La voici, monsieur. Mais M. le préfet me dénoncera. Veuillez me soutenir. »

Leuwen lut :

« M. Leuwen aura la direction supérieure des élections. Supprimer le pamphlet absolument. M. Leuwen répondra au moment même. »

— Voici ma réponse, dit Leuwen :

« Tout va au plus mal. M. Mairobert a dix voix de majorité au moins. Je me querelle avec le préfet. »

« Expédiez ceci, dit Leuwen au directeur après avoir écrit ces trois lignes, qu'il lui remit. Je vous le dis à regret, monsieur, mais les circonstances sont graves. Je ne voudrais pas blesser votre délicatesse, mais, dans votre intérêt, je vous avertis que si cette dépêche ne parvient pas ce soir à Paris, ou si âme qui vive en a connaissance ici, je demande votre changement par le télégraphe de demain.

— Ah ! monsieur, mon zèle et ma discrétion...

— Je vous jugerai demain. Allez, monsieur, et ne perdez pas de temps. »

Le directeur du télégraphe sortit. Leuwen regarda autour de lui, et après une seconde partit d'un éclat de rire. Il se trouvait seul vis-à-vis la table du préfet, il y avait là son mouchoir, sa tabatière ouverte, tous ses papiers étalés.

« Je suis exactement comme un voleur... Sans vanité, j'ai plus de sang-froid que ce petit pédant. »

Il alla ouvrir la porte, appela un huissier qu'il fit rester à la porte toujours ouverte, et se mit à écrire sur la table du préfet, mais du côté opposé à la cheminée pour s'ôter autant que possible l'apparence de lire les papiers étalés. Il écrivit à M. de Séranville.

« Si vous m'en croyez, monsieur, jusqu'au lendemain des élections nous regarderons ce qui a eu lieu depuis une heure comme non avenu. Pour ma part, je ne ferai confidence de cette scène désagréable à personne de la ville.

Je suis, etc.

» LEUWEN. »

Leuwen prit une feuille de grand papier officiel et écrivit :

« MONSIEUR LE PRÉFET,

« Dans deux heures, à sept heures du soir, j'envoie un

courrier à Son Excellence M. le ministre de l'Intérieur. J'ai l'honneur de vous demander un passeport, que je vous supplie de me faire parvenir avant six heures et demie. Il serait convenable d'y apposer les signes nécessaires pour que le courrier ne soit pas retardé au pont de ***. Mon courrier, en sortant de chez moi avec mes lettres, passera à la préfecture pour prendre les vôtres et galopera vers Paris.

Je suis, etc.

« LEUWEN. »

Leuwen fit approcher l'huissier qui, debout près de la porte, était pâle comme un mort. Il cacheta les deux lettres.

« Remettez ces deux lettres à M. le préfet.

— Est-ce que M. de Séranville est encore préfet ? dit l'huissier.

— Remettez ces lettres à M. le préfet. »

Et Leuwen quitta la préfecture avec beaucoup de froideur et de dignité.

« Ma foi, vous avez agi comme un enfant, dit Coffe quand Leuwen lui raconta la menace d'arrêter le préfet.

— Je ne pense pas. D'abord, je n'étais pas précisément en colère, j'ai eu le temps de réfléchir un peu à ce que j'allais faire. S'il y a un moyen au monde d'empêcher l'élection de M. Mairobert, c'est le départ de M. de Séranville et son remplacement provisoire par un conseiller de préfecture. Le ministre m'a dit qu'il donnerait 500 000 francs pour n'avoir pas M. Mairobert vis-à-vis de lui à la Chambre. Pesez ce mot, l'argent résume tout maintenant. »

Le général arriva.

« Je viens vous communiquer mes rapports.

— Général, voulez-vous partager mon dîner d'auberge ? Je vais envoyer un courrier, je désire vous prier de corriger ce que je dirai sur l'état des esprits. Il vaut mieux, ce me semble, que le ministre sache la vérité. »

Le général regarda Leuwen d'un air assez étonné et qui semblait dire :

« Vous êtes bien jeune, ou vous vous jouez bien légèrement de votre avenir [472]. »

Il dit enfin froidement :

« Vous verrez, monsieur, qu'à Paris ils ne voudront pas voir la vérité.

— Voici, dit Leuwen, une dépêche télégraphique que je viens de recevoir. J'ai dit dans la réponse : « M. Mairobert a une majorité de dix voix au moins, tout va au plus mal. »

On servit le dîner. M. Coffe dit qu'avec ses dépêches dans la tête il lui était impossible de manger, et qu'il aimait mieux aller écrire les lettres et dîner ensuite.

« Nous avons encore le temps, avant votre courrier, dit le général, d'entendre deux commissaires de police et l'officier qui me seconde pour tout ce qui regarde les élections. Je puis me tromper, je ne voudrais pas que vous ne vissiez les choses qu'absolument par mes yeux. »

A ce moment, on annonça M. le président Donis d'Angel.

« Quel homme est-ce ?

— C'est un bavard insupportable, expliquant longuement ce dont on n'a que faire, et sautant à pieds joints les choses difficiles. D'ailleurs, nageant entre deux eaux. Beaucoup de relations avec les prêtres qui, dans le département, sont fort hostiles. Il vous fera perdre un temps précieux. Or, il faut vingt-sept heures à votre courrier pour aller d'ici à Paris, et il me semble que vous ne sauriez l'expédier trop tôt, si toutefois vous voulez en expédier un, ce que je serais loin de conseiller. Mais ce que je vous conseille fort résolument, c'est de renvoyer M. le président Donis d'Angel à ce soir à dix heures ou à demain matin [473]. »

Ainsi fut fait. Malgré la sincérité et la probité des deux interlocuteurs, le dîner fut triste, sérieux et court. Au dessert parurent deux commissaires de police, et ensuite un petit capitaine, nommé Ménière, aussi madré qu'eux au moins, et qui prétendait bien gagner la croix par cette élection.

« Ce sont là nos actions d'éclat », dit-il à Leuwen.

Enfin, à sept heures et demie, le courrier galopa, portant à M. le comte de Vaize le bordereau de l'élection et trente pages de détails explicatifs. Dans une lettre à part, Leuwen donnait au ministre le narré exact de sa dispute avec le préfet. Leuwen rapportait le dialogue avec la dernière exactitude et comme s'il eût été écrit par un sténographe.

A neuf heures, le général revint chez Leuwen, lui apportant de nouveaux rapports reçus du canton de Risset. Il l'avertit ensuite que dès six heures le préfet avait fait partir un courrier pour Paris, lequel avait par conséquent une avance de une heure et demie sur celui de Leuwen. Le général fit entendre que probablement ce dernier ne désirait pas bien vivement atteindre son camarade.

«Vous conviendrait-il, général, de m'accompagner demain matin chez les cinquante citoyens les plus recommandables de la ville? Cette démarche peut être tournée en ridicule, mais si elle nous fait gagner seulement deux voix, c'est un succès.

— C'est avec beaucoup de plaisir que je vous accompagnerai partout, monsieur; mais le préfet...»

Après avoir longuement discuté sur le moyen de ménager la vanité maladive de ce fonctionnaire éminent, il fut convenu que le général et Leuwen lui écriraient chacun de leur côté. Le général Fari avait un zèle franc et actif. On écrivit sur-le-champ, et le valet de chambre du général porta les deux lettres à la préfecture. Le préfet fit entrer le valet de chambre et le questionna beaucoup; cette union de Leuwen et du général le mettait au désespoir[474]. Il répondit par écrit aux deux lettres qu'il était indisposé et au lit.

Les visites du lendemain convenues, on arrêta la liste des visités. Le petit capitaine Ménière fut appelé de nouveau et passa dans une chambre voisine pour dicter à Coffe un mot sur chacun de ces messieurs à visiter le lendemain. Le général et Leuwen se promenaient en silence, cherchant quelque moyen de sortir d'embarras.

«Le ministre ne peut plus nous être d'aucun secours: il est trop tard.»

Et le silence continuait.

«Sans doute, mon général, à l'armée vous avez souvent hasardé de faire charger un régiment quand la bataille était perdue aux trois quarts. Nous sommes dans le même cas, que pouvons-nous perdre? D'après ces derniers rapports du canton de Risset, il n'y a plus d'espoir. Plus de vingt de nos amis voteront pour M. Mairobert uniquement pour se débarrasser du préfet de Séranville. Dans cet état désespéré, n'y aurait-il pas moyen de faire une démarche auprès du chef du parti légitimiste, M. Le Canu?»

Le général s'arrêta tout court au milieu du salon. Leuwen continua :

« Je lui dirais : " Je ferai nommer celui de vos électeurs que vous me désignerez ; je lui donne les trois cent quarante voix du gouvernement. Pouvez-vous ou voulez-vous envoyer des courriers à cent gentilshommes campagnards ? Avec ces cent voix, nous excluons M. Mairobert. " Que nous fait, général, un légitimiste de plus dans la Chambre ? D'abord, il y a cent à parier contre un que ce sera un imbécile muet ou un ennuyeux que personne n'écoutera. Eût-il le talent de M. Berryer, ce parti n'est pas dangereux, il ne représente que lui-même, cent ou cent cinquante mille Français riches tout au plus. Si j'ai bien compris le ministre, mieux vaut dix légitimistes qu'un seul Mairobert, qui serait le représentant de tous les petits propriétaires des quatre départements de la Normandie. »

Le général se promena longtemps sans rien répondre.

« C'est une idée, dit-il enfin, mais elle est bien dangereuse pour vous. Le ministre, qui est à quatre-vingts lieues[475] du champ de bataille, vous blâmera[476*]. Quand il ne réussit pas, un ministre est trop heureux de trouver quelqu'un à blâmer et une démarche décisive à laquelle il puisse s'en prendre. Je ne vous demande pas, monsieur, quels sont vos rapports avec M. le comte de Vaize,… mais enfin, monsieur, j'ai soixante et un ans, je pourrais être votre père… Permettez-moi d'aller jusqu'au bout de ma pensée… Fussiez-vous le fils du ministre, ce parti extrême que vous proposez serait dangereux pour vous. Quant à moi, monsieur, ceci n'est pas une action de guerre en seconde, et même en troisième ligne. Je ne suis pas fils du ministre, ajouta le général en souriant, et vous m'obligerez en évitant de dire que vous m'avez parlé de ce projet d'union avec les légitimistes. Si cette élection tourne mal, il y aura quelqu'un de sévèrement blâmé, et j'aimerais autant rester dans la demi-teinte[477].

— Je vous donne ma parole que personne ne saura jamais que je vous ai parlé de cette idée, et j'aurai l'honneur de vous remettre avant votre sortie d'ici une lettre qui le prouve[478]. Quant à l'intérêt que vous daignez prendre à ma jeunesse, mes remerciements sont sincères comme votre bienveillance, mais je vous avouerai que je ne cherche que le succès de l'élection. Toutes les considérations personnelles sont secondaires pour moi. Je désirerais ne pas employer le moyen acerbe des destitutions, je ne veux pas employer de moyens infâmes, du reste je sacrifie tout pour arriver au succès. Malheureusement, il n'y a pas dix heures que je suis à Caen, je n'y connais personne absolument, et le préfet me traite en rival et non en aide. Si M. de Vaize veut être juste, il considérera tout cela [479]. Mais je ne me pardonnerais pas de me faire de mes craintes sur sa manière de voir un prétexte pour ne pas agir. Ce serait à mes yeux la pire des platitudes.

» Cela posé, et vous, mon général, restant entièrement étranger à la singulière mesure que je propose dans ce cas désespéré, ce qui sera prouvé par la lettre que je vais avoir l'honneur de vous adresser, voulez-vous me donner des avis, vous qui connaissez le pays, ou me forcerez-vous à me livrer uniquement à ces deux commissaires de police, sans doute disposés à me vendre au parti légitimiste tout comme au parti républicain ?

— Le plan de campagne arrêté sans ma participation, vous me dites : « Général [480], je veux me réunir au parti légitimiste, et mon mandataire préfère avoir à la Chambre un légitimiste fanatique ou adroit, et ne pas voir M. Mairobert. » Je ne vous dis ni oui ni non, attendu que ce n'est pas là une action de guerre ou de rébellion. Je ne vous fais pas observer l'effet terrible de cette mesure dans le pays limitrophe de la Vendée, et où le moindre noblilion ne veut pas admettre [481] dans son salon le premier fonctionnaire du département. Ceci bien entendu et convenu, vous me dites : « Monsieur, je suis neuf dans le pays, pilotez-moi. » Est-ce là ce que vous aurez la bonté de m'écrire ?

— Parfaitement, c'est bien ainsi que je l'entends.

— Je vous réponds, monsieur le maître des requêtes : « Je ne puis pas avoir d'opinion sur la mesure que vous prenez, mais si pour son exécution, dont à vous seul appartient la responsabilité, vous me faites des questions, je suis prêt à répondre. »

— Mon général, je vais écrire le dialogue que nous venons d'avoir ensemble, je le signerai et vous le remettrai.

— Nous en ferons deux copies, comme pour une capitulation.

« — Convenu. Quels sont donc les moyens d'exécution ?
Comment puis-je parvenir à M. Le Canu sans l'effrayer ? »

Le général Fari réfléchit quelques minutes.

« Vous ferez appeler le président Donis d'Angel, ce bavard impitoyable, lequel ferait pendre son père pour avoir la croix. Il va venir ici, vous n'aurez pas à le faire appeler. Je vous conseillerais de lui faire lire vos instructions, de lui faire remarquer que le ministre a une telle confiance en vous qu'il vous a chargé de faire vous-même vos instructions, etc., etc. Une fois que Donis d'Angel, qui n'est pas mal méfiant, vous croira bien avec le ministre, il n'aura rien à vous refuser. Il l'a bien montré dans le dernier procès pour délit de presse, où il a fait preuve d'une si insigne mauvaise foi [482] qu'il s'est fait huer des petits garçons de la ville.

» Au reste, vous avez à lui demander peu de chose : c'est uniquement de vous mettre en rapport avec M. l'abbé Donis-Disjonval, son oncle, vieillard calme, discret, et point trop imbécile pour son âge. Si le président parle comme il faut à son oncle Disjonval, celui-ci vous fera obtenir une audience de M. Le Canu. Mais où et comment ? [C'est] en vérité ce que je ne puis deviner. Prenez garde au piège. Le Canu voudra-t-il vous voir ? C'est ce que je ne puis non plus vous dire.

— Ce parti légitimiste n'a-t-il pas un sous-chef ?

— Sans doute, le marquis de Bron, mais qui se garderait bien de faire la moindre chose d'importance sans l'attache de M. Le Canu. Vous trouverez en celui-ci un petit blond, sans barbe, de soixante-six à soixante-sept ans, et qui, à tort ou à raison, passe pour l'homme le plus fin de toute la Normandie. En 1792, il fut patriote furibond. Ainsi, c'est un renégat, ce qui fait la pire espèce de coquin. Ces messieurs croient n'en jamais faire assez. Il a le ton très doux, enfin, c'est Machiavel en personne. Un jour, ne m'a-t-il pas fait proposer d'être mon confesseur ? Il prétendait que par la reine il me ferait nommer grand officier de la Légion d'honneur.

— Je me confesserai à lui en effet. Je serai d'une entière franchise. »

Après avoir parlé longtemps de MM. Donis-Disjonval et Le Canu :

« Et le préfet ? dit le général Fari. Comment vous arrangerez-vous avec lui? Comment pourrez-vous donner les 320 voix du gouvernement à M. Le Canu?

— Je demanderai un ordre par le télégraphe, je persuaderai le préfet. Si je n'ai ni l'un ni l'autre, je partirai, et de Paris j'enverrai quelque argent à ces deux intermédiaires, Disjonval et Le Canu, pour des messes.

— Cela est scabreux, dit le général.

— Mais notre défaite est sûre. »

Leuwen se faisait répéter pour la seconde fois tout ce qu'il devait savoir. En dix heures de temps, il avait vu passer devant lui deux ou trois cents noms propres. Il avait insulté, assuré de son mépris un homme qu'il n'avait jamais vu, il faisait maintenant son confident intime d'un autre homme qu'il n'avait jamais vu, il allait probablement traiter d'affaires le lendemain matin avec l'homme le plus fin de la Normandie.

Coffe lui disait toujours : « Vous confondrez ! » Il craignait un peu de confondre les noms et les qualités.

Le président Donis se fit annoncer; c'était un homme maigre qui avait une tête à traits carrés, de beaux yeux noirs, des cheveux blancs assez rares, des favoris très blancs, et d'énormes boucles d'or à ses souliers. Il n'eût pas été mal, mais il souriait constamment et avec un air qui jouait la franchise. C'est la plus impatientante des espèces de fausseté. Mais Leuwen se contint.

« Ce n'est pas pour rien que je suis en Normandie, pensa-t-il. Il y a à parier que le père de cet homme était un simple paysan.

« Monsieur le président, dit Leuwen, je désire d'abord vous donner une connaissance complète de mes instructions. »

Leuwen parla de sa façon d'être avec le ministre, des millions de son père, et ensuite, d'après le conseil du général, il permit au président de parler seul trois grands quarts d'heure.

« Aussi bien, pensait Leuwen, je n'ai plus rien à faire ce soir. »

Quand le président fut tout à fait las et eut insinué de cinq ou six façons différentes ses droits évidents à la croix, que c'était le gouvernement qui se faisait tort à soi-même, et non à lui, président, en ne lui accordant pas une distinction que de jeunes substituts de trois ans de toge avaient obtenue [483], etc., etc., Leuwen parla à son tour.

« Le ministère sait tout, vos droits sont connus. J'ai besoin que vous me présentiez demain, à sept heures, à M. votre oncle, l'abbé Donis-Disjonval. Je désire que M. Donis-Disjonval me procure une entrevue avec M. Le Canu. »

A cette étrange communication, le président pâlit beaucoup.

« Ses joues sont presque de la couleur de ses favoris, pensa Leuwen.

« Du reste, continua-t-il, j'ai l'ordre d'indemniser largement les amis du gouvernement des frais que je puis leur occasionner [484]. Mais le temps presse. Je donnerais cent louis pour voir M. Le Canu une heure plus tôt.

« En prodiguant l'argent, pensait Leuwen, je vais donner une haute idée à cet homme du degré de confiance que Son Excellence le ministre daigne m'accorder. »

Nous sautons vingt feuillets du récit original, nous épargnons au lecteur les mièvreries d'un juge de province qui veut avoir la croix. Nous craindrions la reproduction de la sensation que les protestations de zèle et de dévouement du président produisirent chez Leuwen : le dégoût moral alla presque jusqu'au mal au cœur physique.

« Malheureuse France ! pensait-il. Je ne pensais pas que les juges en fussent là. Cet homme ne se fait pas la moindre violence. Quel aplomb de coquinerie ! Cet homme-là ferait tout au monde. »

Une idée illumina tout à coup Leuwen ; il dit au président :

« Dernièrement, votre cour a fait gagner tous leurs procès aux anarchistes, aux républicains...

— Hélas ! je le sais bien, dit le président en l'interrompant, les larmes presque aux yeux et du ton le plus piteux. Son Excellence le ministre de la Justice m'a écrit pour me le reprocher. »

Leuwen tressaillit.

« Grand Dieu ! se dit-il en soupirant profondément et de l'air d'un homme qui tombe dans le désespoir, il faut donner ma démission de tout et aller voyager en Amérique. Ah ! ce voyage-ci fera époque dans ma vie. Ceci est bien autrement décisif que les cris de mépris et l'avanie de Blois. »

Leuwen était tellement plongé dans ses pensées qu'il s'aperçut tout à coup que depuis cinq minutes le président Donis parlait sans que lui, Leuwen, écoutât le moins du monde ce qu'il disait. Ses oreilles se réveillèrent au bruit des paroles du digne magistrat, et d'abord elles ne comprenaient pas.

Le président racontait avec des détails interminables, et dont aucun n'avait l'air sincère, tous les moyens pris par lui pour faire perdre leur procès aux anarchistes. Il se plaignait de sa cour. Les jurés, suivant lui, étaient détestables, le jury était une institution anglaise dont il était important de se délivrer au plus vite.

« Ceci est jalousie de métier, pensa Leuwen.

— J'ai la faction des timides, monsieur le maître des requêtes, j'ai la faction des timides, disait le président ; elle perdra le gouvernement et la France. Le conseiller Ducros, auquel je reprochais son vote en faveur d'un cousin de M. Lefèvre, le journaliste libéral et anarchiste de Honfleur, n'a-t-il pas eu le front de me répondre : « Monsieur le président, j'ai été nommé substitut par le Directoire auquel j'ai prêté serment, juge de première instance par Bonaparte auquel j'ai prêté serment, président de ce tribunal par Louis XVIII en 1814, confirmé par Napoléon dans les Cent-Jours, appelé à un siège plus avantageux par Louis XVIII revenant de Gand, nommé conseiller par Charles X et je prétends mourir conseiller. Or, si la république vient, cette fois-ci, nous ne resterons pas inamovibles. Et qui se vengeront les premiers, si ce n'est messieurs les journalistes ? Le plus sûr est d'absoudre. Voyez ce qui arriva aux pairs qui ont condamné le maréchal Ney. En un mot, j'ai cinquante-cinq ans, donnez-moi l'assurance que vous durerez dix ans, et je vote avec vous. » Quelle horreur, monsieur, quel égoïsme ! Et cet infâme raisonnement, monsieur, je le lis dans tous les yeux. »

Quand Leuwen fut bien remis de son émotion, il dit de l'air le plus froid qu'il put prendre :

« Monsieur, la conduite équivoque de la cour de Caen (j'emploie les termes les plus modérés) sera compensée par celle du président Donis, s'il me procure l'entrevue que je sollicite avec M. Le Canu, et si cette démarche reste *enseve-lie dans l'ombre du plus profond mystère*.

— Il est onze heures et un quart, dit le président en regardant sa montre. Il n'est pas impossible que le whist de mon oncle, le respectable abbé Donis-Disjonval, se soit prolongé jusqu'à ce moment. J'ai ma voiture en bas, voulez-vous, monsieur, hasarder une course qui peut être inutile ? Le respectable abbé Disjonval sera frappé de l'heure indue et ne nous en servira que mieux auprès de M. Le Canu. D'ailleurs, les espions du parti anarchiste ne pourront nous voir ; marcher de nuit est toujours le plus sûr. »

Leuwen suivit le président, qui parlait toujours et revenait sur le danger de prodiguer la croix. Selon lui, le gouvernement pouvait tout faire avec des croix [485].

« Cet homme est commode, après tout, pensa Leuwen qui, tandis que le président parlait, regardait la ville par la portière de la voiture.

« Malgré l'heure indue, dit Leuwen, je remarque beaucoup de mouvement.

— Ce sont ces malheureuses élections. Vous n'avez pas d'idée, monsieur, du mal qu'elles font. Il faudrait que la Chambre ne fût élue que tous les dix ans, ce serait plus constitutionnel... »

Le président se jeta tout à coup à la portière en disant tout bas à son cocher : « Arrêtez ! »

« Voilà mon oncle devant nous », dit-il à Leuwen. Et celui-ci aperçut un vieux domestique qui allait au petit pas, portant une chandelle allumée dans une lanterne ronde en fer-blanc garnie de deux vitres d'un pied de diamètre [486]. M. l'abbé Donis le suivait d'un pas assez ferme.

« Il rentre chez lui, dit le président. Il n'aime pas que j'aie une voiture ; laissons-le filer, puis nous descendrons. »

C'est ce qui fut fait, mais il fallut sonner longtemps à la porte de l'allée. Les visiteurs furent reconnus par une petite fenêtre grillée pratiquée à la porte, et enfin admis en présence de l'abbé.

« Le service du roi m'appelle auprès de vous, mon respectable oncle, et le service du roi ne connaît pas d'heure indue. Permettez que je vous présente M. le maître des requêtes Leuwen. »

Les yeux bleus du vieillard peignaient l'étonnement et presque la stupidité. Après cinq ou six minutes, il engagea ces messieurs à s'asseoir. Il ne parut comprendre un peu de quoi il s'agissait qu'après un gros quart d'heure [487].

« Le président dit toujours : le roi, tout court, se dit Leuwen, et je parierais cent contre un que ce bon vieillard entend le roi Charles X. »

M. l'abbé Donis-Disjonval dit enfin, après s'être fait répéter une seconde fois tout ce que son neveu lui expliquait depuis vingt minutes :

« Demain, je vais dire la messe à Sainte-Gudule. A huit heures et demie, en sortant après mon action de grâces, je passerai par la rue des Carmes et monterai chez le respectable Le Canu. Je ne puis pas vous dire sûrement si ses occupations, si nombreuses et si importantes, ou si ses devoirs de piété lui permettront de me donner audience, comme il faisait il y a vingt ans, avant d'avoir tant d'affaires sur les bras. Nous étions plus jeunes alors, tout allait plus vite, ces élections n'étaient pas connues. La ville, ce soir, a l'air en émeute comme en 1786... »

Leuwen remarqua que le président n'était point bavard en présence de son oncle ; il maniait avec assez d'adresse l'esprit du vieillard qui, sa petite tête coiffée d'un énorme bonnet, paraissait bien avoir soixante-dix ans.

En sortant de chez M. l'abbé Disjonval, le président Donis dit à Leuwen ;

« Demain, aussitôt que j'aurai vu mon oncle, sur les huit heures et demie, j'aurai l'honneur de me rendre chez vous. Mais, monsieur, vous avez l'avantage de n'être pas connu de nos artisans de désordre, ils vous prendront dans la rue pour un jeune électeur, et les jeunes sont presque tous libéraux... Il serait mieux peut-être qu'à neuf heures moins un quart vous eussiez la bonté de venir chez mon cousin Maillet, n° 9, rue des Clercs. »

Le lendemain, à neuf heures, Leuwen laissa le général dans sa voiture sur le cours Napoléon et courut chez M. Maillet, n° 9 [488]. Le président y arrivait de son côté.

« Bonnes nouvelles ! M. Le Canu accorde l'entrevue à l'instant même, ou bien ce soir à cinq heures.

— J'aime mieux tout de suite.

— M. Le Canu prend son chocolat chez Mme Blachet, rue des Carmes, n° 7, au second sur le derrière. Il faudra frapper à la porte deux coups avec le dos du doigt, et puis cinq. Deux et cinq, vous comprenez : Henri V est le second de nos rois, Charles est le premier. »

Leuwen était absorbé par le sentiment du devoir, il était comme un général qui commande en chef et qui voit qu'il va perdre la bataille. Tous les détails que nous avons rapportés l'amusaient, mais il cherchait à n'y pas penser, de peur d'être distrait. Il se disait, en cherchant la rue des Clercs :

« Tout ceci est tardif. Nous perdrons la bataille. Fais-je bien tout ce qu'il est possible pour la gagner, si le hasard nous sert en quelque chose ? »

Il y avait sans doute une personne aux écoutes derrière la porte de Mme Blachet, car à peine eut-il frappé les deux, puis les cinq coups, qu'il entendit chuchoter à voix basse.

Après un certain temps, on lui ouvrit. Il fut reçu dans une pièce obscure, dont la boiserie était peinte en blanc et les carreaux de vitre enfumés, et triste comme un bureau de prison [489], par un homme qui avait une figure jaune, des traits effacés et l'air malade. C'était l'abbé Le Canu. L'abbé montra de la main à Leuwen une chaise de noyer à grand dossier. Au lieu de glace, il y avait sur la cheminée un grand crucifix noir.

« Que réclamez-vous de mon ministère, monsieur ?

— Louis-Philippe, le roi mon maître, m'envoie à Caen pour empêcher l'élection de M. Mairobert. Elle est probable toutefois, car il y aura probablement 900 votes, et M. Mairobert a 410 voix sûres. Le roi mon maître dispose de 310 voix. S'il vous convient, monsieur, de faire élire un de vos amis, à l'exclusion de M. Mairobert, je vous offre mes 310 voix. Joignez-y 160 voix [490] de vos gentilshommes de campagne et vous aurez à la Chambre un homme de votre couleur. Je ne vous demande qu'une chose, c'est qu'il soit électeur et du pays.

— Ah ! vous avez peur de M. Berryer !

— Je n'ai peur de personne que du triomphe de l'opposition qui, par exemple, réduira le nombre des sièges épiscopaux à ce qui est fixé par le concordat de 1802 [491, 492*].

« Cet homme a le ton d'un vieux procureur normand. »

Cette observation soulagea fort l'attention de Leuwen.
D'après les ouvrages de M. de Chateaubriand et la haute
idée qu'on a des jésuites, l'imagination encore jeune de
Leuwen s'était figuré un trompeur aussi habile que le cardinal Mazarin, avec les manières nobles de M. de Narbonne
qu'il avait entrevu dans sa première jeunesse [493]*. La vulgarité du ton et de la voix de M. Le Canu le rendit bientôt à son
rôle. « Je suis un jeune homme qui marchande une terre de
cent mille francs qu'un vieux procureur ne veut pas me
vendre, attendu qu'un voisin lui a promis un pot de vin de
cent louis s'il veut la réserver pour lui.

— Oserai-je, monsieur, vous demander vos lettres de
créance ?

— Les voici. » Et Leuwen n'hésita pas à mettre dans la
main de M. Le Canu la lettre du ministre de l'Intérieur à
M. le préfet. Il y avait bien quelques phrases dont il eût
désiré l'absence dans ce moment, mais le temps pressait.

« Si le préfet eût voulu se charger de cette démarche, pensa
Leuwen, on aurait pu éviter la communication de la lettre du
ministre, mais jamais ce petit préfet ergoteur et musqué,
même en le supposant non piqué, n'eût consenti à faire une
démarche non inventée par lui. »

L'air de colère vulgaire voulant jouer le dédain méprisant
avec lequel M. Le Canu lut la lettre du comte de Vaize au
préfet acheva de rendre à Leuwen le sentiment de la vie
réelle et de chasser toutes les idées augustes lancées dans la
société par les phrases de M. de Chateaubriand. A certaines
phrases du ministre, la colère du chef du parti prêtre devint si
forte qu'il se mit à sourire.

« Cet homme-ci cherche à me faire impression par un ton
d'humeur ; il ne faut pas me fâcher et tout rompre. Voyons
si, malgré ma jeunesse, je pourrai me tirer de mon rôle. »

Leuwen sortit une lettre de sa poche et se mit à la lire
attentivement. Sa contenance était celle qu'il aurait eue devant un conseil de guerre. L'abbé Le Canu observa du coin
de l'œil qu'il n'était pas regardé, et sa lecture de l'instruction
ministérielle fut moins majestueuse. Leuwen le vit recommencer la lecture avec l'attention d'un homme d'affaires
grognon.

« Vos pouvoirs sont très grands, monsieur, ils sont faits

pour donner une haute idée des missions dont, si jeune encore, vous avez été chargé. Oserai-je vous demander si vous étiez déjà au service sous nos rois légitimes, avant la fatale...

— Permettez-moi, monsieur, de vous interrompre. Je serais désolé d'être obligé de donner des épithètes peu agréables aux partisans de vos opinions. Quant à moi, monsieur, mon métier est de respecter toute opinion professée par un galant homme, et c'est à ce titre que je me sens très disposé à honorer les vôtres. Permettez-moi, monsieur, de vous faire observer que je ne ferai aucune tentative, directement ni indirectement, pour essayer de changer ou d'altérer en rien vos manières de voir sur des sujets. Une telle tentative ne conviendrait point à ma mission, elle conviendrait encore moins à mon âge, monsieur, et à mon respect personnel pour vous. Mais mon devoir est de vous supplier d'oublier mon âge et la respectueuse attention qu'en toute autre circonstance je serais prêt à donner à vos sages avis. Je viens tout simplement, monsieur, vous proposer [ce] que je crois avantageux à mon maître et au vôtre : vous avez peu de députés dans la Chambre, un organe de plus ne me semble pas à dédaigner pour votre opinion. Quant à la nôtre, nous craignons que M. Mairobert ne propose des mesures extrêmes, et entre autres celle de laisser aux fidèles le soin de payer le médecin de l'âme comme ils paient le médecin du corps. Nous nous tenons assurés dans cette session de faire repousser cette mesure, mais si elle réunissait une minorité imposante, il faudrait peut-être, par compensation, admettre la réduction des sièges épiscopaux, ou du moins la faire par un traité, afin d'éviter que la Chambre ne la fît par une loi. »

Les raisonnements furent infinis, ainsi que Leuwen s'y attendait bien.

« Mon âge me nuit, pensait-il. Je suis comme un général de cavalerie qui, dans une bataille perdue, oubliant son intérêt propre, essaie de faire mettre pied à terre à sa cavalerie et de la faire battre comme de l'infanterie. S'il ne réussit pas, tous les sots, et surtout les généraux de cavalerie, se moqueront de lui, mais, s'il a du cœur, la conscience d'avoir entrepris, pour ramener la victoire, une chose crue impossible, le console de tout. »

Sept fois de suite (Leuwen les compta) M. l'abbé Le Canu
chercha à ne pas répondre et à donner le change à son jeune
antagoniste.

« Apparemment, il veut me mettre à l'épreuve avant de me
répondre. »

Sept fois de suite, Leuwen sut le rappeler à la question,
mais toujours en termes extrêmement polis, et qui même
impliquaient le respect de lui, Leuwen, pour l'âge de
M. l'abbé Le Canu, qu'il semblait séparer entièrement des
doctrines, des croyances et des prétentions de son parti. Une
fois, Leuwen laissa prendre un petit avantage sur lui, mais il
sut réparer cette faute sans se fâcher.

« Il faut que je sois attentif, ici, comme dans un duel à
l'épée. »

Enfin, après cinquante minutes de discussion, l'abbé Le
Canu prit un air extrêmement hautain et impertinent.

« Mon homme va conclure », pensa Leuwen. En effet,
l'abbé dit :

« Il est trop tard. » Mais, au lieu de rompre la conférence,
il chercha à convertir Leuwen. Notre héros se sentit fort à
son aise.

« Maintenant, je suis sur la défensive. Tâchons d'amener
l'idée d'argent et de séduction personnelle. »

Leuwen ne se défendit pas avec trop d'obstination. Il lui
arriva de parler des millions de son père ; il remarqua que ce
fut la seule et unique chose qui fit impression sur l'abbé Le
Canu.

« Vous êtes jeune, mon fils ; permettez-moi ce nom, qui
emporte l'expression de tant d'estime. Songez à votre avenir. Je croirais bien que vous n'avez pas vingt-cinq ans
encore.

— J'en ai vingt-six sonnés.

— Eh ! bien, mon fils, sans vouloir médire le moins du
monde de la bannière sous laquelle vous combattez et en me
réduisant à ce qui est absolument nécessaire pour l'expression de ma pensée, d'ailleurs toute de bienveillance pour vos
intérêts dans ce monde et dans l'autre, croyez-vous que cette
bannière flottera encore la même dans quatorze ans d'ici,
quand vous serez parvenu à quarante ans, à cet âge de
maturité qu'un homme sage doit toujours avoir devant les

yeux comme le point décisif de la carrière d'un homme, et avant lequel il est bien rare d'entrer dans les grandes affaires de la société?

» Jusqu'à cet âge, le vulgaire des hommes cherche de l'argent. Vous êtes au-dessus de ces considérations. Remarquez que je ne vous entretiens jamais des intérêts de votre âme, tellement supérieurs aux intérêts mondains. Si vous daignez venir revoir un pauvre vieillard, ma porte sera toujours ouverte pour vous. Je quitterai tout pour ramener au bercail un homme de votre importance dans le monde et qui, si jeune, développe une telle maturité de talent; car moins je partage vos illusions sur le compte d'un roi élevé par la révolte, plus j'ai été bien placé pour juger du talent que vous avez employé pour amener une coopération, bien singulière à la vérité : David serait uni avec l'Amalécite [494]. Je vous supplie de fixer quelquefois cette question devant vos yeux : «Qui possédera en France l'influence dominante quand j'aurai quarante ans?» La religion ne défend point une juste ambition. »

Le dialogue se termina en forme de sermon, mais l'abbé Le Canu engagea presque Leuwen à revenir le voir.

Leuwen n'était point découragé. Il alla rendre compte de tout au général Fari, qui était cloué à son hôtel par les rapports qu'il recevait de toutes parts. Leuwen avait l'idée d'expédier une dépêche télégraphique, le général et ensuite Coffe l'approuvèrent fort.

« Vous essayez une saignée sur un homme qui va mourir dans deux heures. Sur quoi les sots pourront dire que la saignée l'a tué. »

Leuwen monta au bureau du télégraphe et le fit parler ainsi :

« La nomination de M. Mairobert est regardée comme certaine. Voulez-vous dépenser 100 000 fr. et avoir un légitimiste au lieu de Mairobert? En ce cas, adressez une dépêche au receveur général pour qu'il remette au général et à moi 100 000 francs. Les élections commencent dans dix-neuf heures [495]. »

En sortant du bureau du télégraphe, Leuwen eut l'idée de retourner chez M. l'abbé Disjonval. Le difficile était de retrouver la rue. Il se perdit en effet dans les rues de *** et finit par entrer dans une église. Il trouva une sorte de bedeau mal vêtu, auquel il donna cinq francs en lui adressant la prière de le conduire chez l'abbé Disjonval. Cet homme sortit, lui fit prendre deux ou trois *allées* qui traversaient différents massifs de maisons, et en quatre minutes Leuwen se retrouva en face de cet abbé, dont les traits étaient si dénués d'expression la veille.

L'abbé Disjonval venait de faire un second déjeuner, une bouteille de vin blanc était encore sur la table. C'était un tout autre homme.

Après moins de dix minutes de phrases préparatoires. Leuwen put, sans trop d'indécence, lui faire entendre qu'il donnerait cent mille francs pour que M. Mairobert ne fût pas élu. Cette idée n'étant point repoussée avec trop d'énergie, après quelques minutes l'abbé lui dit :

« Avez-vous les 100 000 francs sur vous ?

— Non, mais une dépêche télégraphique, qui peut arriver ce soir, qui certainement arrivera demain avant midi, m'ouvrira un crédit de 100 000 francs chez le receveur général, qui me paiera en billets de banque.

— On les reçoit avec méfiance ici. »

Ce mot illumina Leuwen.

« Grand Dieu ! Pourrai-je réussir ? pensa-t-il. — Aura-t-on la même méfiance pour des lettres de change acceptées par les premiers négociants de la ville, ou enfin pour de l'or et des écus que je prendrai, à mon choix, chez M. le receveur général ? »

Leuwen prolongea à dessein cette énumération, pendant laquelle il voyait changer à vue d'œil la figure de l'abbé Disjonval. Enfin, malgré le récent déjeuner, cette figure devint pâle.

« Ah ! si j'avais quarante-huit heures, pensa Leuwen, l'élection serait à moi. »

Leuwen profita largement de tous ses avantages et ce fut, à son inexprimable plaisir, M. l'abbé Disjonval lui-même qui, en termes un peu entortillés il est vrai, exprima l'idée autour de laquelle Leuwen tournait depuis trois quarts d'heure : « En l'absence du crédit de 100 000 francs que le télégraphe doit porter, votre négociation ne peut faire un pas de plus. »

« J'espère que ces messieurs, dit l'abbé Disjonval, auront

réfléchi sur l'avantage d'avoir un organe de plus dans la Chambre. Sait-on, si le gouvernement a la faiblesse de laisser reparaître la fatale discussion sur la réduction des sièges épiscopaux... A demain, à sept heures du matin, et, en définitive, si rien n'est survenu, à deux heures. L'élection du président du collège électoral commence à neuf heures, le scrutin sera fermé à trois.

— Il serait bien essentiel que vos amis n'allassent voter qu'après. J'aurai eu l'honneur de vous voir à deux heures.

— Ce n'est pas peu de chose que vous me demandez là. Il faudrait pouvoir les parquer dans une salle et les enfermer à clef ».

Coffe attendait Leuwen dans la rue. Ils coururent faire une lettre au ministre, dans laquelle Leuwen disait :

« Je sens combien je m'expose en me mêlant aussi activement d'une affaire désespérée. Si le ministre voulait me donner tous les torts, rien ne serait plus facile ; mais enfin je n'ai pas voulu laisser perdre une bataille à ma barbe sans faire donner mes troupes. Mes moyens sont ridicules par le peu d'importance que leur donne l'étranglement du temps. A huit heures trois quarts, j'ai été chez le cousin de M. le président Donis, à neuf heures chez M. l'abbé Le Canu. Je n'en suis sorti qu'à onze heures. A onze heures un quart, je suis allé chez M. l'abbé Donis-Disjonval, à midi chez le général Fari. A midi et demi, je vous ai adressé ma dépêche télégraphique n° 2. A une heure et demie, je vous écris. A deux heures, je passerai chez M. l'évêque pour mettre de l'huile dans les roues. Je n'ai plus le temps de recevoir de réponse à cette lettre. Quand Votre Excellence la verra, tout sera terminé, et, il y a dix à parier contre un, M. Mairobert sera élu. Mais jusqu'au dernier moment j'offrirai mes cent mille francs, si vous jugez que l'absence de M. Mairobert vaille cette somme.

» Je regarderai comme un très grand bonheur que votre dépêche télégraphique en réponse à ma n° 2 arrive demain 17 avant deux heures. L'élection du président du collège aura commencé à neuf heures, M. l'abbé Disjonval m'a l'air disposé à retarder jusqu'à ce moment le vote de ses amis. Le scrutin ne sera fermé, j'espère, qu'à quatre heures. »

Leuwen vola chez M. l'évêque; il fut reçu avec une hauteur, un dédain, une insolence même qui l'amusèrent. Il se disait en riant à soi-même, et parodiant la phrase favorite du saint prélat : « Je mettrai ceci au pied de la Croix. »

Il ne traita nullement d'affaires avec M. l'évêque. « Ceci est une goutte d'huile dans les rouages, rien de plus [496]. »

A une heure et demie, Leuwen était à déjeuner chez le général, avec lequel il continua les visites dont la liste avait été arrêtée la veille. A cinq heures, Leuwen était mort de fatigue, cette journée avait été la plus active de sa vie. Il lui restait encore la corvée du dîner du préfet, qui serait peut-être peu civil. Le petit capitaine Ménière avait averti Leuwen que les deux meilleurs espions du préfet étaient attachés à ses pas.

Leuwen avait un fonds de contentement parfait; il sentait qu'il avait fait tout ce qui était en lui pour une cause dont, à la vérité, la justice était fort disputable. Mais cette objection au plaisir était plus que compensée par la conscience d'avoir eu le courage de hasarder imprudemment la considération naissante dont il commençait à jouir au ministère de l'Intérieur. Coffe lui avait dit une ou deux fois :

« Aux yeux de nos vieux chefs de bureau et de division du ministère, votre conduite, même couronnée par l'exclusion du terrible M. Mairobert, ne sera qu'un péché splendide. Dans la discussion sur les enfants trouvés vous les avez appelés des hommes-fauteuils incarnés avec leur fauteuil d'acajou, ils vont saisir l'occasion de se venger.

— Que fallait-il faire ?

— Rien, et écrire trois ou quatre lettres de six pages chacune, c'est ce qu'on appelle administrer dans les bureaux. Ils vous regarderont toujours comme fou à cause du danger que vous avez fait courir à votre position personnelle. Et puis, à votre âge demander cent mille francs pour une corruption ! Ils vont répandre que vous en mettez au moins le tiers dans votre poche.

— Ç'a été ma première pensée. Il m'en vient une seconde : quand quelqu'un agit pour des ministres, ce n'est pas de l'adversaire qu'il a peur, mais des gens qu'il sert. C'est ainsi que les choses marchaient à Constantinople dans le bas empire. Si je n'avais rien fait et écrit de belles lettres, j'aurais encore sur le cœur la boue de Blois. Vous m'avez vu faible.

— Eh! bien, vous devriez me haïr et m'éloigner du ministère. J'y songeais.

— Je trouve au contraire la douceur de pouvoir maintenant tout vous dire, et je vous supplie de ne pas m'épargner.

— Je vous prends au mot. Ce petit ergoteur de Séranville doit être bouffi de rage contre vous, car enfin vous faites son métier depuis deux jours, et lui écrit des centaines de lettres et dans la réalité ne fait rien. J'en conclus qu'à Paris il sera loué et vous blâmé. Mais quoi qu'il vous fasse ce soir, ne vous mettez pas en colère. Si nous étions au Moyen Age, je craindrais pour vous le poison, car je vois dans ce petit sophiste la rage de l'auteur sifflé. »

La voiture s'arrêta à la porte de l'hôtel de la préfecture. Il y avait huit ou dix gendarmes stationnés sur le premier et sur le second repos de l'escalier.

« Au Moyen Age, ces gens-ci seraient disposés pour vous assassiner. »

Ils se levèrent comme Leuwen passa.

« Votre mission est connue, dit Coffe; le gendarme est poli avec vous. Jugez de la rage de M. le préfet. »

Ce fonctionnaire était fort pâle et reçut ces messieurs avec une politesse contrainte et qui ne fut pas assouplie par l'accueil empressé que chacun fit à Leuwen.

Le dîner fut froid et triste. Tous ces ministériels prévoyaient la défaite du lendemain. Chacun d'eux se disait : « Le préfet sera destitué ou envoyé ailleurs, et je dirai que c'est lui qui a fait tout le mal. Ce jeune blanc-bec est fils du banquier du ministre, il est déjà maître des requêtes, pourrait bien être le successeur en herbe. »

Leuwen mangeait comme un loup et était fort gai.

« Et moi, se disait M. de Séranville, je renvoie tout ce qui paraît sur mon assiette, je ne puis pas avaler un seul morceau. »

Comme Leuwen et Coffe parlaient assez, peu à peu la conversation de messieurs les directeurs des Domaines, des Contributions et autres employés supérieurs qui formaient ce dîner fut entièrement engagée avec les nouveaux venus.

« Et moi, je suis délaissé, se dit le préfet. Je suis déjà

comme étranger chez moi, ma destitution est sûre, et, ce qui n'est jamais arrivé à personne, je me vois forcé de faire les honneurs de la préfecture à mon successeur. »

Vers le milieu du second service, Coffe, à qui rien n'échappait, remarqua que le préfet s'essuyait le front à chaque instant. Tout à coup, on entendit un grand bruit, c'était un courrier qui arrivait de Paris. Cet homme entra avec fracas dans la salle. Machinalement, le directeur des Impositions indirectes, placé près de la porte, dit au courrier :

« Voilà M. le préfet. »

Le préfet se leva.

« Ce n'est pas au préfet de Séranville que j'ai affaire, dit le courrier d'un ton emphatique et grossier, c'est à M. Leuwen, maître des requêtes.

— Quelle humiliation ! Je ne suis plus préfet, pensa M. de Séranville. Et il retomba sur sa chaise. Il appuya les deux mains sur la table, et cacha la tête dans ses mains.

— M. le préfet se trouve mal », s'écria le secrétaire général. Et il regarda Leuwen comme pour lui demander pardon de l'acte d'humanité qu'il exerçait en faisant attention à l'état du préfet. En effet, ce fonctionnaire était évanoui ; on le porta près d'une fenêtre qu'on ouvrit.

Pendant ce temps, Leuwen s'étonnait du peu d'intérêt de la dépêche qu'apportait le courrier[497]. C'était une grande lettre du ministre sur sa belle conduite à Blois ; le ministre ajoutait de sa main qu'on rechercherait et punirait sévèrement les auteurs de l'émeute, que lui ministre avait lu en conseil au roi la lettre de Leuwen, qui avait été trouvée fort bien.

« Et de l'élection d'ici, pas un mot, se dit Leuwen. C'était bien la peine d'envoyer un courrier. »

Il s'approcha de la fenêtre ouverte près de laquelle était le préfet, auquel on frottait les tempes d'eau de Cologne. On répétait beaucoup : les fatigues de l'élection. Leuwen dit un mot honnête, et ensuite demanda la permission de passer pour un moment dans une chambre voisine avec M. Coffe.

« Concevez-vous, dit-il à Coffe en lui donnant la dépêche du ministre, qu'on envoie un courrier pour une telle lettre ? »

Il se mit à lire une lettre de sa mère qui altéra rapidement sa physionomie riante. Mme Leuwen voyait la vie de son fils

en péril, et «*pour une cause si sale*, ajoutait-elle. Quitte tout
et reviens… Je suis seule, ton père a eu une velléité d'ambition, il est allé dans le département de ***, à deux cents
lieues de Paris, pour tâcher de se faire élire député ».

Leuwen donna cette nouvelle à Coffe.

« Voici la lettre qui a fait envoyer le courrier. Mme Leuwen aura exigé que sa lettre vous parvînt rapidement. Au
total, il n'y a pas là de quoi vous distraire. Il me semble que
votre rôle vous rappelle auprès de ce petit jésuite qui meurt
de haine rentrée. Moi, je vais achever de l'assommer par
mon air important. »

Coffe fut en effet parfait en rentrant dans la salle à manger. Il avait tiré de sa poche huit ou dix rapports d'élections
qu'il avait fourrés dans la dépêche, et la portait *comme un
saint-sacrement* [498]. M. de Séranville avait repris connaissance, il avait eu le mal de mer, et au milieu de ses angoisses
regardait Leuwen et Coffe d'un air mourant. L'état de ce
méchant homme toucha Leuwen, il vit en lui un homme
souffrant.

« Il faut le soulager de notre présence », et après quelques
mots polis se retira.

Le courrier lui courut après sur l'escalier pour lui demander ses ordres.

« M. le maître des requêtes vous réexpédiera demain », dit
Coffe avec une gravité parfaite.

Le lendemain 17 était le grand jour [499].

Dès sept heures, le 17, le grand jour des élections, Leuwen était chez M. l'abbé Disjonval. Il fut frappé du changement de manières du bon vieillard, il était tout empressement; le moindre mot de Leuwen ne passait pas sans réponse.

« Les cent mille francs font effet », se dit Leuwen.

Mais l'abbé Disjonval lui fit entendre plusieurs fois, avec
une finesse et une politesse qui l'étonna, que tout ce qu'on
pouvait dire en l'absence de la condition principale n'était
qu'un futur contingent.

« C'est bien ainsi que je l'entends, répondait Leuwen. Si je
n'ai pas aujourd'hui, et de bonne heure, un crédit de
100.000 francs sur M. le receveur général, j'aurai eu l'honneur de vous être présenté, j'aurai eu avec le respectable

abbé Le Canu une conférence qui a fait sur mon cœur une profonde impression, j'aurai appris à redoubler l'estime que j'avais déjà pour des hommes qui voient le bonheur de notre chère patrie dans une autre route que celle que je crois la plus sûre, et... »

Nous ferons grâce au lecteur de toutes les phrases polies qu'inspirait à Leuwen le vif désir de voir ces messieurs prendre patience jusqu'à l'arrivée de la dépêche diplomatique. Le bruit insolite que le grand événement du jour causait dans la rue et que Leuwen entendait de l'appartement de M. l'abbé Disjonval, quoique situé au fond d'une cour, retentissait dans sa poitrine. Que n'eût-il pas donné pour que l'élection pût être retardée d'un jour !

A neuf heures, il rentra à son auberge, où Coffe avait préparé deux immenses lettres narratives et explicatives.

« Quel drôle de style ! dit Leuwen en les signant.

— Emphatique et plat, et surtout jamais simple, c'est ce qu'il faut pour les bureaux. »

Le courrier fut renvoyé à Paris.

« Monsieur, dit le courrier, seriez-vous assez bon pour me permettre de me charger des dépêches du préfet, je veux dire de M. de Séranville. Je ne cacherai pas à monsieur qu'il m'a fait offrir un cadeau assez joli si je veux prendre ses lettres. Mais je suis expédié et je connais trop les convenances...

— Allez de ma part chez M. le préfet, demandez-lui ses lettres et paquets, attendez-les une demi-heure s'il le faut. M. le préfet est la première autorité administrative du département...

— Le plus souvent que j'irai chez le préfet par son ordre ! Et mon cadeau, donc ! On dit ce préfet cancre... »

Le général Fari avait fait louer depuis un mois par son petit aide de camp, M. Ménière, un appartement au premier étage en face de la salle des Ursulines, où se faisait l'élection. Là, il s'établit avec Leuwen dès dix heures du matin. Ces messieurs avaient des nouvelles de quart d'heure en quart d'heure par des affidés du général. Quelques affidés de la préfecture, ayant su le courrier de la veille et voyant dans Leuwen le préfet futur si M. de Séranville manquait son élection, faisaient passer tous les quarts d'heure à Leuwen des cartes avec des mots au crayon rouge. Les avis donnés par ces cartes se trouvèrent fort justes. Les opérations électorales, commencées à dix heures et demie, suivaient un cours régulier. Le président d'âge était dévoué au préfet, qui avait eu soin de faire retarder aux portes la lourde berline d'un M. de Marconnes, plus âgé que son président d'âge dévoué, et qui n'arriva à Caen qu'à onze heures. Trente ministériels qui avaient déjeuné à la préfecture furent hués en entrant dans la salle des élections.

Un petit imprimé avait été distribué avec profusion aux électeurs.

« Honnêtes gens de tous les partis, qui voulez le bien du pays dans lequel vous êtes nés, éloignez M. le préfet de Séranville. Si M. Mairobert est élu député, M. le préfet sera destitué ou nommé ailleurs. Qu'importe, après tout, le député nommé ? Chassons un préfet tracassier et menteur. A qui n'a-t-il pas manqué de parole ? »

Vers midi, l'élection du président définitif prenait la plus mauvaise tournure. Tous les électeurs du canton de ..., arrivés de bonne heure, votaient en faveur de M. Mairobert.

« Il est à craindre, s'il est président, dit le général à
Leuwen, que quinze ou vingt de nos ministériels, gens timides, et que dix ou quinze électeurs de campagne imbéciles,
le voyant placé au bureau dans la position la plus en vue,
n'osent pas écrire un autre nom que le sien sur leur bulletin. »

Tous les quarts d'heure, Leuwen envoyait Coffe regarder
le télégraphe; il grillait de voir arriver la réponse à sa dépêche n° 2.

« Le préfet est bien capable de retarder cette réponse, dit le
général; il serait bien digne de lui d'avoir envoyé un de ses
commis à la station du télégraphe, à quatre lieues d'ici, de
l'autre côté de la colline, pour tout arrêter. C'est par des
traits de cette espèce qu'il croit être un nouveau cardinal
Mazarin, car il sait l'histoire de France, notre préfet. »

Et le bon général voulait prouver par ce mot qu'il la savait
aussi. Le petit capitaine Ménière offrit de monter à cheval et
d'aller en un temps de galop sur la montagne observer le
mouvement de la seconde station du télégraphe, mais
M. Coffe demanda son cheval au capitaine et courut à sa
place.

Il y avait mille personnes au moins devant la salle des
Ursulines. Leuwen descendit dans la place pour juger un peu
de l'esprit général des conversations; il fut reconnu. Le
peuple, quand il se voit en masse, est fort insolent :

« Regardez ! Regardez ! Voilà ce petit commissaire de police freluquet envoyé de Paris pour espionner le préfet ! »

Il n'y fut presque pas sensible.

Deux heures sonnèrent, deux heures et demie; le télégraphe ne remuait pas.

Leuwen séchait d'impatience. Il alla voir l'abbé Disjonval.

« Je n'ai pu faire différer plus longtemps le vote de mes
amis, lui dit cet abbé, auquel Leuwen trouva un air piqué.

— Voilà un homme qui craint que je ne me sois moqué de
lui, et il y va de franc jeu avec moi. Je jurerais qu'il a retardé
le vote de ses amis, à la vérité bien peu nombreux. »

Au moment où Leuwen cherchait à prouver à l'abbé Disjonval, par des discours chaleureux, qu'il n'avait pas voulu
le tromper, Coffe accourut tout haletant :

« Le télégraphe marche !

— Daignez m'attendre chez vous encore un quart d'heure, dit Leuwen à l'abbé Disjonval ; je vole au bureau du télégraphe. »

Leuwen revint tout courant vingt minutes après.

« Voilà la dépêche originale », dit-il à l'abbé Disjonval.

« Le ministre des Finances à M. le receveur général.

« Remettez cent mille francs à M. le général Fari et à M. Leuwen. »

— Le télégraphe marche encore, dit Leuwen à l'abbé Disjonval.

— Je vais au collège, dit l'abbé Disjonval, qui paraissait persuadé. Je ferai ce que je pourrai pour la nomination du président. Nous portons M. de Crémieux. De là, je cours chez M. Le Canu. Je vous engagerais à y aller sans délai. »

La porte de l'appartement de l'abbé était ouverte, il y avait grand monde dans l'antichambre, que Leuwen et Coffe traversèrent en volant.

« Monsieur, voici la dépêche originale.

— Il est trois heures dix minutes, dit l'abbé Le Canu. J'ose espérer que vous n'aurez aucune objection à M. de Crémieux : cinquante-cinq ans, vingt mille francs de rente, abonné aux *Débats*, n'a pas émigré.

— M. le général Fari et moi approuvons M. de Crémieux. S'il est élu au lieu de M. Mairobert, le général et moi vous remettrons les cent mille francs. En attendant l'événement, en quelles mains voulez-vous, monsieur, que je dépose les cent mille francs ?

— La calomnie veille autour de nous, monsieur. C'est déjà beaucoup que quatre personnes, quelque honorables qu'elles soient, sachent un secret dont la calomnie peut tellement abuser. Je compte, monsieur, dit l'abbé Le Canu en montrant Coffe, vous, monsieur, l'abbé Disjonval et moi. A quoi bon faire voir le détail à M. le général Fari, d'ailleurs si digne de toute considération ? »

Leuwen fut charmé de ces paroles, qui étaient *ad rem*.

« Monsieur, je suis trop jeune pour me charger seul de la responsabilité d'une dépense secrète assez forte. » Etc., etc.

Leuwen fit consentir M. l'abbé Le Canu à l'intervention du général.

« Mais je tiens expressément, et j'en fais une condition

sine qua non, je tiens à ce que le préfet n'intervienne nullement.

— Belle récompense de son assiduité à entendre la
messe », pensa Leuwen.

Leuwen fit consentir M. l'abbé Le Canu à ce que la
somme de cent mille francs fût déposée dans une cassette
dont le général Fari et un M. Ledoyen, ami de M. Le Canu,
auraient chacun une clef.

A son retour à l'appartement vis-à-vis la salle d'élection,
Leuwen trouva le général extrêmement rouge. L'heure approchait où le général avait résolu d'aller déposer son vote,
et il avoua franchement à Leuwen qu'il craignait fort d'être
hué. Malgré ce souci personnel, le général fut extrêmement
sensible à l'air de *ad rem* qu'avaient pris les réponses de
M. l'abbé Le Canu.

Leuwen reçut un mot de l'abbé Disjonval qui le priait de
lui envoyer M. Coffe. Coffe rentra une demi-heure après ;
Leuwen appela le général, et Coffe dit à ces messieurs :

« J'ai vu, ce qu'on appelle vu, quinze hommes qui montent à cheval et vont battre la campagne pour faire arriver ce
soir ou demain avant midi cent cinquante électeurs légitimistes. M. l'abbé Disjonval est un jeune homme, vous ne lui
donneriez pas quarante ans. « Il nous aurait fallu le temps
d'avoir quatre articles de la *Gazette de France* », m'a-t-il
répété trois fois. Je crois qu'ils y vont bon jeu bon argent. »

Le directeur du télégraphe envoya à Leuwen une seconde
dépêche télégraphique adressée à lui-même :

« J'approuve vos projets. Donnez cent mille francs. Un
légitimiste quelconque, même M. Berryer ou Fitz-
James [501]*, vaut mieux que M. Hampden. »

« Je ne comprends pas, dit le général ; qu'est-ce que
M. Hampden ?

— Hampden veut dire Mairobert, c'est le nom dont je
suis convenu avec le ministre.

— Voilà l'heure, dit le général fort ému. Il prit son
uniforme et quitta l'appartement d'observation pour aller
donner son vote. La foule s'ouvrit pour lui laisser faire les
cent pas qui le séparaient de la porte de la salle. Le général
entra ; au moment où il s'approchait du bureau, il fut ap-
plaudi par tous les électeurs mairobertistes.

« Ce n'est pas un plat coquin comme le préfet, disait-on tout haut, il n'a que ses appointements, et il a une famille à nourrir. »

Leuwen expédia cette dépêche télégraphique n° 3 : Caen, quatre heures.

« Les chefs légitimistes paraissent de bonne foi. Des observateurs militaires placés aux portes ont vu sortir dix-neuf ou vingt agents qui vont chercher dans la campagne cent soixante électeurs légitimistes. Si quatre-vingts ou cent arrivent le 18 avant trois heures, Hampden ne sera pas élu. Dans ce moment, Hampden a la majorité pour la présidence. Le scrutin sera dépouillé à cinq heures. »

Le scrutin dépouillé donna :

Électeurs présents	873
Majorité	437 [502]
Voix à M. Mairobert	451
A M. Gonin, le candidat du préfet	389
A M. de Crémieux, le candidat de M. Le Canu depuis qu'il avait accepté les cent mille francs	19
Voix perdues	14

Ces dix-neuf voix à M. de Crémieux firent beaucoup de plaisir au général et à Leuwen ; c'était une demi-preuve que M. Le Canu ne se jouait pas d'eux.

A six heures, des valeurs sans reproche s'élevant à cent mille francs furent remises par M. le receveur général lui-même entre les mains du général Fari et de Leuwen, qui lui en donnèrent reçu.

M. Ledoyen se présenta. C'était un fort riche propriétaire, généralement estimé. La cérémonie de la cassette fut effectuée, il y eut parole d'honneur réciproque de remettre la cassette et son contenu à M. Ledoyen si tout autre que M. Mairobert était élu, et à M. le général Fari si M. Mairobert était député. »

M. Ledoyen parti, on dîna.

« Maintenant, la grande affaire est le préfet, dit le général, extraordinairement gai ce soir-là. Prenons courage, et montons à l'assaut.

« Il y aura bien 900 votants demain.

M. Gonin a eu 389
M. de Crémieux 19
                                           _____
                                           408

« Nous voilà avec 408 voix sur 873. Supposons, que les vingt-sept voix arrivées demain matin donnent dix-sept voix à Mairobert et dix à nous nous sommes :
Crémieux 418
Mairobert 468

« Cinquante et une voix de M. Le Canu donnent l'avantage à M. de Crémieux. »

Ces chiffres furent retournés de cent façons par le général, Leuwen, Coffe et l'aide de camp Ménière, les seuls convives de ce dîner.

« Appelons nos deux meilleurs agents », dit le général.

Ces messieurs parurent et, après une assez longue discussion, dirent d'eux-mêmes que la présence de soixante légitimistes décidait l'affaire.

« Maintenant, à la préfecture, dit le général.

— Si vous ne trouvez pas d'indiscrétion à ma demande, dit Leuwen, je vous prierais de porter la parole, je suis odieux à ce petit préfet.

— Cela est un peu contre nos conventions ; je m'étais réservé un rôle tout à fait secondaire. Mais enfin, j'ouvrirai le débat, *comme on dit en Angleterre.* »

Le général tenait beaucoup à montrer qu'*il avait des lettres.* Il avait bien mieux : un rare bon sens, et de la bonté. A peine eut-il expliqué au préfet qu'on le suppliait de donner les 389 voix [503] dont il avait disposé la veille lors de la nomination du président à M. de Crémieux, qui de son côté se faisait fort de réunir soixante voix légitimistes, et peut-être quatre-vingts..., le préfet l'interrompit d'une voix aigre :

« Je ne m'attendais pas à moins, après toutes ces communications télégraphiques. Mais enfin, messieurs, il vous en manque une : je ne suis pas encore destitué, et M. Leuwen n'est pas encore préfet de Caen. »

Tout ce que la colère peut mettre dans la bouche d'un petit sophiste sournois fut adressé par M. de Séranville au général et à Leuwen. La scène dura cinq heures. Le général ne perdit un peu patience que vers la fin. M. de Séranville, toujours ferme à refuser, changea cinq ou six fois de système quant aux raisons de refuser.

« Mais, monsieur, même en vous réduisant aux raisons égoïstes, votre élection est évidemment perdue. Laissez-la mourir entre les mains de M. Leuwen. Comme les médecins appelés trop tard, M. Leuwen aura tout l'odieux de la mort du malade.

— Il aura ce qu'il voudra ou ce qu'il pourra, mais jusqu'à ma destitution, il n'aura pas la préfecture de Caen. »

Ce fut sur cette réponse de M. de Séranville que Leuwen fut obligé de retenir le général.

« Un homme qui trahirait le gouvernement, dit le général, ne pourrait pas faire mieux que vous, monsieur le préfet, et c'est ce que je vais écrire aux ministres. Adieu, monsieur [504]. »

A minuit et demi, en sortant, Leuwen dit au général :

« Je vais écrire ce beau résultat à M. l'abbé Le Canu.

— Si vous m'en croyez, voyons un peu agir ces alliés suspects ; attendons demain matin, après votre dépêche télégraphique. D'ailleurs, ce petit animal de préfet peut se raviser. »

A cinq heures et demie du matin, Leuwen attendait le jour dans le bureau du télégraphe. Dès qu'on put y voir, la dépêche suivante fut expédiée (n° 4) :

« Le préfet a refusé ses 389 voix d'hier à M. de Crémieux. Le concours des 70 à 80 voix que le général Fari et M. Leuwen attendaient des légitimistes devient inutile, et M. Hampden va être élu. »

Leuwen, mieux avisé, n'écrivit pas à MM. Disjonval et Le Canu, mais alla les voir. Il leur expliqua le malheur nouveau avec tant de simplicité et de sincérité évidente que ces messieurs, qui connaissaient le génie du préfet, finirent par croire que Leuwen n'avait pas voulu leur tendre un piège [505].

« L'esprit de ce petit préfet [506] des Grandes Journées, dit M. Le Canu, est comme les cornes des boucs de mon pays : noir, dur, et tortu. »

Le pauvre Leuwen était tellement emporté par l'envie de

ne pas passer pour un coquin, qu'il supplia M. Disjonval
d'accepter de sa bourse le remboursement des frais de
messager et autres qu'avait pu entraîner la convocation
extraordinaire des électeurs légitimistes. M. Disjonval
refusa, mais, avant de quitter la ville de Caen, Leuwen
lui fit remettre cinq cents francs par M. le président Donis
d'Angel.

Le grand jour de l'élection, à dix heures, le courrier de
Paris apporta cinq lettres annonçant que M. Mairobert était
mis en accusation à Paris comme fauteur du grand mouvement insurrectionnel et républicain dont l'on parlait alors.
Aussitôt, douze des négociants les plus riches déclarèrent
qu'ils ne donneraient pas leurs voix à Mairobert.

« Voilà qui est bien digne du préfet, dit le général à
Leuwen, avec lequel il avait repris son poste d'observation
vis-à-vis la salle des Ursulines. Il serait plaisant, après tout,
que ce petit sophiste réussît. C'est bien alors, monsieur,
ajouta le général avec la gaieté et la générosité d'un homme
de cœur, que, pour peu que le ministre soit votre ennemi et
ait besoin d'un bouc émissaire, vous jouerez un joli rôle.

— Je recommencerais mille fois. Quoique la bataille fût
perdue, j'ai fait donner mon régiment.

— Vous êtes un brave garçon... Permettez-moi cette locution familière », ajouta bien vite le bon général, craignant
d'avoir manqué à la politesse, qui était pour lui comme une
langue étrangère apprise tard.

Leuwen lui serra la main avec émotion et laissa parler son
cœur.

A onze heures, on constata la présence de 948 électeurs.
Au moment où un émissaire du général venait lui donner ce
chiffre, M. le président Donis voulut forcer toutes les consignes pour pénétrer dans l'appartement, mais n'y réussit pas.

« Recevons-le un instant, dit Leuwen.

— Ah! que non. Ce pourrait être la base d'une calomnie
de la part du préfet, de la part de M. Le Canu, ou de la part
de ces pauvres républicains plus fous que méchants. Allez
recevoir le digne président, et ne vous laissez pas trahir par
votre honnêteté naturelle.

— Il me portait l'assurance que, malgré les contre-ordres
de ce matin, il y a quarante-neuf légitimistes et onze parti-

sans du préfet gagnés en faveur de M. de Crémieux dans la salle des Ursulines. »

L'élection suivit son cours paisible ; les figures étaient plus sombres que la veille. La fausse nouvelle du préfet sur la mise en accusation de M. Mairobert avait mis en colère cet homme si sage jusque-là, et surtout ses partisans [508]*. Deux ou trois fois, on fut sur le point d'éclater. On voulait envoyer trois députés à Paris pour interroger les cinq personnes qui avaient donné la nouvelle du mandat d'arrêt lancé contre M. Mairobert. Mais enfin un beau-frère de M. Mairobert monta sur une charrette arrêtée à cinquante pas de la salle des Ursulines et dit :

« Renvoyons notre vengeance à quarante-huit heures après l'élection, autrement la majorité vendue à la Chambre des députés l'annulera. »

Ce bref discours fut bientôt imprimé à vingt mille exemplaires. On eut même l'idée d'apporter une presse sur la place voisine de la salle d'élection. Les agents de la préfecture n'osèrent approcher de la presse ni tenter de mettre obstacle à la circulation du bref discours. Ce spectacle frappa les esprits et contribua à les calmer. Leuwen, qui se promenait hardiment partout, ne fut point insulté ce jour-là ; il remarqua que cette foule sentait sa force. A moins de la mitrailler à distance, aucune force ne pouvait agir sur elle.

« Voilà le peuple vraiment souverain », se dit-il.

Il revenait de temps à autre à l'appartement d'observation. L'avis du capitaine Ménière était que personne n'aurait la majorité ce jour-là.

A quatre heures, il arriva une dépêche télégraphique au préfet, qui lui ordonnait de porter ses votes au légitimiste désigné par le général Fari et par Leuwen. Le préfet ne fit rien dire au général ni à Leuwen. A quatre heures un quart, Leuwen eut une dépêche télégraphique dans le même sens. Sur quoi Coffe s'écria :

« Un peu moins de fortune, et plus tôt arrivée[a]... »

Le général fut charmé de la citation et se la fit répéter.

---

a. Polyeucte [II-1].

A ce moment, ces messieurs furent étourdis par un vivat général et assourdissant.

« Est-ce joie ou révolte ? s'écria le général en courant à la fenêtre. — C'est joie, dit-il avec un soupir, et nous sommes f.....»

En effet, un émissaire qui arriva son habit déchiré tant il avait eu de peine à traverser la foule apporta le bulletin de dépouillement du scrutin.

Électeurs présents	948
Majorité	475
M. Mairobert	475
M. Gonin, candidat du préfet	401
M. de Crémieux	61
M. Sauvage, républicain, voulant retremper le caractère des Français par des lois draconiennes	9
Voix perdues	2

Le soir, la ville fut entièrement illuminée.

« Mais où sont donc les fenêtres des quatre cent un partisans du préfet ? » disait Leuwen à Coffe. La réponse fut un bruit effroyable de vitres cassées ; on brisait les fenêtres du président Donis d'Angel.

Le lendemain, Leuwen s'éveilla à onze heures du matin et alla seul promener dans toute la ville. Une singulière pensée s'était rendue maîtresse de son esprit.

« Que dirait Mme de Chasteller si je lui racontais ma conduite ? »

Il fut bien une heure avant de trouver la réponse à cette question, et cette heure fut bien douce.

« Pourquoi ne lui écrirais-je pas ? » se dit Leuwen. Et cette question s'empara de son âme pour huit jours.

En approchant de Paris, il vint par hasard à penser à la rue où logeait Mme Grandet, et ensuite à elle. Il partit d'un éclat de rire.

« Qu'avez-vous donc ? lui dit Coffe.

— Rien. J'avais oublié le nom d'une belle dame pour qui j'ai une grande passion.

— Je croyais que vous pensiez à l'accueil que va vous faire votre ministre.

— Le diable l'emporte !... Il me recevra froidement, me demandera l'état de mes déboursés, et trouvera que c'est bien cher.

— Tout dépend du rapport que les espions du ministre lui auront fait sur votre mission. Votre conduite a été furieusement imprudente, vous avez donné pleinement dans cette folie de la première jeunesse qu'on appelle zèle. »

Leuwen avait à peu près deviné.

Le comte de Vaize le reçut avec sa politesse ordinaire, mais ne lui fit aucune question sur les élections, aucun compliment sur son voyage; il le traita absolument comme s'il l'avait vu la veille [510].

« Il a de meilleures façons qu'à lui n'appartient; depuis qu'il est ministre il voit bonne compagnie au Château. »

Mais après cette lueur de raisonnement juste, Leuwen retomba bientôt dans cette sottise de l'amour du bien, au moins dans les détails. Il avait fait quelques phrases qui résumaient les observations utiles faites pendant son voyage; il eut besoin de faire effort sur soi-même pour ne pas dire au ministre des choses si évidemment mal et si faciles à faire aller bien. Il n'avait aucun intérêt de vanité, il savait quel juge c'était que M. de Vaize dans tout ce qui, de près ou de loin, tenait à la logique ou à la clarté de la narration [512]. Par ce sot amour du bien, qui n'est guère pardonnable à un homme dont le père a un carrosse, Leuwen aurait voulu corriger trois ou quatre abus qui ne rapportaient pas un sou au ministre. Leuwen était cependant assez civilisé pour ressentir une crainte mortelle que son amour pour le bien ne le fît sortir des bornes que le ton du ministre semblait vouloir mettre à ses rapports avec lui.

« Quelle honte n'aurai-je pas si avec un fonctionnaire tellement au-dessus de moi je viens à parler de choses utiles, tandis qu'il ne me parle que de détails ! »

Leuwen laissa tomber l'entretien et prit la fuite. Son bureau était occupé par le petit Desbacs, qui durant son absence avait rempli sa place. Ce petit homme fut très froid en lui faisant la remise des affaires courantes, lui qui, avant le voyage, était à ses pieds.

Leuwen ne dit rien à Coffe, qui travaillait dans une pièce voisine et de son côté éprouvait un accueil encore plus significatif. A cinq heures et demie, il l'appela pour aller dîner. Dès qu'ils furent seuls dans un cabinet de restaurateur :

« Eh ! bien ? dit Leuwen en riant.

— Eh ! bien, tout ce que vous avez fait de bien et d'admirable pour tâcher de sauver une cause perdue n'est qu'un *péché splendide*. Vous serez bien heureux si vous échappez au reproche de jacobinisme ou de carlisme. On en est encore, dans les bureaux, à trouver un nom pour votre crime, on n'est d'accord que sur son énormité. Tout le monde en est à épier la façon dont le ministre vous traite. Vous vous êtes cassé le cou.

— La France est bien heureuse, dit Leuwen gaiement, que ces coquins de ministres ne sachent pas profiter de cette folie de jeunesse qu'on appelle *zèle*. Je serais curieux de savoir si un général en chef traiterait de même un officier qui, dans une déroute, aurait fait mettre pied à terre à un régiment de dragons pour marcher à l'assaut d'une batterie qui enfile la grand-route et tue horriblement de monde. »

Après de longs discours, Leuwen apprit à Coffe qu'il ne voulait point épouser une parente du ministre et qu'il n'avait rien à demander.

« Mais alors, dit Coffe étonné, d'où venait, avant votre mission, la bonté marquée du ministre ? Maintenant, après les lettres de M. de Séranville, pourquoi ne vous brise-t-il pas ?

— Il a peur du salon de mon père. Si je n'avais pas pour père l'homme d'esprit le plus redouté de Paris, j'aurais été comme vous, jamais je ne me relèverais de la profonde disgrâce où nous a jetés notre républicanisme de l'École polytechnique... Mais dites-moi, croyez-vous qu'un gouvernement républicain fût aussi absurde que celui-ci ?

— Il serait moins absurde, mais plus violent ; ce serait souvent un loup enragé. En voulez-vous la preuve ? Elle n'est pas loin de vous. Quelles mesures prendriez-vous dans les deux départements de MM. de Riquebourg et de Séranville, si demain vous étiez un ministre de l'Intérieur tout-puissant?

— Je nommerais M. Mairobert préfet, je donnerais au général Fari le commandement des deux départements.

— Songez au contrecoup de ces mesures et à l'exaltation que prendraient dans les deux départements Riquebourg et Séranville tous les partisans du bon sens et de la justice. M. Mairobert serait roi de son département; et si ce département s'avisait d'avoir une opinion sur ce qui se fait à Paris? Et pour parler de ce que nous connaissons, si ce département s'avisait de jeter un œil raisonnable sur ces quatre cent trente nigauds emphatiques qui grattent du papier dans la rue de Grenelle et parmi lesquels nous comptons? Si les départements voulaient à l'Intérieur six hommes de métier à 30 000 francs d'appointements et 10 000 francs de frais de bureau, signant tout ce qui est d'un intérêt secondaire, que deviendraient trois cent cinquante au moins de ces commis chargés de faire au bon sens une guerre si acharnée[513]*? Et, de proche en proche, que deviendrait le roi? Tout gouvernement est un mal, mais un mal qui préserve d'un plus grand...

— C'est ce que me disait M. Gauthier, l'homme le plus sage que j'aie connu, un républicain de Nancy. Que n'est-il ici, à raisonner avec nous? Du reste, c'est un homme qui lit la *Théorie des fonctions* de Lagrange aussi bien que vous et cent fois mieux que moi. »

Le discours fut infini entre les deux amis, car Coffe, en sachant résister à Leuwen, s'en était fait aimer et, par reconnaissance, se croyait obligé à lui répondre. Coffe ne revenait pas de son étonnement qu'étant riche il ne fût pas plus absurde. Entraîné par cette idée, Coffe lui dit:

« Êtes-vous né à Paris?

— Oui, sans doute.

— Et monsieur votre père avait un hôtel magnifique à cette époque, et vous vous alliez promener en voiture à trois ans?

— Mais sans doute, dit Leuwen en riant. Pourquoi ces questions?

— C'est que je suis étonné de ne vous trouver ni absurde, ni sec; mais il faut espérer que cela viendra. Vous devez voir par le succès de votre mission que la société repousse vos qualités actuelles. Si vous vous étiez borné à vous faire couvrir de boue à Blois, le ministre vous eût donné la croix en arrivant.

— Du diable si je resonge jamais à cette mission! dit Leuwen.

— Vous auriez le plus grand tort, c'est la plus belle et la plus curieuse expérience de votre vie. Jamais, quoi que vous fassiez, vous n'oublierez le général Fari, M. de Séranville, l'abbé Le Canu, M. de Riquebourg [514].

— Jamais.

— Eh bien, le plus ennuyeux de l'expérience morale est fait. C'est le commencement, l'exposition des faits. Suivez dans les bureaux le sort des hommes et des choses, qui sont tellement présents à votre imagination. Pressez-vous, car il est possible que le ministre ait déjà inventé quelque coup de Jarnac pour vous éloigner tout doucement sans fâcher monsieur votre père.

— A propos, mon père est député de l'Aveyron, après trois ballottages et à la flatteuse majorité de deux voix.

— Vous ne m'aviez pas parlé de sa candidature.

— Je la trouvais ridicule, et d'ailleurs je n'eus pas le temps d'y trop songer. Je la sus par ce courrier extraordinaire qui donna une pâmoison à M. de Séranville.

Deux jours après, le comte de Vaize dit à Leuwen :
« J'ai à vous faire lire ce papier. »

C'était une première liste de gratifications à propos des élections. Le ministre, en la lui donnant, souriait d'un air de bonté qui semblait dire : « Vous n'avez rien fait qui vaille, et cependant voyez comme je vous traite. » Leuwen lisait la liste, il y avait trois gratifications de dix mille francs, et à côté des noms des gratifiés le mot *succès;* la quatrième ligne portait : « M. Leuwen, maître des requêtes, non succès, M. Mairobert nommé à une majorité d'une voix, mais un zèle remarquable, sujet précieux, 8 000 francs. »

« Eh bien, dit le ministre, tient-on la parole que l'on vous donna à l'Opéra? »

Leuwen vit sur la liste que le petit nombre d'agents qui n'avaient pas réussi n'avaient que des gratifications de

2 500 francs. Il exprima toute sa reconnaissance, puis ajouta :

« J'ai une prière à faire à Votre Excellence, c'est que mon nom ne paraisse pas sur cette liste.

— J'entends, dit le ministre, dont la figure prit sur-le-champ l'expression la plus sévère. Vous voulez la croix ; mais en vérité, après tant de folies je ne puis la demander pour vous. Vous êtes plus jeune de caractère que d'âge. Demandez à Desbacs l'étonnement que causaient vos dépêches télégraphiques arrivant coup sur coup, et ensuite vos lettres.

— C'est parce que je sens tout cela que je prie Votre Excellence de ne pas songer à moi pour la croix, et encore moins pour la gratification.

— Prenez garde, monsieur, dit le ministre tout à fait en colère, je suis homme à vous prendre au mot. Et, parbleu, voilà une plume à côté de votre nom, mettez ce que vous voudrez. »

Leuwen écrivit à côté de son nom les mots : *ni croix, ni gratification, élection manquée ;* puis raya le tout. Au bas de la liste, il écrivit : M. Coffe, 2 500 francs.

« Prenez garde, dit le ministre en lisant ce que Leuwen avait écrit. Je porte ce papier au Château. Il serait inutile que, par la suite, monsieur votre père me parlât à ce sujet.

— Les hautes occupations de Votre Excellence l'empêchent de garder le souvenir de la conversation à l'Opéra. J'exprimai le vœu le plus précis que mon père n'eût plus à s'occuper de ma fortune politique.

— Eh ! bien, expliquez à mon ami M. Leuwen comment s'est passée l'affaire de la gratification. Vous étiez porté pour 8 000 francs, vous avez effacé ce chiffre. Adieu, monsieur. »

A peine la voiture de Son Excellence eut-elle quitté l'hôtel, que Mme la comtesse de Vaize fit appeler Leuwen.

« Diable, se dit Leuwen en l'apercevant, elle est fort jolie aujourd'hui. Elle n'a point l'air timide et ses yeux ont du feu. Que signifie ce changement ?

— Vous nous tenez rigueur depuis votre retour ; j'attendais une occasion de vous parler en détail. Je puis vous assurer que personne au ministère n'a défendu vos dépêches télégraphiques avec plus de suite. J'ai empêché avec le plus grand courage qu'on en dît du mal devant moi à table. Mais enfin, tout le monde peut se tromper, et j'ai une bonne nouvelle à vous annoncer. Vos ennemis, par la suite, pourraient vous calomnier à propos de votre mission ; je sais bien que les intérêts d'argent ne vous touchent que médiocrement, mais il faut fermer la bouche sur cette affaire à vos ennemis, et ce matin j'ai obtenu de mon mari que vous soyez présenté au roi pour une gratification de 8 000 francs. Je voulais 10 000, mais M. de Vaize m'a fait voir que cette somme était réservée aux plus grands succès, et les lettres reçues hier de M. de Séranville [515] sont affreuses pour vous. J'ai opposé à ces lettres la nomination de monsieur votre père, et enfin je viens de l'emporter au moment même. M. de Vaize a fait recopier la liste, où vous étiez placé à la fin et pour 4 000 francs, et votre nom est le quatrième avec 8 000 francs. »

Tout cela fut dit avec beaucoup plus de paroles, et par conséquent avec plus de mesure et de retenue féminine, mais aussi avec plus de marques de bonté et d'intérêt que nous n'avons la place de le noter ici. Aussi Leuwen y fut-il très sensible : depuis quinze jours, il n'avait pas vu beaucoup de visages amis, il commençait à prendre un peu d'usage du monde ; il était temps, à vingt-six ans [516].

« Je devrais faire la cour à cette femme timide ; les grandeurs l'ennuient et lui pèsent, je serais sa consolation. Mon bureau n'est guère qu'à cinquante pas de sa chambre. »

Leuwen lui raconta qu'il venait d'effacer son nom.

« Mon Dieu ! s'écria-t-elle, seriez-vous piqué ? Vous aurez la croix à la première occasion, je vous le promets. » Ce qui voulait dire : « Allez-vous nous quitter ? »

L'accent de ce mot toucha profondément Leuwen, il fut sur le point de lui baiser la main. Mme de Vaize était fort émue, lui était touché de reconnaissance [517].

« Mais si je m'attachais à elle, que de dîners ennuyeux il faudrait supporter, et avec cette figure du mari [518] de l'autre côté de la table et souvent ce petit coquin de Desbacs, son cousin ! »

Toutes ces réflexions ne prirent pas une demi-seconde.

« Je viens d'effacer mon nom, reprit Leuwen ; mais puisque vous daignez témoigner de l'intérêt pour mon avenir, je vous dirai la vraie raison, cause de mon refus. Ces listes de gratifications peuvent être imprimées un jour. Alors, elles donneront peut-être une célébrité fâcheuse, et je suis trop jeune pour m'exposer à ce danger. Et 8 000 francs n'est pas un objet pour moi.

— Oh ! mon Dieu, dit Mme de Vaize avec l'accent de la terreur, êtes-vous comme M. Crapart [520] ? Croyez-vous la république si près de nous ? »

La figure de Mme de Vaize n'exprima plus que la crainte et le soupçon, Leuwen y lut une sécheresse d'âme parfaite.

« La peur, pensa Leuwen, lui a fait oublier sa velléité d'intérêt et d'amitié. Les privilèges sont chèrement achetés dans ce siècle, et Gauthier avait raison d'avoir pitié d'un homme qui s'appelle *prince*. J'avoue cette opinion à peu de personnes, ajoutait Gauthier, on y verrait l'envie la plus plate. Voici ses paroles : en 1834, le titre de prince ou de duc chez un jeune homme moins âgé que le siècle emporte une crise de folie. A cause de son nom, le pauvre jeune homme a peur, et se croit obligé d'être plus heureux qu'un autre. Cette pauvre petite femme serait bien plus heureuse de s'appeler Mme Le Roux... Ces sortes d'idées de danger donnaient au contraire un accès de courage charmant à Mme de Chastel-ler... Ce soir où je fus entraîné à lui dire : « Je me battrais donc contre vous », quel regard !... Et moi, que fais-je à Paris ? Pourquoi ne pas voler à Nancy ? Je lui demanderai pardon à genoux de m'être mis en colère parce qu'elle m'a fait un secret. Quel aveu pénible à faire à un jeune homme et que peut-être on aime ! Et à quoi bon ? Je n'avais jamais parlé de lier nos existences sociales.

— Vous êtes fâché ? » dit Mme de Vaize d'un ton de voix timide.

Le son de cette voix réveilla Leuwen.

« Elle n'a plus de peur, se dit-il. Oh ! mon Dieu, il faut que je me sois tu au moins pendant une minute !

» Y a-t-il longtemps que je suis tombé dans cette rêverie ?

— Trois minutes au moins, dit Mme de Vaize avec l'air de l'extrême bonté ; mais dans cette bonté qu'elle voulait marquer il y avait par cela même un peu du reproche de la femme d'un ministre puissant et qui n'est pas accoutumée à de telles distractions, et en tête à tête, encore.

— C'est que je suis sur le point d'éprouver pour vous, madame, un sentiment que je me reprochais. »

Après cette petite coquinerie, Leuwen n'avait plus rien à dire à Mme de Vaize. Il ajouta quelques mots polis, la laissa rouge comme du feu, et courut s'enfermer dans son bureau.

« J'oublie de vivre, se dit-il. Ces sottises d'ambition me distraient de la seule chose au monde qui ait de la réalité pour moi. Il est drôle de sacrifier son cœur à l'ambition, et pourtant de n'être pas ambitieux... Je ne suis pas non plus si ridicule. J'ai voulu marquer de la reconnaissance à mon père. Mais c'en est assez ainsi... Ils vont croire que je suis piqué de ne pas avoir un grade ou la croix[521]. Mes ennemis au ministère diront peut-être que je suis allé voir des républicains à Nancy. Après avoir fait parler le télégraphe, le télégraphe parlera contre moi... Pourquoi toucher à cette machine diabolique ? » dit Leuwen en riant presque.

Après la résolution de faire un voyage à Nancy, Leuwen se sentit un homme.

« Il faut attendre mon père, qui revient un de ces jours ; c'est un devoir, et je suis bien aise d'avoir son opinion sur ma conduite à Caen, qui est tellement sifflée au ministère. »

Le soir, l'envie de ne pas paraître piqué le rendit extrêmement brillant chez Mme Grandet. Dans le petit salon ovale, au milieu de trente personnes peut-être, il fut le centre de la conversation et fit cesser toutes les conversations particulières pendant vingt minutes au moins.

Ce succès électrisa Mme Grandet.

« Avec deux ou trois moments comme celui-ci à chaque soirée, bientôt mon salon serait le premier de Paris. »

Comme on passait au billard, elle se trouva à côté de Leuwen et séparée du reste de la société ; les hommes étaient occupés à choisir des queues.

« Que faisiez-vous les soirs, pendant cette course en province ?

— Je pensais à une jeune femme de Paris pour laquelle j'ai une grande passion. »

Ce fut le premier mot de ce genre qu'il eût jamais dit à Mme Grandet, il arrivait à propos[522]. Elle jouit de ce mot pendant cinq minutes au moins avant de songer au rôle qu'elle s'était imposé dans le monde. L'ambition réagit avec force, et sans avoir besoin de se l'ordonner, elle regarda Leuwen avec fureur. Les paroles de tendresse ne coûtaient rien à Leuwen, il en était rempli, depuis son parti pris pour le voyage à Nancy. Pendant toute la soirée, Leuwen fut du dernier tendre pour Mme Grandet [523].

(Arrivée à Paris de M..., député de Nancy, et M. Du Poirier, idem, en dix lignes [525].)

M. Leuwen revint tout joyeux de son élection dans le département de l'Aveyron [526*].

« L'air est chaud, les perdrix excellentes, et les hommes plaisants. Un des mes honorables commettants m'a chargé de lui envoyer quatre paires de bottes bien confectionnées ; je dois commencer par étudier le mérite des bottiers de Paris, il faut un *ouvrage* élégant, mais qui pourtant ne soit pas dépourvu de solidité. Quand enfin j'aurai trouvé ce bottier parfait, je lui remettrai la vieille botte que M. de Malpas a bien voulu me confier. J'ai aussi un embranchement de route royale de cinq quarts de lieue de longueur pour conduire à la maison de campagne de M. Castanet, que j'ai juré d'obtenir de M. le ministre de l'Intérieur, en tout cinquante-trois commissions, outre celles qu'on m'a promises par lettre. »

M. Leuwen continua à raconter à Mme Leuwen et à son fils les moyens adroits par lesquels il avait obtenu une majorité triomphante de sept voix. « Enfin, je ne me suis pas ennuyé un instant dans ce département, et si j'y avais eu ma femme, j'aurais été parfaitement heureux. Il y a bien des années que je n'avais parlé aussi longtemps à un aussi grand nombre d'ennuyeux, aussi suis-je saturé d'ennui officiel et de platitudes à dire ou à entendre sur le gouvernement [527]. Aucun de ces benêts du juste milieu, répétant sans les comprendre les phrases de Guizot ou de Thiers, ne peut me donner en écus le prix de l'ennui mortel que sa présence m'inspire. Quand je quitte ces gens-là, je suis encore bête pour une heure ou deux, je m'ennuie mortellement.

— S'ils étaient plus coquins ou au moins fanatiques, dit Mme Leuwen, ils ne seraient pas si ennuyeux [528].

— Maintenant, conte-moi tes aventures de Champagnier et de Caen, dit M. Leuwen à son fils [529].

— Voulez-vous mon histoire longue ou courte?

— Longue, dit Mme Leuwen. Elle m'a fort amusée, je l'entendrai une seconde fois avec plaisir. Je suis curieuse, dit-elle à son mari, de voir ce que vous en penserez.

— Eh! bien, dit M. Leuwen d'un air plaisamment résigné, il est dix heures trois quarts, qu'on fasse du punch, et raconte. »

Mme Leuwen fit un signe au valet de chambre, et la porte fut fermée. Lucien expédia en cinq minutes l'avanie de Blois et l'élection de Champagnier (« C'est à Caen que j'aurais eu besoin de vos conseils»), et il raconta longuement tout ce que nous avons longuement raconté aux lecteurs.

Vers le milieu du récit, M. Leuwen commença à faire des questions.

« Plus de détails, plus de détails, disait-il à son fils, il n'y a d'originalité et de vérité que dans les détails...

» Et voilà comment ton ministre t'a traité à ton retour! dit M. Leuwen à minuit et demi. Il paraissait vivement piqué.

— Ai-je bien ou mal agi? dit Lucien. En vérité, je l'ignore. Sur le champ de bataille, dans la vivacité de l'action je croyais avoir mille fois raison, mais ici les doutes se présentent en foule.

— Et moi, je n'en ai pas, dit Mme Leuwen. Tu t'es conduit comme le plus brave homme aurait pu faire. A quarante ans, tu eusses mis plus de mesure dans ta conduite avec ce petit homme de lettres de préfet, car la haine de l'homme de lettres est presque aussi dangereuse que celle du prêtre, mais aussi à quarante ans tu eusses été moins vif et moins hardi dans tes démarches auprès de MM. Disjonval et Le Canu... »

Mme Leuwen avait l'air de solliciter l'approbation de M. Leuwen qui ne disait rien, et de plaider en faveur de son fils.

« Je vais m'insurger contre mon avocat, dit Lucien. Ce qui est fait est fait, et je me moque parfaitement du Brid'oison de la rue de Grenelle. Mais mon orgueil est alarmé; quelle

opinion dois-je avoir de moi-même ? Ai-je quelque valeur,
voilà ce que je vous demande, dit-il à son père. Je ne vous
demande pas si vous avez de l'amitié pour moi, et ce que
vous direz dans le monde. J'ai pu altérer les faits en ma
faveur en vous les racontant, et alors les mesures que j'ai
prises d'après ces faits seraient justifiées à mon insu. Je vous
assure que M. Coffe n'est point ennuyeux.

— Il me fait l'effet d'un méchant.

— Maman, vous vous trompez ; ce n'est qu'un homme
découragé. S'il avait quatre cents francs de rente, il se
retirerait dans les roches de la Sainte-Baume, à quelques
lieues de Marseille.

— Que ne se fait-il moine ?

— Il croit qu'il n'y a pas de Dieu, ou que s'il y en a un, il
est méchant.

— Cela n'est pas si bête, dit M. Leuwen.

— Mais cela est plus méchant, dit Mme Leuwen, et me
confirme dans mon horreur pour lui.

— C'est bien maladroit à moi, dit Lucien, car je voulais
obtenir de mon père qu'il entendît le récit de ma campagne
fait par ce fidèle aide de camp, qui souvent n'a pas été de la
même opinion que moi. Et jamais je n'obtiendrai une seconde séance de mon père si vous ne sollicitez pas avec moi,
dit-il en se tournant vers sa mère.

— Pas du tout, cela m'intéresse, cela me ramène sur mes
lauriers de l'Aveyron, où j'ai eu cinq voix de légitimistes,
dont deux au moins croient s'être damnés en prêtant serment,
mais je leur ai juré de parler contre ce serment, et ainsi
ferais-je, car c'est un vol.

— Oh ! mon ami, c'est tout ce que je crains, dit
Mme Leuwen. Et votre poitrine ?

— Je m'immolerai pour la patrie et pour mes deux ultras,
à qui j'ai fait commander par leur confesseur de prêter
serment et de me donner leurs voix. Si votre Coffe veut
dîner demain avec nous..., sommes-nous seuls ? dit-il à sa
femme.

— Nous avions un demi-engagement chez Mme de Thémines.

— Nous dînerons ici, nous trois et M. Coffe. S'il est du
genre ennuyeux, comme je le crains, il sera moins ennuyeux

à table. La porte sera fermée, et nous serons servis par Anselme. »

Lucien amena Coffe, non sans peine.

« Vous verrez un dîner qui coûterait quarante francs par tête chez Baleine, du Rocher de Cancale, et même à ce prix Baleine ne serait pas sûr de réussir.

— Va pour le dîner de quarante francs, c'est à peu près le taux de ma pension pour un mois. »

Coffe, par la froideur et la simplicité de son récit, fit la conquête de M. Leuwen.

« Ah! que je vous remercie, monsieur, de n'être pas gascon, lui dit le député de l'Aveyron. J'ai une indigestion de hâbleurs, de ces gens qui sont toujours sûrs du succès du lendemain, sauf à vous répondre une platitude quand, le lendemain, vous leur reprochez la défaite. »

M. Leuwen fit beaucoup de questions à Coffe. Mme Leuwen fut enchantée d'une troisième édition des prouesses de son fils. Et à neuf heures, comme Coffe voulait se retirer, M. Leuwen insista pour le conduire dans sa loge à l'Opéra. Avant la fin de la soirée, M. Leuwen lui dit :

« Je suis bien fâché que vous soyez au ministère. Je vous aurais offert une place de quatre mille francs chez moi. Depuis la mort de ce pauvre Van Peters, je ne travaille pas assez, et depuis la sotte conduite du comte de Vaize à l'égard de ce héros-là, je me sens une velléité de faire six semaines de demi-opposition. Je suis bien loin d'être sûr de réussir, ma réputation d'esprit ébouriffera mes collègues, et je ne puis réussir qu'en me faisant une escouade de quinze ou vingt députés... Il est vrai que, d'un autre côté, mes opinions ne gêneront pas les leurs... Quelques sottises qu'ils veuillent, je penserai comme eux et je les dirai... Mais, morbleu, monsieur de Vaize, vous me paierez votre sottise envers ce jeune héros. Et il serait indigne de moi de me venger comme votre banquier... Toute vengeance coûte à qui se venge, ajouta M. Leuwen se parlant tout haut à soi-même, mais comme banquier je ne puis pas sacrifier un iota sur la probité. Ainsi, de belles affaires s'il y a lieu, comme si nous étions amis intimes... »

Et il tomba dans la rêverie. Lucien, qui trouvait la séance

de politique un peu longue, aperçut Mlle Raimonde dans une loge au cinquième [530] et disparut.

« Aux armes ! dit tout à coup M. Leuwen à Coffe en sortant de sa rêverie. Il faut agir.

— Je n'ai pas de montre, dit Coffe froidement. M. votre fils m'a tiré de Sainte-Pélagie... Il ne résista pas à la vanité d'ajouter : Dans ma faiblesse, j'ai placé ma montre dans mon bilan.

— Parfaitement honnête, parfaitement honnête, mon cher Coffe, dit M. Leuwen d'un air distrait. Il ajouta plus sérieusement : Puis-je compter sur un silence éternel ? Je vous demande de ne prononcer jamais ni mon nom, ni celui de mon fils.

— C'est ma coutume, je vous le promets.

— Faites-moi l'honneur de venir dîner demain chez moi. S'il y a du monde, je ferai servir dans ma chambre ; nous se serons que trois, mon fils et vous, monsieur. Votre raison sage et ferme me plaît beaucoup, et je désire vivement trouver grâce devant votre misanthropie, si toutefois vous êtes misanthrope.

— Oui, monsieur, par trop aimer les hommes. »

Quinze jours après, le changement opéré chez M. Leuwen étonnait ses amis : il faisait sa société habituelle de trente ou quarante députés nouvellement élus et les plus sots [531]. L'incroyable, c'est qu'il ne les persiflait jamais. Un des diplomates amis de Leuwen eut des inquiétudes sérieuses : il n'est plus insolent envers les sots, il leur parle sérieusement, son caractère change, nous allons le perdre.

M. Leuwen allait assidûment chez M. de Vaize, les jours où le ministre recevait les députés. Trois ou quatre affaires de télégraphe se présentèrent, et il servit admirablement les intérêts du ministre.

« Enfin, je suis venu à bout de ce caractère de fer, disait M. de Vaize. Je l'ai maté, se disait-il en se frottant les mains, il ne fallait qu'oser. Je n'ai pas fait son fils lieutenant, et il est à mes pieds. »

Le résultat de ce beau raisonnement fut un petit air de supériorité pris par le ministre à l'égard de M. Leuwen qui n'échappa point à ce dernier et fit ses délices. Comme M. de Vaize ne faisait pas sa société de gens d'esprit, et pour cause, il ne sut point l'étonnement que causait le changement d'habitudes de M. Leuwen parmi ces hommes actifs et fins qui font leur fortune par le gouvernement régnant [532].

Les gens d'esprit qui dînaient habituellement chez lui ne furent plus invités ; il leur donna un dîner ou deux chez le restaurateur. Il n'invita plus de femmes, et chaque jour il avait cinq ou six députés à dîner. Mme Leuwen ne revenait pas de son étonnement. Il leur disait d'étranges choses, comme :

« Ce dîner, que je vous prie d'accepter toutes les fois que vous ne serez pas invité chez les ministres ou chez le roi, coûterait mieux de vingt francs par tête chez le meilleur restaurateur. Par exemple, voilà un turbot... »

Et là-dessus l'histoire du turbot, l'énonciation du prix qu'il avait coûté [533] (et qu'il inventait, car il ne savait pas ces choses-là).

« Mais lundi passé, ce même turbot, ajoutait M. Leuwen, quand je dis le même, non, celui-ci s'agitait dans la mer de la Manche, mais enfin un turbot de même poids et aussi frais, eût coûté dix francs de moins. »

Il évitait de regarder sa femme quand il débitait de ces belles choses.

M. Leuwen ménageait avec beaucoup d'art l'attention de ses députés. Presque toujours il leur faisait part de réflexions comme celle sur le turbot, ou, s'il racontait des anecdotes, c'étaient des cochers de fiacre qui, à minuit, emmenaient dans la campagne des imprudents qui, ne connaissant pas les rues de Paris, hasardent de se retirer à cette heure [534].

L'étonnement de Mme Leuwen était extrême, mais elle n'osait interroger son mari. La réponse eût été une plaisanterie.

M. Leuwen réservait toutes les forces de l'esprit de ses députés pour cette idée difficile qu'il leur faisait conclure de mille faits différents ou que quelquefois il osait leur présenter directement :

« L'union fait la force. Si ce principe est vrai partout, il l'est surtout dans les assemblées délibérantes. Il n'y a d'exception que quand on a un Mirabeau, mais qui est-ce qui est Mirabeau ? Pas moi *pour un*. Nous compterons pour quelque chose si aucun de nous ne tient avec opiniâtreté à sa façon de voir. Nous sommes vingt amis, eh! bien, il faut que chacun de nous pense comme pense la majorité, qui est de onze. Demain, on mettra un article de loi en délibération dans la Chambre; eh! bien, après dîner, ici, entre nous, mettons en délibération cet article de loi. Pour moi, je n'ai d'avantage sur vous que d'étudier les *roueries* de Paris depuis quarante-cinq ans. Je sacrifierai toujours mon opinion à celle de la majorité de mes amis, car enfin, quatre yeux y voient mieux que deux. Nous mettrons en délibération l'opinion qu'il faudra avoir demain; si nous sommes vingt, comme je l'espère, et que onze se déclarent pour *oui*, il faut absolument que les neuf autres disent *oui*, quand même ils seraient passionnément attachés au *non*. C'est là le secret de notre force. Si jamais nous arrivons à réunir trente voix sûres sur tous les sujets, les ministres n'auront plus aucune grâce à vous refuser. Nous ferons un petit mémorandum de la chose que chacun de nous désire le plus obtenir pour sa famille (je parle de choses faisables). Quand chacun de nous aura obtenu de la peur des ministres une grâce à peu près de la même valeur, nous passerons à une seconde liste. Que dites-vous, messieurs, de ce plan de campagne législative?»

M. Leuwen avait choisi les vingt députés les plus dénués d'amis et de relations, les plus étonnés du séjour de Paris, les plus lourds de génie, pour leur expliquer cette théorie et pour les inviter à dîner. Ils étaient presque tous du Midi, Auvergnats ou gens habitant sur la ligne de Perpignan à Bordeaux. Il n'y avait d'exception que pour M. ..., de Nancy, que son fils lui avait présenté. La grande affaire de M. Leuwen était de ne pas offenser leur amour-propre; quoique cédant en tout et partout, il n'y réussissait pas toujours. Il avait un coin de bouche moqueur qui les effarouchait, deux ou trois trouvèrent qu'il avait l'air de se moquer d'eux et s'éloignèrent de ses dîners. Il les remplaça heureusement par ces députés à trois fils et quatre filles, et qui prétendent bien placer leurs fils et leurs gendres.

Un mois à peu près après l'ouverture de la session et après une vingtaine de dîners, il jugea sa troupe assez aguerrie pour la mener au feu. Un jour, après un excellent dîner, il les fit passer dans une chambre à part et voter gravement sur une question de peu d'importance que l'on devait discuter le lendemain. Malgré toute la peine qu'il se donna, à la vérité d'une façon très indirecte et avec beaucoup de prudence, pour faire comprendre de quoi il s'agissait à ses députés, au nombre de dix-neuf, douze votèrent pour le côté absurde de la question. M. Leuwen leur avait promis d'avance de parler en faveur de l'opinion de la majorité. A la vue de cette absurdité, il eut une faiblesse humaine, il chercha à éclairer sa majorité par des explications qui durèrent une bonne heure et demie ; il fut repoussé avec perte, ses députés lui parlèrent conscience. Le lendemain, intrépidement, et pour son début à la Chambre, il soutint une sottise palpable ; il fut tympanisé dans tous les journaux à peu près sans exception, mais sa petite troupe lui sut un gré infini.

Nous supprimons les détails, infinis aussi, des soins que lui coûtait la conscience de ce troupeau de fidèles Périgourdins, Auvergnats, etc. Il ne voulut pas qu'on les lui séduisît, et il allait quelquefois avec eux chercher une chambre garnie ou marchander chez les tailleurs qui vendent des pantalons tout faits dans les passages. S'il eût osé, il les eût logés comme il les nourrissait à peu près.

Avec des soins de tous les jours, mais qui par leur extrême nouveauté l'amusaient, il arriva rapidement à vingt-neuf voix. Alors, M. Leuwen prit le parti de n'inviter jamais à dîner un député qui ne fût pas des vingt-neuf, et presque chaque jour de séance il en ramenait de la Chambre une grande berline pleine. Un journaliste, son ami, feignit de l'attaquer et proclama l'existence de la *Légion du midi,* forte de vingt-neuf voix. Mais le ministre paie-t-il cette nouvelle réunion Piet [536]* ? se demandait le journaliste.

La seconde fois que la *Légion du midi* eut l'occasion de se montrer, *révéler son existence,* comme lui disait M. Leuwen, la veille, après dîner, M. Leuwen les fit délibérer. Fidèles à leur instinct, sur vingt-neuf voix présentes dix-neuf furent pour le côté absurde de la question. Le lendemain, M. Leuwen monta à la tribune, et le parti absurde l'emporta dans la Chambre à une majorité de huit voix [537]*. Le lendemain, nouvelles diatribes contre la *Légion du midi.*

M. Leuwen les conjurait en vain depuis un mois de prendre la parole, aucun n'osait, et en vérité ne pouvait. M. Leuwen avait des amis aux Finances, il distribua parmi

ses vingt-huit fidèles une direction de postes dans un village
du Languedoc et deux distributions de tabac [538]. Trois jours
après, il essaya de ne pas mettre en délibération, apparemment faute de temps, une question à laquelle un ministre
mettait un intérêt personnel. Ce ministre arrive à la Chambre
en grand uniforme, radieux et sûr de son fait ; il va serrer la
main à ses amis principaux, reçoit les autres à son banc et, se
retournant vers ses bancs fidèles, les caresse du regard. Le
rapporteur paraît, et conclut en faveur du ministre.

Un juste milieu furibond lui succède, et appuie le rapporteur. La Chambre s'ennuyait et allait approuver le rapport à
une forte majorité. Les députés amis de M. Leuwen le regardaient à sa place, tout près des ministres, ne sachant que
penser. M. Leuwen monte à la tribune, libre de son opinion.
Malgré la faiblesse de sa voix, il obtient une attention religieuse. Il est vrai que, dès le début de son discours, il trouve
trois ou quatre traits fins et méchants. Le premier fit sourire
quinze ou vingt députés voisins de la tribune, le second fit
rire d'une façon sensible et produisit un murmure de plaisir,
la Chambre se réveillait, le troisième, à la vérité fort méchant, fit rire aux éclats [539]*. Le ministre intéressé demanda
la parole et parla sans succès. M. le comte de Vaize, accoutumé à l'attention de la Chambre, vint au secours de son
collègue. C'était ce que M. Leuwen souhaitait avec passion
depuis deux mois ; il alla supplier un collègue de lui céder
son tour. Comme le ministre comte de Vaize avait répondu
assez bien à une des plaisanteries de M. Leuwen, celui-ci
demande la parole pour un fait personnel. Le président la lui
refuse. M. Leuwen se récrie, et la Chambre lui accorde la
parole au lieu d'un autre député qui cède son tour.

Ce second discours fut un triomphe pour M. Leuwen ; il se
livra à toute sa méchanceté et trouva contre M. de Vaize des
traits d'autant plus cruels qu'ils étaient inattaquables dans la
forme. Huit ou dix fois, toute la Chambre éclata de rire, trois
ou quatre fois, elle le couvrit de bravos. Comme la voix de
M. Leuwen était très faible, on eût entendu, pendant qu'il
parlait, voler une mouche dans la salle. Ce fut un succès
comme ceux que l'aimable Andrieux obtenait jadis aux séances publiques de l'Académie. M. de Vaize s'agitait sur son
banc et faisait signe tour à tour aux riches banquiers mem-

bres de la Chambre et amis de M. Leuwen [540*]. Il était furieux, il parla de duel à ses collègues.

« Contre une telle voix ? lui dit le ministre de la Guerre. L'odieux serait si exorbitant, si vous tuiez ce petit vieillard qu'il retomberait sur le ministère tout entier [541*]. »

Le succès de M. Leuwen passa toutes ses espérances. Son discours était le débondement d'un cœur ulcéré qui s'est retenu deux mois de suite et qui, pour parvenir à la vengeance, s'est dévoué à l'ennui le plus plat. Son discours, si l'on peut appeler ainsi une diatribe méchante, piquante, charmante, mais qui n'avait guère le sens commun, marqua la séance la plus agréable que la session eût offerte jusque-là. Personne ne put se faire écouter après qu'il fut descendu de la tribune.

Il n'était que quatre heures et demie; après un moment de conversation, tous les députés s'en allèrent et laissèrent seul avec le président le lourd juste milieu qui essayait de combattre avec des raisons la brillante improvisation de M. Leuwen. Il alla se mettre au lit, il était horriblement fatigué. Mais il fut un peu ranimé le soir, vers les neuf heures, quand il eut ouvert sa porte. Les compliments pleuvaient, des députés qui ne lui avaient jamais parlé venaient le féliciter et lui serrer la main.

« Demain, si vous m'accordez la parole, je coulerai à fond le sujet.

— Mais, mon ami, vous voulez donc vous tuer ! » répétait Mme Leuwen, fort inquiète.

La plupart des journalistes vinrent dans la soirée lui demander son discours, il leur montra une carte à jouer sur laquelle il avait écrit cinq idées à développer. Quand les journalistes virent que le discours était réellement improvisé, leur admiration fut sans bornes. Le nom de Mirabeau fut prononcé sans rire.

M. Leuwen répondit à cette louange, qu'il prétendait être une injure, avec un esprit charmant.

« Vous parlez encore à la Chambre ! s'écria un journaliste homme d'esprit. Et, parbleu, cela ne sera pas perdu : j'ai bonne mémoire. »

Et il se mit à griffonner sur une table ce que M. Leuwen venait d'ajouter. M. Leuwen, se voyant imprimé tout vif, lui dit trois ou quatre beaux sarcasmes sur M. le comte de Vaize qui lui étaient venus depuis la séance [542*].

A dix heures, le sténographe du *Moniteur* vint apporter à M. Leuwen son discours à corriger.

« Nous faisions comme cela pour le général Foy. » Ce mot enchanta l'auteur.

« Cela me dispense de reparler demain », pensa-t-il ; et il ajouta à son discours cinq ou six phrases de bon sens profond, dessinant clairement l'opinion qu'il voulait faire prévaloir.

Ce qu'il y avait de plaisant, c'était l'enchantement des députés de sa réunion qui assistèrent à ce triomphe toute la soirée. Ils croyaient tous avoir parlé, ils lui fournissaient des raisonnements qu'il aurait pu faire valoir, et il admirait ces arguments avec sérieux.

« D'ici à un mois, monsieur votre fils sera commis à cheval, dit-il à l'oreille de l'un d'eux. Et le vôtre chef de bureau à la sous-préfecture », dit-il à un autre.

Le lendemain matin, Lucien faisait une drôle de mine dans son bureau, à vingt pas de la table où écrivait le comte de Vaize, sans doute furibond. Son Excellence put entendre le bruit que faisaient en entrant dans le couloir les vingt ou trente commis qui vinrent voir Lucien et lui parler du talent de son père.

Le comte de Vaize était hors de lui. Quoique les affaires l'exigeassent, il ne put prendre sur soi de voir Lucien. Vers les deux heures, il partit pour le Château. A peine fut-il sorti que la jeune comtesse fit appeler Lucien.

« Ah ! monsieur, vous voulez donc nous perdre ? Le ministre est hors de lui, il n'a pu fermer l'œil. Vous serez lieutenant, vous aurez la croix, mais donnez-nous du temps. »

La comtesse de Vaize était elle-même fort pâle. Lucien fut charmant pour elle, presque tendre, il la consola de son mieux et lui persuada ce qui était vrai, c'est qu'il n'avait pas la moindre idée de l'attaque projetée par son père.

« Je puis vous jurer, madame, que depuis six semaines mon père ne m'a pas parlé une seule fois sur un ton sérieux. Depuis le long récit de mes aventures à Caen, nous n'avons parlé de rien.

— Ah! Caen, nom fatal! M. de Vaize sent bien tous ses torts. Il devait vous récompenser autrement. Mais aujourd'hui, il dit que c'est impossible, après une levée de bouclier aussi atroce [543].

— Madame la comtesse, dit Lucien d'un air très doux, le fils d'un député opposant peut être désagréable à voir. Si ma démission pouvait être agréable au ministre...

— Ah! monsieur, s'écria la comtesse en l'interrompant, ne croyez point cela. Mon mari ne me pardonnerait jamais s'il savait que ma conversation avec vous a été maladroite au point de vous faire prononcer ce mot, désolant pour lui et pour moi. Ah! c'est bien plutôt de conciliation qu'il s'agit. Ah! quoique puisse dire monsieur votre père, ne nous abandonnez jamais. »

Et cette jolie femme se mit à pleurer tout à fait.

« Il n'est jamais de victoire, même celle de tribune, pensa Lucien, qui ne fasse répandre des larmes. »

Lucien consola de son mieux la jeune comtesse, mais en séparant avec soin ce qu'il devait à une jolie femme de ce qui devait être répété à l'homme qui l'avait maltraité à son retour de Caen. Car, évidemment, cette jeune femme lui parlait par ordre de son mari. Il revint sur cette idée :

« Mon père est amoureux de politique et passe sa vie avec des députés ennuyeux, il ne m'a pas adressé la parole depuis six semaines. »

Après ce succès, M. Leuwen passa huit jours au lit. Un jour de repos aurait suffi, mais il connaissait son pays, où le charlatanisme à côté du mérite est comme le zéro à la droite d'un chiffre et décuple sa valeur [544]. Ce fut au lit que M. Leuwen reçut les félicitations de plus de cent membres de la Chambre [545]. Il refusa huit ou dix membres non dépourvus de talent qui voulaient s'enrôler dans la *Légion du midi*.

« Nous sommes plutôt une réunion d'amis qu'une société de politique... Votez avec nous, secondez-nous pendant la session, et si cette fantaisie, qui nous honore, vous dure encore l'année prochaine, ces messieurs, accoutumés à vous voir partager nos manières de voir, toutes de conscience, iront eux-mêmes vous engager à venir à nos dîners de bons garçons.

« Il faut déjà le comble de l'abnégation et de l'adresse pour mener vingt-huit de ces oisons-là, pensait M. Leuwen, que serait-ce s'ils étaient quarante ou cinquante, et encore des gens d'esprit, dont chacun voudrait être mon lieutenant, et bientôt évincer son capitaine ? »

Ce qui faisait la nouveauté et le succès de la position de M. Leuwen, c'est qu'il donnait à dîner à ses collègues avec son argent, ce qui, de mémoire de Chambre, n'était encore arrivé à personne. M. Piet, jadis, avait eu un dîner célèbre, mais l'État payait.

Le surlendemain du succès de M. Leuwen, le télégraphe apporta d'Espagne une nouvelle qui devait probablement faire baisser les fonds. Le ministre hésita beaucoup à faire donner l'avis ordinaire à son banquier.

« Ce serait un nouveau triomphe pour lui, se dit M. de Vaize, que de me voir piqué au point de négliger mes intérêts... Mais halte-là ! Serait-il capable de me trahir ? Il n'y a pas d'apparence. »

Il fit appeler Lucien et, sans presque le regarder en face, lui donna l'avis à transmettre à son père. L'affaire se fit comme à l'ordinaire, et M. Leuwen en profita pour envoyer à M. de Vaize, le surlendemain, après le rachat des rentes, le bénéfice de cette dernière opération et le restant de bénéfice des trois ou quatre opérations précédentes, de telle sorte qu'à quelques centaines de francs près, la maison Leuwen ne dut rien au comte de Vaize.

Les discours de M. Leuwen ne méritaient point ce nom, ils n'étaient pas éloquents, n'affectaient point de gravité, c'était du bavardage de société piquant et rapide, et M. Leuwen n'admettait jamais la périphrase parlementaire.

« Le style noble me tuerait, disait-il un jour à son fils. D'abord, je ne pourrais plus improviser, je serais obligé de travailler, et je ne travaillerais pas dans le genre littéraire pour un empire... Je ne croyais pas qu'il fût si facile d'avoir du succès. »

Coffe était en grande faveur auprès de l'illustre député, faveur basée sur cette grande qualité : il n'est pas gascon. M. Leuwen l'employait à faire des recherches. M. de Vaize destitua Coffe de son petit emploi de cent louis.

« Voilà qui est de bien mauvais goût », s'écria M. Leuwen ; il envoya quatre mille francs à Coffe.

A sa seconde sortie, il alla chez le ministre des Finances,
qu'il connaissait une longue main [546*].

« Eh ! bien, parlerez-vous contre moi ? dit ce ministre en
riant.

— Certainement à moins que vous ne répariez la sottise
de votre collègue le comte de Vaize. » Et il raconta au
ministre des Finances l'histoire de cet homme de mérite.

Le ministre, homme de sens et tout positif, ne fit pas de
questions sur M. Coffe.

« On dit que le comte de Vaize a employé monsieur votre
fils dans nos élections, et que ce fut M. Leuwen fils qui fut
attaqué par l'émeute à Blois.

— Il a eu cet honneur-là.

— Et je n'ai point vu son nom sur la liste des gratifications apportée au Conseil.

— Mon fils avait effacé son nom et porté celui de
M. Coffe pour cent louis, je crois. Mais ce pauvre Coffe
n'est pas heureux au ministère de l'Intérieur.

— Ce pauvre de Vaize a du talent et parle bien à la
Chambre, mais il manque tout à fait de tact. Voilà une belle
économie qu'il a faite là aux dépens de M. Coffe ! »

Huit jours après, M. Coffe était sous-chef aux Finances
avec six mille francs d'appointements et la condition ex-
presse de ne jamais paraître au ministère.

« Êtes-vous content ? dit le ministre des Finances, à la
Chambre, à M. Leuwen.

— Oui, de vous. »

Quinze jours après, dans une discussion où le ministre de
l'Intérieur venait d'avoir un beau succès, au moment où l'on
allait voter, la Chambre était toute en conversations, et l'on
disait de toutes parts autour de M. Leuwen :

« Majorité de quatre-vingts ou cent voix ! »

Il monta à la tribune et débuta par parler de son âge et de
sa faible voix. Le silence le plus profond régna à l'instant.

M. Leuwen fit un discours de dix minutes, serré, rai-
sonné, après quoi, pendant cinq minutes, il se moqua des
raisonnements du comte de Vaize, et la Chambre, si silencieuse, murmura de plaisir cinq ou six fois [547*].

« Aux voix ! aux voix ! crièrent en interrompant M. Leuwen trois ou quatre juste milieu imbéciles, empressés comme
aboyeurs.

— Eh ! bien, oui, aux voix ! messieurs les interrupteurs.
Je vous en défie ! Et, pour vous laisser le temps de voter, je
descends de la tribune. Aux voix, messieurs ! » cria-t-il avec
sa petite voix en passant devant les ministres.

La Chambre tout entière et les tribunes éclatèrent de rire.
En vain le président prétendait-il qu'il était trop tard pour
aller aux voix.

« Il n'est pas cinq heures, cria M. Leuwen de sa place.
D'ailleurs, si vous ne voulez pas nous laisser voter, je remonte à la tribune demain. Aux voix ! »

Le président fut forcé de laisser voter, et le ministère
l'emporta à la majorité de une voix.

Le soir, les ministres dînèrent ensemble, pour laver la tête
à M. de Vaize. Le ministre des Finances se chargea de
l'exécuter. Il raconta à ses collègues l'aventure de Coffe,
l'émeute de Blois... M. Leuwen et son fils occupèrent tout le
dîner de ces graves personnages. Le ministre des Affaires
étrangères et M. de Vaize s'opposèrent fortement à toute
réconciliation. On se moqua d'eux, on les força de
tout avouer, l'aventure de Kortis avec M. de Beausobre,
l'élection de Caen mal payée par M. de Vaize, et enfin
malgré leur colère, à leur massimo dispetto, le ministre de
la Guerre alla le soir même chez le roi et fit signer deux
ordonnances, la première nommant Lucien Leuwen lieutenant d'état-major, la seconde lui accordant la croix pour
blessure reçue à Blois dans l'exercice d'une mission à lui
confiée.

A onze heures, les ordonnances furent signées, avant
minuit M. Leuwen en avait une expédition avec un billet
aimable du ministre des Finances.

A une heure du matin, ce ministre avait un mot de
M. Leuwen qui demandait huit petites places et remerciait
très fraîchement des grâces incroyables accordées à son fils.

Le lendemain, à la Chambre, le ministre des Finances lui
dit :

« Cher ami, il ne faut pas être insatiable.

— En ce cas, cher ami, il faut être patient [548*]. »

Et M. Leuwen se fit inscrire pour avoir la parole le lendemain. Il invita à dîner tous ses amis pour le soir même.

« Messieurs, dit-il en se mettant à table, voici une petite liste de places que j'ai demandées à M. le ministre des Finances, qui a cru me fermer la bouche en donnant la croix à mon fils. Mais si avant quatre heures, demain, nous n'avons pas cinq au moins de ces emplois qui vous sont dus si justement, nous compterons nos vingt-neuf boules noires et onze autres qui me sont promises dans la salle, et qui font quarante, et de plus je m'engagerai sur notre bon ministre de l'Intérieur qui, avec M. de Beausobre, s'oppose seul à nos demandes. Qu'en pensez-vous, messieurs ? »

Et, sous prétexte d'interroger ces messieurs sur la question en discussion le lendemain, il la leur apprit.

A dix heures, il alla à l'Opéra. Il avait engagé son fils à attacher sa croix à son habit d'uniforme, qu'il ne portait jamais. A l'Opéra, il fit avertir le ministre, sans qu'il parût y être pour rien, de son projet de parler le lendemain et des quarante voix déjà sûres.

A quatre heures, à la Chambre, un quart d'heure avant que l'objet à l'ordre du jour ne fût proposé, le ministre des Finances lui annonça que cinq des places étaient accordées.

« La parole de Votre Excellence est de l'or en barre pour moi, mais les cinq députés pères de famille dont j'ai épousé les intérêts savent qu'ils ont pour ennemis MM. de Beausobre et de Vaize. Ils désireraient un avis officiel, et seront incrédules jusque-là.

— Leuwen, ceci est trop fort ! dit le ministre ; et il rougit jusqu'au blanc des yeux. De Vaize a raison, vous irriteriez des...

— Eh ! bien, la guerre [549*] ! » dit Leuwen. Et un quart d'heure après il était à la tribune.

On alla aux voix, le ministère eut une majorité de trente-sept voix, laquelle fut jugée fort alarmante, et enfin M. Leuwen eut cet honneur que le conseil des ministres, présidé par le roi, délibéra sur son compte, et longuement. Le comte de Beausobre proposa de lui faire peur.

« C'est un homme d'humeur, dit le ministre des Finances ; son associé Van Peters me l'a souvent dit. Quelquefois il a les vues les plus nettes des choses, en d'autres moments,

pour satisfaire un caprice, il sacrifierait sa fortune et lui avec.
Si nous l'irritons, sa faconde épigrammatique prendra une
nouvelle vigueur, et à force de dire cent mauvaises pointes il
en trouvera une bonne, ou du moins qui sera adoptée pour
telle par les ennemis du roi.

— On peut l'attaquer dans son fils, dit le comte de
Beausobre, ce petit sot grave que l'on vient de faire lieutenant.

— Ce n'est pas *on*, monsieur le comte, dit le ministre de
la Guerre ; c'est moi qui, par métier, dois me connaître en
bravoure, qui l'ai fait lieutenant. Quand il était sous-lieutenant de lanciers, il a pu être peu poli, un soir, chez vous, en
cherchant le comte de Vaize pour lui rendre compte de
l'affaire Kortis par lui fort bien arrangée...

— Comment ! peu poli ! dit le comte. Un polisson...

— *On* dit : peu poli, dit le ministre de la Guerre en pesant
sur le *on ; on* ajoute même des détails, des offres de démission, *on* raconte toute la scène, et à des gens qui s'en
souviennent ! »

Et le vieux guerrier élevait la voix.

« Il me semble, dit le roi, qu'il y a des lieux et des
moments où il vaudrait mieux discuter raisonnablement, ne
pas tomber dans des personnalités, et surtout ne point élever
la voix.

— Sire, dit le comte de Beausobre, le respect que je
dois à Votre Majesté me ferme la bouche. Mais partout ailleurs...

— Votre Excellence trouvera mon adresse dans l'Almanach royal », dit le ministre de la Guerre.

De telles scènes se renouvelaient tous les mois dans le
conseil. La réunion des trois lettres R, O, I a perdu tout son
talisman à Paris [550]*.

Une foule de demi-sots, qu'on appelait alors l'opposition
dynastique et qui se laissait guider par quelques hommes
d'une ambition indécise qui auraient pu et n'avaient pas
voulu être ministres de Louis-Philippe, firent faire des ouvertures à M. Leuwen. Il fut profondément étonné.

« Il y a donc quelqu'un qui prend au sérieux mon bavardage parlementaire ? J'ai donc de l'influence, de la consistance ? Il le faut bien, puisqu'un grand parti, ou, pour parler

plus vrai, une grande fraction de la Chambre me propose un
traité d'alliance. »

M. Leuwen eut de l'ambition parlementaire pour la première fois de sa vie. Mais cela lui parut si ridicule qu'il n'osa
pas en parler même à sa femme, qui, jusque-là, avait eu
jusqu'à ses moindres pensées.

CHAPITRE LV [551]

En arrivant à Paris, Du Poirier fut jeté dans une profonde admiration par le luxe étonnant. Il lui vint bientôt une envie désordonnée, terrible, de jouir de ce luxe. Il voyait M. Berryer en possession de l'admiration de la noblesse et des grands propriétaires, M. Passy était profond dans les affaires et les chiffres du budget [552*] ; l'immense majorité de la France, celle qui veut un roi soliveau et peu payé ou un président, n'était pas représentée.

«Elle ne le sera pas de longtemps, car elle ne peut pas nommer un député. Me voici ici pour cinq ans... Je veux être l'O'Connell et le Cobbett [553*] de la France. Je ne ménagerai rien, et je me ferai une place originale et grande [554]. Je ne pourrai me voir arriver un rival que quand tous les officiers de la garde nationale seront électeurs,... dans dix ans peut-être. J'en ai cinquante-deux, alors comme alors... Je dirai qu'ils vont trop loin, je me vendrai pour une belle place inamovible, et je me reposerai sur mes lauriers [555]. »

En deux jours, la conversion de ce nouveau saint Paul fut arrêtée, mais le *comment* était difficile ; il y rêva plus de huit jours. L'essentiel était de ne pas sacrifier la religion.

A la fin, il trouva un drapeau facilement compris du public : les *Paroles d'un croyant* venaient d'avoir un très grand succès l'année précédente [556], il en fit son évangile, se fit présenter à M. de Lamennais, et joua l'enthousiasme le plus vif. Je ne sais si ce disciple de mauvais ton ne fit pas déplorer sa célébrité à l'illustre Breton, mais enfin lui aussi d'adorateur du pape s'était fait amant de la liberté. Elle a une grande âme, et un peu étourdie, et oublie souvent de dire aux gens : *« D'où venez-vous ? »*

La veille, attaqué à la Chambre par les rires de tout le côté droit et les sarcasmes lourds de toute l'aristocratie bourgeoise, il avait eu l'adresse de faire passer par ses gestes et ses mines cet étonnant morceau d'égotisme :

« J'entends qu'on m'attaque sur mes façons de dire ma pensée, de gesticuler, de monter à cette tribune. Tout cela est de mauvaise guerre. Oui, messieurs, j'ai vu Paris pour la première fois à l'âge de cinquante-deux ans. Mais où avais-je passé ces cinquante-deux ans ? Dans le fond d'un château, en province, flatté par mes laquais, par mon notaire, et donnant à dîner au curé du lieu ? Non, messieurs, j'ai passé ces longues années à connaître les hommes de tous les rangs et à secourir le pauvre. Né avec quelques mille francs, je les ai sacrifiés hardiment pour faire mon éducation.

« En quittant l'Université à vingt-deux ans, j'étais docteur, mais je n'avais pas cinq cents francs de capital. Aujourd'hui, je suis riche, mais j'ai disputé cette fortune à des rivaux pleins de mérite et d'activité. J'ai gagné cette fortune, messieurs, non pas en me donnant la peine de naître, comme mes jolis adversaires, mais à force de visites, payées trente sous d'abord, puis trois francs, puis dix francs, et, je l'avoue à ma honte, je n'ai pas eu le temps d'apprendre à danser. Maintenant, que messieurs les orateurs beaux danseurs attaquent le manque de grâces du pauvre docteur de campagne. En vérité, ce sera là une belle victoire ! Pendant qu'ils prenaient des leçons de beau langage et d'art de parler sans rien dire à l'Athénée ou à l'Académie française, moi je visitais des chaumières dans la montagne couverte de neige, et j'apprenais à connaître les besoins et les vœux du peuple. Je suis ici le représentant de cent mille Français non électeurs auxquels j'ai parlé dans ma vie, mais ces Français ont grand tort, ils sont peu sensibles aux grâces. »

. . . .

Un jour, Lucien fut bien surpris en voyant entrer dans son bureau M. Du Poirier, dont il avait remarqué le nom parmi les députés élus. Lucien lui sauta au cou et les larmes lui vinrent aux yeux.

Du Poirier était décontenancé. Il avait hésité pendant trois jours à venir au bureau de Lucien ; il avait peur, le cœur lui avait battu violemment avant de se faire annoncer chez

Leuwen. Il tremblait que le jeune officier ne sût l'étrange tour qu'il lui avait joué pour le faire déguerpir de Nancy. « S'il le sait, il me tue. » Du Poirier avait de l'esprit, de la conduite, du talent pour l'intrigue, mais il avait le malheur de manquer de courage de la façon la plus pitoyable. Sa profonde science médicale s'était mise au service d'une lâcheté rare en France, son imagination lui représentait les suites chirurgicalement tragiques d'un coup de poing ou d'un coup de pied au cul bien assénés. Or, c'est précisément le traitement qu'il redoutait de la part de Lucien. C'est pour cela que, depuis dix jours qu'il était à Paris, il n'avait pas osé venir le chercher. C'est pour cela qu'il se présentait à lui plutôt dans son bureau, dans une sorte de lieu public, et où il était entouré de garçons de bureau et d'huissiers, que chez lui. L'avant-veille, il avait cru apercevoir Lucien dans une rue et avait à l'instant rebroussé chemin et pris une rue transversale.

« Enfin, lui avait suggéré son esprit, il vaut mieux, si un malheur doit arriver (il entendait un soufflet ou un coup de pied), qu'il arrive sans témoins et dans une chambre, qu'au milieu de la rue. Je ne puis, étant à Paris, ne pas le rencontrer tôt ou tard. »

Pour tout dire, malgré son avarice et la peur qu'il avait des armes à feu, le malin Du Poirier avait acheté une paire de pistolets, qu'il avait actuellement dans ses poches.

« Il est fort possible, se disait-il, qu'à l'époque des élections, où tant de haines se sont soulevées, M. Leuwen ait reçu une lettre anonyme, et alors... »

Mais Lucien l'embrassait les larmes aux yeux.

« Ah! il est bien toujours le même », pensa Du Poirier; et dans ce moment il éprouva pour notre héros un sentiment de mépris inexprimable.

En le voyant, Lucien crut être à Nancy, à deux cents pas de la rue habitée par Mme de Chasteller. Du Poirier lui avait peut-être parlé depuis peu. Il le regarda avec une attention tendre.

« Mais quoi! se dit Lucien, il n'est plus sale! Un habit neuf, des pantalons, un chapeau neuf, des bottes neuves! cela ne s'est jamais vu! Quel changement! Mais comment a-t-il pu se résoudre à cette dépense effroyable?

. . . .

Comme les provinciaux, Du Poirier s'exagérait la pénétration et les crimes de la police.

« Voilà une rue bien solitaire. Si le ministre dont je me suis moqué ce matin me faisait saisir par quatre hommes et jeter dans la rivière ? Je ne sais pas nager, d'ailleurs une fluxion de poitrine est bientôt prise.

— Mais ces quatre hommes ont des femmes, des maîtresses, des camarades s'ils sont soldats ; ils bavarderaient. D'ailleurs, croyez-vous les ministres assez coquins ?...

— Ils sont capables de tout, reprit Du Poirier avec chaleur.

— On ne guérit pas de la peur », pensa Lucien ; et il accompagna le docteur.

Quand ils furent le long du mur d'un grand jardin, la peur du docteur redoubla. Lucien sentait trembler son bras.

« Avez-vous des armes ? » dit Du Poirier.

« Si je lui dis que je n'ai que ma petite canne, il est capable de tomber de peur et de me tenir ici une heure. »

« Rien que des pistolets et un poignard », répondit Lucien avec la brusquerie militaire.

La peur du docteur redoubla, Lucien entendit ses dents claquer.

« Si ce jeune officier sait le tour que je lui ai joué dans l'antichambre de Mme de Chasteller, lors de l'affaire du faux enfant, quelle vengeance il peut prendre ici ! »

En passant un fossé un peu large à cause de la pluie récente, Lucien fit un mouvement un peu brusque.

« Ah ! Monsieur, s'écria le docteur d'un ton déchirant, pas de vengeance contre un vieillard ! »

« Décidément, il devient fou. »

« Mon cher docteur, vous aimez bien l'argent, mais à votre place je prendrais une voiture, ou je me priverais d'être éloquent.

— Je me le suis dit cent fois, reprit le docteur, mais c'est plus fort que moi ; quand une idée me vient, je me sens comme amoureux de la tribune, je lui fais les yeux doux, je suis furieux de jalousie contre celui qui l'occupe. Quand ils font silence, quand les tribunes, toutes ces jolies femmes surtout, sont attentives, je me sens un courage de lion, je

dirais son fait à Dieu le Père. C'est le soir, après dîner, que
les transes me prennent. Je veux louer une chambre dans le
Palais-Royal. Pour la voiture, j'y ai pensé : ils séduiraient
mon cocher pour me faire verser. J'en ferais bien venir un de
Nancy, mais M. Rey, en partant, ou M. de Vassignies, lui
promettront vingt-cinq louis pour me casser le cou... »

Un homme ivre s'approcha d'eux, le docteur serra le bras
de Lucien outre mesure.

« Ah ! mon cher ami, lui dit-il un instant après, que vous
êtes heureux d'avoir du courage [557] ! »

. . . .

Un jour, Lucien entra tout ému dans le cabinet du ministre : il venait de voir dans un rapport mensuel de police communiqué par le ministre de l'Intérieur à M. le maréchal ministre de la Guerre que le général Fari avait fait de la propagande à Sercey, où il avait été envoyé, par le ministre de la Guerre, huit ou dix jours avant les élections de Caen, pour calmer un commencement de mouvement libéral.

« Rien au monde ne peut être plus faux. Le général est dévoué de cœur à son devoir, il a encore tout l'honneur que l'on a à vingt-cinq ans, le monde ne l'a point corrompu. Être envoyé par le gouvernement dans un pays pour faire une chose, et faire le contraire, lui ferait horreur.

— Étiez-vous présent, monsieur, à l'événement au sujet duquel a été fait le rapport que vous accusez d'inexactitude ?

— Non, monsieur le comte, mais je suis sûr que le rapport a été fait par un homme de mauvaise foi. »

Le ministre était prêt à partir pour le Château ; il sortit avec humeur et, dans la pièce voisine, dit des injures à son chasseur qui lui passait sa pelisse.

« S'il gagnait un écu à cette calomnie, je le comprendrais, se dit Lucien ; mais à quoi bon mentir d'une façon si nuisible ? Le pauvre Fari approche de soixante-cinq ans, il ne faut à la Guerre qu'un chef de bureau qui ne l'aime pas, il profite de ce rapport et fait mettre à la retraite un des meilleurs officiers de l'armée, un homme honnête par excellence... »

L'ancien secrétaire général de M. le comte de Vaize dans la dernière préfecture qu'il avait occupée avant que Louis XVIII l'appelât à la Chambre des Pairs était à Paris.

Lucien, le trouvant le lendemain dans les bureaux de la rue de Grenelle, lui parla du général Fari.

« Qu'est-ce que le patron peut avoir contre lui [559*] ?

— Le ministre a cru dans un temps que Fari faisait la cour à sa femme [560].

— Quoi ! à l'âge du général ?

— Il amusait la jeune comtesse, qui mourait d'ennui à Caen. Mais je parierais qu'il n'y a jamais eu un mot de galanterie prononcé entre eux.

— Et vous croyez que pour une cause aussi légère ?...

— Ah ! que vous ne connaissez pas le patron ! C'est un amour-propre qui se pique d'un rien, et il n'oublie jamais. Le cœur de cet homme, s'il a un cœur, est un trésor de haines. S'il avait le pouvoir d'un Carrier ou d'un Joseph Le Bon, il ferait guillotiner cinq cents personnes pour des offenses personnelles, dont les trois quarts auraient oublié jusqu'à son nom, s'il n'était pas ministre. Vous-même, qui le voyez tous les jours et qui peut-être lui tenez tête quelquefois, s'il avait le pouvoir suprême je vous conseillerais de passer le Rhin au plus vite. »

Lucien courut chez M. Crapart aîné, directeur de la police du royaume sous le ministre.

« Quelle raison donnerai-je à ce coquin ? se disait Lucien en traversant la cour et les passages qui conduisent à la direction de la police. La vérité, l'innocence du général, sa pauvreté, mon amitié pour lui, toutes choses également ridicules aux yeux d'un Crapart. Il me prendra pour un enfant. »

L'huissier, qui respectait beaucoup M. le secrétaire intime, lui dit à mi-voix que Crapart était avec deux ou trois observateurs de très bonne compagnie.

Lucien regardait par la fenêtre les équipages de ces messieurs. Rien ne lui venait. Il les vit monter en voiture.

« De charmants espions, ma foi ! se dit-il ; on n'a pas l'air plus distingué. »

L'huissier vint l'avertir, Lucien le suivait tout pensif. Il était fort gai en entrant dans le bureau de M. Crapart.

Après les premiers compliments :

« Il y a de par le monde un maréchal de camp Fari. »

Crapart prit l'air grave et sec.

« Cet homme est un pauvre diable, mais ne manque pas

d'une certaine probité. Il paie chaque année deux mille francs à mon père sur sa solde. Autrefois, dans un moment d'imprudence, mon père lui a prêté mille louis, sur lesquels le Fari doit bien encore neuf ou dix mille francs. Nous avons donc un intérêt direct à ce qu'il soit employé encore quatre ou cinq ans. »

Crapart restait pensif.

« Je ne vais point par deux chemins avec vous, mon cher collègue. Vous allez voir l'écriture du patron. »

Crapart chercha un papier pendant sept à huit minutes, ensuite se mit à jurer.

« Est-ce qu'on m'égare mes minutes ? F.....! »

Un commis à mine atroce entra, il fut fort maltraité. Pendant qu'on l'injuriait, cet homme se mit à revoir les dossiers que Crapart avait parcourus, et dit enfin :

« Voici le rapport n° 5 du mois de...

— Laissez-nous, lui dit Crapart avec la dernière malhonnêteté. Voici votre affaire », dit-il à Lucien d'un air tranquille.

Il se mit à lire à demi-bas :

« Hé... Hé... Hé... Ah ! voici. » Et il dit, en pesant sur les mots :

« La conduite du général Fari a été ferme, modérée, il a parlé aux jeunes gens d'une façon persuasive. Sa réputation d'honnête homme a beaucoup fait. »

« Voyez-vous cela ? dit Crapart. Eh ! bien, mon cher, biffé ! biffé ! Et, de la main de Son Excellence.

« Tout serait allé mieux encore, mais, chose déplorable ! le général Fari a fait de la propagande tout le temps qu'il a été à Sercey et n'a parlé que des Trois Journées. »

« Cela vu, mon cher collègue, je ne puis rien faire pour la rentrée de vos dix mille francs. La phrase que vous venez de lire a été portée ce matin au ministère de la Guerre. Gare la bombe ! » dit Crapart avec un gros rire commun.

Lucien lui fit mille remerciements et alla au ministère de la Guerre, au bureau de la police militaire.

« Le ministre de l'Intérieur m'envoie en toute hâte : on a inséré dans la dernière lettre une feuille du brouillon biffée par le ministre.

— Voici votre lettre, dit le chef de bureau ; je ne l'ai pas

encore lue. Remportez-la si vous voulez, mais rendez-la-moi
avant mon travail de demain, à dix heures.

— Si c'est une page du milieu, j'aime mieux l'enlever ici,
dit Lucien.

— Voici des grattoirs, de la sandaraque, faites à votre
aise. »

Lucien se mit à une table.

« Eh ! bien, votre grand travail sur les préfectures après les
élections avance-t-il ? J'ai un cousin de ma femme sous-préfet à *** pour lequel on nous a promis Le Havre ou Toulon
depuis deux ans... »

Lucien répondit avec le plus grand intérêt et de façon à
obliger le chef de bureau de la police militaire. Pendant ce
temps, il recopiait la feuille du milieu de la lettre signée
comte de Vaize. La phrase relative au général Fari était
l'avant-dernière du verso à droite. Leuwen eut soin de ne pas
serrer ses mots et ses lignes, et fit si bien qu'il supprima les
sept lignes relatives au général Fari sans qu'il y parût.

« J'emporte notre feuille, dit-il au chef de bureau après un
travail de trois quarts d'heure.

— A votre aise, monsieur, et dans l'occasion je vous
recommande notre petit sous-préfet.

— Je vais voir son dossier et y mettre ma recommandation.

« Me voilà faisant pour le général Fari ce que Brutus
n'aurait pas fait pour sa patrie ! »

Un commis de la maison Van Peters, Leuwen et Cie, qui
partait pour l'Angleterre huit jours après, mit à la poste, à
vingt lieues de la résidence du général Fari, une lettre qui lui
donnait l'éveil sur la haine toujours vivante que le ministre
de l'Intérieur avait pour lui. Sans signer, Leuwen cita deux
ou trois phrases de leurs conversations sans témoins, qui
nommaient au bon général l'auteur de l'avis salutaire.

Depuis le commencement de la session, le métier de Lucien était fort amusant. M. des Ramiers [562]*, le plus moral, le plus *fénelonien* des rédacteurs du journal ministériel par excellence, récemment nommé député à Escorbiac, dans le Midi, à une majorité de deux voix, faisait une cour assidue au ministre et à Mme la comtesse de Vaize. Sa morale douce et conciliante avait fait la conquête de M. de Vaize et presque celle de Leuwen.

« C'est un homme sans vues politiques, se disait celui-ci, qui prétend [concilier] des choses incompatibles. Si les hommes étaient aussi bons qu'il les fait, la gendarmerie et les tribunaux seraient inutiles, mais son erreur est celle d'un bon cœur. »

Lucien le reçut donc très bien quand il vint, un matin, lui parler d'affaires.

Après un préambule du plus beau style et qui occuperait bien huit pages s'il était transcrit ici, M. des Ramiers exposa qu'il y avait des devoirs bien pénibles attachés aux fonctions publiques. Par exemple, il se trouvait dans la nécessité morale la plus étroite de réclamer la destitution de M. Tourte, commis à cheval des droits réunis, dont le frère s'était opposé de la façon la plus scandaleuse à la nomination de lui, M. des Ramiers [563]. Cela même fut dit avec des précautions savantes qui furent fort utiles à Leuwen pour le préserver d'un rire fou qui l'avait saisi à la première appréhension.

« De Fénelon réclamant une destitution ! »

Lucien s'amusa à répondre à M. des Ramiers en son propre style, il affecta de ne pas comprendre la question, saisit de quoi il s'agissait, et força barbarement le moderne

Fénelon à demander la destitution d'un pauvre diable demi-artisan [564] qui, moyennant un salaire de onze cents francs, vivait, lui, sa femme, sa belle-mère et cinq enfants.

Quand il eut assez joui de l'embarras de M. des Ramiers, que le manque d'intelligence de Leuwen força à employer les façons de parler les plus claires, et, par là, les plus odieuses et les plus contrastantes avec sa morale si douce, Lucien le renvoya au ministre et essaya de lui faire entendre que la présente conversation devait avoir un terme. Alors, M. des Ramiers insista et Lucien, ennuyé de la figure doucereuse de ce coquin, se trouva très disposé à le traiter durement.

« Mais ne pourriez-vous pas, monsieur, avoir l'extrême bonté d'exposer vous-même à Son Excellence la cruelle nécessité où je me trouve ? Mes mandataires me reprochent sérieusement d'être infidèle aux promesses que je leur ai faites. Mais d'un autre côté, réclamer moi-même auprès de Son Excellence la destitution d'un père de famille !... Cependant, j'ai des devoirs à remplir envers ma propre famille. La confiance du gouvernement pourrait m'appeler à la Cour des Comptes, par exemple, en ce cas il faudrait une réélection. Et comment me présenter devant mes mandataires étonnés si la conduite de M. Tourte n'a pas reçu une marque éclatante de désapprobation ?

— Je conçois : la majorité ayant été de deux voix, la moindre prépondérance acquise par le parti contraire peut être funeste à la future députation. Mais, monsieur, je ne me mêle d'élections que le moins possible. Je vous avouerai que je vois dans le mécanisme social beaucoup d'actions nécessaires, indispensables même, j'en conviens, auxquelles, pour rien au monde, je ne voudrais m'astreindre. Les arrêts des tribunaux doivent être exécutés, mais pour rien au monde je ne voudrais me charger de ce soin. »

M. des Ramiers rougit beaucoup, et comprit enfin qu'il fallait se retirer.

« M. Tourte sera destitué, mais j'ai appelé bourreau ce nouveau Fénelon. »

Moins de quatre jours après, [il] trouva dans le portefeuille de la première division une grande lettre du ministre de l'Intérieur au ministre des Finances pour ordonner au directeur des Impositions indirectes de proposer la destitution de

M. Tourte. Lucien appela un commis extrêmement adroit pour gratter et fit mettre partout *Tarte* au lieu de Tourte.

Il fallut quinze jours de démarches à M. des Ramiers pour trouver la cause qui arrêtait la destitution. Pendant ce temps, Leuwen avait trouvé l'occasion de raconter toute la scène renouvelée du *Tartuffe* que M. des Ramiers était venu faire dans son bureau. La bonne Mme de Vaize ne voyait le mal que lorsqu'il était bien clairement expliqué et prouvé. Elle reparla sept à huit fois à Lucien du pauvre commis Tourte, dont le nom l'avait frappée, et deux ou trois fois elle oublia d'inviter M. des Ramiers aux dîners donnés aux députés du second ordre.

M. des Ramiers comprit d'où venait le coup et se mit à s'insinuer dans la très bonne compagnie, où il passait pour un philosophe hardi et pour un novateur trop libéral.

Lucien avait oublié le coquin lorsque le petit Desbacs, qui lui faisait la cour et qui enviait la fortune de M. des Ramiers, vint lui conter les propos de celui-ci. Cela parut bien fort à Lucien.

« Voici un coquin qui en calomnie un autre. »

Il alla voir M. Crapart [565], le chef de la police du ministère, et le pria de faire vérifier le propos. M. Crapart, un peu nouveau dans les salons de bonne compagnie, ne doutait pas que Leuwen ne fût bien avec Mme la comtesse de Vaize, ou du moins bien près d'atteindre à ce poste si envié par les jeunes commis : amant de la femme du ministre. Il servit Lucien avec un zèle parfait, et huit jours après lui apporta les rapports originaux portant les propos tenus par M. des Ramiers sur Mme de Vaize.

« Attendez-moi un instant », dit Lucien à M. Crapart.

Et il porta les rapports sans orthographe des observateurs de bonne compagnie à Mme de Vaize, qui rougit beaucoup. Elle avait pour Lucien une confiance et une ouverture de cœur bien voisine d'un sentiment plus tendre ; Lucien le voyait un peu, mais il était si excédé de son amour pour Mme Grandet que toute relation de ce genre lui faisait horreur. Une heure de promenade tranquille et sombre au pas de son cheval dans les bois de Meudon était ce qu'il avait trouvé de plus semblable au bonheur depuis qu'il avait quitté Nancy.

Lucien trouva les jours suivants Mme de Vaize réellement irritée contre M. des Ramiers, et, comme elle avait plus de sensibilité que d'usage du monde, elle fit sentir sa colère au député journaliste d'une façon humiliante. Cet esprit si doux trouva, je ne sais comment, des mots cruels pour le moderne Fénelon, et ces mots, dits sans précaution au milieu de toute la cour qui entoure la femme d'un ministre puissant, furent cruels pour l'auréole de vertu et de philanthropie du député journaliste. Ses amis lui parlèrent, il y eut une allusion assez claire dans le *Charivari,* journal qui exploitait avec assez de bonheur la tartuferie de MM. du juste milieu [566*].

Lucien avait vu passer une lettre du ministre des Finances annonçant que le directeur des Contributions indirectes répondait qu'il n'y avait point de M. *Tarte* parmi les commis à pied attachés aux Contributions indirectes. Mais M. des Ramiers avait eu le crédit de faire ajouter un post-scriptum à cette lettre par le ministre des Finances. On lisait, de la main même du ministre :

« *Ne s'agirait-il point de M. Tourte, commis à Escorbiac ?* »

Huit jours après, réponse de M. le comte de Vaize à son collègue :

« Oui, c'est précisément M. Tourte qui s'est mal conduit et dont je propose la destitution. »

Lucien vola la lettre et courut la montrer à Mme de Vaize, que cette affaire intéressait au plus haut point.

« Que faisons-nous ? dit-elle à Lucien avec un air soucieux qui lui parut charmant. Il lui prit la main, qu'il baisa avec transport.

— Que faites-vous ? lui dit-on d'une voix éteinte.

— Je vais me tromper d'adresse, et faire mettre sur l'enveloppe de cette lettre l'adresse du ministre de la Guerre. »

Onze jours après arriva la réponse du ministre de la Guerre annonçant l'erreur commise sur l'adresse. Lucien porta cette réponse à M. de Vaize. Le commis décacheteur avait placé trois lettres reçues du ministère de la Guerre ce jour-là dans une feuille de grand papier d'enveloppe, dont il avait fait ce qu'on appelle dans les bureaux *une chemise,* et sur cette feuille avait écrit : « Trois lettres de M. le ministre de la Guerre. »

Leuwen avait depuis huit jours en réserve une lettre du ministre de la Guerre réclamant son autorité sur la garde municipale à cheval de Paris. Lucien la substitua à la lettre qui renvoyait celle sur M. Tourte. M. des Ramiers n'avait pas de relations directes avec le ministère de la Guerre, il fut obligé d'avoir recours au fameux général Barbaut, et enfin ce ne fut que six mois après sa demande que M. des Ramiers put obtenir la destitution de M. Tourte, et quand Mme de Vaize l'apprit elle remit à Leuwen cinq cents francs destinés à ce pauvre commis [567].

Lucien eut une vingtaine d'affaires de ce genre; mais, comme on voit, ces détails de basse intrigue exigent huit pages d'imprimerie pour être rendus intelligibles, c'est trop cher.

La douce Mme de Vaize, poussée à son insu par un sentiment nouveau pour elle, avait déclaré à son mari avec une fermeté qui le surprit infiniment qu'elle aurait mal à la tête et dînerait dans sa chambre toutes les fois que M. des Ramiers dînerait au ministère. Après deux ou trois essais, le comte de Vaize finit par effacer le nom de M. des Ramiers sur la liste des députés invités. Au su de cet événement, une grande moitié du centre cessa de serrer la main au doucereux rédacteur du journal ministériel. Pour comble de misère, M. Leuwen père, qui ne sut l'anecdote que fort tard, par une indiscrétion de Desbacs, se la fit raconter avec détails par son fils, et, le nom de M. Tourte lui paraissant excellent, bientôt cette anecdote brilla dans les salons de la haute diplomatie. M. des Ramiers, qui se fourrait partout, ayant obtenu, je ne sais comment, d'être présenté à M. l'ambassadeur de Russie, M. N., en recevant le célèbre prince de N., celui-ci dit tout haut, en recevant le salut de M. des Ramiers:

« Ah ! le des Ramiers de Tourte ! »

Sur quoi le Fénelon moderne devint pourpre, et le lendemain M. Leuwen père mit l'anecdote en circulation dans tout Paris [568].

Le roi fit appeler M. Leuwen à l'insu de ses ministres. En recevant cette communication de M. de N..., officier d'ordonnance du roi, le vieux banquier rougit de plaisir. (Il avait déjà vingt ans quand la royauté tomba, en 1793.) Toutefois, s'apercevoir de son trouble et le dominer ne fut qu'un instant pour cet homme vieilli dans les salons de Paris. Il fut avec l'officier d'ordonnance d'une froideur qui pouvait passer également pour du respect profond ou pour un manque complet d'empressement.

En effet, l'officier se disait en remontant en cabriolet :

« Cet homme, malgré tout son esprit, est-il un jacobin, ou un nigaud ébahi devant un serrement de main ? »

M. Leuwen regarda le cabriolet s'éloigner ; au même instant le sang-froid lui revint.

« Je vais jouer le rôle si connu de Samuel Bernard promené par Louis XIV dans les jardins de Versailles [570*].

Cette idée suffit pour rendre à M. Leuwen tout le feu de la première jeunesse. Il ne se dissimula point le petit moment de trouble qu'avait causé le message de Sa Majesté, et moins encore le ridicule que lui eût donné ce trouble s'il eût été *coté* au foyer de l'Opéra.

Jusque-là, il n'y avait eu entre le roi et M. Leuwen que des phrases polies au bal ou à dîner. Il avait dîné deux ou trois fois avec le roi dans les premiers temps qui suivirent la révolte de Juillet. Elle portait alors un autre nom, et Leuwen, difficile à tromper, avait été un des premiers à discerner la haine qu'inspirait un exemple aussi pernicieux. Alors, il avait lu dans ce regard auguste :

« Je vais faire peur aux propriétaires et leur persuader que c'est la guerre des gens qui n'ont rien contre ceux qui ont quelque chose. »

Afin de ne pas passer pour aussi bête que quelques députés campagnards invités avec lui, Leuwen avait dirigé quelques plaisanteries enveloppées contre cette idée, que personne n'exprimait.

Leuwen craignit un instant qu'on ne voulût compromettre le petit commerce de Paris en lui faisant répandre du sang. Il trouva l'idée de mauvais goût et donna sans balancer sa démission de chef de bataillon, où l'avait porté le petit commerce en boutique, auquel il prêtait assez généreusement quelques billets de mille francs que même on lui rendait, et n'avait plus dîné chez les ministres sous prétexte qu'ils étaient ennuyeux.

Le comte de Beausobre, ministre des Affaires étrangères, lui disait pourtant : « *Un homme comme vous* [571]... » et le poursuivait d'invitations à dîner. Mais Leuwen avait résisté à une éloquence aussi adroite [572]*.

En 1792, il avait fait une campagne ou deux, et le nom de République française était pour lui le nom d'une maîtresse autrefois aimée, et qui s'est mal conduite. Enfin, son heure n'avait pas sonné.

Le rendez-vous indiqué par le roi bouleversa toutes ses idées, il était d'autant plus attentif sur lui-même qu'il ne se sentait pas de sang-froid.

Au Château, M. Leuwen fut parfaitement convenable, mais d'un sang-froid parfait en apparence. L'esprit cauteleux et fin du premier personnage saisit bientôt cette nuance, et en fut fort mécontent. Il essaya en vain du ton amical, même de l'intérêt particulier, pour donner des ailes à l'ambition de ce bourgeois, rien n'y fit.

Mais n'outrageons point la réputation de finesse cauteleuse de cet homme célèbre. Que voulait-on qu'il fût sans victoires militaires et en présence d'une presse si méchante et si spirituelle ? Nous faisons observer d'ailleurs que ce personnage célèbre voyait Leuwen pour la première fois.

Le procureur de Basse-Normandie qui a pour nom le roi [573] commença par dire à Leuwen, comme son ministre : « *Un homme tel que vous...* [574] » Mais, trouvant ce plébéien

malin endurci contre ces douces paroles, voyant qu'il perdait
le temps inutilement et ne voulant pas, par la longueur de
l'entrevue, donner à Leuwen une idée exagérée du service
qu'on lui demandait, le roi, en moins d'un quart d'heure, fut
réduit à la bonhomie [575]*.

En observant ce changement de ton chez un homme si
adroit, Leuwen fut content de soi, et ce premier succès lui
rendit enfin la confiance en soi-même.

« Voilà, se dit-il, que Sa Majesté renonce aux finesses
bourboniennes. »

On lui disait de l'air le plus paterne et comme si dans ce
qu'on disait de décisif marqué l'on était poussé et comme
contraint par les événements :

« J'ai voulu vous voir, mon cher monsieur, à l'insu de mes
ministres qui, je le crains, à l'exception du maréchal (le
ministre de la Guerre) ne vous ont pas donné, à vous et au
lieutenant Leuwen, de grands sujets d'être contents d'eux.
Demain aura lieu, selon toute apparence, le scrutin définitif
sur la loi de...

« Je vous avouerai, monsieur, que je prends à cette loi un
intérêt tout personnel. Je suis bien sûr qu'elle passera par
assis et levés. N'est-ce pas votre avis ?

— Oui, sire.

— Mais au scrutin j'aurai un bel et bon rejet par huit ou
dix boules noires. N'est-ce pas ?

— Oui, sire.

— Eh! bien, rendez-moi un service : parlez contre (vous
le trouverez nécessaire à votre position), mais donnez-moi
vos trente-cinq voix. C'est un service personnel que j'ai
voulu vous demander moi-même.

— Sire, je n'ai que vingt-sept voix en ce moment, en
comptant la mienne.

— Ces pauvres têtes (le roi parlait de ses ministres) se
sont effrayées, ou plutôt piquées, parce que vous aviez
donné une liste de huit petites places subalternes. Je n'ai pas
besoin de vous dire que j'approuve d'avance cette liste, et je
vous engage, puisque nous trouvons une bonne occasion, à y
joindre quelque chose pour vous, monsieur, ou pour le lieutenant Leuwen... »

Heureusement pour M. Leuwen, le roi parla trois ou quatre minutes dans ce sens ; M. Leuwen reprit presque tout son sang-froid.

« Sire, lui dit M. Leuwen, je demande à Votre Majesté de ne rien signer pour moi ni pour mes amis, et je lui fais hommage de mes vingt-sept voix pour demain.

— Parbleu ! vous êtes un brave homme ! » dit le roi, jouant, et pas trop mal, la franchise à la Henri IV ; il était nécessaire de se rappeler de son nom pour n'y être pas pris.

Sa Majesté parla un bon demi quart d'heure dans ce sens.

« Sire, il est impossible que M. de Beausobre pardonne jamais à mon fils. Ce ministre a peut-être manqué un peu de fermeté personnelle envers ce jeune homme plein de feu que Votre Majesté appelle le lieutenant Leuwen. Je demande à Votre Majesté de ne jamais croire un mot des rapports que M. de Beausobre fera faire sur mon fils par sa police particulière ou même par celle du bon M. de Vaize, son ami.

— *Et que vous servez avec tant de probité* », dit le roi. Son œil brillait de finesse.

M. Leuwen se tut [576] ; le roi répéta la question avec l'air étonné du manque de réponse.

« Sire, je craindrais en répondant de céder à mes habitudes de franchise.

— Répondez, monsieur, exprimez votre pensée, quelle qu'elle soit. »

L'interlocuteur parlait en roi.

« Sire, personne ne doute des correspondances directes du roi avec les cours du Nord, mais personne ne lui en parle. »

Cette obéissance si prompte et si entière eut l'air d'étonner un peu ce grand personnage. Il vit que M. Leuwen n'avait aucune grâce à lui demander. Comme il n'était pas accoutumé à donner ou à recevoir rien pour rien, il avait calculé que les vingt-sept voix devaient lui coûter 27 000 francs. « Et ce serait marché donné », pensait le barème couronné [577]*.

Il reconnut chez M. Leuwen cette physionomie ironique dont le rapport de son général N... [578] lui avait parlé si souvent.

« Sire, ajouta M. Leuwen, je me suis fait une position dans le monde en ne refusant rien à mes amis et en ne me refusant rien contre mes ennemis. C'est une vieille habitude, je supplie Votre Majesté de ne pas me demander de changer de caractère envers vos ministres. Ils ont pris des airs de hauteur avec moi, même ce bon ministre des Finances, qui m'a dit gravement à la Chambre, en parlant de mes huit places de 1 800 francs : « *C'est abuser* [579] ! » Je promets à Votre Majesté mes voix, qui seront vingt-sept au plus, mais je la supplie de me permettre de me moquer de ses ministres. »

C'est ce dont M. Leuwen s'acquitta le lendemain avec une verve et une gaieté admirables. Après tout, son éloquence prétendue n'était qu'une saillie de caractère, c'était un être plus *naturel* qu'il n'est permis de l'être à Paris. Il était excité par l'idée d'avoir réduit le roi à être presque sincère avec lui.

La loi à laquelle le roi prétendait tenir passa à une majorité de treize voix, dont six ministres [580]*. Quand on proclama ce résultat, M. Leuwen, placé au second banc de la gauche, à trois pas des ministres, dit tout haut :

« Ce ministère s'en va, bon voyage ! »

Ce mot fut à l'instant répété par tous les députés voisins du banc. M. Leuwen se trouvant seul dans une chambre avec un laquais était heureux de l'approbation de ce laquais ; on peut juger combien il était sensible au succès de ses mots les plus simples tels que celui-ci.

« Ma réputation jure pour moi », se dit-il en passant la revue de ces yeux brillants fixés sur les siens.

D'abord, tout le monde voyait bien qu'il n'était passionnément pour aucune opinion. Il n'était peut-être que deux choses auxquelles il n'eût jamais consenti : le sang, et la banqueroute.

Trois jours après cette loi, emportée par treize voix dont six de ministres, M. Bardoux, le ministre des Finances, s'approcha, à la Chambre, de M. Leuwen, et lui dit d'un air fort ému (il avait peur d'une épigramme, et parlait à mi-voix) :

« Les huit places étaient accordées.

— Fort bien, monsieur Bardoux, lui dit-il, mais vous vous devez à vous-même de ne pas contresigner ces grâces-là. Laissez cela à votre successeur aux Finances [581]*. J'attendrai, *monseigneur* [582]. »

M. Leuwen parlait fort clairement, tous les députés voisins furent émerveillés : se moquer d'un ministre des

Finances, d'un homme qui peut faire un receveur général !

Il eut bien quelque peine à faire agréer ce succès aux huit membres de sa *Légion du midi* à la famille desquels étaient destinées les huit places.

« Dans six mois, nous avons deux places au lieu d'une, il faut savoir faire des sacrifices.

— Voilà de belles calembredaines », lui dit un de ses députés plus hardi que les autres.

L'œil de M. Leuwen brilla ; il lui vint deux ou trois réponses, mais il sourit agréablement. « Il n'y a qu'un sot, pensa-t-il, qui coupe la branche de l'arbre sur laquelle il est à cheval. »

Tous les yeux étaient fixés sur M. Leuwen. Un autre député enhardi, s'écria :

« Notre ami Leuwen nous sacrifie tous à un bon mot !

— Si vous voulez rompre mes relations, vous en êtes bien les maîtres, messieurs, dit Leuwen d'un ton grave. Auquel cas, je serai obligé de faire agrandir ma salle à manger pour recevoir les nouveaux amis qui me demandent chaque jour de voter avec moi.

— Là ! Là ! la paix ! s'écria un député rempli de bon sens. Que serions-nous sans M. Leuwen ? Quant à moi, je l'ai choisi pour général en chef pour toute ma carrière législative, je ne lui serai jamais infidèle.

— Ni moi.

— Ni moi. »

Les deux députés qui avaient parlé sur ce ton [583], M. Leuwen alla leur prendre la main et voulut bien essayer de leur faire entendre qu'en acceptant ces huit places la société était ravalée à l'état des Trois-cents de M. de Villèle.

« Paris est un pays dangereux. Tous les petits journaux, dans huit jours, auraient été acharnés après vos noms. »

A ces mots, les deux opposants frémirent.

« Le moins épais, se dit l'inexorable Leuwen, aurait bien pu fournir des articles. »

Et la paix fut faite.

Le roi faisait souvent inviter à dîner M. Leuwen et après dîner le tenait une demi-heure ou trois quarts d'heure dans l'embrasure d'une fenêtre.

« Ma réputation d'esprit est enterrée si je ménage les

ministres.» Et il affectait de se moquer sans retenue de quelqu'un de ces messieurs, le lendemain de chaque dîner au Château. Le roi lui en parla.

« Sire, j'ai supplié Votre Majesté de me laisser carte blanche à cet égard. Je ne pourrai accorder quelque trêve qu'aux successeurs de ceux-ci. Ce ministère manque d'esprit, or, c'est ce que dans des temps tranquilles Paris ne peut pas pardonner. Il faut aux bonnes têtes de ce pays du prestige, comme Bonaparte revenant d'Égypte, ou de l'esprit. » (A ce nom redouté, le roi fit la mine d'une jeune femme nerveuse devant laquelle on a nommé le bourreau.)

Peu de jours après cette conversation avec le roi, il vint une affaire à la Chambre à l'énoncé de laquelle tous les yeux cherchèrent M. Leuwen. Mme Destrois, ex-directrice de la poste aux lettres à Torville, se plaignait d'avoir été destituée comme accusée et convaincue d'une infidélité qu'elle n'avait pas commise. Elle voulait, en faisant une pétition, justifier son caractère [584]*. Quant à avoir justice, elle n'y songerait pas tant que M. Bardoux aurait la confiance du roi. La pétition était piquante, toujours sur le bord de l'insolence, mais point insolente; on l'eût dite rédigée par feu M. de Martignac [585].

M. Leuwen parla trois fois, et à la seconde fut littéralement couvert d'applaudissements. Ce jour-là, l'ordre du jour demandé à deux genoux par M. le comte de Vaize fut obtenu à la majorité de deux voix, et encore par assis et levés la majorité du ministre avait été de quinze ou vingt voix. M. Leuwen dit à ses voisins, formant groupe autour de lui, comme à l'ordinaire :

« M. de Vaize change les habitudes des gens timides : ordinairement, on se lève pour la justice et l'on vote pour le ministère. Moi, j'ouvre une souscription en faveur de la veuve Destrois, ex-directrice de poste et qui sera toujours *ex,* et je m'inscris pour trois mille francs. »

Autant M. Leuwen était tranchant avec les ministres, autant il était attentif à être le très humble serviteur de sa *Légion du midi.* Il n'invitait à dîner chez lui que ses vingt-huit députés ; s'il eût voulu, son parti personnel, car ses opinions étaient fort accommodantes, se fût élevé à cinquante ou soixante.

« Les ministres donneraient bien les cent mille francs
qu'ils ont envoyés trop tard à mon fils pour scinder ma bonne
petite troupe. »

Assez ordinairement, il avait tous ces messieurs à dîner le
lundi pour convenir du plan de la campagne parlementaire
pendant la semaine.

« Lequel de vous, messieurs, aurait pour agréable de dîner
au Château ? »

A ce mot, ces bons députés le virent ministre. Ces messieurs convinrent que M. Chapeau, l'un d'entre eux, devait
avoir cet honneur le premier, et que plus tard, avant la fin de
la session, on solliciterait le même honneur pour M. Cambray.

« J'ajouterai à ces noms ceux de MM. Lamorte et Debrée,
qui ont voulu nous quitter. »

Ces messieurs bredouillèrent et firent des excuses.

M. Leuwen alla solliciter l'aide de camp de service de Sa
Majesté, et moins de quinze jours après ces quatre députés,
plus obscurs qu'aucun de la Chambre, furent engagés à dîner
chez le roi. M. Cambray fut tellement comblé de cette faveur
inespérée qu'il tomba malade et ne put en profiter.

Le lendemain du dîner chez le roi, M. Leuwen pensa qu'il
devait profiter de la faiblesse de ces bonnes gens, auxquels
l'esprit seul manquait pour être méchants.

« Messieurs, leur dit-il, si Sa Majesté m'accordait une
croix, lequel de vous devrait être l'heureux chevalier ? »

Ces messieurs demandèrent huit jours pour se concerter,
mais ils ne purent tomber d'accord. On alla au scrutin après
dîner, suivant un usage que M. Leuwen laissait exprès tomber un peu en désuétude. On était vingt-sept. M. Cambray,
malade et absent, eut treize voix, M. Lamorte quatorze, y
compris celle de M. Leuwen. M. Lamorte fut désigné.

Il n'y avait pas la moindre apparence qu'il pût obtenir une
croix. « Mais, pensa-t-il, cette idée les empêchera de se
révolter. »

M. Leuwen allait assez régulièrement chez le maréchal
N..., depuis que ce ministre avait nommé Lucien lieutenant.
Le maréchal lui témoignait beaucoup de bienveillance, et ces
messieurs finirent par se voir trois fois la semaine. Le maréchal finit par lui faire entendre, mais de façon à ne pas

s'attirer de réponse, que si le ministère tombait et que lui maréchal fût chargé d'en former un autre, il ne se séparerait pas de M. Leuwen. M. Leuwen fut très reconnaissant, mais évita soigneusement de prendre un engagement analogue.

Depuis longtemps, M. Leuwen avait osé avouer ses lueurs d'ambition à Mme Leuwen.

« Je commence à songer sérieusement à tout ceci. Le succès est venu me chercher ; mais être *éloquent*, comme [disent] les journalistes amis, cela me paraît plaisant : je parle à la Chambre comme dans un salon. Mais [si] ce ministère, qui ne bat plus que d'une aile, vient à tomber, je ne saurai plus que dire, car enfin je n'ai d'opinion sur rien, et certainement, à mon âge, je n'irai pas étudier pour m'en former une.

— Mais, mon père, vous possédez parfaitement les questions de finances ; vous comprenez le budget avec tous ses leurres, et il n'y a pas cinquante députés qui sachent exactement comment le budget ment, et ces cinquante députés sont achetés avec soin et avant tous les autres. Avant-hier, vous avez fait frémir M. le ministre des Finances dans la question du monopole des tabacs [586]*. Vous avez tiré un parti prodigieux de la lettre du préfet *Noireau*, qui refuse la culture à un homme qui pense mal [587].

— Ceci n'est que du sarcasme. Un peu fait bien, mais toujours du sarcasme finira par révolter la minorité stupide de la Chambre, qui au fond ne comprend rien à rien, et est presque la majorité. Mon éloquence et ma réputation sont comme une omelette soufflée ; un ouvrier grossier trouve que c'est viande creuse.

— Vous connaissez parfaitement les hommes en général, et surtout tout ce qui a paru dans les affaires à Paris depuis le consulat de Napoléon en 1800, cela est immense.

— La *Gazette* vous appelle le Maurepas de cette époque, dit Mme Leuwen. Je voudrais bien avoir sur vous le crédit que Mme de Maurepas avait sur son mari. Amusez-vous, mon ami, mais, de grâce, ne vous faites pas ministre, vous en mourriez. Vous parlez déjà beaucoup trop ; j'ai mal à votre poitrine.

— Il y a un autre inconvénient à être ministre : je me ruinerais. La perte de ce pauvre Van Peters se fait vivement

sentir. Nous avons été *pincés* dernièrement dans deux ban-
queroutes d'Amsterdam, uniquement parce que depuis qu'il
nous manque je ne suis pas allé en Hollande. Cette maudite
Chambre en est la cause, et le maudit Lucien que voilà est la
cause première de tous mes embarras. D'abord, il m'a enlevé
la moitié de votre cœur. Ensuite, il devrait connaître le prix
de l'argent et être à la tête de ma maison de banque. A-t-on
jamais vu un homme né riche qui ne songe pas à doubler sa
fortune ? Il mériterait d'être pauvre. Ses aventures de Caen
lors de la nomination de M. Mairobert m'ont piqué. Sans la
sotte réception que lui fit le de Vaize, je n'aurais songé à *me
faire une position* à la Chambre. J'ai pris goût à ce jeu.
Maintenant, je vais avoir une bien autre part à la chute de ce
ministère, s'il tombe toutefois [588], que je n'en ai eu à sa
formation.

« Mais une objection terrible se présente : *que puis-je demander* ? Si je ne prends rien de substantiel, au bout de deux
mois le ministère que j'aurai aidé à naître se moque de moi,
et je suis dans une *position ridicule*. Me faire receveur
général, cela ne signifie rien pour moi comme argent, et
d'ailleurs c'est un avantage trop subalterne pour ma position
actuelle à la Chambre. Faire Lucien préfet malgré lui, c'est
ménager à celui de mes amis qui sera ministre de l'Intérieur
le moyen de me jeter dans la boue en le destituant, ce qui
arriverait avant trois mois.

— Mais ne serait-ce pas un beau rôle que de faire le bien
et de ne rien prendre ? dit Mme Leuwen.

— C'est ce que notre public ne croira jamais. M. de
Lafayette a joué ce rôle pendant quarante ans, et a toujours
été sur le point d'être ridicule. Ce peuple-ci est trop gangrené
pour comprendre ces choses-là. Pour les trois quarts des gens
de Paris, M. de Lafayette eût été un homme admirable s'il
eût volé quatre millions. Si je refusais le ministère et montais
ma maison de façon à dépenser cent mille écus par an, tout
en achetant des terres (ce qui montrerait que je ne me ruine
pas), on ajouterait foi à mon génie, et je garderais la supériorité sur tous ces demi-fripons qui vont se disputer le
ministère.

» Si tu ne me résous pas cette question-ci : *Que puis-je
prendre ?* dit-il à son fils en riant, je te regarde comme un

être sans imagination et je ne vois d'autre parti à suivre que de jouer la petite santé et d'aller passer trois mois en Italie pour laisser faire un ministère sans moi. Au retour, je me trouverai bien effacé, mais je ne serais pas ridicule [589].

» En attendant que je trouve les moyens d'user de cette faveur combinée du roi et de la Chambre qui fait de moi l'un des représentants de la haute banque, il faut constater cette faveur et l'augmenter.

» J'ai à vous demander une grande corvée, ma chère amie, ajouta-t-il en s'adressant plus particulièrement à sa femme ; il s'agirait de donner deux bals. Si le premier n'est pas *well attended* [590], nous nous dispenserons du second, mais je suppose qu'au second nous aurons *toute la France*, comme on disait dans ma jeunesse [591]. »

Les deux bals eurent lieu et avec un immense succès, ils furent pleinement favorisés par la mode [592*]. Le maréchal vint au premier, où la Chambre des députés afflua en masse, l'on peut dire ; le prince ne manqua pas ; mais, ce qui fut plus réel, le ministre de la Guerre [593*] affecta de prendre à part M. Leuwen pendant vingt minutes au moins ; ce qu'il y avait de singulier, c'est que pendant cet aparté, qui faisait ouvrir de grands yeux aux cent quatre-vingts députés présents, le maréchal avait réellement parlé d'affaires à M. Leuwen.

« Je suis bien embarrassé d'une chose, avait dit le ministre de la Guerre. En choses raisonnables, que trouveriez-vous à faire pour monsieur votre fils ? Le voulez-vous préfet ? Rien de si simple. Le voudriez-vous secrétaire d'ambassade ? Il y a une hiérarchie gênante. Je le ferais second, et dans trois mois premier.

— *Dans trois mois ?* » dit M. Leuwen avec un air naturellement dubitatif et bien loin d'être exagéré.

Malgré ce correctif, le maréchal eût pris ce mot pour une insolence de tout autre. A M. Leuwen il répondit de l'air de la plus grande bonne foi et d'un embarras réel :

« Voilà une difficulté. Donnez-moi un moyen de la lever. »

M. Leuwen, ne trouvant rien à répondre, se rejeta dans la reconnaissance, dans l'amitié la plus réelle, la plus simple, la plus...

Ces deux plus grands trompeurs de Paris [594*] étaient sincères. Ce fut la réflexion de Mme Leuwen quand M. Leuwen lui répéta le dialogue de son aparté avec le maréchal.

Au second bal, tous les ministres furent obligés de paraître. La pauvre petite Mme de Vaize pleura presque en disant à Lucien :

« Aux bals de la saison prochaine, c'est vous qui serez ministres, et c'est moi qui viendrai chez vous.

— Je ne vous serai pas plus dévoué alors qu'aujourd'hui, parce que c'est impossible. Mais qui serait ministre dans cette maison ? Ce n'est pas moi, ce serait encore moins mon père, s'il est possible.

— Vous n'en êtes que plus méchants : vous nous renversez, et ne savez que mettre à la place. Tout cela parce que M. de Vaize ne vous a pas fait assez la cour à vous, monsieur, quand vous reveniez de Caen.

— Je suis désolé de votre chagrin. Que ne puis-je vous consoler en vous donnant mon cœur ! Mais vous savez bien qu'il est *vôtre* depuis longtemps », ce qui fut dit avec assez de sérieux pour n'être pas une impertinence.

La pauvre petite Mme de Vaize n'avait pas assez d'esprit pour voir la réponse à faire, et était encore bien plus loin d'avoir assez d'esprit pour *faire* cette réponse. Elle se contenta de la sentir confusément. C'était à peu près :

« Si j'étais parfaitement sûre que vous m'aimez, si j'avais pu prendre sur moi d'accepter votre hommage, le bonheur d'être à vous serait peut-être la seule consolation possible au malheur de perdre le ministère.

— Voilà encore un des malheurs de ce ministère que mon père côtoie. Il ne fut point un bonheur pour cette pauvre petite femme quand M. de Vaize y arriva. Le seul sentiment qu'il produisit probablement chez elle, autant que j'ai pu en juger, fut l'embarras, la crainte, etc., et voilà qu'elle va être au désespoir de le perdre, si elle le perd. C'est une âme qui ne demande qu'un prétexte pour être triste. Si le de Vaize est chassé, elle prendra peut-être le parti d'être triste pendant dix ans. Au bout de ces dix ans, elle sera au commencement de l'âge mûr, et si elle ne trouve pas un prêtre pour s'occuper d'elle exclusivement sous prétexte de diriger sa conscience, elle est ennuyée et malheureuse jusqu'à la mort. Il n'est aucune beauté, aucune élégance de manières qui puisse faire passer sur un caractère aussi ennuyeux. *Requiescat in pace.*

Je serais bien attrapé si elle me prenait au mot et me donnait son cœur. Les temps sont maussades et tristes; sous Louis XIV, j'eusse été galant et aimable auprès d'une telle femme, j'eusse essayé du moins. En ce XIXe siècle, je suis platement sentimental, c'est pour elle la seule consolation en mon pouvoir. »

Si nous écrivions des *Mémoires de Walpole*, ou tout autre livre de ce genre également au-dessus de notre génie, nous continuerions à donner l'histoire anecdotique de sept demi-coquins, dont deux ou trois adroits et un ou deux beaux parleurs, remplacés par le même nombre de fripons [595]. Un pauvre honnête homme qui, au ministère de l'Intérieur, se fût occupé avec *bonne foi* de choses utiles eût passé pour un sot; toute la Chambre l'eût bafoué. Il fallait faire sa fortune non pas en volant brutalement; toutefois, avant tout, pour être estimé, il fallait mettre du foin dans ses bottes. Comme ces mœurs sont à la veille d'être remplacées par les vertus désintéressées de la république qui sauront mourir, comme Robespierre, avec treize livres dix sous dans la poche, nous avons voulu en *garder note*.

Mais ce n'est pas même l'histoire des goûts au moyen desquels cet homme de plaisir écartait l'ennui que nous avons promis au lecteur. Ce n'est que l'histoire de son fils, être fort simple qui, malgré lui, fut jeté dans des embarras par cette chute de ministres, autant du moins que son caractère sérieux le lui permit.

Lucien avait un grand remords à propos de son père. Il n'avait pas d'amitié pour lui, c'est ce qu'il se reprochait souvent sinon comme un crime, du moins comme un manquement de cœur. Lucien se disait, quand les affaires dont il était accablé lui permettaient de réfléchir un peu :

« Quelle reconnaissance ne dois-je pas à mon père ? Je suis le motif de presque toutes ses actions; il est vrai qu'il veut conduire ma vie à sa manière. Mais au lieu d'ordonner, il me persuade. Combien ne dois-je pas être attentif sur moi [596] ! »

Il avait une honte intime et profonde à s'avouer, mais enfin il fallait bien qu'il s'avouât, qu'il manquait de tendresse pour son père. C'était un tourment pour lui, et un malheur presque plus âpre que ce qu'il appelait, dans ses jours de *noir* [597] : *avoir été trahi par Mme de Chasteller*.

Le véritable caractère de Lucien ne paraissait point encore. Cela est drôle à vingt-quatre ans [598]. Sous un extérieur qui avait quelque chose de singulier et de parfaitement noble, ce caractère était naturellement gai et insouciant. Tel il avait été pendant deux ans après avoir été chassé de l'École, mais cette gaieté souffrait actuellement une éclipse totale depuis l'aventure de Nancy. Son esprit admirait la vivacité et les grâces de Mlle Raimonde, mais il ne pensait à elle que lorsqu'il voulait tuer la partie la plus noble de son âme.

Dans cette crise ministérielle vint se joindre à ce sujet de tristesse le remords cuisant de ne pas avoir d'amitié ou de tendresse pour son père. Le *chasme* [599] entre ces deux êtres était trop profond. Tout ce qui, à tort ou à raison, paraissait sublime, généreux, tendre à Lucien, toutes les choses desquelles il pensait qu'il était noble de mourir pour elles, ou beau de vivre avec elles, étaient des sujets de bonne plaisanterie pour son père et une duperie à ses yeux. Ils n'étaient peut-être d'accord que sur un seul sentiment : l'amitié intime consolidée par trente ans d'épreuves. A la vérité, M. Leuwen était d'une politesse exquise et qui allait presque jusqu'au *sublime* et à la reproduction de la réalité pour les faiblesses de son fils ; mais, ce fils avait assez de tact pour le deviner, c'était le sublime de l'esprit, de la finesse, de l'art d'être poli, délicat, parfait.

CHAPITRE LIX ⁶⁰⁰

Tout le monde voyait de plus en plus que M. Leuwen allait représenter la Bourse et les intérêts d'argent dans la crise ministérielle que tous les yeux voyaient s'élever rapidement à l'horizon et s'avancer. Les disputes entre le maréchal ministre de la Guerre et ses collègues devenaient journalières et l'on peut dire violentes. Mais ce détail se trouvera dans tous les mémoires contemporains et nous écarterait trop de notre sujet. Il nous suffira de dire qu'à la Chambre M. Leuwen était plus entouré que les ministres actuels.

L'embarras de M. Leuwen croissait de jour en jour. Tandis que tout le monde enviait sa façon d'être, son existence à la Chambre, dont il était fort content aussi, il voyait clairement l'impossibilité de la faire durer. Tandis que les députés instruits, les gros bonnets de la banque, les diplomates en petit nombre qui connaissent le pays où ils sont, admiraient la facilité et l'air de désoccupation avec lequel M. Leuwen conduisait et ménageait le grand changement de personnes à la tête duquel il s'était placé, cet homme d'esprit était au désespoir de ne point avoir de projet.

« Je retarde tout, disait-il à sa femme et à son fils, je fais dire au maréchal qu'il pourrait bien amener une enquête sur les quatre ou cinq millions d'appointements qu'il se donne, j'empêche le de Vaize, qui est hors de lui, de faire des folies, je fais dire à ce gros ministre des Finances que nous ne dévoilerons que quelques-unes des moindres bourdes de son budget, etc., etc. Mais au milieu de tous ces retards il ne me vient pas une idée. Qui est-ce qui me fera la charité d'une idée ?

— Vous ne pouvez pas prendre votre glace, et vous avez

peur qu'elle ne se fonde, dit Mme Leuwen. Quelle situation pour un gourmand!

— Et je meurs de peur de regretter ma glace quand elle sera fondue. »

Ces conversations se renouvelaient tous les soirs autour de la petite table où Mme Leuwen prenait son lichen.

Toute l'attention de M. Leuwen était appliquée mainte-nant à retarder la chute du ministère. Ce fut dans ce sens qu'il dirigea les trois ou quatre dernières conversations avec un grand personnage. Il ne pouvait pas être ministre, il ne savait qui porter au ministère, et si un ministère était fait sans lui, il perdait sa position.

Depuis deux mois, M. Leuwen était extraordinairement ennuyé par M. Grandet qui, à bon compte, s'était mis à …[*Une page blanche* [601].]… pairie.

« Non, il veut être ministre.

— Ministre, lui? Grand Dieu! répondit M. Leuwen en éclatant de rire. Mais ses chefs de division se moqueraient de lui!

— Mais il a cette importance épaisse et sotte qui plaît tant à la Chambre des députés. Au fond, ces messieurs abhorrent l'esprit. Ce qui leur déplaisait en MM. Guizot et Thiers, qu'était-ce, sinon *l'esprit?* Au fond, ils n'admettent l'esprit que comme mal nécessaire. C'est l'effet de l'éducation de l'Empire et des injures que Napoléon adressa à l'*idéologie* de M. de Tracy à son retour de Moscou.

— Je croyais que la Chambre ne voudrait pas descendre plus bas que le comte de Vaize. Ce grand homme a juste le degré de grossièreté et d'esprit cauteleux à la Villèle pour être de plain-pied et à deux de jeu avec l'immense majorité de la Chambre. Mais ce M. Grandet, tellement plat, telle-ment grossier, le supporteront-ils [602]?

— La vivacité et la délicatesse de l'esprit seraient un défaut certainement mortel pour un ministre, la Chambre de gens de l'ancien régime à laquelle M. de Martignac avait affaire eut bien de la peine à lui pardonner un joli petit esprit de vaudeville, qu'eût-ce été s'il eût joint à ce défaut cette délicatesse qui choque tant les marchands épiciers et les gens à argent? S'il doit y avoir excès, l'excès de grossièreté est bien moins dangereux; on peut toujours y remédier.

— Mais ce Grandet [603] ne conçoit pas d'autre vertu que de s'exposer au feu d'un pistolet ou d'une barricade d'insurgés. Dès que, dans une affaire quelconque, un homme ne se rendra pas à un bénéfice d'argent, à une place dans sa famille ou à quelques croix, il criera à l'hypocrisie. Il dit qu'il n'a jamais vu que trois dupes en France : MM. de Lafayette, Dupont de l'Eure et Dupont de Nemours qui entendait le langage des oiseaux [604]*. S'il avait encore quelque esprit, quelque instruction, quelque vivacité pour ferrailler agréablement dans la conversation, il pourrait faire quelque illusion; mais le moins clairvoyant aperçoit tout de suite le marchand de gingembre enrichi qui veut se faire duc. »

Depuis un mois, à se souvenir tendrement qu'ils avaient autrefois travaillé ensemble chez M. Perrégaux, M. Grandet lui faisait la cour et semblait ne pas pouvoir vivre sans le père ou le fils.

« Ce fat-là voudrait-il être receveur général à Paris ou à Rouen, ou vise-t-il à la pairie ? »

C'était un homme bien autrement commun encore que M. de Vaize.

« M. le comte de Vaize est un Voltaire pour l'esprit et un Jean-Jacques pour le sentiment romanesque, si on le compare à Grandet [605]. »

C'était un homme qui, comme le M. de Castries du siècle de Louis XVI, ne concevait pas que l'on pût tant parler d'un d'Alembert et d'un Diderot, gens sans voiture. De telles idées étaient de bon ton en 1780, elles sont aujourd'hui au-dessous d'une gazette légitimiste de province et elles compromettent le parti [606]*.

Depuis le grand succès que son second discours à la Chambre avait procuré à M. Leuwen, Lucien remarqua qu'il était un tout autre personnage dans le salon de Mme Grandet [607]. Il tâchait de profiter de cette nouvelle fortune et parlait de son amour, mais au milieu de toutes les recherches du luxe le plus cher Lucien n'apercevait que le génie de l'ébéniste ou du tapissier. La délicatesse de ces artisans ne lui faisait voir que plus clairement les traits du caractère de Mme Grandet. Il était poursuivi par une image funeste qu'il faisait de vains efforts pour éloigner : la femme d'un marchand mercier qui vient de gagner le gros lot à une de ces

loteries de Vienne que les banquiers de Francfort se donnent
tant de peine pour faire connaître.

Mme Grandet n'était point ce qu'on appelle une sotte, et
s'apercevait fort bien de ce peu de succès.

« Vous prétendez avoir pour moi un sentiment invincible,
lui dit-elle un jour avec humeur, et vous n'avez pas même ce
plaisir à voir les gens qui précède l'amitié !

— Grand Dieu ! Quelle vérité funeste ! se dit Lucien.
Est-ce qu'elle va avoir de l'esprit à mes dépens ? »

Il se hâta de répondre :

« Je suis d'un caractère timide, enclin à la mélancolie, et
ce malheur est aggravé par celui d'aimer profondément une
femme parfaite et qui ne sent rien pour moi. »

Jamais il n'avait eu plus grand tort de faire de telles
plaintes : c'était désormais Mme Grandet qui faisait pour
ainsi dire la cour à Lucien. Celui-ci semblait profiter de cette
position, mais il y avait cela de cruel qu'il semblait s'en
prévaloir surtout quand il y avait beaucoup de monde.
S'il trouvait Mme Grandet environnée seulement par ses
complaisants habituels, il faisait des efforts incroyables pour
ne pas les mépriser [608].

« Ont-ils tort de sentir la vie d'une façon opposée à la
mienne ? Ils ont la majorité pour eux ! »

Mais, en dépit de ces raisonnements fort justes, peu à peu
il devenait froid, silencieux, sans intérêt pour rien.

« Comment parler de la vraie vertu, de la gloire, du beau,
devant des sots qui comprennent tout de travers et cherchent
à salir par de bonnes plaisanteries tout ce qui est délicat ? »

Quelquefois, à son insu, ce dégoût profond le servait et
rachetait les mouvements qu'il avait encore quelquefois et
que la société de Nancy avait fortifiés en lui au lieu de les
corriger.

« Voilà bien l'homme de bon ton, se disait Mme Grandet
en le voyant debout devant sa cheminée, tourné vers elle et
ne regardant rien. Quelle perfection pour un homme dont le
grand-père peut-être n'avait pas de carrosse ! Quel dommage
qu'il ne porte pas un nom historique ! Les moments vifs qui
forment une sorte de tache dans ses manières seraient de
l'héroïsme. Quel dommage qu'il n'arrive pas quelqu'un dans
le salon pour jouir de la haute perfection de ses manières !...

Elle ajoutait cependant :

« Ma présence devrait le tirer de cet état *normal* de l'homme comme il faut, et il semble que c'est surtout quand il est seul avec moi... et avec ces messieurs (Mme Grandet eût presque dit en se parlant à soi-même : « avec ma suite [609] ») qu'il étale le plus de désintérêt et de politesse... S'il ne montrait jamais de chaleur pour rien, disait Mme Grandet, je ne me plaindrais pas. »

Il est vrai que Lucien, désolé de s'ennuyer autant dans la société d'une femme qu'il devait adorer, eût été encore plus désolé que cet état de son âme parût ; et, comme il supposait ces gens-là très attentifs aux procédés personnels, il redoublait de politesse et d'attentions agréables à leur égard.

Pendant ce temps, la position de Lucien, secrétaire intime d'un ministre turlupiné par son père, était devenue fort délicate. Comme par un accord tacite, M. de Vaize et Lucien ne se parlaient presque plus que pour s'adresser des choses polies ; un garçon de bureau portait les papiers d'un bureau à l'autre. Pour marquer confiance à Lucien, le comte de Vaize l'accablait pour ainsi dire des grandes affaires du ministère.

« Croit-il pouvoir me faire crier grâce ? » pensait Lucien.

Et il travailla au moins autant que trois chefs de bureau. Il était souvent à son bureau dès sept heures du matin, et bien des fois pendant le dîner faisait faire des copies dans le comptoir de son père, et retournait le soir au ministère pour les faire placer sur la table de Son Excellence. Au fond, l'Excellence recevait avec toute l'humeur possible ces preuves de ce qu'on appelle dans les bureaux du talent.

« Ceci est plus hébétant au fond, disait-il à Coffe, que de calculer le chiffre d'un logarithme qu'on veut pousser à quatorze décimales [610].

— M. Leuwen et son fils, disait M. de Vaize à sa femme, veulent apparemment me prouver que j'ai mal fait de ne pas lui offrir une préfecture à son retour de Caen. Que peut-il demander ? Il a eu son grade et sa croix, comme je le lui avais promis s'il réussissait, et il n'a pas réussi. »

Mme de Vaize faisait appeler Lucien trois ou quatre fois la semaine, et lui volait un temps précieux pour ses paperasses.

Mme Grandet trouvait aussi des prétextes fréquents pour le voir dans la journée ; et, par amitié et reconnaissance pour son père, Lucien cherchait à profiter de ces occasions pour se donner les apparences d'un amour vrai. Il supputait qu'il voyait Mme Grandet au moins douze fois la semaine.

« Si le public s'occupe de moi, il doit me croire bien épris et je suis à jamais lavé du soupçon de saint-simonisme. »

Pour plaire à Mme Grandet, il marquait parmi les jeunes gens de Paris qui mettent le plus de soin à leur toilette [611].

« Tu as tort de te rajeunir, lui disait son père. Si tu avais trente-six ans, ou du moins la mine revêche d'un doctrinaire, je pourrais te donner la position que je voudrais [612]. »

Tout cet ensemble de choses durait depuis six semaines, et Lucien se consolait en voyant que cela ne pouvait guère durer six semaines encore, quand, un beau jour, Mme Grandet écrivit à M. Leuwen pour lui demander une heure de conversation le lendemain, à dix heures, chez Mme de Thémines.

« On me traite déjà en ministre, ô position favorable ! » dit M. Leuwen.

Le lendemain, Mme Grandet commença par des protestations infinies. Pendant ces circonlocutions bien longues, M. Leuwen restait grave et impassible.

« Il faut bien être ministre, pensait-il, puisqu'on me demande des audiences ! »

Enfin, Mme Grandet passa aux louanges de sa propre sincérité... M. Leuwen comptait les minutes à la pendule de la cheminée.

« Surtout, et avant tout, il faut me taire ; pas la moindre plaisanterie sur cette jeune femme si fraîche, si jeune, et déjà si ambitieuse. Mais que veut-elle ? Après tout, cette femme manque de tact, elle devrait s'apercevoir que je m'ennuie... Elle a l'habitude de façons plus nobles, mais moins de véritable esprit, qu'une de nos demoiselles de l'Opéra. »

Mais il ne s'ennuya plus quand Mme Grandet lui demanda tout ouvertement un ministère pour M. Grandet.

« Le roi aime beaucoup M. Grandet, ajoutait-elle, et sera fort content de le voir arriver aux grandes affaires. Nous avons de cette bienveillance du Château des preuves que je vous détaillerai si vous le souhaitez et m'en accordez le loisir. »

À ces mots, M. Leuwen prit un air extrêmement froid. La

scène commençait à l'amuser, il valait la peine de jouer la comédie. Mme Grandet, alarmée et presque déconcertée, malgré la ténacité de son esprit qui ne s'effarouchait pas pour peu de chose, se mit à parler de l'amitié de lui, Leuwen, pour elle...

A ces phrases d'amitié qui demandaient un signe d'assentiment, M. Leuwen restait silencieux et presque absorbé. Mme Grandet vit que sa tentative échouait.

« J'aurai gâté nos affaires », se dit-elle. Cette idée la prépara aux partis extrêmes et augmenta son degré d'esprit.

Sa position empirait rapidement : M. Leuwen était loin d'être pour elle le même homme qu'au commencement de l'entrevue. D'abord, elle fut inquiète, puis effrayée. Cette expression lui allait bien et lui donnait de la physionomie. M. Leuwen fortifia cette peur.

La chose en vint au point de gravité que Mme Grandet prit le parti de lui demander ce qu'il pouvait avoir contre elle. M. Leuwen, qui depuis trois quarts d'heure gardait un silence presque morne [613], de mauvais présage, avait toutes les peines du monde en ce moment à ne pas éclater de rire.

« Si je ris, pensait-il, elle voit l'abomination de ce que je vais lui dire, et tout l'ennui qui m'assomme depuis une heure est perdu. Je manque l'occasion d'avoir le vrai *tirant d'eau* de cette vertu célèbre. »

Enfin, comme par grâce, M. Leuwen, qui était devenu d'une politesse désespérante, commença à laisser entrevoir que bientôt peut-être il daignerait s'expliquer. Il demanda des pardons infinis de la communication qu'il avait à faire, et puis du mot cruel qu'il serait forcé d'employer. Il s'amusa à promener la terreur de Mme Grandet sur les choses les plus terribles.

« Après tout, elle n'a pas de caractère, et ce pauvre Lucien aura là une ennuyeuse maîtresse, s'il l'a. Ces beautés célèbres sont admirables pour la décoration, pour l'apparence extérieure, et voilà tout. Il faut la voir dans un salon magnifique, au milieu de vingt diplomates garnis de leurs croix. Je serais curieux de savoir si, après tout, sa Mme de Chasteller vaut mieux que cela. Pour la beauté physique, si j'ose ainsi parler, la magnificence de la pose, la beauté réelle de ces bras charmants, c'est impossible [614]. D'un autre côté, il est

parfaitement exact que, quoique j'aie le plaisir de me moquer
un peu d'elle, elle m'ennuie, ou du moins je compte les
minutes à la pendule. Si elle avait le caractère que sa beauté
semble annoncer, elle eût dû me couper la parole vingt fois et
me mettre au pied du mur. Elle se laisse traiter comme un
conscrit qu'on mène battre en duel. »

Enfin, après plusieurs minutes de propositions directes qui
portèrent au plus haut point l'anxiété pénible de Mme Grandet, M. Leuwen prononça ces mots d'une voix basse et
profondément émue :

« Je vous avouerai, madame, que je ne puis vous aimer,
car vous serez cause que mon fils mourra de la poitrine.

» Ma voix m'a bien servi, pensa M. Leuwen. Cela est
juste de ton et expressif. »

Mais M. Leuwen n'était pas fait, après tout, pour être un
grand politique auprès de personnages graves. L'ennui lui
donnait de l'humeur, et il n'était pas sûr de pouvoir résister à
la tentation de se distraire.

Après ce grand mot prononcé, M. Leuwen se sentit saisi
d'un tel besoin d'éclater qu'il s'enfuit[615].

Mme Grandet, après avoir remis le verrou à la porte, resta
immobile près d'une heure sur son fauteuil. Son air était
pensif, elle avait les yeux tout à fait ouverts, comme la
Phèdre de M. Guérin au Luxembourg. Jamais ambitieux
tourmenté par dix ans d'attente n'a désiré le ministère
comme elle le souhaitait en ce moment.

« Quel rôle à jouer que celui de Mme Roland au milieu de
cette société qui se décompose ! Je ferai toutes les circulaires
de mon mari, car il n'a pas de style[616].

» Je ne puis arriver à une belle position sans une passion
grande et malheureuse, dont l'homme le plus distingué du
faubourg Saint-Germain serait la victime. Ce fanal embrasé
m'élèverait bien haut[617] ! Mais je puis vieillir dans ma position actuelle sans que je voie cet événement devenir un peu
probable, tandis que les gens de cette sorte, non pas à la
vérité de la nuance la plus noble, mais d'une couleur encore
fort suffisante, m'environneront dès que M. Grandet sera
ministre[618]... Mme de Vaize n'est qu'une petite sotte, et
elle en regorge[619]. Les gens sages en reviennent toujours au
maître du budget. »

Les raisons se présentaient en foule à l'esprit de Mme Grandet pour la confirmer dans le sentiment du bonheur d'être ministre. Or, c'est ce qui n'était point en question. Ce n'étaient pas précisément ces pensées-là qui enflammaient la grande âme de Mme Roland à la veille du ministère de son mari [620]. Mais c'est ainsi que notre siècle imite les grands hommes de 93, c'est ainsi que M. de Polignac a eu du caractère ; on copie le fait matériel : être ministre, faire un coup d'État, faire une journée, un 4 prairial, un 10 août, un 18 fructidor ; mais les moyens de succès, mais les motifs d'action, on ne creuse pas si avant.

Mais quand il s'agissait du prix par lequel il fallait acheter tous ces avantages, l'imagination de Mme Grandet le désertait, elle n'y voulait pas penser : son esprit était aride. Elle ne voulait pas y consentir ouvertement, mais bien moins encore s'y refuser ; elle avait besoin d'une discussion oiseuse et longue pour y accoutumer son imagination. Son âme enflammée d'ambition n'avait plus d'attention à donner à cette condition désagréable, mais d'un intérêt secondaire. Elle sentait qu'elle allait avoir des remords, non pas de religion, mais de noblesse.

Est-ce qu'une grande dame, une duchesse de Longueville, une Mme de Chevreuse [621], eussent donné aussi peu d'attention à la condition désagréable ? se répétait-elle à la hâte. Et elle ne se répondait pas, tant elle pensait peu à ce qu'elle se demandait, toute absorbée qu'elle était dans la contemplation du ministère. Combien me faudra-t-il de valets de pied ? Combien de chevaux ? »

Cette femme d'une si célèbre vertu avait si peu d'attention au service de l'habitude de l'âme nommée pudeur, qu'elle oubliait de répondre aux questions qu'elle se faisait à cet égard et, il faut l'avouer, presque pour la forme. Enfin, après avoir joui pendant trois grands quarts d'heure de son futur ministère, elle prêta quelque attention à la demande qu'elle se répétait pour la cinq ou sixième fois :

« Mesdames de Chevreuse ou de Longueville y eussent-elles consenti ? — Sans doute, elles y eussent consenti, ces grandes dames. Ce qui les place au-dessous de moi sous le rapport moral, c'est qu'elles consentaient à ces sortes de démarches par une sorte de demi-passion, quand encore ce n'était pas par suite d'un penchant moins noble. Elles pouvaient être séduites, moi je ne puis l'être. (Et elle s'admira beaucoup [622].) Dans cette démarche, il n'y a que de la haute sagesse, de la prudence ; je n'y attache certes l'idée d'aucun plaisir. »

Après s'être sinon rassérénée tout à fait, du moins bien rassurée de ce côté féminin, Mme Grandet s'abandonna de nouveau à la douce contemplation des suites probables du ministère pour sa position dans le monde [623]...

« Un nom qui a passé par le ministère est célèbre à jamais. Des milliers de Français ne connaissent des gens qui forment la première classe de la nation que les noms qui ont été ministres. »

L'imagination de Mme Grandet pénétrait dans l'avenir. Elle peuplait sa jeunesse des événements les plus flatteurs.

« Être toujours juste, toujours bonne avec dignité, et avec tout le monde, multiplier mes rapports de toutes sortes avec la société, remuer beaucoup, et avant dix ans tout Paris retentira de mon nom. Les yeux du public sont déjà accoutumés, il y a du temps, à mon hôtel et à mes fêtes. Enfin, une vieillesse comme celle de Mme Récamier, et probablement avec plus de fortune. »

Elle ne se demanda qu'un instant, et pour la forme :

« Mais M. Leuwen aura-t-il assez d'influence pour donner un portefeuille à M. Grandet ? Mais, une fois que j'aurai payé le prix convenu, ne se moquera-t-il point de moi ? Sans doute il faut examiner cela, les premières conditions d'un contrat sont la possibilité de livrer la chose vendue. »

La démarche de Mme Grandet était combinée avec son mari, mais elle s'abstint de rendre compte de la réponse avec la dernière exactitude. Elle entrevoyait bien qu'il n'eût pas été décidément impossible de l'amener à une façon raisonnable, et philosophique, et politique, de voir les choses, mais c'est toujours une discussion terrible, pour une femme qui se respecte. « Et, se dit-elle, il vaut bien mieux la sauter à pieds joints [624*]. »

On eût dit qu'elle avait pris son parti. Tout ne fut pas plaisir quand Lucien entra le soir chez elle ; elle baissa les yeux d'embarras. Sa conscience lui disait :

« Voilà l'être par lequel je puis être la femme du ministre de l'Intérieur. »

Lucien, qui n'était point dans la confidence de la démarche faite par son père, remarqua bien quelque chose de moins guindé et de plus naturel, et ensuite quelques lueurs de plus d'intimité et de bonté, dans la façon d'être de Mme Grandet avec lui. Il aimait mieux cette façon d'être, qui rappelait, de bien loin il est vrai, l'idée de la simplicité et du naturel, que ce que Mme Grandet appelait de l'esprit brillant. Il fut beaucoup auprès d'elle ce soir-là.

Mais décidément sa présence gênait Mme Grandet, car elle avait bien plus les théories que la pratique de la haute intrigue politique qui, du temps du cardinal de Retz, faisait la vie de tous les jours des Chevreuse et des Longueville. Elle congédia Lucien, mais avec un petit air d'empire et de bonne amitié qui augmenta le plaisir que celui-ci trouvait à se voir rendre sa liberté dès onze heures.

Pendant cette nuit, Mme Grandet ne put presque pas dormir. Ce ne fut qu'au jour que le bonheur d'être la femme d'un ministre la laissa reposer. Elle eût été dans l'hôtel de la rue de Grenelle que ses sensations de bonheur eussent été à peine aussi violentes. C'était une femme attentive au réel de la vie.

Pendant cette nuit, elle eut cinq ou six petites contrariétés, par exemple elle calculait le nombre et le prix des livrées. Celle de M. Grandet était composée en partie de drap serin, lequel, malgré toutes ses recommandations, ne pouvait guère conserver sa fraîcheur plus d'un mois. Combien cette dépense, combien surtout cette surveillance allait être augmentée par le grand nombre d'habits nécessaires ! Elle comptait : le portier, le cocher, les valets de pied... Mais elle fut arrêtée dans son calcul, elle avait des incertitudes sur le nombre de valets de pied.

« Demain, j'irai faire une visite adroite à Mme de Vaize. Il ne faudrait pas qu'elle se doutât que je viens relever l'état de sa maison ; si elle pouvait faire une anecdote de cette visite, cela serait du dernier vulgaire. Ne pas savoir quel doit être l'état de maison d'un ministre ! M. Grandet devrait savoir ces choses-là, mais il a réellement bien peu de tête [625] ! »

Ce ne fut qu'en s'éveillant, à onze heures, que Mme

Grandet pensa à Leuwen; bientôt elle sourit, elle trouva qu'elle l'aimait, qu'il lui plaisait beaucoup plus que la veille : c'était par lui que toutes ces grandeurs qui lui donnaient une nouvelle vie pouvaient lui arriver.

Le soir [626], elle rougit de plaisir à son arrivée. « Il a des façons parfaites, pensait-elle. Quel air noble ! Combien peu d'empressement ! Combien cela est différent d'un grossier député de province ! Même les plus jeunes, devant moi ils sont comme des dévots à l'église. Les laquais dans l'antichambre leur font perdre la raison [627]. »

Pendant que Lucien s'étonnait, à l'hôtel Grandet, de la physionomie singulière de l'accueil qu'il recevait ce jour-là, Mme Leuwen avait une grande conversation avec son mari.

« Ah! mon ami, lui disait-elle, l'ambition vous a tourné la tête, une si bonne tête, grand Dieu! Votre poitrine va souffrir. Et que peut l'ambition pour vous?... Est-ce de l'argent? Est-ce des cordons? »

Ainsi parlait Mme Leuwen à son mari, lequel se défendait mal.

Notre lecteur s'étonnera peut-être qu'une femme qui, à quarante-cinq ans, était encore la meilleure amie de son mari, fût sincère avec lui. C'est qu'avec un homme d'un esprit singulier et un peu fou, comme M. Leuwen, il eût été excessivement dangereux de n'être pas parfaitement naïve. Après avoir été dupe un mois ou deux, par étourderie, par laisser-aller, un beau jour toutes les forces de cet esprit vraiment étonnant se seraient concentrées, comme le feu dans un fourneau à réverbère, sur le point à l'égard duquel on voulait le tromper; la feinte eût été découverte, moquée, et le crédit à jamais perdu.

Par bonheur pour le bonheur des deux époux, ils pensaient tout haut en présence l'un de l'autre [629]. Au milieu de ce monde si menteur, et dans les relations intimes, plus menteuses peut-être que dans celles de société, ce parfum de sincérité parfaite avait un charme auquel le temps n'ôtait rien de sa fraîcheur.

Jamais M. Leuwen n'avait été si près de mentir que dans ce moment. Comme son succès à la Chambre ne lui avait coûté aucun travail, il ne pouvait croire à sa durée, ni

presque à sa réalité. Là était l'illusion, là était le coin de
folie, là était la preuve du plaisir extrême produit par ce
succès et la position incroyable qu'il avait créée en trois
mois. Si M. Leuwen eût porté dans cette affaire le sang-froid
qui ne le quittait pas au milieu des plus grands intérêts
d'argent, il se serait dit :

« Ceci est un nouvel emploi d'une force que je possède
déjà depuis longtemps. C'est une machine à vapeur puissante
que je ne m'étais pas encore avisé de faire fonctionner en ce
sens. »

Les flots de sensations nouvelles produites par un succès si
étonnant faisaient un peu perdre terre au bon sens de
M. Leuwen, et c'est ce qu'il avait honte d'avouer, même à
sa femme. Après des discours infinis, M. Leuwen ne put
plus nier la dette.

« Eh ! bien, oui, dit-il enfin, j'ai un accès d'ambition, et ce
qu'il y a de plaisant, c'est que je ne sais pas quoi désirer.

— La fortune frappe à votre porte, il faut prendre un parti
tout de suite. Si vous ne lui ouvrez pas, elle ira frapper
ailleurs.

— Les miracles du Tout-Puissant éclatent surtout quand
ils opèrent sur une matière vile et inerte. Je fais Grandet
ministre, ou du moins je l'essaie.

— M. Grandet ministre ! dit Mme Leuwen en souriant.
Mais vous êtes injuste envers Anselme ! Pourquoi ne pas
songer à lui ? »

(Le lecteur aura peut-être oublié qu'Anselme était le vieux
et fidèle valet de chambre de M. Leuwen.)

« Tel qu'il est, répondit M. Leuwen avec ce sérieux plaisant [630] qui lui donnait tant de plaisir, avec ses soixante ans
Anselme vaut mieux pour les affaires que M. Grandet.
Après qu'on lui aura accordé un mois pour se guérir de son
étonnement, il décidera mieux les affaires, surtout les grandes, où il faut un vrai bon sens, que M. Grandet [631]. Mais
Anselme n'a pas une femme qui soit au moment d'être la
maîtresse de mon fils, mais en portant Anselme au ministère
de l'Intérieur, tout le monde ne verrait pas que c'est Lucien
que je fais ministre en sa personne.

— Ah ! que m'apprenez-vous ? s'écria Mme Leuwen. Et
le sourire qui avait accueilli l'énumération des mérites d'An-

selme disparut à l'instant. Vous allez compromettre mon fils. Lucien va être la victime de cet esprit sans repos, de cette femme qui court après le bonheur comme une âme en peine et ne l'atteint jamais. Elle va le rendre malheureux et inquiet comme elle. Mais comment n'a-t-il pas été choqué par ce que ce caractère a de vulgaire ? C'est une *copie continue !*

— Mais c'est la plus jolie femme de Paris, ou du moins la plus brillante. Elle ne peut avoir un amant, elle si sage jusqu'ici, sans que tout Paris ne le sache, et pour peu que cet amant ait déjà un nom un peu connu dans le monde, ce choix le place au premier rang. »

Après une longue discussion qui ne fut pas sans charmes pour Mme Leuwen, elle finit par convenir de cette vérité. Elle se borna à soutenir que Lucien était trop jeune pour pouvoir être présenté au public, et surtout aux Chambres, comme un homme d'affaires, un homme politique.

« Il a le tort d'avoir une tournure élégante et d'être vêtu avec grâce. Mais je compte, à la première occasion, faire la leçon là-dessus à Mme Grandet... Enfin, ma chère amie, je compte avoir tout à fait chassé Mme de Chasteller de ce cœur-là, et, je puis vous l'avouer aujourd'hui, elle me faisait trembler.

» Il faut que vous sachiez que Lucien a un travail admirable. J'ai d'admirables nouvelles de lui par le vieux Dubreuil, sous-chef de bureau depuis mon ami Crétet, il y a vingt-neuf ans de cela. Lucien expédie autant d'affaires au ministère que trois chefs de bureau. Il ne s'est laissé gâter par aucune des bêtises de la routine que les demi-sots appellent l'usage, le *trantran* des affaires. Lucien les décide net, avec témérité, de façon à se compromettre peut-être, mais de manière aussi à ne pas avoir à y revenir. Il s'est déclaré l'ennemi du marchand de papier du ministère et veut des lettres en dix lignes. Malgré la leçon qu'il a eue à Caen, il opère toujours de cette façon hardie et ferme. Et remarquez que, comme nous en étions convenus, je ne lui ai jamais dit mon avis net sur sa conduite dans l'élection de M. Mairobert. Je l'ai bien défendue indirectement à la Chambre, mais il a pu voir dans mes phrases l'accomplissement d'un devoir de famille.

» Je le ferai secrétaire général si je puis. Si l'on me refuse ce titre à cause de son âge, il sera du moins secrétaire général en effet, la place restera vacante, et sous le nom de secrétaire intime il en fera les fonctions. Il se cassera le cou en un an, ou il se fera une réputation, et je dirai niaisement :

> J'ai fait pour lui rendre
> Le destin plus doux
> Tout ce qu'on peut attendre
> D'une amitié tendre.

» Quant à moi, je tire mon épingle du jeu. On voit que j'ai fait Grandet ministre parce que mon fils n'est pas encore de calibre à le devenir. Si je n'y réussis pas, je n'ai pas de reproches à me faire : la fortune ne frappait donc pas à ma porte. Si j'emporte le Grandet, me voilà hors d'embarras pour six mois [632].

— M. Grandet pourra-t-il se soutenir ?

— Il y a des raisons pour, il y en a contre. Il aura les sots pour lui, il aura, je n'en doute pas, un train de maison à dépenser cent mille francs en sus de ses appointements. Cela est immense. Il ne lui manquera absolument que de l'esprit dans la discussion, et du *bon sens* dans les affaires.

— Excusez du peu, dit Mme Leuwen.

— Au demeurant, le meilleur fils du monde. A la Chambre, il parlera comme vous savez. Il lira comme un laquais les excellents discours que je commanderai aux meilleurs faiseurs, à cent louis par discours *réussi*. Je parlerai. Aurai-je du succès pour la défense comme j'en ai eu pour l'attaque [634] ? C'est ce que je suis curieux de voir, et cette incertitude m'amuse. Mon fils et le petit Coffe me feront les carcasses de mes discours de défense... Tout cela peut être fort plat [635]... »

Mme Grandet [637] n'avait rien de romanesque dans le caractère ni dans les habitudes, ce qui formait, pour qui avait des yeux et n'était pas ébloui par un port de reine et une fraîcheur digne d'une jeune fille anglaise, un étrange contraste avec sa façon de parler toute sentimentale et toute d'émotion, comme une nouvelle de M. Nodier. Elle ne disait pas : *Paris*, mais : *cette ville immense*. Mme Grandet, avec cet esprit si romanesque en apparence, portait dans toutes ses affaires une raison parfaite, l'ordre et l'attention d'un petit marchand de fil et de mercerie en détail.

Quand elle se fut accoutumée au bonheur d'être la femme d'un ministre, elle songea que M. Leuwen pouvait être égaré par la douleur de voir son fils devenir la victime d'un amour sans espoir, ou du moins se donner un ridicule, car elle ne mit jamais en question l'amour de Lucien [638]. Elle ne connaissait de l'amour que les mauvaises copies chargées que l'on en voit ordinairement dans le monde, elle n'avait pas les yeux qu'il faut pour le voir là où il est et se cache. La grande question à laquelle Mme Grandet revenait sans cesse était celle-ci :

« M. Leuwen a-t-il le pouvoir de faire un ministre ? C'est sans doute un orateur fort à la mode ; malgré sa voix presque imperceptible, c'est le seul homme que la Chambre écoute, on ne peut le nier. On dit que le roi le reçoit en secret. Il est au mieux avec le maréchal N..., ministre de la Guerre. La réunion de toutes ces circonstances constitue sans doute une position [639] brillante, mais de là à porter le roi, cet homme si fin et si habile à tromper, à confier un ministère à M. Grandet, la distance est incommensurable ! » Et Mme Grandet soupirait profondément [640].

Tourmentée par cette incertitude qui peu à peu minait tout son bonheur, Mme Grandet prit son parti avec fermeté et demanda hardiment un rendez-vous à M. Leuwen ; et elle eut l'audace d'indiquer ce rendez-vous chez elle [641]...

. . . .

Scène indécente et comique.
Mme Grandet et M. Leuwen [642].

« Cette affaire est si importante *pour nous* que je pense que vous ne trouverez pas singulier que je vous supplie de me donner quelques détails sur les espérances que vous m'avez permis de concevoir.

— Ainsi, se dit M. Leuwen en souriant intérieurement, on ne discute pas le prix, mais seulement la sûreté de la livraison de la chose vendue. »

M. Leuwen, du ton le plus intime et le plus sincère :

« Je suis trop heureux, madame, de voir se resserrer de plus en plus les liens de notre ancienne et bonne amitié. Ils doivent être intimes dorénavant, et pour les amener bientôt à ce degré de douce franchise et de parfaite ouverture de cœur, je vous prie de me permettre un langage exempt de tout vain déguisement... comme si déjà vous faisiez partie de la famille. »

Ici, M. Leuwen retint à grand-peine un coup d'œil malin [644].

« Ai-je besoin de vous demander une discrétion absolue ? Je ne vous cache pas un fait, que d'ailleurs votre esprit profond autant que juste aura deviné de reste : M. le comte de Vaize est aux écoutes. Une seule donnée, un seul fait que ce ministre pourrait recueillir par un de ses cent espions, par exemple par M. le marquis de G... ou M. R..., que bien vous connaissez, pourrait déranger toutes nos petites affaires. M. de Vaize voit le ministère lui échapper, et l'on ne peut lui refuser beaucoup d'activité : tous les jours il fait dix visites avant huit heures du matin. Cette heure insolite pour Paris flatte les députés, auxquels elle rappelle l'activité qu'ils avaient autrefois, quand ils étaient clercs de procureur.

» M. Grandet est, ainsi que moi, à la tête de la banque, et

depuis Juillet la banque est à la tête de l'État. La bourgeoisie a remplacé le faubourg Saint-Germain, et la banque est la noblesse de la classe bourgeoise. M. Laffitte, en se figurant que tous les hommes étaient des anges, a fait perdre le ministère à sa classe. Les circonstances appellent la haute banque à ressaisir l'empire et à reprendre le ministère, par elle-même ou par ses amis... On accusait les banquiers d'être bêtes, l'indulgence de la Chambre a bien voulu me mettre à même de prouver qu'au besoin nous savons affubler nos adversaires politiques de mots assez difficiles à faire oublier. Je sais mieux que personne que ces mots ne sont pas des raisons; mais la Chambre n'aime pas les raisons, et le roi n'aime que l'argent; il a besoin de beaucoup de soldats pour contenir les ouvriers et les républicains. Le gouvernement a le plus grand intérêt à ménager la Bourse. Un ministère ne peut pas défaire la Bourse, et la Bourse peut défaire un ministère. Le ministère actuel ne peut aller loin.

— C'est ce que dit M. Grandet.

— Il a des vues assez justes; mais, puisque vous me permettez le langage de l'amitié la plus intime, je vous avouerai que sans vous, madame, je n'eusse jamais songé à M. Grandet. Je vous le dirai brutalement : vous croyez-vous assez de crédit sur lui pour le diriger dans toutes les actions capitales de son ministère ? Il lui faut toute votre habileté pour ménager le maréchal (le ministre de la Guerre). Le roi veut l'armée, le maréchal peut seul l'administrer et la contenir. Or, il aime l'argent, il veut beaucoup d'argent, c'est au ministre des Finances à fournir cet argent. M. Grandet devra tenir la balance entre le maréchal et le ministre de l'argent, autrement il y a rupture. Par exemple, aujourd'hui les différends du maréchal avec le ministre des Finances ont amené vingt brouilles suivies de vingt raccommodements. L'aigreur des deux partis est arrivée au point de ne plus permettre de mettre en délibération les sujets les plus simples [645].

» Le maréchal, voulant toujours de l'argent, a donc dû jeter les yeux sur un banquier pour ministre de l'Intérieur [646]* ; il veut, entre nous soit dit, un homme à opposer, s'il le faut, au ministre des Finances, un homme qui comprenne les diverses valeurs de l'argent aux différentes heures de la journée [647]. Ce banquier ministre de l'Intérieur, cet

homme, qui peut comprendre la Bourse et dominer jusqu'à
un certain point les mouvements de M. Rot.. et du ministre
des Finances, s'appellera-t-il Leuwen ou Grandet? Je suis
bien paresseux, bien vieux, tranchons le mot. Je ne puis pas
encore faire mon fils ministre, il n'est pas député, je ne sais
pas s'il saura parler, par exemple depuis six mois vous l'avez
rendu muet... Mais je puis faire ministre l'homme présentable choisi par la personne qui sauvera la vie à mon fils [648].

— Je ne doute pas de la sincérité de votre bonne intention
pour *nous* [649].

— J'entends, madame; vous doutez un peu, et c'est une
nouvelle raison pour moi d'admirer votre sagesse, vous
doutez de mon pouvoir. Dans la discussion des grands intérêts de la Cour et de la politique, le doute est le premier des
devoirs et ne se trouve une injure pour aucune des parties
contractantes. On peut se faire illusion à soi-même et précipiter non seulement l'intérêt d'un ami, mais son intérêt
propre. Je vous ai dit que je pourrais jeter les yeux sur
M. Grandet, vous doutez un peu de mon pouvoir. Je ne puis
vous donner le portefeuille de l'Intérieur ou des Finances
comme je vous donnerais ce bouquet de violettes [650]. Le roi
lui-même, dans nos habitudes actuelles, ne peut vous faire
un tel don. Un ministre, au fond, doit être élu par cinq ou six
personnes, dont chacune a plutôt le *veto* sur le choix des
autres que le droit absolu de faire triompher son candidat; car
enfin n'oubliez pas, madame, qu'il s'agit de plaire tout à fait
au roi, plaire à peu près à la Chambre des députés, et enfin ne
pas trop choquer cette pauvre Chambre des pairs. C'est à
vous, ma toute belle, à voir si vous voulez croire que je veux
faire tout ce qui est en moi pour vous placer dans l'hôtel de la
rue de Grenelle. Avant d'estimer mon degré de dévouement
à vos intérêts, cherchez à vous faire une idée nette de cette
portion d'influence que pour deux ou trois fois vingt-quatre
heures le hasard a mis dans mes mains.

— Je crois en vous, et beaucoup, et admettre avec vous
une discussion sur un pareil sujet n'en est pas une faible
preuve. Mais de la confiance en votre génie et en votre
fortune à faire les sacrifices que vous semblez exiger, il y a
loin.

— Je serais au désespoir de blesser le moins du monde

cette charmante délicatesse de votre sexe, qui sait ajouter tant de charmes à l'éclat de la jeunesse et de la beauté la plus achevée. Mais Mme de Chevreuse, la duchesse de Longueville, toutes les femmes qui ont laissé un nom dans l'histoire et, ce qui est plus réel, qui ont établi la fortune de leur maison, ont eu quelquefois des entretiens avec leur médecin. Eh! bien, moi je suis le médecin de l'âme, le donneur d'avis à la noble ambition que cette admirable position a dû placer dans votre cœur. Dans un siècle, au milieu d'une société où tout est sable mouvant, où rien n'a de la consistance, où tout s'est écroulé, votre esprit supérieur, votre grande fortune, la bravoure de M. Grandet et vos avantages personnels vous ont créé une position réelle, résistante, indépendante de ce procès du pouvoir. Vous n'avez qu'un ennemi à craindre, c'est la mode; vous êtes sa favorite dans ce moment, mais, quel que soit le mérite personnel, la mode se lasse. Si d'ici à un an ou dix-huit mois vous ne présentez rien de neuf à admirer à ce public qui vous rend justice en ce moment et vous place dans une situation si élevée, vous serez en péril; la moindre vétille, une voiture de mauvais goût, une maladie, un rien, malgré votre âge si jeune vous placeront au rang des mérites historiques.

— Il y a longtemps que je connais cette grande vérité, dit Mme Grandet avec l'accent d'humeur d'une reine à laquelle on rappelle mal à propos une défaite de ses armées, il y a longtemps que je connais cette grande vérité : la vogue est un feu qui s'éteint s'il ne s'augmente.

— Il y a une vérité secondaire non moins frappante, d'une application non moins fréquente, c'est qu'un malade qui se fâche contre son médecin, un plaideur qui se fâche contre son avocat, au lieu de réserver son énergie à combattre ses adversaires, n'est pas à la veille de changer sa position en bien. »

M. Leuwen se leva.

« Ma chère belle, les moments sont précieux. Voulez-vous me traiter comme un de vos adorateurs et chercher à me faire perdre la tête? Je vous dirai que je n'ai plus de tête à perdre, et je vais chercher fortune ailleurs.

— Vous êtes un cruel homme. Eh! bien, parlez. »

Mme Grandet fit bien de ne pas continuer à faire des

phrases; M. Leuwen, qui était bien plus un homme de plaisir
et d'humeur qu'un homme d'affaires et surtout qu'un ambitieux, trouvait déjà ridicule de faire dépendre ses plans des
caprices d'une femmelette, et cherchait dans sa tête quelque
autre arrangement pour mettre Lucien en évidence.

« Je ne suis pas fait pour le ministère, je suis trop paresseux, trop accoutumé à m'amuser, se disait-il pendant les
phrases de Mme Grandet, comptant trop peu sur le lendemain. Si au lieu d'avoir, à déraisonner et battre la campagne
devant moi, une petite femme de Paris, j'avais le roi, mon
impatience serait la même, et elle ne me serait jamais pardonnée. Donc, je dois réunir tous mes efforts sur mon fils.

« Madame, dit-il comme revenant de bien loin, voulez-
vous me parler comme à un vieillard de soixante-cinq ans
pour le moment ambitieux et politique, ou voulez-vous
continuer à me faire l'honneur de me traiter comme un
beau jeune homme ébloui de vos charmes, comme ils le sont
tous ?

— Parlez, monsieur, parlez ! » dit Mme Grandet avec vivacité, car elle était habile à lire dans les yeux la résolution
des gens avec qui elle parlait, et elle commençait à avoir
peur. M. Leuwen lui paraissait ce qu'il était, c'est-à-dire
sérieusement impatienté.

« Il faut que l'un de nous deux ait confiance en la fidélité
de l'autre.

— Eh ! bien, je vous répondrai avec toute la franchise
qu'à l'instant même vous présentiez comme un devoir :
pourquoi mon lot doit-il être d'avoir confiance ?

— C'est la force des choses qui le veut ainsi. Ce que je
vous demande, ce qui fait votre *enjeu,* si vous daignez me
permettre cette façon de parler si vulgaire, mais pourtant si
claire (et le ton de M. Leuwen perdit beaucoup de sa parfaite
urbanité [651] pour se rapprocher de celui d'un homme qui
marchande une terre et qui vient de nommer son dernier
prix), ce qui fait votre enjeu, madame, dans cette grande
intrigue de haute ambition, dépend entièrement et uniquement de vous [652], tandis que la place assez enviée dont je
vous offre l'achat dépend du roi, et de l'opinion de quatre ou
cinq personnes, qui daignent m'accorder beaucoup de
confiance, mais qui enfin ont leur volonté propre, et qui

d'ailleurs, après un jour ou deux, après un échec de tribune, par exemple, peuvent ne plus vouloir de moi. Dans cette haute combinaison d'État et de haute ambition, celui de nous deux qui peut disposer du prix d'achat, de ce que vous m'avez permis d'appeler son enjeu, doit le délivrer, sous peine de voir l'autre partie contractante avoir plus d'admiration pour sa prudence que pour sa sincérité [653]. Celui de nous deux qui n'a pas son enjeu en son pouvoir, et c'est moi qui suis cet homme, doit faire tout ce que l'autre peut humainement demander pour lui donner des gages. »

Mme Grandet était rêveuse et visiblement embarrassée, mais plus des mots à employer pour faire la réponse que de la réponse même. M. Leuwen, qui ne doutait pas du résultat, eut un instant l'idée malicieuse de renvoyer au lendemain. La nuit eût porté conseil. Mais la paresse de revenir lui donna le désir de finir sur-le-champ. Il ajouta d'un ton tout à fait familier et en abaissant le son de sa voix d'un demi-ton, avec la voix basse de M. de Talleyrand :

« Ces occasions, ma chère amie, qui font ou défont la fortune d'une maison, se présentent une fois dans la vie, et elles se présentent d'une façon plus ou moins commode. La montée au temple de la Fortune qui se présente à vous est une des moins épineuses que j'aie vues. Mais aurez-vous du caractère ? Car enfin, la question se réduit de votre part à ce dilemme : *Aurai-je confiance en M. Leuwen, que je connais depuis quinze ans ?* Pour répondre avec sang-froid et sagesse, dites-vous : Quelle idée avais-je de M. Leuwen et de la confiance qu'il mérite il y a quinze jours, avant qu'il fût question de ministère et de transaction politique entre lui et moi ?

— Confiance entière ! dit Mme Grandet avec soulagement, comme heureuse de devoir rendre à M. Leuwen une justice qui tendait à la faire sortir d'un doute bien pénible, confiance entière ! »

M. Leuwen dit, de l'air qu'on a en convenant d'une nécessité :

« Il faut que sous deux jours au plus tard je présente M. Grandet au maréchal.

— M. Grandet a dîné chez le maréchal il n'y a pas un mois, dit Mme Grandet d'un ton net et piqué.

— J'ai fait fausse route avec cette vanité de femme ; je la croyais moins bête.

« Certainement, je ne peux pas avoir la prétention d'apprendre au maréchal à connaître la personne de M. Grandet. Tout ce qui s'occupe à Paris de grandes affaires connaît M. Grandet, ses talents financiers, son luxe, son hôtel ; avant tout, il est connu par la personne le plus distinguée de Paris, à laquelle il a l'honneur de donner son nom. Le roi lui-même a beaucoup de considération pour lui, son courage est connu, etc., etc. Tout ce que j'ai à dire au maréchal, c'est ce traître mot : "Voilà M. Grandet, excellent financier, qui comprend l'argent et ses mouvements, dont vous pourriez faire un ministre de l'Intérieur capable de tenir tête au ministre des Finances. Je soutiendrais M. Grandet de toutes les forces de ma petite voix." Voilà ce que j'appelle *présenter*, ajouta M. Leuwen, toujours d'un ton assez vif. Si sous trois jours je ne dis pas cela, je devrai dire, sous peine de me manquer à moi-même : "Toute réflexion faite, je me ferai aider par mon fils, si vous voulez lui donner le titre de sous-secrétaire d'État, et j'accepte le ministère [654]." Croyez-vous qu'après avoir présenté M. Grandet au maréchal je suis homme à lui dire en secret : "N'ayez aucune foi à ce que je viens de vous dire devant Grandet, c'est moi qui veux être ministre ?"

— Ce n'est pas de votre bonne foi qu'il peut être question, et [655] vous appliquez un emplâtre à côté du trou.

» Ce que vous me demandez est étrange. Vous êtes un libertin, dit Mme Grandet pour adoucir le ton du discours. Votre opinion bien connue sur ce qui fait toute la dignité de notre sexe ne vous permet pas de bien apprécier toute l'étendue du sacrifice. Que dira Mme Leuwen ? Comment lui cacher ce secret ?

— De mille façons, par un anachronisme, par exemple [656].

— Je vous avouerai que je suis hors d'état de continuer la discussion. Daignez renvoyer la conclusion de notre entretien à demain.

— A la bonne heure ! Mais demain serai-je encore le favori de la fortune ? Si vous ne voulez pas de mon idée, il faut que je m'arrange autrement et que, par exemple, je

cherche à distraire mon fils[657], qui fait tout mon intérêt en
ceci, par un grand mariage. Songez que je n'ai pas de temps
à perdre. L'absence de réponse demain est un *non* sur lequel
je ne puis plus revenir. »

Mme Grandet venait d'avoir l'idée de consulter son
mari[658].

Scène avec le mari.
Mme Grandet, M. Grandet.

Mme Grandet [660] : M. Leuwen est un père passionné. Son principal motif, sa grande inquiétude dans toute cette affaire, c'est le goût que M. Lucien Leuwen montre pour Mlle Raimonde, de l'Opéra.

— Ma foi, tel père, tel fils !

— C'est ce que j'ai pensé, dit Mme Grandet en riant. Il faut vous charger de ce sujet-là, ajouta-t-elle d'un air plus sérieux, ou bien vous n'aurez pas la voix de M. Leuwen.

— C'est une belle voix que vous me promettez là.

— Je sais que vous avez de l'esprit [661] ; mais tant que cette petite voix se fera écouter, tant que ses sarcasmes seront de mode à la Chambre, on prétend qu'il peut défaire les ministères et l'on ne se hasardera pas à en composer un sans lui.

— C'est plaisant ! Un banquier à demi-hollandais, connu par ses campagnes à l'Opéra, et qui n'a pas voulu être capitaine de la garde nationale, ajouta M. Grandet d'un air tragique (son ambition datait des journées de juin [662]). De plus, ajouta-t-il d'un air encore plus sombre (il était fort bien reçu par la reine), de plus, connu par d'infâmes plaisanteries sur tout ce que les hommes en société doivent respecter. Etc., etc. [663] »

M. Grandet était un demi-sot, lourd et assez instruit, qui chaque soir suait sang et eau pendant une heure pour se *tenir au courant de notre littérature*, c'était son mot. Du reste, il

n'eût pas su distinguer une page de Voltaire d'une page de
M. Viennet. On peut deviner sa haine pour un homme d'es-
prit qui avait des succès et ne se donnait aucune peine.
C'était ce qui l'outrait davantage.

Mme Grandet savait qu'il n'y avait aucun parti à tirer de
son mari jusqu'à ce qu'il eût épuisé toutes les phrases bien
faites, à ce qu'il pensait, qu'un sujet quelconque pouvait lui
fournir[664]. Le malheur, c'est qu'une de ces phrases engen-
drait l'autre. M. Grandet avait l'habitude de se laisser aller à
ce mouvement, il espérait arriver ainsi à avoir de l'esprit, et
il eût eu raison, si au lieu de Paris il eût habité Lyon ou
Bourges.

Quand Mme Grandet, par son silence, fut tombée d'accord avec lui sur tous les démérites de M. Leuwen, et ce
riche sujet occupa bien vingt minutes :

« Vous marchez maintenant dans la route de la haute
ambition. Vous souvient-il du mot du chancelier Oxenstiern
à son fils ?

— C'est mon bréviaire que ces bons mots des grands
hommes, ils me conviennent tout à fait : "O mon fils, vous
reconnaîtrez avec combien peu de talent l'on mène les grandes affaires de ce monde[665]."

— Eh ! bien, pour un homme comme vous, M. Leuwen
est un moyen. Qu'importe son mérite ! Si une Chambre
composée de demi-sots s'amuse de ses quolibets et prend ses
conversations de tribune pour l'éloquence à haute portée
d'un véritable homme d'État, que vous importe ? Songez que
c'est une faible femme, Mme de..., qui, parlant à une autre
faible femme, la reine [Anne] d'Autriche[666], a fait entrer
dans le Conseil le fameux cardinal de Richelieu. Quel que
soit M. Leuwen, il s'agit de flatter sa manie tant que la
Chambre aura celle de l'admirer. Mais ce que je vous demande, à vous qui courez les cercles politiques et qui voyez
ce qui se passe avec un coup d'œil sûr, le crédit de M. Leuwen est-il réel ? Car il n'entre pas dans mon système de haute
et pure moralité de faire des promesses et ensuite de ne les
pas tenir avec religion. Elle ajouta avec humeur : Cela ne
m'irait point du tout[667].

— Eh ! bien, oui, répondit M. Grandet avec humeur,
M. Leuwen a tout crédit pour le moment. Ses quolibets à la

tribune séduisent tout le monde. Déjà, pour le goût littéraire,
je suis de l'avis de mon ami Viennet, de l'Académie française : nous sommes en pleine décadence. Le maréchal le
porte, car il veut de l'argent avant tout et M. Leuwen, je ne
sais en vérité pourquoi ni comment, est le représentant de la
Bourse. Il amuse le vieux maréchal par ses calembredaines
de mauvais ton. Il n'est pas difficile d'être aimable quand
l'on se permet de tout dire [668]. Le roi, malgré son goût
exquis, souffre cet esprit de M. Leuwen. On dit que c'est lui
uniquement qui a démoli le pauvre de Vaize, au Château,
dans l'esprit du roi.

— Mais, en vérité, M. de Vaize à la tête des Arts, cela
était trop plaisant. On lui propose un tableau de Rembrandt à
acheter pour le Musée, il écrit en marge du rapport : *"Me
dire ce que M. Rembrandt a exposé au dernier Salon* [669]. "

— Oui, mais M. de Vaize est poli, et Leuwen sacrifiera
toujours un ami à un bon mot [670].

— Vous sentez-vous le courage de prendre M. Lucien
Leuwen, ce fils silencieux d'un père si bavard, pour votre
secrétaire général ?

— Comment ! Un sous-lieutenant de lanciers secrétaire
général [671] ! Mais c'est un rêve ! Cela ne s'est jamais vu ! Où
est la gravité ?

— Hélas ! nulle part. Il n'y a plus de gravité dans nos
mœurs, c'est déplorable. M. Leuwen n'a pas été grave en
me donnant son ultimatum, sa condition *sine qua non*...
Songer, monsieur, que si nous faisons une promesse, il faut
la tenir.

— Prendre pour secrétaire général un petit sournois qui
s'avise aussi d'avoir des idées ! Il jouera auprès de moi le
rôle que M. de N...[672] jouait auprès de M. de Villèle. Je ne
me soucie pas d'un *ennemi intime*. »

Mme Grandet eut encore à supporter vingt minutes d'humeur, les phrases spirituelles et profondes d'un demi-sot qui
cherchait à imiter Montesquieu, qui ne comprenait pas un
mot à sa position, et qui avait l'intelligence bouchée par cent
mille livres de rente. Cette réplique chaleureuse de
M. Grandet, et toute palpitante d'intérêt, comme il l'aurait
appelée lui-même, ressemblait comme deux gouttes d'eau à
un article de journal de MM. Salvandy ou Viennet, et nous

en ferons grâce au lecteur, qui aura certainement lu quelque chose dans ce genre-là ce matin.

Enfin, M. Grandet, qui comprit un peu qu'il ne pouvait avoir quelque chance de ministère que par M. Leuwen, consentit à laisser la place de secrétaire général à la nomination de celui-ci.

« Quant au titre de son fils, M. Leuwen en décidera. A cause de la Chambre, il vaudra peut-être mieux qu'il soit simple secrétaire intime, comme il est aujourd'hui sous M. de Vaize, mais avec toutes les affaires du secrétaire général.

» Tout ce tripotage ne me convient guère [673]. Dans une administration loyale, chacun doit porter le titre de ses fonctions.

— Alors, vous devriez vous appeler intendant d'une femme de génie qui vous fait ministre », pensa Mme Grandet.

Il fallut encore perdre quelques minutes. Mme Grandet savait qu'on ne pouvait prendre ce brave colonel de garde nationale, son mari, que par pure fatigue physique. En parlant avec sa femme, il s'*exerçait* à avoir de l'esprit à la Chambre des députés. On devine toute la grâce et l'à-propos qu'une telle prétention devait donner en un négociant parfaitement raisonnable et privé de toute espèce d'imagination.

— Il faudra étourdir d'affaires M. Lucien Leuwen, lui faire oublier Mlle Raimonde.

— Noble fonction, en vérité.

— C'est la marotte de l'homme qui, par un jeu ridicule de la fortune, a le pouvoir maintenant, mais je dis tout pouvoir. Et quoi de respectable comme l'homme qui a le pouvoir ! »

Dix minutes après, M. Grandet riant de la bonhomie de M. Leuwen, on reparla de Mlle Raimonde. M. Grandet ayant dit sur ce sujet tout ce qu'on peut dire, il dit enfin :

« Pour faire oublier cette passion ridicule, un peu de coquetterie de votre part ne serait pas déplacée. Vous pourriez lui offrir votre amitié. »

Ceci fut dit avec simple bon sens, c'était le ton *naturel* de M. Grandet, jusque-là *il avait eu de l'esprit*. (La conférence était arrivée à son septième quart d'heure.)

« Sans doute », répondit Mme Grandet avec le ton de la

plus grande rondeur, et, au fond, beaucoup de joie. (« Voilà un immense pas de fait, pensa-t-elle, il fallait le constater. »)

Elle se leva.

« Voilà une idée, dit-elle à son mari, mais elle est pénible pour moi.

— Votre réputation est placée si haut, votre conduite, à vingt-six ans, et avec tant de beauté, a été si pure, a paru à une distance tellement élevée au-dessus de tous les soupçons, même de l'envie qui poursuit mes succès, que vous avez toute liberté de vous permettre, dans les limites de l'honnêteté, et même de l'honneur, tout ce qui peut être utile à notre maison.

— (Le voilà qui parle de ma réputation comme il parlerait des bonnes qualités de son cheval.)

— Ce n'est pas d'hier que le nom de Grandet est en possession de l'estime des honnêtes gens. Nous ne sommes pas nés *sous un chou* [674].

— (Ah! Grand Dieu, pensa Mme Grandet, il va me parler de son aïeul le capitoul de Toulouse [675*]!)

» Sentez bien, M. le ministre, toute l'étendue de l'engagement que vous allez souscrire! Il ne convient pas à ma considération d'admettre de changement brusque dans ma société. Si une fois M. Lucien est notre ami intime, tel qu'il aura été pendant les deux premiers mois de notre ministère tel il faudra qu'il soit pendant deux ans, même dans le cas où M. Leuwen perdrait son crédit à la Chambre ou auprès du roi, même dans le cas peu probable où votre ministère finirait [676]...

— Les ministères durent bien au moins trois ans, la Chambre a encore quatre budgets à voter, répliqua M. Grandet d'un ton piqué.

— Ah! Grand Dieu! se dit Mme Grandet, je viens de m'attirer encore dix minutes de haute politique à la façon du comptoir [677]. »

Elle se trompait, la conversation ne revint qu'au bout de dix-sept minutes à l'engagement à prendre par M. Grandet d'admettre M. Lucien Leuwen à une amitié intime de trois ans, si l'on se déterminait à l'admettre pour un mois [678].

« Mais le public vous le donnera pour amant [679]!

— C'est un malheur dont je souffrirai plus que personne.

Je m'attendais que vous chercheriez à m'en consoler… Mais enfin, voulez-vous être ministre?

— Je veux être ministre, mais par des voies honorables, comme Colbert.

— Où est le cardinal Mazarin mourant, pour vous présenter au roi?»

Ce trait d'histoire, cité à propos, inspira de l'admiration à M. Grandet et lui sembla une raison [680].

Mme Grandet [682] eût été fâchée d'être obligée de ne pas admettre Lucien à la première place dans son cœur. Si la situation se fût prolongée huit ou dix jours, elle eût peut-être continué, *à ses frais* [683], la route pour la première idée de laquelle il avait fallu la payer par un ministère. Elle eût aimé Lucien sérieusement.

Elle voulut faire une partie d'échecs avec lui [684].

Elle était, ce soir-là, animée, brillante, d'une fraîcheur encore plus admirable qu'à l'ordinaire. Sa beauté, qui était du premier rang, n'avait rien de sublime, d'austère, en un mot de ce qui charme les cœurs distingués et fait peur au vulgaire [685]. Le succès de Mme Grandet auprès des quinze ou vingt personnes qui successivement s'approchèrent de la table d'échecs était frappant.

« Et une telle femme me fait presque la cour! pensait Lucien, tout en donnant à Mme Grandet le plaisir de le gagner. Il faut que je sois un être bien singulier pour n'être pas heureux. »

Tout à coup, il se dit :

« Je suis dans une position analogue à celle de mon père. Je perds ma position dans ce salon si je n'en profite pas, et qui me dit que je ne la regretterai pas? J'ai toujours méprisé cette position, mais je ne l'ai jamais occupée. La méprise serait d'un sot [686].

» C'est un avantage bien cruel pour moi que celui de jouer aux échecs avec vous. Si vous ne répondez pas à mon fatal amour, il ne me reste d'autre ressource que de me brûler la cervelle [687].

— Eh! bien, vivez et aimez-moi... Votre présence ce soir

m'ôterait tout l'empire que je dois avoir sur moi-même pour
répondre à tant de monde. Allez parler cinq minutes à mon
mari, et venez demain à une heure, à cheval s'il fait beau [688].

— Me voilà donc heureux », pensa Lucien en remontant
dans son cabriolet.

Il n'eut pas fait cent pas dans la rue qu'il accrocha.

« Je suis donc vraiment heureux, se dit-il en faisant monter
son domestique pour conduire, je suis troublé.

» N'est-ce donc que cela, que le bonheur que peut donner
le monde ? Mon père va faire un ministère, il a le plus beau
rôle à la Chambre, la femme la plus brillante de Paris semble
céder à ma prétendue passion [689]... »

Lucien eut beau torturer ce bonheur-là, le serrer dans tous
les sens, il n'en put tirer que cette sensation :

« Goûtons bien ce bonheur, pour ne pas le regretter comme
un enfant quand il sera passé. »

Quelques jours après [690], Lucien, descendant de cabriolet
pour monter chez Mme Grandet, fut séduit par l'éclat d'un
beau clair de lune qu'il apercevait par la porte cochère sur la
place de la Madeleine. Au lieu de monter, il sortit, ce qui
étonna fort MM. les cochers [691]*.

Pour se délivrer de leurs regards, il alla à cent pas plus
loin, alluma humblement son cigare au feu d'un marchand de
marrons, et se laissa aller à admirer la beauté du ciel et à
réfléchir.

Lucien n'était nullement dans la confidence de tout ce que
son père venait de faire pour lui, et nous ne nierons pas qu'il
ne fût un peu fier de ses succès auprès de cette Mme Grandet, dont la conduite irréprochable, la rare beauté, la haute
fortune jetaient un certain éclat dans la société de Paris. Si
elle eût réuni de la naissance à ces avantages, elle eût été
célèbre ; mais quoi qu'elle fît, jamais elle n'avait pu avoir de
milords anglais chez elle.

Ce bonheur fut beaucoup plus vivement senti par Lucien
après quelque temps que les premiers jours [692].

Mme Grandet était la plus grande dame qu'il eût jamais
approchée, car nous avouerons, et ceci lui nuira infiniment
dans l'esprit de nos belles lectrices qui, pour leur bonheur,
ont trop de noblesse ou trop de fortune, que les prétentions

infinies de Mmes de Commercy, de Marcilly et autres cousines de l'empereur dépourvues de fortune qu'il avait rencontrées à Nancy lui avaient toujours semblé ridicules...

« Le culte des vieilles idées, l'ultracisme, est bien plus ridicule en province qu'à Paris ; à mes yeux il l'est moins, car en province, au moins, ce grand corps est pur d'énergie. Ces gens-ci ont de l'envie et de la peur, et à cause de ces deux aimables passions ils oublient de vivre. »

Ce mot, par lequel Lucien se résumait toutes ses sensations de province, lui gâtait la charmante figure de Mme d'Hocquincourt comme l'esprit supérieur de Mme de Puy-Laurens. Cette peur continue, ce regret d'un passé qu'on n'ose pas défendre comme estimable, empêchaient aux yeux de Lucien toute vraie grandeur [693]. Il y avait au contraire tant de luxe, de richesse véritable et d'absence de peur et d'envie dans les salons de Mme Grandet !

« Là seulement on sait vivre », se disait Lucien. Et il se passait quelquefois des semaines entières sans qu'il fût choqué par quelque propos bas, tel qu'on n'en entendait jamais de pareil dans les salons de Mme d'Hocquincourt ou de Mme de Puy-Laurens. Ces propos bas, montrant toute la vileté de l'âme, étaient tenus par quelque député du centre qui, en se vendant au ministère pour un ruban ou une recette de tabac, n'avait pas encore appris à placer un masque sur sa laideur. Au grand chagrin de son père, jamais Lucien n'adressait la parole à ces êtres lourds ; il les entendait en passant qui, à propos des vingt-cinq millions du président Jackson [694]*, du droit sur les sucres [695]* ou de quelque autre question du moment, agitaient lourdement quelque point d'économie politique sans pouvoir s'élever à comprendre même les bases de la question.

« Voilà sans doute la lie de la France, pensait Lucien ; cela est bête et vendu. Mais du moins cela n'a pas peur et ne regrette pas le passé, et ils n'hébêtent pas leurs enfants en les réduisant pour toute lecture à la *Journée du Chrétien*.

» Dans ce siècle où tout est argent, où tout se vend, quoi de comparable à une immense fortune dépensée d'une main adroite et cauteleuse ? Ce Grandet ne dépense pas dix louis sans songer à la position qu'il occupe dans le monde. Ni lui ni sa femme ne se permettent les caprices que je me passe, moi, fils de famille. »

Il les voyait lésiner souvent pour la location d'une loge ou demander une loge au Château ou au ministère de l'Intérieur.

Lucien voyait Mme Grandet entourée des hommages universels. Au milieu de toute cette philosophie, un certain instinct monarchique existant encore chez les Français à carrosse lui disait bien qu'il serait plus flatteur d'être préféré par une femme portant l'un des noms célèbres de la monarchie.

« Mais si j'arrivais, chose impossible pour moi, dans les salons de cette opinion à Paris, j'y trouverais pour toute différence [que] les trois ou quatre officiers de Saint-Louis de MM. de Serpierre et de Marcilly seraient remplacés par trois ou quatre ex-pairs soutenant, comme M. de Saint-Lérant chez Mme de Marcilly, que l'empereur Nicolas a un trésor de six cents millions, à lui légué par l'empereur Alexandre, dans une petite caisse, avec commission d'exterminer les jacobins de France aussitôt qu'il en aura le loisir. Il y a sans doute, ici comme là-bas, un Rey régnant en despote sur ces pauvres jolies femmes et les obligeant par la terreur à aller passer deux heures au sermon d'un M. l'abbé Poulet. La maîtresse que j'aurais, si l'âge de ses aïeux touchait au berceau du monde, serait obligée, comme Mme d'Hocquincourt, à se mêler malgré elle dans une discussion de vingt minutes au moins sur le mérite du dernier mandement de monseigneur l'évêque de... Les louanges des Pères qui firent brûler Jean Huss seraient, il est vrai, présentées avec une élégance parfaite, mais que cette élégance trahit de dureté de cœur ! Dès que je l'aperçois, elle me met sur mes gardes. Dans les livres elle me plaît, mais dans le monde elle me glace et au bout d'un quart d'heure m'inspire de l'éloignement[696].

» Chez Mme Grandet, grâce à son nom bourgeois, ce genre d'absurdité est entièrement réservé à ses colloques du matin avec Mme de Thémines, Mme Toniel ou autres mères de l'Église, et j'en serai quitte pour quelques mots de respect pour ce qui est respectable répétés une fois la semaine.

» Les hommes que je vois chez Mme Grandet ont au moins fait quelque chose, quand ce ne serait que leur fortune. Qu'ils l'aient acquise par le négoce, ou par des articles de journaux, ou par des discours vendus au gouvernement, enfin ils ont agi.

» Ce monde que je vois chez *ma maîtresse*, dit-il en riant, est comme une histoire écrite en mauvais langage, mais intéressante pour le fond des choses. Le monde de Mme de Marcilly, c'est des théories absurdes, ou même hypocrites, basées sur des faits controuvés et recouvertes d'un langage poli, mais l'âpreté du regard dément à chaque instant l'élégance de la forme. Toute cette éloquence onctueuse et imitée de Fénelon exhale, pour qui a des sens fins, une odeur fine et pénétrante de coquinerie et de friponnerie.

» Chez la Mme de Marcilly de Paris je pourrais prendre peu à peu l'habitude de cette absence d'intérêt pour ce que je dis et de ces expressions diminuant ma pensée que ma mère me recommande souvent. Je commence bien quelquefois à me repentir de ne pas avoir eu ces vertus du XIXᵉ siècle, mais je m'ennuierais moi-même ; je compte que la vieillesse y pourvoira [698].

» Je remarque que l'effet assuré de cette espèce d'élégance chez le petit nombre de jeunes habitants du faubourg Saint-Germain, gens qui ont pu l'acquérir sans laisser leur bon sens à l'école, est de répandre autour de l'homme *accompli* une méfiance profonde. Ces discours élégants sont comme un oranger qui croîtrait au milieu de la forêt de Compiègne : ils sont jolis, mais ne semblent pas de notre siècle [699].

» Le hasard n'a pas voulu me faire naître dans ce monde-là. Et pourquoi me changer ? Que demandé-je au monde ? Mes yeux me trahiraient, et Mme de Chasteller me l'a dit vingt fois… »

Son parler si coulant fut interrompu net, comme jadis celui de cet homme faible qui devant le pouvoir venait de désavouer son ami arrêté pour opinions politiques par la police fut averti par le chant du coq. Lucien resta immobile, comme Bartolo dans le *Barbiere* de Rossini. Huit ou dix fois depuis son bonheur auprès de Mme Grandet l'idée de Mme de Chasteller s'était présentée à lui, mais jamais aussi nettement ; toujours il avait été distrait par quelque phrase rapide, comme : « Mon cœur n'est pour rien dans cette aventure de jeunesse et d'ambition. » Mais par toutes les combinaisons qui avaient précédé le rappel du nom de Mme de Chasteller il prenait des mesures pour faire durer longtemps cette nouvelle liaison. Mme Grandet ne le portait pas simplement à rompre avec la personne de Mlle Raimonde [700], mais avec le souvenir cher et sacré de Mme de Chasteller. L'impiété était plus grande.

Il y avait deux mois qu'il avait rencontré dans la collection des porcelaines divines de M. Constantin une tête qui l'avait fait rougir par sa ressemblance avec Mme de Chasteller, et il l'avait fait copier en ne quittant pas un moment le jeune peintre dont, par son anxiété et sa douceur, il s'était fait un ami. Il courut chez lui comme pour faire amende honorable devant cette sainte image. Sera-t-il tout à fait déshonoré si nous avouons que, comme le personnage célèbre auquel nous avons eu naguère le courage de le comparer, il répandit des pleurs ?

Sur la fin de la soirée, il prit sur lui de venir passer un moment chez Mme Grandet. Lucien était un autre homme. Mme Grandet s'aperçut de ce changement dans ses idées. Huit jours auparavant, cette nuance morale eût passé inaperçue. Sans se l'avouer, elle n'était plus seulement dominée par l'ambition, elle commençait à prendre du goût pour ce jeune homme qui n'était pas triste comme les autres, mais sérieux. Elle lui trouvait un charme inexprimable. Si elle eût eu plus d'expérience ou plus d'esprit, elle eût appelé *naturel* cette façon d'être singulière qui l'attachait à Lucien.

Elle avait vingt-six ans passés, elle était mariée depuis sept ans, et depuis cinq régnait dans la plus brillante si ce n'est la plus noble société. Jamais un homme n'avait osé lui baiser la main en tête à tête.

Le lendemain, il y eut une scène entre M. Leuwen et Mme Grandet. M. Leuwen, parfaitement honnête homme dans toute cette affaire, s'était hâté de présenter M. Grandet au vieux maréchal, lequel, rempli de bon sens et de vigueur quand il ne se laissait pas engourdir par la paresse ou par l'humeur, avait fait à ce futur collègue quatre ou cinq questions brusques, auxquelles le riche banquier, peu accoutumé à s'entendre parler aussi nettement, avait répondu par des phrases qu'il croyait bien arrondies [701]. Sur quoi le maréchal, qui détestait les phrases, d'abord parce qu'elles sont détestables, et ensuite parce qu'il ne savait pas en faire, lui avait tourné le dos [702]. M. Grandet était rentré chez lui pâle et désespéré. De toute la journée il ne fut plus tenté de se comparer à Colbert. Il avait justement le degré de tact nécessaire pour comprendre qu'il avait souverainement déplu au maréchal. Il est vrai que la grossièreté du vieux général, ennuyé voleur et rongé de bile, avait proportionné sa conduite à la rapidité de tact de M. Grandet.

Celui-ci raconta son malheur à sa femme, qui accabla son mari de flatteries mais prit sur-le-champ la ferme opinion que M. Leuwen l'avait trompée. Elle méprisait bien son mari, ainsi que le doit toute honnête femme, mais elle ne le méprisait pas assez.

« Quel est son métier ? se disait-elle depuis trois ans. Il est banquier et colonel de la garde nationale. Eh ! bien, comme banquier il gagne de l'argent, comme colonel il est brave. Les deux métiers s'entraident ; comme colonel, il fait avoir de l'avancement dans la Légion d'honneur à certains régents de la Banque de France ou du syndicat des agents de change [703], qui de temps à autre lui font prêter un million ou deux pendant trente-six heures pour faire une hausse ou une baisse [704]*. Mais M. le comte de Vaize exploite la Bourse par son télégraphe, comme M. Grandet par une hausse [705]. Deux ou trois ministres font comme M. de Vaize, et leur maître à tous ne s'en fait pas faute et quelquefois les ruine, comme il est arrivé à ce pauvre [706]* Castelfulgens [707]. Mon mari a sur tous ces gens-là l'avantage d'être un très brave colonel. »

Mme Grandet ne croyait pas que le monde s'aperçût de la détestable manie de faire de l'esprit qui possédait son lourd mari ; or, jamais homme n'avait reçu de la nature une imagination plus calme pour tout ce qui n'était pas de l'argent comptant réalisé ou perdu par une cote [708] de change. Tout ce que l'on disait lui semblait toujours, à lui vrai marchand, un bavardage destiné à enjôler un acheteur.

Depuis quatre ou cinq ans que M. Grandet, piqué d'honneur par le luxe de M. Thourette [709,710]*, donnait de belles fêtes, Mme Grandet ne le voyait jamais qu'entouré de flatteurs. Un jour, un pauvre petit bonhomme d'esprit, pauvre et pas trop bien mis, M. Gamont [711], avait osé différer un peu

d'opinion avec M. Grandet sur le plus ou moins de beauté de
la cathédrale d'Auch, M. Grandet l'avait chassé de chez lui à
l'instant avec une grossièreté, avec un triomphe barbare des
écus sur la pauvreté qui avait choqué même Mme Grandet.
Quelques jours après elle envoya, avec une lettre anonyme
alléguant une restitution, cinq cents francs au pauvre Gamont
qui, trois mois après, eut la bassesse de se laisser réinviter à
dîner par M. Grandet.

Lorsque M. Leuwen dit à Mme Grandet la vérité, encore
bien adoucie, sur le vide, la platitude, les fausses grâces des
réponses de M. Grandet au vieux maréchal, Mme Grandet
lui fit entendre avec un froid dédain, qui allait admirablement au genre de sa beauté, qu'elle croyait qu'il la trahissait.

M. Leuwen se conduisit comme un jeune homme : il fut au
désespoir de cette accusation, et pendant trois jours son
unique affaire fut de prouver son injustice à Mme Grandet.

Ce qui compliquait la question, c'est que le roi, qui depuis
cinq ou six mois devenait chaque jour plus ennemi des
résolutions décisives, avait envoyé son fils chez le ministre
des Finances afin de moyenner un raccommodement avec le
vieux maréchal, sauf ensuite, quand le raccommodement ne
conviendrait plus à lui roi, de désavouer son fils et de l'exiler
à la campagne. Le raccommodement avait réussi, car le
vieux maréchal tenait beaucoup à ce qu'une certaine fourniture de chevaux [712]* fût entièrement soldée avant sa sortie du
ministère. M. Salomon C..., le chef de cette entreprise,
avait sagement stipulé que les cent mille francs de nantisse-
ment donnés par le fils du maréchal et les bénéfices appartenant à la même personne ne seraient payés qu'avec les fonds
provenant de l'*ordonnance de solde* signé par M. le ministre
des Finances. Le roi savait bien la spéculation sur les chevaux, mais n'avait pas connaissance de ce détail, quand il
l'apprit par un petit espion intérieur du ministre des Finances
qui adressait des comptes rendus à sa sœur. Il fut humilié et
furieux de ne pas l'avoir deviné, et dans sa colère il fut sur le
point de donner le commandement d'une brigade à Alger à
M. Le G., le chef de sa police particulière. La politique du
roi avec ses ministres eût été toute différente s'il avait été sûr
de tenir le maréchal par des liens invincibles pendant quinze
jours encore.

M. Leuwen ne savait pas ce détail, il prit ce délai de quinze jours pour un nouveau symptôme de timidité ou même d'affaiblissement dans le génie du roi, mais cette raison il n'osa jamais la donner à Mme Grandet. Il avait pour principe qu'il est certaines choses qu'il ne faut jamais dire aux femmes.

Il résulta de là que, parlant avec une ouverture de cœur et une bonne foi parfaites, sauf ce détail, Mme Grandet, dont l'esprit était aiguisé en cette circonstance par l'anxiété la plus vive, crut voir qu'il n'était pas sincère avec elle.

M. Leuwen s'aperçut de ce soupçon. Dans son désespoir d'honnête homme, qui fut vif et violent comme toutes ses sensations, ce même jour M. Leuwen, qui n'osait traiter à fond de certain sujet en présence de sa femme, après le dîner de famille partit de bonne heure pour l'Opéra, emmena son fils, ferma avec soin le verrou de sa loge [713]. Ces précautions prises, il osa lui raconter en détail et dans le style le plus simple le marché fait avec Mme Grandet. M. Leuwen croyait parler à un homme politique, et commettait lui-même une lourde gaucherie.

La vanité de Lucien fut consternée, il se sentit froid dans la poitrine, car notre héros, en cela fort différent des héros des romans de bon goût, n'est point absolument parfait, il n'est même pas parfait tout simplement. Il est né à Paris, par conséquent il a des premiers mouvements d'une force incroyable [714].

Cette vanité immense, parisienne, n'était pas cependant unie à sa compagne vulgaire, la sottise de croire posséder des avantages qu'on n'a pas. Du côté des choses qui lui manquaient, il se jugeait même avec sévérité. Par exemple, il se disait :

« Je suis trop simple, trop sincère, je ne sais pas assez dissimuler l'ennui, et encore moins l'amour que je sens, pour arriver jamais à des succès marquants auprès des femmes de la société. »

Tout à coup, et d'une façon imprévue, Mme Grandet, avec son port de reine, sa rare beauté, son immense fortune, sa conduite irréprochable, était venue donner un brillant démenti à ces prévisions philosophiques, mais tristes. Lucien goûtait ce hasard avec délices.

« Ce succès n'aura jamais de pendant, se disait-il; jamais je ne réussirai, sans amour de ma part, auprès d'une femme à haute vertu et à grand état dans le monde. Je n'aurai jamais de succès, si j'en ai, que, comme me le dit Ernest, par le plat et vulgaire moyen de la *contagion de l'amour*. Je suis trop ignare pour savoir séduire qui que ce soit, même une grisette. Au bout de huit jours, ou elle m'ennuie, je la plante là, ou elle me plaît trop, elle le voit, et se moque de moi. Si la pauvre Mme de Chasteller m'a aimé, comme je suis quelquefois tenté de le croire, et encore aimé après la faute commise avec cet exécrable lieutenant-colonel de hussards, être si commun, si plat, si dégoûtant[715] comme rival, ce n'est pas que j'aie eu du talent, c'est tout simplement que je l'aimais à la folie... comme je l'aime. »

Lucien s'arrêta un moment. Sa vanité était si vivement piquée en ce moment, qu'il avait de l'amour plutôt le souvenir récent que la conscience de sa présence actuelle[717]. Ce fut précisément à l'instant où l'aventure de Mme Grandet commençait à plaire extrêmement à Lucien que le mot de son père vint faire disparaître tout cet échafaudage de contentement de soi-même. Une heure auparavant, il se répétait encore :

« Ernest se sera trompé une fois quand il m'a prédit que de la vie je n'obtiendrais une femme comme il faut[718], sans l'aimer, autrement que par la pitié, les larmes et tout ce que ce chimiste de malheur [appelle] *la voie humide*. »

Le traître mot dit par son père succédant à une journée de triomphe le plongea dans l'amertume.

« Mon père, se dit Lucien, se moque de moi ! »

Par excès de vanité, il sut ne pas se laisser dominer par l'œil fin et scrutateur de son père qu'il voyait attaché aux siens, il déroba à ce moqueur impitoyable son désappointement cruel. M. Leuwen eût été bien heureux de deviner son fils. Il savait par expérience que le même fonds de vanité qui fait sentir cruellement les malheurs de ce genre ne les laisse pas sentir longtemps. Il avait au contraire une crainte profonde de l'intérêt inspiré par Mme de Chasteller. Il ne sut rien voir et trouva son fils un homme politique comprenant fort bien la position du roi avec ses ministres et ne s'exagérant d'un côté ni la finesse cauteleuse, ni la bassesse rampante de l'autre, bassesse qui toutefois se réveille sous le coup de fouet cruel de la plaisanterie parisienne.

Une minute ne s'était pas passée que M. Leuwen n'était plus attentif qu'à bien pénétrer Lucien du rôle qu'il devait jouer auprès de Mme Grandet pour la bien persuader que lui, Leuwen père, ne la trahissait en aucune façon et que c'était la *lourdise* de M. Grandet qui avait fait tout le mal; mais lui, Leuwen, se chargeait de réparer ce mal.

Heureusement pour notre héros, après une séance d'une heure M.... vint parler à son père.

« Tu vas place de la Madeleine, n'est-ce pas?

— Sans doute », répondit Lucien avec une véracité jésuite.

En effet, il alla presque en courant jusque sur la place de la Madeleine [719], seul endroit de ces environs où, à cette heure, il pût trouver quelque tranquillité et la certitude de n'être pas abordé, car il était un petit personnage et on lui faisait la cour.

Là, pendant une heure entière il se promena sur les dalles des trottoirs solitaires et put se dire et se redire :

« Non, je n'ai pas gagné un quine à la loterie, oui, je suis un nigaud incapable d'obtenir une femme par mon esprit et de la gagner autrement que par la méthode plate de la *contagion de l'amour* [720].

» Oui, mon père est comme tous les pères, ce que je n'avais pas su voir jusqu'ici; avec infiniment plus d'esprit et même de sentiment qu'un autre, il n'en veut pas moins me rendre heureux *à sa façon* et non à la mienne. Et c'est pour servir cette passion d'un autre que je m'hébète depuis huit mois par le travail de bureau le plus excessif, et dans le fait le plus stupide. Car les autres victimes du fauteuil de maroquin au moins sont ambitieux, le petit Desbacs par exemple. Les phrases emphatiques et convenues que j'écris avec variations, dans la bonne intention de faire pâlir un préfet qui souffre un café libéral dans sa ville, ou pour faire pâmer d'aise celui qui, sans se compromettre, a pu gagner un jury et envoyer en prison un journaliste, ils les trouvent belles, convenables, *gouvernementales*. Ils ne pensent pas que celui qui les signe n'est qu'un fripon. Mais un sot comme moi,

affligé de cette délicatesse, j'ai tout le déboire du métier sans
aucune de ses jouissances. Je fais sans goût des choses que je
trouve à la fois déshonorantes et stupides. Et tôt ou tard ces
paroles aimables que je me dis ici, j'aurai le plaisir de me les
entendre adresser tout haut et en public, ce qui ne laissera pas
d'être flatteur. Car enfin, à moins que l'excès de l'esprit ne
tue, comme disent les bonnes femmes, je n'ai que vingt-
quatre ans [721], et, en conscience, ce château de cartes de
friponneries éhontées, combien peut-il durer? Cinq ans? Dix
ans? Vingt ans? Probablement pas dix ans. Quand j'en aurai
quarante à peine, et qu'il y aura réaction contre ces fri-
pons-ci, mon rôle sera le dernier des rôles, le fouet de la
satire, me poursuivît-il avec un sourire plein d'amertume,
me vilipendera pour des péchés qui, en les commettant, ne
m'ont pas fait plaisir. Si vous vous damnez, damnez-vous au
moins pour des péchés aimables! Desbacs, au contraire,
jouera le beau rôle. Car enfin, aujourd'hui il serait ivre de
bonheur de se voir maître des requêtes, préfet, secrétaire
général, tandis que je ne puis voir dans M. Lucien Leuwen
qu'un sot complet, qu'un butor endurci. La boue de Blois
même n'a pas pu me réveiller. Qui te réveillera donc, infâme? Attends-tu le soufflet personnel?

» Coffe a raison : je suis plus grandement dupe qu'aucun
de ces cœurs vulgaires qui se sont vendus au gouvernement.
Hier, en parlant de Desbacs et consorts, Coffe ne m'a-t-il pas
dit avec sa froideur inexorable : "Ce qui fait que je ne les
méprise pas trop, c'est qu'au moins ils n'ont pas de quoi
dîner."

» Un avancement merveilleux pour mon âge, mes talents,
la position de mon père dans le monde, m'a-t-il jamais donné
d'autre sentiment que cet étonnement sans plaisir : "*N'est-ce
que ça?*"

» Il est temps de se réveiller. Qu'ai-je besoin de fortune?
Un dîner de cinq francs et un cheval ne me suffisent-ils pas,
et au-delà? Tout le reste est bien plus souvent corvée que
plaisir, à présent surtout que je pourrai dire : "Je ne méprise
pas ce que je ne connais point, comme un sot philosophe à la
Jean-Jacques. Succès du monde, sourires, serrements de
mains des députés campagnards ou des sous-préfets en
congé, bienveillance grossière dans tous les regards d'un

salon, je vous ai goûtés !... Je vais vous retrouver dans un quart d'heure au foyer de l'Opéra [722]. ''

» Et si je partais, sans rentrer à l'Opéra, pour aller entrevoir le seul pays au monde où soit pour moi le *peut-être* du bonheur ?... En dix-huit heures, je puis être dans la rue de la Pompe ! »

Cette idée s'empara de son attention pendant une heure entière. Depuis quelques mois, notre héros était devenu beaucoup plus hardi, il avait vu de près les motifs qui font agir les hommes chargés des grandes places. Cette sorte de timidité qui à un œil clairvoyant annonce une âme sincère et grande n'avait pu tenir contre la première expérience des grandes affaires. S'il eût usé sa vie dans le comptoir de son père, il eût peut-être été toute la vie un homme de mérite, connu pour tel d'une personne ou deux. Il osait maintenant croire à son premier mouvement, et y tenir jusqu'à ce qu'on lui eût prouvé qu'il avait tort. Et il devait à l'*ironie* de son père l'impossibilité de se payer de mauvaises raisons.

Pendant une heure entière, ces idées occupèrent sa promenade agitée.

« Au fond, je n'ai à ménager dans tout ceci que le cœur de ma mère et la vanité de mon père, qui au bout de six semaines oubliera ses châteaux en Espagne sur un fils qui se trouve être mille fois trop paysan du Danube pour ce qu'il en veut faire : un homme adroit faisant une bonne brèche dans le budget. »

Avec ces idées établies dans son esprit comme des idées incontestables et nouvelles, Lucien rentra à l'Opéra. La musique plate et les charmants pas de Mlle Elssler lui causèrent un enchantement qui l'étonna. Il se disait vaguement qu'il ne jouirait pas longtemps encore de toutes ces belles choses, et à cause de cela elles ne lui donnaient pas d'humeur.

Pendant que la musique donnait des ailes à son imagination, sa raison parcourait avec intérêt plusieurs chances de la vie.

« Si par l'agriculture on n'était pas mis en rapport avec des paysans fripons, avec un curé qui les ameute contre vous, avec un préfet qui vous fait voler votre journal à la poste, comme avant-hier encore je l'ai insinué à ce benêt de préfet de..., ce serait une manière de travailler qui me conviendrait... Vivre dans une terre avec Mme de Chasteller et faire produire à cette terre les douze ou quinze mille francs nécessaires à notre petit bien-être, luxe modeste ! Notre subsistance...

» Ah ! l'Amérique !... Là point de préfets comme M. de Séranville ! » Et toutes ses anciennes idées sur l'Amérique et sur M. de Lafayette lui revinrent à l'esprit. Quand il rencontrait tous les dimanches M. de Laf[ayette] chez M. de T[racy], il se figurait qu'avec son bon sens, sa probité, sa haute philosophie, les gens d'Amérique auraient aussi l'élégance de ses manières. Il avait été rudement détrompé : là règne la majorité, laquelle est formée en grande partie par la canaille. « A New York, la charrette gouvernative est tombée dans l'ornière opposée à la nôtre. Le suffrage universel règne en tyran, et en tyran aux mains sales. Si je ne plais pas à mon cordonnier, il répand sur mon compte une calomnie qui me fâche, et il faut que je flatte mon cordonnier. Les hommes ne sont pas pesés, mais comptés, et le vote du plus grossier des artisans compte autant que celui de Jefferson, et souvent rencontre plus de sympathie. Le clergé les hébête encore plus que nous ; ils font descendre un dimanche matin un voyageur qui court dans la malle-poste parce que, en voyageant le dimanche, il fait *œuvre servile* et commet un gros péché... Cette grossièreté universelle et sombre m'étoufferait... Enfin, je ferai ce que Bathilde voudra... »

Il raisonna longtemps sur cette idée, enfin elle l'étonna : il fut heureux de la trouver si profondément enracinée dans son esprit.

« Je suis donc bien sûr de lui pardonner ! Ce n'est pas une illusion. » Il avait entièrement pardonné la faute de Mme de Chasteller. « Telle qu'elle est, elle est pour moi la seule femme qui existe... Je crois qu'il y aura plus de délicatesse à ne jamais laisser soupçonner que je connais les suites de la faiblesse pour M. de Sicile. Elle m'en parlera si elle veut m'en parler [723]. Ce stupide travail de bureau me prouve au moins que je suis capable de gagner au besoin ma vie et celle de ma femme.

— A qui l'a-t-il prouvé ? dit le parti contraire. Et à cette objection le regard de Lucien devint hagard. A ces gens-ci que peut-être tu ne reverras jamais, qui, si tu les quittes, te calomnieront [724]...

— Eh! non, parbleu, il l'a prouvé à moi, et c'est là l'essentiel. Et que me fait l'opinion de cette légion de demi-fripons qui regardent avec ébahissement ma croix et mon avancement rapide? Je ne suis plus le jeune sous-lieutenant de lanciers partant pour Nancy afin de rejoindre son régiment, esclave alors de cent petites faiblesses de vanité, et encore regimbant sous ce mot brûlant d'Ernest Dévelroy: "O trop heureux d'avoir un père qui te donne du pain!" Bathilde m'a dit des mots vrais; par ses ordres, je me suis comparé à des centaines d'hommes, et des plus estimés... Faisons comme le monde, laissons la moralité de nos actions officielles. Eh! bien, je sais que je puis travailler deux fois autant que le chef de bureau le plus lourd, et partant le plus considéré, et encore à un travail que je méprise, et qui à Blois m'a couvert d'une boue méritée peut-être. »

Ce fonds de pensées était à peu près le bonheur pour Lucien. Les sons d'un orchestre mâle et vigoureux, les pas divins et pleins de grâce de Mlle Elssler le distrayaient de temps en temps de ses raisonnements et leur donnaient une grâce et une vigueur séduisantes. Mais bien plus céleste encore était l'image de Mme de Chasteller, qui à chaque moment venait dominer sa vie. Ce mélange de raisonnements et d'amour fit de cette fin de soirée, passée dans un coin de l'orchestre, un des soirs les plus heureux de sa vie. Mais le rideau tomba.

Rentrer à la maison et être aimable pendant une conversation avec son père, c'était retomber de la façon la plus désagréable dans le monde réel, et, il faut avoir le courage de le dire, dans un monde ennuyeux. « Il ne faut rentrer à la maison qu'à deux heures, ou gare le dialogue paternel! »

Lucien monta dans un hôtel garni, prit un petit appartement. Il paya, mais on insistait pour un passeport. Il se mit d'accord avec son hôte en assurant qu'il ne coucherait pas cette nuit et que le lendemain il apporterait son passeport.

Il se promena avec délices dans ce joli petit appartement, dont le plus beau meuble était cette idée : « Ici, je suis libre ! » Il s'amusa comme un enfant du faux nom qu'il se donnerait dans cet hôtel garni.

« Il faut un faux nom pour assurer encore plus ma liberté. Ici je serai, se disait-il en se promenant avec délices, je serai tout à fait à l'abri de la sollicitude paternelle, maternelle, sempiternelle ! »

Oui, ce mot si grossier fut prononcé par notre héros, et j'en suis fâché non pour lui, mais pour la nature humaine. Tant il est vrai que l'instinct de la liberté est dans tous les cœurs et qu'on ne le choque jamais impunément dans les pays où l'ironie a désenchanté les sottises. Un instant après, Lucien se reprocha vivement ce mot grossier à l'égard de sa mère, mais enfin, sans se l'avouer sans doute, cette excellente mère aussi avait attenté à sa liberté. Mme Leuwen croyait fermement avoir mis toute la délicatesse et toute l'adresse possibles à ses procédés, elle n'avait pas prononcé une seule fois le nom de Mme de Chasteller. Mais un sentiment plus fin que l'esprit de la femme de Paris à qui l'on en accordait le plus avait donné à Lucien la certitude que sa mère haïssait Mme de Chasteller. « Or, se disait-il, ou plutôt sentait-il sans se l'avouer, ma mère ne doit ni aimer ni haïr Mme de Chasteller ; elle doit ne pas *savoir qu'elle existe*. »

On pense bien qu'au milieu de telles idées Lucien n'eut pas la moindre tentation d'aller s'asphyxier dans les idées épaisses du salon de Mme Grandet, et encore moins se soumettre à ses serrements de main [725]. Cependant, on l'attendait dans ce salon avec anxiété. Le voile sombre qui quelquefois obscurcissait les qualités aimables de Lucien et le réduisait, en apparence du moins et aux yeux de Mme Grandet, au rôle d'un froid philosophe, avait fait révolution chez cette femme jusque-là sage et ambitieuse.

« Il n'est pas aimable, mais du moins, se disait-elle, il est parfaitement sincère. »

Ce mot fut comme le premier pas qui la jeta dans un sentiment jusque-là si inconnu pour elle et si impossible.

Lucien avait encore [727] la mauvaise habitude et la haute imprudence d'être naturel dans l'intimité, même quand elle n'était pas amenée par l'amour vrai. Dissimuler avec un être avec lequel il passait quatre heures tous les jours eût été pour lui la chose la plus insupportable. Ce défaut, joint à sa mine naïve, fut d'abord pris pour de la bêtise, et lui valut ensuite l'étonnement, et puis l'intérêt de Mme Grandet, ce dont il se serait bien passé. Car s'il y avait dans Mme Grandet la femme ambitieuse, parfaitement raisonnable, soigneuse de la réussite de ses projets, il y avait aussi un cœur de femme qui jusque-là n'avait point aimé. Le naturel de Lucien était en apparence bien ridicule auprès d'une femme de vingt-six ans envahie par le culte de la considération et de l'adoration du privilège qui procure l'appui de l'opinion noble. Mais par hasard, de la part d'un homme dont l'âme naïve et étrangère aux adresses vulgaires donnait à toutes les démarches une teinte de singularité et de noblesse singulière, ce naturel était ce qu'il y avait de mieux calculé pour faire naître un sentiment extraordinaire dans ce cœur si sec jusque-là.

Il faut avouer qu'en arrivant à la seconde demi-heure d'une visite il parlait peu et pas très bien, et il n'osait pas se permettre de dire ce qui lui venait à la tête.

Cette habitude, antisociale à Paris, avait été voilée jusqu'à cette époque de sa vie parce que, à l'exception de Mme de Chasteller, personne n'avait été intime avec Lucien, et de la vie on ne l'avait vu prolonger une visite plus de vingt minutes. Sa manière de vivre avec Mme Grandet vint mettre à découvert ce défaut cruel, celui de tous qui est le plus fait pour casser le cou à la fortune d'un homme. Malgré des efforts incroyables, Lucien était absolument hors d'état de dissimuler un changement d'humeur, et il n'y avait pas, au fond, de caractère plus inégal. Cette mauvaise qualité, en partie voilée par toutes les habitudes les plus nobles et les plus simples de politesse exquise données par une mère femme d'esprit, avait été jadis un charme aux yeux de Mme de Chasteller [728]. Ce fut une nouveauté charmante pour elle, accoutumée qu'elle était à cette égalité de caractère, le chef-d'œuvre de cette hypocrisie qui s'appelle aujourd'hui une éducation parfaite chez les personnes trop nobles et trop riches [729], et qui laisse un fond d'incurable sécheresse dans l'âme qui la pratique comme dans celle qui fait sa partie. Pour Lucien, le souvenir d'une idée qui lui était chère, une journée de vent du nord avec des nuages sombres, la vue soudaine de quelque nouvelle coquinerie, ou tel autre événement aussi peu rare, suffisait pour en faire un autre homme. Il n'avait rencontré dans sa vie qu'une ressource contre ce malheur, ridicule et si rare en ce siècle, de prendre les choses au sérieux : être enfermé avec Mme de Chasteller dans une petite chambre, et avoir d'ailleurs l'assurance que la porte était bien gardée et ne s'ouvrirait pour aucun importun qui pût paraître à l'improviste.

Après toutes ces précautions, ridicules, il faut en convenir, pour un lieutenant de lanciers, il était alors peut-être plus aimable que jamais. Mais ces précautions délicates et faites pour un esprit malade et singulier, il ne pouvait les espérer auprès de Mme Grandet, et elles lui eussent été importunes et odieuses. Aussi était-il souvent silencieux et absent. Cette disposition était redoublée par le genre d'esprit peu encourageant des personnes qui formaient la cour habituelle de cette femme célèbre.

Cependant, on l'attendait dans ce salon avec anxiété. Pendant la première heure de cette soirée qui faisait une révolution dans le cœur de Lucien, Mme Grandet avait régné comme à l'ordinaire. Ensuite, elle avait été en proie d'abord à l'étonnement, puis à la colère la plus vive. Elle n'avait pu s'occuper un seul instant d'un autre être que de Lucien. Une telle constance d'attention était chose inouïe pour elle. L'état où elle se voyait l'étonnait un peu [730], mais elle était fermement persuadée que la fierté seule ou l'honneur blessé était la

cause unique de l'état violent où elle se voyait. Elle interro-
geait avec un parler bref, un sein haletant et des yeux à
paupières contractées et immobiles [731], et qui n'avaient jamais été en cet état que par l'effet de quelque douleur
physique, chacun des députés, des pairs ou des hommes
mangeant au budget qui arrivaient successivement dans son
salon [732]. Avec tous, Mme Grandet n'osait pas également
prononcer le nom sur lequel toute son attention était fixée ce
soir-là. Elle était souvent obligée d'engager ces messieurs
dans des récits infinis. espérant toujours que le nom de
M. Leuwen fils pourrait se montrer comme circonstance
accessoire.

M. le prince royal avait fait annoncer une partie de chasse
dans la forêt de Compiègne, il s'agissait de forcer des chevreuils. Mme Grandet savait que Lucien avait parié vingt-
cinq louis contre soixante-dix que le premier chevreuil serait
forcé en moins de vingt et une minutes après la vue [733].
Lucien avait été introduit en si haute société par le crédit du
vieux maréchal [734] ministre de la Guerre. Aucune distinction
n'était plus flatteuse alors pour un jeune homme attaché au
gouvernement. On pensait beaucoup à l'utile ; or, quelle part
au budget ne pouvait pas espérer d'ici à dix ans l'homme qui
chassait, lui dixième, avec le prince royal ! Le prince n'avait
voulu absolument que dix personnes, car un des hommes de
lettres de sa chambre venait de découvrir que monseigneur,
fils de Louis XIV et dauphin de France, n'admettait que ce
nombre de courtisans à ses chasses au loup.

« Se pourrait-il, se disait Mme Grandet, que le prince
royal eût fait dire à l'improviste qu'il recevait ce soir les
futurs chasseurs au chevreuil ? Mais les pauvres députés et
pairs qu'elle recevait songeaient au solide et étaient trop peu
du monde avec lequel on essayait de refaire une cour pour se
trouver au courant de ces choses-là. Après cette réflexion,
elle renonça à savoir la vérité par ces messieurs.

» Dans tous les cas, se dit-elle, ne devrait-il pas paraître
ici, ou au moins écrire un mot ? Cette conduite est affreuse. »

Onze heures sonnèrent, onze heures et demie, minuit.
Lucien ne paraissait pas.

« Ah ! je saurai bien le guérir de ces petites façons-là ! » se
dit Mme Grandet hors d'elle-même.

Cette nuit, le sommeil n'approcha pas de sa paupière, comme disent les gens qui savent écrire[735]. Dévorée de colère et de malheur, elle chercha une distraction dans ce que ses complaisants appelaient ses études historiques; sa femme de chambre se mit à lui lire les *Mémoires* de Mme de Motteville qui, l'avant-veille encore, lui semblaient le manuel d'une femme du grand monde. Ces mémoires chéris lui semblèrent, cette nuit-là, dépourvus de tout intérêt. Il fallut avoir recours à ces romans contre lesquels, depuis huit ans, Mme Grandet faisait dans son salon des phrases si morales.

Toute la nuit, Mme Trublet, la femme de chambre de confiance, fut obligée de monter à la bibliothèque, située au second étage, ce qui lui semblait fort pénible. Elle en rapporta successivement plusieurs romans. Aucun ne plaisait, et enfin, de chute en chute, la sublime Mme Grandet, dont Rousseau était l'horreur, fut obligée d'avoir recours à la *Nouvelle Héloïse*. Tout ce qu'elle s'était fait lire dans le commencement de la nuit lui semblait froid, ennuyeux, rien ne répondait à sa pensée. Il se trouva que l'emphase un peu pédantesque qui fait fermer ce livre par les lecteurs un peu délicats était justement ce qu'il fallait pour la sensibilité bourgeoise et commençante de Mme Grandet.

Quand elle aperçut l'aube à travers les joints de ses volets, elle renvoya Mme Trublet. Elle venait de penser que dès le matin elle recevrait une lettre d'excuses. « On me l'apportera vers les neuf heures, et je saurai répondre de bonne encre. » Un peu calmée par cette idée de vengeance, elle s'endormit enfin en arrangeant les phrases de son billet de réponse.

Dès huit heures, Mme Grandet sonna avec impatience, elle supposait qu'il était midi.

« Mes lettres, mes journaux ! » s'écria-t-elle avec humeur.

On sonna le portier, qui arriva n'ayant dans les mains que de sales enveloppes de journaux. Quel contraste avec le joli petit billet si élégant et si bien plié que son œil avide cherchait parmi ces journaux ! Lucien était remarquable pour l'art de plier ses billets, et c'était peut-être celui de ses talents élégants auquel Mme Grandet avait été le plus sensible[736].

La matinée s'écoula en projets d'oubli, et même de vengeance, mais elle n'en sembla pas moins interminable à Mme Grandet. Au déjeuner, elle fut terrible pour ses gens et pour son mari. Comme elle le vit gai, elle lui raconta avec aigreur toute l'histoire de sa lourdise auprès du maréchal ministre de la Guerre. M. Leuwen ne la lui avait pourtant confiée que sous la promesse d'un secret éternel.

Une heure sonna, une heure et demie, deux heures. Le retour de ces sons, qui rappelaient à Mme Grandet la nuit cruelle qu'elle avait passée, la mit en fureur. Pendant assez longtemps, elle fut comme hors d'elle-même.

Tout à coup (qui l'aurait imaginé d'un caractère dominé par la vanité la plus puérile?), elle eut l'idée d'écrire à Lucien. Pendant une heure entière, elle se débattit avec cette horrible tentation d'*écrire la première*. Elle céda enfin, mais sans se dissimuler toute l'horreur de sa démarche.

« Quel avantage ne vais-je pas lui donner sur moi ! Et que de journées sévères ne faudra-t-il pas pour lui faire oublier la position que la vue de mon billet va lui faire prendre à mon égard ! Mais enfin, dit l'amour se masquant en paradoxe, qu'est-ce qu'un amant ? C'est un instrument auquel on se frotte pour avoir du plaisir [737]. M. Cuvier me disait : " Votre chat ne vous caresse pas, il se caresse à vous. " Eh ! bien, dans ce moment le seul plaisir que puisse me donner ce petit monsieur, c'est celui de lui écrire. Que m'importe sa sensation ? La mienne sera du plaisir, dit-elle avec une joie féroce, et c'est ce qui m'importe. »

Ses yeux dans ce moment étaient superbes.

Mme Grandet fit une lettre dont elle ne fut pas contente, une seconde, une troisième, enfin elle fit partir la sept ou huitième.

LETTRE.

« Mon mari, monsieur, a quelque chose à vous dire. Nous vous attendons, et pour ne pas attendre toujours, malgré le rendez-vous donné, connaissant votre bonne tête, je prends le parti de vous écrire.

» Recevez mes compliments.

AUGUSTINE GRANDET.

» P.-S. — Venez avant trois heures. »

Or, quand cette lettre, qu'on avait trouvé la moins imprudente et surtout la moins humiliante pour la vanité [738] partit, il était plus de deux heures et demie [739].

Le valet de chambre de Mme Grandet trouva Lucien fort tranquille à son bureau, rue de Grenelle, mais au lieu de venir il écrivit :

« MADAME,

« Je suis doublement malheureux : je ne pus avoir l'honneur de vous présenter mes respects ce matin, ni peut-être même ce soir. Je me trouve cloué à mon bureau par un travail pressé, dont j'ai eu la gaucherie de me charger. Vous savez que, comme un respectueux commis, je ne voudrais pas, pour tout au monde, fâcher mon ministre. Il ne comprendra certainement jamais toute l'étendue du sacrifice que je fais au devoir en ne me rendant pas aux ordres de M. Grandet et aux vôtres.

» Agréez avec bonté les nouvelles assurances du plus respectueux dévouement. »

Mme Grandet était occupée depuis vingt minutes à calculer le temps absolument nécessaire à Lucien pour voler à ses pieds [740]. Elle prêtait l'oreille pour entendre le bruit des roues de son cabriolet, que déjà elle avait appris à connaître. Tout à coup, à son grand étonnement, son domestique frappa à la porte et lui remit le billet de Lucien.

A cette vue, toute la rage de Mme Grandet se réveilla ; ses traits se contractèrent, et presque en même temps elle devint pourpre.

« L'absence de son bureau eût été une excuse. Mais quoi ! il a vu ma lettre, et au lieu de voler à mes pieds, il écrit !

— Sortez ! » dit-elle au valet de chambre avec des yeux qui l'atterrèrent.

« Ce petit sot peut se raviser, il va venir dans un quart d'heure, se dit-elle. Il est mieux qu'il voie sa lettre non ouverte. Mais il serait encore mieux, pensa-t-elle après quelques instants, qu'il ne me trouvât pas même chez moi. »

Elle sonna et fit mettre les chevaux. Elle se promenait avec agitation ; le billet de Lucien était sur un petit guéridon à côté de son fauteuil, et à chaque tour elle le regardait malgré elle [741].

On vint dire que les chevaux étaient mis. Comme le domestique sortait, elle se précipita sur la lettre de Lucien et l'ouvrit avec un mouvement de fureur, et sans s'être pour ainsi dire permis cette action. La jeune femme l'emportait sur la capacité politique [742].

Cette lettre si froide mit Mme Grandet absolument hors d'elle-même. Nous ferons observer, pour l'excuser un peu d'une telle faiblesse, qu'à vingt-six ans qu'elle avait elle n'avait jamais aimé. Elle s'était sévèrement interdit même ces amitiés galantes qui peuvent conduire à l'amour [743]. Maintenant, l'amour prenait sa revanche, et depuis dix-huit heures l'orgueil le plus invétéré, le plus fortifié par l'habitude, lui disputait le cœur de Mme Grandet, dont la tenue dans le monde était si imposante et le nom si haut placé dans les annales de la vertu contemporaine.

Jamais tempête de l'âme ne fut plus pénible; à chaque reprise de cette affreuse douleur, le pauvre orgueil était battu et perdait du terrain. Il y avait trop longtemps que Mme Grandet lui obéissait en aveugle, elle était ennuyée de ce genre de plaisirs qu'il procure.

Tout à coup, cette habitude de l'âme et la passion cruelle, qui se disputaient le cœur de Mme Grandet, réunirent leurs efforts pour la mettre au désespoir. Quoi! voir ses ordres éludés, désobéis, méprisés par un homme!

« Mais il ne sait donc pas vivre ? » se disait-elle.

Enfin, après deux heures passées au milieu de douleurs atroces et d'autant plus poignantes qu'elles étaient senties pour la première fois, elle, rassasiée de flatteries, d'hommages, de respects, et de la part des hommes les plus considérables de Paris, l'orgueil crut triompher. Dans un transport de malheur, forcée par la douleur à changer de place, elle descendit de chez elle et monta en voiture. Mais à peine y fut-elle qu'elle changea d'avis.

« S'il vient, il ne me trouvera pas, se dit-elle.

« Rue de Grenelle, au ministère de l'Intérieur! » cria-t-elle au valet de pied. Elle osait aller chercher elle-même Lucien à son bureau.

Elle se refusa à l'examen de cette idée. Si elle s'y fût

arrêtée, elle se serait évanouie. Elle gisait comme anéantie par la douleur dans un coin de sa voiture. Le mouvement forcé imprimé par les secousses de la voiture lui faisait un peu de bien en la distrayant un peu [744].

Quand Lucien vit entrer dans son bureau Mme Grandet, l'humeur la plus vive s'empara de lui.

« Quoi ! je n'aurai jamais la paix avec cette femme-là ! Elle me prend sans doute pour un des valets qui l'entourent ! Elle aurait dû lire dans mon billet que je ne veux pas la voir. »

Mme Grandet se jeta dans un fauteuil avec toute la fierté d'une personne qui depuis six ans dépense chaque année cent vingt mille francs sur le pavé de Paris. Cette nuance d'argent saisit Lucien, et toute sympathie fut détruite chez lui.

« Je vais avoir affaire, se dit-il, à une épicière *demandant son dû*. Il faudra parler clair et haut pour être compris. »

Mme Grandet restait silencieuse dans ce fauteuil ; Lucien était immobile, dans une position plus bureaucratique que galante : ses deux mains étaient appuyées sur les bras de son fauteuil et ses jambes étendues dans toute leur longueur. Sa physionomie était tout à fait celle d'un marchand *qui perd ;* pas l'ombre de sentiments généreux, au contraire, l'apparence de toutes les façons de sentir âpres, strictement justes, aigrement égoïstes [746].

Après une minute, Lucien eut presque honte de lui-même.

« Ah ! si Mme de Chasteller me voyait ! Mais je lui répondrais : la politesse déguiserait trop ce que je veux faire comprendre à cette épicière fière des hommages de ses députés du centre [747].

— Faudra-t-il, monsieur, lui dit Mme Grandet, que je vous prie de faire retirer votre huissier ? »

Le langage de Mme Grandet ennoblissait les fonctions, suivant son habitude. Il ne s'agissait que d'un simple garçon de bureau qui, voyant une belle dame à équipage entrer d'un air si troublé, était resté par curiosité, sous prétexte d'arranger le feu qui allait à merveille [748]. Cet homme sortit sur un regard de Lucien. Le silence continuait.

« Quoi ! monsieur, dit enfin Mme Grandet, vous n'êtes pas étonné, stupéfait, confondu, de me voir ici ?

— Je vous avouerai, madame, que je ne suis qu'étonné d'une démarche très flatteuse assurément, mais que je ne mérite plus. »

Lucien n'avait pu se faire violence au point d'employer des mots décidément peu polis, mais le ton avec lequel ces paroles étaient dites éloignait à jamais toute idée de reproche passionné et les rendait presque froidement insultantes. L'insulte vint à propos renforcer le courage chancelant de Mme Grandet. Pour la première fois de sa vie, elle était timide, parce que cette âme si sèche, si froide, depuis quelques jours éprouvait des sentiments tendres [749].

« Il me semblait, monsieur, reprit-elle d'une voix tremblante de colère, si j'ai bien compris les protestations, quelquefois longues, relatives à votre haute vertu, que vous prétendiez à la qualité d'honnête homme.

— Puisque vous me faites l'honneur de me parler de moi, madame, je vous dirai que je cherche encore à être juste, et à voir sans me flatter ma position et celle des autres envers moi.

— Votre justice appréciative s'abaissera-t-elle jusqu'à considérer combien ma démarche de ce moment est dangereuse ? Mme de Vaize peut reconnaître ma livrée.

— C'est précisément, madame, parce que je vois le danger de cette démarche, que je ne sais comment la concilier avec l'idée que je me suis faite de la haute prudence de Mme Grandet, et de la sagesse qui lui permet toujours de calculer toutes les circonstances qui peuvent rendre une démarche plus ou moins utile à ses magnanimes projets.

— Apparemment, monsieur, que vous m'avez emprunté cette prudence rare, et que vous avez *trouvé utile* de changer en vingt-quatre heures tous les sentiments dont les assurances se renouvelaient sans cesse et m'importunaient tous les jours [750] ?

— Parbleu ! madame, pensa Lucien, je n'aurai pas

la complaisance de me laisser battre par le vague de vos phrases.

« Madame, reprit-il avec le plus grand sang-froid, ces sentiments, dont vous me faites l'honneur de vous souvenir, ont été humiliés par un succès qu'ils n'ont pas dû absolument à eux-mêmes. Ils se sont enfuis en rougissant de leur erreur. Avant que de partir, ils ont obtenu la douloureuse certitude qu'ils ne devaient un triomphe apparent qu'à la promesse fort prosaïque d'une présentation pour un ministère. Un cœur qu'ils avaient la présomption, sans doute déplacée, de pouvoir toucher, a cédé tout simplement au calcul d'ambition, et il n'y a eu de tendresse que dans les mots. Enfin, je me suis aperçu tout simplement qu'on me trompait, et c'est un éclaircissement, madame, que mon absence voulait essayer de vous épargner. C'est là ma façon d'être honnête homme. »

Mme Grandet ne répondait pas.

« Eh ! bien, pensa Lucien, je vais vous ôter tout moyen de ne pas comprendre. »

Il ajouta du même ton :

« Avec quelque fermeté de courage qu'un cœur qui sait aspirer aux hautes positions supporte toutes les douleurs qui viennent aux sentiments vulgaires, il est un genre de malheur qu'un noble cœur supporte avec dépit, c'est celui de s'être trompé dans un calcul. Or, madame, je le dis à regret et uniquement parce que vous m'y forcez, peut-être vous êtes-vous... trompée dans le rôle que votre haute sagesse avait bien voulu destiner à mon inexpérience. Voilà, madame, des paroles peu agréables que je brûlais de vous épargner, et en cela je me croyais *honnête homme*, je l'avoue, mais vous me forcez dans mes derniers retranchements, dans ce bureau... »

Lucien eût pu continuer à l'infini cette justification trop facile. Mme Grandet était atterrée. Les douleurs de son orgueil eussent été atroces si, heureusement pour elle, un sentiment moins sec ne fût venu l'aider à souffrir [751]. Au mot fatal et trop vrai de *présentation à un ministère*, Mme Grandet s'était couvert les yeux de son mouchoir. Peu après, Lucien crut remarquer qu'elle avait des mouvements convulsifs qui la faisaient changer de position dans cet immense fauteuil doré du ministère [752]. Malgré lui, Lucien devint fort attentif.

« Voilà sans doute, se disait-il, comment ces comédiennes de Paris répondent aux reproches qui n'ont pas de réponse. »

Mais malgré lui il était un peu touché par cette image bien jouée de l'extrême malheur. Ce corps d'ailleurs qui s'agitait sous ses yeux était si beau !

Mme Grandet sentait en vain qu'il fallait à tout prix arrêter le discours fatal de Lucien, qui allait s'irriter par le son de ses paroles et peut-être prendre avec lui-même des engagements auxquels il ne songeait peut-être pas en commençant. Il fallait donc faire une réponse quelconque, et elle ne se sentait pas la force de parler.

Ce discours de Lucien que Mme Grandet trouvait si long finit enfin, et Mme Grandet trouva qu'il finissait trop tôt; car il fallait répondre, et que dire ? Cette situation affreuse changea sa façon de sentir; d'abord, elle se disait, comme par habitude : « Quelle humiliation ! » Bientôt elle ne se trouva plus sensible aux malheurs de l'orgueil; elle se sentait pressée par une douleur bien autrement poignante : ce qui faisait le seul intérêt de sa vie depuis quelques jours allait lui manquer ! Et que ferait-elle après, avec son salon et le plaisir d'avoir des soirées brillantes, où l'on s'amusât, où il n'y eût que la meilleure société de la cour de Louis-Philippe ?

Mme Grandet trouva que Lucien avait raison, elle voyait combien sa colère à elle était peu fondée, elle n'y pensait plus, elle allait plus loin : elle prenait le parti de Lucien contre elle-même.

Le silence dura plusieurs minutes; enfin, Mme Grandet ôta le mouchoir qu'elle avait devant les yeux, et Lucien fut frappé d'un des plus grands changements de physionomie qu'il eût jamais vus. Pour la première fois de sa vie, du moins aux yeux de Lucien, cette physionomie avait une expression féminine. Mais Lucien observait ce changement, et en était peu touché. Son père, Mme Grandet, Paris, l'ambition, tout cela en ce moment était frappé du même anathème à ses yeux. Son âme ne pouvait être touchée que de ce qui se passerait à Nancy.

« J'avouerai mes torts, monsieur; mais pourtant ce qui m'arrive est flatteur pour vous. Je n'ai en toute ma vie manqué à mes devoirs que pour vous. La cour que vous me faisiez me flattait, m'amusait, mais me semblait absolument sans danger. J'ai été séduite par l'ambition, je l'avoue, et non par l'amour ; mais mon cœur a changé (ici Mme Grandet rougit profondément, elle n'osait pas regarder Lucien), j'ai eu le malheur de m'attacher à vous. Peu de jours ont suffi pour changer mon cœur à mon insu. J'ai oublié le juste soin d'élever ma maison, un autre sentiment a dominé ma vie. L'idée de vous perdre, l'idée surtout de n'avoir pas votre estime, est affreuse, intolérable pour moi... Je suis prête à tout sacrifier pour mériter de nouveau cette estime. »

Ici, Mme Grandet se cacha de nouveau la figure, et enfin de derrière son mouchoir elle osa dire :

« Je vais rompre avec M. votre père, renoncer aux espérances du ministère, mais ne vous séparez pas de moi. »

Et en lui disant ces derniers mots Mme Grandet lui tendit la main avec une grâce que Lucien trouva bien extraordinaire.

« Cette grâce, ce changement étonnant chez cette femme si fière, c'était votre mérite qui en était l'auteur, lui disait la vanité. Cela n'est-il pas plus beau que de l'avoir fait céder à force de talent ? »

Mais Lucien restait froid à ces compliments de la vanité. Sa physionomie n'avait d'autre expression que celle du calcul. La méfiance ajoutait :

« Voilà une femme admirablement belle, et qui sans doute compte sur l'effet de sa beauté. Tâchons de n'être pas dupe. Voyons : Mme Grandet me prouve son amour par un sacrifice assez pénible, celui de la fierté de toute sa vie. Il faut donc croire à cet amour... Mais doucement ! Il faudra que cet amour résiste à des épreuves un peu plus décisives et d'une durée un peu plus longue que ce qui vient d'avoir lieu. Ce qu'il y a d'agréable, c'est que, si cet amour est réel, je ne le devrai pas à la pitié. Ce ne sera pas un amour inspiré par contagion, comme dit Ernest. »

Il faut avouer que la physionomie de Lucien n'était point du tout celle d'un héros de roman pendant qu'il se livrait à ces sages raisonnements. Il avait plutôt l'air d'un banquier qui pèse la convenance d'une grande spéculation.

« La vanité de Mme Grandet, continua-t-il, peut regarder comme le pire des maux d'être quittée, *elle doit tout sacrifier pour éviter cette humiliation*, même les intérêts de son ambition. Il se peut fort bien que ce ne soit pas l'amour qui fasse ces sacrifices, mais tout simplement la vanité, et la mienne serait bien aveugle si elle se glorifiait d'un triomphe d'une nature aussi douteuse. Il convient donc d'être rempli d'égards, de respect; mais au bout du compte sa présence ici m'importune, je me sens incapable de me soumettre à ses exigences, son salon m'ennuie. C'est ce qu'il s'agit de lui faire entendre avec politesse [753].

« Madame, je ne m'écarterai point avec vous du système d'égards les plus respectueux. Le rapprochement qui nous a placés pour un instant dans une position intime a pu être la suite d'un malentendu, d'une erreur, mais je n'en suis pas moins à jamais votre obligé. Je me dois à moi-même, madame, je dois encore plus à mon respect pour le lien qui nous unit un court instant l'aveu de la vérité. Le respect, la reconnaissance même remplissent mon cœur, mais je n'y trouve plus d'amour. »

Mme Grandet le regarda avec des yeux rougis par les larmes, mais dans lesquels l'extrême attention suspendait les larmes [754].

Après un petit silence, Mme Grandet se remit à pleurer sans nulle retenue. Elle regardait Lucien, et elle osa dire ces étranges paroles:

« Tout ce que tu dis [755] est vrai, je mourais d'ambition et d'orgueil. Me voyant extrêmement riche, le but de ma vie était de devenir une dame titrée, j'ose t'avouer ce ridicule amer. Mais ce n'est pas de cela que je rougis en ce moment. C'est par ambition uniquement que je me suis donnée à toi. Mais je meurs d'amour. Je suis une indigne, je l'avoue. Humilie-moi; je mérite tous les mépris. Je meurs d'amour et de honte. Je tombe à tes pieds, je te demande pardon, je n'ai plus d'ambition ni même d'orgueil. Dis-moi ce que tu veux que je fasse à l'avenir. Je suis à tes pieds, humilie-moi tant que tu voudras; plus tu m'humilieras, plus tu seras humain envers moi.

— Tout cela, est-ce encore de l'affectation? » se disait Lucien. Il n'avait jamais vu de scène de cette force.

Elle se jeta à ses pieds. Depuis un moment, Lucien, debout, essayait de la relever. Arrivée à ces derniers mots, il sentit ses bras faiblir dans ses mains qui les avaient saisis par

le haut [756]. Il sentit bientôt tout le poids de son corps : elle
était profondément évanouie.

Lucien était embarrassé, mais point touché. Son embarras
venait uniquement de la crainte de manquer à ce précepte de
sa morale : *ne faire jamais de mal inutile*. Il lui vint une idée,
bien ridicule en cet instant, qui coupa court à tout attendrissement. L'avant-veille, on était venu quêter chez
Mme Grandet, qui avait une terre dans les environs de Lyon,
pour les malheureux prévenus du procès d'avril, que l'on
allait transférer de la prison de Perrache à Paris par le froid,
et qui n'avaient pas d'habits[a].

« Il m'est permis, messieurs, avait-elle dit aux quêteurs,
de trouver votre demande singulière. Vous ignorez apparemment que mon mari est dans l'État, et M. le préfet de
Lyon [757] a défendu cette quête [758*]. »

Elle-même avait raconté tout cela à sa société. Lucien
l'avait regardée, puis avait dit en l'observant :

« Par le froid qu'il fait, une douzaine de ces gueux-là
mourront de froid sur leurs charrettes ; ils n'ont que des
habits d'été, et on ne leur distribue pas de couvertures.

— Ce sera autant de peine de moins pour la cour de
Paris », avait dit un gros député, héros de juillet [759].

L'œil de Lucien était fixé sur Mme Grandet ; elle ne sour-
cilla pas.

En la voyant évanouie, ses traits, sans expression autre que la
hauteur qui leur était naturelle [760], lui rappelèrent l'expression
qu'ils avaient lorsqu'il lui présentait l'image des prisonniers
mourant de froid et de misère sur leurs charrettes. Et au milieu
d'une scène d'amour Lucien fut homme de parti [761].

« Que ferai-je de cette femme ? se dit-il. Il faut être humain, lui donner de bonnes paroles, et la renvoyer chez elle à
tout prix. »

Il la déposa doucement contre le fauteuil, elle était assise
par terre. Il alla fermer la porte à clef. Puis, avec son
mouchoir trempé dans le modeste pot à l'eau de faïence, seul
meuble culinaire d'un bureau, il humecta ce front, ces joues,
ce cou, sans que tant de beauté lui donnât un instant de
distraction.

a. Voir les journaux du commencement de mars 1835.

« Si j'étais méchant, j'appellerais Desbacs au secours, il a dans son bureau toutes sortes d'eaux de senteur. »

Mme Grandet soupira enfin.

« Il ne faut pas qu'elle se voie assise par terre, cela lui rappellerait la scène cruelle. »

Il la saisit à bras-le-corps et la plaça assise dans le grand fauteuil doré. Le contact de ce corps charmant lui rappela cependant un peu qu'il tenait dans ses bras et qu'il avait à sa disposition une des plus jolies femmes de Paris. Et sa beauté, n'étant pas d'expression et de grâce, mais une vraie beauté *sterling* et pittoresque, ne perdait presque rien à l'état d'évanouissement.

Mme Grandet se remit un peu, elle le regardait avec des yeux encore à demi voilés par le peu de force de la paupière supérieure.

Lucien pensa qu'il devait lui baiser la main. Ce fut ce qui hâta le plus la résurrection de cette pauvre femme amoureuse.

« Viendrez-vous chez moi ? lui dit-elle d'une voix basse et à peine articulée.

— Sans doute, comptez sur moi. Mais ce bureau est un lieu de danger. La porte est fermée, on peut frapper. Le petit Desbacs peut se présenter... »

L'idée de ce méchant rendit des forces à Mme Grandet.

« Soyez assez bon pour me soutenir jusqu'à ma voiture.

— Ne serait-il pas bien de parler d'entorse devant vos gens ? »

Elle le regarda avec des yeux où brillait le plus vif amour.

« Généreux ami, ce n'est pas vous qui chercheriez à me compromettre et à afficher un triomphe. Quel cœur est le vôtre ! »

Lucien se sentit attendri ; ce sentiment fut désagréable. Il plaça sur le dossier du fauteuil la main de Mme Grandet qui s'appuyait sur lui, et courut dans la cour dire aux gens d'un air effaré :

« Mme Grandet vient de se donner une entorse, peut-être elle s'est cassé la jambe. Venez vite ! »

Un homme de peine du ministère tint les chevaux, le cocher et le valet de pied accoururent et aidèrent Mme Grandet à gagner sa voiture.

Elle serrait la main de Lucien avec le peu de force qui lui
était revenu. Ses yeux reprirent de l'expression, celle de la
prière, quand elle lui dit de l'intérieur de la voiture :

« A ce soir !

— Sans doute, madame ; j'irai savoir de vos nouvelles. »

L'aventure parut fort louche aux domestiques, surpris de
l'air ému de leur maîtresse. Ces gens-là deviennent fins à
Paris, cet air-là n'était pas celui de la douleur physique pure.

Lucien se renferma de nouveau à clef dans son bureau. Il
se promenait à grands pas dans la diagonale de cette petite
pièce.

« Scène désagréable ! se dit-il enfin. Est-ce une comédie ?
A-t-elle chargé l'expression de ce qu'elle sentait ? L'éva-
nouissement était réel... autant que je puis m'y connaître...
C'est là un triomphe de vanité... Ça ne fait aucun plaisir. »

Il voulut reprendre un *rapport* commencé, et il s'aperçut
qu'il écrivait des niaiseries. Il alla chez lui, monta à cheval,
passa le pont de Grenelle, et bientôt se trouva dans le bois de
Meudon. Là, il mit son cheval au pas et se mit à réfléchir. Ce
qui surnagea à tout, ce fut le remords d'avoir été attendri au
moment où Mme Grandet avait écarté le mouchoir qui cachait sa figure, et celui, plus fort, d'avoir été ému au moment
où il l'avait saisie insensible, assise à terre devant le fauteuil,
pour l'asseoir dans ce fauteuil.

« Ah ! si je suis infidèle à Mme de Chasteller, elle aura une
raison de l'être à son tour.

— Il me semble qu'elle ne commence pas mal, dit le parti
contraire. Peste, un accouchement ! Excusez du peu !

— Puisque personne au monde ne voit ce ridicule, répondit Lucien piqué, il n'existe pas. Le ridicule a besoin d'être
vu, ou il n'existe pas. »

En rentrant à Paris, Lucien passa au ministère ; il se fit
annoncer chez M. de Vaize et lui demanda un congé d'un
mois. Ce ministre, qui depuis trois semaines ne l'était plus
qu'à demi, et vantait les douceurs du repos (*otium cum
dignitate*, répétait-il souvent), fut étonné et enchanté de voir
fuir l'aide de camp du général ennemi.

« Qu'est-ce que cela peut vouloir dire ? » pensait M. de
Vaize.

Lucien, muni de son congé en bonne forme, écrit par lui et

signé par le ministre, alla voir sa mère, à laquelle il parla
d'une partie de campagne de quelques jours.

« De quel côté ? demanda-t-elle avec anxiété.

— En Normandie », répondit Lucien, qui avait compris le
regard de sa mère.

Il avait eu quelques remords de tromper une si bonne
mère, mais la question : *de quel côté ?* avait achevé de les
dissiper.

« Ma mère hait Mme de Chasteller », se dit-il. Ce mot était
une réponse à tout.

Il écrivit un mot à son père, passa à cheval chez
Mme Grandet qu'il trouva bien faible, il fut très poli et
promit de repasser dans la soirée.

Dans la soirée, il partit pour Nancy, ne regrettant rien à
Paris et désirant de tout cœur d'être oublié par Mme Grandet [762].

Après la mort [764] subite de M. Leuwen, Lucien revint à Paris. Il passa une heure avec sa mère, et ensuite alla au comptoir. Le chef de bureau, M. Reffre [765], homme sage à cheveux blancs couronnés dans les affaires, lui dit, même avant de parler de la mort du chef :

« Monsieur, j'ai à vous parler de vos affaires ; mais, s'il vous plaît, nous passerons dans votre chambre. »

A peine arrivés :

« Vous êtes un homme, et un brave homme. Préparez-vous à tout ce qu'il y a de pis. Me permettez-vous de parler librement ?

— Je vous en prie, mon cher monsieur Reffre. Dites-moi nettement tout ce qu'il y a de pis.

— Il faut faire banqueroute.

— Grand Dieu ! Combien doit-on ?

— Juste autant qu'on a. Si vous ne faites pas banqueroute, il ne vous reste rien.

— Y a-t-il moyen de ne pas faire banqueroute ?

— Sans doute, mais il ne vous restera pas peut-être cent mille écus, et encore il faudra cinq ou six ans pour opérer la rentrée de cette somme.

— Attendez-moi un instant, je vais parler à ma mère.

— Monsieur, madame votre mère n'est pas dans les affaires. Peut-être ne faudrait-il pas prononcer le mot de banqueroute aussi nettement. Vous pouvez payer soixante pour cent, et il vous reste une honnête aisance. Monsieur votre père était aimé de tout le haut commerce, il n'est pas de petit boutiquier auquel il n'ait prêté une ou deux fois en sa vie une couple de billets de mille francs. Vous aurez votre concordat

signé à soixante pour cent avant trois jours, même avant la
vérification du grand livre. Et, ajouta M. Reffre en baissant
la voix, les affaires des dix-neuf derniers jours sont portées à
un livre à part que j'enferme tous les soirs. Nous avons pour
1 900 000 francs de sucre, et sans ce livre on ne saurait où les
prendre.

— Et cet homme est parfaitement honnête », pensa Lucien.

M. Reffre, le voyant pensif, ajouta :

« Monsieur Lucien a un peu perdu l'habitude du comptoir
depuis qu'il est dans les honneurs, il attache peut-être à ce
mot banqueroute la fausse idée qu'on en a dans le monde.
M. Van Peters, que vous aimiez tant, avait fait banqueroute
à New York, et cela l'avait si peu déshonoré que nos plus
belles affaires sont avec New York et toute l'Amérique du
Nord.

— Une place va me devenir nécessaire », pensait Lucien.

M. Reffre, croyant le décider, ajouta :

« Vous pourriez offrir quarante pour cent ; j'ai tout arrangé
dans ce sens. Si quelque créancier de mauvaise humeur veut
nous forcer la main, vous le réduirez à trente-cinq pour cent.
Mais, suivant moi, quarante pour cent serait manquer à
la probité. Offrez soixante, et Mme Leuwen n'est pas
obligée de *mettre à bas* son carrosse. Mme Leuwen sans
voiture ! Il n'est pas un de nous à qui ce spectacle ne per-
çât le cœur. Il n'est pas un de nous à qui monsieur votre
père n'ait donné en cadeau plus du montant de ses appointements. »

Lucien se taisait encore et cherchait à voir s'il était possible de cacher cet événement à sa mère.

« Il n'est pas un de nous qui ne soit décidé à tout faire pour
qu'il reste à madame votre mère et à vous une somme ronde
de 600 000 francs ; et d'ailleurs, ajouta Reffre (et ses sourcils
noirs se dressèrent sur ses petits yeux), quand aucun de ces
messieurs ne le voudrait, je le veux, moi qui suis leur chef,
et, fussent-ils des traîtres, vous aurez 600 000 francs, aussi
sûr que si vous les teniez, outre le mobilier, l'argenterie, etc.

— Attendez-moi, monsieur », dit Lucien.

Ce détail de mobilier, d'argenterie, lui fit horreur. Il se vit
s'occupant d'avance à partager un vol.

Il revint à M. Reffre après un gros quart d'heure ; il avait employé dix minutes à préparer l'esprit de sa mère. Elle avait, comme lui, horreur de la banqueroute, et avait offert le sacrifice de sa dot, montant à 150 000 francs, ne demandant qu'une pension viagère de 1 200 francs pour elle et 1 200 francs pour son fils.

M. Reffre fut atterré de la résolution de payer intégralement tous les créanciers. Il supplia Lucien de réfléchir vingt-quatre heures.

« C'est justement, mon cher Reffre, la seule et unique chose que je ne puisse pas vous accorder.

— Eh ! bien, monsieur Lucien, au moins ne dites mot de notre conversation. Ce secret est entre madame votre mère, vous et moi. Ces messieurs [767] ne font tout au plus qu'entrevoir des difficultés.

— A demain, mon cher Reffre. Ma mère et moi ne vous regardons pas moins comme notre meilleur ami. »

Le lendemain, M. Reffre répéta ses offres ; il suppliait Lucien de consentir à la banqueroute en donnant quatre-vingt-dix pour cent aux créanciers. Le surlendemain, après un nouveau refus, M. Reffre dit à Lucien :

« Vous pouvez tirer bon parti du nom de la maison. Sous la condition de payer toutes les dettes, dont voici l'état complet, dit-il en montrant une feuille de papier grand aigle chargée de chiffres, avec condition de payer intégralement les dettes et l'abandon de toutes les créances de la maison, vous pourrez vendre le nom de la maison 50 000 écus peut-être. Je vous engage à prendre des informations sous le sceau du secret. En attendant, moi qui vous parle, Jean-Pierre Reffre, et M. Gavardin (c'était le caissier), nous vous offrons 100 000 francs comptant, avec recours contre nous pour toutes sortes de dettes de feu M. Leuwen, notre honoré patron, même ce qu'il peut devoir à son tailleur et à son sellier.

— Votre proposition me plaît fort. J'aime mieux avoir affaire à vous, brave et honnête ami, pour 100 000 francs, que de recevoir 150 000 francs de tout [autre], qui n'aurait peut-être pas la même vénération pour l'honneur de mon père. Je ne vous demande qu'une chose : donnez un intérêt à M. Coffe.

— Je vous répondrai avec franchise. Travailler avec
M. Coffe m'ôte tout appétit à dîner. C'est un parfait honnête
homme, mais sa vue me *cire* [768]. Mais il ne sera pas dit que
la maison Reffre et Gavardin refuse une proposition faite par
un Leuwen. Notre prix d'achat pour la cession complète sera
100 000 francs comptant, 1 200 francs de pension viagère
pour madame, autant pour vous, monsieur, tout le mobilier,
vaisselle, chevaux, voiture, etc., sauf un portrait de notre
sieur Leuwen et un autre de notre sieur Van Peters, à votre
choix. Tout cela est porté dans le projet d'acte que voici, et
sur lequel je vous engage à consulter un homme que tout
Paris vénère et que le commerce ne doit nommer qu'avec
vénération : M. Laffitte. Je dois ajouter, dit M. Reffre en
s'approchant de la table, une pension viagère de 600 francs
pour M. Coffe. »

Toute l'affaire fut traitée avec cette rondeur. Leuwen
consulta les amis de son père, dont plusieurs, poussés à bout,
le blâmèrent de ne pas faire banqueroute avec soixante pour
cent aux créanciers.

« Qu'allez-vous devenir, une fois dans la misère ? lui disait-on. Personne ne voudra vous recevoir. »

Leuwen et sa mère n'avaient pas eu une seconde d'incertitude. Le contrat fut signé avec *MM. Reffre et Gavardin*,
qui donnèrent 4 000 francs de pension viagère à Mme Leuwen parce qu'un autre commis offrait cette augmentation.
Du reste, le contrat fut signé avec les clauses indiquées
ci-dessus. Ces messieurs payèrent 100 000 francs comptant,
et le même jour Mme Leuwen mit en vente ses chevaux, ses
voitures et sa vaiselle d'argent. Son fils ne s'opposa à rien ; il
lui avait déclaré que pour rien au monde il ne prendrait autre
chose que sa pension viagère de 1 200 francs et
20 000 francs de capital.

Pendant ces transactions, Lucien vit fort peu de monde.
Quelque ferme qu'il fût dans sa ruine, les commisérations du
vulgaire l'eussent impatienté.

Il reconnut bientôt l'effet des calomnies répandues par les
agents de M. le comte de Beausobre. Le public crut que ce
grand changement n'avait nullement altéré la tranquillité de
Lucien, parce qu'il était saint-simonien au fond, et que, si
cette religion lui manquait, au besoin il en créerait une autre.

Lucien fut bien étonné de recevoir une lettre de Mme Grandet, qui était à une maison de campagne près de Saint-Germain, et qui lui assignait un rendez-vous à Versailles, rue de Savoie, nº 62. Lucien avait grande envie de s'excuser, mais enfin il se dit :

« J'ai assez de torts envers cette femme, sacrifions encore une heure. »

Lucien trouva une femme perdue d'amour et ayant à grand-peine la force de parler raison. Elle mit une adresse vraiment remarquable à lui faire, avec toute la délicatesse possible, la scabreuse proposition que voici : elle le suppliait d'accepter d'elle une pension de 12 000 francs, et ne lui demandait que de venir la voir, en tout bien tout honneur, quatre fois la semaine.

« Je vivrai les autres jours en vous attendant. »

Lucien vit que s'il répondait comme il le devait il allait provoquer une scène violente. Il fit entendre que, pour certaines raisons, cet arrangement ne pouvait commencer que dans six mois, et qu'il se réservait de répondre par écrit dans vingt-quatre heures. Malgré toute sa prudence, cette ennuyeuse visite ne finit pas sans larmes, et elle dura deux heures et un quart.

Pendant ce temps, Lucien suivait une négociation bien différente avec le vieux maréchal [769] ministre de la Guerre, qui, toujours à la veille de perdre sa place depuis quatre mois, était encore ministre de la Guerre. Quelques jours avant la course à Versailles, Lucien avait vu entrer chez lui un des officiers du maréchal qui, de la part du vieux ministre, l'avait engagé à se trouver le lendemain au ministère de la Guerre, à six heures et demie du matin.

Lucien alla à ce rendez-vous, encore tout endormi. Il trouva le vieux maréchal qui avait l'apparence d'un curé de campagne malade.

« Eh ! bien, jeune homme, lui dit le vieux général d'un air grognon, *sic transit gloria mundi !* Encore un de ruiné. Grand Dieu ! on ne sait que faire de son argent ! Il n'y a de sûr que les terres, mais les fermiers ne paient jamais. Est-il vrai que vous n'avez pas voulu faire banqueroute, et que vous avez vendu votre fonds 100 000 francs ?

— Très vrai, monsieur le maréchal.

— J'ai connu votre père, et pendant que je suis encore dans cette galère, je veux demander pour vous à Sa Majesté une place de six à huit mille francs. Où la voulez-vous ?

— Loin ꞇe Paris.

— Ah ! je vois : vous voulez être préfet. Mais je ne veux rien devoir à ce polisson de de Vaize. Ainsi, *pas de ça, Larirette*. (Ceci fut dit en chantant.)

— Je ne pensais pas à une préfecture. Hors de France, voulais-je dire.

— Il faut parler net entre amis. Diable ! je ne suis pas ici *pour vous faire* de la diplomatie. Donc, secrétaire d'ambassade ?

— Je n'ai pas de titre pour être premier ; je ne sais pas le métier. Attaché est trop peu : j'ai 1 200 francs de rente.

— Je ne vous ferai ni premier, ni dernier, mais second. Monsieur le chevalier Leuwen, maître des requêtes, lieutenant de cavalerie, a des titres. Écrivez-moi demain si vous voulez ou non être second. »

Et le maréchal le congédia de la main, en disant : « Honneur ! »

Le lendemain, Lucien, qui pour la forme avait consulté sa mère, écrivit qu'il acceptait.

En revenant de Versailles, il trouva un mot de l'aide de camp du maréchal qui l'engageait à se rendre au ministère, le même soir, à neuf heures. Lucien n'attendit pas. Le maréchal lui dit :

« J'ai demandé pour vous à Sa Majesté la place de second secrétaire d'ambassade à Capel. Vous aurez, si le roi signe, 4 000 francs d'appointements, et de plus une pension de 4 000 francs pour les services rendus par feu votre père, sans lequel ma loi sur... ne passait pas. Je ne vous dirai pas que cette pension est solide comme du marbre, mais enfin cela durera bien quatre ou cinq ans, et dans quatre ou cinq ans, si vous servez votre ambassadeur comme vous avez servi de Vaize et si vous cachez vos principes jacobins (c'est le roi qui m'a dit que vous étiez jacobin ; c'est un beau métier, et qui vous rapportera gros), *enfin, bref,* si vous êtes adroit, avant que la pension de 4 000 francs ne soit supprimée vous aurez accroché six ou huit mille francs d'appointements.

C'est plus que n'a un colonel. Sur quoi, bonne chance. Adieu. J'ai payé ma dette, ne me demandez jamais rien, et ne m'écrivez pas. »

Comme Leuwen s'en allait : « Si vous ne recevez rien de la rue Neuve-des-Capucines d'ici à huit jours, revenez à neuf heures du soir. Dites au portier en sortant que vous reviendrez dans huit jours. Bonsoir. Adieu. »

· Rien ne retenait Lucien à Paris, il désirait n'y reparaître que lorsque sa ruine serait oubliée.

« Quoi ! vous qui pouviez espérer tant de millions ! » lui disaient tous les nigauds qu'il rencontrait au foyer de l'Opéra. Et plusieurs de ces gens-là le saluaient de façon à lui dire : « Ne nous parlons pas. »

Sa mère montra une force de caractère et un esprit du meilleur goût ; jamais une plainte. Elle eût pu garder son magnifique appartement dix-huit mois encore. Avant le départ de Lucien, elle s'était établie dans un appartement de quatre pièces au troisième étage, sur le boulevard. Elle annonça à un petit nombre d'amis qu'elle leur offrirait du thé tous les vendredis, et que pendant son deuil sa porte serait fermée tous les autres jours.

Le huitième jour après la dernière entrevue avec le maréchal, Lucien se demandait s'il devait se présenter ou attendre encore, quand on lui apporta un grand paquet adressé à Monsieur le chevalier Leuwen, second secrétaire d'ambassade à [Capel]. Lucien sortit à l'instant pour aller chez le brodeur commander un petit uniforme ; il vit le ministre, reçut un quartier d'avance de ses appointements, étudia au ministère la correspondance de l'ambassade de Capel, moins les lettres secrètes. Tout le monde lui parla d'acheter une voiture, et trois jours après avoir reçu avis de sa nomination il partit bravement par la malle-poste. Il avait résisté héroïquement à l'idée de se rendre à son poste par Nancy, Bâle et Milan [770].

Il s'arrêta deux jours, avec délices, sur le lac de Genève et visita les lieux que la *Nouvelle-Héloïse* a rendus célèbres ; il trouva chez un paysan de Clarens un lit brodé qui avait appartenu à Mme de Warens.

A la sécheresse d'âme qui le gênait à Paris, pays si parfait pour y recevoir des compliments de condoléances, avait succédé une mélancolie tendre : il s'éloignait de Nancy peut-être pour toujours.

Cette tristesse ouvrit son âme au sentiment des arts. Il vit, avec plus de plaisir qu'il n'appartient de le faire à un ignorant, Milan, Sarono, la Chartreuse de Pavie, etc. Bologne, Florence le jetèrent dans un état d'attendrissement et de sensibilité aux moindres petites choses qui lui eût causé bien des remords trois ans auparavant.

Enfin, en arrivant à son poste, à Capel, il eut besoin de se sermonner pour prendre envers les gens qu'il allait voir le degré de sécheresse convenable [771].

NOTES

1. Renseignements chronologiques donnés par Stendhal : Fol. 137 v° : « 27 septembre. Fatigué après avoir refait l'ouvrage d'hier. Corrigé beaucoup. » — Fol. 140 : « 16 mai. Transcrit les... et 28 septembre 34. » — « 27 septembre 34. Mort de fatigue cérébrale après trois heures de travail. Je m'endors. Fatigue comme au n° 71 après quatre heures de travail au *Noir*, après café au lait. Resté un an sans café. » — Fol. 142 : « 16 mai. Corrigé jusqu'ici le 26 septembre. San Remo. 1826. » — Fol. 144 : « 16 mai. » — « Corrigé le 28 septembre. » — Fol. 144 v° : « 1834, 16 mai, 20 pages. » — — Fol. 145 : « 16 mai. » — « 18 mai. » — Fol. 147 et 148 : « 18 mai. » — Fol. 148 v° : « Corrigé 28 septembre. Premier temps couvert. » — Fol. 154 : « 18 mai. »

2. Stendhal avait d'abord écrit : « ... *en silence en évitant.* » Puis, il a corrigé, tout en remarquant en marge : « Mauvais son. Boileau. » — Cf. *Art poétique*, chant Ier, v. 108 :

Fuyez des mauvais sons le concours odieux...

3. Dans la marge : « Menti *should have said so.* »

4. Stendhal remarque en face : « Contradiction avec la croyance en sa faiblesse pour les lieutenants-colonels. »

5. Stendhal remarque en interligne : « Peut-être ces quatre lignes longueur, mais gare le sec ! »

6. Avant d'écrire le passage qui commence par ces mots : « Quoi donc, se dit-elle avec un vrai chagrin... », Stendhal avait simplement écrit : « Il fut impossible d'en dire davantage, toute la famille de Serpierre se réunissait autour d'eux. Leuwen n'était pas à beaucoup près aussi gai que l'avant-veille, Mme de Chasteller ne parlait que juste autant qu'il le fallait, elle était plongée dans les horreurs de la méfiance. » Dans la marge, cette note : *« For me.* — Lequel de ces mouvements est le plus vrai ? »

7. Stendhal remarque et note en interligne la cacophonie « oiroir ».

8. Stendhal avait d'abord simplement écrit : « Lucien serra le bras qu'on lui redonnait avec tendresse, et Mme de Chasteller lui rendit presque ce serrement de bras. » Il se recommande aussitôt dans la marge : *« For me.* —

Niais. Relever, mais très peu, par l'expression. Mais gare l'académique, le style des *Contes moraux!* »

Immédiatement après, Stendhal avait écrit la phrase suivante : « Il était impossible d'être mieux d'accord, et peut-être plus heureux. Si on l'eût dit à Leuwen, probablement il n'en fût pas convenu. » (Phrase rayée dans les derniers jours de septembre.) Dans la marge, cette note, du 18 mai, c'est-à-dire contemporaine du texte primitif : « Estampe anglaise : le joueur de clarinette. »

9. Dans la marge : *« For me.* — Encore une pauvreté. »

10. Renseignements chronologiques donnés par Stendhal : Fol. 155 : « 18 mai. » — Fol. 156 vᵒ : « Le 18 mai, huit pages, et corrigé les quinze précédentes. » — Fol. 157 : « 21 mai. Saint-Louis. » — « 27 septembre. » Fol. 160 : « 21 mai 34. Dessins Wicar à Saint-Louis. » — Fol. 162 : « 21 mai. » — « 28 septembre. » — Fol. 166 et 167 : « 21 mai. »

On lit au fol. 156 vᵒ : *« Peinture.* — Vu les dessins Wicar, à Saint-Louis. *On* Barnave. 21 mai. Si l'on regarde un portrait représenté de face, de côté, sous un angle de quarante-cinq degrés, on aperçoit les défauts du profil. Dans Barnave, la proéminence du menton, le peu de saillie du nez, la *longueur* du contour de l'oreille au bout du menton. 21 mai 1834. »

11. *« Plan,* 18 mai. Ce jour-là, les arrêts ; le lendemain, il marche contre les ouvriers. Dans l'embryon, la colonne vertébrale se forme d'abord, le reste s'établit sur cette colonne. De même ici : d'abord l'intrigue d'amour, puis les ridicules qui viennent encombrer l'amour, retarder ses jouissances, comme dans une symphonie Haydn retarde la conclusion de la phrase. »

12*. Le premier P. Jourda (« Sur le chapitre XXVII de *Lucien Leuwen* » dans *Le Divan,* juin 1936) a proposé une source pour cet épisode : un mouvement qui eut lieu à Vienne en 1819, une grève plus exactement contre l'installation de machines qui exigea l'intervention des troupes de Grenoble et du préfet de l'Isère ; mais ce dernier était en butte aux intrigues de son collègue du Rhône. Stendhal qui était alors à Grenoble se serait souvenu de ces faits pour décrire un épisode des conflits sociaux et politiques de 1834. Cette hypothèse a été reprise par F. Rude (« Stendhal à Vienne », dans *Journées stendhaliennes internationales de Grenoble 26-28 mai 1955, Divan,* 1956, p. 237-239) qui a relevé avec pertinence l'aspect « méridional » de la ville ouvrière où interviennent les lanciers : des « mûriers rabougris », la grande fontaine centrale avec un « bassin immense », une chaleur écrasante ; même les détails topographiques pourraient s'appliquer à Vienne : le ruisseau pollué et « bleu » en particulier (ce qui conviendrait à Vienne spécialisée dans le drap de troupe) ; l'incident de février 1819 ne fut en réalité qu'une opération de police comme la « campagne » de Lucien contre les tisserands : des huées, des pierres lancées, un « coup de feu » équivoque. Cependant même si Stendhal, présent à Grenoble en 1819 pour l'élection Grégoire, retrouve dans sa mémoire des faits relatifs à la grève et aux violences de Vienne, il est évident qu'il entend dans *Lucien Leuwen* exploiter ces souvenirs pour représenter des événements propres à la période qu'il veut évoquer : et l'on pense immanquablement aux insurrections lyonnaise et parisienne de 1834, sinon à celle de Lyon de 1831. Pour celle-ci, on se souviendra qu'Oronce Gagnon, cousin de Stendhal, avait participé avec son régiment d'artillerie à la reconquête de la ville (cf. F. Rude, *C'est nous les canuts*, Maspero, 1977, p. 250). Cette « Confédération » ouvrière, ailleurs nommée « mutuellisme », est à coup sûr une allusion qui désigne Lyon : le mot fait « exposition ». Le « devoir mutuel » ou mutuellisme, désigne depuis 1828 l'organisation des chefs d'ateliers de soieries, autour de laquelle se groupent les organisations des compagnons en soie, ou Ferrandiniers, les tullistes, les tailleurs, les guimpiers. D'où une extension sémantique du mot, qui comme dans le roman, désigne toute confédération professionnelle tout en conservant une couleur lyonnaise. Déjà le 6 octobre 1834, *Le National* précise que « le principe de mutualité sur lequel reposait cette société (celle des chefs d'ateliers de Lyon) est le même que celui qui réunissait les Ferrandiniers, et toutes les sociétés d'ouvriers, quels qu'en soient le nom et la forme ». Ce chapitre, comme les notations capitales qui le précèdent (chap. XII, XIX, XX, XXI, XXV), fait donc référence à Lyon, mais d'une manière subtile et distante : désignant l'insurrection lyonnaise, et en même temps refusant de donner lieu à une lecture univoque et limitée, refusant au fond de rétrécir la réalité à laquelle le texte nous convie à penser, Stendhal généralise, éloigne, édulcore l'allusion lyonnaise.

Ainsi les projets de Stendhal sont beaucoup plus nets que le chapitre écrit : il a sans aucun doute songé à aventurer Lucien dans une véritable guerre de rue, avec insurrection mutuelliste dans la ville anonyme dont il est sans cesse question et qui sera « Reims » dans un passage, barricades à Nancy, « rue Transnonain », combat singulier avec l' « homme fatal », le plébéien qui a calomnié Mme de Chasteller. S'il avait suivi ce projet du chapitre XXI, nous avions une séquence directement historique. De même les conversations font en clair allusion aux faits de 1834 : à la rue Transnonain (mais significativement Stendhal place ces références *avant* l'allusion lyonnaise qui chronologiquement est antérieure), aux « quais de Lyon » et au nombre des morts qu'on y voit (chap. XXVII), « à l'admiration » qui va « toujours comme à Lyon » au « parti qui n'a ni canon ni pétard » (allusion aux explosifs qui servirent à faire sauter des maisons à Lyon; cf. chap. VIII). Vient-il à évoquer directement les tâches répressives de l'armée, que Stendhal préfère un épisode obscur, presque banal, insituable dans l'espace et le temps, et d'une tonalité presque burlesque : la « guerre des tronçons de choux » est une parodie de guerre, et elle n'a même pas lieu; dans la « campagne » de Lucien, parodie de la parodie, il ne se passe rien, que les menus ennuis d'un déplacement de troupes mal préparé, et les signes d'impopularité et de discrédit du « pouvoir ».

Transformant ainsi la séquence de guerre civile en vague opération de surveillance ou de police, Stendhal avait ses cautions : l'affaire de Lyon est entourée d'une nuée d'opérations du même ordre que celle des lanciers au printemps 1834; les journaux relatent ces mouvements de troupes vers les villes « manufacturières »; notre chapitre se détache sur un fond de banalité qui soutient l'affirmation constante de la « guerre des pots de chambre » comme seule activité des régiments. Mais ce déplacement du fait historique et unique, vers le fait général, qui décolore l'allusion et la renforce permet aussi à Stendhal un autre déplacement : des faits vers les causes, ou l'état politique des esprits. L'épisode de Lucien est peut-être le plus « historique » par ce coup de pistolet mystérieux : à Lyon aussi, lors du procès des mutuellistes qui sert de prétexte à l'insurrection, un coup de feu d'origine indéterminée (combien d'encre a-t-il fait couler!) déclenche le combat de rue. Le gouvernement veut le pire : c'est ainsi qu'est présentée la politique qu'on ne dit pas encore de résistance. Gênés par les émeutes, les partisans du mouvement les attribuent au ministère : comme il veut en finir avec ses adversaires républicains, il les exaspère pour les tailler en pièces. Ici donc militaires mais surtout préfets brûlent d'en découdre. Ainsi la *Revue des Deux Mondes* du 28 février 1834 décrit *ce système de la peur* qui est la grande idée de la doctrine : « au conseil, dans les salons ministériels, on ne cachait pas son impatience, on se plaignait de la lenteur et de l'irrésolution des ouvriers, on recommandait dans les dépêches de les pousser à bout ». De même le 14 avril; d'un pouvoir brutal et égoïste qui a refusé toute concilia-tion, la *Revue* dit : « le ministère compte faire ses campagnes d'Égypte et d'Italie dans les rues de Lyon et de Paris »; responsable en dernière analyse des émeutes, « il veut être fort, et se fait brutal »; l'analyse du rôle du préfet Gasparin à Lyon, inflexible et d'un zèle inquiétant, permet d'affirmer que le « pouvoir crée comme à plaisir des ennemis et des conspirateurs ». Voir à cet égard le récit et le plaidoyer pour les insurgés de L. Blanc, *op. cit.*, IV, p. 243 sq.; il montre (p. 267) les autorités civiles beaucoup plus belliqueu-ses que les militaires; voir encore le livre de J.-P. Aguet, *Les Grèves sous la monarchie de Juillet*, Droz, Genève, 1954, p. 104 et sq., où l'étude de tous les mouvements sociaux dans la période considérée permet de conclure à la fois à la valeur exemplaire du chapitre de *Lucien Leuwen* et à son sens surtout « lyonnais ». Lors des grèves de février 1834 à Lyon, le *National* (19, 20, 21 fév.) et la *Gazette de France* (29 fév.) avaient évoqué la volonté des autorités, et non des fabricants, de durcir le conflit pour donner aux républicains « une leçon vigoureuse », « Révoltez-vous, Lyonnais, que nous puissions vous mitrailler... ».

13. « Contradiction », remarque Stendhal dans la marge.

14*. Ici l'allusion à Thiers est encore possible : en avril 34 il a eu le même rôle à Paris, un auditeur au Conseil d'État devait être tué près de lui, et sans doute le spectacle qu'il donnait à cheval au milieu des militaires devait bien être celui-ci. Citons encore Véron, *Mémoires d'un bourgeois de Paris*, éd. 1856, II, 302, qui raconte comment sous la Restauration Thiers voulut « tenir sa place dans le monde des célébrités du manège et de l'écurie », se lia avec un écuyer célèbre parmi tous « les grooms et tous les maquignons » de Paris, prétendit à l'élégance équestre et sportive; « même au pouvoir M. Thiers conserva des prétentions de cavalier ». Ajoutons, et d'homme de guerre.

15. Au verso du feuillet, Stendhal complète la description de la ville industrielle, mais il ne semble pas avoir voulu incorporer cette addition à son texte. « Le linge étendu aux fenêtres pour sécher faisait horreur par sa pauvreté, son état de délabrement et sa saleté. Les vitres des fenêtres étaient sales et petites, et beaucoup de fenêtres avaient, au lieu de vitres, du vieux papier écrit et huilé. Partout, une vive image de la pauvreté qui saisissait le cœur, mais non pas les cœurs qui espéraient gagner la croix en distribuant des coups de sabre dans cette pauvre petite ville. (28 septembre.) ».

16. Il l'est déjà selon le texte! C'est que dans le premier état du roman,

qui demeure ici intact. Montvallier n'était qu'une sous-préfecture et donc n'avait qu'un sous-préfet.

17*. Comparer avec la *Revue des Deux Mondes* du 14 mai 1834 sur « le règne du sabre » qui s'instaure, les projets de nos « Cromwells et de nos Bonapartes » de développer un pouvoir militaire ; ces rêveries de l'opposition rejoignent le texte quand le rédacteur écrit : « huit croix ont été distribuées à chacun des régiments qui ont fait leur devoir dans les dernières émeutes. C'est moitié plus que Napoléon n'en donna sur les champs de bataille d'Austerlitz et d'Eylau ».

18*. Il y eut en effet de bien singuliers débats sur le courage : ainsi en avril 1835 quand la Chambre eut à envisager le problème des indemnités à verser aux Lyonnais sinistrés ou victimes des événements, Thiers dit (cf. *National* du 7 avril) : « Je ne conteste pas le courage des hommes de l'émeute. Mais on peut dire qu'ils ne faisaient pas une guerre très dangereuse pour eux-mêmes lorsque postés dans des caves, sur des toits derrière les cheminées, ils tiraient sur nos soldats rangés, portant un uniforme et la poitrine découverte. » Il est alors interrompu par « une voix de droite » : « Et la Révolution de Juillet ? » Il poursuit néanmoins : « Il ne faut pas beaucoup d'hommes et de courage pour se réfugier derrière des barricades, pour courir sur des toits. » Sur ce lieu commun gouvernemental voir encore *Le National* du 15 avril 1834, *La Gazette* du 23 avril et du 21 mai.

19*. Est-ce un souvenir de la *Princesse de Clèves* ? L'intermède politique doit pour Stendhal *servir* l'histoire d'amour comme contraste sinon comme « délassement ».

20. Dans la marge : « 29 septembre. Excuse plus ou moins spirituelle et à la mode au moment de l'impression, car l'esprit ne vit que mille ans : voir Lucien. Molière a déjà perdu cette fleur. La raison ne la perd pas si vite. Voici cette raison : Transition de temps ou excuse. Mais les amants sont si heureux dans les scènes qu'ils ont ensemble que le lecteur, au lieu de sympathiser avec la peinture de ce bonheur, en devient jaloux. (On voit bien cela dans l'amitié : si intime qu'elle soit, on peut faire confidence de tout, excepté du bonheur parfait de l'amour.) 29 septembre. »

21. Renseignements chronologiques donnés par Stendhal : Fol. 170 : « 29 mai. Un peu mal au Belgioioso [?] *first time*. » — Fol. 173, 174 : « 29 mai. » — Fol. 177, 178 : « 21 mai. » — Fol. 179 : « 21, corrigé le 23 mai. » — Fol. 184, 195 et 197 : « 22 mai. »

22. Stendhal écrit au-dessous cette réflexion : « Je ne pense à lui que quand je le vois. Métilde à moi, jalouse de Vismara. »

23. « Cela fait avaler la page 367 », remarque Stendhal dans la marge. La page 367 contient la fin de la tirade adressée par Leuwen à Mme de Chasteller.

24. Dans la marge : « *For me*. — Le numéro au-delà de deux du dernier numéro existant. Voir l'Almanach. »

25. Au-dessous, Stendhal écrit : « 29 septembre, revenant de la statue de saint Michel au fort Saint-Ange. Les pages 371-376 [*fol. 177-182*], six pages, me semblent ennuyeuses. Si ce sentiment est juste, après ces mots :

de mon père, ci-dessus, aller à la page anciennement 377, actuellement 371
[*fol. 183*], au point B''. » Plus loin, Stendhal note, au crayon : « Grande
suppression de six pages. Je remplace du mauvais La Bruyère par de
l'action. 29 septembre. » — Voici ce « mauvais La Bruyère », qui d'ailleurs
n'a pas été rayé par l'auteur :

« Il aimait pour la première fois. Mme de Chasteller avait cette simplicité
de caractère qui s'allie si bien avec la vraie noblesse. Elle se fût reproché
comme un crime avilissant la moindre fausseté, la moindre affectation
envers les personnes qu'elle chérissait. Hors le seul fait de préférence
passionnée qu'elle accordait à Leuwen, elle lui disait la vérité sur tout avec
un naturel, une vivacité que l'on rencontre rarement chez une femme de
vingt-deux ans.

— Je ne l'aimerais pas, se disait Leuwen, que les soirées que je passe
près d'elle seraient encore les plus amusantes de ma vie.

Elle ne lui avait jamais dit précisément qu'elle l'aimait, mais quand il
raisonnait de sang-froid, ce qui, à la vérité, était fort rare, il en était bien sûr.
Mme de Chasteller avait la récompense d'une âme pure : quand elle n'était
point effarouchée par la présence ou le souvenir d'êtres malveillants, elle
avait encore la gaieté folle de la jeunesse. A la fin des visites de Leuwen,
quand, depuis trois quarts d'heure ou une heure, il ne lui parlait pas
précisément d'amour, elle était d'une gaieté folle avec lui. Oserai-je le dire ?
Au point quelquefois de lui jouer des tours d'écolier, qui seraient indécents à
Paris, par exemple de lui cacher son shako rouleau. Mais si en cherchant
ensemble ce shako Leuwen avait l'indiscrétion de lui prendre la main, à
l'instant Mme de Chasteller se relevait de toute sa hauteur. Ce n'était plus
une jeune fille étourdie et heureuse, on eût dit une femme sévère de trente
ans. C'était le remords qui contractait ses traits à ce point.

Leuwen était fort sujet à ce genre d'imprudence ; et, nous le dirons à sa
honte, quelquefois, assez rarement, l'éducation de Paris prenait le dessus.
Ce n'était pas pour le bonheur de serrer la main d'une femme qu'il aimait
qu'il prenait celle de Mme de Chasteller, mais parce que je ne sais quoi en
lui lui disait qu'il était ridicule de passer deux heures tête à tête avec une
femme dont les yeux montraient quelquefois tant de bienveillance, sans au
moins lui prendre la main une fois[a].

Ce n'est pas impunément que l'on habite Paris depuis l'âge de dix ans.
Dans quelque salon que l'on vive, dans quelque honneur qu'y soient tenus la
simplicité et le naturel, quelque mépris que l'on y montre pour les grandes
hypocrisies, l'affectation et la vanité du pays, avec ses petits projets, arrive
jusqu'à l'âme qui se croit la plus pure.

Il résultait de ces imprudences de Leuwen, et surtout de la franchise
habituelle de sa manière d'être avec une femme pour laquelle son cœur
n'avait aucun secret, et qui lui semblait avoir infiniment d'esprit, que ces
entreprises hardies faisaient tache au milieu de sa conduite de tous les
jours[b].

Mme de Chasteller voyait dans ces prétendus transports d'amour l'exécu-

---

a. Dans la marge : «*For me*. — Style niais. S'il n'y a pas de meilleur remède, le
paraphraser académiquement. » (Note du 21 mai.) — « Oui, 29 septembre. »
b. Dans la marge : « Donner, un jour, une époque fixe à ces froides généralités : Il
arriva un soir que... »

tion d'un projet formé. Dans ces instants, elle remarquait avec effroi, chez Leuwen, un certain changement de physionomie sinistre pour elle. Cette expression singulière rappelait à Mme de Chasteller les soupçons les plus sinistres et les plus faits pour reculer les espérances de Leuwen auprès d'une femme de ce caractère[a].

A l'instant où Leuwen venait troubler un bonheur tranquille et intime par ces entreprises ridicules, les idées les plus fâcheuses se présentaient en foule à l'esprit troublé de Mme de Chasteller. Tout le bonheur de sa vie dépendait de la probité de Leuwen. Elle lui trouvait des manières charmantes, elle connaissait son esprit; mais sentait-il tout ce qu'il exprimait ou joignait-il à ses autres qualités celle du comédien habile?

« Il est jeune, il est riche, il porte un uniforme brillant, il vient de Paris, ne serait-ce après tout qu'un fat? Tout le monde le dit à Nancy[b]. Il afficherait la timidité au lieu de la confiance naturelle à ces messieurs, parce qu'il me suppose un caractère sérieux; et moi j'ai la simplicité d'avoir en lui une confiance sans bornes! Que deviendrai-je si jamais je suis réduite à le mépriser? »

La possibilité de la fausseté chez l'homme qu'elle aimait allait jusqu'à inspirer à Mme de Chasteller des moments de fureur contre elle-même qu'elle n'avait jamais connus. Dans les moments où elle était assaillie de ces soupçons on eût dit qu'elle était malade, tant le changement que ces idées imprimaient à ses traits était prompt, subit et profond. La physionomie qu'elle prenait tout d'un coup était faite pour ôter tout courage à l'amant le plus confiant, et Leuwen était bien loin d'être cet amant confiant. Il n'avait pas même l'esprit de voir combien ces imprudences irritaient profondément Mme de Chasteller[c].

26. Dans la marge, cette réflexion écrite en mai : « Vrai, mais déjà dit, ce me semble », suivie de celle-ci, du mois de septembre : « Oui, le premier jour. Cela va bien ainsi. »

27. Dans la marge : « Vrai, mais mal dit. »

28. « Ce fait vaut mieux que les abstractions précédentes. *Made* 29 septembre. »

29. Sur le feuillet blanc, en face : *« Plan.* — 1. Une brouillerie. — 2. Reproche d'aller chez Mme d'Hocquincourt. — Métilde me parlait de Mme B., dont l'amant allait chez des filles en sortant de chez elle. Étudier comtesse Cendre. »

30. Dans la marge : « A vérifier. — Valeur féminine. »

31. Sur la page blanche, en face : *« For me.* — Pas assez noble, dirait M. Delrieu. »

32. *« On Dominique.* — Par exemple, j'avais oublié net cette querelle. Je

____

a. Dans la marge : *« For me.* — Il veut l'avoir avant de l'épouser. »
b. Dans la marge : *« Pilotis.* — Elle revient sur ce reproche, parce que toute la ville répète le mot *fat,* et qu'une femme est touchée de ce que répète toute une ville. »
c. Dans la marge : *« For me.* — Bien niais, mais pourtant vrai. Comme c'est court ! A corriger en imprimant à Paris, en 1838. »

la juge comme l'ouvrage d'un autre pour qui je serais très bienveillant. Je ne prévois nullement ce qui est dans la page suivante. 29 septembre 34. »

33. Renseignements chronologiques donnés par Stendhal : Fol. 197 : « 22 mai. » — Fol. 199 : « 22 mai. » — « Corrigé le 24. » — Fol. 205 : « Corrigé, 29 septembre. » — Fol. 210, 211 : « 23 mai. » — Fol. 212 : « R. 23 mai 34. » — Fol. 212 vᵒ : « 23 mai, huit pages, mais corrigé les huit ou dix précédentes et transcrit quatre. » — Fol. 214 : « 24 mai. 30 septembre. » Ce feuillet et le suivant ne sont pas de la rédaction primitive ; en travers de la marge du fol. 214, Stendhal note : « Je suis très content. Corrigé le 30 septembre. Oté quatre pages de longueurs vers 384. » Le fol. 384 de Stendhal correspond précisément au fol. 214 de ma pagination. — Fol. 216 : « 24 mai. » — « 25 mai. » — « 25 mai. Travail par fièvre, sans nulle idée. Je les attends, en bon traître, pour les faire venir. » — Fol. 218 : « 25 mai. »

34. Stendhal avait d'abord écrit : « Allons, contez-moi vos chagrins. » Puis, il a corrigé, après avoir noté : *Style. — Allons* vrai, mais commun. »

35. Sur le feuillet blanc, en face : *For me*. — C'était à Bergame, en 1802, qu'il fallait avoir ce bon sens en amour ! Quelle différence ! »

36. Après ces mots, Stendhal écrit la phrase suivante : « De votre vie, grand Murcé, vous ne rirez le premier de rien, lui disait Mme d'Hocquincourt. » Puis, il l'encadre de noir, en indiquant : « Ailleurs. »

37. Sur le feuillet blanc, en face : « Noms. — Kor = d'Antin, l'amant, le tenant de Mme d'Hocquincourt. — Ceregrette = Goëllo. — Le peintre = Murcé. »

38. « *Éclaircir un front !* » s'exclame Stendhal dans la marge.

39. Stendhal se demande en marge : « Ces trois lignes font-elles longueur ? Oui, ce me semble. »

40*. Il y a dans cette soirée « lorraine » une pointe d'italianité que manifeste l'oranger nain, comme le jeu de pharaon, comme cette gaieté : Stendhal se souvient-il des salons milanais où l'exilait la sévérité de Métilde ?

41. Dans la marge : *For me*. — Peut-être supprimer ces trois lignes, pour fixer l'attention sur les précédentes », c'est-à-dire sur la première phrase du paragraphe.

42. Sur le feuillet blanc, en face, les notes suivantes :

« *Un fat.* — Il avait fait tout ce qui convient pour être homme d'esprit : un voyage en Égypte, un article profond dans une revue. Il avait acheté à Florence une ébauche d'André del Sarto, et quand il offrait du thé, le matin, à un ami, la table était placée devant l'André del Sarto, et on en disait de belles sur les beaux-arts. »

— « *Plan,* seconde partie. M. Leuwen père. Comme te voilà triste, mon pauvre Lucien, disait M. Leuwen père. Mais au moins, t'a-t-elle amusé ? Tu vois bien par ce qui t'arrive que c'est le seul genre de mérite qui ne soit pas susceptible d'hypocrisie. Ton ange de vertu fit un enfant, et encore il n'est pas de toi. Mais si elle t'a amusé, en cela seulement elle *n'a pas pu* te tromper. Tu vois donc bien qu'il faut en revenir aux demoiselles amusantes quand on a le malheur de ne plus prendre au sérieux les... »

43. Dans la marge : « *For me*. — L'extrême vérité, l'absence d'exagération, doit *rajeunir* des choses si communes. »

44. Stendhal avait soin de ne pas donner à ses phrases le nombre poétique. Il avait d'abord écrit : « ... dans laquelle, après tout, peut-être j'avais tort. » Stendhal s'aperçoit que ce membre de phrase est un vers ; il le note dans l'interligne, et supprime *après tout*.

45. Variante : *Mais le cœur à vertu romaine de ce républicain.*

46. Un paragraphe semble devoir s'intercaler ici :

[Dans la position actuelle de Leuwen, le plus petit jeune homme de dix-huit ans, pour peu qu'il eût eu quelque sécheresse d'âme et un peu de ce mépris pour les femmes, si à la mode aujourd'hui, se fût dit : « Quoi de plus simple que de se présenter chez Mme de Chasteller sans avoir l'air d'attacher la moindre importance à ce qui s'est passé hier, sans même faire mine de se souvenir le moins du monde de cette petite boutade d'humeur, mais prêt à faire toutes les excuses possibles de ce qui s'était passé et ensuite à parler d'autre chose, s'il se trouvait que Mme de Chasteller voulût encore attacher quelque importance au crime affreux de lui avoir baisé la main.]

47. Dans la marge : « Lieu de quelque lâcheté interne du colonel. »

48. Sur le feuillet blanc, en face : « Il n'a pas osé lui parler de M. de Busant, il lui pardonne vers 300. » Les environs du fol. 300 correspondant au chapitre XXIII.

49. Renseignements chronologiques donnés par Stendhal : Fol. 233 : « 25 mai. » — Fol. 235 : « Corrigé 30 septembre. » — Fol. 236 : « 25 mai, corrigé le 26. » — « 30 septembre. » — Fol. 237 : « 25 mai, pluie enfin. » — « 30 septembre. » — Fol. 238 : « 25 mai, pluie. » — Fol. 241 v° : « 25 mai 1834. Pour sanctifier la Pentecôte, dix-neuf pages avant quatre heures un quart. Jamais moins d'idées et de volonté en commençant. A midi et demi, après la messe au Gesù (arrivé trop tard), peut-être dans aucune journée autant de lignes écrites ; donc, *forcer*. » — Fol. 242 : « 27 mai, pluie. » — « 30 septembre. » — Fol. 243 : « Corrigé 30 mai. » — « 30 septembre, oublié après 130 jours. » — Fol. 254 : « 27 mai 34, R. »

50. Dans la marge : « Chonrubi, Tempietto. » — Au verso du feuillet : « *To take*. — L'ouvrier gagne trente sous, et le bœuf coûte neuf [?] sous le [*un mot illisible*]. En 1784, il gagnait vingt-quatre sous et le bœuf coûtait cinq sous. »

51. Il semble que Stendhal ait eu l'intention de remplacer par autre chose le dernier membre de la phrase ; il écrit en effet dans les interlignes : « Il décida chez l'un le jour où l'on ferait la lessive, chez l'autre... Et il décidait bien, car il avait du sens, beaucoup de sagacité, un grand respect pour l'argent, et était sans passion à l'égard de la lessive et du... » — La phrase suivante commence ainsi : « Pendant que le docteur parlait lessive... » J'ai supprimé le mot *lessive*, qui dans le texte que j'ai adopté n'a plus de sens.

52. Sur le feuillet blanc, en face, deux notes : « *For me*. — Soirée chez Mme d'Hocquin et table avec tapis vert couverte de caricatures. » — « Pas

trop mal depuis 384, mais effacer dix pages au moins de raisonnements moraux. » (Le fol. 384 de Stendhal (fol. 214 de la nouvelle pagination) correspond à la page 30 du présent volume.)

53. En marge de ce paragraphe, on lit la note suivante : *« For me.* — Oter l'application *before printing. »*

54. Dans l'interligne : « Vérifier le procès de La Chalotais. » Le procès de La Chalotais eut lieu entre 1764 et 1766.

55. « Scabreux ! » s'exclame Stendhal sur le feuillet blanc, en face.

56. « Bon », juge Stendhal dans la marge.

57. Sur le feuillet blanc, en face : *« For me.* — Donc, il ne faut pas parler mariage à Mme de Chasteller. » Et : *« First* puce sentie, 27 mai. »

58. Dans la marge : « 30 septembre. Cela fait-il entendre que Leuwen osait beaucoup ? »

59. Sur le feuillet blanc, en face : *« For me.* — Ce petit La Bruyère d'une ligne fait-il bien ? »

60. Dans la marge : *« For me.* — La voisine ferme sa fenêtre, et dort probablement, à trois heures et demie, jour de fête. »

61. Dans la marge : *« For me.* — Peut-être trop de symétrie dans la forme. Est-ce une grâce ? »

62. Stendhal note sur la page blanche qui fait face : *« Style.* — *Longues,* ou : *de longue durée ?* Combat entre l'énergie et le *beau style,* l'élégance. Ce dernier n'est quelque chose qu'autant qu'il exprime non le bel esprit acquis de l'écrivain, mais la *délicatesse* qui réveille certaines sensations fines chez le lecteur. Délicatesse de S. S^y. » *(Sic.)*

63*. La formule est un des clichés anti-orléanistes les plus éculés ; dans la presse dite « drôle », il désigne le roi, quelquefois avec des majuscules qui font de « Choses » une sorte de nom propre. La formule dénonce donc le système politique du 1830 ou la personne du roi : les caricatures étant bassement personnelles, c'est bien cette signification qu'il faut saisir.

64. « Ceci un peut fort », juge Stendhal en interligne.

65. *« For me.* — De la matrice, ma petite ! »

66. Au bas du feuillet deux notes de Stendhal : [Let suflu beveu méfr 3421 mi 34 mero] et [Let suflu besveu méfr. 21 mi 1834 mero note à *print*] [67*].

67*. Célèbre cryptogramme que Stendhal songeait sans doute à maintenir dans son roman, comme il l'a fait par exemple pour d'autres énigmes dans *la Chartreuse,* ou *le Rouge.* Celle-ci est-elle correctement lue ? H. Martineau lisait, « suffu » et « mefri ». Telle qu'elle est la note a éveillé la sagacité de J. Théodoridès (« Une note énigmatique de *Lucien Leuwen* », dans *Stendhal-Club* n° 12, p. 215), et de F. Casamassima, « Sur une note énigmatique de *Lucien Leuwen* », *Stendhal-Club* n° 33). Le dernier semble en avoir définitivement établi le texte. J. Théodoridès lit : « lu suffisamment vue baisse, m'effraye, 21 mai 1834, Rome, note à imprimer ». Mais que veut dire « Let » ? Y. du Parc qui complète dans la même note sa recherche nous propose [Letitia], « Télé(graphe, maque) », ce qui ne veut pas dire grand-chose. F. Casamassima, avec plus de rigueur, convaincu que la note se rapporte au texte, et qu'il y a un procédé stable d' « encodage » (le renversement anagrammatique de l'ordre des lettres), déchiffre : [tel (je) fus, lourdes bévues *for me* ; 21 mai 34, Rome, etc.]. Par là en effet la note devient une allusion autobiographique comme le manuscrit en regorge. Déjà le 30 mars 1818, à propos de ses relations avec Métilde, Stendhal notait : « Ha quelle lourde sottise ! le seul avantage c'est que ça m'évite peut-être *The My* » [?]. Choisissant une lecture plus directe, A. Doyon (« A propos d'une note énigmatique de *Lucien Leuwen*, *Stendhal-Club* n° 34, p. 189), interprète, « lettre superflue à Sainte-Beuve Meffrey le 21 mai 1834... ». Pourquoi Meffrey, modèle de M. de Lanfort ?

68. Stendhal avait d'abord écrit : *lui dit-elle enfin*. Puis, tourmenté par des préoccupations de styliste, il efface *enfin*, et note : « *For me*. — Plus délicat d'ôter *enfin*. »

69. Dans la marge : « *For me*. — Franchise. » Puis, immédiatement dessous : « Admirable ! 30 septembre. »

70. Sur la page blanche, en face : « *For me*. — Ce *là* est bien tendre ! 30 mai. »

71. Sur le feuillet blanc, en face : « *For me*. — *Pilotis* : Leuwen se dit : il faut en finir. — *For me*. — Cette fin me convient-elle ? Cela pourrait tourner tout autrement. »

72. Dans la marge : « *Very well*. 30 septembre. Sainte Cécile. Statue couchée. » — En face, sur le feuillet blanc, cette petite histoire : « On disait du mal de Louis-Philippe. Milord Link, qui était au milieu d'eux depuis une heure sans ouvrir la bouche, leur dit avec son air inanimé : " Un homme avait un bel habit ; son cousin le lui vola. Les amis du premier, en voulant faire la guerre au second, perçaient et abîmaient le bel habit. Qu'aurai-je donc si vous triomphez ? s'écriait le volé ? — Que restera-t-il de la royauté ? pourrait vous dire Henri V. L'illusion, qui est nécessaire à ce genre de comédie, où la prendrai-je ? Quel Français sera aux anges parce que le *roi* lui a parlé ? " Cela dit, milord Link crut avoir payé son billet d'entrée, et ne desserra plus les dents. »

73. Renseignements chronologiques donnés par Stendhal : Fol. 255 v° : « Sept et demie le 27, et corrigé. » — Fol. 256 : « 28 mai. » — « Corrigé le 30 mai. » — « 30 septembre 34. » — Fol. 258 : « 28 mai. » — « 1er octobre. » — Fol. 262 : « 28 mai. » — Fol. 266 : « 28 mai. Je ne pense plus qu'à ceci depuis trois ou quatre jours. » — Fol. 270 : « 28 mai. » — Fol. 273 : « Corrigé 31 mai. » — « 1er octobre 34. » — Fol. 274 : « 28 mai. » — Fol. 276 : « 28 mai, dix-sept pages. » — « Corrigé 31 mai. » — Fol. 276 v° : « 31 mai. »

74. Dans la marge : « (de l'*ursupier*) *(sic)*, du pouvoir usurpateur. »

75. Sur la page blanche, en face, ces deux notes : « PLAN. — Après ce que j'ai osé lui dire chez Mme d'Hocquincourt, demain la façon dont elle me recevra en arrivant chez elle va tout décider. Il est possible que cette visite ne dure pas une minute. »
— « *For me*. — *Styles*. — Deux styles : style branlant, qu'on méprise

après avoir déchargé (Jean-Jacques Rousseau a souvent ce défaut) ; — style raisonnable, qui décrit raisonnablement même les plus grands écarts des passions. »

76. Stendhal note dans la marge : « Mauvais son : zauzieu. »

77. Dans la marge : « M. de Roller dit : Cet homme qui, d'après son nom de Leuwen, n'est pas même français. »

78. L'allure chaotique du manuscrit a conduit ici H. Debraye à rejeter en note un passage qui *semble* faire suite à la phrase précédente, et pour laquelle les intentions de Stendhal paraissaient très incertaines. Voici ce passage, que les éditions d'H. Martineau ont intégré au texte :
[en aidant à le détrôner s'il continue à fausser ses paroles, si seulement nous pouvons nous trouver mille citoyens à penser de même. Tout cela était pensé avec un petit acte d'admiration pour son amant, sans quoi tous ces détails de politique eussent été bien vite écartés. Lucien lui avait fait le sacrifice de son...].

79. Stendhal fait remarquer dans l'interligne : « Faux. Illusion de l'amour. »

80. Dans la marge, deux notes : *« For me*. — Ici, Mme d'Hocquincourt éclipse Mme de Chasteller ; défaut de cette façon de peindre, illusion produite par les couleurs employées. A examiner sérieusement. Peut-être au quatrième ou cinquième ouvrage parviendrai-je à dominer ce défaut. » — *« Style*. — L'élégance s'obtient aux dépens de l'énergie. »

81. Sur le feuillet blanc, en face : « Pas longueur, variété après tant de tendresse. »

82. Comme pour tous les détails d'ordre militaire, Stendhal note : « A vérifier. »

83. Dans la marge : *« Raisonnements :* cela n'est pas exact pour les dix dernières lignes. »

84. « A vérifier », se recommande Stendhal. Darney étant à six lieues de Nancy, comme le cheval de Leuwen était, à six heures et demie, à mi-chemin de Darney, c'est seulement douze kilomètres qu'il aurait fait au galop en une heure et demie.

85. En face sur le feuillet blanc : « PLAN. — Nota, 18 mai. — Oubli d'une indication. — J'ai oublié, et il faut indiquer :

1° la haute bourgeoisie toute-puissante dans les campagnes, mais battue dans les villes ; à la campagne, la terre, le rang dominent ;

2° dans les villes domine l'intelligence, la petite bourgeoisie, la classe des petits électeurs.

« C'est à la bourgeoisie moyenne que s'unira la classe éclairée, marquante par les seules lumières, quand la loi l'aura admise à faire partie des collèges électoraux.

« La classe éclairée se fortifie, grandit.

« PLAN, 2 juin. — Visite très froide. Il dit la vérité : " J'avais osé vous dire un mot dont le souvenir m'a donné des remords. J'ai monté à cheval. J'ai craint votre sévérité habituelle pour moi. " Elle l'invite froidement, de peur de lui sauter au cou. Elle lui explique qu'elle désire une visite d'une demi-heure, pas plus. Tout se passe très froidement. Elle veut lui prendre la main à l'anglaise, se disant : Je l'ai traité trop froidement. Il lui baise la main, ils s'embrassent sur l'escalier. "Adieu, monsieur, laissez-moi." (Pour moi, conteur, je prends ici congé de Mme de Chasteller.) 2 juin. »

86. Renseignements chronologiques : Fol. 279 : « 1ᵉʳ juin 34 », « Corrigé le 2 ». — Fol. 282 : « 1ᵉʳ juin. *First breakfast* place d'Espagne. » — Fol. 283 : « 1ᵉʳ juin 1834 », « 2 juin. » — Fol. 285 : « 2 juin, 2 octobre, 3 octobre 34. Transcrit dix pages en une heure en corrigeant un peu. » Ces dix pages sont les fol. 285-295 qui forment l'addition des 2 et 3 octobre au texte du 2 juin. Les dates qui y figurent ont été écrites en même temps que la transcription du texte. — Fol. 289 et 291 : « 2 juin, 3 octobre 34. » — Fol. 293 : « 2 juin. » — Fol. 294 : « 2 juin 34. » — Fol. 295, 305 : « 2 juin. » — Fol. 306 : « Six pages le 2 juin, pas d'idées. » « Et cependant *very well* 3 octobre. » — Fol. 308 : « 3 juin. » — Fol. 309 : « 3 juin 34. » — Fol. 311 : « 3 juin. »

87. En marge, [*For me. Métier.* Est-il bien, ou mal de revenir ainsi sur un événement de la veille].

88. Variante : *Je n'en dois veiller qu'avec plus de vigilance sur la situation dangereuse dans laquelle je me trouve.* « Deux façons », annonce Stendhal lui-même dans la marge.

89. Dans la marge : « Consulter à Paris une femme d'esprit, Mme de Lanekaste [*Castellane*], sur ce dialogue. 1ᵉʳ octobre 1834. »

90. « Il évite le nom d'Hocquincourt », remarque Stendhal dans la marge.

91. Dans la marge : «*For me.* — 1834, 1819, quinze ans *after.* »

92. Variante : *pour ma tranquillité.* — En travers de la marge, Stendhal écrit ce «*Nota bene :* Ces onze pages doivent êtres lues, à Paris, à une femme d'esprit, *lady* Tellanekas [*Castellane*], *for instance.* Car ici il faut être à la mode, ne pas choquer».

93. Dans la marge : «*Acajou* pour diminuer le son, s'il est trop fort. 3 octobre.» *D'acajou* est ajouté en surcharge dans le manuscrit.

94. « Quatrième fois », s'exclame Stendhal dans la marge.

95. Au verso du feuillet précédent, se trouve le fragment, rayé, d'une première version de l'incident de l'escalier, où l'auteur faisait la réflexion suivante : « Sur quoi l'historien dit : on ne peut pas espérer d'une femme honnête qu'elle se donne absolument ; encore faut-il la prendre. » A ce sujet, Stendhal fait observer dans la marge : «*For me.* — Le meilleur chien de chasse ne peut que faire passer le gibier à portée du fusil du chasseur. Si celui-ci ne tire pas, le chien n'y peut mais. Le romancier est comme le chien de son héros. »

96. Dans la marge : «*Pilotis.* — *Extase*, car il s'apercevait qu'elle ne le fuyait point, qu'elle s'abandonnait. 3 octobre. » — En interligne, Stendhal ajoute encore : « Vrai, mais trop fort. Mme Sand dit plus, et est à la mode. »

97. Dans la marge : «*Et il descendit :* cette tournure exprime assez le blâme ; plus serait indécent. »

98. Sur le feuillet blanc, en face : *«Suaviter in modo!* Ces jours furent de bonheur parfait pour Leuwen et les plus beaux de sa vie. (J'aime mieux la modestie du texte. 3 octobre 34.)»

99. Dans la marge : *«For me.* — Bien établir au commencement que la différence d'uniforme, que la non-noblesse de Leuwen, interdit absolument toute idée de mariage. 3 juin.» Stendhal ajoute, lors de la correction du 3 octobre : *Made.* »

100. Après ces mots, Stendhal avait d'abord écrit : « Jamais il n'embrassa Mme de Chasteller ; un jour qu'il le tentait, elle lui demanda grâce... » Quoique ayant noté dans la marge : « Pudeur, je dis tout dans cette esquisse », il a rayé ce premier texte et écrit, le 3 octobre, celui qui figure dans la présente édition.

101. Dans la marge : *«For me.* — Ton trop métaphysique. Montrer cela. »

102. *«With* Métilde, Dominique a trop parlé. »

103. Dans la marge : « Je veux mettre beaucoup plus haut qu'il lui avait pardonné cette faute. »

104. Dans la marge : *«For me.* — Plus bas, après la jalousie et le coup sur l'épaule de Mme d'Hocquincourt, Mais n'est-ce point un trop gros paquet d'amour ensemble? »

105. Sur le feuillet blanc, en face : « Style de pamphlet à la Voltaire, au lieu de : pour sa fille. »

106. Renseignements chronologiques donnés par Stendhal : Fol. 311 : « 3 juin. » — Fol. 315 : « 3 juin 1834. » — Fol. 320 : « 3 juin. » — « 2 octobre. » — Fol. 327 : « 1er octobre. » — Fol. 330 : « R[ome], 3 juin 34. » — « Corrigé 3 octobre 34. » — Fol. 330 v° : « 3 juin. Quatorze pages sans idées. »

107. Sur le feuillet blanc, en face : « Même à cette époque, à minuit Mme de Chasteller le voit sur la pierre du plombier, sous ses fenêtres. »

108. En face, Stendhal note : *«Pilotis.* — S'il l'eût enfilée, il eût bien vu qu'elle n'était pas grosse. Alors, plus de brouille par l'enfant supposé. 3 octobre. »

109*. Est-ce bien une lecture d'actualité en 1834? Reste que selon Brulard, c'était bien la lecture de Chérubin Beyle, avec peut-être les mêmes commentaires, sous la Terreur ; cf. *Henry Brulard,* chapitre II.

110. Stendhal note en marge : « Phrase trop claire, qu'on peut supprimer. »

111. Dans la marge : *«For me.* — Indécent peut-être, mais beaucoup moins que le coup de lorgnon donné à Dominique. »

112. « Trois façons », remarque Stendhal dans la marge. De fait, il donne trois versions de la fin du paragraphe : 1° « Ce miracle lui ôta l'esprit qu'il fallait pour faire une réponse jolie et qui ne répondît pas. Il songea au miracle au lieu de songer à la réponse. Il n'y en eut pas. » — 2° « Ce miracle lui ôta l'esprit, il pensa au miracle et non à la réponse. Il n'y en eut pas, il

sourit. » — 3° « Ce miracle lui ôta l'esprit, il songea au miracle au lien de songer à la réponse. Elle se borna de sa part à un sourire banal. «

113. En travers de la marge : « Diablement corriger tout ceci. Je suis un peu ivre. La nature était plus forte. »

114. « Mauvais son », remarque Stendhal. Il note également, en travers de la marge, ce souvenir de 1819 : « Elle me frappa sur l'épaule avec son binocle, n° 12 ou 13, au second à droite. » En surcharge, Stendhal a écrit : « The truth. »

115. Au verso du fol. 330 :

« *Plan*. Du Poirier se dit : Il ne faut pas cependant perdre tout à fait M. Leuwen : s'il avait l'esprit de m'offrir mille louis pour faire réussir son mariage ! 4 juin. »

— « PLAN du 2 octobre 34. — Une élection se prépare pendant les derniers temps du séjour de Leuwen à Nancy. Le préfet arrive. M. de Vassignies ou M. Grandet (M. Du Poirier a quelques chances après les deux autres) seront élus. Le préfet consulte, le télégraphe répond : Plutôt M. Du Poirier.

Il est élu par les henricinquistes. Arrivant à Paris après l'arrivée de Leuwen, il se dit : M. Berryer a la première place dans la droite, la gauche n'a personne. Il se fait libéral et républicain.

C'est le rôle comique du second volume des trois parties. Séjour de Leuwen à Paris. M. Du Poirier n'a pas prévu le danger de ce rôle extrême, à chaque instant il meurt de peur[116]*. Deux choses : 1° découverte de ce danger ; — 2° jouissance de ce danger. Son génie l'emporte à la tribune (comme Dominique écrivant *the* critique dure de l'*opus* de Kokolla), et le lendemain il s'en mord les doigts. Son ridicule, c'est la peur physique (« ce soir ils m'assassineront au coin de la rue »), et réellement il fait des choses fort imprudentes. »

116*. Cette couardise irréductible était un des traits que Stendhal avait attribués dès l'origine à son Letellier, héros d'une comédie inachevée, premier crayon de l'hypocrite politique, ou du « jésuite » ; la vanité de la gloire et du succès devait chez lui entrer en lutte avec cette même lâcheté dont le Sansfin de *Lamiel* ne sera pas exempt.

117. Renseignements chronologiques donnés par Stendhal : Fol. 332 : « 4 juin, 5 octobre 34. » — Fol. 333 : « Repris le 14 octobre, après Orvieto. » — Fol. 335 : « 15 octobre, Omar. » — Fol. 335 v° (petite feuille de papier collée sur une page blanche) : « 13 juin. *Made* 27 pages et transcrit 7. — 14 juin. Je réponds à Naples à M. Latour[-Maubourg]. Bon mot [?] sur Simon le Grec. » — Fol. 336 : « 5 octobre. » — « Repris le 14 octobre, *after* Orvieto. » — Fol. 340 : « 5 octobre 1834. » — Fol. 341 : « 4 juin, 5 octobre 34. » — Fol. 342 : « Corrigé 5 octobre. » — Fol. 345 : « 5 octobre. » — Fol. 346 : « R., 4 juin 34. » — « Je reprends ce travail le 11. Les affaires m'ont pris les 6, 7, 8, 9 et 10 juin. » — « 5 octobre. » — Fol. 347 : « 4 juin. » — Fol. 351 : « Corrigé le 14 octobre, *after* Orvieto. » — Fol. 352 : « 4 juin 1834. » — Fol. 360 : « Corrigé 14 octobre 1834. » — Fol. 361 : « 4 juin. » — « 5 octobre. » — « 15 octobre. » — « Corrigé le 11 juin » — « et 15 octobre ».

118. Dans la marge : *«For me. — Le cœur d'une femme tendre, le chœur de jeunes fats piqués, opposition. »*

119. Sur la page blanche, en face : *«Maxime. — Je ne corrige une phrase pour le style que quand je suis sûr qu'elle restera; avant la correction de style, celles destinées à faire tout exprimer. »*

120. Dans la marge : *«For me. — Style féminin, qui renouvelle le substantif sans nécessité. »*

121. Variante : *de Mme la duchesse d'Angoulême.*

122. Sur la page blanche qui fait face, Stendhal a collé un petit feuillet de papier sur lequel il a écrit : « PLAN. — Je pense, la nuit du 14 au 15 : Dois-je garder cette division : Nancy, Paris et Madrid-Rome? Y aura-t-il assez d'intérêt? Cela est bien différent, et peut-être bien inférieur en intérêt, comparé au plan de *Tom Jones.* L'intérêt, au lieu d'être nourri par tous les personnages, ne repose que sur Leuwen. Ne dira-t-on point de moi ce qu'on dit du Saint-Symphor de M. Ingres?

On ne va jamais si loin que quand on ne sait où l'on va. Ceci ne ressemble pas à *Julien,* tant mieux.

Il y a peu de passion, mais le dessin de ce peu est hardi, vrai, correct, délicat (je le voudrais du moins). Cela donnera du précieux au portrait de Nancy. Cela sera beaucoup plus intelligible que *Julien.*

Il me faudrait voir pendant un mois un jeune Mortimer *Naunter* [123]*, comme je le voyais en 1829. Ce genre d'animal m'ennuie, mais dans ce moment il m'intéresserait. »

123*. Mortimer-Ternaux évidemment. Ce neveu du célèbre industriel mort en 1833 est considéré dans les *Souvenirs d'égotisme* (chap. v) comme l'incarnation avec Vitet de la « jeune France » de gauche dans les dernières années de la Restauration. Mortimer-Ternaux (1808-1871) que Stendhal avait vu dans le salon Tracy fit une carrière politique sous la monarchie de Juillet : devait-il aider l'imagination de Stendhal à préciser les traits qui font de Lucien le jeune homme de 1830?

124. Dans la marge : « Style piquant ou style *vrai.* Combat. »

125. Stendhal fait remarquer : *«Style! en Brisgau* par fatuité. »

126*. Libraire-éditeur de la rue du Coq-Héron dont les publicités encombrent les journaux; il annonce, en effet, les nouveautés anglaises.

127. Sur le feuillet blanc, en face : « PLAN. — Second duel de Leuwen : il ne siffle pas une actrice; Des Roches l'en blâme, il l'apprend et le méprise; il ne songe nullement à se battre. Le soir, fâché par Mme de Chasteller, il va provoquer Des Roches comme un fou. »

128. Dans la marge : *«For me. — Style lourd, mais vrai. »*

129. Dans la marge : « Vrai, mais peu gracieux. Vu ce matin. »

130. Dans la marge : *«For me. — Avec des provinciaux, esprits lents, il ne faut pas de préparation, cela les embrouille. 5 octobre. »*

131. Dans la marge, Stendhal fait l'addition suivante : « 3 Roller, 1 Lanfort, 1 Murcé, 1 Goëllo, 1 Sanréal = 7. »

132. Stendhal avait d'abord écrit : *en tant ;* mais il note dans la marge la cacophonie « antan » et corrige.

133. Dans la marge : « En action, voyons les injures. »

134. Dans la marge : *« For me.* — D'abord le physique de Salvi ; mais celui de Rubichon vaut mieux. »

135. « Provincialisme », note Stendhal.

136. « Oui en 1834 », écrit Stendhal dans la marge, ce qui est exact.

137. Le texte de juin 1834 fait encore de Montvallier une sous-préfecture. La ville ayant été transformée plus tard en préfecture, j'ai dû supprimer la fin du chapitre, que voici : « ... et il osa écrire directement au ministre de l'Intérieur, au risque de déplaire à son préfet, M. Dumoral, ancien libéral renégat et homme toujours inquiet. M. Fléron écrivit aussi à ce dernier, mais la lettre fut jetée à la boîte une heure trop tard et de façon à laisser vingt-quatre heures d'avance à l'avis important donné au ministre par le simple sous-préfet. »

— Sur le feuillet blanc, en face, on lit : *« Méthode.* — Pour bien faire, il faut que ces personnages secondaires soient animés de passions vives. (Dominique.) »

— Deux « plans » terminent le dernier feuillet du chapitre :

« Plan général. — Sur le vu de l'enfant, Leuwen fuit Nancy. Son père, qui est Pillet-Will, le fait secrétaire intime du ministre.

Cayot l'aime pour sa froideur, pour le bruit d'une grande passion malheureuse. Il est un peu comme Dominique après San Remo.

Son père le fait secrétaire d'ambassade à Rome. Caractère d'Hérodiade.

Le père de Leuwen meurt. Sa femme et son fils ont 10 000 francs de rente, ce qui leur semble une ruine.

Hérodiade lui fait ôter sa place. Il se retire dans un village près de Fontainebleau pour un an. Mme de Chasteller vient le chercher et se fait épouser, Leuwen croyant qu'elle a fait un enfant, puis elle se justifie.

5 juin, *before* Genz. »

— « PLAN. — Visite de Leuwen père, une page à intercaler.

Mme de Chasteller prend une fièvre muqueuse sans danger. Mais aux yeux des habitants de Nancy, elle est sérieusement malade. M. Du Poirier est son médecin, il exagère sa maladie en parlant à tous, et surtout à Leuwen. Du Poirier donne dix louis à Mlle Bérard. La femme de chambre a ordre de se montrer accommodante à Leuwen. Il se cache dans une subdivision de l'antichambre pour voir Mme de Chasteller la nuit.

Une fois caché là, le docteur passe avec un enfant d'un mois qu'il a emprunté pour une heure à l'hôpital dont il est le médecin en chef. Ses propos prouvent à Leuwen, qui écoute, que Mme de Chasteller vient d'accoucher de cet enfant. Dans la nuit, Leuwen part pour Paris. »

— Dans l'angle supérieur gauche de la page : « Peyrille, joli nom. »

138. Renseignements chronologiques donnés par Stendhal : Fol. 362 : « 3 juin, Rome. » — « Corrigé jusqu'ici le 6 octobre. » — Fol. 363 : « Corrigé 5 octobre 34. » — Fol. 364 : « R., 13 juin. » — « 15 octobre 34. » — Fol. 367 : « Corrigé le 15 juin » — « et 15 octobre. » — Fol. 369 : « 13 juin. » — Fol. 370 : « 13 *made.* » — « Corrigé le 15. » — « Corrigé

15 octobre. » — Fol. 371 : « 13 juin. » — Fol. 373 : « Corrigé 15 octobre. »

Dans la marge du fol. 362, Stendhal a écrit : « 333, détails tendres à faire. » Ce 333 correspond à la pagination mise en bas des feuillets ; c'est le fol. 373 soit la fin du chapitre.

139. Dans la marge : *« For me.* — Exprès cette grossièreté. »

140. Dans la marge : *« For me.* — Est-ce ignoble ? Mais tout est ignoble en fait d'intrigue aux yeux de nos délicats. Il faudrait réussir avec des feuilles de rose. 13 juin. »

141. Dans la marge : « Annoncer cette demoiselle lors de la première visite de Leuwen. »

142. Stendhal, incertain de sa chronologie, se recommande en marge : « A vérifier. Les bécasses passent en octobre et novembre. »

143. La fin du chapitre est à peine ébauchée, et Stendhal a laissé deux tiers de page environ en blanc pour écrire les « détails d'amour ».

144. Renseignements chronologiques donnés par Stendhal : Fol. 375 : « R., le 13 juin. » — « 15 octobre. » — Fol. 378 : « Rome, 13 juin 34. » — « 15 octobre. » — Fol. 384 : « R., 13 juin 34. » — Fol. 387 : « 13 juin. » — Fol. 388 : « 13 juin. » — « Corrigé 15 octobre. »

145*. On sait d'après Mérimée que Stendhal aidé d'une femme de chambre put voir sans doute dans des circonstances assez semblables comment Angela le trompait.

146*. Ce choix de Reims est-il arbitraire, ou dicté par une vraisemblance géographique dès lors que Lucien est à « Nancy » ? Retenons que les journaux (par ex. la *Gazette* des 4, 6 et 11 septembre 1834) évoquent une grève des filatures de Reims qui exige une intervention des troupes, ou une simple surveillance comme celle que le roman raconte.

147. Au verso du dernier feuillet sont des notes diverses séparées entre elles par des traits. Certaines se rapportent au texte lui-même, dont elles sont des fragments.

1. « Maman, je suis fou. Je n'ai pas manqué à l'honneur, mais à cela près je suis le plus malheureux des hommes.

— Je vous pardonne tout, lui dit-elle en lui sautant au cou. Ne crains aucun reproche, mon Lucien. Est-ce une affaire d'argent ? J'en ai.

— C'est bien autre chose. J'aimais, et j'ai été trompé. »

2. « M. Leuwen père. Une autre fois :

— On voit trop d'âme à travers vos paroles. Vous ne manquez pas d'esprit, mais vous parlez trop de ce que vous sentez, trop. Cela attire les fourbes de toute espèce. Tâchez donc d'amuser en parlant aux autres de ce qui ne vous intéresse nullement. »

3. « — Mon cher Lucien, j'ai chargé votre mère de vous gronder, s'il y a lieu. J'ai rempli les devoirs d'un bon père, je vous ai mis à même de recevoir deux coups d'épée. Vous connaissez la vie de régiment, vous connaissez la province ; préférez-vous la vie de Paris ? Donnez vos ordres, mon prince. Il n'y a qu'une chose à laquelle on ne consentira pas ; c'est le mariage.

— Il n'en est pas question, mon père. »

Deux *plans* :

1. «*Plan*. — M. Du Poirier force M. de Puy-Laurens à la demande suivante : M. de Puy-Laurens va voir la directrice des Postes de Nancy : "Je suis chargé de recevoir toutes les lettres adressées à M. Leuwen ou à Mme de Chasteller. Chacune de ces lettres sera payée cinq francs. Si vous jugez à propos de les soustraire à l'administration de notre roi légitime Charles X, vous pouvez prendre le deuil de votre place." »

2. «*Plan*. — Ainsi Nancy occupe 533 pages. Calculer les mots d'une ligne, le nombre de lignes, et voir combien cela ferait de pages in-8° comme *le Rouge*. 15 juin. » — A côté : « 15 octobre. »

Enfin, cette autre note :

« Fait vingt-sept pages équivalentes à vingt-quatre, le 13 juin, de une heure à cinq un quart, et transcrit sept en corrigeant (et encore mangé deux œufs en teinture). C'est le maximum jusqu'ici. Je pensais à autre chose en commençant. Donc, *forcer l'animal*. »

Au verso du dernier feuillet du volume, on lit :

« Contenu réel des trois premiers volumes reliés : premier, 262 pages ; second, 271 ; troisième 324 : 857 pages, à dix-huit, ou mieux dix-neuf lignes. *Thomas Morus* a 880 lettres par page, et le second volume (deuxième édition, Moutardier) 391 pages. Combien les 857 pages de ce manuscrit feraient-elles de pages pieuses et privilégiées à la Moutardier ?

Les lignes de ce manuscrit ont 27 lettres 16. $857 \times 19 = 16\,283$ lignes. $16\,283 \times 27,16 = [442\,242,28]$ lettres. »

148. Ici commence le troisième tome du manuscrit. Voir en Appendice les notes qui sont dans les premières pages.

149. « Ne parlons plus d'eux, mais regarde et passe. » (Dante, *Inferno*, III, 51.) — A la fin de l'avertissement, Stendhal élabore un nouveau plan : «*Plan : mariage et travail*. — A l'arrivée de Lucien à Paris, son père propose avec esprit, mais insistance, un mariage de 80 000 francs. "C'est le moment ; tout n'a qu'un moment avec cette société d'enfants sérieux. Vous êtes, ou je vous ferai, à la mode, et peut-être dans trois ans d'ici, quand votre caractère donnera réellement plus de garanties, aurai-je toutes les peines du monde de vous trouver une dot de 200 000 francs."

Lucien répond ferme : "Tout, excepté le mariage."

Quand on lui propose un travail de bureau : "Bon, se dit-il, je vais enfin apprendre un métier qui peut me donner du pain, et je n'aurai plus un cheval uniquement parce que mon père est riche, comme dit Ernest."

(21 février 35.)

A placer : Après huit mois au bureau, Lucien faisait des lettres trop courtes, trop claires, trop dénuées de phrases ambiguës, trop dangereuses, en un mot, pour qui les signait. Mais il avait le grand art de faire marcher une administration et de sabrer plus de besogne que trois des meilleurs chefs de bureau du ministère. »

150. Renseignements chronologiques donnés par Stendhal : Fol. 13, 15 et 19 : « 16 octobre 34, *Omar*. » — Fol. 15 : « Corrigé à Civita-Vecchia le 1er novembre 1834. » — Fol. 26 : « 16 octobre 34. » — Fol. 31 : « 16 octobre, retour de M. Latour. » (Ce nom, qui est celui de l'ambassadeur de France à Rome, le marquis de Latour-Maubourg, est figuré par un dessin.)

Autres renseignements donnés par Stendhal : Fol. 13 v° : « Fait 95 pages à
Civita-Vecchia du 2 novembre au 14. Le reste du temps, pris par l'officiel.
Parti de Rome le 23 octobre, rentré le 18 novembre 1834. » Sur le même
feuillet : « Preuve de mon système : en commençant, le 5 mai 1834, j'aurais
été bien fou de songer aux convenances de la police dudit jour et du
ministère d'alors. Voici peut-être un 5 septembre. *Omar*. 21 novembre 34. »

151*. Tenerani (1789-1869) est un sculpteur qui eut une très grande
célébrité ; c'est un élève de Canova et de Thorswalden. Stendhal le met aussi
à contribution pour la décoration du palais Crescenzi dans la *Chartreuse*.
Cf. *Correspondance*, III, 27, « les arts sont bien foutus, bien foutus. Le seul
Tenerani fait de petites jolies choses, sans énergie ».

152. Dans la marge : «*Plan*. — Peut-être appeler le protagoniste, comme
on dit ici, Lucien et non Leuwen. Il y aurait un peu de confusion dans le
second volume, à Paris. » Sur le feuillet blanc qui fait face, est un autre
«*Plan*. — 1° M. Leuwen veut marier Lucien à une fille immensément
riche, mais laide ; du reste, une jolie main, un pied charmant, bonne fille et
point trop bête, lisant Byron, et non pour s'en vanter. Lucien consent à tout,
moins le mariage, et il devient l'ami de la demoiselle, qui remplace Théodelinde dans son cœur. — 2° Lucien est sérieusement calomnié par M. de
Beauséant, ministre de..., et par Mme de Saint-Valery, toute-puissante
vertu du faubourg Saint-Germain, sa maîtresse. Modèle de calomnie dans le
Monde de M. de Custine (*Débats*, vers le 1ᵉʳ février). — 3° Cette calomnie,
fort bien ourdie, fait que M. Leuwen s'attache à son fils. »

153. Dans la marge : «*Plan*. — Le ministre emploie Lucien à séduire
M. Du Poirier. *Gazette* du 6 octobre [154*]. » Sur le feuillet blanc qui fait
face : «*Plan*. — Le rôle d'un médecin remplaçant le confesseur chez
Mme de Vaize. »

154*. Cette référence à la *Gazette de France* n'est pas claire ; à la date
indiquée la seule nouvelle qui pourrait convenir à cette composition du roman
est une petite note indiquant le ralliement du prince de la Trémouille : une de
ses parentes a été invitée à danser par le duc d'Orléans, et lui-même est
invité aux fêtes de Fontainebleau où séjourne le roi.

155. Stendhal donne dans la marge cette explication : «*For me*. — Voilà
pourquoi la description du cabinet qui a coûté 60 000 francs. » — « Bête et
grossier », juge Stendhal dans la marge.

156. Dans la marge : «*For me*. — Oui, *ironie ;* la vertu de bonne foi
l'irrite. »

157*. Le toponyme de Vaize désigne un faubourg de Lyon souvent
nommé dans les récits des diverses insurrections. Par là Stendhal veut-il
indiquer que le ministre porte le nom de ses « victoires » comme les maré-
chaux de l'Empire ?

158*. Il est admis que M. de Vaize emprunte un certain nombre de traits
au comte d'Argout (1782-1858), dit « Apollinaire » en langue beyliste, qui
fut auditeur avec Stendhal en 1810, et poursuivit une carrière administrative
de préfet sous la Restauration ; pair de France en 1819, il a été constamment

ministre depuis 1830, et cesse de l'être en avril 34 : le texte le désigne, si l'on veut, et s'y refuse, car celui qui « peut être ministre de l'Intérieur », et à sa place, c'est Thiers. Ainsi maquillé de Vaize tient des deux modèles. D'Argout a du reste protégé Stendhal bien que depuis 1830 il l'ait pris de haut avec son ancien compagnon et ami. D'Argout est un administrateur laborieux et estimé : trait qui ne convient absolument pas à Thiers, dilettante papillonnant. Unanimement on reconnaît à d'Argout la naïveté, la gaucherie d'esprit, sinon même la sottise qui vont pour une part caractériser de Vaize. « D'Argout travailleur, bouzilleur, collègue assez sûr, bon camarade, fatiguait la Chambre en lui débitant d'un ton de fausset nasillard des banalités administratives... (il) ennuyait la Chambre, il n'y jouissait d'aucun crédit... » dit Rémusat (*Mémoires*, II, 565, III, 74). Aussi est-il sacrifié par ses collègues lors du remaniement ministériel de 1834. Brulard (chap. XXVIII) rappelle comment « ce grand littérateur » fut affreusement choqué par le mot « cristallisation » : il devait l'anecdote à Mérimée qui dans ses lettres, par exemple le 14 septembre 1831 (*Cor.*, II, 879) lui raconte les « brioches » de d'Argout, qui « devient tous les jours plus cruche » ; ainsi l'histoire des sujets de tableaux proposés aux peintres « dignes d'être crucifiés » ; l'histoire évoque Delacroix : or Lucien va commettre une bévue où un peintre nommé Lacroix sera mêlé. Stendhal en avait fait une autre en disant devant son « ami de dix ans », que « l'hérédité de la pairie rendait bêtes les fils aînés » (*id.* 201). Le lien naturel entre Stendhal et d'Argout était évidemment Mérimée qui a été dans son cabinet à la Marine, au Commerce et Travaux publics, à l'Intérieur ; d'Argout l'a fait nommer (comme Lucien) maître des requêtes en 1832.

159*. Frotté (1766-1800) fut en effet fusillé, mais Stendhal transforme sensiblement l'histoire. Le chef chouan Frotté était revenu d'Angleterre en 1799 pour recommencer en Normandie la guerre contre le Directoire. Décidé à ne pas capituler devant le Consul, il renonça finalement à la guerre et en janvier 1800 demanda un sauf-conduit pour négocier sa reddition ; les autorités l'accordèrent et refusèrent de le respecter ; il fut donc arrêté, jugé, condamné et exécuté « régulièrement », mais au prix d'une trahison initiale. Stendhal un peu plus loin fait allusion au préfet Cafarelli, qu'il avait pu rencontrer en 1810 dans l'Aube ; en 1807, Cafarelli préfet du Calvados eut à s'occuper de l'affaire d'Aché, que Stendhal confond peut-être avec Frotté : le baron d'Aché auteur d'une attaque de diligence fut arrêté par trahison et assassiné sur place.

160. Stendhal avait d'abord écrit : Cafarelli, songeant à ce préfet de l'Aube qu'il avait rencontré à Plancy, chez son ami Crozet.

161. « A vérifier. Crozet. »

162. Stendhal écrit en marge : « Vérifier, bien entendu. »

163. Dans la marge, Stendhal écrit : «*Plan.* –– Lucien est séduit par le souvenir et l'image de Richelieu. Il dit *oui* le soir. »

164. Stendhal a rédigé plus loin, dans ce même volume III de son manuscrit (fol. 143), cette lettre :

« Lettre à M. le lieutenant-colonel Filloteau, commandant le 25ᵉ de lanciers.

Mon colonel,

J'ai à vous demander bien des pardons. Le 11 du courant, je reçus à cinq heures du soir une lettre en quatre lignes du ministère de la Guerre portant l'ordre de me rendre à Paris en toute hâte et sans nul délai. *Votre colonel est prévenu de la présente disposition*, disait Son Excellence. J'eus l'honneur de me présenter deux fois chez vous. Désolé de ne pas vous trouver, j'appris que vous étiez au *Chasseur vert*. J'y courus, mais vous n'y étiez point. Il se faisait tard, l'ordre était de partir sans nul délai. J'eus l'honneur de vous écrire avant de partir ; j'apprends avec le plus profond regret que mon domestique a égaré ma lettre. Je serais désolé que vous puissiez voir dans ce malheur, par moi vivement senti, un manque de respect. J'avais des devoirs précis envers mon colonel, j'en avais de non moins sacrés envers le chef obligeant qui a daigné me protéger. Je devais à mes camarades l'expression du regret de les quitter...

Ne devant pas, suivant toute apparence, retourner de longtemps au régiment, je vous prie, mon colonel, d'accepter le don de mes chevaux. Etc., etc. »

165. Stendhal avait d'abord terminé le chapitre de la manière suivante :

« — Je voulais vous parler de l'Abbaye. Je pensais à deux jours de prison, et à remédier à tout par ma démission, si vous me permettiez de la donner.

Le père de Lucien ne l'écoutait plus et descendait l'escalier en courant. »

166. Renseignements chronologiques donnés par Stendhal : Fol. 32 : « 16 octobre. Fait seize pages en une heure et demie, pensant à Deus[?] et au départ à Civita. » — Fol. 33 : « 18 octobre 1834. » — Fol. 37 : « 16 octobre 34. » — Fol. 39 : « 19 pages de deux à trois un quart, le 16 octobre. » — Fol. 41 : « Civita-Vecchia, 4 novembre 34. » — Fol. 42 : « Corrigé le 18 novembre 1834. » — Fol. 43 : « 4 novembre 34. » — Fol. 44 et 45 : « 4 novembre 34, Civita-Vecchia. » — Fol. 47 : « 4 novembre 34, Civita-Vecchia. » — « Corrigé à Rome le 18 novembre. Les nuances ne peuvent être arrêtées définitivement qu'à Paris, après un mois de séjour. » — Fol. 50 : « A transcrire. 4 novembre. » — Fol. 53, 54, 56 et 58 : « 18 octobre 1834. » — Fol. 59 : « 18 novembre. » — « Corrigé 19 novembre. »

167. Sur le feuillet blanc qui fait face : « *Plan*. — Ajouter : 1° le camp de Lunéville dans la première partie ; — 2° la société bourgeoise à Nancy : Sylviane. »

168. Un peu plus haut, Lucien a dit : « Car il y a des jours où elle m'aimait vraiment... » Aussi Stendhal, tout en maintenant sa première et hâtive rédaction, destinée d'ailleurs à des révisions sévères, note-t-il en marge : « Contradiction. »

169. Le texte porte : *dans la rue de*..., suivi d'un blanc. Stendhal lui-même m'autorise à le corriger, puisqu'il dit plus loin que le cabinet littéraire était situé « sur la place Beauvau ».

170*. Montaigne a dit tout au plus que la mort à chaque instant « nous tient au collet » (*Essais*, I, XIX); après sa première attaque Stendhal dira qu'il s'est « colleté avec le néant ».

171. Stendhal note dans la marge : « Prudence. Personnalité contre ce bon M. Cochin. » — Il s'agit vraisemblablement du philanthrope Cochin, qui fut maire du XIIᵉ arrondissement de Paris à la fin de la Restauration, et fonda l'hôpital qui porte son nom.

172. Stendhal remarque, en interligne, que cette phrase forme un vers. Pour pallier à cet inconvénient, il a ajouté après coup la dernière partie du paragraphe.

173. Dans la marge, Stendhal écrit : « Caractère de Dominique : j'avais oublié net que cette conversation était faite, je la refais le 4 novembre. Laquelle des deux façons est la bonne[a] ? » Cette seconde version se retrouve, en effet, douze feuillets plus loin ; elle a été écrite le 18 octobre 1834, et Stendhal a écrit en tête de la page : « Autre conversation entre Lucien et son père. Choisir. » J'ai gardé la première version, parce qu'elle se lie mieux avec le texte ; elle est au surplus la dernière en date. L' « autre conversation » se trouve entre le fol. 53 et le fol. 55. Je la transcris ici :

« — Je ne vois que ce moyen pour acquérir de l'expérience et me *colleter* avec la nécessité ; mais une plaisanterie comme celle de Caron ou du duc d'Enghien me ferait fuir au bout du monde...

— Vous voyez bien que M. N*** vit encore, dont le système actuel ne mène les hommes que par l'argent[b].

— Et la prison préventive ?

— Cela ne regarde pas votre ministère et, j'espère, ne vous regardera pas, dit M. Leuwen père de ce ton dégagé et *bon enfant* qui met fin aux conversations. Je vais donner ma parole et la vôtre. Amusez ces demoiselles. »

L'une d'elles (la sylphide) avait été du souper donné par Lucien huit mois auparavant. Elle essaya de lui parler avec gaieté.

« Ma petite Raimonde, vous êtes plus jolie que jamais, lui dit Lucien ; mais j'ai perdu la vue. Actuellement, je n'aime plus que les chevaux et la chasse ; les femmes m'ennuient. »

Ce qu'il prouva en regardant uniquement le théâtre, où l'on donnait *Don Juan*.

« Parlez, riez, absolument comme si je n'y étais pas, ajouta-t-il, voyant qu'elles se gênaient.

— Je ne suis pas dupe, dit Raimonde. Ce ne sont ni les chevaux, ni la chasse qui nous enlèvent le plaisir de vous entendre, ce sont les emprunts espagnols...

— Monsieur aurait-il des coupons de l'emprunt Guébart ? » dit Mlle Séraphie en prenant un petit air grave.

Lucien ne répondit pas, et bientôt elles jasèrent et s'amusèrent entre elles comme s'il n'eût pas été dans la loge.

---

a. Au-dessous de cette note, Stendhal en ajoute une autre : « Le 18 novembre, j'avais oublié l'oubli. Regarde le modèle, la nature, et non les copies. (18 novembre.) »

b. En interligne : *par la bourse (double sens)*.

Lucien regardait la salle.

« Me voici au milieu de ce qu'il y a de plus élégant à Paris. »

174. Ce membre de phrase a été ajouté après coup. Sur la page blanche qui fait face, Stendhal a écrit : «*For me.* — Il faut vivre à Paris depuis un mois pour choisir entre des nuances de style. »

175. Entre cette ligne et la suivante, dans la marge, Stendhal a écrit : « M. Leuwen père. » Au-dessous, il a dessiné une fleur, qui semble être une marguerite. Aurait-il emprunté à son ami Di Fiore certains traits de caractère qu'il a prêtés à M. Leuwen ?

176. En marge de ce paragraphe, Stendhal critique : « Longueur, peut-être. »

177. Dans la marge : «*Plan.* — M. Peters, autrefois amoureux sans succès de Mme Leuwen, fait Leuwen son héritier. C'est là toute sa fortune, et la dot de sa mère. M. Leuwen père laisse exactement 10 000 francs, et le dit à un commis avant de mourir. »

178. Stendhal note dans la marge : « Cette conversation est peut-être un peu longue, mais M. Leuwen père voulait être bien clair, bien explicite, pour qu'une fois initié dans les affaires de télégraphe, son fils ne vînt pas à déranger la machine par dégoût. »

179. Stendhal écrit ici qu'il faut sauter cinq feuillets et continuer le texte « à 638 » (nouveau fol. 55). Ces cinq feuillets contiennent : aux fol. 51 et 52, une première rédaction que Stendhal a condamnée, sans la rayer, et qui porte même la pagination normale du livre ; — aux fol. 53, 54 et partie de 55, cette « autre conversation entre Lucien et son père » que j'ai transcrite plus haut.

Voici le texte condamné des fol. 51 et 52 :

« Et M. Leuwen père s'enfuit de sa loge, où bientôt affluèrent les belles demoiselles et à leur suite deux ou trois *viveurs* de tous les âges, comme M. Leuwen père.

Tout le monde était bien venu à lui adresser une épigramme ; il répondait s'il pouvait, et ne se fâchait jamais ; mais, à moins d'être provoqué, personne chez lui ne se serait hasardé à lui parler de choses sérieuses. Lucien voyait fort bien cet usage. Pendant que tout Paris parlait de la démission des cinq ministres et de la formation d'un nouveau ministère, Lucien, voyant sans cesse une des personnes les mieux instruites, par dignité n'osait pas lui parler politique. Plusieurs fois, les jours suivants, il fut tenté de parler politique à son père. « Mais j'aurais l'air de revenir sur notre marché », pensa-t-il. Et il se tut.

CHAPITRE XXXII

Dans le fait, il était moins malheureux. Dix fois par jour, la pensée de Nancy était remplacée par celle-ci : « A quel genre de besogne est-ce qu'ils vont me mettre ? » Il lisait tous les journaux avec un intérêt bien nouveau pour lui. Le seul indice politique qu'il eut fut celui-ci : sa mère lui dit :

« Tu écris bien mal ; tu ne formes pas tes lettres.

— Il n'est que trop vrai.

« — Eh! bien, si tu vas rue de Grenelle, écris encore plus mal; que jamais ton écriture ne puisse passer sous les yeux du roi sans être recopiée, cela te sauvera de l'ennui de transcrire des pièces secrètes et, ce qui vaut mieux, ton écriture ne restera pas attachée à des choses qui peuvent être un souvenir pénible dans dix ans. Grâce à Dieu, mon cher Lucien, tu as trente-huit ans de moins que le roi. Vois les changements qui ont eu lieu en France depuis trente-huit ans. Pourquoi l'avenir ne ressemblerait-il pas au passé? La révolution est faite dans les choses, dit toujours ton père pour me tranquilliser. Mais une ambition effrénée n'est-elle pas descendue dans les rangs les plus infimes? Un garçon cordonnier veut devenir un Napoléon. »

Une conversation politique ne finit jamais, celle-ci se prolongea à l'infini entre une mère femme d'esprit et un fils inquiet de ce qu'on allait faire de lui. Pour la première fois, le fantôme importun de Nancy ne vint pas emporter l'attention de Leuwen. »

Les deux textes se raccordent au fol. 60, par ces mots : « Huit jours après l'entretien de l'Opéra, le *Moniteur* portait... »

180. Dans la marge : *«For me. — Plan.* — Cette réponse suffit-elle? Une telle absence de vanité, si Lucien retournait à Nancy, ne constitue-t-elle pas un monstre, chose qu'un roman ne doit jamais montrer? 18 octobre. »

181. Sur le feuillet blanc qui fait face, Stendhal écrit : *«Pensée.* — Notre siècle de la liberté de pensée parle seulement (dans les discours pour Corneille à Rouen). Alexandre Dumas est moins bête que Pierre Lebrun. *Débats* du 22 ou 21 octobre 1834 [182*]. »

182*. C'est en effet le 22 octobre 1834 que les *Débats* racontent l'inauguration à Rouen de la statue de Corneille : Lebrun au nom de l'Académie française exalte les règles et proteste contre le mauvais goût actuel, les « saturnales impudiques montées de toutes parts sur le théâtre », « une scène qui se pervertit » ; A. Dumas qui parle au nom d'une société d'auteurs évoque la situation « captive » du poète, « aigle qui se serait constamment perdu au ciel s'il n'avait été parfois enchaîné à la terre par le misérable fil d'une dédicace » ; le 27 octobre une « réponse » de Corneille s'émeut de ces petites rancunes et « interprète » les « phrases » de Dumas sur la richesse des écrivains : il s'agissait d'une allusion à Scribe ! Qu'aurait dit Corneille d'une association « d'auteurs dramatiques » défendant « leurs droits d'auteur » ?

183. Sur le feuillet blanc qui fait face : *«Plan.* 19 octobre, villa Borghese. — Comment une catin comme... est-elle amoureuse de Leuwen? D'abord, pourquoi? A cause de son air froid, réellement froid, fort poli mais parfaitement dédaigneux, par vanité uniquement, difficulté à vaincre. — Que lui donne-t-elle? Du plaisir physique élégant, il en était privé depuis huit mois, car qu'y avait-il à Nancy? Des grisettes, ou des catins à cinq francs. — Pourquoi ne ferais-je pas de Titine une dame? Réponse : Ce serait beaucoup plus révoltant. — Serait-ce plus vrai? Cette dame n'aurait pas la commodité de Titine. — *Moyen :* elle lui donne un bouquet tous les jours, puis va le lui porter, puis lui prend l'objet. Il n'y a de difficile pour elle que la première fois. A la troisième ou quatrième, Lucien est enchanté du plaisir physique. Elle lui renvoie ses cadeaux. »

184. Renseignements chronologiques : Fol. 62 : « Civita-Vecchia, 2 no-

vembre 34. Soleil superbe, fenêtre ouverte, toilette. » — Fol. 63 : « 2 novembre. » — Fol. 65 : « Corrigé 19 novembre 34. » — Fol. 68 : « Civita-Vecchia, 2 novembre 1834. Corrigé le 3. » — Fol. 69 : « 2 novembre. » — Fol. 70 : « 2 novembre 34. » Et au-dessous : « Tékla. Guernesey. » — Fol. 71 : « 2 novembre 34. Civita-Vecchia du 23 octobre au 14 novembre. » — Fol. 73 et 74 : « 2 novembre. »

185. Sur le feuillet blanc qui fait face : *« Style. — Éclata,* etc., phrase peu noble, mais bien claire et bien courte. »

186*. L'un des aspects les plus commentés des élections de 1834 était la coalition des oppositions républicaine et légitimiste et la campagne des royalistes pour une réforme électorale.

187. Variante : *et de la duperie dans l'âme.* A ce sujet, Stendhal avait noté dans la marge : *« Duperie* est parisien. »

188. Stendhal annonce dans la marge : *« To take* les noms dans les *Femmes galantes* de Brantôme. »

189*. A Sophie Duvaucel, devenue l'épouse de l'amiral Ducrest de Villeneuve et vivant à Lorient, Stendhal le 4 mars 1835 écrit : « Mme la directrice la Poste de Lorient ouvre vos lettres. C'est la grande malice des petites villes. » Suivent des conseils pour empêcher ces « méchancetés de province ».

190. Stendhal avait d'abord terminé sa « période à trois membres », ainsi qu'il la qualifie en marge, par un assez long développement, que d'ailleurs il n'a pas rayé : *« ... après qu'une hypocrisie habituelle et savante eut enveloppé les pensées d'un père qui veut hériter de sa fille, et qu'une fausseté plus plate et moins déguisée eut emmiellé les réponses de Mme Cunier, dame de charité, dévote de profession, timide encore plus et qui songe avant tout à ne pas perdre une bonne place de onze cents francs dans le cas où Charles X ou Henri V remonterait sur le trône de ses pères, après avoir parlé, pour débuter, de franchise, de cordialité, de vertu pendant sept quarts d'heure, ces deux aimables personnages tombèrent d'accord des articles suivants... »*

191. En mettant en scène Mme de Constantin, Stendhal indique son « modèle : Mme de Villegre » (Gréville ?). — Lecture incertaine, ici comme plus loin.

192. Sur le feuillet blanc qui fait face : *« Plan.* — Placer le portrait physique de Mme de Constantin sous le balcon d'une grande maison, sur la place d'armes de N***, la ville où Lucien fait son expédition contre les ouvriers. En entrant, Lucien ne songeait qu'à la maison de l'amie de Mme de Chasteller : s'il y avait coup de fusil, il voulait avant tout sauver cette maison. Etc. »

A ce sujet, Stendhal écrit la remarque suivante : *« On me.* — Dominique fait ainsi le plan à mesure, et souvent après l'histoire, car l'appel à la mémoire tue le cœur chez lui. »

193. Sur le feuillet blanc qui fait face : *« Prudence :* changer ce trait, on reconnaîtrait l'homme. »

194. Note du 2 novembre 1834, dans la marge : « Mme de Villegre dit :

ma chère, ma toute belle, sans cesse, mais je lui trouvais l'air femme de chambre. » Puis : « Oui, laisser *ma chère :* je vois cela dans le modèle. 19 novembre. »

195. « Trois rires », note Stendhal en interligne.

196. Stendhal écrit en marge : « Quatre rires ; mais je vois cela chez le modèle. »

197. Dans la marge : « Vérifier le temps : six mois. »

198. Sur le feuillet blanc qui fait face, Stendhal note : « Vue en beau *of this opus.* — L'extrême vérité de cette conversation entre ces dames et de la conversation précédente entre Leuwen et son père donnera de l'intérêt au livre. Ce n'est pas une reine d'Espagne allant voir le cadavre du roi son mari un an après sa mort et retrouvant son amant borgne (comme dans un roman de Mortonval, je crois), c'est le genre *naturel.* 19 novembre 34. »

199. Renseignements chronologiques donnés par Stendhal : Fol. 79 : « 2 novembre. » — Fol. 81 : « 2 novembre 34. » — Fol. 84 : « 2 novembre. » — « Corrigé le 3 novembre. » — Fol. 85 : « 2 novembre. » — Fol. 86 : « Corrigé 19 novembre. » — Fol. 88 : « 2 novembre, Civita-Vecchia. » — Fol. 90 vº : « Civita-Vecchia. Le 2 novembre, fait vingt-huit pages de midi et demi à trois heures et demie. » — Fol. 91 : « 3 novembre. » — « Corrigé le 19 novembre 1834. »
En marge du fol. 78, on lit : « *Plan.* — Vers la fin de ce chapitre, le domestique de Leuwen arrive à Nancy pour chercher le beau cheval anglais et n'apporte pas de lettre pour Mme de Chasteller. »

200. Dans la marge : « Mme de Constantin, le caractère de Mme de Villegre. »

201. « Et, sous l'abri d'une conscience pure... » (Dante, *Inferno,* XXVIII.)

202. Stendhal observe en marge : « Vulgaire.
— Mange-t-il son bien ?
— Non ; il le boit. »

203. Dans la marge : « *For me.* — Placer le portrait de Mme de Villegre pour Mme de Constantin au commencement du premier dialogue, page 2. »

204*. Le célèbre ténor (1795-1854) dont le premier grand succès fut parisien et napolitain (1814-1816) a atteint la consécration à Paris en 1825-1826 ; à l'époque où nous sommes il se partage entre Paris et Londres.

205. Dans la marge, Stendhal écrit, songeant sans doute à son modèle vivant : « Impatientante, mais point ennuyeuse. »

206. Sur le feuillet blanc qui fait face : « *For me.* — Ainsi, pour tisser la toile à Paris, j'aurai six ou sept personnages de Nancy : MM. Du Poirier, d'Hocquincourt, d'Antin, de Vassignies, Mmes d'Hocquincourt, de Constantin, de Chasteller, et, si je veux, M. de Pontlevé. 19 novembre 34. »

207*. L'anecdote est en général attribuée au duc de Montmorency.

208*. Perfetti (1792-1872) est un graveur florentin, élève de Morghen, célèbre par ses gravures de Raphaël, le Guerchin, Fra Bartolomeo.

209. Il y a ici pour l'éditeur une réelle difficulté : en principe Montvallier étant devenu Nancy, le préfet que nous connaissons se nomme M. Fléron. Mais le texte parle de Dumoral, dont le modèle est « le vénérable Dunoyer », ancien ultra-libéral de la Restauration et préfet maladroit et zélé de la Somme. Si l'on décide d'unifier les données romanesques, il faut écrire ici, Fléron. Mais ce serait faire perdre au lecteur une allusion politique et un calembour politique aussi, M. Dumoral « démoralisé ».

210. Stendhal, dans une note du « 2 novembre », esquisse un nouveau « plan ». — Mme d'Hocquincourt va à Paris. Lucien veut être roué, il a horreur d'avoir Mme d'Hocquincourt : autrefois, Mme de Chasteller en fut jalouse. Il fait tout ce qu'il faut pour en être adoré, il s'impose cette comédie, mais il jure de ne jamais l'avoir. Un jour, tenté après une scène fort vive, il fuit. Lucien s'exerce en *rouerie*, c'est là son seul passetemps. « Faute du talent de Don Juan, se dit-il, je n'ai pas su m'emparer d'un cœur qui se donnait à moi... M'aimait-elle ? » Tel est le problème qui l'occupe sans cesse (comme Dominique de 1821 à 1824). »

211. A partir de ce moment, des chapitres ne sont plus numérotés, et vers la fin de l'ouvrage les divisions sont moins nettes. Il est toutefois facile de les distinguer, et j'ai tenu à conserver (ce que n'a pas fait de Mitty) le partage en chapitres, que Stendhal, à aucun moment, n'a eu l'intention de supprimer.

Renseignements chronologiques donnés par Stendhal : Fol. 94 : « 6 novembre, une heure *morning*. » — Fol. 95 : « 4 novembre. » — Fol. 105 : « 5 novembre. Corrigé le 6. » — Fol. 106 : « 5 novembre 34. Civita-Vecchia. » — Fol. 107 : « Civita-Vecchia. 4 novembre 34. Dix pages de dix heures et demie à minuit et demie (*sic*). » — « Corrigé le 20 novembre. Je n'y vois plus à cinq heures moins dix, 20 novembre ; encore un mois à diminuer. » — « Le 21 novembre, allant au ghetto avec le colonel, j'apprends le ministère Bassano-Bernard-Bresson. Soleil superbe. Thiers et Guizot vont-ils prendre l'opposition ? Que de ministères de la police avant l'apparition de *this work !* Lire la *Gazette* du 10 novembre, l'employer à la rouerie ministérielle. Ils ne manquent de parler de la façon la plus outrageante sous ses yeux et ne sont point outragés comme le juif de Fiume. » — Fol. 107 v° : « Fait et corrigé 21 novembre 34. Ministère Bassano. » — Fol. 111 : « 4 novembre 34. Civita-Vecchia. » — « Corrigé 21 novembre. » — Fol. 113 : « Corrigé 6 novembre. » — « Corrigé le 23 novembre, jour du Ghirlandajo. » — « Corrigé 6 novembre à Civita-Vecchia. Temps gris magnifique. *Idem* le 23. Transcrit à Rome. » — Fol. 121 : « Transcrit 23 novembre 34. » — Fol. 125 : « 4 novembre. » — « Corrigé le 7 novembre, Civita-Vecchia », — « et le 21. » — Fol. 126 : « Corrigé 24 novembre. Sirocco charmant, mais trop doux. » — « Corrigé 23 novembre 34. » — Fol. 127 : « 4 novembre. » — « Corrigé le 7 » — « et le 21. » — « Corrigé 21 novembre. » — Fol. 127 v° : « 1834. Le 21 novembre, à cinq heures, écrire commence à paraître difficile, faute de lumière, à ma chambre au troisième, palais Conti. » — Fol. 128 : « Corrigé le 7 novembre. Fenêtre ouverte et soleil. » — « Le 21 novembre. » — Fol. 130 : « Dix-sept pages le 4 novembre, après *Louis XIV et Mademoiselle de Lavallière*. Détestable. » — Fol. 131 : « 5 novembre 34. Civita-Vecchia. » — « Corrigé le 7 », — « 21. » — « Corrigé 21 novembre. » — Fol. 133 : « 5 novembre. » — « Corrigé 24. » — Fol. 134 : « 5 novembre 34, corrigé le 7 », — « 24. » — Fol. 136 : « 5 novembre 34. Civita-Vecchia. » — Fol. 137 : « Corrigé 7 novembre. » — Fol. 138 : « 5 novembre. » — Fol. 142 : « 6 novembre. Premier temps couvert. »

212*. Ce portrait correspond pour une part à d'Argout, en particulier ces « grands bras dont il ne savait que faire » ; mais Stendhal évite le trait si souvent utilisé dans les polémiques et caricatures : le grand nez du ministre : Stendhal aussi le baptise « Grandnez ». Mérimée dans la lettre citée raconte les mots de Thiers sur cet élément « ministériel » qu'est le nez : et d'Argout les entendait. Par contre, les velléités despotiques et les bouffées d'arrogance sont bien de d'Argout ; à Balzac Stendhal résume ainsi leurs relations, « le ministre d'Argout… était mon égal et de plus ce qu'on appelle un ami. 1830 arrive, il est ministre ». Le *Charivari* prête des mots de tyran à d'Argout : ainsi le 3 janvier 1833 il fait dire « au pacha de la rue de Grenelle », « Monsieur, le pouvoir a le droit de faire des injustices et qui plus est, le privilège de n'avoir point de comptes à rendre. » Il reste que dans ce même chapitre une note va parler du ministre comme d'un « petit homme » : le « modèle » Thiers l'emporte peut-être (si le mot a un sens physique) sur le « modèle » d'Argout. Il est incontestable que partout ce « génie de l'administration », par ailleurs inculte et sans doute stupide, apparaît comme un vétéran, un nostalgique, un imitateur de la Restauration. Alors en respectant, et en admirant le régime qu'il a combattu, il révèle qu'il est l'essence même du nouveau régime, le partisan inavoué de la « quasi-légitimité », qui voudrait ne pas distinguer les deux monarchies ; un instant (cf. note du même chapitre) Stendhal avait songé à dédoubler de Vaize et à faire surgir un second ministre, « probe et horriblement *méchant* » qui eût ressemblé à Guizot : en fait de Vaize-d'Argout-Thiers étant *le ministre* du régime, il contient pour une part Guizot, et résume tout le système de la « résistance », ou de la négation plus ou moins poussée de « Juillet ».

213. Sur le feuillet blanc qui fait face : « *For me*. — Je retrouve la première phrase de mon cours dans Hérubel le 6 novembre. Donc, *to make novels*. »

214*. H. Beyle installé par Daru dans ses bureaux en 1800 avait eu lui aussi comme « premiers amis » parisiens les tilleuls du jardin du ministère de la Guerre ; sans doute aussi ses compagnons portaient-ils de la poudre (cf. *Henry Brulard*, chap. XLI).

215*. Il s'agit sans doute de Pietro Anderloni (1785-1849) célèbre par ses gravures de Raphaël ; il a appartenu à l'atelier de Longhi et s'est fixé à Rome en 1824.

216*. Voici donc Lucien installé à la place de Mérimée qui avait refusé d'être le chef de cabinet de Thiers à l'Intérieur en octobre 32, mais accepta ces fonctions avec d'Argout qui fut à l'Intérieur de décembre 32 à avril 34. Il fut alors « livré aux bêtes, c'est-à-dire aux députés », et menacé de « s'abrutir très rapidement » (*Correspondance générale*, Divan, 1941, t. I, p. 113). Il devait dire qu'il devenait « une créature moitié homme, moitié fauteuil, me nourrissant du *Bulletin des Lois*, recevant gravement des solliciteurs et me moquant parfois tout seul de l'étrange figure administrative que j'étais amené à prendre » (*id.*, I, 218). Il eut le télégraphe sous son contrôle et remplit dans les hôpitaux lors de l'épidémie du choléra des missions que l'on va peut-être retrouver dans l'affaire Kortis. Stendhal semble fort exact dans sa description d'un cabinet ministériel sous la monarchie de Juillet : voir Tudesq, *Les Grands Notables en France, 1840-1849*, PUF, 1964, t. I, p. 394-395, qui montre comment le cabinet est composé d'un chef, comme Lucien, d'employés inférieurs, et comment il n'est en rien séparé des hauts fonctionnaires qui dirigent l'administration, des directeurs, ou secrétaires généraux ; voir aussi G. Thuillier, *La Vie quotidienne dans les ministères au XIXe siècle*, Hachette, 1976, qui reconstitue avec pittoresque et netteté la vie des bureaux (que Stendhal a connus sous l'Empire) et, décrit les cabinets, les directeurs, les commis ; voir surtout p. 180 sq. sur les cabinets et le personnage nouveau et en pleine ascension depuis 1815 de « l'aide de camp politique » ; ce pouvoir officieux, irrégulier, et confidentiel, aux limites indéfinies, et comprenant des relations de personne à personne, réservé à de jeunes « espoirs » ou à de fiévreuses ambitions, est celui qui intéresse Stendhal : il réduit sa vision du Ministère au petit cercle qui entoure le Ministre, à la fois ce que Mérimée a connu (mais aussi l'infatigable Lingay-des Lupeaulx !), et ce qui est le plus significatif pour l'analyse du Pouvoir. G. Thuillier explique qui sont les chefs de cabinet, comment ils sont récompensés, ce qu'ils font : la gestion des services confidentiels, les nominations, les missions électorales, les rapports avec les députés, les polices ; incontestablement comme dans le cas de Lucien, les relations jouent le plus grand rôle dans la formation d'un cabinet.

217. Sur le feuillet blanc qui fait face : « M. Leuwen père dit à Mme Leuwen : Il est trop malléable, il ne fait d'objection à rien, cela me fait peur. »

218. Dans la marge : « 23 novembre. Être *vrai* pour tout artifice, but des tableaux du comte. »

219. Stendhal a écrit d'abord : « 1798 » ; puis, il surmonte le 8 d'un petit 9, et il ajoute : « A vérifier. » Moreau fut battu à Cassano le 28 avril 1799 ; à Novi, le 15 août.

220. Stendhal explique au moyen d'un croquis la théorie de « la femme, par M. de Stdl ». Ce croquis représente une coupe de terrain montagneux, formé par « instinct *of the matrice* », recouvert d'apports alluvionnaires qui sont les « convenances ». Dessous, le texte suivant : « Ainsi, un projet de finance présenté à une reine par un ministre qui étale une jolie cuisse, comme Elleviou, l'emporte. Un vieillard laid doit au moins être libertin. »

221*. De tels passages posent le problème d'une « réalité » servant de « pilotis » au personnage de M. Leuwen ; à qui pense Stendhal, ou à qui veut-il nous faire penser, ou nous autorise-t-il à penser ? Les réponses varient suivant le rôle que l'on considère dans la pluralité de rôles joués par M. Leuwen. Il y a en lui le banquier, tel banquier plus précis, le banquier-homme politique, l'homme politique tout court. Un spécialiste d'histoire bancaire comme J. Bouvier (cf. *Les Rothschild*, Club Français du Livre, 1960, p. 45-51, 73-79, 101 sq.) discerne dans le roman un réseau d'allusions qui lui semblent s'appliquer à la « maison » internationale la plus immédiatement présente dans l'actualité, et la plus profondément significative de toute l'atmosphère de l'époque. Évidemment il s'agit de la maison Rothschild : comme elle a ses courriers, ses navires, ses filiales étrangères, M. Leuwen a son correspondant à Amsterdam, et sa voiture toujours prête à partir (dès 1822 dans une ébauche très étrange, *Journal de sir John Armitage, Mélanges de littérature*, Divan, I, 30 sq., Stendhal évoquait à Calais les courriers de la banque) ; il a été lié à Villèle (allusion à la politique de conversion de la rente du ministre de la Restauration, et à une « collusion » suspecte dénoncée par Casimir Perier) ; quand James de Rothschild se vante de ses relations privilégiées avec le Roi et ses ministres, « on croirait entendre M. Leuwen parlant de son ministre » : banquier de la monarchie comme James l'était du monarque, M. Leuwen a les mêmes activités indissolublement politiques et financières : emprunts étrangers (espagnols nommément), spéculation en Bourse sur les rentes et les emprunts d'État. Le roman saisit la Bourse à l'aurore de son développement, au moment où les titres proprement industriels ne sont pas encore cotés ; il s'en faut de peu d'années, mais Stendhal s'en tient à évoquer les activités réelles d'une grande banque (donc les Rothschild) en 1834-1835 : M. Leuwen a initialement spéculé sur les fournitures militaires, il a de grandes propriétés dans le Cher, il fait les affaires du faubourg Saint-Germain par l'intermédiaire d'un notaire, M. Bonpain, il gère la fortune de riches clients (Mme de Thémines), il est assiégé par les agents de change, il fait des affaires avec l'Amérique et spécule sur le sucre. Tout banquier n'est-il pas encore proche du grand négoce international ? L'allusion aux loteries de Vienne (chap. LIX) et aux banquiers de Francfort renvoie aux emprunts assortis de lots faits par les Rothschild de Vienne vers 1820. On confirmera ces données par celles de B. Gille, *Histoire de la Maison Rothschild, des origines à 1848*, t. I, Droz, Genève, 1965, p. 209 sq., 233 sq. et 242 sq., qui établit les liens de l'illustre banque avec C. Perier, les opérations financières doublées de contreparties politiques des années 1830-1832, le rôle de Rothschild (mais il n'est pas le seul banquier !) dans les emprunts espagnols dont le cours toujours très bas est sujet à de brusques évolutions, et varie profondément à Madrid et à Paris ; mais déjà, dès 1832, la maison délaisse les rentes et les investissements d'État pour les placements industriels.

Peut-on « affiner » le modèle du banquier, et élargir la zone des allusions, ou des emprunts tout en la circonscrivant ? M. Leuwen *est* Pillet-Will, dit Stendhal : du côté de ce banquier d'origine vaudoise, venu à Paris en 1809, régent de la Banque de France en 1828 (mais ses archives étant perdues, l'historien en parle peu), nous trouvons essentiellement un *rapport ;* selon les révélations de la *Revue des Deux Mondes*, le 14 octobre 1833, Pillet-Will fait les opérations de d'Argout, ministre de l'Intérieur. *Le Pillet-Will* du Ministère est le banquier de l'Intérieur, et les rumeurs les plus répandues désignent Thiers comme le ministre du Télégraphe. Le ministère fictif aux noms imaginaires conserve ce rapport réel : tel ministère, tel banquier.

Mais enfin les traits de M. Leuwen peuvent-ils se rapporter à un autre banquier non moins célèbre, et personnellement évoqué cette fois, l'assimilation à Rothschild relevant surtout du type général ? Un bel article de Mme Meininger (« Fr. Leuwen, banquier et député », dans *Stendhal-Club* n° 21) discerne dans le personnage un portrait méthodique de Laffitte, sympathique à Stendhal, ruiné (sa maison est en liquidation depuis 1831, elle survit sous une autre raison sociale, un peu comme il sera question de maintenir à la fin du roman la maison Leuwen; Laffitte revient au premier plan en 1837 avec sa célèbre Caisse), du même âge que M. Leuwen, jouissant d'une « position sociale » brillante, d'un grand salon fréquenté par les gens d'esprit et de culture, homme de plaisir, banquier généreux (M. Leuwen prête facilement au petit commerce, et sait obliger largement), Laffitte a été l'employé puis l'associé de Perrégaux, qui lui-même avait fait ses débuts en Hollande : or, détail d'une précision certaine, M. Leuwen a travaillé chez Perrégaux (avec M. Grandet); Laffitte a autant que tout autre banquier travaillé avec Villèle qui le « consultait » à coup sûr, et était suspect de faire bien plus avec lui; sa maison est reprise par son neveu Ferrère : celle de M. Leuwen doit passer à Reffre, et Lucien sur cet arrangement est prié de consulter Laffitte dont la probité est célèbre. Même éloquence enfin; Laffitte a une voix faible, improvise facilement, et parle de choses positives, sans phrases et sans effet; même caractère surtout : Thureau-Dangin (*op. cit.*, I, 133) a fixé le portrait du « Warwick bourgeois » ; « son épicurisme frivole, mobile et bon vivant redoutait ce qui était travail et lutte » ; paresseux, désireux de plaire, incapable de vouloir comme de résister dans le maniement des hommes, tout au plus il savait jouir du pouvoir avec indolence. Rémusat (*Mémoires*, II, 83 et 442) a parlé de sa vanité : « qui au fond était énorme et qui le perdit », de ses dons de causeur élégant, de son « indolence et de son laisser-aller d'homme à qui tout a réussi facilement; il ne désirait rien et se croyait sûr, s'il voulait, d'arriver à tout ». En 1831, il le montre toujours plaisantant, « il y avait de la frivolité de grand seigneur dans Laffitte », avec le « ton posé et railleur d'un raisonneur de comédie », et gâtant ses affaires par sa légèreté et sa facilité. Enfin, la Légion du Midi a le même effectif que le groupe Laffitte (39 députés) en mai 1832. Mais ces remarques convaincantes trouvent ici leur limite; le rôle parlementaire de M. Leuwen ne correspond en rien à celui de Laffitte, et de tout autre banquier : il faut alors chercher un autre répondant. Il est vrai encore que Mme Meininger (article cité, *Stendhal-Club* n° 21) peut s'appuyer sur un portrait de Laffitte et sur un témoignage de Latouche pour affirmer que le portrait de M. Leuwen (surtout son *naturel* qui lui permet de ne pas avoir l'air d'un banquier) le rapproche de Laffitte.

222. Dans la marge, au crayon :
« Mme Grandet.
Remoisson. »

223. Stendhal note en marge : « Modèle : Mal à Brunswick [224*]. »

224*. Stendhal semble songer ici à un épisode mal connu de ses relations avec son cousin qui était à Brunswick son supérieur hiérarchique : en mars 1807 il se serait « brouillé » par « honneur » avec son cousin pour se réconcilier avec lui en avril. (Cf. *Cor.*, t. I, 346.)

225. Sur le feuillet blanc qui fait face : « De Vaize : 1. Change son bénéfice en napoléons simples, 2. puis doubles, puis, 3. une moitié en quadruples, *as Rhens's friend.* »

226. « A vérifier. »

227*. Je lis dans la *Revue des Deux Mondes* du 1er avril 1834, ce détail sur la promenade de Longchamp, « on a remarqué non pas comme une singularité, mais comme un fait naturel à notre époque que le milieu de la chaussée gardé autrefois pour les princes et les ambassadeurs était uniquement occupé par les riches banquiers et les notabilités de l'aristocratie nouvelle ». La même *Revue* le 15 juillet 35 évoque le désarroi des Tuileries à la nouvelle qu'Henri V est malade ; s'il meurt, Louis-Philippe est légitime ! « La cour, les familiers, les aides de camp, les généraux admis aux honneurs de l'intimité, et de la confiance, le noyau composé des grosses bottes de l'Empire, de banquiers affublés d'épaulettes et de croix, tout ce que la Révolution de Juillet a apporté du parquet, de la Bourse, du comptoir, du Tribunal de Commerce... » redoute le retour des vrais nobles. Comme le salon Grandet, le salon Delessert qui pour Rémusat était un des rares vrais salons de l'époque, réunissait les notables du juste-milieu et les intellectuels.

228. A la place de cette phrase, Stendhal avait d'abord écrit : « ... il me parlait de son roi ; pauvre homme ! d'autres que lui y ont échoué. Mais ce petit homme n'a pas de tenue, c'est un ambigu de vanité, de colère et de timidité. » A la réflexion, Stendhal pense qu'il vaut mieux mettre « ailleurs » ce passage.

229*. Il s'agit d'une des nombreuses sectes créées au lendemain de 1830. Dans une déclaration à A. Tourguenieff (voir F. Rude, *op. cit.*, p. 297), Stendhal mentionne encore l'Église française de l'abbé Châtel : c'est elle qui est ici désignée. Né en 1795 l'abbé Châtel eut une carrière ecclésiastique normale sous la Restauration, il prêcha à Paris et même écrivit dans des journaux religieux. Puis en 1831 avec quelques disciples il fonde une nouvelle Église dont il se nomme l'évêque-primat, rédige un catéchisme et élabore les dogmes de sa secte. La *Revue des Deux Mondes* consacre toute une série de rubriques aux diverses confessions qui naissent dans ces mêmes années.

230. Stendhal avait d'abord écrit : « Cuvier. » Puis, il s'est rappelé que Cuvier était mort depuis 1832. — Jacques Thouin était garde des galeries d'histoire naturelle au Jardin des Plantes, à Paris.

231. Dans la marge : « *For me.* -- Quelques longueurs peut-être ; mais ne les effacer qu'à Paris. 22 novembre. » Stendhal ajoute le surlendemain : « Oui. 24 novembre. »

232. Sur le feuillet blanc qui fait face : « Troisième partie. Porte entièrement sur Mme la duchesse d'Elbeuf. Voyageuse ou am[oureuse] ? »

233. Sur le feuillet blanc qui fait face : « *Plan.* — Leuwen voit la chute de de Vaize. Le roi fait enferrer ses ministres dans une opinion, puis les lâche, et passe à d'autres. Leuwen voit un second ministère, probe et horriblement *méchant* (Guizot). 21 novembre. *Gazette*, au mot *enferrer* [234]*. »

234*. Stendhal est très sourcilleux à l'égard des néologismes vulgaires que le langage de la politique ou des journaux fait naître maladroitement et malheureusement. Ici le mot « enferrer » le choque : voir K. Furuya, « Autour de la phrase d'attaque de *Lucien Leuwen* » art. cité, qui a relevé cet emploi dans la *Revue des Deux Mondes* du 31 octobre 1834, « en repoussant l'amnistie à son instigation, les ministres actuels se seraient laissé enferrer par cet habile personnage ». La *Gazette* au jour indiqué ne m'a rien fourni. Au reste l'idée que le roi « use » les ministres est banale.

235. Sur le feuillet blanc qui fait face : « *Plan* (7 novembre, à onze heures du soir, après Calderon). — Tout ceci est bien en soi, mais n'est peut-être pas à sa place. Il fallait faire Leuwen admirant de bonne foi et toujours étonné à chaque nouvelle preuve de sottise de de Vaize. Quand enfin il est bien convaincu : 1° que c'est un voleur ; 2° que c'est un sot, il va à la Chambre, où il est témoin d'un très beau succès de M. de Vaize. Il ne sait plus que dire, il questionne son père :

« Dans une assemblée de provinciaux, c'est le triomphe de la médiocrité impudente qui subjugue les autres médiocrités, et surtout ne les offense pas. D'ailleurs, plus du tiers est vendu et applaudit toujours un ministre. »

Mais comment remplir les trois mois au moins dont a besoin l'admiration de Leuwen pour être détruite peu à peu ? — Par l'amour de Raimonde, qui se fait enfiler ferme, — par les visites de Mme d'Hocquincourt qui le touchent parce qu'elles lui rappellent Nancy ; mais, par respect pour Mme de Chasteller, il ne veut pas enfiler une femme dont elle fut jalouse.

Peut-être remplir ce temps par l'arrivée de Du Poirier nommé député, sa volte-face, ses succès d'éloquence, sa peur comique.

Si j'eusse fait digérer de Vaize par Leuwen *avant ces événements*, ils en seraient moins piquants. Reste ceci à considérer : quand doivent paraître Mmes de Chasteller et de Constantin ?

Tous ces dialogues du père et du fils ont le plat et le raisonnable d'un livre d'éducation. »

Au-dessous : « Approuvé, 8 novembre. Deux bateaux. »

236. Stendhal avait d'abord écrit : « de l'Administration des Enfants trouvés ». Puis, il adopte la forme anonyme, qu'il complète par une note. Il ajoute en marge de son manuscrit : « Gare la personnalité, indigne *of* Dominique ! »

237*. Crétet (1747-1809) fut en effet jusqu'à sa mort ministre de l'Intérieur, après avoir siégé au Conseil des Anciens, administré les Ponts-et-Chaussées, et gouverné la Banque de France.

238. Stendhal résume au-dessous de cette fin de chapitre, entre parenthèses, la suite immédiate du roman : « (Ensuite vient l'aventure Kortis, puis l'arrivée de Du Poirier, la lecture du premier discours du ministre, faite sur des objections : ʺAllez en demander à monsieur votre père.ʺ) »

Dans la marge : « *Very well.* Pas trop lourd. Rome, 24 novembre. »

Au verso du feuillet : « *For me.* — Je fais tout le *rôle du ministre,* sauf à le mêler ensuite avec les scènes de femme. Tandis que j'ai l'esprit sec, je fais le rôle du ministre. Idée de Civita-Vecchia, trouvée juste le 24 novembre. »

Enfin, au fol. 144 on lit la note suivante : « *Grande parenthèse.* — Inséré dans le texte ; excuse bouffonne, mais cependant sérieuse pour l'absence de personnalité cherchée :

MM. les ministres récemment nommés sont tellement connus pour leur esprit, leur probité et la fermeté de leur caractère, etc., etc., que je n'ai eu que peu d'efforts à faire pour éviter le plat reproche de *personnalité cherchée.* Rien de plus facile que d'essayer le portrait d'un de ces messieurs, mais un tel portrait eût semblé bien ennuyeux au bout d'un an ou deux, lorsque les Français seront d'accord sur la rédaction des deux ou trois lignes que l'histoire doit leur accorder. Éloigné de toute personnalité par le dégoût, j'ai cherché à présenter une moyenne proportionnelle entre les ministres de

l'époque qui vient de s'écouler, et ce n'est point le portrait de l'un d'eux ;
j'ai eu soin d'effacer les traits d'esprit ou de personnalité contre quelqu'une
de ces Excellences.

13 novembre 34. Civita-Vecchia. »

239. Porte le sous-titre suivant : « Desbacs et Grandet. »

Renseignements chronologiques donnés par Stendhal : Fol. 145 : « 6 novembre. » — Fol. 152 : « 24 novembre. Chapitre : Grandet, ensuite Kortis.
25 novembre. » — Fol. 153 : « 6 novembre. Civita-Vecchia. » — « 25 novembre. » — Fol. 156 : « Transcrit 24 novembre 34. Nouvelle encre. *Japan
ink.* » — Fol. 157 : « 6 novembre. Transcrit le 24 novembre 34. » —
Fol. 158 : « 6 novembre. 24 novembre. » — Fol. 159 : « 6 novembre. » —
« Corrigé le 24. » — Fol. 162 : « 6 et 24 novembre 34. »

240. Stendhal songe ici à Cousin, dont il écrit le nom dans l'interligne.

241. Dans la marge : « Modèle : M. Mars Fél. »

242. Dans la marge :

> « Mme Grandet.
> Ssertdele. » » [Delessert]

243*. Non content de donner à Lucien la place de Mérimée, Stendhal lui
octroie ses maîtresses : la note en fait foi, il s'agit ici de Valentine Delessert,
née de Laborde, qui a joué un rôle considérable dans la vie sentimentale de
Mérimée. « Vous avez bien tort de ne pas aimer Sypas (Passy, les Delessert
habitent Passy), lui écrit Mérimée en 1831... A tout prendre je crois avoir
été un grand jobard avec elle, mais je crois avoir plus gagné à faire ce que
j'ai fait qu'à la traiter comme une aiguille » (*Cor.* éd. citée, I, 105). Le
même décrit son salon de Passy (déjà célèbre à la fin de la Restauration : en
1830 l'ultime projet de *Letellier* entendait donner à un personnage « l'esprit
de Mme Delessair et le tempérament de Mme Azur »), comme « infecté de
si grands imbéciles du juste milieu que j'y fais une pinte de mauvais sang
tous les soirs » (*id.* I, 93). Le talent pour l'aquarelle et le dessin est un trait
certain de Mme Delessert : le sujet de l'aquarelle renvoie aussi à une
Espagne que Mérimée connaît bien. Voir les allusions à une sorte d'échange
constant d'aquarelles entre elle et Mérimée dans *Cor.*, I, 140-141, 159, 175,
185. Voir l'éloge de Valentine et de ses talents par Rémusat (qui fut son
amant), *Mémoires*, III, 94 sq. Mais en peignant ce pédantisme d'une « aristocratie bourgeoise », Stendhal a aussi en tête une série de modèles toujours
détestés : Mme de Sainte-Aulaire, peut-être Mme de Broglie. La première il
l'identifie tout simplement à la « préfète de Carcassonne » (G. Delessert fut
préfet de l'Aude, puis de l'Eure-et-Loir) dans une lettre du 8 novembre
1834 (*Cor.*, II, 723) ; la seconde, reste la fille de sa mère, Mme de Staël :
Mérimée (*id.*, p. 899) raconte une confusion assez drôle faite par un député
juste-milieu qui dans le salon de Broglie prend Mme de Rumford pour
Mme de Staël ! Valentine, cette « perle des femmes », fut la maîtresse de
Mérimée en 1836. Sa « carrière » littéraire ne s'arrête pas là : elle devait, sur
le témoignage d'un autre de ses amants, Maxime Du Camp, servir de
modèle à Mme Dambreuse dans *L'Éducation sentimentale*. Telle est sa
singulière présence dans deux des plus grands romans historiques du
XIXᵉ siècle.

244. Stendhal note : « Modèle : Mme Chatenay tante, qui s'est vantée de

cette découverte. » — Dans la marge : «*For me*. — Rien d'aisé comme d'avoir un style noble, lorsqu'on n'exprime rien de *neuf*. C'est comme dans le monde : être retenu, noble, lorsqu'on n'a jamais une idée à exprimer. 24 novembre. »

245*. Rodil (1789-1854), homme politique et homme de guerre espagnol, qui fit ses premières armes contre Napoléon, servit ensuite au Pérou, et combattit pour les Constitutionnels contre les Carlistes. Il joua ensuite un rôle politique.

246. Dans la marge : « Quand, le 6, j'écrivais ceci, c'était imprudent. Le 24, c'est presque ministériel. »

247. Stendhal se recommande dans la marge d' « ôter la personnalité. [Ca]rlier [248*] ».

248*. Carlier (1794-1858) est un policier capital : Canler dans ses *Mémoires* (Mercure de France, 1968, p. 404 et sq.) lui consacre un chapitre très élogieux. Secrétaire du lieutenant de police de Lyon à 21 ans, Carlier, qui fut aussi commerçant, est au ministère de l'Intérieur en 1830, où il rédige un travail sur l'organisation de la police ; il dirige alors la police municipale avec habileté et courage ; vis-à-vis des émeutiers et des journalistes, Carlier n'hésite jamais. Il quitte ses fonctions en 1833, et redevient chef de la police de 1848 à 1851.

249. Fol. 170 à 200 du tome III du manuscrit. Stendhal l'intitule « Chapitre... Kortis ». Les fol. 170 et 171 comprennent un « plan ».

« *Plan* (13 novembre, Civita-Vecchia). — 1° prendre garde que l'homme de parti ne cache l'homme passionné. L'homme de parti sera bien froid dans cinquante ans, il en faut seulement ce qui sera intéressant quand le procès sera jugé ;

2° après une longue habitude d'opérations sur le télégraphe, M. de Vaize accourt du Château à une heure insolite. Coupons, coupons cette opération : le roi travaille là-dessus ;

3° vers le troisième mois de la place de Lucien, M. de Vaize arrive tout rouge du Château, il fait appeler Lucien dans son cabinet. "Voici une affaire, Monsieur, et une affaire terrible." (Oui, ce mot, car il a le caractère de Tial [*sic*].)

"Terrible, pense Lucien, il faut qu'il soit bien ému pour oublier qu'un grand ministre est supérieur à tout.

— Voici une affaire, mon cher Leuwen ; il s'agit pour vous de la mission la plus délicate. Vous savez comme le public, mais vous ne savez pas comme il faut le savoir, que nous vivons sous cinq polices. Oubliez, de grâce, tout ce que vous croyez savoir là-dessus. Ne confondez pas ce que le public croit vrai avec ce que je vous apprendrai, autrement vous vous tromperiez en agissant."

(Je vais faire le développement.)

13 novembre. »

Renseignements chronologiques donnés par Stendhal : Fol. 172 : « 13 novembre 34. Civita-Vecchia. » — Fol. 173 : « 13 novembre. » — « 26 novembre. » — Fol. 178, 181 et 184 : « 13 novembre 34. Civita-Vecchia. » — Fol. 195 : « 26 novembre. Arc-en-ciel sur Saint-Pierre. Colonne. Trente-deux pages de deux à six. » — Fol. 197 et 200 : « 26 novembre. »

250. Dans la marge : « L'homme du monde paraît à l'insu de M. de Vaize. »

251*. Ce thème des multiples polices affleure parfois dans la presse, mais à l'occasion de faits vraiment bien maigres, ou à propos de l'affaire Corteys, et d'elle seule. Rémusat (*Mémoires*, III, 370-372, et 378), admet l'existence d'une police ou d'un service de police au demeurant très restreint, à l'Intérieur, et d'une sorte de police « mondaine ». Véron (*Mémoires d'un bourgeois de Paris*, éd. 1856, t. IV, p. 335) parle de la police « royale », dirigée par Athalin, chargée de certaines révélations, dénonciations, etc., différente de la police de l'Intérieur, et de celle de Gisquet. La *Revue des Deux Mondes* du 15 juillet 1834 (p. 241) raconte une anecdote à propos d' « une de nos trois polices ». *La Mode* (2 août 1834) énumère toutes les polices : chaque ministre a la sienne, le roi en a 3 ou 4 et le duc d'Orléans encore une. La *Gazette* (19 octobre 1834) raconte la brouille de la police de Gisquet avec celle du général Rumigny qui serait la police personnelle du roi. Le 6 octobre 1834 *Le National* à propos du séjour de la cour à Fontainebleau parle des cinq polices unies aux deux régiments qui gardent la royauté citoyenne : il y a la police du Château, la police Gisquet, la police départementale, la municipale, la militaire. Mais le 18 octobre le même journal publie l'article capital du *Précurseur de Lyon* selon lequel le « pouvoir absolu » a plusieurs polices inconnues les unes des autres et se surveillant mutuellement. « Nous avons plusieurs polices » (à Lyon ! la nuance est d'importance) : la police de la garnison, « elle est chargée de veiller à ce que trop d'intimité ne s'établisse pas entre les soldats et les citoyens ; c'est elle qui fait courir dans les casernes les bruits d'attaques et de guet-apens commis par des ouvriers sur des militaires isolés ; c'est elle encore qui fournit au *Courrier de Lyon* (journal juste-milieu) le récit exact de toutes les querelles de cabarets, des grossièretés des corps de garde et des rixes d'ivrognes dont il enrichit ses colonnes pour prouver qu'il est beau et raisonnable de faire feu sans motif sur un homme inoffensif ». Cet article que le roman paraphrase ou recopie évoque ensuite la police centrale qui « fournit aux soldats des occasions de triompher de l'anarchie et de ses embûches » : par exemple la « mort du misérable Corteys, le premier agent de cette police qui fut tué en essayant de désarmer un soldat ». Ceci sans enquête, bien que le *Journal du Commerce* ait annoncé que Corteys avait deux complices qui furent arrêtés. Puis la police municipale, la police du préfet qui surveille les salons, les cafés, la mairie. Voilà donc le « cliché » politique établi : les polices multiples, l'affaire Corteys (Stendhal change à peine le nom), servant de révélateur local à une entreprise de surveillance et de « provocations » qu'on soupçonne sans parvenir à la cerner. Le même article donne ces précisions sur l'affaire : « Corteys lui-même a longtemps langui à l'hôpital avant de mourir. N'a-t-il pas parlé, n'a-t-il pas laissé échapper un aveu ? Nous n'avons pas répété les bruits populaires qui ont été répandus sur sa mort. Nous savons que Corteys blessé à mort n'était pas à la discrétion de ceux qui pouvaient désirer. qu'il ne parlât jamais et que la police n'a pas de pouvoir dans notre hôpital ». Borné à des « rumeurs » dont il dit qu'elles sont un « triste symptôme » de la confiance dans le pouvoir, le journal qui semble ne rien savoir, permet au romancier de tout supposer et de construire cet épisode sur les obscurités fascinantes d'un fait divers

devenu affaire d'État et permettant la mission secrète du héros pressé d'agir,
de se « mouiller » sinon de se souiller. Le chapitre du roman se déploie dans
les suppositions, exploite les rumeurs, éclaire des trous d'ombre d'une
histoire obscure à tous égards.

252. Dans la marge : « Modèle : général Mignyru. »

253. Stendhal écrit en interligne : « Mignyru », c'est-à-dire Rumigny.

254*. Les notes du manuscrit, et les articles cités ci-dessus se confirment
mutuellement : le général de Rumigny serait le chef d'une police au service
personnel du roi, dont l'importance serait nationale. L'affaire lyonnaise
devient parisienne, et les « révélations » du journal sont élargies à toute la
politique française. Rumigny (1789-1860), colonel en 1814, a combattu à
Ligny en 1815, et dès 1818 a été l'aide de camp du duc d'Orléans. Maréchal
de camp en 1830, député, il joue un rôle militaire en Vendée en 1832, et
dans l'insurrection de 1834 à Paris ; il occupe ensuite des postes diplomatiques.

255. Dans la marge : « *National* du 18 octobre 34. Précurseur de Lyon. »

256. « A vérifier », note Stendhal dans l'interligne.

257. Dans la marge : « Modèle : Corteys. »

258*. L'affaire a une publicité suffisante pour que Stendhal « imagine » à
partir de la presse. Corteys d'abord est célèbre : le procès des insurgés
lyonnais d'avril 1834 (voir par ex. le *National* du 2 décembre 1834), fait
apparaître son rôle dans l'insurrection. C'est un autre Javert. Reconnu
comme agent de la police municipale, ou même comme commissaire de
police, par les émeutiers, il est arrêté, attaché à une colonne place des
Cordeliers, menacé de fusillade. Un des chefs de l'insurrection le sauve
provisoirement, le fait mettre dans un cabaret où un « tribunal » de six
personnes décide de le juger ; sa mise à mort étant différée il assiste au
déroulement de l'insurrection et témoigne ensuite. Ce récit, qui est très
proche de celui des *Misérables*, se trouve dans Louis Blanc, *op. cit.*, IV,
276, qui insiste sur la clémence « du peuple ». L. Blanc a aussi repris la suite
de l'affaire, la nôtre : cf. *id.*, IV, 345 sq. sur le climat de la ville insurgée et
soumise, où toutes sortes de manœuvres (coups de feu inconnus, tentatives
de désarmer les sentinelles) sont présentées « comme les dernières et sauva-
ges convulsions de la révolte aux abois » ; là se place « un soir » notre
histoire, l'agresseur était le « même homme à qui Lagrange avait sauvé la
vie sur la place des Cordeliers, c'était le misérable qui avait vendu son
sauveur, c'était Corteys agent de police ». Stendhal maintient son histoire
dans un certain vague : les détails sont lyonnais, il faut les adapter à Paris, ce
qui n'est pas simple, car l'affaire n'a de vraisemblance que lyonnaise. La
rendre « nationale » est un abus historique. Initialement le *National* en
mai 34 reproduit une série de nouvelles du même ordre : sentinelles ayant la
gâchette facile, patrouilles tyranniques, rixes, etc. Le 1er mai, le *Précurseur* repris par le *National* « comprend » l'« irritation » des citoyens, met en
garde ses lecteurs contre ces réactions de « vengeance privée », et déplore les
« assassinats » qui pourraient naître d'une exaspération « naturelle ». Voir
des faits du même ordre dans le *National* des 23, 25 mai. Le numéro du
15 juin (et la *Gazette* du 14) dévoilent l'affaire : Corteys a été blessé en

tentant de désarmer avec deux acolytes une sentinelle sur le pont Lafayette. Le *Courrier de Lyon* relate le fait sans donner le nom de l'auteur de l'agression. Le *Précurseur* peut alors affirmer que les incidents précédents étaient d'origine policière : rappelant que l'un des premiers tués du côté des insurgés d'avril était un policier, il s'écrie : « les scélérats qui sont payés pour diviser en deux partis ennemis l'armée et le peuple sont bien maladroits et bien mal protégés ». La *Gazette* raconte l'histoire dans les mêmes termes, rappelle le passé de Corteys dans l'insurrection, son salut par un jury improvisé d'insurgés ; c'est en refusant de répondre au qui-vive du factionnaire et en s'avançant sur lui que Corteys aurait reçu à bout portant une blessure au bras. Transporté à l'Hôtel-Dieu, le policier doit subir une amputation. Pourtant les incidents continuent : cf. les mêmes journaux des 23, 26 juin, du 1ᵉʳ juillet ; le *Précurseur* dit bien, « nous savons maintenant » d'où viennent ces agressions. Lyon est « traité en pays ennemi », dit-on le 5 juillet : encore des coups de feu de sentinelles la nuit ; le 20 juillet c'est l'histoire d'un conscrit, d'un « bleu » un peu niais qui ne répond pas assez vite au factionnaire ; il est tué d'un coup de fusil. Encore les 22, 30 juillet : cette fois on déplore la rigueur des consignes de l'armée, l'inexpérience des jeunes soldats mis en faction ; à propos du conscrit tué (il était en civil, vêtu en ouvrier), le *Précurseur* écrit : « tout cela ne sort pas du peuple, c'est le peuple qu'on arme contre le peuple dans cet affreux régime d'égoïsme bourgeois ». C'est le 5 août que la *Gazette* revient sur Corteys et annonce sa mort ; cet agent de police « au nom duquel s'attachait une certaine célébrité depuis l'événement du pont Charles X », est mort après l'amputation du bras. Le journal évoque « les bruits étranges » qui courent, « nous ne nous permettons pas de les reproduire ». Le « rôle inexplicable » dans l'insurrection et après elle de Corteys ouvre « un vaste champ de conjectures au sein d'une population crédule et avide d'extraordinaire ». Le *National*, ni dans l'article du 18 octobre que nous avons largement cité, ni dans un autre du 31 août qui revient sur l'entreprise calculée de dresser les soldats contre le peuple, de faire de « toute querelle de cabaret un fait de guerre civile », et insiste sur le fait que le seul coupable arrêté était Corteys, « le plus fidèle des agents de M. le Commissaire Général », n'avance de nouvelles sur la mort de Corteys. Stendhal change la nature de la blessure : mourir vite d'une balle dans le ventre est plus « vraisemblable » que mourir d'une amputation du bras. Mais ce que les journaux n'osent suggérer qu'à peine, on aurait voulu empêcher de « jaser » le blessé, est l'essentiel de l'épisode romanesque.

259. « *Id est the king* », explique Stendhal en interligne.

260. Sur la page blanche qui fait face : « *On me. — Je ne dis point : il jouissait des doux épanchements de la tendresse maternelle, des conseils si doux du cœur d'une mère, comme dans les romans vulgaires. Je donne la chose elle-même, le dialogue, et me garde de dire ce que c'est en phrases attendrissantes. C'est pour cela que le présent roman sera inintelligible pour les femmes de chambre, même à voiture, comme lady Dijon. 24 novembre 1834. Temps chaud, sirocco presque trop doux et mal à la tête.* »

261. Variante : le *Journal de Lutèce*. Stendhal avait d'abord écrit : *son journal*.

262. Sur la page blanche qui fait face : *« Plan*. — Mme d'Hocquincourt vient le voir, il ne veut pas l'enfiler, par respect pour la jalousie qu'en eut autrefois Mme de Chasteller. Un jour, il rencontre celle-ci, il reste anéanti, comme autrefois Dominique en reconnaissant Mlle Victorine Mounier. Il résout de lui parler, fait tout au monde pour la rencontrer, la rencontre enfin. Elle ne lui répond pas un mot, fidèle à son vœu. En vain Mme de Constantin veut l'en relever. »

263. Sur le feuillet blanc qui fait face : « 13 novembre. *Plan*. — "Qu'en savez-vous ? — Je n'en sais rien." Lucien s'informe et trouve une lettre de la femme de Kortis qui demande de l'argent et prétend qu'il n'est pas soigné à l'hôpital. Lucien s'empare de cette lettre, va à l'hôpital, et dit au premier médecin qu'il rencontre qu'il a trouvé cette lettre en rentrant chez lui. Comme la lettre était sans enveloppe, il peut dire qu'il l'a trouvée à sa porte. Il réunit tous les médecins ou chirurgiens qu'il rencontra dans l'hôpital autour de Kortis, les conduisit ensuite dans une pièce à part et leur demanda par écrit leur opinion sur sa blessure. Huit sur neuf conclurent à la mort dans trois jours, un seul parla d'un cas possible de guérison. Un des huit proposa l'opium, un autre une saignée abondante.

"Mais de faiblesse, hier, le malade avait presque perdu la parole ! dit timidement un chirurgien honnête homme.

— Et qu'importe qu'il perde la parole, pourvu qu'il ait une chance de salut ?" Ce sont deux partisans, émissaires gagés par le général N...

Lucien reconnut le chirurgien géant qui avait donné un coup de poing à l'émissaire du général N... »

Sur le même feuillet :

« A faire le 18 novembre : le 13 novembre, il restait à séparer le rôle du ministre et le mettre à part. Il faut que Lucien le méprise malgré lui et peu à peu. Et plus de ces dialogues entre le père et le fils. Le 13 novembre, la besogne officielle a arrêté Dominique quand il était tout plein de son sujet. Civita-Vecchia, 13 novembre. »

Encore sur le même feuillet :

« Un marché à deux prix, l'un patent, l'autre réel, le patent à 1 F 5, le prix réel 92 centimes. »

Dessous :

« 356, enferrer en colère. De Vaize se laisse enferrer. »

Au verso du feuillet suivant (fol. 188 v°), on lit :

« Après Kortis : Pendant ce temps, les élections se faisaient. La nouvelle Chambre parut d'abord très favorable au gouvernement, le propriétaire stupide y abondait. »

264. Stendhal note en interligne : « Vrai, le ministère. »

265. Variante : *ce me semble*. A ce sujet, Stendhal note dans la marge : « Un peu hors du dialogue vrai », et, au-dessous : « Grande différence entre *mille fois* et *ce me semble*. »

266. Dans la marge : « Thécla. Beauté physique. »

267. Renseignements chronologiques donnés par Stendhal : Fol. 200 et 203 : « 26 novembre. » — Fol. 206 : « 26 novembre. *On the theater* presque [*un mot illisible*] de la *spek*. » — Fol. 209 : « 26 novembre. » — « 26 novembre. Le jour manque pour écrire à cinq heures moins sept minutes. » —

Fol. 210 : « 26 novembre. » — « Ici, lumière vive à cinq heures moins deux minutes. » — Fol. 219 : « 26 novembre. A cinq heures, lumière, je prends le frais à ma fenêtre. » — Fol. 224 : « 26 novembre. » — Fol. 227 : « 26 novembre 34. Corrigé le 27. Retour des doctrinaires. Nouveau ministère en Angleterre. » — Fol. 232 : « 27 novembre. »

268. « *A vérifier* », indique Stendhal en interligne.

269. Dans la marge : « *Pilotis.* — Lucien juge qu'il faut, coûte que coûte, *ôter l'idée* d'empoisonnement. »

270. « A vérifier », note encore Stendhal.

271. Sur la page blanche qui fait face : « Pour le lendemain, Lucien a l'idée de placer un gendarme à la porte de la salle, mais cela lui semble trop fort. »

272. « A vérifier », note Stendhal en interligne.

273. Dans la marge : « Modèle : M. Lindar. »

274. Dans la marge : « *For me.* — Consulter un chirurgien. »

275*. On trouvera dans la *Correspondance* de Mérimée, éd. citée, t. I, p. 158-160, des échos de ses missions à l'Hôtel-Dieu pendant l'épidémie de choléra.

276. Dans la marge : « *Pilotis.* — Le blessé change d'idée au mot argent, capital pour un espion. »

277. Stendhal avait d'abord écrit : « Pardon de la familiarité ! » Mais il remarque en marge que c'est un « mot trop fin » ; et il adopte une forme plus populaire.

278*. Il n'y a sans doute pas de n° 43 rue de Londres. Celle-ci ouverte en 1826 prolonge le quartier de la Chaussée d'Antin et de la place Saint-Georges qui est celui de « l'aristocratie bourgeoise ».

279. Sur la page blanche qui fait face : « On dit que les républicains ont voulu donner de l'opium à votre mari. Il a entendu la proposition, cela le préoccupe, il en parle sans cesse. Tout cela ne sert qu'à envenimer les partis. Il est mieux qu'il n'en parle pas. Entendez-vous, pas un mot sur cette malheureuse affaire. S'il vit, je me charge de son sort ; si vous le perdez, je vous promets de vous faire avoir des secours. Mais s'il envenime l'affaire, si son nom paraît dans le *National* ou la *Tribune*, plus de pension pour vous et vos enfants, et, s'il vit, rien pour lui. »

280*. Dans le IIIe arrondissement, entre la rue du Temple et la rue des Archives. Ancienne rue des Boucheries-du-Temple, elle doit son nom à la famille de Braque qui y avait son hôtel au XIVe siècle.

281. Stendhal a écrit deux versions de la fin du chapitre XLIV. Voici la plus ancienne :

« Il courut ensuite dans la rue de Braque, où logeait Kortis. Il passa une demi-heure auprès de Mme Kortis et la laissa bien persuadée que si son mari ne *jasait pas*, elle aurait un secours annuel et peut-être une pension.

Il sembla à Lucien qu'il s'était servi de façons de parler qui, étant répétées, ne pouvaient nullement prouver qu'il était complice de la proposition d'opium.

En quittant la rue de Braque, Lucien était heureux, il avait supposé au contraire qu'il serait horriblement malheureux jusqu'à la fin de cette affaire.

— *Je côtoie le mépris public et la mort,* se répétait-il souvent, mais j'ai bien mené ma barque. »

Stendhal ajoute en marge : « Lucien va chez le ministre et le trouve à ... Le lendemain, Kortis a l'air guéri, cela dure trois jours, il ne meurt que le quatrième (à vérifier à un chirurgien). »

Cette fin banale ne satisfait pas Stendhal, qui s'écrie en marge : « Dialogue, f...! » Et il écrit d'une traite, presque sans rature, le merveilleux dialogue entre Lucien et Mme Kortis.

Au verso du feuillet qui termine la première version (fol. 227), Stendhal note :

« *Fin.* — Il court en trois ou quatre maisons, et enfin trouve M. de Vaize chez le ministre des Affaires étrangères, le comte de Menière.

— C'est fort bien, admirablement bien. Quel âge avez-vous ?

— Vingt-huit ans.

— Vous avez l'air beaucoup plus jeune. Mais à la fermeté de vos actions on reconnaît l'homme d'expérience. Un jeune homme n'eût jamais eu l'idée du procès-verbal. Nous le jetterons au nez du *National,* s'il parle. Et vous n'avez pas rencontré d'agents des républicains ?

— Pas trace. Je vous prie de me présenter au comte de Menière.

Lucien dîne à onze heures et se dit : Je n'ai eu que deux ou trois fois l'idée de Mme de Chasteller, et encore pour une seconde. »

282. Dans la marge : « Faute de français exprès. »

283. Renseignements chronologiques donnés par Stendhal : Fol. 235 : « 27 novembre 34. » — Fol. 242 : « Corrigé le 30 novembre. » — Fol. 244 : « Corrigé 30 novembre. Assommé des estampes du comte Perenzino. » — Fol. 245 : « 27 novembre. » — « Corrigé le 30. » — Fol. 249 : « 27 novembre. Bien fatigué de la promenade au Pincio et à Saint-Pierre, de retour à pied, en regardant l'architecte. Je rentre à trois heures ; de trois à cinq et demie, vingt-deux pages. » — Fol. 250 : « 1er décembre 1834. » — Fol. 259 : « 1er décembre. » — Fol. 260 : « 2 décembre 34. Soleil d'Austerlitz, villa Albano *with* Amp[ère.] » — Fol. 270 : « 2 décembre. Plan Grandet. » — « Corrigé le 3. » — Fol. 272 et 273 : « 2 décembre. » — Fol. 274 : « 2 décembre. Villa Albano *with* Ampère. Soleil d'Austerlitz. » — Fol. 286 : « 3 décembre. » — « Corrigé le 5. » — Fol. 287 : « 3 décembre. La tête s'alourdit à trois heures par le froid léger d'une charmante tramontane. » — Fol. 293 : « 2 décembre. » — Fol. 294 vo : « Climat : le 3 décembre, travaillé une heure la fenêtre ouverte. » — Fol. 296 : « 2 décembre. »

Entre les fol. 286 et 287 est reliée une gravure extraite de « *l'Ape italiana* », représentant la « *Sacra famiglia. Quadro di Anna de Fratnich-Salvotti Veronese.* » Sous la gravure, Stendhal a écrit au crayon : « Platitude moderne. » Au verso du feuillet qui fait face, cet avis « aux sots : cette plate gravure rendra ce manuscrit considérable aux bourgeois entre les mains de qui il peut tomber après moi. Sa sottise est faite pour leur plaire. »

284. Dans la marge : « à Saint-Eustache... Saint-Gervais. »

285*. Le ministère de l'Intérieur est en effet dans cette rue, là où se trouve maintenant le ministère du Commerce et de l'Industrie. Les Affaires étrangères sont boulevard des Capucines.

286. Dans la marge : « Mon ministre va être bien content, se disait Lucien en surmontant l'appétit très vif qu'il éprouvait. »

287. A ce sujet, Stendhal note en marge : « Personnalité à éviter en corrigeant. »

288. Le pont de la Concorde avait repris son ancien nom sous la Restauration.

289*. Pour nous présenter ce « réseau » d'agents de la haute société, Stendhal pense sans doute au Premier Empire où la police disposait ainsi d'informateurs de bonne compagnie ; mais aussi sous la monarchie de Juillet, le problème des fonds secrets de l'Intérieur, dès qu'il était évoqué, permettait des « révélations » d'une exactitude sans doute problématique, mais qui garantissaient que tel général protecteur de danseuses, des écrivains, des journalistes, des diplomates, bref des gens évoluant dans « la société » émargeaient à ce budget. Voir *National* des 29 mars, 9, 11, 16, 21 avril 1835.

290. Sur la page blanche qui fait face : « Très vrai. Cela donne une pâture à la cristallisation qui mourait de faim. On ira même peut-être jusqu'à s'imaginer d'être quittée par le jaloux. Bien ignoré par Dominique avec Gina Grua. »

291*. L'idée que le duel politique est une pratique à laquelle le pouvoir orléaniste ne répugne pas est importante dans le roman. Certes le duel en ces années est fréquemment politique : l'aventure de la duchesse de Berry en a déclenché toute une série. La presse évoque les rencontres, les défis, les menaces. Mais de duel voulu par le pouvoir, il n'y a qu'un exemple célèbre, et c'est sans doute à lui que Stendhal pense ou veut faire penser. C'est le duel du général Bugeaud contre le député de l'opposition Dulong, qui a lieu le 29 janvier 1834 pour des propos malsonnants échangés à la Chambre, où Dulong aurait fait allusion au rôle de Bugeaud comme geôlier de la duchesse de Berry. Dulong devait être tué d'une balle de pistolet, mais la presse d'emblée « exploite » l'affaire sur le plan politique : Dulong n'est-il pas le fils naturel du républicain Dupont de l'Eure qui démissionne aussitôt de son siège de député ? Les *Débats*, la cour (Rumigny a été le témoin de Bugeaud et aurait communiqué au roi une lettre de Dulong) sont accusés d'avoir envenimé une querelle que les deux parties s'accordaient à pacifier. Voir le récit des événements dans *La Gazette de France* des 31 janvier, et des 1ᵉʳ, 2, 3, 5 et 12 février 1834. Les *Débats* doivent ces mêmes jours répliquer et s'expliquer, et même justifier le roi ; c'est « une affaire de Château », Rumigny, aide de camp du roi, et chef de la police et de la sûreté des Tuileries devient « un provocateur », un spadassin de Louis-Philippe que le *National* n'a pas peur de comparer à Vitry assassinant le maréchal d'Ancre sur ordre de Louis XIII ! Voir encore les commentaires de la *Revue des Deux Mondes* du 14 février qui montre le gouvernement tout entier atteint par le duel, et annonce que Cabet et d'Argout sont aussi sur le point d'en découdre pour une altercation parlementaire.

292. Dans la marge : « Là-dessus, sans le dire à Lucien, M. Leuwen publie sa grande passion pour Mme de Chasteller en la confiant à huit ou dix personnes de la première volée, Mmes de Rasfort, de Kast. [Castellane], etc., comme en se plaignant. Cela rend compte de la tristesse et du sérieux de Lucien. 27 novembre. »

293. Également dans la marge : « Et, de plus, il faut forcément que je te présente dans dix maisons au moins où l'on tâtera le pouls à ta tristesse saint-simonienne. »

294. Sur la page blanche qui fait face : « *Plan, Grandet*. — Au retour de Nancy, Lucien trouve répandu le bruit qu'il a une grande passion et que de là vient son sérieux profond.

N° 1. Cela pique d'honneur Mme Grandet, qui entreprend de persuader au monde que c'est pour elle qu'il a cette grande passion. M. Leuwen père en avait dit quelques mots. Lucien trouve plus de fidélité à Mme de Chasteller de se prêter à cette comédie, que d'entretenir publiquement Mlle Gosselin. Il joue donc la grande passion pour Mme Grandet, mais quand ils sont seuls il ne la presse nullement sur certain article ; et comme elle joue la vertu, il finit par lui avouer son vœu. Elle devient réellement amoureuse à la folie.

N° 2. Leuwen la trouve trop ennuyeuse, il est presque déterminé à prendre Mlle Gosselin ; son objection est celle-ci : ce sera une infidélité affreuse à Mme de Chasteller. Là-dessus arrive Mme d'Hocquincourt, qui débute par la folie de venir le voir au ministère. « Prenons Mme d'Hocquincourt ; elle va faire mille folies, je ne l'aurai jamais et je m'en tiendrai pour les besoins physiques à Raimonde. » Il gagne de travailler avec un caractère connu du lecteur.

Je prends le développement du caractère de la Parisienne à 80 000 francs de rente, mais je n'ai pas le modèle sous les yeux.

1er décembre 34. Dîner d'artistes au *Faucon*. »

— « *Décision*. — J'adopte le n° 1, qui me donne :

1° la peinture de Mme Grandet (ou Sairdelé) [Delessert]. Je donnerai les derniers traits d'après le modèle à Paris.

2° la Parisienne à 80 000 francs de rente jouant la grande passion ;

3° l'ayant, cette passion ;

4° le tout se développant dans un salon du juste milieu. L'inconvénient, c'est le manque de modèle.

2 décembre 1834. Villa Albano. »

295. Stendhal n'a pas rédigé le récit du court séjour de Lucien Leuwen à Nancy, mais il a laissé dix-sept feuillets blancs pour combler, plus tard, cette lacune. Lui-même le dit : « Le voyage à Nancy occupera le blanc de ce cahier. Tandis que je suis dans le *sec*, je fais Mme Grandet. 2 décembre. »

296. Dans la marge : « Vérifier si les Pillet-Will, les Rothschild [*un mot illisible*] vont à la Bourse. »

297*. Vieux nom de l'onomastique romanesque que l'on trouve dans la *Princesse de Clèves*.

298. Sur la page blanche qui fait face : « *Plan, Mme Grandet*. — Si je me

sers de Mme Grandet ici, je me réserve de la faire paraître dans les premières pages du premier volume, avant que Leuwen ne quitte Paris pour son
régiment. — 2 décembre (écrit sans y voir). "

299. Sur la page blanche qui fait face : "*Pilotis*. — M. Leuwen n'a pas
besoin d'agir sur ce que nous avons appris par nos mémoires secrets. Ce
qu'il apprend de Mmes de Thémines et Toniel suffit pour faire faire à
Mme de Thémines la maquerelle sans qu'elle s'en doute. 4 décembre 34. "

300. Stendhal se conseille à lui-même dans la marge d' " *onestar la
cosa* ".

301. Dans la marge : «*Id est :* à ce manque de tempérament. »

302. Dans la marge : « Vu cette admirable et divine fraîcheur 12 janvier,
de onze heures à une heure du matin. »

303. Sur la page blanche qui fait face : « Mme Grandet lymphatique
aurait eu volontiers des écrouelles, *as miss* Mathilde LF. »

304*. En 1824, lorsqu'il analysait les diverses «classes» constituant
l'aristocratie parisienne (*Courrier anglais*, IV, 41 et sq.), Stendhal notait
que la pairie libérale (les Broglie, Sainte-Aulaire, etc.), rêvait de ressembler
à l'aristocratie anglaise et de jouir des mêmes pouvoirs. Ici, par une chute
que manifeste le nom de *Grandet* dont la " connotation » balzacienne est
acceptée largement, c'est l'aristocratie d'argent, celle qu'il mettait à part en
1824, les hommes à «millions», comme Laffitte, Perier, Delessert justement, qui hérite des rêves britanniques. Après le gentilhomme bourgeois,
voici le bourgeois gentilhomme. La montée de la démocratie est l'ascension
des médiocrités, et des prétentions d'autant plus illimitées qu'il n'y a plus de
ridicule, sauf pour le romancier.

305. Dans la marge : «*Fresque*. — Il faut sacrifier les longueurs gracieuses à la vigueur du style, nécessaire pour que trois volumes ne soient pas
mous. »
Au verso du feuillet : « Trois choses ici : Modèle ; — *Orange ;* — Pilotis.
Modèle. — Le seul modèle que j'aie, c'est Mme de Menainville. Mais le
manque d'argent l'obligeait, sous peine de mort, à être un peu fille entrete-
nue.
L'Orange de Malte. — Enfin le 3 décembre, deux mois après avoir donné
à ceci le nom d'*Orange de Malte*, uniquement à cause de la beauté du son
(pour la phonie, dirait M. Ballanche), je trouve un rapport entre ceci et
l'*Orange de Malte* de Fabre d'Églantine (dont on parlait aux déjeuners du
comte Daru vers 1810) : un évêque donnait le conseil à sa nièce de devenir la
maîtresse du roi ; — M. Leuwen va se disputer avec son fils pour le forcer à
entretenir une fille. Scène comique du roman. Mercredi, 3 décembre
1834 [a]. »
Pilotis. — C'est à peu près le problème de *M. Eynard*. Mais M. Eynard
vit dans une ville froide, Genève, où les femmes ne sont rien, où il n'y a pas

---

a. Un peu plus tard, Stendhal ajoute : « Mais une *Orange* est bourgeoise. Peut-être :
le Télégraphe.

de presse. Son problème est bien autrement facile à résoudre. Le sublime de
M. Eynard est d'être, comme hier, faufilé avec l'aristocratie.
    3 décembre 34. »

    306. Stendhal avait d'abord écrit : « ... lui dit en riant. » Puis, il a effacé
en riant, après avoir noté dans la marge : « Oter l'air maquerelle. »

    307. En face de ce passage, Stendhal écrit au crayon ce jugement :
« Bon. »

    308. Dans la marge : « *Pilotis*. — Quand Napoléon voulait être aisé et
plaisant, avec les femmes surtout, le tuf paraissait en plein. « Vous avez les
cheveux bien rouges » (à Mme la duchesse de Chevreuse). — Il est possible,
sire, mais pas assez pour me le dire. » — Cette anecdote paraît tellement
caractéristique à Stendhal, qu'il se pose en interligne, après les mots
« ... qui marque sa place dans la société », la question suivante : « Si
Mme de Thémines racontait le mot de Napoléon ? »

    309*. Ce problème qui inquiète les personnages, et même le romancier,
aller, ne pas aller en personne à la Bourse, on le retrouve chez L. Reybaud,
dans *Jérôme Paturot à la recherche d'une position sociale*, Michel-Lévy,
1867, p. 376 et sq. Le héros se met à spéculer en Bourse, et même en
profitant (ou il le croit) des faveurs du « télégraphe » ministériel ; mais sa
position, il est député, lui interdit de paraître à la Bourse ; il doit spéculer « à
distance », et donc déjeuner chez Tortoni, et entrer à l'heure de la Bourse
dans les cafés voisins ou faire passer de petits billets à son agent de change.

    310. Stendhal écrit en caractères romains en tête de ce chapitre :
« *M. Leuwen père.* » Renseignements chronologiques donnés par Stendhal :
Fol. 303 : « 5 décembre. » — Fol. 304 : « 3 décembre 1834. » — « Corrigé
le 8 décembre. » — Fol. 305 : « Corrigé le 8 décembre. » — Fol. 306 :
« 3 décembre. » — Fol. 307 : « 3 décembre. Fenêtre ouverte à cinq heures. »
— Fol. 311 : « 3 décembre. 5 heures. » — Fol. 311 v° : « 20 pages le 3 décembre. Temps superbe de une heure et demie à cinq heures et demie. » —
Fol. 316, 317, 319, 320, 321 et 323 : « 5 décembre. » — Fol. 326 : « 5 décembre 1834. Rome. » — Fol. 327 et 328 : « 5 décembre. » — Fol. 328 v° :
« 15 pages le 5 décembre. *Death of* Lainé, mariage de Mlle L. V. [Louise
Vernet] — J'avais juré que mon gendre n'aurait pas le *de*, et voilà ! » Louise
Vernet, fille d'Horace Vernet, épousa Paul Delaroche. — Fol. 329 : « 8 décembre 34. Travaillé de midi à quatre heures et demie la fenêtre ouverte.
Dulcissime tramontane. » — Fol. 330 : « 8 décembre 34. » — Fol. 344 :
« 8 décembre. Lettre de R. L. Monte Cavallo. Dîner Colonna. — Huit
pages sans aucune idée en commençant. — Grandet, nom déjà pris par
M. Balzac. » — Fol. 348 : « Corrigé le 9 décembre. Pluie. » — Fol. 351 :
« 8 décembre. »

    311. Dans la marge : « Ce caractère doit-il se placer : 1. Ici ; — 2. Au
commencement du premier volume ; — 3. Ou un peu au commencement et
le reste ici ? » Stendhal a adopté finalement la solution n° 3 lorsqu'il a récrit
le début de son roman.

    312*. Les modèles de M. Leuwen changent selon le point de vue où l'on
se place. Le portrait que nous avons semble renvoyer à son « pilotis »

physique, l'ami de Stendhal. D. di Fiore : cf. l'étude de Fr. Michel, « L'ami de Stendhal : Domenico di Fiore, alias François Leuwen », dans *Études stendhaliennes*, Mercure de France, 1972, p. 102 et sq. Confirmant les lectures de H. Debraye qui avaient interprété les dessins représentant une fleur en marge des manuscrits comme un renvoi à di Fiore, Fr. Michel remarque que l'âge de M. Leuwen, 65 ans, certains traits de son visage, sa phobie de « l'air humide », des formules spécifiques (les fameux « filets trop haut » !), une « teinte » de son rôle et de ses relations avec Lucien (on sait comment di Fiore fut pour Stendhal un frère aîné, un guide paternel, un protecteur grâce à ses relations avec le comte Molé et Mme de Castellane) conviennent à l'ami napolitain de Stendhal. Voir sur lui encore le *Petit dictionnaire*, et l'article plus récent de A. Doyon, et Y. du Parc, « Un ami italien de Stendhal, D. di Fiore », dans *Stendhal-Club* n° 80.

313. Dans la marge : « Scène comique : il le force à entretenir. »

314. Dans la marge : « Objection : légère fausseté. Toute la jeunesse est comme cela. »

315. Stendhal avait d'abord écrit : « du comte de ..., ministre des Affaires étrangères. » En corrigeant, il note en marge : « Je crois qu'un nom m'est nécessaire pour ce personnage. » De fait, au chapitre précédent, fidèle à son principe d' « éviter la personnalité », il n'avait pas donné de nom au ministre des Affaires étrangères. Il lui donne alors le nom de Beauséant, qu'il corrige ensuite en Beausobre.

316. Dans la marge : « *For me*. — Le public comprendra-t-il *emphase comique ?* »

317. Dans la marge : « *For me*. — Excuse : Voltaire et les auteurs de son siècle renoncent à une nuance quand elle ne peut pas être rendue avec clarté. »

318. Dans la marge : « Historique. Où l'ai-je vu ? »

319. Après ce paragraphe, Stendhal commence ainsi la réponse de Lucien : « Mon absurdité consiste à ne vouloir pas donner à quelqu'un le droit de m'être infidèle. Je vois dans les livres que cela ne durera pas éternellement... et même il me semble que cela diminue déjà... Au lieu de sentir de la douleur directe, quelquefois je ne souffre plus que par le souvenir d'une douleur atroce... » Il tire ensuite un trait au crayon sur ce passage, et explique en marge : « Ceci est vrai, mais contre la pudeur de la passion, comme le 15 septembre à l'île d'Ischia. 14 janvier 35. »

320. En interligne Stendhal, mécontent de la fin de sa phrase, note : « Finir ici peut-être. »

321. Dans la marge : « Ou bien deux vers :
            Tu sais ce qui t'est dû, tu vois que je sais tout [a] :
            Fais ton arrêt, etc. »
Et au-dessous : « Vers de *Cinna*. — Qui autre que Corneille a fait un

empereur? Racine n'a fait que des princes élevés par Fénelon pour être princes. »

322. Dans la marge : « Mme Lenty. »

323. Au verso du feuillet, on lit : « Mme de Thémines à Mme Grandet : — Nous n'avons qu'une ressource pour n'avoir pas peur des paysans : la religion. L'absence de cette peur vaut bien une messe.

Mme Grandet est de la dévotion la plus outrée, elle ne va qu'aux Bouffes, car les chanteurs ne sont pas excommuniés en Italie. Quand elle se hasarde, une fois ou deux par an, aux Français, elle se le fait ordonner par son confesseur, pour *suivre son mari*.

Lucien fait la connaissance du confesseur, jésuite parfait. — A Rome on croit toute la France janséniste, dit le bonhomme à Lucien. Voyez le tort qu'on nous fait !

M. Grandet n'est dévot que comme le veut le gouvernement. Sa littérature se borne à lire la *Pucelle* (de Voltaire).

6 décembre. Je travaille la fenêtre ouverte. »

324. Le reste du feuillet (la moitié environ) a été laissé en blanc, et les treize feuillets suivants, également, sont blancs. En face, Stendhal se trace son travail du lendemain : « A faire le 9 décembre : siège de Mme Grandet, s'il se peut que M. Leuwen ne fasse pas l'ingénieur de ce siège et ne parle plus à son fils là-dessus. Voyons un peu comment Lucien s'y prendra. 8 décembre. L'an passé, à Lyon, à l'auberge à côté de M. de Syon. »

Au verso du feuillet (fol. 330 v°) : « 8 décembre. Relever le ministre. M. de Vaize dit que le ministère n'est pas un plaisir, que c'est une corvée ; et puis il parle avec une indignation contenue de l'ingratitude de M. N., qui l'a laissé tomber. »

Au-dessous : « *Style. — D'un autre côté* est-il dans Voltaire ? Est-ce du familier permis, comme *déjà sur l'âge ?* »

325. Dans la marge : « A vérifier : quatre-vingt-quinze francs. »

326. « A vérifier », se recommande Stendhal dans la marge.

327. Dans la marge : « Ceci montre Lucien homme d'affaires. 14 décembre 34. »

328*. L'insinuation que le roi joue lui-même en Bourse grâce au télégraphe (les télégrammes lui sont communiqués par priorité) semble propre à Stendhal ; les accusations d'avidité pleuvent contre Louis-Philippe : les problèmes de liste civile, de dotations de ses enfants, nourrissent ce grief. Rarement on trouve l'image d'un roi-spéculateur. Je relève dans le *National* du 26 septembre 1834 cet écho : « Savez-vous à quoi sont occupés les rois de notre temps ? A faire fortune. » Car « la royauté est aujourd'hui une industrie... » Ainsi le roi de Hollande pauvre en 1814 est devenu très riche : c'est « le règne des rois spéculateurs », car le roi d'Espagne qui « friponnait à Paris et à Amsterdam les petits rentiers », le roi de Portugal ont aussi d'immenses capitaux. La *Mode* du 26 juillet parle de Rothschild, banquier de la cour, avec ses estafettes, ses télégraphes, ses affinités ministérielles, ses confidences avec l'ordre de choses » ; le *Charivari* du 25 août parle des « passions brocanteuses » du roi, de son rêve d'un ministère Rothschild, ou Ouvrard, destiné à « faire du pays une usine, une boutique » ; un écho aussi gratuit du

7 septembre « révèle » qu'un « gros spéculateur télégraphique bien connu » vient de faire de grosses pertes à la Bourse ; le 18 le même journal indique que vis-à-vis de l'Espagne, toute la pensée du roi « se résume par ce mot : Télégraphe » ; le 16 janvier 1833 un article du même style évoquait les rêves du roi : placer la liste civile dans les banques anglaises, se livrer sous un faux nom à des spéculations boursières. Tout ceci ne dépasse pas l' « article bête » des journaux de gauche et les diverses phobies des « riches » et du « capital ». Plus révélateur est un article du *National* du 26 janvier 1835 sur l' « indissoluble alliance des affaires politiques et des affaires d'argent » : l' « argent est au fond de toutes les questions », « pas un acte du gouvernement qui n'ait eu l'aspect d'un trafic », si bien que le « gouvernement devient agioteur et banquier » ; mais l'article se ramène à des « rumeurs » sur des emprunts à Londres, ou le refrain sur les marchés de Soult et la dot de Thiers. D'un état d'esprit diffus, d'un vraisemblable potentiel, le romancier passe au fait imaginé.

329. Sur la page blanche qui fait face : « *To take.* — Le poète fatigué, le *maestro* florentin fatigué à mort par le colonel, son frère et l'abbé. 10 décembre. Tramontane du diable. »

330. Sur la même page : « *For me.* — Première phrase à la La Bruyère dans tout le *book* ; et encore est-elle narrative ; elle explique. »
Stendhal note encore : « Pédant, ou plutôt poitrinaire réfléchissant sur soi-même.
Oté la phrase. »
Et au-dessous : « Modèle : Mme Grandet. Menainville honnête. Ssert-delé. » [Delessert.]

331. Ce chapitre, auquel Stendhal a donné le titre de « chapitre », sans numéro, termine le tome III du manuscrit de *Lucien Leuwen*. Renseignements chronologiques donnés par Stendhal : Fol. 353 : « 9 décembre 34. » — Fol. 355 : « 9 décembre 34. Transcrit le 12. » — Fol. 361 : « 9 décembre. » — « Cinq heures moins douze, le 10 décembre, on ne peut y voir à écrire. » — Fol. 363 : « 9 décembre 34. » — Fol. 365 : « 9 décembre 1834. » — « Corrigé le 11, à onze heures, en revenant de M. Torlonia *first time*. » Dessous : « Et la toilette avec le billard. » — Fol. 374 : « 11 décembre. Départ d'Amp[ère]. Dîner 120 *four* grives[a] et A. Tor[lonia]. » — « Corrigé le 12. » — Fol. 375 : « Corrigé 12 décembre. » — Fol. 378 : « 11 décembre, revenant à onze heures de chez M. Torlonia *first time*. » — Fol. 379 : « 12 décembre 34. » — Fol. 381 et 384 : « 12 décembre. »

332. Dans la marge : « *Pilotis.* — A dix, elle passait dans le grand salon. »

333*. Ce gros rire ministériel et centriste est souvent évoqué par les comptes rendus de la Chambre ; un exemple : dans le *National* du 7 mars 1834, à propos des incidents de la Bourse, alors qu'un député de l'opposition évoque les violences et brutalités de la police, on lit : « à ce moment-là un député du centre que nous ne pouvons distinguer rit d'un gros rire ; tous les regards se portent vers la deuxième section du centre gauche ». Le « gros rire » est un moyen ordinaire d'interrompre les orateurs gênants.

a. Lecture incertaine.

334. Dans la marge : « Oter soigneusement l'imprévu et le gentil à Mme Grandet. »

335. Dans la marge : « L'esprit de M. Table. »

336. Sur la page blanche qui fait face : « 8 décembre. Sans aucune idée fait huit pages. — *Plan*. — Accès de gaieté de Lucien pendant toute cette première soirée. Poule, et ensuite partie de billard avec Mme de Menainville. Un Allemand (les Allemands sont les rois de l'inconvenance) vient attaquer la messe : « Vos auteurs eux-mêmes, Mabillon entre autres, n'en conviennent pas, mais rapportent les passages qui vous confondent. » Lucien confond l'Allemand en ayant la même opinion que lui pour le moins. »

337. Dans la marge : « Le vrai : il regardait sa jambe et ses hanches. Mme Grandet n'ayant pas de délicatesse naturelle n'est pas choquée de ces choses, dont elle ne voit pas la moitié. 9 décembre. »

338. Sur la page blanche qui fait face : « Note à *impitoyable* : Si Napoléon eût été vraiment grand et ne se formalisant pas de ce qu'Isabey lui sautait dessus au cheval fondu, les autres joueurs n'eussent pas pris aussi facilement l'habitude de le traiter en roi. 10 décembre. Table neuve. »

339. Dans la marge : « Alléger le style. »

340. Dans la marge : « Vérité. — Réellement, elle montrait un pied et un bas de jambe charmants, des hanches admirables (*as lady* Menainville). »

341. Dans la marge : « Affectée : qui montrait qu'elle était affectée. »

342. Dans la marge : « *Dulciter!* Je la fais catin, trop Menainville. » Stendhal ajoute : « Arrangé. » Mais il le regrette aussitôt : « Cela est vrai pourtant ; à effacer plus tard. » Il avait d'abord écrit : « Mme Grandet eut l'occasion de prendre des poses charmantes, et si charmantes, qu'une fois Lucien se dit : — Voici tout ce que j'aurais pu demander à Mlle Gosselin. » Évidemment, la réflexion de Lucien se comprend mieux dans ce texte-ci, que Stendhal a rayé.

343. Dans la marge : « Pesant. Il était piquant pour elle, parce qu'il l'étonnait. — Je n'en reviens pas, se disait-elle. Grand Dieu ! Comme la timidité donne l'air sot ! »

344. *« As Giovanni »*, remarque Stendhal en interligne.

345. Dans la marge : « Ce n'est pas le jour de Mme Grandet (elle reçoit les mercredis), c'est une soirée ordinaire. »

346. Sur la page blanche qui fait face : *« For me*. — Scène (poésie dramatique) : C'est un dialogue qui amène un grand changement dans la position d'un ou de plusieurs des interlocuteurs. La scène est piquante quand un ou plusieurs des interlocuteurs s'attendent à une chose et en voient arriver une autre, sous les yeux des spectateurs. (*Pinto ;* scène de Pinto avec Mme Dolmar ; sa jalousie imprévue). 9 décembre 34.

Ceci manque peut-être de scène, mais je vais avoir à Paris Mme de Chasteller tendre et passionnée, Mme de Constantin vive, adroite, jugeant bien le monde et sachant le diriger, Mme Grandet, la folle Raimonde, M. d'Antin, Ernest Dévelroy, M. Du Poirier, M. le comte de Vassignies conspirant pour Henri V. Il faut que deux ou plusieurs de ces personnages aient un grand dialogue qui amène un grand changement dans leur position. »

347*. Comparer avec le mot de Cormenin cité par Thureau-Dangin, t. II, p. 55 n., « je n'entendis longtemps retentir à mes oreilles à la Chambre et dans les couloirs que ces mots ronflants et superbes : *le Roi que nous avons fait! Oui, le roi que nous avons fait!* — Comme ils en remplissaient leur bouche ». Car le citoyen-roi a fait le roi-citoyen.

348. Dans la marge : « Examiner cette locution en imprimant, à Paris. »

349. Dans la marge : « Le vrai : Cuvier, Laplace, Dumas, Audouin ; — Villemain, Cousin. Vu par moi chez M. de Pastoret. »

350. Dans la marge : « Longueur peu naturelle, mais cela réveille. »

351. « Tournure familière », observe Stendhal dans la marge.

352. Dans la marge : « L'original : ce Français au café, ce matin, jeudi 11 décembre. »

353. Dans la marge : « *Pilotis.* — Le fumier des caves [?] de Milan [*écrit 1 000 an*]. L'ode à la duchesse de C^ano. »

354. Stendhal note dans la marge : « Vrai, mais arranger. »

355*. Stendhal en note renvoie pour ce débat sur la messe à Ampère : un texte de décembre 1835, « Encyclopédie du XIXᵉ siècle » (*Mélanges de littérature*, Divan, III, 410) explique et l'allusion et l'origine de la scène. Stendhal y prend à partie « cette âme noble et généreuse de Ampère qui vers 1827 entreprit de me prouver la [*messe*] au milieu du salon de M. Cuvier... ».

356. Dans la marge : « *To ask to* Ampère. »

357. Stendhal note dans la marge : « *To ask an objection, the less bad, to Mr J.-J. Ampère.* » (Demander une objection, la moins mauvaise, à M. J.-J. Ampère.) — La controverse n'a pas été écrite ; Stendhal s'est borné aux deux mots qui la lancent, [Mais, Monsieur...], et qui dans le manuscrit sont suivis de pages blanches. H. Martineau a inséré cette amorce dans son texte, à juste titre sans doute, car les arguments ou les pseudo-raisons improvisés par Lucien importent peu. Plus rigoureux H. Debraye a rejeté en note le « Mais, Monsieur » intrépide.

358. Écrit le « 12 décembre, fatigué *after* trois heures et demie de travail ».

359. Dans la marge : « Mettre une anecdote vraie sur Thomas ou Barthélemy plus haut. »

360. « Est-ce une personnalité ? » se demande Stendhal dans la marge.

361. Sur la page blanche qui fait face : « Épigraphe *of the book* : En toute espèce de chose, faites et dites le contraire de ce à quoi on s'attend, et par ainsi le XIXᵉ siècle vous trouvera de bien bon ton.

L'évêque d'Égrah. »

— Au-dessous : « 12 décembre.
Vérité. — Les savants, les hommes consommés dans la science du

monde, réservent ce secret pour les grandes occasions; ils le mettent en pratique sept à huit fois par an, naturels dans tout le reste. »

Stendhal a travaillé attentivement pour « retrouver » le texte de « l'évêque d'Égrah ». Il avait d'abord écrit : « En toute espèce de chose, faites et dites le contraire de ce à quoi l'on s'attend, et le XIXe siècle vous prisera fort. Si vous venez de la mer, dites qu'il n'y a pas de tempêtes, si d'Italie qu'elle est laide, si d'Allemagne qu'on y raisonne avec profondeur. »

362. « Le vrai : Flandin prétend que le général Bourmont lui a donné 40 000 francs, et on ne le contredit pas. Journaux du 1er ou 2 décembre 1834. »

363*. Cette « ténébreuse affaire » de la Casbah d'Alger remonte à la prise de la ville sous la Restauration. Mais comme les notes en font foi, Stendhal n'a qu'à consulter l'actualité judiciaire pour en trouver toutes les données qui sont à peine transposées : le principal acteur se nomme Flandin, il devient Gandin. C'est dans les *Débats* du 1er décembre 1834 qu'il a pu trouver une histoire de cette affaire : trois personnages, le maréchal de camp Tholozé, ancien gouverneur de la Casbah — et directeur de Polytechnique, Lucien « devrait » le connaître — l'ex-intendant en chef des armées d'Afrique Denière, Firino, ancien payeur général de l'armée d'Afrique poursuivent Flandin pour « dénonciation calomnieuse », et c'est cette plainte qui explique la résurgence de l'affaire. Résumons-la : en juillet 1830 le trésor de la Casbah est versé (43 millions) au Trésor. Après la révolution une commission d'enquête est créée pour étudier les modalités de ce versement. Flandin, ancien commissaire des guerres, en est le secrétaire. Elle établit en octobre 1830 que le versement a été complet et régulier. Flandin proteste et écrit au ministre de la Guerre. Une seconde commission aboutit aux mêmes conclusions. Flandin envoyé en Morée comme intendant militaire renouvelle ses protestations, menace de révélations et réclame de l'avancement. Revenu en France, il écrit au roi, demande de l'argent, des titres pour lui et son fils, et enfin se livre à une dénonciation directe qui avait été précédée de lettres anonymes et de démarches ressemblant fort à du chantage près de ceux qu'il accuse. Selon lui c'est le maréchal Bourmont qui lui aurait offert 40 000 francs d'acompte pour acheter son silence. Car le maréchal aurait fait mettre de côté pour Charles X 7 à 8 millions : le trésor contenait 48 millions (le chiffre est repris par Stendhal) dont 5 furent versés dans les caisses de l'armée. Une preuve : un envoi en Angleterre de lingots d'or ; enfin vérifications montrent que le transfert n'a rien à voir avec la Casbah. Enfin Flandin articule seize accusations ; elles affirment que le trésor était estimé à une bien plus grande valeur, que des détournements ont eu lieu à Alger, etc. En février 1834 un non-lieu a été prononcé et ce sont les dénoncés qui se retournent maintenant contre Flandin. Le 19 janvier 1835 le *National* nous apprend que Flandin a été condamné et qu'il fait appel. Ce nouvel épisode est raconté dans les numéros des 14 et 16 février : le jugement est confirmé. Aucun journal, pas même *le National*, n'a fait état d'aucune preuve. La légende devait se perpétuer et accuser « le mur d'argent » qui faisait obstacle aux dénonciations de Flandin ; que n'a-t-on pas dit ! que Louis-Philippe s'était adjugé 52 millions.

364. Ici finit le tome III du manuscrit de *Lucien Leuwen*.

365. Ici commence le t. IV du manuscrit de Stendhal. Voici les indications de dates que ce chapitre présente : Fol. 2 : « 25 décembre, revenant des jésuites *del Gesù*. » — Fol. 5 : « Civita-Vecchia, 20 décembre 34. Tiré l'épine du pied le 20, à midi moins dix minutes. Je souffrais depuis le 13. Joie qui suit l'opération. Regrets de ne s'être pas fait opérer plus tôt. Cette joie intime, récompense du courage. » — Fol. 6 : « 14 décembre. » — « Corrigé à Civita-Vecchia le 20 décembre 34. » — « Corrigé le jour de Noël. Froid du diable. Bise noire à peu près. » — Fol. 11 : « 25   décembre. » — Fol. 12 : « 14 décembre. Alhambra. Tristes villes d'Espagne chez M. Malher. »   —   « 25 décembre 34. »   —   « 12 avril 35. »   —   « Corrigé 12 avril, à Rome, premier travail depuis dix jours. » — Fol. 14 : « Corrigé le 25 décembre. Froid réel. » — Fol. 15 : « 14 décembre. »   —   « Corrigé à Civita-Vecchia le 20 décembre. » — « 25 décembre. » — Fol. 17 : « 14 décembre. »   —   « 12 avril 35. » — Fol. 18 : « Corrigé le 20 décembre, Civita-Vecchia (trois heures, le soleil me fait sortir), » — « et 25 décembre, vrai froid à Rome. »   —   Fol. 19 : « 14 décembre. » — Fol. 23 : « Corrigé le 25 décembre. Froid de chien. » — Fol. 30 : « 14 décembre. » — Fol. 32 : « 14 décembre. Vingt-trois pages. » — « Corrigé 26 décembre. Quatre heures et demie, obscurité, mais temps couvert. » — Fol. 32 vº : « Vingt-trois pages de une heure et demie à quatre et demie, en trois heures, le 14 décembre. Bon remède au malheur. »   —   Fol. 33 : « 14 décembre, vingt-quatre pages. Nuit serrée à cinq heures un quart ; mais dans sept jours le plus petit. »   —   Fol. 37 : « 15 décembre. » — Fol. 39 : « Corrigé le 26 décembre », — « 28 ». — Fol. 40 : « 15 décembre. » — Fol. 48 vº : « 15 décembre. En une heure trois quarts, de midi à une heure trois quarts, seize pages, et encore en regardant l'heure, car nous allons à la villa Ludovisi. Seize pages en cent vingt-cinq minutes. » — Fol. 54 : « Le 27 décembre, temps clair ; à quatre heures quarante je ne puis plus écrire sans bougie. » — Fol. 57 : « Corrigé 28 décembre. » — Fol. 59, 62 et 66 : « 28 décembre 34. »

366. Dans la marge : « Doute : si je détaille ces choses, je distrais l'attention, tout simplement. »

367. Dans la marge : «*For me*. — Ils sont trop *bons* hommes de parti et *pas* ridicules. Défaut de Dominique. »

368. Stendhal avait d'abord écrit à la suite de cette phrase : « S'il cesse de venir ici, que prendrai-je ? Un bourgeois. Toutes ses qualités peuvent être réelles, elles peuvent même être brillantes, mais que sont-elles pour moi ? » Puis, il raie ce passage, en notant en interligne : « Vrai, mais longueur. » — Dans la marge : « Donner un style toujours un peu enflé à Mme Grandet, même quand elle se parle. »

369. « A vérifier à Paris », se recommande Stendhal.

370. Stendhal, qui a mauvaise mémoire, l'appelle « café Perrin » ; mais, prudemment, il ajoute aussitôt : « Voir le nom à Nancy. »

371. En marge : « De Salvandy. »

372*. La note de Stendhal révèle qu'il pense à Salvandy, journaliste aux *Débats* et célèbre dès la Restauration par ses pastiches de Chateaubriand. Pour tout savoir sur Salvandy (1795-1856) voir le livre de L. Trénard, *Salvandy et son temps*, Giard, Lille, 1968 ; théoricien de la « résistance »,

Salvandy est un « quasi-légitimiste », et un anti-romantique ; député en 1833, conseiller d'État : il sera ministre en 1837, il est de l'Académie. Célèbre par ses lectures publiques de ses traités politiques, il est notoirement avantageux et pédant : la *Revue des Deux-Mondes* du 14 janvier 1832 le montre au bal des Tuileries « improvisant ou récitant le dos à la cheminée... quelques-unes de ces hautes conversations faites de deux ou trois articles de journaux cousus ensemble vaille que vaille » et rappelle le mot sur lui : c'est « l'ombre de Chateaubriand au clair de lune ». *Brulard* (chap. xxv) l'invective comme l'un des « hâbleurs, pédants gagés et jésuites » des *Débats*, et une lettre de 1833 (*Correspondance*, t. II, 494) à Sophie Duvaucel dont il avait été peut-être l'amant (Salvandy a beaucoup fréquenté le salon Cuvier) évoque l' « impudence, cette effronterie de laquais » que lui reproche Stendhal. Le *Messager des Chambres* fondé par Martignac en 1828 est un journal centre gauche.

373. En marge : « Modèle : le comte, Mme Beugnot. »

374. Sur la page blanche qui fait face : «*Remarque.* — Je n'ai pas vu deux fois à Rome, depuis quatre ans, une conversation intéressante et légère. Donc, corriger à Paris toutes les conversations de ce livre. Le fond y est, tout au plus. Quel salon pourrait me donner le *la* ici ? 12 avril 1835 (arrivé en avril 1831). »

375. Dans la marge : « Vrai, mais longueur peut-être. »

376. Le texte porte : *à Mlle Eisler Gosselin*. A l'origine, Stendhal avait certainement l'intention de ne donner qu'un seul nom, soit Elssler, soit Gosselin, car il continuait : *Elle n'a ni l'esprit, ni l'imprévu de Raimonde.* Mais viennent les corrections d'avril 1835. A ce moment, l'auteur a bien l'intention de garder les deux noms, puisqu'il adopte la forme : *Elles sont fort célèbres aussi ; Mlle Esler [sic] n'a...,* etc.

377. Sur la page blanche qui fait face : « Vrai, mais peut-être pédantesque ou longueur. 12 avril 35. »

378. A côté de cette note, Stendhal écrit : « Faire comprendre assise sur ses genoux. 25 décembre. »

379. Dans la marge : « Commencement des idées d'élection. Cela dure jusqu'à 278 ; de 14 à 278 = 264 pages. Qu'eût dit Kaïo *(sic)* ? »

380*. Stendhal nous apprend lui-même en note que Mlle Raimonde est figurée à la ressemblance de Céline Cayot : cette fois encore Lucien hérite d'une maîtresse de Mérimée ou du moins Stendhal imagine le « demi-monde », ou les « demi-castors », bref le milieu des figurantes d'Opéra à partir de l'expérience de Mérimée. Sur ce rapprochement voir Fr. Michel, *Études stendhaliennes,* Merc. de Fr., 1972, p. 179 et sq. Céline Cayot (qui devait réapparaître dans *Lamiel*), a été la maîtresse de Mérimée en 1834-1835 (mais elle connaissait un autre ami de Stendhal, S. Sharpe) ; comédienne, danseuse, finalement chanteuse, elle avait une incontestable personnalité, une sorte « de vertu » ; elle fit ensuite carrière à l'étranger, en Amérique (à la suite d'un naufrage, en 1866, Mérimée la crut noyée). Au chapitre xxxix une note de Stendhal envisage de faire intervenir une certaine Titine qui eut assez gaillardement distrait Lucien : le même prénom se trouve parmi les fréquentations galantes de Mérimée qui le 8 mars 34 écrit, « Malitourne est avec Titine, moi avec Céline », et le 2 juillet 35, « Quant aux femmes elles vont bien, Titine est grosse », et cette paternité semble tout à fait collective.

381. Stendhal avait d'abord écrit : *être aussi léger ?* Il ajouta ensuite : *que vous*, mais sans enthousiasme, car il surmonta ces deux mots par une croix. Et il ajouta dans la marge : *« Règle. — Que vous* ne fut pas dit, mais il faut l'écrire, pour la clarté. »

382. Dans la marge : « Avant le chapitre Kortis, placer : Lucien déblayait fort bien une douzaine de petites affaires en une matinée. Il avait l'art d'abréger et faisait signer par le ministre une foule de petites décisions en quatre lignes, un peu tranchantes il est vrai et qui scandalisaient les vieux chefs de bureau incarnés avec leurs fauteuils d'acajou. Réellement, le ministre, par ces décisions, prenait beaucoup sur lui. Mais les élections approchaient, il fallait déblayer les cartons, et Lucien auprès des jeunes gens du ministère passait pour un bon commis. » — Au verso du feuillet : « 5⁰ volume. Les plus funestes coquins, comme Nicolas, ceux qui ont pris les mesures les plus funestes, vus de près dans leur conversation, dans leur conduite, comme ils ont de l'esprit sont ennemis de l'ultracisme, et cela forcément et nécessairement, ils sont *blessés* par lui. Montrer cela à Madrid. — Déclaration sacrilège : tout cesse en 1814. »

383*. Voir Stendhal lui-même, dans sa lettre du 3 février 1831 disant de Louis-Philippe : « il n'y a pas de magie dans son nom, dirait M. de Salvandy ».

384. Stendhal qui n'est pas sûr qu'un ministre puisse ainsi parler à son secrétaire note en interligne : « A vérifier. »

385. Stendhal avait d'abord écrit : *ce sont de bas coquins*, et raya ensuite cette forme, en expliquant dans la marge : *« Style. — Bas coquins*, c'est l'auteur qui parle ; *hommes douteux*, c'est M. Cuvier ou M. de Vaize qui parle. »

386. Sur la page blanche qui fait face : *« A placer.* — Lucien a des égards pour M. de Vaize, et surtout pour Mme de Vaize, plongée dans la douleur parce que M. de Vaize vient de perdre en une seule fois 600 000 francs sur une dépêche télégraphique, exprès à demi communiquée. — Tourner cela en grande douleur de M. de Vaize. Lucien n'en savait rien. M. de Vaize avait employé un autre agent que son père. 12 avril. »

387*. Je retiens que le *National* du 11 décembre 1834 annonce que Thiers inquiet de sa candidature à Aix y envoie un agent confidentiel qui n'est autre que « le secrétaire particulier de sa *jeune Excellence* ». On lira dans Perreux, *op. cit.*, p. 179 et sq. un tableau synthétique des moyens de propagande gouvernementale dans les élections : journaux envoyés gratuitement aux maires et aux électeurs, discours répandus près des fonctionnaires, pamphlets distribués par la poste, ou de la main à la main, etc. ; on verra dans L. Girard, *Le Libéralisme en France de 1814 à 1848*, CDU, 1966, t. II, p. 47 et sq. et aussi II, p. 13-15, une analyse du mécanisme de la « corruption électorale » au sens large (« le ministère désigne les députés, et les électeurs les élisent », a dit Fiévée), du phénomène des « ventrus »

ministériels; la vie politique encore embryonnaire, le petit nombre des
« notables » ayant une compétence politique, ont empêché la naissance
d'*opinions*, il n'y a que des intérêts à satisfaire en avantages de toutes sortes.
A comparer avec *J. Paturot, op. cit.*, p. 290 et sq. : on y verra quels genres
de services les candidats proposent, et les électeurs imposent aux élus.

388. L'édition Debraye fidèle au manuscrit indique ici : [*** dans la
Seine-Inférieure]. En fait le texte de Stendhal varie souvent et désigne la
deuxième ville de la mission de Lucien, par « X », « Ranville » et enfin
« Caen ». Comme cette indication topographique est finalement devenue
habituelle, il m'a semblé nécessaire d'unifier toutes les références de cette
manière, comme l'avait fait H. Martineau, alors que l'édition Debraye s'en
tenait au vague du manuscrit.

389*. Ce Mairobert est un personnage un peu abstrait, un peu théorique,
nous ne le verrons jamais « en acte » ; il représente, comme analogue de
M. Leuwen, une sorte de capitalisme populaire, et dynamique, il est le
héros du « mouvement », républicain, peut-être, en tout cas fidèle à l'esprit
de « juillet », et désireux par son activité économique et politique d'*ouvrir* la
classe politique du régime et d'élargir ses assises par l'extension de la
richesse et des responsabilités. Mais la note de Stendhal, ce renvoi à
« M. Desjoberts » indique la source réelle des aventures électorales de Mairobert. G. Dethan dans son étude, « Stendhal et la Normandie », dans
Stendhal et Balzac II, la province dans le roman, Nantes, 1978, p. 83 a cru
voir dans Mairobert une allusion à Dupont de l'Eure qui aurait affronté
(mais bien plus tard) la même coalition électorale que Mairobert ; mais il ne
tient pas compte de « Desjoberts », dont le cas va nous orienter vers le Nord
et la Seine-Maritime. Les journaux ne sont pas riches en aventures électorales : les manœuvres du pouvoir, les fraudes matérielles ou morales n'appa-
raissent comme nous allons le voir à « Caen », qu'à propos des invalidations
de députés.

390. Dans la marge : « Modèle : M. Desjoberts. Lettre à la poste. Destitution d'un directeur pauvre et innocent. »

391*. Nommé d'abord Crépu, comme le républicain de Grenoble.

392*. Le *National* (31 mai, 6 juin 1834) annonce que les presses de
l'Imprimerie Royale sont en pleine activité pour les élections et parle des
envois gratis de livres et journaux ; le 27 novembre le journal républicain
évoque la « fabrique de nouvelles » de l'Intérieur qui diffuse ses mots
d'ordre aux journaux de province. La *Revue des Deux Mondes* du 31 août
1833 avait désigné Salvandy, de Schonen, Montalivet comme les « écrivains » spécialisés dans les pamphlets d'État et les fauses pétitions. La
même *Revue* le 30 juin 1834 évoque les moyens électoraux du pouvoir : les
pamphlets, ces « sales productions », les « Biographies » des candidats d'opposition, et puis toutes les promesses des faveurs ministérielles, du pactole
gouvernemental coulant sur une ville ou une région.

393. Dans la marge : « Modèle : 1814, vu par Dominique à Cularo,
dépêches du duc de Bassano. » On sait que Beyle fut à Grenoble (Cularo)
attaché au sénateur comte de Saint-Vallier entre janvier et mars 1814. —
Au-dessus, on lit cette note : « Lady Prior serait-elle amoureuse de Scarabée [394*] ? 23 février 35. »

394*. Surnom stendhalien de Tallenay, diplomate français à Rome.

395. Dans la marge : « Source de comique, cette absurdité : Lucien veut réunir les profits du ministériel et la sensibilité fine de l'homme d'honneur. »

396. On sait que « Champanier » s'appelle aussi Niort ou Bourges, et que de toute façon les noms de département sont très variables dans le manuscrit. H. Debraye avait choisi de laisser indéterminé le nom du département. Nous préférons le choix d'H. Martineau : fixer une fois pour toutes le département, le Cher, donnée rendue plausible par l'étape de Blois. Le manuscrit ici porte cette précision.

397. Stendhal a été embarrassé pour fixer l'endroit où aurait lieu l'incident des pamphlets perdus. Il avait d'abord écrit : « A Blois, pendant qu'ils déjeunaient » ; mais il reconnaît vite l'impossibilité de se trouver, même en poste, à 178 kilomètres de Paris en huit ou neuf heures. Il songe ensuite à Orléans, qu'il trouve sans doute trop près de Paris. Puis, il se demande en marge : « A vérifier : où peut-on être à cinq heures, partant de Paris à trois heures, après quatorze heures de route ? » Il arrête enfin définitivement son choix sur Blois, où il fait arriver ses personnages à six heures du soir, c'est-à-dire à une allure moyenne de douze kilomètres à l'heure, ce qui est normal.

398*. La formule a été déjà employée dans les *Liaisons dangereuses* à propos de Mme de Merteuil défigurée par la petite vérole (lettre CLXXV).

399. Ms. : *pour Loir-et-Cher*.

400. « A vérifier », se recommande Stendhal en interligne. Il ajoute encore dans la marge : « A vérifier. Ville à treize heures de Paris, Blois ou une ville sur la route du Cher. »

401*. Le mot renvoie aux débats sur le monopole des tabacs que nous retrouverons à propos de la « crise ministérielle » du roman.

402. Sur la page blanche qui fait face : *« Plan général. — Je construis l'épine du dos autour duquel se bâtira l'animal. Le rire naîtra sur l'extrême épiderme.*
Source du comique. — Lucien fait un rôle qui l'entoure de mépris, et il ne sait pas l'avaler. Il veut réunir les profits du rôle ministériel et la sensibilité maladive du parfait homme d'honneur. Good. 28 décembre. »

403. Dans la marge : « Comique : ajouter sur ce fond un dialogue *plaisant* à la porte de l'auberge avec le peuple. »

404. Sur la page blanche qui fait face : « 14 décembre. Éprouvé par lord Dominique pour les deux princesses *sisters* et la comtesse Esterha[zy] le 14 décembre, après le malheur, vis-à-vis les manuscrits du Tasse. »
Sur la même page : « Lucien dit en se le reprochant : Je ne puis pas approcher une jeune femme sans un frémissement de plaisir et de timidité, et cela dure jusqu'à ce qu'elle ait sali son caractère par de l'affectation ou de la méchanceté. »

405. En interligne : « A vérifier. »

406. Stendhal l'appelle ici M. Clapier, mais il adopte plus loin le nom de Riquebourg, que je rétablis partout. Il a changé Montvallier en Nancy, mais

non Champagnier en Niort. Champagnier est le nom d'un village des environs de Grenoble.

407. Dans la marge : « *Plan*. — Sa mère lui a écrit sur sa crottade à Blois. Cette lettre arrive au milieu d'une humiliation à Ranville. — Bon, 28 décembre. »

408. Sur la page blanche qui fait face : « Modèle : Mélodrame [409]*, effet de la noblesse sur un parvenu. Malheur et folie d'un bourgeois qui se vend aux nobles, comme feu Cicéron. » — A côté, cette autre note : « La noblesse est, dit-on, ce qui a fait épouser une femme de quarante-cinq ans à Mélodrame. Utilité de tous les avantages. 27 décembre 34. »

409*. « Mélodrame » est le surnom de G.-A. Beugnot, frère de « Menti », qui sous la Restauration fit une carrière militaire puis diplomatique (1799-1861). Il devait se retirer en 1830 de toute activité et devenir un remarquable bibliophile. Stendhal fait allusion à son mariage avec une Anglaise, Mme veuve Mason-Laing.

410. Dans la marge : « Modèle : prince de Talleyrand. »

411. Dans la marge : « Talleyrand [*un mot illisible*] caresse la dame. » — En face, sur la page blanche, on lit : « Il n'y a pas ici de scènes, il n'y a pas de dialogues amenant changements de positions. Lucien est comme un clou exposé aux coups de marteau du sort.

15 décembre.

Consolation. — Peut-être cette dernière action : peinture, ce dernier genre de peinture : l'action des choses sur un homme, est-elle plus particulièrement le domaine du roman. »

412*. La production des épingles et l'accroissement immense de la productivité grâce à « la division du travail », ce sont des données classiques de l'économie, que Stendhal avait pu trouver dans Adam Smith (*Recherches sur la nature et les causes de la richesse des nations*, Paris, 1802, t. I, p. 11-15) quand il en avait entrepris l'étude en 1810.

413. Sur la page blanche qui fait face : « Premier volume, premières pages. A insérer quatre faits :
1. Le jeudi est le grand jour du courrier de M. Leuwen à cause de la Hollande ; ce jour-là, son fils travaille de midi à six heures, et quand il a travaillé le caissier lui compte cent francs. Outre cela, Lucien a 300 francs par mois. Total : 700 francs. *(Made.)*
2. M. Coffe est un élève taciturne chassé avec Leuwen. *(Made.)*
3. Mme Grandet vient le vendredi chez Mme Leuwen, après l'Opéra. Mme Grandet s'honore là de l'amitié de Mme de Thémines. *(Made.)*
4. Parmi les pairs de France qui paraissent à ce vendredi, nommer M. le comte de Vaize. »

414*. On rapprochera ce texte d'une lettre sans doute contemporaine adressée à Viazemski (*Cor.* II, 771 et 1085), où à propos du compte rendu dans le *Temps* d'un roman consacré aux décabristes (*Le Grand-Duc Constantin* de Czinski et Demolière) Stendhal parle des conjurés russes : « Quel empire si la bourgeoisie répondait aux paysans ! »

415. « A vérifier », note Stendhal en interligne.

416*. Stendhal en note attribue cette belle histoire électorale, trop belle peut-être, à M. de Tournon qui fut préfet du Rhône sous Villèle : ce serait donc un épisode de la Restauration déplacé de sa date. Mais on sera plus inquiet si l'on constate que l'anecdote se trouve dans *Monsieur le préfet* de La Mothe-Langon (1824) au t. IV, p. 164, où après avoir étalé tout l'arsenal électoral dont dispose le héros, tournées, promesses, menaces, achats des votes, calomnies, pamphlets « bien bêtes, bien niais, voulant être bien méchants », on lui fait barrer les routes par les gendarmes qui exigent des électeurs leurs passeports : un tiers des libéraux ne peut voter !

417. Cette aventure s'est passée non à Blois, mais à Lyon. Stendhal a la précaution de le dire en marge : « M. de Tournon à Lyon. »

418. Stendhal écrit : *du département de*   . Il ajoute en marge : « Cela vaut-il mieux que *Champagnier* et *Cher ?* »

419. Renseignements chronologiques donnés par Stendhal : Fol. 66 : « 28 décembre. » — Fol. 67 : « 28 décembre 1834. Histoire du jésuite bibliothécaire du cardinal Albano et des livres prêtés à M. Bodinier. » — Fol. 69 : « 29 décembre. M. Jal. Tableaux de M. Bodinier. » — Fol. 73, 77 et 82 : « 28 décembre. » — Fol. 83 : « Temps clair, 28 décembre. Quatre heures trois quarts, besoin de lumière. » — Fol. 86, 87, 89 et 92 : « 29 décembre 34. » — Fol. 95 v° : « 23 pages le 29 décembre de deux heures un quart à quatre un quart. » — Fol. 97, 99, 101, 102 : « 30 décembre 34. » — Fol. 102 v° : « 31 décembre. » — Fol. 103 : « 31 décembre 34. Écrit dix pages sans aucune idée et en forçant l'animal à sauter. » — Fol. 104, 105, 106, 107 et 108 : « 31 décembre 34. » Aucune mention de correction.
Autres renseignements : Fol. 66 v° : « *Une maîtresse de Louis XIII.* — Le roman de M. de Saintines [*sic*], en supposant que ce que disent les *Débats* du 21 ou 20 décembre [420*] soit vrai (article de Jules Janin), est un beau tableau à machine de Paul Véronèse, qui séduit ou enchante le vulgaire, et même l'amateur véritable qui ne demande pas un dessin trop juste et trop profondément deviné à ce genre secondaire. Le dessin à la Raphaël, les effets à la Corrège sont dans la *Princesse de Clèves, Tom Jones,* et sont cherchés de loin dans cette *Orange de Malte.* 2 janvier 1835. »

420*. Le 22 décembre en fait ; le compte rendu est une simple analyse d'une action redoutablement compliquée.

421. Dans la marge : « Dialogue de Riquebourg. »

422. Il y a 232 kilomètres, soit 58 lieues, de Blois à Niort. A ce moment, Stendhal pensait encore, sans doute, à Bourges, qui est à 25 lieues de Blois.

423. Dans la marge : « *For me.* — Le rire naîtra sur l'épiderme. »

424. Dans la marge : « Ce trait fin est-il nôtre ? »

425. Dans la marge : « Trois [*un mot illisible*] : style de préfet. »

426. Dans la marge : « Style de M. d'Alphonse, ministre de Napoléon. »

427. Dans la marge : « Nom indigne. » Meylan est une localité voisine de Grenoble.

428*. On sait l'importance des problèmes douaniers dans l'équilibre

politique de la monarchie de Juillet; voir par ex. L. Girard, *op. cit.*, II,
p. 147 sq. sur l'aspect « global » des positions prises, et le lien entre le
libre-échange et l' « ouverture » électorale. La *Revue des Deux Mondes* du
16 septembre 1834 en parle longuement, et oppose au protectionnisme
officiel une politique de grande production à bas prix. La *Gazette* du
12 décembre reproduit un article du *Bon sens* sur les élections comme
désignation des « fondés de pouvoir » des électeurs, qui eux-mêmes maîtres
de forges, possesseurs de houille, éleveurs de bestiaux, filateurs, veulent
maintenir le système prohibitif. Le même article insiste sur les obligations
en *places* contractées par les députés qui assiègent ministres et ministères
pour échanger leurs votes contre des emplois.

429. « A vérifier », se recommande Stendhal dans la marge.

430*. Le bulletin doit être écrit par l'électeur lui-même. Les débats sur la
validation des élections sont riches en controverses sur le libellé des bulletins.

431. Stendhal se demande en interligne : *« Good? »*

432. Dans la marge : « M. Finot à Chambéry, à moi. »

433. Dans la marge : « A vérifier. »

434. Dans la marge : *« To till [sic] to* M. Boulmier. »

435. « Comme Finot », note Stendhal dans la marge.

436. Dans la marge : « Fait à moi à Birmingham. »

437. Dans la marge : « A placer : ''Que j'ai bien fait de ne pas prendre de
domestique '', dit Leuwen à Blois. »

438. Sur la page blanche qui fait face sont éparses plusieurs notes :
1. « Maxime d'ordre. — Ne numéroter qu'après la troisième lecture, car
j'ajoute. Ne réunir en cahier de plus de quarante pages qu'après avoir
numéroté. 29 décembre 34. Bibliothécaire du cardinal Albano : excellent
trait de jésuite. M. Bon. »
2. « Course du duc Don Marino poursuivi par un dragon ivre. »
3. « A faire. — Le 30, continuer en donnant moins de détails, mais ne
pas couper court en disant : ceci est trop long. Le lendemain, Leuwen donne
des audiences d'abord à quatorze officiers ensemble, et puis à des groupes
de trois ou quatre, et enfin à des personnages importants ou douteux des
audiences en tête à tête avec le préfet Riquebourg. »

439. Dans la marge : « Consterné en le voyant sans uniforme. »

440. Stendhal avait d'abord écrit *secrétaire intime ;* puis, il a remplacé
intime par *général,* en se recommandant en interligne : « A vérifier ; y en
a-t-il encore ? »

441. Dans la marge : « A vérifier. »

442. Stendhal observe dans la marge : « Je glisse ici la fameuse
maxime. »

443. Notes éparses sur la page blanche qui fait face : 1. « Riquebourg
demande des destitutions à Leuwen. »
2. « En route, de Champagnier à Ranville : — Je ne vous croyais pas si

jeune, dit Coffe à Leuwen. Où diable avez-vous vécu ? Vous êtes un caillou non uni par les frottements. Aux premières audiences que vous avez données hier, vous étiez comme un poète. »

3. « Ce qui s'appelle se f... carrément de tout. *O happy state !* J'en suis bien près (sans humeur, sans malheur). 31 décembre 1834, *perhaps at Gorcum in 35.* »

4. « Lettre de M. Leuwen père à son fils. — Mon cher ami, adressez à votre mère les lettres que vous voulez faire parvenir au ministre... Moi, je vais dans le département de... m'occuper d'élections. Je désire que le père de Lucien soit à la Chambre, afin de pouvoir faire une position à ce beau jeune homme qui, pour l'amour de moi, a bien voulu prendre une grande passion pour madame... On commence à parler beaucoup de cette tendre faiblesse. »

444*. Le 4 novembre 1834 la *Tribune politique et littéraire* enregistre sa 104e poursuite pour un article paru la veille. Le journal n'en connaîtra que 111, et le 11 mai 1835 il disparaît.

445. « A vérifier », écrit Stendhal en interligne.

446. Dans la marge : « Moyen de rentrer en discussion sur l'avanie, si je veux. »

447. Renseignements chronologiques donnés par Stendhal : Fol. 108 : « 31 décembre. » — Fol. 110, 111 et 112 : « 31 décembre 34. » — Fol. 114, 118, 119, 122 : « 1er janvier 35. » — Fol. 125 : « 1er janvier 35. Dîner contremandé. » — Fol. 127, 129, 135, 137 et 139 : « 1er janvier 1835. » — Fol. 139 v° : « Vingt-sept pages le 1er janvier 1835, de une heure à quatre un quart. Plein d'idées hier 31 décembre, pas une idée, et toutefois le travail de hier conduit à celui d'aujourd'hui. » — Fol. 140 : « 2 janvier 35. *Kal. in* Marseille. » — « 2 janvier 35. Cessé d'écrire à cinq heures moins dix. Temps couvert. » — Fol. 142, 143 et 146 : « 2 janvier 35. »

448. Dans la marge : « Dire cela, mais en passant, non exprès pour instruire le lecteur. Le lecteur sait tout. 31 décembre. »

449*. Il s'agit des incidents qui eurent lieu à la Bourse les 21 et 22 février 1834 lors de la discussion de la loi sur les crieurs publics. Voir *Le National* du 23 février au 9 mars 1834 : le récit des événements est suivi de l'exploitation politique de l'affaire dans la presse et à la Chambre, et de la recherche des victimes ; voir aussi L. Blanc, *op. cit.*, IV, 235 et sq., la *Revue des Deux Mondes* des 28 février et 14 mars. Les manifestants furent chargés par des agents « en bourgeois » armés, les uns disent de « gourdins », les autres, de cannes. Ce sont les « exploits des assommeurs », des « forcenés », sur lesquels néanmoins l'opposition a de la peine à trouver des témoignages convaincants. D'Argout, cette fois encore dissocié de son substitut, de Vaize, était en effet présent, c'est le point qui indigne le plus l'opposition, et devait « couvrir » ses services de police : les agents en civil agissent parmi les manifestants en se mêlant à eux, et portent, normalement, des cannes. Le *National* du 24 février en parle dans les mêmes termes que Coffe : « M. d'Argout dirige les héros de cette saturnale, on a vu le digne ministre des fonds secrets remonter en cabriolet et se diriger vers le Boulevard par la rue Neuve-Vivienne » ; il encourageait et félicitait ses hommes de main. Le mot « assommeurs » que l'on retrouve dans *L'Éducation senti-mentale* comme cliché politique remonte en fait à la manifestation « des chapeaux gris » du 12 juillet 1831 où une police « bénévole » de *blousiers* fut lancée contre de jeunes républicains qui voulaient planter un arbre de la liberté place de la Bastille : voir Canler, *Mémoires*, Merc. de Fr. 1968, p. 101 sq.

450. Dans la marge : « Modèle : M. d'Argout », que Stendhal écrit « Goutd'Ar ».

451. Dans la marge, on lit : « Modèle : M. Dejean, fils du lieutenant au 6ᵉ dragons (Bagnolo) ; et Basset de Châteaubourg [452*]. »

452*. Ce nouveau représentant de l'administration préfectorale accumule les modèles et les références. Par son passé de « libéral » et même de doctrinaire, il pourrait bien faire penser à la fois à Thiers et à Guizot ; la méchanceté pédante et dogmatique est un trait fondamental du personnage qui se veut écrivain et « homme politique ». Ces traits généraux sont associés à des « personnalités », et Stendhal se propose deux sources, le préfet Dejean et Basset de Châteaubourg ; dans *Brulard* (chap. xxx) pour parler de cet ami de jeunesse, Camille Basset, il l'appelle par une sorte de contamination avec son roman, « M. le baron de Richebourg » : il avait donné son nom transposé à M. de Riquebourg avec lequel il le confond. Camille Basset a été avec son frère un ami des premières années du siècle : en 1803, il aurait reçu un coup de baïonnette dans « les revers de son habit » lors des manifestations en faveur de Mlle Duchenois. En 1805, il prend place sous le nom d' « Ouéhihé » parmi les *Caractères* étudiés sur le vif par Beyle et Crozet ; son mobile unique était la vanité. Basset (nom d'autant plus triste qu'il avait « quatre pieds trois pouces » comme notre préfet), devait être sous l'Empire auditeur, préfet justement, baron ! Cette vanité aux abois, cette propension à la « pique » hargneuse, qui est un trait de l'homme, est profondément pour Stendhal un trait de l'homme au pouvoir ; l'*exiguïté* de l'administrateur qui jure si nettement avec sa prétention, devient alors un trait *moral* : l' « ergoteur » tyrannique, le « petit sophiste sournois », ne s'inquiète que de sa minuscule personne, centre de ses soins et de l'univers. Tel est « le petit préfet des Grandes Journées ». Par là il est voué à incarner un pouvoir faible et contesté (cf. Mérimée, *Cor.*, I, 254, « le métier de sous-préfet, voire même de préfet, est maintenant pire que celui de galérien. Les administrés ont perdu les vieilles traditions de respect pour les autorités constituées, les journaux vous jettent de la boue, et les jurés les acquittent »), et un pouvoir qui se déchire lui-même par dépit. La pique est au fond le principe même du pouvoir. Une autre source va le confirmer.

453. Dans la marge : « Mot trop sévère pour Leuwen, mais dans le caractère de Coffe. 1ᵉʳ janvier 35. »

454. Dans la marge : « Modèle : Ste Olai fils. » (Sainte-Aulaire ?)

455. Dans la marge : « Peut-être cette page le fait-elle trop profond, le vieillit-elle trop ? 1ᵉʳ janvier 35. »

456. Stendhal craint d'avoir forcé les chiffres, et il le note : « A vérifier. Est-ce le nombre convenable pour le bureau, par exemple, de Bourges ? » Il ajoute dans la marge : « Les élections se font par arrondissement. »

457. Le manuscrit porte : *M. de Bourdoulier*. J'adopte le nom de *Gonin*, que Stendhal a définitivement choisi plus loin.

458. Dans la marge : « Une dépêche télégraphique arrive à cinq heures. »

459. Sur la page blanche qui fait face : «*For me* (découverte du 1er jan-vier). — Il est ridicule aux yeux d'un homme qui serait Molière, Shake-speare et le cardinal de Retz. Mais qui n'est pas ridicule aux yeux d'une majorité suffisante, qui n'est pas susceptible de la faire rire ne peut être appelé *ridicule*. »

460. Dans la marge : « Demain, à force de friponneries, M. Gonin avec 445, M. Mairobert, 455. »

461. Dans la marge : « Le ton piqué de Basset de Châteaubourg. »

462. Stendhal note : « Cela est bien profond pour Leuwen ! »

463. Sur le feuillet blanc qui fait face : «*Plan*. — Le ministre fait nommer Leuwen lieutenant, mais pas de croix, car il n'a pas réussi à Ranville. Le ministre porte Leuwen sur la liste des frais d'élection pour une gratification de 6 000 francs.

— Cette liste sera tôt ou tard imprimée dans quelque revue rétrospective, et j'aime autant que mon nom n'y figure pas. Votre Excellence aura le moyen de récompenser d'autres personnes.

— Que voulez-vous, voyons ? dit le ministre piqué, car, quelque minis-tériel qu'on soit en France, le mépris est désagréable à mâcher, ailleurs on est moins fanatique ou stupide ª.

— Je désirerais qu'au lieu de l'article de 6 000 francs qui me regarde, on mît : M. Coffe, 2 000 francs.

Huit jours après, quand la liste approuvée par le roi parut dans les bureaux, il n'y avait ni le nom de Leuwen, ni celui de Coffe. Quelques jours après, Leuwen raconta le fait historiquement à son père.

— Que vous êtes jeune encore ! Quand ferai-je de vous un petit Machia-vel ? Faut-il que malgré tant de bavardages que je vous ai adressés vous ignoriez encore qu'un ministre est comme un insolent...

— Il ne faut rien lui passer, dit Leuwen, interrompant son père pour lui plaire.

— J'aurai l'honneur de colporter ce soir, ou d'inventer, si je puis, quelque chose de particulièrement désagréable à M. le comte de Vaize, et s'il m'en parle, s'il fait la faute de m'en parler, je lui dirai : Ce sont les 2 000 francs de M. Coffe. Et ce pauvre Coffe ? Il est rudement pauvre, sans doute ?

— Rudement est le mot : pas de montre.

— Est-il possible ? dit Mme Leuwen. Je lui en enverrai une. Car enfin, si la bagarre de Blois eût été sanglante, il vous eût défendu ?

— Et avec la plus grande bravoure, j'en suis convaincu.

— Ne vous ruinez pas pour M. Coffe. A la première dépêche télégraphi-que, je vendrai ou achèterai 100 000 francs de rente de moins pour M. de Vaize, je me ferai l'agent de change de Coffe, et je lui accrocherai bien

---

a. Stendhal se juge lui-même dans la marge : « Petite phrase *La Bruyère* qui fait variété. »

1 500 francs. Quand je raconterai cela à M. de Vaize, il fera une mine que j'aurai soin de vous décrire.

2 janvier 35. »

464. Stendhal note : « Modèle : mon camarade, général Farine. »

465*. Le général Farine auquel renvoie Stendhal était chef d'escadron et aide de camp du général Michaud en 1800. C'est là que Stendhal a pu le connaître. Colonel en 1810, prisonnier des Anglais, général en 1813, blessé à Waterloo, fait vicomte héréditaire en 1821, Farine prit sa retraite en 1833.

466. Dans la marge : «*For me.* — Il vaut mieux que le manuscrit que je porterai à Paris soit *trop* long. Je n'aurai qu'à couper, au lieu que, le manuscrit de Marseille étant trop court, je fus obligé de faire la substance au moment d'imprimer le *Rouge*. Ici, je n'aurai qu'à polir le style et y donner du nombre, après avoir fait les coupures et quelques raccords. Donc, pas de mal que le manuscrit relié soit *long.* »

467. Dans la marge : « Dispute avec le préfet. »

468. Stendhal ajoute entre parenthèses : «(ou catholiques) », qu'il écrit ainsi : (ou tolikeskato).

469. Au-dessus, Stendhal note : «*Plan.* — Dispute pour la dépêche télégraphique que Leuwen veut envoyer[470*]. »

— « Modèles : 1° dispute à Cularo de M. Fourier avec le colonel du génie ou de l'artillerie dans le cabinet de M. le comte de Saint-Vallier. — 2° dispute plus douce de Martial avec le général Bisson, à Brunswick. »

470*. Que les pouvoirs entrent en conflit et se déchirent au lieu de s'unir dans leur mission commune, Stendhal en trouvait confirmation dans les deux épisodes ici mentionnés : une querelle avec Martial Daru en mars 1807 à laquelle il fait allusion à propos d'une autre algarade en 1808 avec un général pour une broutille de préséance administrative (cf. *Œuvres intimes*, I, 493-494, 25 février 1808); les querelles avec un autre « petit homme », un « petit savant spirituel à âme parfaitement petite », un « petit et très petit administrateur qui prend l'*écriture* pour le but », le préfet Fourier qu'il a vu en 1814, lors de sa mission avec le comte de Saint-Vallier, bloquer toute action en devenant « une glu générale », il « arrêtait tout, il entravait tout » ; ce grand physicien n'était dans l'action qu'un vaniteux susceptible et raidi sur ses prérogatives. Cf. *Œuvres intimes*, I, 903-904, et l'article de R. Bourgeois, « Splendeurs et misères des préfets, Stendhal et J. Fourier », dans *Stendhal-Balzac, Réalisme et Cinéma*, Presses Univ. de Grenoble, 1978.

471. Renseignements chronologiques donnés par Stendhal : Fol. 157, 159 et 163 : « 2 janvier 35. » — Fol. 170 : « 3 janvier 1835. » — Fol. 173 : « 3 janvier. Écrit sans voir à quatre heures trois quarts. » — Fol. 174 : « 3 janvier 35. Colère sans motif. J'écris sans voir à cinq heures, j'allume à cinq heures une. Le 3 janvier, temps peu clair. » — « De quoi ne me f...-je pas ? (A demander dans l'humeur.) » — Fol. 175 : « 4 janvier. Première sensation d'engelure. » — Fol. 176, 179, 184 : « 4 janvier 35. » — Fol. 180 : « Corrigé 5 janvier 35. » — Fol. 190 v° : « 4 janvier, dimanche, Rome. Quinze pages de midi à deux heures et demie, et corrigé quatre ou cinq. » — Fol. 191 et 192 : « 5 janvier 35. » — Fol. 196 : « 5 janvier, malê-

tre. 6 janvier, à trois heures et demie, léger froid aux jambes, derrière, sous les mollets et le bas des mollets. Tête un peu occupée. Légère envie de dormir. » — Fol. 198, 202 : « 5 janvier. » — Fol. 202 vº : « Le 7 janvier, à quatre heures, mal à la tête. » — Fol. 207 : « 5 janvier. » — Fol. 210 : « Corrigé le 7 janvier. » — Fol. 216, 224 et 225 : « 8 janvier 1835. » — Fol. 228 : « 8 janvier 35. Treize pages de trois heures un quart à quatre et demie. » — Fol. 228 *bis* et 228 *quater* : « 9 janvier 35. »

Autres renseignements : Fol. 168 vº : « On peut calculer dix-huit lignes par page, et comme il y a les pages avec corrections qui allongent beaucoup, je porte dix-neuf lignes par page. Voir actuellement combien cela fait de lettres, et comparer à une page du *Rouge* in-octavo. 2 janvier.

Le 2 janvier, de deux heures à quatre et demie, fait vingt-deux pages.

Thomas Morus a 900 lettres par page, peut-être 880 seulement, car 966 par page pleine, et elles sont fort rares, et le second volume de la seconde édition Moutardier 391 pages. Je trouve que les trois volumes reliés de l'*Orange* feraient 503 pages comme *Morus*, exactement 502,55. »

« Le 3 janvier 1835, puissamment distrait jusqu'à deux heures et demie. Tout *my fire (sic)* pris par la quarantaine. »

472. Sur la page blanche qui fait face : *«For me.* — Dans le fait, Leuwen prend le vol des grands administrateurs. »

473. Stendhal se fait à lui-même cette « critique : tournure trop aisée pour Farine ».

474. Dans la marge est collé un petit papillon sur lequel Stendhal a écrit : « Fin de l'élection. 3 janvier. » — Sur la page blanche qui fait face est ce « *Plan.* — Le jour de l'élection, M. de Séranville fit arriver sept à huit lettres de Paris qui toutes annonçaient que M. Mairobert allait être arrêté dans la journée par ordre de la Chambre des pairs, comme on ne peut pas plus compromis dans le dernier complot. Cette nouvelle fit perdre vingt voix à M. Mairobert. Il fut nommé à la présidence par 442 voix sur 879 présents. » — « *Made* », ajoute Stendhal.

475. Stendhal a mal calculé ses distances : Caen est à soixante lieues environ de Paris. Il note d'ailleurs en interligne : « A vérifier. »

476*. Lors de l'élection de l'abbé Grégoire, Stendhal avait vu une conjonction des extrêmes contre le candidat ministériel. Et en 1834 c'était plutôt une manœuvre du même style qui était en question du côté des oppositions républicaine et légitimiste. Alliance contre-nature, alliance impossible, dit la *Revue des Deux Mondes*, du 31 mai 1834, qui postule une alliance facile des légitimistes et des ministériels, chaque fois que le problème religieux peut être surmonté par les communautés d'intérêts. En fait dit le même article, il y a très peu de républicains, « le parti du progrès que l'on définit si mal en le nommant républicain » veut la liberté et son extension continue. Mairobert incarne le « mouvement », et la « doctrine » en fait un épouvantail, c'est la stratégie de la « résistance » fondée sur la peur, les troubles, et leur cercle infernal. La conjonction que réalise Lucien apparaît comme fondée sur la nature profonde des choses même si elle contredit la conjoncture politique.

477. Sur le feuillet blanc qui fait face : *«For me.* — La timidité naturelle du général laisse tout le mérite à Leuwen. 4 janvier 35. » — Au verso du

feuillet : « *Plan*. — Les cinquante visites de Leuwen, le lendemain matin, ratent ; de huit heures à dix, on le reçoit froidement, de dix à midi, on lui ferme les portes. C'est que le courrier arrivé dans la nuit et distribué à sept heures et demie a apporté quatre destitutions qui choquent extrêmement. Leuwen va dîner chez le préfet, comme si de rien n'était, avec Coffe. Il y avait vingt-cinq personnes. M. de Séranville, en voyant son naturel parfait, est sur le point de mourir de rage. Il a une sorte d'étourdissement à la fin du dîner. — « C'est une feinte, dit Coffe. Joubert s'est fait tuer à Novi quand il a vu la bataille se présenter mal. » Mais Coffe se trompait : le mal était réel. Le lendemain matin, le préfet se fit saigner et travailla comme à l'ordinaire. » — A côté sont deux autres projets : 1. « *Plan*. — Le général fait appeler le président. Le bavard met Leuwen en rapport avec l'abbé Donis, son oncle, qui promet une entrevue dans une maison écartée avec le grand vicaire. Après toute la journée : « Dix jours plus tôt, avec le temps de recevoir des réponses de Paris, on aurait pu prêter l'oreille. Il est trop tard. » — « Les partis ont toujours besoin d'argent. Je donnerai cent mille francs à M. Donis si M. Mairobert n'est pas élu. » — 2. « *Plan*. — Le grand vicaire demande deux heures pour réfléchir, et dit enfin : " Il est trop tard. " Donis, indiscret, dit à Leuwen qu'il a pris en amitié : " Il nous eût fallu (il aime à dire *nous*), il nous eût fallu quatre articles de la *Gazette* pour amener quatre-vingts hobereaux à quitter leur foyer par ce temps froid. " Leuwen va chez un orfèvre acheter une belle boîte d'or et la remet seul à M. Donis qu'il va chercher dans l'église où il dit la messe. »

478. Sur la page blanche qui fait face : « Parti républicain	32
Légitimistes, qui espèrent ramener Henri V par l'excès du mal	17
Total	49 votes. »

« *Toock* », ajoute Stendhal.

479. On lit au bas du feuillet : « Leuwen pense : le ministre, avant de me faire des instructions, lui qui a été préfet de deux ou trois départements, qui a fait des élections, qui enfin sait à la fois ce qui se passe en province et ce que l'on veut au Château, au lieu de cela il m'a dit : Faites vos instructions, moi qui débute dans la carrière. Serait-ce peur de se compromettre ? Voudrait-il me compromettre ? »

480. Stendhal avait d'abord écrit : *Monsieur*. Puis, il a remplacé ce mot par : *Général*. Et il s'explique en marge : « Couleur : *Monsieur* est de meilleur ton ; mais Farine eût dit : *Général*. »

481. A propos de cette expression, Stendhal note : « *Fermer la porte* est trop noble. »

482. Stendhal fait la réflexion suivante : « *Insigne* est bien noble pour Fari. » Au-dessus : « Modèle : il désire la croix, comme moi. »

483. « Dit-on cette sottise ? » observe Stendhal dans la marge.

484. Dans la marge : « Fixer le détail d'un électeur acheté, cela manque. Je ne peins que les masses. »

485. Sur le feuillet blanc qui fait face :

«*Plan.* — Président : . . . .   873 présents
Mairobert est élu président par . . . .   451 voix
Gonin, le candidat du gouvernement, a . . . .   389 voix
Perdues . . . .   14 voix

Député (M. Mairobert va être arrêté) :

Sur . . . .   891 présents
Majorité . . . .   446 voix
M. Mairobert est élu député par . . . .   448 voix
le candidat ministériel . . . .   335 voix
M. de Crémieux . . . .   89 voix
Voix perdues . . . .   19 voix

Même avec les voix du préfet, le candidat n'eût eu que 424, il fallait 446, majorité d'une voix. Des électeurs meurent des fatigues de l'élection. »

Autre compte : «Changé le 9 janvier :

Mairobert	472
Candidat	401
Crémieux	61
Voix perdues	2
	938 *(sic)* élec-

teurs, dont 61 légitimistes. »

— «Parti républicain   32
Légitimistes, qui espèrent ramener Henri V par l'ex-
cès du mal   17

TOTAL . . . .   49 votants. »

486. Dans la marge, Stendhal dessine grossièrement, de face et de trois quarts, une lanterne ronde. C'est, indique-t-il, l'image de la « lanterne grand-paternelle », celle qui servait au docteur Gagnon pour sortir le soir dans les rues mal éclairées de Grenoble.

487. Dans la marge : « Demain, je vais dire la messe à Sainte-Gudule. »

488. Stendhal, au milieu de ces allées et venues, a besoin de repères. Il écrit dans la marge : « A huit heures trois quarts. » — Il existe à Grenoble une rue des Clercs, parallèle à la rue des Vieux-Jésuites (aujourd'hui rue Jean-Jacques-Rousseau) dans laquelle est né Henri Beyle.

489. Dans la marge : «*To make :* allonger cette description. Le comte de Richelieu à Ruelle dans M. Saintine, *Maîtresse de Louis XIII.* » — Il semble que Stendhal ait satisfait à cette demande lors de la correction de son texte le 7 janvier. Primitivement, il avait simplement écrit : « On lui ouvrit. Il fut reçu dans une pièce obscure et triste comme un bureau de prison... »

490. « A vérifier », écrit Stendhal dans la marge.

491. Stendhal donne la date de 1804; mais il ajoute prudemment en interligne : « A vérifier. »

492*. La Restauration avait créé vingt évêchés en plus de ceux établis par le Concordat. En 1833, le principe a été voté de ne plus doter les sièges créés en surnombre à mesure qu'ils deviennent vacants; mais le ministère a refusé d'en tenir compte tant que les négociations nécessaires n'auraient pas abouti avec le Pape; et les évêques concernés ont décidé de ne plus recevoir leur traitement. Le problème est reposé avec le budget des cultes voté en avril 34, puis en juin 35; la réduction toujours décidée demeure en suspens.

493*. Le comte de Narbonne (1755-1813), ministre de la Guerre en 1791-1792, fidèle à Louis XVI, émigré, rentré en 1800, a servi Napoléon et a été l'amant de Mme de Staël. Exemple inimitable de l'homme de cour, il a été célèbre pour son élégance, la grâce de ses manières, son esprit, sa politesse, ses *mots*.

494. Dans la marge : « A vérifier. Citation de sermon. »

495. Pénétré de la même préoccupation de chronologie que nous lui avons déjà vue, Stendhal note : « Il était deux heures après midi. »

496. Stendhal écrit dans la marge : « Prudence. — Chronologie de table. » Et sur la page blanche qui fait face : « Chronologie : à huit heures trois quarts, Leuwen va chez le cousin du président, à neuf heures chez l'abbé Le Canu. Leuwen en sort à onze heures un quart, et va chez M. Donis-Disjonval. A midi chez le général, à midi et demi au bureau du télégraphe, à une heure chez M. l'évêque. » Cette chronologie ne correspond pas avec celle du texte du roman, celui-ci d'ailleurs n'était pas définitif dans la pensée de Stendhal, car, dans cette partie, de deux en deux lignes l'auteur laisse des blancs plus importants que le texte lui-même, en vue des corrections ultérieures.

497. Dans la marge : « *Pilotis*. — Chronologie : le dîner a lieu à cinq heures, le 16; le courrier arrive à six heures du soir. Leuwen était arrivé à Caen ou Le Havre le 16 au matin. Ce courrier ne pouvait pas apporter de réponse à sa première dépêche télégraphique, partie du Havre le 16 à deux heures après la dispute avec le préfet. »

498. Dans la marge : « *For me*. — Révolution. Tu portes la tête comme un saint-sacrement. »

499. Au verso du feuillet : « *Plan* de la journée du 17 : à sept heures, Leuwen va voir un instant l'abbé Disjonval; à huit, il réexpédie à Paris le courrier extraordinaire; à neuf, déjeuner; à dix, dans l'appartement en face des Ursulines. »

500. Renseignements chronologiques donnés par Stendhal : Fol. 231 : « 5 janvier. Dix-huit pages avec beaucoup de blancs. » — Fol. 232 : « 6 janvier 35. » — « Corrigé le 9. » — Fol. 236 : « 9 janvier. » — Fol. 241, 244 : « 10 janvier 35. » — Fol. 246 : « 10 janvier 35. Lettre de Clara. » [Mérimée.] — Fol. 247 et 253 : « 10 juillet. » — Fol. 255 v° : « 10 janvier. Quinze pages de une heure à trois un quart, mais épuisé, le sang à la tête, la figure rouge. Le sirocco est de retour depuis hier. »

501*. C'est, on le sait depuis les études de P.-G. Castex, le modèle du marquis de la Mole. Devenu l'un des leaders légitimistes, il est en effet candidat en 1834, plus ou moins allié aux républicains.

502. S'il est bon mathématicien, Stendhal est mauvais calculateur : son manuscrit porte 436 comme chiffre de la majorité absolue.

503. Ms. : *les 320 voix.* — « A vérifier », note Stendhal en interligne. Je rétablis le chiffre donné plus haut.

504. Sur la page blanche qui fait face : « Mettre M. Rollet, maire de Caen, sot, ami de M. de Séranville, et qui a pris Leuwen en grippe. »

505. Sur la page blanche qui fait face : «*Plan.* —
Dernier scrutin :   948 électeurs, dont 61 légitimistes.
Majorité 475

M. Mairobert . . . . 475, dont 5 contestés.
M. [Gonin], candidat
du préfet . . . . 401, dont 7 contestés.
M. de Crémieux   61
M. Sauvage, républi-
cain fou   9
Voix perdues   2

Leuwen fut consolé : nos 401 du préfet et 61 légitimistes ne faisaient que 462, et M. Mairobert a eu 472.
A examiner : n'y a-t-il pas contradiction dans ces chiffres ? Non, M. Le Canu peut avoir séduit huit ou dix voix du préfet. »

506. Dans la marge : «*For me.* — Éviter l'application au petit Thierry [507]* à Vesoul. Je n'y ai jamais pensé, le mot *petit* me le rappelle. »

507*. Il s'agit du frère d'Augustin Thierry, historien comme lui (1797-1873), préfet de Vesoul en 1830, maître des requêtes en 1838. Stendhal l'a connu dans le salon Tracy et chez miss Clarke dont il a été l'amant ; voir *Souvenirs d'égotisme*, chapitre v.

508*. La manœuvre préfectorale nous ramène à ce « M. Desjoberts » dont parlait Stendhal dans une note du chapitre XLVIII. Voir les journaux des 4 au 7 août 1834, surtout les *Débats* du 7 dont le compte rendu parlementaire est le plus complet. Lors des examens des élections par les députés, le candidat de l'opposition à Avesnes, du nom de Taillandier, battu, se plaint de son rival, élu, le général Merlin ; l'administration à coups de destitutions, de menaces, d'écrits calomnieux, et surtout en annonçant qu'il était décrété d'arrestation par la Chambre des Pairs pour « le procès d'avril » a carrément combattu son élection. La commission de validation propose de blâmer ces manœuvres. Se lève Thiers qui dément les pressions sur les personnes, surtout les fonctionnaires, et qui révèle que Taillandier lui-même a demandé le départ d'un commis des postes. Mais le député de Valenciennes revient sur la grande manœuvre : dès le 27 mai au matin quand on commençait à voter « le bruit s'est répandu tout à coup à Avesnes que M. Taillandier allait être arrêté (l'ordre arrive par télégraphe) comme républicain forcené, impliqué dans les affaires du mois d'avril ». Des agents, des gendarmes répandent partout la nouvelle. Thiers réplique qu'il y a eu confusion de nom : il fallait arrêter à la frontière le républicain de Ludre ; c'est exact, dit-on, mais « le coup était porté, on était épouvanté par les mots de conspirateur et de républicain ». Thiers réplique encore que Taillandier distribuait des bulletins au nom de Merlin, avec un faux prénom pour obtenir leur annulation. On apprend encore que lors d'une précédente élection le préfet de Valenciennes fut destitué pour refus d'aider le candidat ministériel. Se lève alors Desjoberts, élu de Neufchâtel-en-Bray, qui veut apporter son témoignage : le sous-préfet a écrit à un maire pour lui demander « d'employer tous les moyens d'influence légale », ce qui rappelle la Restauration et les « candidats du roi », un fonctionnaire de la préfecture a rédigé un pamphlet l'accusant de vouloir « ramener la république qui n'est qu'un échafaud surmonté d'un bonnet rouge ». Thiers dans une passe d'armes très vive réplique que la circulaire en question a été écrite par des particuliers, que le préfet eut certes le tort d'invoquer le nom du roi, mais qu'il l'a fait dans une lettre personnelle à 6 maires (sur 180!). Une de ces lettres fut soustraite à la poste. Cette fuite (qui explique la note précédente de Stendhal) semble bien conduire à un employé des postes que Desjoberts défend : dès lors Desjoberts et Thiers se donnent des démentis violents mais confus ; il semble l'un et l'autre ne pas vouloir pousser plus loin cette affaire, qui, on le voit, soutient tout entier l'épisode Mairobert. Les *Débats* présentent le député comme un riche propriétaire (normand !) qu'un « zèle outrancier » a dit « partisan de la loi agraire et brûleur de maisons » ; or « chacun sait probablement à Neufchâtel que M. Desjoberts n'a envie de partager ses propriétés avec personne ». Le *National* du 18 octobre 1834 revient sur cette histoire et parle d'une directrice des postes de la région de Neufchâtel sacrifiée par l'administration et déplacée, ceci pour accréditer la thèse de la soustraction de la lettre. C'est sans doute elle que nous retrouverons au chapitre LVIII : c'est allusivement la suite de l'affaire Desjoberts-Mairobert. La directrice des postes de Torville (toponyme normand) aura tout de même mis le ministère en danger.

509. Renseignements chronololologiques donnés par Stendhal : Fol. 257, 258, 259, 260 et 264 : « 12 janvier 1835. » — Fol. 268 : « 12 janvier 35. Éteint le feu, dont la chaleur me gênait, le 12 janvier. » — Fol. 270, 275, 276 : « 12 janvier 1835. » — Fol. 276 : « Vingt pages le 12 janvier de une heure et demie à quatre trois quarts. J'étais sans idées, fatigué. » — Fol. 277 et 278 : « 13 janvier 35. »

Autres renseignements : Fol. 258 : « Climat. Corrigé le 13 janvier, plus de feu, fenêtre ouverte à cinq pieds de ma tête. » — Fol. 275 v⁰ : « Calcul du temps. Du 14 décembre au 12 janvier inclusivement, fait 276 pages. Il y a eu un voyage à Civita-Vecchia pour la perte du *Henri IV*, huit jours sans travail au moins, mettons six. Vingt-neuf jours moins six égale vingt-trois. En vingt-trois jours, 276 pages. 276 : 23 = 12 pages par jour pendant vingt-trois jours. »

510. Dans la marge : « Modèle : Dominique reçu par M. Sainte-Aulaire après Ancône 511*. »

511*. C'est en mars 1832 que Stendhal remplit à Ancône occupé par les troupes françaises les fonctions de sous-intendant militaire.

512. Stendhal note dans la marge qu'il a pris pour « modèle Martial, 1807 ».

Stendhal note en outre : « Jugement. — Longueur de 257 à 265. Cela me semble vrai, moral, mais ennuyeux. Toutefois, M. Mazoni a fait passer l'ennui dans le sens contraire. 13 janvier 35. » Les fol. 257 à 265 contiennent le présent chapitre, jusqu'aux mots : « ... ce courrier extraordinaire qui donna une pâmoison à M. de Séranville. »

513*. Déjà sous la Restauration Stendhal était parti en guerre contre les excès de la centralisation administrative ; la « bureaucratie » peut-elle être tolérable pour un libéral intransigeant qui lui-même a vu à l'œuvre les « commis » sous l'Empire et souffre sous eux dans son Consulat ? Ces « tyrans nains » (*Courrier anglais*, IV, 110) de la fonction publique, il en avait dénoncé l'emprise dans un texte de l'*Italie en 1818*, Divan, 1956, p. 322, emprunté à la *Correspondance politique et administrative* de Fiévée ; il a repris du même auteur royaliste un article sur le même sujet dans les *Débats* de 1826 qui nourrit le chapitre du *Rouge*, « Les plaisirs de la campagne » (voir aussi *Courrier anglais*, III, 146 et sq.). Il devait revenir sur ce thème bureaucratique dans les *Mémoires d'un Touriste* (Club du Bibliophile, t. 1, p. 155 et sq.) à peu près au moment où Balzac allait écrire son « plan Rabourdin » : cette rencontre a été étudiée par Mme Meninger, « Balzac et Stendhal en 1837 », *Année balzacienne 1965*. Voir du même critique « Qui est des Lupeaulx ? » dans *Année balzacienne 1961*.

514. Stendhal ajoute : « M. le maire Rollet. » Je supprime ce nom, que Stendhal cite seulement dans un des « plans » non exécutés.

515. Dans son manuscrit, Stendhal ajoute : « et de M. Rollet, le maire de Ranville ».

516. « A vérifier », se recommande Stendhal dans la marge.

517. A la suite, Stendhal écrit cette phrase : « Leuwen n'avait vu que des figures haineuses dans sa mission, cette figure douce et si remplie d'amitié le toucha. » Puis, il l'encadre par un trait, et note : « Déjà dit, à choisir. Opter. »

518. Dans la marge, Stendhal dessine un profil de tête comprenant le front, un nez imposant, une bouche, et il écrit au-dessous : « Grandnez verra une allusion [519]*. »

519*. C'est le sobriquet usuel dans la presse de d'Argout qui confirme sa « présence » dans le roman.

520. Stendhal écrit en interligne le nom du titulaire réel de l'emploi de « M. Crapart » : « Carlier ».

521. Sur la page blanche qui fait face : « *Plan* du 15 janvier 35. — M. Leuwen père dit (une fois député) : Pour faire mon fils préfet, il faut que je me mette à faire des ministres. — Sur le point de faire des ministres, il dit à Mme Grandet : Si vous voulez que M. Grandet soit ministre, il faut que mon fils ne meure pas de douleur. — Lucien l'a. M. Leuwen père déclare que, pour lui, il est trop vieux et trop paresseux pour désirer le ministère.
Dès que le comte de Vaize s'aperçoit de l'influence commençante de M. Leuwen, il fait Lucien lieutenant et décoré, et il vante publiquement sa conduite de génie à Rouen.
M. Leuwen dit à Lucien : Je suis content de ta conduite, à quarante ans tu aurais fait les mêmes choses, plus prudemment. Mais garde-toi de rappeler ses promesses au de Vaize ; il viendra te prier de recevoir ses grâces.
Au moment de faire un changement de ministres, M. Leuwen meurt et laisse sa famille avec 5 000 francs de rente. »

522. Sur la page blanche qui fait face : « *Plan* (essai de plan), 14 janvier.
— Mme d'Hocquincourt viendrait à Paris. Leuwen rencontre Mme de
Chasteller qui, suivant son vœu, ne lui répond pas, mais ne songe pas à
s'empêcher de le regarder avec la dernière tendresse.

Mme d'Hocquincourt se jette à sa tête, il l'enfile. Il lui donne le bras dans
les bois, sur les collines de sable jaune près de Fontenay-aux-Roses (où je
fus salué par Victor Hugo). Mme de Chasteller les rencontre, Mme d'Hocquincourt rougit jusqu'au blanc des yeux au lieu de la braver.

Trois fois la semaine, des musiciens qui ont loué une chambre presque
vis-à-vis la maison de M. Leuwen (place de la Madeleine) jouent les airs de
Mozart joués jadis au *Chasseur vert*.

Agonie du ministère dont M. de Vaize fait partie. M. Leuwen père meurt
(M. Van Peters était mort six mois avant), Lucien se trouve ruiné, réduit à
2 050 francs de rente. M. de Vaize demande une préfecture pour Leuwen et
est refusé. Le nouveau ministre des Affaires étrangères, auquel M. Leuwen
père a une fois prêté 6 000 francs malgré le peu d'apparence de remboursement, donne au fils une place de 4 000 francs, second secrétaire à Rome. »

523. Dans la marge : « Deux cent soixante-quatre pages d'élection. » Et
au-dessous : « *For me.* — Il est bien temps de sortir des idées d'élections et
d'intérêt d'ambition. Elles durent depuis la page 14 ; celle-ci est 278, donc
264 pages d'élection. »

524. Au fol. 279, un petit papillon collé dans la marge porte le titre du
chapitre : « M. Leuwen à la Chambre », et ces dates : « 15 janvier », et :
« trente-deux pages le 15 janvier ».

Renseignements chronologiques donnés par Stendhal : Fol. 279 :
« 15 janvier 35. Temps chaud, mois de novembre à Paris. Trente-deux
pages. » — Fol. 285 : « 15 janvier. » — Fol. 293 : « 15 janvier 35. » —
Fol. 295 : « 15 janvier. » — « Corrigé le 16 janvier. » — Fol. 297 : « 15 janvier 35, de trois heures à quatre trois quarts. La lumière du ciel, par un
temps gris abominable, me manque à quatre heures trois quarts. » Dessous,
écrit avec une autre encre : « Ce jour-là, le brimborion s'effectuait à Lutèce. » Notons que c'est en 1835 que Beyle fut décoré de la Légion d'honneur. — Fol. 298 et 299 : « 15 janvier 35. » — Fol. 309 : « 15 janvier.
Vingt-neuf pages de trois à six heures. » — Fol. 310 : « 15 janvier. Trente
pages. » — Fol. 311 : « 15 janvier. Trente-deux pages de trois à six, avec un
quart d'heure de repos à la nuit : quatre heures trois quarts jusqu'à cinq très
passées. Trente-deux pages réellement en onze quarts d'heure, quatre minutes 25/31 par page. » — Fol. 311 vº : « 16 janvier, à deux heures du
matin, revenant d'Apollo. » — Fol. 315, 322 et 325 : « 16 janvier 35. »

Autres renseignements : Fol. 278 vº : « *Longueur.* — Combien de pages
imprimées fera ce manuscrit ? La ligne de ce manuscrit a 27 lettres 16 centièmes = 16 283 lignes $\times \frac{2716}{880}$ [*sic*]. Je trouve que le manuscrit relié,
les trois volumes, ferait 502,55 comme *Morus*. Cela serait exact si chaque
page n'avait que dix-huit lignes ou dix-neuf, mais à cause des corrections
j'évalue les trois volumes reliés à 550 pages. Si trois volumes à 485 pages,
comme le *Rouge*, je n'aurai fait qu'un peu plus d'un volume.

J'ai fait les trois cinquièmes de l'ouvrage $\frac{(550 \times 3)}{5}$

Le cinquième de 550, c'est 110. $\dfrac{550}{3}$ = 183   183

                                            3   2
                                          ―――   ―――
                                          549   366

Reste à faire ....   366 pages
Il y en a de faites   550
                                    ―――――
TOTAL   916

Trois volumes de 305 pages. Deux volumes comme le *Rouge*, à 485 = 970.

Conclusion : à mon grand étonnement, l'*Orange* ne serait pas plus longue que le *Rouge*. 15 janvier 35. »

525. Stendhal raconte au chapitre suivant cette « arrivée de Du Poirier ».

526*. Pourquoi M. Leuwen va-t-il dans l'Aveyron chercher un « bourg pourri » ? Le 15 juin 1833 la *Revue des Deux Mondes* annonce que Thiers en quête d'une circonscription facile va dans l'Aveyron où le député sortant avait été élu par ses créanciers qui n'avaient d'autre espoir d'être payés : « Régnard et Destouches sont des écoliers près de nos ministres. » En 1834, Thiers se présente encore à Villefranche-du-Rouergue : une étude de R. Izac, « M. Thiers candidat à Villefranche-du-Rouergue » dans la *Revue de Rouergue* de juillet-septembre 1979 fait un judicieux rapprochement avec ce passage de *Lucien Leuwen* ; certes Thiers est battu, mais M. Leuwen n'a pas une majorité glorieuse ! Malpas et Castanet sont bien des noms régionaux. Petit détail que Stendhal a sans doute inventé en inventant « vrai », comme souvent Flaubert : le préfet dans un rapport confidentiel citait le mot de l'abbé dirigeant le séminaire de Rodez à un électeur de Thiers : « Ah, malheureux, vous êtes damné ! » Bourg pourri donc l'Aveyron est le « microcosme » politique où les moyens de séduire l'électeur se montrent dans leur pureté. Voir sur le même sujet *J. Paturot*.

527. Le fol. 280 comprend le texte suivant, que Stendhal n'a pas rayé, mais qui ne peut guère être incorporé dans le roman : « ... on peut penser comme Lucien fut reçu quand il parla d'absence.

— Je te renie à jamais, s'écria son père avec une vivacité gaie. Redouble d'assiduité et d'attention pour ton ministre. Si tu as du cœur, campe un enfant à sa femme [a].

L'avant-veille de l'ouverture des Chambres, Lucien fut bien surpris de se sentir embrassé dans la rue par un homme âgé qu'il ne reconnut pas. C'était Du Poirier en habit neuf. Bottes neuves, chapeau neuf, rien ne manquait.

— Quel miracle ! pensa Lucien... »

528. Dans la marge : « Féminiser ce *moi* de Mme Leuwen. »

529. Stendhal, qui avait d'abord appelé Champagnier et Ranville les préfectures dans lesquelles son héros était allé en mission, les précise davantage, comme il avait déjà commencé à le faire pour ***, appelé aussi Ranville, qui désigne Caen. Il les nomme ici Niort et Caen. Mais il note dans la marge : « *For me.* — Je mets ces noms pour guider l'imagination. Les remplacer par des étoiles en imprimant ces fadaises. 15 janvier 35. »

a. « Historique. Menti. » (Note de Stendhal dans la marge.)

530. « A vérifier », note Stendhal dans la marge.

531. Dans la marge : « M. ..., de Nancy, ramené à Lucien ainsi. »

532. Note de Stendhal dans la marge : «*Régnant :* style moins noble, mais plus intelligible. »

533. Dans la marge : « Modèle : C^al Maury, en bête. »

534. Dans la marge : « Modèle : me figurer M. Gérard donnant à dîner à Chenavaz [535*]. »

535*. Chenavaz (1778-1829) est un ancien condisciple de Stendhal à l'École centrale de Grenoble ; réputé pour sa sottise, il fit carrière dans la magistrature, puis à la Chambre à partir de 1824 parmi les fidèles de Villèle.

536*. Piet-Tardiveau, député de la Sarthe réunissait dans ses dîners les ministériels à l'époque de Villèle. Ces banquets que l'on supposait aux frais de l'État, entretenaient, disait-on, leur zèle de « ventrus ». Sous la monarchie de Juillet il n'y a pas de véritable groupes parlementaires ni de « partis » structurés ; un grand nombre de députés adoptent des points de vue variables et occasionnels. N'existent comme l'analyse L. Girard, *op. cit.,* II, p. 43, que des « clientèles », souvent liées à tel ministre ; ce qui permet comme le montre Stendhal une véritable « traite » du député. M. Leuwen ne fait qu'amplifier jusqu'à la caricature la constitution de ces « groupes de pression », ou coalitions d'intérêts ; les historiens mentionnent ces « réunions » plus ou moins durables telle la « réunion Fulchiron » (ce dernier, député du Rhône, est le fils d'un banquier), qui crée le ministère de Broglie (voir *Revue des Deux Mondes* du 14 mars 1835, qui la compare à la réunion Piet et à ses dîners, et écrit, « combien est puissante l'apostille de M. Fulchiron » pour toutes les faveurs ministérielles), ou la « réunion Ganneron » (député, banquier, ancien fabricant de chandelles), qui regroupe en 1835 une cinquantaine de députés indépendants (cf. Thureau-Dangin, *op. cit.,* II, 433).

537*. Cette agonie ministérielle qui n'en finit pas, et qui ne finit rien (à la fin du roman le « vieux maréchal » est toujours là) contient d'une manière syncopée cette période qui suit les élections de 1834 et où meurent de faiblesse et de dissensions les ministères Soult, Gérard, Bassano, Mortier. C'est une « anarchie parlementaire » (*National*, 15 février 1835) qui implique les manœuvres du Tiers Parti, sa pseudo-opposition ; si les ministères doctrinaires se démembrent et se déchirent, la coterie de Dupin ne veut pas le pouvoir, et dans les « journées des Dupins », dans le ministère de Trois Jours (9-12 novembre), elle a montré qu'elle cherchait à fuir toute responsabilité. Gênante pour le pouvoir, incapable de le remplacer, cherche-t-elle uniquement à vendre son influence ? Le roman nous propose une Chambre rebelle et indisciplinée et un ministère « qui s'en va » (Titre du *Messager* du 8 janvier 35) : les allusions nous conduisent à la période qui commence en décembre 1834 avec la réunion de la Chambre (sous le ministère Mortier) et qui se termine le 12 mars 35 avec la constitution du ministère de Broglie. C'est là que se situent avant la démission du maréchal Mortier (20 février) et après elle (car les ministres ne sont pas démissionnaires, ils restent dans leur fonction, et viennent à la Chambre dans cette situation fausse de ministres sans ministère), les scènes qui ont pu aider Stendhal à définir cette chute parlementaire inévitable et toujours différée. Ne dit-on pas (*National* du 26 février) que le roi forme un ministère en dehors des « ministres » moribonds ? Le même journal du 25 cite ce mot d'un orateur à la Chambre, « le faible souffle de vie qui restait au ministère... le ministère est en faillite », *rires* dit le compte rendu. C'est le spectacle d'un naufrage du régime, d'un sauve-qui-peut politique (il n'y a plus de volontaire pour être ministre), toutes les combinaisons s'effondrent, ne durent qu'une soirée, c'est le « gouvernement gâchis » (*National*, 11 mars). D'où les espoirs que Stendhal semble partager d'une révision politique qui eût mis le pouvoir entre les mains d'un « centre gauche » plus fidèle à l'esprit de « juillet » : mais cette chambre « tiers parti » en est incapable, et la coterie de Dupin comme celle de M. Leuwen ne poursuit que des objectifs d'intérêts privés.

538. Dans la marge : « A vérifier. »

539*. Cf. *Gazette de France* du 6 décembre, le compte rendu des débats à la Chambre ; on y voit comment Dupin à la tribune se moque des doctrinaires, se livre à toute sa verve, et montre « non l'hostilité qui renverse et tue, mais celle qui taquine et qui gêne ». Le numéro du lendemain contient la fin de la séance : cette fois le discours de Dupin est marqué par les notes suivantes des sténographes : « hilarité... rire presque général » ; Salvandy interrompt l'orateur : « on rit de plus en plus fort... la gaieté de l'Assemblée est à son comble ».

540*. Rémusat (*Mémoires*, III, 152) dit : « les financiers formaient d'ailleurs une petite église dans la Chambre, une secte ». Le *National* du 30 décembre 1834 parle de la « coterie de la Banque de France », comprenant Sanson, Davilliers, J. Lefebvre, Odier, Ganneron, Joseph Perier, Cunin-Gridaine, financiers-députés qui servent aussi de « caution » à M. Leuwen. Voir encore sur ce point *Le National* du 4 juin 1834.

541*. La *Revue des Deux Mondes* du 15 août 1834, p. 484, nous assure dans sa *Statistique parlementaire* qu'il existe à la Chambre une coterie de duellistes (dont Bugeaud) qui a décidé de décimer l'opposition à raison d'un duel par semaine !

542*. Ici comme l'avait avancé K. Furuya (« Des précisions sur quelques sources de *Lucien Leuwen* », dans *Congrès stendhalien de Civita-Vecchia*, Sansoni, Florence, Didier, Paris, 1966), M. Leuwen n'est plus du tout soutenu par Laffitte, privé maintenant de toute influence politique, siégeant à l'extrême gauche (au chap. LVIII nous apprenons que M. Leuwen siège « au deuxième banc de la gauche »), mais par Dupin, président de la Chambre et leader du « parti eunuque » ou tiers parti. Son opposition de vengeance et d'humeur va être prise au sérieux : l' « opposition dynastique » (O. Barrot) va lui faire des offres (chap. LIV). A l'identité de situation (« il mettait on ne sait quel orgueil puéril à faire des ministres et à ne l'être pas » dit de Dupin la *Revue des Deux Mondes*, du 28 février 35, p. 588), s'ajoute l'identité d'action (une fausse opposition sans conclusion), et d'humeur, ou d'éloquence : chacun insiste sur les sarcasmes de Dupin, cite ses bons mots, redoute sa causticité. Cf. Thureau-Dangin, *op. cit.*, II, p. 30 (« don d'improvisation prompte et brusque... verve caustique d'une familiarité vigoureuse, procédant à coups de boutoir... pensée courte, superficielle »), Rémusat (*Mémoires*, III, 116) sur ses « boutades vives et piquantes », son

« décousu » naturel qui lui fait prendre les questions séparément, sa malice, sa sensibilité au succès, ses caprices et sa versatilité (on en dit autant de M. Leuwen, dans ce même chapitre); L. Blanc, *op. cit.*, II, 298, sur sa « façon aussi entraînante que pittoresque de présenter les questions... l'art enfin de relever par une saillie décisive et un tour vif des idées triviales et des sentiments vulgaires... » Voir, enfin, dans *Revue des Deux Mondes* du 1er août 1834 l'article sur le Tiers Parti, très sévère et très dur, et un autre passage de Thureau-Dangin, t. II, p. 264-265.

543. Dans la marge : « Cette contradiction avec " vous serez lieutenant " est bonne. 16 janvier. »

544. Devant ce membre de phrase, Stendhal s'exclame en marge : « Oter, bon Dieu ! »

545. Sur la page blanche qui fait face, Stendhal a écrit ce passage, qu'il n'a pas rayé, mais qui s'incorporerait mal au texte : « Les justes milieux un peu fins même accouraient. Ils ne pouvaient se figurer qu'un banquier riche fît sérieusement de l'opposition.

M. de Vaize était allé voir M. de Beauséant, et je ne voudrais pas jurer qu'il ne fut pas question entre ces deux ministres irrités de susciter un duel fatal à Leuwen. »

546*. La relative minceur du personnage, comme celle du ministre des Affaires étrangères, semble indiquer que Stendhal ne pense ou ne veut faire penser à personne. Néanmoins que M. Leuwen connaisse bien le ministre des Finances va de soi si l'on veut bien se souvenir que le ministre de cette époque est Humann, homme d'affaires et excellent financier.

547*. Parmi toutes les séances parlementaires qui semblent soutenir ces scènes, il faudrait penser par exemple à celle que racontent les journaux du 15 février, et qui est consacrée au monopole des tabacs : le relâchement de toute discipline ministérielle permet des scènes confuses, violentes, où le ministère a évidemment peur d'être battu. Ainsi ce jour-là : Jaubert (« admirable de ridicule » dit le *National*), Salvandy, Vatout défendent gauchement et violemment les ministres; les « centres » clament « aux voix » ou l' « ordre du jour », contradictoirement; Dupin fait chorus avec les indisciplinés, et provoque « une vive hilarité »; les « centres » demandent le renvoi, un scrutin secret, déposent un amendement tactique, et finalement s'en vont pour qu'il n'y ait plus de quorum; ainsi la défaite est évitée! Mais à la séance suivante, elle survient. Stendhal rejoint le schéma comique de la scène : les ministériels crient « aux voix » pour interrompre l'opposant et se dérobent au vote quand il est réclamé par M. Leuwen.

548*. Le *Charivari* du 20 mars 1835 raconte comment le ministère s'est constitué une majorité : en exauçant toutes les pétitions des députés en faveur de leurs protégés, les nominations ont été déposées directement entre les mains des députés.

549*. Formule empruntée à la marquise de Merteuil.

550*. C'est un « thème » journalistique infini que les querelles, injures, rixes mêmes à l'intérieur du conseil des ministres : signe d'un ministère, d'un régime à l'agonie. Les journaux en décrivent sans arrêt : le *National* du 7 février 1835 parle d'une altercation Thiers-Rigny, une « de ces scènes

malheureusement trop fréquentes entre gens qui ont l'habitude de se dire
leurs vérités...» Mareste le 11 avril 1831 (*Cor.*, t. II, 869) écrivait à
Stendhal que les ministes étaient unis, «c'est-à-dire qu'ils ne se jettent pas
au Conseil les encriers à la tête suivant l'ancien usage». Bien entendu Soult
avec sa rudesse de vieux briscard est au centre des algarades vraies ou
imaginaires. Voir dans Rémusat, III, 102, le récit de son éviction à propos
de l'affaire d'Alger. La *Revue des Deux Mondes* du 14 décembre 1833
écrit : «il n'y a pas de comédie de Marivaux où les amants se brouillent et se
raccommodent plus souvent que ne le font depuis quelque temps M. Humann et M. Soult». Le 1ᵉʳ janvier 1835, pronostiquant son retour, la *Revue*
écrit, «on le subirait encore, on ne rougirait pas de presser les mains dures et
calleuses qui menacèrent la figure allemande d'un des membres du
Conseil» ; le 15, elle parle encore des «scènes insolentes qui se passèrent
dans le Conseil, ce grossier échange de mots que se lancèrent à la face les
uns des autres tous ces ministres réunis autour du tapis vert». Sur ces
disputes et «gros mots», voir aussi les numéros des 1ᵉʳ décembre 1834,
5 décembre 1835, et antérieurement du 31 novembre où une querelle
Thiers-Guizot (pour des places à donner) met le roi en scène : «l'arbitre
naturel de ces sortes de différends affectait une impassibilité digne de
son rang de ne pas prendre part à ces tristes débats» ; chacun et lui-même
pense à l'algarade de Soult et de Thiers où ce dernier fut nommé «foutri-
quet» ; cette autre scène «historique» est racontée avec humour par le
National du 16 novembre 1834. Outre les querelles supposées de Soult et de
Thiers (le télégraphe contre les «marchés»), il y a le différend plus profondément politique de la Guerre et des Finances : la solution «Grandet» doit
répondre à ce conflit capital du régime. Voir par ex. la *Revue des Deux
Mondes* du 31 janvier 1834 sur le problème de budget militaire et des crédits
réclamés par Soult.

551. Ce chapitre, que Stendhal intitule «Du Poirier», n'est en réalité
qu'une collection de notes destinées à une révision ; elles n'ont guère de lien
entre elles, sauf celui de raconter la vie de Du Poirier, élu député et
nouvellement débarqué à Paris. Elles font partie de quatre rédactions différentes.

Les trois premiers fragments ont été écrits le 4 octobre 1834, le quatrième
le 16 janvier 1835. Je n'ai pu maintenir ces fragments dans l'ordre dans
lequel ils ont été reliés, et paginés par Stendhal, car le troisième suppose une
rencontre préalable de Du Poirier et de Lucien Leuwen ; j'ai donc interverti
cet ordre, et placé le quatrième entre le second et le troisième ; je l'ai
encadré, dans le texte, par des lignes de points.

552*. Passy (1793-1880) député de Louviers, membre du centre gauche,
vice-président de la Chambre, membre du ministère éphémère des Trois
Jours, est en effet un spécialiste des problèmes financiers et budgétaires.

553*. W. Cobbet (1762-1835), homme politique anglais mais aussi journaliste, éditeur, économiste, eut une carrière agitée et fracassante, fit des
séjours non moins tourmentés aux États-Unis, et se rendit célèbre par ses
conversions politiques : d'abord ultra-tory, puis radical, puis modéré.

554. Dans la marge : «*Originale* et *grande*, deux mots de trop bon ton
pour Du Poirier. »

555. Dans la marge : « Pilotis. — Il compte sans la *peur*. Il faut du *courage personnel* pour ce rôle, de là le comique. »

556. D'après la chronologie qu'a adoptée Stendhal pour son roman, l'arrivée à Paris de Du Poirier doit se placer au commencement de novembre 1834, un peu avant la rentrée des Chambres, qui a lieu, dit l'auteur lui-même dans la « chronologie » placée en tête du tome IV de son manuscrit, « le 24 novembre 1834 ». Or, c'est en 1834 même qu'avaient paru les *Paroles d'un croyant*. N'oublions pas que le texte lui-même de Stendhal a été écrit le 4 octobre 1834.

557. A la fin de ce fragment de chapitre, Stendhal a écrit : « 18 janvier. — Le roi fait appeler M. Leuwen. — *Pilotis*. — M. Leuwen père : M. Leuwen ne comprenait pas le plaisir exquis que l'on trouve à sacrifier ses penchants à la religion du beau et à la délicatesse exquise. Dès qu'il était hors de son comptoir, il n'était attentif dans la vie qu'à tirer un parti plaisant des actions et des paroles qu'il voyait autour de lui, il faisait des plaisanteries que souvent il ne trouvait pas convenable de dire, et il en riait tout seul avec son valet de chambre. Il n'était occupé qu'à rire intérieurement des balourdises de cet homme, Anselme, vieux serviteur fort attaché, mais il n'en laissait rien paraître, il croyait bien cacher ce penchant à la moquerie. Un jour, ce fidèle serviteur, s'étant trompé dans une commission, lui dit d'un air chagrin : '' Monsieur aura plus de plaisir à rire de mon erreur que de peine de ce que ma commission est manquée. '' M. Leuwen rit aux larmes et donna quelques louis à ce fidèle serviteur, qui les reçut de mauvaise grâce. Tout ce qu'il y avait de romanesque par trop de générosité dans le caractère de son fils lui semblait folie, mais il s'était imposé la loi de ne jamais rire en public des folies de sa femme et de son fils. Il trouvait ce fils trop fou pour l'aimer. Il disait à sa femme : '' Je suis comme une poule qui a couvé des œufs de canard et qui voit ses petits se précipiter dans une mare ; elle... '' » La note s'arrête brusquement au bas du feuillet.

558. Dans la marge, Stendhal intitule son chapitre : « Le général Fari calomnié. » Il ajoute : « Modèle : Grandnez calomniant Dominique à Thiers. » Dans la marge encore, en travers : « *Nulla dies sine linea*. »
Renseignements chronologiques donnés par Stendhal : Fol. 347 : « 11 janvier, de cinq heures à six un quart. » — Fol. 351 : « Janvier 1835. *With* Pauline *da* Saint-Pierre et Farnesina. » — Fol. 356 : « Janvier 35. » — Fol. 357 : « 11 janvier. De cinq heures à six un quart, onze pages. » — Au verso : « Onze pages en 75 minutes, sept minutes par page. Pas fatigué du tout. Les appartements, San Pietro in Montorio, la Farnesina, Saint-Pierre. »

559*. Les notes confirment ici le modèle d'Argout pour M. de Vaize. Mais à quel épisode Stendhal pense-t-il ? Thiers ministre des Affaires étrangères, mais en 1836, aurait-il poursuivi volontairement Stendhal, de tracasseries administratives ?

560. Dans la marge : « Explication visible à *Greatnez* seulement. »

561. Stendhal intitule le chapitre *Tourte*. Et au-dessous, entre parenthèses : « (Destitution Tourte.) »
Renseignements chronologiques donnés par Stendhal : Fol. 365 : « 27 décembre. » — Fol. 369 : « 27 décembre. Prince Ky. » — Fol. 371 : « 27 décembre 34. »

562*. Des Ramiers, c'est donc Saint-Marc Girardin, journaliste des *Débats* et professeur à la Sorbonne (son journal rend compte de ses cours). Son nom lui donne comme répondant le pigeon, ou la colombe : on comparera ce que dit Stendhal de ce « fénelonien » humanitaire et hypocrite aux remarques de Sainte-Beuve dans ses *Cahiers*, éd. R. Molho, Gallimard, 1973, p. 102, 112, 133 : « badin », qui fait « le joli cœur » en économie politique, « jamais sérieux qu'hypocritement, prêchant la morale utile, la règle sociale... », « mélange de bel esprit agréable... d'égoïsme déguisé sous l'insolence d'un bon sens honnête... usurpation... de sentiments et de mots généreux... » Saint-Marc Girardin a été élu député non à « Escorbiac », toponyme qui fait penser à Pourceaugnac et Escarbagnas, mais justement dans une zone de comique moliéresque : à Saint-Yrieix. Et l'inspecteur des poids et mesures, ce fonctionnaire limousin qui ferait penser à Giraudoux, a bien existé. La note de Stendhal trouve son explication dans la *Gazette de France* des 9 et 10 décembre 1834 et dans le *Charivari* du 12. « L'ange Saint-Marc *(sic)* punit les méchants avec des destitutions. » Selon L'*Echo de Vésone* M. Maugrageas vérificateur des poids et mesures a été destitué pour ne pas avoir voté comme il fallait : « le poinçonnage des mètres, litres, et stères ne pouvait rester entre les mains d'un ennemi de la résistance ». Mais ce père de trois enfants sans fortune est pris dans une « Saint-Barthélemy de fonctionnaires » imposée par le député : son frère, et le frère d'un candidat d'opposition sont destitués de leur poste à la préfecture. Stendhal a arrangé et aggravé le fait divers électoral : l'humilité du récalcitrant rabaisse encore la démarche punitive du député, qui devient à la fois plus sérieusement méchant et plus farcesque. Et Stendhal fait intervenir le nom burlesque de *Tourte*, ce bossu si vilain, parasite familial dont il est question au chapitre XII d'*Henry Brulard*. Voir sur lui l'article de S. Dolet, « Un certain M. Tourte » dans *Stendhal-Club* n° 79. Il avait été effectivement employé des services du département pendant la Révolution.

563. Dans la marge : « Modèle : M. Saint-Marc Girardin et l'inspecteur des Poids et Mesures. »

564. En interligne, Stendhal écrit : « A vérifier les... » *(Un mot illisible.)*

565. Stendhal l'appelle cette fois *M. Camard*. Il ajoute aussi en interligne le nom du personnage réel qui lui a servi de modèle : « Carlier. » Le nom de Camard est maintenu pendant tout le chapitre.

566*. Allusion à l'article dont nous parlons plus haut.

567. Dans la marge : «*To take*. — Il y aurait un dialogue à faire entre le doucereux Saint-Marc Girardin et Leuwen qui ne veut pas comprendre. »

568. Ici se termine le tome IV du manuscrit.

569. Ce chapitre, intitulé par Stendhal « chapitre », sans numéro, commence le tome V et dernier du manuscrit.
Renseignements chronologiques donnés par Stendhal : Fol. 15 : « 18 janvier 1835. » — Fol. 21 : « 18 janvier. » — Fol. 22 : 18 janvier 1835. M. Hare. Bateau à vapeur. Sébastiani. » — Fol. 28 et 31 : « 18 janvier 1835. » — Fol. 32 : « 18 janvier 1835. » — « A cinq heures, le 16 mai, la lumière me manque ; temps couvert, sirocco. » — Fol. 33, 35, 38, 39 : « 18 janvier 1835. » — Fol. 39 v° : « 18 janvier 35. Vingt et une pages de

trois à six un quart. Levé tard, encore mieux portant, plus sérieux. M. Hare et bateau à vapeur. Sébastiani.» — Fol. 40, 41, 45 : « 19 janvier.» — Fol. 47 : « 19 janvier. Raphaël, Corrège, de M. Noé. — Corrège [*deux mots illisibles*] pour 42 000 francs. — M. Noé. Il me parle de sa véracité en la diminuant dans les termes. Bon ton inspiré par le caractère plus que donné par l'usage de la bonne compagnie.» — Fol. 52 v⁰ : « 19 janvier 35.»

570*. L'anecdote se passe en 1708 et Saint-Simon la raconte dans ses *Mémoires* (Pléiade, t. II, p. 1029). Pour obtenir de l'argent du puissant financier, il fallut lui donner une satisfaction de vanité, le roi dut « se prostituer » : faire semblant de le rencontrer par hasard à Marly et lui faire visiter le parc en le traitant avec d'incroyables égards. S. Bernard « en fut la dupe» et paya.

571. Dans la marge : « Modèle : M. Tianiseba [Sébastiani] parlant à M. Paulin.» Le maréchal Sébastiani fut le premier ministre des Affaires étrangères de Louis-Philippe, entre 1830 et 1832.

572*. A quelle anecdote est-il fait allusion ? Paulin, « honnête, patriote et borné » selon *Brulard*, associé de l'éditeur Sautelet, a été ensuite gérant du *National*.

573. Stendhal, plus prudent que jamais, s'arrange pour qu'on ne puisse pas l'inquiéter si son manuscrit tombe entre des mains indiscrètes ; son texte porte : *qui o   l. Aro.*

574. Cette fois, le « modèle », ou au moins l'interlocuteur, change ; Stendhal note en marge : « Modèle : dit à Dominique, 1833.»

575*. Stendhal se conforme aux innombrables articles de presse qui présentent le roi comme le président réel du conseil et le vrai maître du jeu qui tire les ficelles de ses dupes, les ministres, ou « MM. les comédiens du roi » selon la *Revue des Deux Mondes* du 14 octobre 1834 ; voir à la date du 31 la même Revue sur la manœuvre du roi laissant « s'enferrer » ses ministres. On comparera avec fruit le Louis-Philippe de Stendhal à celui de Vigny qui dans ses *Mémoires inédits* (Gallimard, 1958, p. 108-123) raconte un véritable entretien avec le roi (daté de 1831). C'est Ulysse, le rusé qui est sur le trône ; passant du « ton badin du rusé politique au ton naïf du bonhomme cultivateur, père de famille, honnête citoyen, et gros bourgeois... », le prince étale une « fausse bonhomie », et aussi « une habitude de persuasion et de piperie par la glu des flatteries et de l'intérêt... » ; son « coup d'œil de renard » révèle son assurance de manier tous les esprits ; le « roué » cynique et un peu satanique joue à l'homme simple et candide, et aussi au tentateur, qui tire argument de l'universelle *impureté politique* pour jeter devant son interlocuteur, ou sa dupe, un « pont de vase et de boue ».

576. Cet alinéa et la conversation qui suit ont été ajoutés dans la marge et sur le feuillet blanc qui fait face. La question à laquelle Stendhal fait allusion n'existe dans aucun endroit du manuscrit. Il avait d'abord écrit un dialogue différent de celui qu'il a finalement adopté, et que voici :
« Sire, je ne puis répondre sans l'autorisation de Votre Majesté.
— Eh ! bien, répondez comme vous voudrez.
— Sire, je ne fais aucune allusion aux correspondances directes de Votre Majesté avec les cours du Nord. »

577*. C'est le tarif indiqué par la *Revue des Deux Mondes*, du 15 août 1834. Un ministre aurait dit à propos des « députés des fonds secrets », « les députés sont trop bon marché, nous n'en voulons plus » ; ils coûtent à Thiers mille francs par mois.

578. Le manuscrit porte : *de son général Gnyrumi*. Le général de Rumigny, nous l'avons vu, a servi de modèle à Stendhal.

579. Dans la marge : « A vérifier le mot, prendre le mot exact. »

580*. Le 5 janvier 1835 la *Gazette de France* constate que le ministère a eu la veille 13 voix de majorité dont celles de 6 ministres ; il est en fait minoritaire. Battu sur le monopole des tabacs (voir journaux des 5-8 janvier 1835), malmené dans toutes sortes de débats de détails, le ministère semble pris dans une défaite irréversible, et la majorité qui se désorganise apparaît à la presse d'opposition comme condamnant à mort le « système ». Les ministres n'ont plus d'autorité (comme dans le roman), ils ne peuvent plus empêcher les questions, les examens, les votes ; ainsi selon la *Gazette* du 28 janvier, ni Viennet, ni Bugeaud, ni Rigny ne peuvent empêcher une interpellation sur les anciennes créances russes : la majorité vote avec l'opposition. « La révolution s'en va, il faudra bien que les ministres s'en aillent » (6 févr. 35). Isolés sur leurs « bancs de douleurs », les ministres dégustent le mépris et sont déchirés par les multiples intrigues (*id.*, 23 février 35). De même le 5 mars, le 12 : les ministres ont été nommés par le roi, un ministère existe, mais ses premiers jours sont difficiles, et Sauzet (voir plus loin la note 633*) les malmène au nom d'un Tiers Parti revigoré. Bref l'impression demeure à lire la presse d'un régime flottant désespérément.

581*. Stendhal donne lui-même la source de son épigramme : au cardinal de Fleury qui répondait aux sollicitations de l'abbé de Bernis qu'il n'aurait rien, lui vivant, ce dernier rétorqua : Monseigneur, j'attendrai.

582. Dans la marge : « Allusion à M. de Bernis. Est-elle bonne ? »

583. Lecture incertaine.

584*. La note de Stendhal confirme qu'il s'agit d'une suite des affaires de « Caen », ou du député Desjoberts.

585. Stendhal avait d'abord écrit, au lieu de cet alinéa : « Il y eut à la Chambre une affaire dans laquelle tout le monde jeta les yeux sur M. Leuwen. M. Mairobert se plaignit de la destitution d'une directrice de poste. »

586*. L'allusion s'éclaire si on lit la *Gazette* des 6, 7 et 8 janvier 1835 ou les *Débats* du 7. Le problème d'un renouvellement du monopole des tabacs a une certaine importance dans l'état de « désorganisation ministérielle » ; d'abord Humann qui demande le renouvellement combattait ce monopole sous la Restauration ; ensuite l'opposition propose une commission d'enquête, et c'est un droit que le gouvernement ne veut pas concéder au parlement. Il est battu ! et cette défaite est la toile de fond romanesque de ces passages. Les députés dénoncent l'arbitraire de l'administration dans les concessions du droit de planter le tabac. L'administration prétend, disent les députés, accepter comme planteurs les hommes « dévoués au gouvernement » ; « voix des extrémités » : « c'est-à-dire les hommes qui pensent bien, c'est comme sous la Restauration ». C'est alors qu'un député lit la lettre du

préfet du Lot-et-Garonne, M. Brun (devenu « Noireau ») qui raye de la liste
des planteurs un légitimiste : « vous ne planterez point parce que vous ne
pensez pas comme nous ». « Longue hilarité » dit le compte rendu de séance.
Le lendemain le *Messager* relève que le monopole a été arraché « par une
épreuve douteuse », et que la chambre indisciplinée a imposé la commission
d'enquête, « le cabinet s'en va », « le système... meurt ».

587. Dans la marge : « M. Brun, journal du 6 ou 7 janvier 1835. »

588. Le mot est surmonté par une croix, et Stendhal note dans la marge :
« Style : faut-il ôter *toutefois ?* »

589. Dans la marge : « *For me.* — Cet embarras est sérieux. » — On lit
encore dans la marge les deux notes suivantes : « 18 janvier 35. — Il est
riche. — Oui, il a de la fortune », dit M. Hare, parlant mieux français que
moi. » Et : « *Plan*, 18 janvier 35. — Tout le monde voit de plus en plus que
M. Leuwen sera ministre, ou fera les ministres. Mme Grandet se met dans
la tête de faire son mari ministre de l'Intérieur. Elle fait venir M. Leuwen
père chez Mme de Thémines à dix heures du matin. M. Leuwen, pour se
moquer d'elle, lui bat froid. « ... Vous serez cause, dit-il enfin, bien prié,
que mon fils mourra de la poitrine. » Là-dessus, Mme Grandet fait des
avances à Lucien et se donne à lui sans amour. — Après l'avoir eue, et en
s'étonnant, Lucien s'écrie tout à coup : « Ah ! je reconnais mon père ! » Son
père rit comme un fou quand Lucien lui parle de cela le soir. » En travers de
ce « plan », Stendhal écrit : « *Made,* 20 janvier. »

590. Bien suivi.

591. Sur le feuillet blanc qui fait face sont diverses notes :
1. « Suite du plan, 19 janvier 35. — Leuwen pousse à la chute du
ministère ; toutes les démissions sont données, mais Leuwen, ne voulant
point du ministère et ne trouvant personne à lui dévoué pour faire un
ministère, Leuwen trouve que la plus *grande et plus visible action* qu'il
puisse exercer est de refaire ce ministère. (Dois-je admettre un ministère de
trois jours, le ministère Bassano ? Si l'*Orange* paraissait en mai 1835, non ;
mais quand elle se montrera, le ministère Bassano sera comme aujourd'hui
le ministère Casimir Perier : le temps aura passé sa *patine.* Donc, prendre cet
événement, qui n'a d'autre inconvénient que de donner un nom à MM. de
Vaize et Bardoux, mais cela même est affaibli par le temps ; il suffit de
quelques traits pour dérouter la personnalité et l'application. »
2. « Peut-être écrire à M. Guys pour demander mes paquets Ampère. *To
ask* avis à M. de Tall. »
3. « *For me.* Il ne faut pas relire plus de deux pages en commençant la
séance de travail, autrement le *feu* s'use à corriger. 19 janvier 35. »

592*. Les notes de Stendhal sont sans ambiguïté ; voir encore celles des
chapitres XLI, XLII, XLIV où au jour le jour Stendhal a consigné ses réactions
à la crise ministérielle de novembre 1834 : il a pu voir dans le ministère des
trois jours, une possible rupture du règne de la « doctrine » ; voir au chapitre XXXVII le rapprochement du ministère Bassano et du « 5 septembre », soit
du 5 septembre 1816, date où Louis XVIII dissout la Chambre introuvable.
Ce fut « le ministère avorté », la « journée des Dupins », le règne impuissant
du Tiers parti « eunuque », cette « coterie d'hommes qui n'osent ni prendre le
pouvoir ni le soutenir ». M. Leuwen est bien dans la position de Dupin

(célèbre entre autres par les bals et réceptions qu'il donne en sa qualité de président de la Chambre), et la Légion du Midi est la caricature farcesque, mais éclairante du Tiers parti. On lira sur ce sujet Thureau-Dangin, *op. cit.*, II, p. 263 et sq., et 269-286. L'opposition de Dupin est une « taquinerie » envieuse et boudeuse, aux vues étroites et égoïstes. D'une part, il ne veut pas du ministère pour lui-même : le ministère Grandet, cet infaisable combinaison, cette solution avortée à peine née, que M. Leuwen propose tout en refusant d'en être, reproduit l'épisode du ministère des Trois Jours (Dupin y avait délégué son frère, et mis des comparses) ; d'autre part, par un effet de construction synoptique, cette longue crise ministérielle que M. Leuwen a provoquée, puis ralentie (il va même jusqu'à défendre le ministère qu'il a combattu), transpose l'activité purement négative du Tiers Parti qui chicane le pouvoir sans vouloir le prendre. M. Leuwen endosse donc, avec d'autres motifs, le rôle de Dupin. Rémusat (*Mémoires*, III, 109) ajoute encore que la « doctrine » en se retirant pour mettre au pied du mur Dupin et le roi a fait une sorte de mystification, ou de pari, et que les ministres démissionnaires s'étaient amusés à composer pour rire le ministère le plus incolore pour leur succession (cf. Rémusat, *op. cit.*, III, 109-111). Voir *Revue des Deux Mondes*, 1er août et 15 août 34 qui analyse le Tiers Parti, puis le numéro du 14 novembre qui raconte l'épisode du ministère Bassano, le *National* du 17 août qui dans des termes qui sont sans doute ceux de Stendhal voit dans le rôle dissolvant du Tiers Parti le symptôme d'une crise du régime tout entier mal établi sur le pouvoir d'une caste et le règne des intérêts matériels.

593*. Il n'y a dans le roman qu'*un* maréchal, *le* maréchal. Ce qui nous semble désigner allusivement Soult, qui est toujours là, inusable et indispensable. Gérard, Mortier sont supposés plus honnêtes, et se situent plus « à gauche ».

594*. Reconnaissant en Dupin un « type » de la société actuelle, la *Revue des Deux Mondes* du 15 août 1834 déclare que dans « ce système de cynisme », la foule retrouve l'image fondamentale de Robert Macaire. C'est le régime des « roués politiques ».

595. Dans la marge : *« Plan du 19.* — Je trouve que la position de M. Leuwen est bien belle ; c'est à peu près celle de M. de Talleyrand. »

596. Dans la marge : « A faire : anciennes scènes *probantes*. Il faut que Lucien sacrifie sa reconnaissance pour son père à son amour. »

597. En interligne, Stendhal écrit le synonyme italien : *luna.*

598. Dans la marge, Stendhal se recommande : « A vérifier l'âge. » Comme au début du roman Lucien Leuwen a vingt-trois ans, c'est bien vingt-quatre ans qu'il faut lui donner ici.

599. « Séparation », explique Stendhal dans la marge.

600. Renseignements chronologiques donnés par Stendhal : Fol. 55 et 56 : « 20 janvier 35. » — Fol. 59 : « 21 janvier. » — Fol. 62 : « 20 janvier. » — « Corrigé 7 février, Civita-Vecchia. » — Fol. 62 v° : « Corrigé le 21 janvier. Giboulées de mars. — Hygiène de l'animal : Le vin de Champagne (quatre verres dans la soirée) me rend gai, allègre ; vie physique agréable le lendemain. » — Fol. 64 : « Pluie endiablée 21 janvier. » — Fol. 67 : « 21 janvier. » — Fol. 67 v° : « Le 13 mai 1834, il est à 126 de *Leuwen* et

cherche le plan. L'avez-vous trouvé, monsieur?» — Fol. 76 : «Corrigé
21 janvier. Giboulées de mars à Paris. Hier, bal Tor.» [Torlonia]. —
«Giboulées à Civita-Vecchia par combat entre le sirocco et la tramontane le
6 février 35, villa Manzi.» — Fol. 79 : «20 janvier 1835. Bal ce soir, palais
Torlonia.» — Fol. 84 et 85 : «21 janvier.» — Fol. 87 : «21 janvier.» —
«Corrigé 7 février, Civita-Vecchia.» — Fol. 89 : «21 janvier.» — «7 février 35, Civita-Vecchia.»

Autres renseignements : Fol. 56 v° : «23 janvier 1835. Nouvelle encre de
Lowe sans étiquette. J'arrange ce volume pour le faire relier le 23 janvier.
Gain du procès du bâtard. *First* dîner *at* D. Alexandre Torlonia's. Bêtise de
D. Henri. Longue figure de son frère qui fait la cour à la duchesse. — Le
troisième volume a 325 pages écrites (de 600 à 925).»

601. Entre le fol. 56 qui se termine par ces mots : « ... qui, à bon
compte, s'était mis à...» et le fol. 58, qui débute par «pairie», il y a un
feuillet 57, blanc, sur lequel sans doute Stendhal devait faire les additions
qu'il jugeait nécessaires.

602. Dans la marge : «Peut-être mettre ceci en dialogue. 21 janvier.
Temps du diable, *il maggio di troni crollò*.» — La note de Stendhal est
antérieure au texte définitif, qui, en effet, a été «mis en dialogue».

603. Dans la marge : «Personnalité.» Et sur la page blanche qui fait face,
on lit cette note : «*Personnalité*. — C'est un vilain défaut, c'est mêler du
vinaigre à de la crème. Mais les modèles connus par moi en 1829 et 30,
revus un instant en 1833, seront morts ou éloignés de la scène du monde
quand l'*Orange* (ou le *Télégraphe*) paraîtra, en 1838 ou 1839.»

604*. Dupont de Nemours (1739-1817), médecin, économiste, philosophe, a quitté la France pour s'expatrier aux États-Unis sous le Directoire ; il
est revenu en 1802 et reparti en 1815. Il est exact que dans son Mémoire *Sur
l'Instinct* (paru dans *Quelques Mémoires sur différents sujets, la plupart
d'histoire naturelle et de physique générale et particulière*, Paris, 1807)
Dupont de Nemours dresse une liste des cris des corbeaux (p. 176, 188,
230), et les interprète ; il réduit le chant des oiseaux à des poèmes en
résolvant la difficulté que le langage animal n'a pas de verbe ou qu'il est
sous-entendu, bref se fait fort de traduire de l'animal en humain (par ex. un
rossignol), tout en regrettant que le contraire lui semble plus difficile.
Stendhal a-t-il donc lu ce texte fort étrange qui se réfère à son maître Tracy
et à sa théorie de l'interjection ? Dupont de l'Eure (1767-1855), d'abord
magistrat, puis homme politique qui se situe constamment à gauche, sans
doute républicain, a été toujours dans l'opposition de 1817 à 1848, sauf
pendant le ministère Laffitte où il est garde des Sceaux. Il incarne pour
Stendhal la «vertu» politique ; c'est un républicain qui «pratiquait» a dit
Véron.

605. Suit, dans le manuscrit, un blanc d'un tiers de page environ, et dans
la marge Stendhal a écrit : «Portrait de M. Grandet.»

606*. Ici comme plus loin au chapitre LXII, Stendhal redoute la «personnalité» pour M. Grandet. Est-ce à dire qu'il use d'un modèle défini ? A coup
sûr le personnage semble se réduire à sa signification typique : il est le
juste-milieu *en soi ;* et d'autre part il répond à ce rythme du roman stendhalien justement analysé par J. Birnberg («Les sots et la bêtise dans l'œuvre

de Stendhal », dans *Stendhal-Club*, n° 80), selon lequel le sot tend à se renforcer et à se purifier : comme le *Rouge* passe de M. de Rénal à Valenod, nous allons ici de De Vaize à Grandet, son successeur possible. M. Grandet n'est-il pourtant que l'incarnation des pieds à la tête de l' « aristocratie bourgeoise » ; le cliché d'époque ne saurait être mieux appliqué qu'à ce ménage qui explicitement travaille à se noblifier et cherche toutes les savonnettes à vilains possibles. Mais si Mme Grandet fait penser à Mme Delessert, son mari ne renvoie-t-il pas à G. Delessert ? On peut formuler cette hypothèse dans la mesure où Stendhal insiste sur un trait qui au-delà de l'absence d'esprit, pourrait le caractériser, la bravoure et les activités quasi militaires à la tête de la garde nationale. Or G. Delessert s'était illustré dans de telles fonctions : n'est-il pas en 1832 général de brigade de la garde nationale ?

607. Dans la marge : « A faire : relever Mme Grandet, c'est encore un bien plat personnage. 21 janvier 35. »

608. Sur la page blanche qui fait face : *« Style.* — Je trouve ceci d'un style étrange, après une heure de conversation serrée avec M. le Baron, ami de Formont. 22 janvier. » — Et dans la marge : « Traduire ceci en style plus amusant. Ceci est bien procès-verbal, mais *bon ;* il faut d'abord chercher le vrai. Civita-Vecchia, 7 février 1835. »

609. Dans la marge : « Physique de Mme Grandet : Mme Gou. 21 janvier. »

610. « A vérifier », se recommande Stendhal dans la marge.

611. Dans la marge : « Dire : c'est un homme à la mode du jour. »

612. Dans la marge : « Fin de la phrase *préparatifs,* commencement de la phrase *action.* Mme Grandet écrit. »

613. En interligne : *«(dogged), de mauvais présage.* » Et, sur la page blanche qui fait face : « Souvent il y a des distractions dans la première rédaction : *silence absolu,* pour : *dogged, morne,* de mauvais présage. » En effet, Stendhal avait d'abord écrit : « gardait un silence presque absolu. »

614. Dans la marge : « Mme RiGou. »

615. Sur le feuillet blanc qui fait face : *«For me.* — Il faut laisser le demi-jour. La peine de comprendre ôtera l'indécence pour les sots. Autrement, je dirais : Après avoir fait comprendre en des termes si honnêtes que si elle voulait courir la chance de voir son mari ministre, il fallait commencer par faire le bonheur de Lucien, M. Leuwen n'y put tenir : il s'enfuit. »

616. Dans la marge : « Source de comique, mais en finissant, faisant la peau de la statue : une telle comédienne être Mme Roland ! »

617. Stendhal observe en interligne que cette phrase est un « vers ».

618. Dans la marge : « Elle se dit de Lucien : C'est un être bon, fort amoureux, mais qui a peur de moi. »

619. Stendhal n'aime guère le mot *regorge,* car il l'a marqué d'une croix ; il avait même essayé une autre fin de phrase : « et j'entends dire qu'elle est accablée par les courtisans de cet acabit » ; puis, il raye et explique en marge : « A vérifier le fait ; j'en doute. »

620. Stendhal note à côté de cette phrase : « En finissant, développer ce contraste. »

621. Dans l'interligne : *« To take in* Retz. » (Prendre dans Retz.)

622. Dans la marge : *« Pilotis.* — Elle se glorifie de ce qui fait la pauvreté de son âme. 24 janvier. »

623. Dans la marge : « Voir *semper lady Riefgou.* » Stendhal a dit plus haut : « Physique de Mme Grandet : Mme Gou » ; et : « Mme RiGou. » Je crois que le nom *Gou, RiGou,* ou *Riefgou* doit être celui de Mme Gourieff, la femme du général russe, comte Alexandre Gourieff ; celui-ci avait des relations en France et devint grand officier de la Légion d'honneur ; mais je n'ai pu recueillir la preuve que Beyle ait rencontré la comtesse Gourieff dans l'un quelconque des salons où il fréquentait.

624*. Au t. V (p. 319 et sq.) de ses *Mémoires d'un bourgeois de Paris,* Véron fait le portrait des femmes à la mode du juste-milieu : ces « femmes d'affaires » à l'esprit positif et à la volonté précise et tenace, font en effet penser à Mme Grandet. C'est le règne « de la place Saint-Georges ».

625. Dans la marge : « Fièvre. Manque un trait d'humeur de grande dame. La fièvre qu'elle a. Le docteur Carbonacci. »

626. Dans la marge : *« Pilotis.* — C'est le second soir. »

627. Au verso du feuillet : *« Beware !* — Donner quelque chose d'humain, quelques détails vrais (et les placer près du commencement) aux personnages odieux, comme le comte de Vaize et Mme Gran(gou)det [*sic*] ; autrement, j'en ferai, ils seront, sans que je m'en doute, de simples mannequins à abominations ministérielles, comme les personnages de *M. le Préfet* de M. Lamothe-Langon. »

628. Renseignements chronologiques donnés par Stendhal : Fol. 93 : « 23 janvier 35. Nouvelle encre. Procès gagné. » — « Corrigé le 24. » — Fol. 95 : « Le 24 janvier, Dominique a-t-il été poisné [*sic.* Empoisonné] ? » — « Non. » — « Allé chez le docteur de Matt ? Non. Vomi d'abord. » — Fol. 96 : « 23 janvier 35. » — « 7 février. Civita-Vecchia. »

629. Dans la marge : *« Beware !* Idée de pisser. »

630. Dans la marge : « Humour. » Sur la page blanche qui fait face, Stendhal complète cette observation un peu laconique : « Définition de l'humour qui me vint le 7 février : le sérieux qui donne du plaisir à qui s'en sert. »

631. Stendhal avait d'abord écrit : « il décidera mieux les affaires, surtout les grandes, que M. Grandet. » Mais il s'aperçoit que la fin de la phrase sonne mal, et note en interligne cette répétition des sons « grangran ». Et, pour éviter une cacophonie, il ajoute entre les deux *gran :* « où il faut un vrai bon sens. »

632. On lit sur le feuillet blanc qui fait face :
1. « A placer. — Un jour Lucien rencontra un de ses professeurs à l'École polytechnique, vieux et bonhomme.

— Eh ! bien, mon enfant, on dit que vous êtes tout puissant à l'Intérieur et que vous êtes un grand travailleur. Dites-moi une chose : peut-on travailler un an dans un bureau avec succès, sans devenir un sot ? Faites votre fortune par ces misères, mais méprisez-les, et de temps à autre relisez Laplace et Fourier. » Dessous : « Approuvé. Ceci me permet de conserver le bon ton de Marco Visconti pendant tout le ministère de Lucien sous M. de Vaize, *id est* : jamais de réflexion philosophique sur le fond des choses qui, réveillant l'esprit, le jugement, la méfiance froide et philosophique du lecteur, empêche *net* l'émotion. Or, qu'est-ce qu'un roman sans émotion ? Faudrait-il donc tomber dans l'abominable afféterie des premières pages de *Valentine*, lues hier 13 février ? — 14 février. » Dans la marge : « En lisant La Bruyère, le 12 février, après la *Mort d'Attila*. »

2. «*Idée*. — L'esprit seul est fidèle à lui-même. Chute de l'éloquence de M. Sauzet. Journaux du 2 ou 3 février [633*]. »

633*. Nouvelle preuve de l'intérêt de Stendhal pour le Tiers Parti et les débats parlementaires : Sauzet, ancien avocat qui a participé à la défense des ministres de Charles X, élu dans le Rhône en 1834, membre du cabinet des Trois Jours, futur ministre du cabinet Thiers, fit le 6 décembre 1834 un discours chaleureux, et sans doute improvisé contre l'ordre du jour motivé et pour l'amnistie. Il faillit emporter la décision, et fit chuter la majorité ministérielle, ralliée par Thiers *in extremis*. Voir sur ces débuts brillants d'un orateur généreux et libéral, Rémusat, *Mémoires*, III, 122-123. Par la suite, le 1er février il devait intervenir pour l'indemnité des Lyonnais avec beaucoup moins de succès : les *Débats* du 2 février commentent cette « chute » de son éloquence (la formule est dans le journal) et évoquent les espérances, les « pensées ambitieuses » qu'il a suscitées, les groupements qui se faisaient autour de Sauzet. Le même journal, le 15 mars, le montre prenant sa revanche et le félicite de choisir nettement l'opposition : Sauzet venait de s'illustrer par un duel oratoire avec Thiers.

634. En face de cette phrase, dans la marge : « Bon. Style définitif. 10 février 35. »

635. Le chapitre ne finissait pas là : une phrase commence au bas du feuillet (« Je crois bien ») et reste sans suite, car les feuillets suivants ont été supprimés par Stendhal. Celui-ci écrit au verso du feuillet 101 : « J'arrache deux pages, où se trouve le bal du premier volume. » Ce bal de Mme Grandet est bien annoncé à diverses reprises dans les « plans » semés par Stendhal au hasard des pages, mais il n'a pas été rédigé, et les « deux pages » dont il est question ici ont disparu.

Au verso du fol. 101, on lit un fragment qui se rapporte à la conversation entre M. et Mme Leuwen : « ... mais au fond elle était très choquée de la partie féminine de cet arrangement.

— Cela est de mauvais goût ; je m'étonne comment vous pouvez donner les mains à de telles choses.

— Mais, ma chère amie, la moitié de l'histoire de France est fondée sur des arrangements absolument aussi exemplaires que celui-ci. Les trois quarts des fortunes des grandes familles que vous voyez aujourd'hui si collet monté furent établies autrefois par les mains de l'amour.

— Grand Dieu ! Quel amour !

— Allez-vous me disputer ce nom honnête que les historiens de France ont adopté ? Si vous me fâchez, je prendrai le mot exact. De François Ier à Louis XV, le ministère a été donné par les dames au moins aux deux tiers des vacances. Toutes les fois que notre nation n'a pas la fièvre, elle revient à ces mœurs, qui sont les siennes. Et y a-t-il du mal à faire ce qu'on a toujours fait?

C'était là la vraie morale de M. Leuwen. Pour sa femme, née sous l'Empire [a], elle avait cette morale sévère qui convient au despotisme naissant. Elle eut quelque peine à s'accoutumer à cette morale. »

Dans la marge, cette note : « *Idée*. — Sénèque et Socrate. Les politiques tombés (exemple le prince de la Paix) veulent noblifier leur position par les beaux actes. Argent fou qu'il dépense pour l'illustration du buste double Sénèque et Socrate. M. de Blacas. Conté le 24 janvier par le docteur de M. »

636. Renseignements chronologiques donnés par Stendhal : Fol. 110 : « 26 janvier. M. Mignet *this night*. » — Fol. 112 : « 26 janvier. » — « Corrigé, 10 février. » — Fol. 114 : « 26 janvier 35. » — Fol. 117 : « 27 janvier 1835. » — « Le 10 février, Civita-Vecchia. » — Fol. 118 : « 27 janvier 35. » — « Corrigé le 28 janvier. » — Fol. 120 : « Corrigé 28 janvier. » — « Transcrit, Civita-Vecchia, 31 janvier. » — Fol. 121 : « Civita-Vecchia, 31 janvier 35, recopié ceci. » — « Corrigé, et en général approuvé, le 11 février 35. » — Fol. 123 : « Conversation : M. Leuwen et Mme Grandet ; transcrit le 14 février. » — Fol. 146 : « 28 janvier. »

Autres renseignements : Fol. 122 v° : « Prendre le *la* à Paris pour ces conversations au moment de l'imprimer, vers 1839. *I see,* 14 février 35, le *beginning of the end*. » (Je vois, 14 février 35, le commencement de la fin.) — Sur le même feuillet, un fragment de papier a été collé par Stendhal, avec la mention « ailleurs » : « ... en premier, mais elle les aime encore. Cet attachement mélancolique et à la Don Quichotte pour cette Mme de Chasteller me semble incroyable, mais si nous touchons cette corde-là, il est capable de partir pour l'Amérique. » — Fol. 142 v°, on lit ce fragment, qui ne se rapporte pas au texte du chapitre : « Projet de réplique : — Votre Excellence veut-elle me permettre de répondre nettement ? — Parlez, monsieur. — Je croyais que Votre Excellence avait dit à Mme d'Anjou qu'elle ne changerait pas ma position en mal. — 14 février 35. »

637. En tête du feuillet, on lit : « Caractère de Mme Grandet. A transporter au premier volume, quand elle paraît. A Nancy, il faut bien se garder de présenter Mme Grandet comme un personnage principal du roman. L'anecdote du bal suffit peut-être pour l'annoncer. Civita-Vecchia, 8 février 1835. » — En travers de tout ce premier paragraphe, Stendhal a écrit : « Tout ceci peut aller à Nancy. » Cette partie du plan n'a pas été réalisée.

638. Sur la page blanche qui fait face : « Pour le comique, examiner si Mme Grandet doit croire si fermement que Lucien l'aime. 28 janvier. »

639. Dans la marge : « *Position* dans son vrai sens. »

640. Sur la page blanche qui fait face : « Modèle : ... Je crois que la légitimité peut seule faire le bonheur de la France : mon père était gentilhomme honoraire de la Chambre du roi Charles X. (Cette dernière ligne dite du ton d'une explication. Le comique en nature ne peut aller plus loin. Dit à trois pas de ce papier vers le 24 janvier 1835.) »

a. Stendhal veut dire, sans doute, que Mme Leuwen s'était mariée sous l'Empire ; Lucien, qui a 23 ans en 1834, est né en 1811.

641. A la suite, Stendhal a placé un plan assez détaillé de ce qui va
suivre. Ce texte est écrit le 26 janvier 1835, alors que la conversation entre
M. Leuwen et Mme Grandet a été écrite entre le 28 janvier et le 14 février.
Voici ce schéma :

« *Scène à faire*. — Position des deux interlocuteurs : M. Leuwen promet
un ministère et veut que Mme Grandet se donne à Lucien avant que l'Ordonnance ne soit dans le *Moniteur*. Mme Grandet, avec toute l'honnêteté de
paroles possible, (là est la source de comique), dit : « Je me donnerai bien, la
difficulté n'est pas là ; mais me donnerez-vous un ministère ? Mais ferez-
vous mon mari ministre ? Une fois que je me serai attachée à M. votre fils,
le ministère peut tarder. »

La forme est tout, et je ne veux pas me donner la peine de faire le dialogue
avant d'être sûr que j'emploierai cette scène.

Le fond raisonnable est que M. Leuwen lui dit : « Prenez des informations. Demandez si je puis, oui ou non, disposer probablement d'un ministère. J'avoue qu'il n'y a de sûr que ce qui est dans le *Moniteur* ; or, cette
certitude, je ne puis pas vous l'offrir. D'ailleurs, la difficulté serait la même
une fois le nom de M. Grandet dans le *Moniteur* ; seulement elle changerait
de côté, ce serait alors à moi à les prononcer. Vous pourriez peut-être
oublier votre pitié pour les souffrances de mon fils. »

On s'ajourne. Mme Grandet prend des informations ; il en résulte que
dans le cas de dislocation du ministère actuel M. Leuwen a les plus grandes
chances d'être ministre de l'Intérieur ou de faire nommer qui il voudra à
cette place, car sans lui dans les premiers moments le ministère n'aurait pas
la majorité à la Chambre. Il est bien possible qu'après deux mois le roi se
moque de M. Leuwen et le force, par des dégoûts, à demander sa démission.

Elle s'assure que M. Leuwen est de bonne foi avec elle. (Mais comment ?)

Enfin, elle consent à prendre Lucien pour amant.

Scènes de Mme Grandet avec Lucien pendant les cinq jours que dure la
négociation que nous venons d'indiquer. Comique. »

642. Dans la marge : « Modèle (27 janvier). — Me figurer Mme Netver [643]* avec le physique de Mme Gou [Gourieff ?]. — Toutes les petitesses des passions les plus basses déguisées en gentilhomme. Le spectateur est dégoûté de la beauté et de la noblesse de Mme Grandet (Net-
Gou). »

Sur la page blanche qui fait face : « Mme Gou-Netver. — Mme Grandet
laisse errer sur une table, au milieu de ses plus jolies gravures (auxquelles
elle a adjoint pour la circonstance les trois ou quatre volumes qu'elle lit),
laisse errer une lettre dont l'adresse est : A madame la comtesse Grandet.
C'est un père de famille qui demande l'aumône. (Ceci dès les premières
pages où l'on parle de Mme Grandet.) Chercher trois ou quatre autres traits
de Mme Netver.

Toujours : 1. Le moral de Netver. — 2. Le physique de Gou.
28 janvier. »

Dans la marge Stendhal écrit encore : « Modèles : la lettre *errante* à
Madame *de* Netver. Le père de famille envoyant des vers à la Madone à lady
Sandre. »

528   LUCIEN LEUWEN

643*. Il s'agit de Mme Vernet, femme d'Horace Vernet qui se trouve
alors à Rome en qualité de directeur de l'École française.

644. Sur la page blanche qui fait face : « *Plan*, 27 janvier. — Mme
Grandet, piquée d'avoir été quittée pour Mme de Chasteller, brouille par
quelque intrigue méchante Lucien avec Mme de Chasteller. Lucien avait eu
Mme de Chasteller. Mme Grandet, piquée par l'abandon de Lucien, est
devenue amoureuse de lui et croit sa *gloire* intéressée à le réavoir[a]. Lucien,
plus malheureux que jamais de sa brouille avec Mme de Chasteller, veut
quitter Paris. Son père meurt, il est ruiné, il se fait nommer secrétaire
d'ambassade à Omar. Mme la duchesse le fait destituer. Ruiné tout à fait,
Mme de Chasteller lui donne sa main et 15 000 francs de rente. Fin du
roman. 27 janvier 1835. »

Sur la même page, on lit encore ces deux notes :

1. « Quel caractère a Lucien ? Non pas certes l'énergie et l'originalité de
Julien. Cela est impossible dans le monde (de 1835 et 80 000 francs de
rente). On est *net*, hors de nature, quand on le suppose. »

2. « *Nom*. — Faut-il appeler le héros Lucien, ou Leuwen ? Je penche pour
Lucien le 27 janvier. »

645. Dans la marge : « A placer. — L'argent est le nerf non seulement de
la guerre, mais encore de l'espèce de paix armée dont nous jouissons depuis
Juillet. Outre l'armée, indispensable contre les ouvriers, il faut donner des
places à tout l'état-major de la bourgeoisie. Il y a là six mille bavards qui
feront de l'éloquence contre vous, si vous ne leur fermez la bouche avec une
place de six mille francs. »

646*. Ici Stendhal semble se livrer à une analyse des principes du
« système » plutôt que de la conjoncture. Encore trouve-t-on rarement une
telle réflexion dans la polémique quotidienne. C'est la *Revue des Deux
Mondes* et son accusation de gouverner par la peur qui est la plus proche de
M. Leuwen : voir le numéro du 30 avril 1834 qui décrit l' « exploitation »
par Soult des émeutes d'avril pour avoir des crédits supplémentaires : il
« escompte » ses victoires, et réclame 14 millions ; celui du 31 juillet qui
explique la retraite de Soult par le fait qu'il est devenu « impossible de créer
un nombre d'émeutes suffisant » pour répondre aux demandes de crédits
militaires ; celui du 1er août qui revient sur l'assise militaire du régime, et
l'impossibilité de faire des économies sans toucher « à l'immense *pied de
paix* » de l'armée.

647. Dans la marge : « Vrai, mais obscur. »

648. Stendhal a rédigé deux fois au moins une partie de la conversation
de M. Leuwen et de Mme Grandet. Il a gardé dans son manuscrit une partie
de cette « autre rédaction (conserver cette page pour cette autre rédaction). »
Ce deuxième texte occupe le fol. 118 :

« Ce banquier s'appellera-t-il Leuwen ou Grandet ? Je suis bien paresseux,
je ne puis pas faire mon fils ministre, mais je puis faire appeler au ministère
l'homme présentable choisi par la personne qui sauvera la vie à mon fils.

— Je ne doute pas de la sincérité de votre bonne intention...

a. En interligne : « Modèle : furibonde comme lady Grandbois. »

— J'entends, madame ; vous doutez un peu, et dans une matière si grave rien de... »

Dans la marge : « Voilà l'indécent. Maquereau et catin. — N. B. La catin ne s'est pas encore vendue, faute de prix suffisant. »

— Sur le même feuillet, une seconde rédaction, ou première, pour mieux dire :

« Il s'est trouvé dans ces circonstances que la Chambre a montré toute faveur à un banquier ami politique du ministre de la Guerre. On a demandé à ce banquier d'entrer dans un nouveau ministère. Il était trop paresseux, trop âgé, son fils était trop jeune et trop absorbé dans les... d'une passion fatale. Ce banquier vous est attaché, madame, par les liens d'une ancienne admiration. Il vous demande un sacrifice que votre cœur vous impose déjà, et à ce prix il donne le ministère à une personne désignée par vous. »

Sur la page blanche qui fait face : « Voici le raisonnable de cette conversation. J'ajouterai le comique en polissant le style. 28 janvier. »

649. Dans la marge : « Idée : et si Mme Grandet consultait son mari ? Quelle scène ! 28 janvier. » — « Oui, 29 janvier. »

650. Variante : *cette orange de Malte*. — Cette dernière expression ne convient pas à Stendhal, qui note à côté : «*Style : de Malte,* affectation. »

651. Dans la marge : « M. Leuwen doit-il prendre la petite rouerie de détail d'employer exprès des mots choquants pour la délicatesse de Mme Grandet ? Je penche pour *oui.* »

652. Dans la marge : « Les grands mots pour les sots. »

653. Dans la marge : « Ennoblir tout ceci, ou le parterre siffle ; c'est le joint de la cuirasse. Civita-Vecchia, 31 janvier. » — « Ne pas trop ennoblir ; c'est assez bien ainsi. 11 février. »

654. Sur la page blanche qui fait face : «*Plan.* — Au commencement du séjour de Lucien à Paris, à son retour, son père insiste pour un mariage riche. Voir page 387 *bis.* »

655. Dans la marge : «*Et* moins ignoble, mais cependant peu noble. D'un autre côté, les sots, les Villemain, diront : *peu féminin.* »

656. Sur la page blanche qui fait face : «*For me.* — Mme Grandet est l'amie de mon fils depuis deux mois avant que le ministère ne menaçât ruine. »

657. Dans la marge : « Exprès : avoue ce qui est deviné. »

658. Stendhal écrit aussitôt : « Pour cette étrange scène, me figurer lord et lady Netver, mais gare le dégoût ! » Il ajoute ensuite dans la marge : « Problème : Lord et lady Netver, mais le dégoût ! Si c'est noble, ce n'est plus vrai. »

659. Renseignements chronologiques donnés par Stendhal : Fol. 147 : « 29 janvier. Hier, *Deus.* 42 *(sic)* ans. » — Au-dessous : « La base de ceci écrite chez Marin, *via San Claudio,* le 28, à l'*Ave Maria.* Plus de punch. » — Fol. 149 : « 29 janvier 35. » — « Corrigé 11 février 35. Rome. » — Fol. 151 : « 29 janvier 35. » — Fol. 153 : « Corrigé jusqu'ici, 11 février 35. » — Fol. 158 : « 29 janvier. » — Fol. 159 : « 29 janvier 1835. Hier, *Deus.* Demain, *going out for* Civita-Vecchia. » (Départ pour Civita-Vec-

chia.) — Fol. 160 : « 29 janvier 1835. Demain, *for* Civita-Vecchia. » — Fol. 164 : « 29 janvier. » — « Corrigé 13 février. Mort du duc de Berry. »

660. Dans la marge : « Peut-être la grossièreté du ton de Netver, des larrons en foire, un maquereau et une catin, *onestate per la forma*, convient-elle mieux. Cela est plus gai et plus vif. Mais ce style si voisin du précipice ne peut se trouver qu'à Paris. 29 janvier. » — Sur la page blanche qui fait face, Stendhal a écrit plusieurs notes : 1. « Moralité : les femmes honnêtes comme Mme Grandet ne sont que des catins qui ne se sont pas encore vendues, faute de *prix battant*. 28 janvier. » — 2. « *Plan*. — Voir le revers de 430 ancien. » Il n'y a pas de plan au revers de l'ancien feuillet 430, mais à celui de l'ancien feuillet 428 (fol. 52 v°) ; ce plan figure ci-dessus, au début des notes du chapitre LVIII. Ainsi que nous l'avons vu, Stendhal l'a qualifié de « bon plan » les 14 février et 16 mars 1835. — 3. « *Plan*. — Cependant, même sur une telle femme, comme à vingt-six ans elle n'a pas eu d'amants, le premier fouteur fait un grand effet. Mme Grandet s'attache à Lucien ; quand ensuite elle en est quittée si brusquement, elle est plus enragée, plus furieuse qu'une femme tendre. 15 février. *Santa Maria Maggiore*. »

661. Dans la marge : *« For me.* — Cela est bien fort. »

662. Dans la marge : « Éviter la personnalité. »

663. Sur la page blanche qui fait face : « Après trois ou quatre pages de conversation élégante, quand le lecteur comprend bien : 1° de quoi il s'agit ; — 2° que l'auteur peut être élégant, arriver au maquereau parlant à la catin ; voir Netver *sans cesse* en faisant cette scène, seulement Mme Gourandet, mieux de formes, plus élégante, plus délicate que M. Gourandet, mais au fond ayant pris nettement son parti. (Une femme, dans une telle conversation, est supérieure à un homme de sa classe.) »

664. Dans la marge : « Modèle : Cialmar. » Il s'agit, à n'en pas douter, de Martial Daru.

665. Dans la marge : « A vérifier. »

666. Ce n'est pas Anne d'Autriche, mais Marie de Médicis, qui fit entrer Richelieu dans les Conseils de Louis XIII.

667. Sur la page blanche qui fait face : « Mme Grandet se moquait de son mari et ne sentait pas toute la portée du ridicule qu'elle exprimait. »

668. Dans la marge : « Modèle : M. Cuvier sur Dominique, celui-ci l'entendant. »

669. Dans la marge : *« For me.* — Ces deux animaux cherchent l'esprit. »

670. Dans la marge : « M. Grandet a une peur du diable des épigrammes, comme Martial, comme les sots qui s'imposent la corvée de lire et d'être littéraires. »

671. Dans la marge : *« Comique :* un sot qui marchande sur ce qui fait l'unique cause de sa nomination. 13 février 35. »

672. Stendhal ici donne entre parenthèses celui du fonctionnaire à qui il songe : « M. de Renneville. »

673. « Fatuité ridicule », observe Stendhal dans la marge.

674. Sur la page blanche qui fait face : « Modèle : dit *by my father* vers 1803 ou 4. »

675*. La formule « né sous un chou » appartient à la famille de Stendhal : voir *Henri Brulard*, chapitre XXIX, où le mot est attribué à la tante Élisabeth. Mais le capitoul de Toulouse est un personnage de la comédie de Piron, la *Métromanie*.

676. Dans la marge : « Le ton grossier au fond, extrêmement grossier, et rendu à peine passable par la forme (*as* Netver), convient mieux, ce me semble. 29 janvier 35. »

677. Sur la page blanche qui fait face : «*Plan.* — Lucien, qui craint toujours quelque coup de Jarnac de la fine politique de son père, et que tout à coup à quelque tournant de route il ne se trouve obligé d'épouser Mlle ..., si riche, prend le parti de se lier avec elle, d'en faire son amie et, en lui montrant son amour pour une autre, de la dégoûter des pensées qu'elle pourrait avoir pour lui et de mettre un beau *non* dans sa bouche. Elle a 80 000 francs comptant et des espérances immenses. Elle devient son amie comme Théodelinde, et c'est justement chez sa mère qu'il rencontre Mme de Chasteller. 13 février 1835. Duc de Berry. » — Au-dessous, on lit : « Lucien a été le seul *homme*. Mérobert, Napoléon, Lafayette, Lucien. » — En haut du feuillet : « 13 février 35. La largeur du ruban est directement proportionnelle à la sottise du chevalier. »

678. Dans la marge : « C'est par ces conversations, pour la forme, s'entend, et non pour le fond, que Mme de Castellane peut me donner le *la*. » Au fol. 501 *bis* (fol. 137), Stendhal écrit : « M. Leuwen doit-il prendre la petite rouerie de détail d'employer exprès des mots choquants pour la délicatesse de Mme Grandet ? Je penche pour oui. » Et au fol. 492 *bis* (fol. 117), en se proposant pour modèle Mme Vernet avec le physique de Mme Gourieff, Stendhal ajoute : « Toutes les petitesses des passions les plus basses déguisées en gentilhomme. Le spectateur est dégoûté de la beauté et de la noblesse de Mme Gourandet. »

On lit encore sur la page blanche qui fait face :

1. « Ah, grand Dieu ! est-il possible qu'avec une âme aussi petite, qu'avec cet esprit-là, on reste ministre ? Il est vrai qu'excepté M. ..., tous les autres sont de la même force. »

2. «*Idée. — The court of Omar* [la cour de Rome] a tout fait pour les Arts (par hasard, on s'en doute), mais les Arts la paient richement de ce bienfait involontaire. Figurez-vous que *this court* se tienne à Toulouse ou à Cologne, comme on la laisserait se morfondre ! Dominique.

— Chute de cette mystification *without* [sans] les Arts. Dominique. »

679. Le texte se terminait primitivement de la manière suivante : « Mais on dira après trois mois que M. Lucien Leuwen est bien avec moi (mon amant) ! » — Stendhal réfléchit ensuite qu'il vaut mieux faire poser la question par M. Grandet ; et il adopte un texte nouveau, en tête duquel il écrit : « Pour rentrer un peu dans le sujet, *id est* dans la discussion canaille entre lord et lady Netver, M. Grandet dit :

— Mais le public vous le donnera pour amant ! » Etc.

680. A la suite, Stendhal écrit : « Si je veux qu'ils se fâchent :

— Vous ferez l'enfant, la coquette, c'est ce que les femmes aiment par-dessus tout.

— Et c'est un propos que je n'ai pas mérité et que vous ne m'adresseriez pas si vous n'aviez pas l'air de parler... » (Le reste de la phrase est perdu dans le pli de la reliure.)

681. Renseignements chronologiques donnés par Stendhal : Fol. 167 : « 20 janvier. » — Fol. 168 : « 20 janvier 35. Omar. » — Fol. 182 : « 21 février. » — Fol. 183, 196, 197 : « 15 février. » — Fol. 196 : « Corrigé 13 mars 35. » — Fol. 198 : « 15 février. » — « 13 mars. » — Fol. 199, 200 : « 15 février. » — Fol. 201 : « Corrigé 13 mars. » — Fol. 202 : « 15 février. » — Fol. 203 : « 15 février 1835. Neuf pages. Après, Sainte-Marie-Majeure. » — « 13 mars. » — Fol. 204 : « 16 février. Bain Saint-Grégoire avec humeur. Influence du physique sur le moral. *I wanted water.* » (Je manquais d'eau.) — Fol. 209, 210 : « 16 février. » — Fol. 210 : « 16 février 35. » — « Corrigé 13 mars 35. » — Fol. 224 v° : « Lorgnette. Fenêtre. Vue. 23 février 35, à trois heures. » — Fol. 225 : « 16 février. Bal Torlonia. Corrigé le 17. » — Fol. 226 : « 16 février 35. Pluie légère. Bain. » — « Corrigé 23 février. » — « 16 février. Cinq heures un quart. Temps couvert. Arrêté par l'obscurité. » — Fol. 228, 229 : « 16 février 35. » — Fol. 230 : « 16 février. » — « Corrigé le 17. » — Fol. 232 : « 16 février. » — Fol. 243 : « 17 février. » — « Corrigé le 21 » — « et 23 ». — Fol. 244 : « 17 février. » — « Corrigé le 18 » — « et le 21 ». — Fol. 247 : « 17 février. » — « Corrigé 18 février », — « 23 février ». — Fol. 248 : « 17 février. » — Fol. 250 : « Le 17 février, à cinq heures trente minutes, la lumière du ciel pur et serein fait défaut. » — « Corrigé 21 février », — « 23 février ». — Fol. 251 : « 17 février. » — Fol. 252 : « 17 février. La lumière manque à six heures moins un quart juste. J'écris sans voir. » — « Corrigé le 21. » — Fol. 252 v° : « 18 février 35. Saint-Louis et Farnèse. Lady Prior semble apprécier infiniment l'esprit ou la personne d'un mari grossier à manger du foin. (Scarabée.) »

— Autres renseignements donnés par Stendhal : Fol. 165 : « 28 janvier 35. Si M. le baron Deskonecker ne fût pas arrivé, tu eusses eu également de l'humeur le matin par quelque autre misère. Donc, la source de la gomme est dans l'arbre, et non dans le couteau qui éraille la peau. Remède unique : S. F. C. D. T. » (Se foutre complètement de tout.) — Fol. 167 v° : « 8 février 35. Port de Civita-Vecchia (promenade sur le). —*Langues.* — Je ne trouve pas déjà la langue française trop parfaite. A chaque instant Saint-Simon, homme du premier mérite littéraire, manque de clarté. Etc.

La langue italienne est abominable par son obscurité. Toutefois, ce défaut tient peut-être au manque de *logique* de ces têtes-là, causé par l'habitude de 3 = 1. Ils mêlent sans cesse les circonstances au fait principal.

Pierre le Grand bâtit Pétersbourg, dit la langue française. L'italien voudrait exprimer *à la fois* que, au milieu d'un marais, dans un lieu désert et sujet aux inondations par le vent d'ouest, Pierre le Grand, voulant donner à son empire une fenêtre sur l'Europe, etc., etc., bâtit Saint-Pétersbourg.

J'admire l'anglais en beaucoup de choses, mais je ne le sais pas assez. Cependant, le soir, en rentrant au lit, je lis indifféremment le Dante ou Shakespeare, ceci pour le patriotisme d'antichambre italien qui, dès qu'on dit du mal de sa langue, prétend qu'on ne la sait pas. Ce sont des nobles déchus. On leur dit : « Qu'êtes-vous ? — Ils répondent : Nous étions en 1500. »

Fol. 168 v° : Diverses notes. — 1. « *Temps.* — En dix jours, j'ai fait, de 257 ici 419, environ 150 pages (à cause des pages blanches ajoutées), quinze pages par jour. »

2. « La Dyprière *(sic)* : nullité triste et fort bien élevée (ce que Scarabée appelle rieuse (autrefois). Lady Prior : nullité triste et fort bien élevée. Rome, le 28 janvier 35. »

3. « Coudre ici vingt pages en blanc pour le comique : 1° de la grande scène de M. Leuwen avec Mme Grandet ; — 2° pour celui des scènes pendant cinq jours entre Lucien et Mme Gourandet. 26 janvier. » — « Bon, 14 février 35. »

4. « *La mer.* (31 janvier. Civita-Vecchia.) En voyant la mer au lieu de la rue dans un petit port de mer, au lieu de la petitesse des hommes on voit leur grandeur. Au lieu d'être ridicules, leurs malheurs sont touchants, en d'autres termes un bourgeois marchant dans la rue et se donnant des grâces est ridicule ; voguant dans une barque, il intéresse, on sympathise avec lui. (Lu dans l'âme de Dominique. Civita-Vecchia, 31 janvier 1835 ; le 30, à deux heures et demie, arrivée de Rome.) » — « Le 12 février, lettre de M. Guizot. »

5. « Bon plan, 428 *bis.* Lucien déserte. Mme Grandet est furibonde ; par quelque folie *d'amour* furieux, elle fait manquer le plan de M. Leuwen. » Ce plan de 428 *bis* (fol. 52 v°) a déjà été loué plus haut par Stendhal.

Fol. 169 : « *Chronologie.*

10 décembre, Mme Grandet se donne .   page 518
               Sentiments de Lucien .   page ...
               Sotte confidence de M. Leuwen à son fils   page ...
19 décembre, sotte confidence.
20 décembre, rupture, après dix jours d'intimité. »

Fol. 170 et 172 : « *Chronologie.*

1ᵉʳ décembre.

Mme Grandet demande une entrevue le 30 novembre à M. Leuwen.

447. Elle a cette entrevue le 1ᵉʳ décembre, qui lui propose (460) de se donner à Lucien.

461. Mme Grandet digère l'espoir du ministère. Nuit d'ambition satisfaite (468).

6 décembre.

492. Nouvelle conversation entre Mme Grandet et M. Leuwen.

501. Scène entre Mme Grandet et son mari sur le ministère.

8 décembre.

518. Intimité.

10 décembre.

519. Soliloque de Lucien séduit par une belle lune.

15 décembre.

531. M. Grandet fait des phrases et la bête avec le vieux maréchal.

18 décembre.

537. Mme Grandet fait entendre à M. Leuwen qu'elle croit être trahie.

541. Désespoir d'honnête homme de M. Leuwen.

19 décembre.

542. Sotte confidence de M. Leuwen à son fils.

547. Seconde promenade sur les dalles de la place de la Madeleine. (Première promenade quatre jours auparavant, le 15 décembre, page 519.) Il pèse l'Amérique page 553. Vif et doux plaisir à l'Opéra page 556 (as Dominique alla Scala).

Il ne paraît pas chez Mme Grandet (559).

560. Lucien loue un appartement rue Lepelletier.

561. Mme Grandet l'attend dans son salon avec anxiété.

567. Lucien est naturel.

574. Nuit affreuse de Mme Grandet, la première de ce genre qu'elle ait eue.

20 décembre.

579. Lettre à Lucien.

587. Scène entre Lucien et Mme Grandet.

594. Mme Grandet atterrée, sensation nouvelle pour elle. »

Fol. 180 bis : « 15 et 16 février 35. Trente-trois [pages] en two days. »

Fol. 230 v° : «Chronologie. — Premier départ de Lucien, avril 33. — Retour, mars 34. — Sotte confidence, décembre 34. »

Fol. 239 v° : « Sur ma machine. Gnoti seouton. Le 16 février, le bain ôte l'irritation nerveuse. Écrit vingt pages en jouant, et plus d'impatience, d'irritation nerveuse. »

Fol. 245 v° : «Encre noire sans être épaisse. 21 février 35. »

Fol. 246 v° : « Rentrer à minuit from the salon Sandre [du salon Cini]. 21 février 35. » — «Oui, 22 février. »

Fol. 250 v° : « Corrigeant ceci le 23 février, de deux à cinq et demi, je n'ai pas la moindre tentation non plus d'aller au Corso recevoir des confetti. J'ai le nez et les yeux enrhumés par le froid du salon de Sandre. — Quoi ! dirait-on à Paris, s'enrhumer au milieu du salon d'un homme qui donne des fêtes et a 70 000 livres de rente ! »

682. En tête du feuillet, on lit : « Déclaration à Lucien après la scène avec le mari. » Stendhal avait ajouté entre parenthèses : « Si je l'admets. » Il a ensuite rayé ces mots, et noté : « Admis. »

683. En interligne, Stendhal observe : « Non ; elle est plus sage que cela. 15 février. »

684. Dans la marge : « Déclaration, huitième soirée. »

685. Dans la marge : «Lucien se dit : par un petit sentier détourné et auquel un buisson cache la plaine immense que nous dominons, mon père m'a fait parvenir au faîte de la fortune. »

686. Dans la marge : «Style. — Premier trait : j'ai cherché à couvrir la toile. J'arrangerai cela, en envoyant à l'imprimeur, en langage à la mode. Mettre en langage à la mode les trois ou quatre points qui prêtent au ridicule, ou faire comme les romanciers improvisés : sauter le récit. »

687. Dans la marge : « Polir et arranger cela à Paris. »

688. Dans la marge : « Déclaration de Madame. Reddition de la place. »

689. Dans la marge : «For me. — Le style de cette partie scabreuse devra être timide, pour ne pas prêter au ridicule. Mais garder la rédaction vraie pour le rétablir dans une seconde édition, si elle a lieu. 25 janvier 1835. » — « 15 février. »

690. Dans la marge : « Soliloque de Lucien après l'intimité avec Mme Grandet. »

691*. Les notes et projets de Stendhal semblent confirmer que malgré cette ellipse du récit, Lucien est bien l'amant de Mme Grandet.

692. Sur la page blanche qui fait face : *« Plan général.* — 1° Lucien se souvient de Mme de Chasteller, ce qui lui donne l'idée de l'aller revoir. — 2° Il est retenu par son amitié pour ses parents. — 3° M. Leuwen lui fait la sotte confidence (ce qui dessine le caractère vif de M. Leuwen) du marché fait avec Mme Grandet. — 4° Mes parents sont comme tous les parents du monde : ils font mon bonheur à *leur façon,* se dit Lucien. Il prend un appartement, se détache d'eux, et enfin, sur une seconde et petite tentation (à trouver), quitte Paris et vole à Nancy. Mme de Chasteller vient à Paris, où Mme Grandet, devenue furibonde, la brouille avec Lucien, qui part pour Omar après la mort de son père. »

693. Dans la marge : « 21 février 35. Comme jadis je fis le dernier [*un mot illisible*] de J. C. au lieu d'aller au bal donné, à la Scala, à la princesse de Galles. »

694*. Le problème des indemnités demandées par les États-Unis pour des navires saisis sous l'Empire a déjà fait tomber le duc de Broglie en 1834 ; il revient à la session de 1835 comme l'un des écueils que le ministère devra éviter.

695*. La question des sucres, et de la rivalité du sucre colonial et du sucre métropolitain est un des conflits permanents de la monarchie de Juillet ; inhérent au protectionnisme, il provoque l'activité de véritables groupes de pression parlementaires.

696. Dans la marge : « Exemple : la méchanceté de M. de Courchamp (*Mémoires* de Créqui [697*]). Les relire en donnant le dernier vernis aux conversations des salons imitant Saint-Germain. »

697*. Courchamps (1783-1849), aventurier au passé obscur, qui finit par entrer avec un faux titre dans les milieux aristocratiques de la Restauration, auteur des prétendus *Souvenirs de la marquise de Créquy* (1834-35) fut l'amant de Menti ; il affichait un credo monarchique intransigeant ; son sobriquet beyliste *(Grandbois)* peut aussi être étendu à Mme Curial.

698. Sur la page blanche qui fait face : *« Trait vrai.* — Melodra, à demi ivre, va voir pour la première fois avec Falco plus qu'à demi ivre Mme Mason et lui serre la main. De là mariage. (Donc, se précipiter au milieu des occasions, pour une vieille femme, tout est possible.) Jusque-là, Melodra n'avait vu Mme Mason que par hasard chez Mme Weldode. »

699. Dans la marge : « Le 21 février, Dominique est disert, il a *a great command* [une grande facilité] de parole. »

700. Sur la page blanche qui fait face : *« Plan.* — Peut-être ne faut-il pas parler de Mlle Raimonde, par la même raison qui fait qu'on ne parle pas du pot de chambre. 13 mars 35. » Stendhal n'écrit pas *pot de chambre ;* au lieu du mot, il trace un dessin représentant l'ustensile lui-même.

701. Dans la marge : « Le 12 mars, M. Naytall me confirme cette lutte nécessaire entre Soult et le ministre des Finances. »

702. Dans la marge : « — Mais votre homme n'est qu'un sot ! »

703. Dans la marge : «*Bourse*. — Liquidation de janvier 1835 off. *Gazette* des 6 et 7 février. »

704*. Allusion à un épisode boursier que l'on trouvera commenté dans la *Gazette* des 5 et 12 février 1835, les *Débats* des 3 et 6 février, ou le *National* du même jour. A proprement parler ce n'est pas un scandale mais une polémique sur les facilités de paiement autorisées par la Banque de France ; elle est accusée d'avoir favorisé des manœuvres de hausse, véritable « guet-apens financier ». La Banque a le droit de faire des avances à des spéculateurs sur dépôts d'effets publics jusqu'à la liquidation mensuelle ; l'emprunteur doit présenter le complément de sa garantie en valeurs une fois effectué le prêt de la Banque qui exige au départ un dépôt partiel ; entre les deux opérations, il s'écoule un temps où la Banque est en effet en position de prêteur ; combien dure ce laps de temps ? 24 heures dit le *National*, 36 heures, dit Stendhal, une heure et demie, le temps de deux écritures, disent les *Débats*. En fait, la Banque de France prête bien sur une promesse de dépôts, celle-ci étant cautionnée par les agents de change.

705. En interligne : « Exemple : celle du 3 ou 4 février 35. »

706*. Allusion qui me semble inexplicable : en langage beyliste « Castelfulgens » désigne Chateaubriand.

707. En interligne : « Affaire de Mme ..., sa maîtresse, chaudepisse à Trautmansdorff. »

708. Dans l'interligne, Stendhal se recommande : « A vérifier. »

709. Dans l'interligne, Stendhal écrit : « Turette, place Vendôme. » Puis, comme il craint la désignation trop claire d'un nom trop peu déguisé, il ajoute en surcharge : « A changer. »

710*. Cf. note chapitre I.

711. En interligne : « M. de Montgaillard. » Et dans la marge : « Modèle : M. l'abbé de Montgaillard, Voyage à Auch de *Toble*. »

712*. Les allusions sont ici évidentes : le maréchal Soult a bien un fils, le marquis de Dalmatie, que les polémiques concernant une vente de tableaux espagnols au roi mettent en vedette. Surtout c'est un cliché de la presse que d'évoquer les « marchés » de la Guerre ; sans révélation précise, il est acquis dans la presse que Soult spécule sur les fournitures militaires, et que ses successeurs, Gérard et Mortier, ont vainement tenté de moraliser le fonctionnement du ministère. Pour le *National* des 9 et 16 novembre 1834 le ministère a éclaté à cause du conflit de Soult contre Thiers : il voulait « réunir l'exploitation du télégraphe à celle des marchés et fournitures ». Le journal insinue que Soult « gardait tout » de ses profits, alors que le télégraphe savait se partager. Pourtant le roi avait besoin des deux ministres, indispensables « l'un pour lui assurer le dévouement de l'armée, l'autre pour lui procurer l'appui désintéressé de la gent bancière, ou du peuple loup-cervier comme dit M. Dupin ». Le 22 avril 1834, le même journal évoquant combien Soult respecte peu les dispositions légales des adjudications écrit : « le ministre de la Guerre pour qui le seul nom de *marchés* paraît comme un reproche, et pour ainsi dire une personnalité ». Voir aussi la *Gazette* des

24 août et 10 novembre 1834 sur le désordre et le déficit du budget militaire ; Rémusat (*Mémoires*, III, 48 et 58) décrit le conflit Soult-Humann, et déplore les « finesses » du maréchal, son administration « dépensière, mal réglée, tripoteuse ». En avril 35 est rouverte une vieille affaire de fournitures à des régiments du roi Joseph passés sous le commandement de Soult et qui réclament sous le nom de leurs colonels des créances bien suspectes. Mais la *Revue des Deux Mondes* est constamment impitoyable pour le vieux maréchal : pour son déficit budgétaire, ses millions de crédits supplémentaires (31 janvier, 14 mars, 30 avril), le 14 juin pour ses « députés », « hommes à pots de vin, à fournitures de guêtres, et de draps pour l'armée », le 31 juillet, en revenant sur tout son « système » d'obéissance passive et de politique répressive, ou de « conquête intérieure », ses fautes et scandales, son avidité, sa seule considération de « son intérêt propre, la seule cause qu'il n'eût jamais trahie et ne trahira jamais » ; le 31 août pour évoquer les efforts de Gérard pour purifier les écuries d'Augias de sa gestion : tout est corrompu, tous les marchés ; le 14 janvier 35 à propos de son retour éventuel comme « expression d'un système de dilapidations et de pots de vin ». Dupin aurait dit de Soult : « je lui couperai les ailes, je l'empêcherai de voler » (*National*, 1er mars 1835), page 306.

713. Dans la marge : « Sotte confidence. »

714. En face de cet alinéa, Stendhal note : « 545, autrement dit. » Au feuillet 545 (actuel 228), on lit cette phrase, que l'auteur n'a pas conservée : « Quel que pur de politesse bourgeoise que fût Lucien, il était né à Paris (rien ne peut effacer cette tache) ; il était parvenu à la vérité à dominer sa vanité, mais il en avait excessivement, à en juger au moins par l'amertume dont lui fut la parole de son père. » Dans la marge, en face de cette dernière phrase : « Déjà dit ; choisir. »

715. Sur la page blanche qui fait face : « *Dégoûtant* est le mot de Pelot, président Pelot. Ne m'a-t-il pas gâté à jamais la Giuditta [716*] ? »

716*. Il s'agit d'un vieux libertin qui fréquentait la Pasta et qui selon Stendhal lui aurait enlevé « toutes les préférences ».

717. A la suite de cette phrase, le texte continuait primitivement de la sorte : « L'aventure de Mme Grandet commençait donc à plaire à Lucien comme une chance heureuse. — Il est drôle, se disait-il avant la confidence faite par son père, que sans rouerie, sans fausseté autre que de parler de mon amour, sans scélératesse d'aucune espèce, j'ai eu un succès de femme. Les habiles croient une telle chose impossible. » Stendhal, s'apercevant que cette phrase fait répétition, indique, sans la rayer, qu'il faut la sauter, et il ajoute en marge : « Déjà dit Seconde version. »

718. Suit, entre parenthèses, cette recommandation : « Prendre, à Paris, le mot à la mode dans le temps de l'impression. »

719. Dans la marge : « Seconde promenade sur la place de la Madeleine. »

720. Sur le feuillet blanc qui fait face : « *For me.* — Fondement de sa séduction de la duchesse de Saint-Mégrin, à Omar [Rome], troisième volume. 17 février 35. »

721. Le manuscrit porte *vingt-six ans*. Je corrige, conformément à l'âge donné jusqu'à présent à Lucien par Stendhal lui-même.

722. Sur la page blanche qui fait face : « Le roman doit raconter, c'est là le genre de plaisir qu'on lui demande. La dissertation, la recherche ingénieuse à la La Bruyère, sont des dégénérations. Civita-Vecchia, 1er avril 1835. Dominique. »

723. Sur la page blanche qui fait face : «*Plan*. — De là le malentendu qui donne tant de facilité à la rage jalouse de Mme Grandet. Lucien ne veut jamais expliquer son grief à Mme de Chasteller, laquelle ne peut s'en douter. 18 février.»

724. Stendhal avait d'abord employé la première personne du pronom personnel ; il corrige ensuite pour adopter la seconde, et note au bas du feuillet : «Tournure de *tu* dans le monologue.»

725. Après ce passage, Stendhal saute près de deux feuillets, qu'il n'a cependant pas rayés. Voici le texte sacrifié :
« L'idée de prendre ce petit appartement, à l'angle de la rue Lepelletier, fit époque dans la vie de Lucien. Son premier soin, le lendemain, fut de porter à l'hôtel de Londres un passeport portant le nom de M. Théodose Martin, de Marseille, que M. Crapart (Carlier) lui donna[a].
Le souvenir vif et imprévu de Mme de Chasteller avait fait une révolution dans le cœur de Lucien[b].
Mais il était enchaîné à Paris par la vive amitié qu'il avait pour ses parents.
La confidence de son père sur le marché fait avec Mme Grandet fut une grande faute chez cet homme, adroit il est vrai, admirable d'expédients, mais trop de premier mouvement pour être politique. »
En face du second feuillet, on lit : «*Plan*. — Mme Grandet fait toutes les folies ; elle ne pouvait s'imaginer que Lucien fût impoli avec elle, elle n'avait aucune habitude de l'amour. 21 février, sans y voir. » — Au-dessous : « Il faut entreprendre de peindre toute une journée de Mme Grandet. — *Chronologie*. — Lucien l'a quittée à neuf heures du soir. Elle ne sait que faire de sa soirée. Elle s'habille, puis ne peut sortir. Ses habitués lui semblent d'une grossièreté abominable. Elle lit toute la nuit, et ne peut dormir. Pour la première fois de sa vie, elle lit avec plaisir un roman. Et, ce qui est bien pis, les deux ou trois premiers qu'elle ouvre lui semblent secs, affectés. De roman en roman elle remonte à la *Nouvelle-Héloïse*. Elle saute les discussions, mais cette phrase de Saint-Preux la fait fondre en larmes : — Il ne serait pas encore l'heure où je vous verrais à la ville. — Viendra-t-il demain vers une heure, comme c'est son usage ? »

---

a. Dans la marge : « 17 février. *Pilotis*. — Faveur. Comment l'a-t-il ? » — On lit encore, sur la page blanche qui fait face : «*On the character of Dominique as a writer*. [Sur le caractère de Stendhal comme écrivain.] Je ne puis faire le plan qu'après, et en analysant ce que j'ai trouvé. Le plan fait d'avance me glace. De là le travail *pénible* du 22 février : en inventant, ce qui doit être après (la lettre écrite par Mme Grandet à Lucien) m'était venu *avant*. Dimanche. Déjeuner Lingera. »
b. Dans la marge : « Ces réflexions sont vraies. Les placer ailleurs s'il le faut, si elles sont nécessaires. 23 février. »

726. Renseignements chronologiques donnés par Stendhal : Fol. 258 :
« 11 mars 35. Dix *months to Civita* [dix mois à Civita-Vecchia], n° 71.
Lettre de Colomb le 9 mars. » — Fol. 260 : « 11 mars. » — Fol. 261 :
« 23 février 35. Coup de canon du Corso. » — Fol. 265 : « 24 février. » —
« Corrigé à Civita-Vecchia le 1ᵉʳ avril 1835. Neuf jours sans voir ceci ;
travail et voyage à Canino. » — Fol. 267, 269, 280 : « 24 février 35. » —
Fol. 282 : « 25 février 35. » — Fol. 284 : « 25 février. » — « 1ᵉʳ avril. » —
Fol. 286 : « 22 février 35. » — Fol. 290 : « 1ᵉʳ avril 35. »
    Autres renseignements : Fol. 274 vᵒ : « Civita-Vecchia, 30 mars 1835.
Faire de Du Poirier le principal étonnement de Lucien après les huit premiers jours de session. Du Poirier change de parti, est éloquent, et a peur le
soir. » — Feuillet coupé aux ciseaux, entre les fol. 289 et 290 : « *Les Bois de
Prémol.* — Titre pensé le 24 février 1835. — Estime de Scarabée pour le
style de Dominique après la lettre de M. Guizot. Retenue de Dominique
envers le son ! ª »

    727. Dans la marge : « Première entrevue après la lettre de Mme Gran-
det. »

    728. Sur la page blanche qui fait face : « Effort des femmes vulgaires,
parmi celles qui ont 40 000 francs de rente : être parfaitement simple sans
affectation. Modèle : Mlle V. Louise. »

    729. Dans la marge : « Modèle : le fils de lady Kas. » On sait que Sten-
dhal désigne ainsi la comtesse Boni de Castellane.

    730. Dans la marge : « *Pilotis.* — Mme Grandet a la mauvaise habitude
de se juger elle-même souvent. Habitude de Paris : timidité et vanité.
26 février. »

    731. Dans la marge : « Mot propre : *et immobilisées.* »

    732. Dans la marge : « J'arrangerai cela quand je serai sûr de le conser-
ver. 1ᵉʳ avril. »

    733. Dans la marge : « M. Priest [*lecture incertaine*] dans la grande
prairie de Compiègne et le pari 14 mi. 16 mi. 6 chevreuils. »

    734. Stendhal, qui avait d'abord écrit *maréchal*, se ravise, corrige en
général, et note dans la marge : « *Général* au lieu de *maréchal*, pour ôter les
personnalités. »

    735. « Suivant Grandez Besan et autres », ironise Stendhal en interligne.
Il n'écrit d'ailleurs pas le nom de Grandnez, mais dessine un vaste appendice nasal.

    736. Dans la marge : « Modèle : Mme la duchesse de Massa et M. de
Rigny. » — Sur une petite feuille collée à la page blanche qui fait face,
Stendhal a écrit : « Scène. Amour : l'amour triomphe de l'orgueil.
Mme Grandet et Lucien. »

    737. Dans la marge : « Mettre cela au moral ; style honnête. »

    738. Dans la marge : « *Pilotis.* — Car ce faux rendez-vous, dont Lucien
savait bien la fausseté, était choquant pour la vanité. »

a. De l'autre côté du feuillet, Stendhal écrit : « Son : laiboa deprémol. »

739. Sur un petit morceau de papier collé dans la marge, on lit : « *For me*.
— A Paris, prier lady Menti ou lady Kas. de juger ces lettres de femmes.
Probablement, ces dames les feront, et j'aurai le plaisir d'entendre dire :
Elles ne sont pas féminines. — 22 février. Grand déjeuner : deux princes,
un duc, un comte. Quelle joie pour Besan ! »

740. Dans la marge : « Modèle à Paris : tâcher de revoir les résolutions de
M^e faisant des choses semblables pour Grand-Bois. »

741. Dans la marge : « Sommes-nous en été ou en hiver ? Faire la chronologie à Rome. Quelque raison me presse-t-elle pour le temps ? Pourquoi
être improbable ? Sinon, dix-huit mois à Nancy. Huit mois depuis le retour
jusqu'au présent moment, en ce cas violente colère de Lucien contre
Mme de Chasteller après la vue de l'enfant. » Tout le début, jusqu'aux mots
à Nancy, a été barré par Stendhal, qui a écrit à côté : « *Made*. » (Fait.)

742. Dans la marge : « *Pilotis*. — Exactement, la matrice l'emportait sur
la tête. »

743. Dans la marge : « Civita-Vecchia, 1er avril 35. — Changement de
style : mots que je n'eusse pas mis dans le *Noir*. »

744. Sur la page blanche qui fait face sont diverses notes.
1. « Calcul du temps : à neuf heures du soir, impatience ; il est quatre
heures ou quatre heures et demie ; donc, dix-neuf heures. »
2. « *Pilotis*. — Politesse, car elle n'a pas l'habitude de la situation. »
3. « Grandbois et lady. »
4. « *Principe*. — Sans s'en douter, Lucien fait tout ce qu'il faut pour faire
naître l'amour dans ce cœur qui n'est qu'orgueil (et dont la matrice vient
seulement de se réveiller). 25 février 35. » — « 11 mars. »
5. « *Style*. — *Annales* et *contemporain*, cela va-t-il ? »
6. « Le 22 février. Il faut encore deux ou trois réponses fières, puis elle
s'humilie devant Lucien. Une fois qu'elle s'est humiliée devant lui, il est un
homme *unique* pour elle. Il n'y a pas de raison pour qu'elle ne fasse pas tout
au monde. »

745. Renseignements chronologiques donnés par Stendhal : Fol. 291 :
« Corrigé 25 février », — « 11 mars », — « 1er avril. » — « Corrigé jusqu'ici
à Civita-Vecchia le 1er avril 1835. » — Fol. 292 : « 22 février 35. Le cinquième volume a 186 pages. » — Fol. 294 *bis* : « 26 février. » — « Corrigé
20 mars. » — « De deux à cinq heures un quart le 26 février 1835. » —
« 11 mars. Onze mois à Civita-Vecchia au n° 71. » — Fol. 297 *bis* :
« 26 février. Jeudi gras. Écrit ces six pages de deux à quatre et demie tandis
qu'on se jette des confetti. » Le terme *jeudi gras* doit s'entendre du jeudi qui
précède le mardi gras ; celui-ci tomba, en 1835, le 3 mars. — Fol. 298 :
« 26 février-20 mars 35. » — Fol. 299 : « 20 mars 35. » — « 1er avril. » —
Fol. 300 : « 20 mars. » — Fol. 303 : « Corrigé Civita-Vecchia le 1er avril
1835. » — Fol. 305 : « 20 mars. » — Fol. 305 v° : « 20 mars 35. Nulle idée.
Cela me vient à quatre et demie, au moment de m'habiller pour aller dîner
chez Don Alexandre Torlonia. » — Fol. 308 : « 1er avril. » — Fol. 309 :
« 1er avril, 26 février 35. » — Fol. 310 : « 2 avril. Civita-Vecchia. » —
Fol. 311 : « 2 avril. » — Fol. 324 : « 26 février 35. Jeudi gras. » —
« 11 mars. Le 9, lettre de Colomb. Onze mois à Civita-Vecchia. » —

Fol. 325 : « Corrigé Civita-Vecchia, 2 avril. » — Fol. 327 v⁰ : « le 18 mars, lisant tout ce volume sans plaisir, sans corriger. » — Fol. 328 : « 26 février 35. Corrigé à Civita-Vecchia, 2 avril 35. » — Fol. 329 : « 20 mars, corrigé le 2 avril, Civita-Vecchia. » — Fol. 331 : « 2 avril. Civita-Vecchia. 20 mars. » — Fol. 334-337, 342 et 343 : « 2 avril. Civita-Vecchia. »

Ce chapitre, formé de morceaux rajustés et récrits pour une part, est intitulé par Stendhal « Scène : Mme Grandet, Lucien », avec la note suivante : « Ce titre est pour moi. L'ôter en corrigeant à Paris pour *the print* [l'impression]. C'est l'échafaudage. »

En marge sont les « plans » suivants :

1. *« Plan*. — Peut-être filer davantage la situation dans le but de montrer et de prouver l'orgueil de Mme Grandet. Lui faire faire plusieurs démarches de plus en plus humiliantes pour l'orgueil, et enfin finir par celle-ci. — 10 avril. Percé par la tramontane. »

2. « Plan général de cette scène et de toute la conduite de Lucien jusqu'à son départ pour Nancy. — Sans s'en douter et conduit comme par la main par son indifférence, sa raison et ses habitudes de politesse exquise, Lucien fait précisément tout ce qu'il faut pour faire naître l'amour chez Mme Grandet. »

3. *« Plan*. — Il faut que Mme Grandet soit un peu battue avant d'en venir à ce reproche humiliant pour elle : Où est donc cet amour prétendu ? — Il faut que Lucien ait une envie sérieuse de se débarrasser de Mme Grandet avant de lui dire que ce n'est pas l'amour, mais l'ambition, qui a triomphé chez elle. — 26 février 1835. »

746. Dans la marge : « Ainsi, l'étourderie de M. Leuwen défait son plan. »

747. Cette fin de phrase avait été développée plus longuement par Stendhal, lors de sa correction du 20 mars ; après réflexion, il supprime cette addition, sans toutefois la rayer, en notant : « Vrai, mais longueur. Civita-Vecchia, 1ᵉʳ avril 35. » Voici le texte du 20 mars : « ... par les lourds hommages de ces plats *juste milieu*, toujours à genoux devant l'argent, et fiers seulement devant le mérite pauvre. « Je suis placé de façon à lui rendre son insolence pour tout ce qui n'est pas riche et bien reçu chez les ministres. » Lucien se rappela la façon dont elle avait reçu M. Coffe quoique présenté par lui. Presque en même temps, son oreille fut comme frappée du son des paroles méprisantes avec lesquelles elle parlait, il y a huit jours, des pauvres prisonniers du Mont-Saint-Michel et blessait aigrement les gens qui donnaient à la quête. Ce dernier souvenir acheva de fermer le cœur de Lucien. »

748. Dans la marge : *« Qui allait à merveille,... par curiosité :* mots qui soulagent l'attention. Je n'avais pas cet égard pour le lecteur en 1830, en écrivant le *Rouge*. Changement de style (terme pittoresque). »

749. Dans la marge : *« For me*. — La matrice, excitée par un jeune homme bien, parlait. »

750. Dans la marge : « Modèle : Grandbois et lady M. »

751. Au verso du feuillet : « C'est une espèce de courtisane amoureuse. 20 mars. » Suit une première version des paroles qu'adresse enfin à Lucien

Mme Grandet : «Tout ce que tu dis est vrai ; je mourais d'ambition et d'orgueil. C'est par ambition que je t'ai pris, et depuis le surlendemain du jour que je me suis donnée à toi, je ne meurs plus que d'amour. Je suis une indigne, je l'avoue. Humilie-moi ; je mérite tous les mépris. Je meurs d'amour et de honte. Je tombe à tes pieds, je te demande pardon, je n'ai plus d'ambition ni même d'orgueil. Je suis à tes pieds, humilie-moi tant que tu voudras ; plus tu m'humilieras, plus tu seras humain envers moi. »

Elle s'était jetée à ses pieds. Lucien, debout, essayait de la relever. Arrivée à ces mots, il sentit ses bras faiblir dans les siens qui les avaient saisis, qui les tenait par le haut. » — Dans la marge, on lit : «Profonde affectation des gestes de Mme Grandet. 20 mars.» Tout le passage est rayé, et Stendhal a écrit à côté : *«Took. Very good.»* (Fait. Très bon.)

752. Dans la marge : *«Art.* — N'expliquer au lecteur les mauvaises qualités, les qualités sèches de Mme Grandet, que lorsque le lecteur s'y sera un peu attaché, au moins comme à une compagne de voyage. 2 avril. »

753. Dans la marge : «26 février 35. — Plan en cinq points. — 1º Lucien veut rompre. — 2º les folies de Mme Grandet l'étonnent et l'attachent un peu. — 3º pour l'éprouver, il lui apprend que ses propos d'amour étaient commandés par son père. — 4º Mme Grandet se brouille avec M. Leuwen. — 5º Lucien apprend la maladie de Mme de Chasteller et vole à Nancy. » — Immédiatement au-dessous : *«Plan.* — Il lui avoue plus tard, pour second coup de poignard, que ses propos d'amour étaient commandés par son père. »

754. Dans la marge : «Comme l'Agar du Guerchin. Brera. Jesi. Sur la page blanche qui fait face : «Jugement sur ceci. — Voici le détail passionné de ces mouvements que *Koatven* cache sous une phrase ambitieuse et plus ou moins bien faite. 13 mars 35. » — Au-dessous : «Comme un peintre ignorant cache sous une draperie un raccourci difficile à faire, mais après huit jours (comme moi le 17 mars) on a oublié la draperie, et l'on n'eût pas oublié le savant raccourci. 17 mars 35. »

Autre note sur la même page : *«Plan* (*made* en vingt et une pages le 19 mars). — Après la mort subite et la ruine de M. Leuwen, c'est le vieux maréchal qui fait appeler Lucien et lui dit : «Je veux vous donner une place de six à huit mille. Où la voulez-vous ?» (Exactement ainsi, pas plus de paroles.) «Hors de France. — Eh! bien, secrétaire d'ambassade. — Troisième serait trop peu, et je n'ai pas de titre pour être second. — Vous êtes bien jeune, et, ce qui est plus rare, bien modeste. Écrivez-moi dans deux jours, et faites-moi connaître le genre de place à laquelle le chevalier Leuwen, lieutenant de cavalerie, s'arrête définitivement. » Lucien écrit : «Second secrétaire, avec huit mille francs. » Le maréchal le fait second secrétaire avec quatre mille et une pension de quatre mille francs. «Cette pension n'est pas bien solide, mais elle durera bien trois ou quatre ans et alors, si vous continuez à travailler comme vous avez fait avec M. de Vaize à l'Intérieur, vous aurez bien huit mille d'appointements. Sur quoi, bonne chance. Adieu. J'ai payé ma dette. Ne me demandez jamais rien. »

755. Dans la marge : «Au fond, sorte de courtisane amoureuse. 20 mars. »

756. Stendhal écrit après ces mots, entre parenthèses : « A la région du deltoïde. »

757. Entre parenthèses : « Gasparin. » Le comte de Gasparin était en effet préfet du Rhône au moment de l'insurrection.

758*. Le procès d'avril doit commencer devant la Chambre des Pairs le 5 mai 1835. Stendhal ici semble s'inspirer d'un article du *National* (3 mars 1835) qui évoque dans les mêmes termes le départ de Lyon des inculpés originaires de cette ville : enchaînés, à pied, sans vêtements chauds dans la saison la plus rude de l'année, pour faire 120 lieues en trente jours, des cachots pour dormir ; il s'agit d'une véritable vindicte pour décimer les captifs. En fait le départ réel est annoncé le 26 mars, et les journaux des jours suivants suivent leur passage de ville en ville, leur transfert a lieu dans des diligences sous escorte. Voir leur description en « costume » républicain (blouses bleues, ceintures rouges, chapeau bousingot, cheveux longs, barbes « moyen-âge ») dans la *Gazette* du 1ᵉʳ avril. L. Blanc (*op. cit.*, IV, 347) revient sur cet épisode. Un peu plus tard (cf. *Revue des Deux Mondes* du 14 juin) une autre affaire semblable déclenche toute une polémique : le gérant de la *Tribune* a été conduit de Sainte-Pélagie à Clairvaux enchaîné sur une charrette comme un malfaiteur et surtout dans les mêmes conditions que sous la Restauration Magalon, dont parle le *Rouge*. et qui était gérant de l'*Album*, avait été transféré à Poissy. Thiers fut vivement malmené à cette occasion, car il était de la rédaction de l'*Album !*

759. Stendhal écrit en marge le nom de « M. Chauven ».

760. Dans la marge : « *Pilotis* : car l'évanouissement relâche, détend les nerfs. »

761. Dans la marge : « Car être humain est un parti. »

762. Sur la page blanche qui fait face : « *Plan.* — Lucien pourrait avouer à Mme Grandet, pour la consoler un peu, qu'il ne lui a fait la cour que par ordre de son père. »

763. Ce chapitre, qui termine le roman, se trouve entre les feuillets 360 et 387 du tome V du manuscrit. Deux petites feuilles de papier (fol. 359 *bis* et 359 *ter*) collées dans la marge du fol. 360 portent les notes suivantes :

Fol. 359 *bis :* 1. « Ce qui suit décrit le *départ de Lucien*, qui quitte Paris pour Madrid, que j'appelle Capel. Ce morceau doit terminer le cinquième tome relié que j'ai cousu ici pour ne pas l'égarer. 20 mars 1835 (anniversaire de ce grand jour ; s'il s'était déclaré général en chef de la R[épublique], nous n'aurions pas la liberté de la P[resse]). » Il s'agit du retour de Napoléon aux Cent-Jours.

2. « Le 2 avril, ce volume a 266 pages. Ceci a 28 pages. 622 + 28 = 650 − 384 = 266. »

Fol. 359 *ter :* « Ruine de Lucien. Offre de banqueroute. Mme Grandet lui offre une pension. Il vend sa maison 100 000 francs. Scène avec le maréchal. Place de 4 000 francs. Départ. Arrivée à Capel. »

Renseignements chronologiques donnés par Stendhal : Fol. 360 : « 18 mars. » — « Le 18 mars, de trois heures et demie à six moins un quart, vingt-sept pages. » — Fol. 362 : « 18 mars. » — Fol. 366 : « 19 mars. » — Fol. 373 et 380 : « 18 mars 35. Omar. » — Fol. 387 vᵒ : « 18 mars. Longue promenade avec Don Φιλ [Philippe Caetani]. Il a besoin d'aides de camp pour lui faire conversation. Après quoi, en deux heures vingt-six pages. Arrêté la diligence pour Civita-Vecchia. » — « Civita-Vecchia, 23 mars, neuf chemises de jour. » — « A Civita-Vecchia, 1835, du 22 mars au 9 avril, travaillé un *jour* seulement à ceci. »

764. Dans la marge : « Ruine de Lucien. »

765. Dans la marge : « Modèle : M. Meffre [766*]. »

766*. Mme Meininger (article cité), rappelle que le neveu de Laffitte qui reprit la banque en son nom après la liquidation s'appelait Ferrère. Est-ce à lui que pense Stendhal?

767. Entre parenthèses, Stendhal explique de qui veut parler M. Reffre : « Les commis. »

768. Stendhal explique entre parenthèses le sens de ce terme argotique : « Me porte malheur. »

769. Comme au chapitre précédent, Stendhal raye le mot *maréchal* pour le remplacer par *général;* il explique pourquoi dans la marge : «*Maréchal* serait personnalité. »

770. Dans la marge : « Mettrai-je le tour de passe-passe de M. le chef de bureau à Dominique ? »

771. *Le degré de sécheresse convenable.* — Ici finit, au fol. 387, le roman de Stendhal, ou du moins la partie ébauchée.

APPENDICE

Nous réunissons ici tous les fragments que contiennent les dossiers de *Lucien Leuwen*, mais auxquels il est impossible d'assigner une place et que l'on ne saurait incorporer au texte.

I

Pilotis, ou vraies raisons
(à imprimer trois ans après *the novel*)

[Ce fragment écrit à Rome le 10 février 1835 se trouve dans le manuscrit R 301, fol. 439 v° à 442.]

Pilotis, fondement réel des phrases ci-contre :

Une société très noble qui n'a plus de passions, la vanité exceptée, en arrive à vouloir désirer ne se servir que de mots qui ne sont pas à l'usage des gens de boutique et des articles de journaux.

Par malheur, les gens de boutique, par le moyen des imitations du vaudeville ou des journaux, arrivent à avoir quelque idée de ce style noble, et le copient. La société s'empresse de changer ses mots. Le cœur d'une jeune fille brillante d'esprit et de sensibilité, mais fille d'un marquis à cent mille livres de rente, finit par ne plus pouvoir être ému que par le mot qui se trouvait en usage quand elle avait seize ans et a commencé à voir la vie. De là, ce me semble, la décadence des langues quand elle arrive non par la conquête, mais par l'extrême civilisation. (Les barbares du nord rendirent les passions aux Romains de Constantin, qui n'avaient plus que la vanité, vanité à la vérité plus bête que la nôtre : le mot *Porphyrogénète*, Annales d'Alexis Comnène.)

Voici mes preuves ; elles sont grossières, il est vrai, mais si j'en cherchais de fines elles seraient moins évidentes : *se suicider* a remplacé se tuer ; *le pays*, la patrie ; *brioche*, sottise. (M. Blifil, de Bar, dit *brioche* en souriant, mais pour rien il ne dirait pas *sottise*, cela est trop fort, trop cru. A vérifier dans l'extrême bonne compagnie (pas au-dessus de 80 000 francs de rente) : M. de Castellane fils dit-il *brioche*, ose-t-il dire *sottise ?*)

Un jeune homme riche, même avec de l'esprit, s'il appartient au faubourg Saint-Germain, se sert dans la conversation de deux ou trois mille mots de moins que moi et que les personnages de ce roman. Je me sers hardiment de tous les mots qui sont dans Mme de Sévigné. Depuis la fin de Louis XIV, le bon sens général a fait des progrès en France, mais le langage de la bonne compagnie est allé en s'épurant, c'est-à-dire s'est mis dans l'impossibilité (par vanité) d'exprimer certaines choses qui pour cela n'en existent pas moins dans la nature ; de là la *décadence* du langage de la bonne compagnie. Ce langage est assez bien reproduit dans *Thomas Morus*, roman de Mme la princesse de Craon.

Le désir de défendre ses privilèges et la religion, qu'elle regarde comme leur premier boulevard, jette la bonne compagnie depuis 1815 (vingt ans) dans une cause de décadence bien autrement funeste que le remplacement de toutes les passions par la vanité, car cette défense des privilèges vicie le fonds même des idées et donne à tout le langage de cette classe une teinte d'humeur. C'est cependant cette classe qui est destinée à juger les ouvrages de l'esprit.

Sous Louis XIV, elle n'avait pas d'humeur, et en trois jours M. le duc Un tel passait des plaisirs de Marly aux dangers de Steinkerque.

Ces deux raisons m'engagent à écrire avec le dictionnaire Sévigné, Voltaire et Pascal. Outre que je suis infiniment trop paresseux pour en apprendre un autre et étudier, par exemple, le style de M. Villemain, qui est, ce me semble, ce qui plaît le plus à Mme de Sainte-Aulaire. (La conversation et le style, dans les articles des *Débats* de M. Saint-Marc Girardin, sont peut-être, exactement parlant, le beau idéal de cette femme d'esprit.) Ce M. Saint-Marc Girardin a pour rôle d'endormir les passions de la jeunesse, qui inquiètent le pouvoir qui solde les *Débats*. Dans vingt ans, ceci sera ignoré, comme je vois ignorés les faits et gestes de M. Esménard, animal de même genre qui régnait dans la littérature vers 1803, quand je voyais M. l'abbé Delille chez M. Micoud, rue des Francs-Bourgeois, où s'élevait alors M. le comte Jaubert, le célèbre juste milieu de la Chambre de 1835 [1*].

II

Société de Montvallier

[Ce texte se trouve dans un cahier de Stendhal sous la cote
R 228 dans les manuscrits de Grenoble. Il date des 31 janvier et 1er février 1835, et se réfère explicitement aux
conversations que Stendhal a eues à ces dates avec Rubichon, modèle du docteur Du Poirier, lors de son passage à
Civita-Vecchia. Il est partout désigné dans ces notes par les
abréviations : « Chrb, Chrbu, Chon », et c'est lui qui a permis
à Stendhal d' « actualiser » ses souvenirs de Grenoble et de la
province française de manière à établir une sorte de « socio-
logie » de la France du juste-milieu. Rubichon confirmait le
tableau déjà fait de « Nancy », que Stendhal allait revoir en
dictant le *Chasseur vert*.]

En tête du premier feuillet se trouve la note suivante :
« 31 janvier 1835, Civita-Vecchia. Longue conversation
avec ChRb de deux heures et demie à huit trois quarts. Je ne
me suis pas ennuyé un seul moment. A coudre dans le
premier volume, vers la page 150, à Montvallier. » En tête
du fol. 6 : « 31 janvier 1835. Première *Walk* [promenade] à
la fouille, marche d'escalier (avec M. Rbch). » où il
faut voir une allusion aux travaux entrepris par le
Consul de Civita-Vecchia pour fouiller des tombeaux
étrusques.

Sur le verso de certains feuillets se trouvent les notes
suivantes : « Amnistie donnée par Dominique à Dominique
dans la *church* de Civita-Vecchia, le 2 février 1835, à midi
et demi. En réjouissance, coups de canon et fumée blanche
de la corvette sarde, du bâtiment du pape et du fort. Couronne de fumée d'un coup de canon de la forteresse, qui dure
une minute et demie. Gréement couleur de suie des bâti-
ments voisins se détachant sur la fumée blanche des coups de
canon. Civita-Vecchia, 2 février 35. »

— « *Plan*. — M. Leuwen apprend que M. de Ramûre
affecte de contredire son fils, il devine que ce chevalier
d'industrie et fin diplomate, etc., etc., a le projet d'avoir un

duel avec Lucien pour, s'il le tue, demander une gratification à M. le comte de Beauséant. M. Leuwen, très alarmé, fait acheter tous les billets que M. de Ramûre a sur la place, et fait dire par un chevalier d'industrie de ses amis, fort brave, à Ramûre, que lui Leuwen a fait une collection de ses billets.

« Arranger cela, puis supprimer cette particularité dans la première édition de l'*Orange de Malte*. 31 janvier 35.

«*The* plan a été ma *plague* [*sic*] pendant tout le temps de ce roman, au contraire de *Julien,* où le plan était donné et où je ne voulais admettre aucune altération à la vérité. Du 1ᵉʳ mai 1834 au 2 février *(to day)* 1835. »

— «*Plan.* — Lucien au désespoir d'être brouillé avec Mme de Chasteller par Mme Grandet, ne voit pas qu'il n'est qu'à demi brouillé ; il croit (comme Dominique avec Menti) son cas sans remède. Pour se consoler, il prend Mme d'Hocquincourt. Mme de Chasteller le sait et l'outrage de façon à rendre la brouille éternelle.

C'est alors qu'il quitte la France et prend le parti de se faire nommer secrétaire d'ambassade à Madrid-Omar.

31 janvier 1835. »

Ce plan n'était encore pas définitif, car Stendhal raie le dernier alinéa et écrit en surcharge : « Non ; le troisième volume supprimé. »

Fol. 8 v° : « Plan *for the end*. — Une brouille vraiment sérieuse sépare Mme de Chasteller de Lucien. Elle a raison d'être en colère (par la fourberie et scélératesse de Mme Grandet, à laquelle, dès qu'elle a une passion, le chagrin d'amour-propre d'être laissée, les crimes ne coûtent plus rien). Lucien, croyant tout fini, va à Omar [Rome]. Là, quelque sage lui dit : « Vous ne parviendrez à oublier Mme de Chasteller que par une nouvelle liaison. » Il s'attache à Mme la duchesse qui le fait destituer et le jette dans la pauvreté. Alors, Mme de Chasteller sent renaître toute sa tendresse et l'épouse en lui donnant ce qu'elle a, 15 ou 20 000 livres de rente. Mme Grandet devient un diable quand elle est quittée. Modèle : lady Menti. Extrêmement folle et passionnée. Civita-Vecchia, 5 février 1835. »

Comme plus haut, toute la fin du *plan* est rayée, depuis les mots : *Lucien voyant tout fini… ;* en travers, Stendhal a écrit : « Supprimé. »

En haut du même feuillet 8 v°, cette note : « Vingt-quatre pages les 31, 1, 2, 3, en quatre jours. Huit pages par jour [*sic*]. Excellents *facta* donnés par Chon [Rubichon].

En tête du cahier, Romain Colomb a écrit : «*Études*. — Elles appartiennent à la grande composition à laquelle les trois titres suivants ont été donnés par l'auteur : *Leuwen, l'Orange de Malte, les Bois de Prémol*. Quelques détails sur des personnes marquantes du Dauphiné. — Donations à des établissements religieux. — L. 25 août 1844. »

Société de Montvallier
observée à Cularo par Chrb vers 1835.

Je regrettais de n'avoir pas observé dernièrement Compiègne pendant quinze jours ; ce que M. Chrb me dit de Cularo me tranquillise parfaitement : je n'ai pas dit assez.

Séparation complète : les Périer saluent à peine les de Pina et en sont resalués.

(A Dijon, en 1831) : « Comment ! vous donniez le bras ce matin au médecin Michel ! Mais vous ignorez donc les affreux propos qu'il a tenus en 1793 ! »

« Comment ! vous ne recevez pas M. l'avocat Charmel ! Mais c'est un excellent sujet : une éducation parfaite, de la fortune, du talent, un esprit agréable.

— Tout cela est bel et bon ; mais s'il allait devenir amoureux de ma fille ! » (*Nota* : M. de Pina a quatorze enfants et quatre-vingt mille francs de rente.)

Cela revient au mot de M. de Saint-Clair sur M. Villemain : « Je ne saurais que lui répondre s'il me demandait ma fille. »

M. Chrb, quoique pensant comme M. de Pina sanctifié par l'émigration et l'argent prêté et non rendu, ne voudrait pas y être en peinture. Le Dauphiné terrible pour tout gouvernement.

M. Pellenc, le préfet, donne un bal : pas une dame noble n'y paraît. La séparation est beaucoup plus forte qu'il y a quarante ans. Horreur pour les acquéreurs de biens nationaux.

Mais, dit un homme de bon sens, à l'époque des assignats mon père était marchand ; il recevait non seulement son revenu mais son capital en assignats. Je lui dis : Il n'y a que deux partis à prendre : acheter des domaines nationaux, ou émigrer avec sa fortune.

(Exemple : M. Périer milord achète les maisons des Feuillants, qu'il revend, quand elles rendent quarante-deux mille francs par an, pour un capital de cent vingt mille francs en assignats, il achète Sainte-Claire et tous les biens de moines à vendre dans Cularo.)

Mᵉ..., avocat du plus grand mérite, habite l'infâme bourg de Crémieu.

« Ah ! vous avez là la société de M. de Quinsonas.

— Je ne le connais pas, je le vois à l'église. » (M. de Quinsonas a cinquante mille francs de rente.)

M. de Virieu habite Bron, à une poste de Lyon, par économie : il a aussi cinquante mille francs de rente.

La femme de l'aimable de Meffrey ne veut pas voir un bourgeois à Vourey. Lui faisait des dettes même. Mme G., à Vourey, meurt avec soixante mille francs de rente et en laisse cinquante ou soixante à M. de Meffrey.

Lucien éprouve à ses dépens à Montvallier l'impossibilité de fréquenter à la fois les deux sociétés. Les nobles n'ont pas une dette, ils sont dans une économie sévère et s'enrichissent. Ils n'ont plus (par orgueil et ambition) le caractère français, dirigés par les jésuites.

Impossibilité absolue pour le préfet et le général de voir un noble. La garnison consignée dans ses casernes deux fois par semaine. Lucien est consigné un jour de rendez-vous. (La population de Cularo veut marcher au secours des ouvriers de Lyon, on envoie des troupes garder le passage de Voreppe.)

Il y avait six médecins en 1786 ; il y en a quarante-deux. Lucien en rencontre un qui va à pied faire une visite à quatre lieues de la ville. (A Paris, 1 500 médecins dans l'almanach ; y a-t-il habituellement, à Paris, 1 500 malades en état de payer ?)

Scandale et malheur du noble qui, par économie, habite un village à trois lieues de Montvallier, sur la route de Darney.

Son fils unique, qui étudie à Montvallier, est forcené républicain. (Comme de Brenier, gendre de F. F^{re}, à ce que dit par erreur, je crois, M. Rbch ; il prend F^{re} lui-même pour républicain. Ce café au coin de la rue Montorge et de la place Grenette est terrible (apparemment le café des républicains.)

J'ai eu parfaitement raison de donner tous ces préjugés à la société de Montvallier. Lucien, voyant qu'il est impossible de voir les deux sociétés, s'attache à la noblesse parce que le cocuage lui semble impossible, ou du moins difficile, dans la bourgeoisie, où chacun fait la police sur le voisin et où il n'y a pas de réunions habituelles.

Un jésuite, payé par un couvent du Sacré-Cœur à quatre lieues. Or, à Montvallier une fille de 900 000 francs se fait religieuse et donne tout à ce couvent. Le jésuite dit : Nous sommes six cents en France, nous gouvernons la Bretagne (Chrub dit : sept cents en France). (Le Sacré-Cœur a soixante maisons, refuse cinq millions de l'hôtel Biron, qui a trente-deux arpents de jardin et a coûté 300 000 francs. Je croirais aux cinq millions en 1828 ou 29.) La moitié de la société de Montvallier est entièrement gouvernée par les jésuites.

Dans la troisième partie, M. l'abbé, plein d'esprit, ayant 700 000 francs en poche (parlant de 700 000 francs comme de cent écus) et sollicitant la béatification de sœur Notre-Dame *(sic)* : 400 pour la béatification, 300 pour la canonisation. Il paie l'avocat du diable. Frais d'impression énormes. Accident. Lucien le trouve hors de lui. Les vingt livres de sel achetées par la mère de Notre-Dame à six liards la livre, et transportées dans un pays où le sel coûtait seize sous la livre. Il s'agit de deux provinces limitrophes de France quelque cinquante ans avant la mère de Chantal.

Ce qui crève le cœur à l'abbé, c'est que Mme de Chantal est béatifiée, et la sœur ou la mère de Notre-Dame, morte cinquante ans avant, ne l'est pas encore.

Il s'agit de prouver des vertus au degré héroïque. Il dit miracles non nécessaires pour la béatification. A vérifier.

Il existe soixante maisons de Notre-Dame après les désastres de la Révolution, preuve évidente (l'avocat la fait valoir) que Dieu a inspiré cette règle et protégé cet établissement. Ce fut le premier établissement pour élever des jeunes filles.

Admirable prudence de Du Poirier (M. R.). Comme il se sépare ferme de la noblesse ! Comme il revient sans cesse sur son père, pauvre marchand qui, au moment où il a épousé sa mère, avait 3 000 francs. C'est dire au noble : Remarquez mon énergie, la qualité par laquelle je vous suis supérieur. C'est l'empêcher de se moquer de sa roture.

Quelqu'un admire cette qualité dans Du Poirier, un autre personnage lui répond : Songez que depuis vingt ans il vit avec les nobles ; il sait se garantir des coups de patte du tigre.

(Moyen contraire : [*Un mot illisible*], rappelle la proclamation signée de [Beyle] avec M. de Saint-Vallier en 1814.)

Société de Montvallier

Richesse. Horreur pour les acquéreurs de biens nationaux.
Mme de ... a 150 000 francs de rente.
M. de ..., 14 enfants et 80 000 francs de rente.
M. de ..., 50 000.
M. de ..., 40 000.
Aucune dette, les fortunes la moitié en nombre de ce qu'elles étaient avant la Révolution. Aucune famille bourgeoise, à l'exception des Périer, qui ont acheté des biens nationaux, n'a résisté.

M. Chr me dit que Casimir Périer n'a pas laissé 30 000 francs de rente à chacun de ses fils. Fortune très embrouillée.

Montvallier

Bien établir que le [*un blanc*] de Montvallier se fiche entièrement et complètement du préfet et du général. Il ne leur rend pas leur visite, et ne fait aucune attention à ce que le préfet lui écrit. Il est reçu avec respect par la société noble, Pina, etc.

La considération du préfet et du général est fort affaiblie, et par là celle du gouvernement. Personne ne connaît le préfet, le général change tous les deux ou trois ans.

Le général est abhorré de la jeunesse républicaine, qu'il a

frottée en mars (chaque ville a un événement). Cette jeunesse s'assemble au café Montorge, véritable club.

Tout ce qu'il y a d'énergique et de jeune est républicain. Les jésuites sont les maîtres de tout ce qui est vieux et riche. Mlle [*un blanc*] meurt à Montvallier laissant 280 000 francs à une société anonyme formée de trois célibataires pieux, dont M. de Pontcarré. Est-ce pour les jésuites ou pour le Sacré-Cœur ? On l'ignore à Montvallier, qui est tout ému de cette grosse somme.

Tout ce qui a un peu de bon sens dans le clan noble manifeste l'ennui de *haïr éternellement* et a le projet d'aller s'établir à Paris.

Lucien reçoit l'ordre secret du colonel de ne pas fréquenter les officiers d'artillerie et du génie, lesquels examinent les actes du gouvernement d'un œil critique, et plusieurs sont républicains, ainsi que leurs hommes. Le colonel Malher encourage les lanciers à se moquer des artilleurs. Les officiers d'artillerie montent à cheval, on encourage les lanciers à se moquer de leur talent de cavalier. Un duel entre les lanciers et les artilleurs ne ferait pas mal, dit le colonel Malher, qui fait entendre qu'il a des instructions du ministre de la Guerre.

Le domestique de Lucien est dévot, il est recommandé de Paris aux premières familles de Montvallier, et Lucien le trouve tout à coup lié avec les familles les plus considérables. Joseph est un garçon sage de trente-huit ans, avare, attentif, que Mme Leuwen a placé auprès de son fils et dans lequel elle a toute confiance. Il est neveu d'Anselme, le vieux et excellent valet de chambre de M. Leuwen. (Modèles : les deux jeunes gens dévots venant de Lutèce et employés à la Banque de Rome, lesquels connaissent mieux ladite ville et y ont plus de relations que ceux qui y sont arrivés il y a deux ans non recommandés aux-dits dévots.

M. Gros dit à Lucien : L'ouvrier gagnait (à vérifier) trente sous en 1790 et la viande en coûtait quatre ; elle en coûte dix et l'ouvrier en gagne trente-cinq. (A vérifier ces chiffres.) Il sera donc toujours mécontent du gouvernement *actuel* [2*].

Facta Chonrub

[Ce dernier fragment date aussi du 1ᵉʳ février 1835 et se trouve au fol. 21 de R 288. En marge ce plan :

que Lucien prenne Mme d'Hocquincourt à [*trois mots illisibles*] Mme Grandet qui furieuse de voir cet effet de ses démarches… Que fait-elle ? Se donner à Dieu ou au diable ?]

Le pauvre préfet de Montvallier est diablement embarrassé, il est plein de vanité et de faiblesse comme le comte del Balzo. Il se voit jouant un rôle ridicule devant l'évêque et la noblesse, et il veut persuader à son ministre qu'il n'en est pas trop mal reçu. Cette fausseté, cette prétention source de comique. Il est horriblement jaloux d'un préfet voisin, que l'on dit bien avec la noblesse et le clergé. (Ce préfet voisin était dévot et a permission de M. le ministre de l'Intérieur de jouer le zèle dévot. (Modèle en cela : Saint-Ol.) Il est plein d'activité, de talent, d'adresse, comme Gisquet, et vole comme Gisquet.)

Ridicule de la noblesse. *Elle a peur*, donc elle n'est pas heureuse. Sa jeunesse murmure de l'absence des plaisirs.

III

Sur quatre personnages du roman

[Il s'agit de feuillets isolés conservés dans le dossier R 288. Le premier se rapporte au chapitre XXII et le second au chapitre XXIV. Le texte sur Du Poirier a la même origine et se trouve dans le cahier qui commence par « Société de Montvallier observée à Cularo ». Le fragment consacré à Ludwig Roller vient du même dossier, il est daté de « Buongusto, 9 février 1835, revenant de Civita-Vecchia ».]

1. LUCIEN LEUWEN

… sa calèche. Mme de Chasteller n'en fut point effrayée. Les gens d'esprit de Montvallier appelaient Leuwen un fat et, qui plus est, ne doutaient pas qu'il ne le fût parce que, avec les avantages d'argent dont ils le voyaient jouir, ils eussent été des fats.

Leuwen était bien plutôt modeste que fat, il avait le bon esprit de ne savoir ce qu'il était en rien, excepté en mathématiques, chimie et équitation.

Avec quelle joie il eût donné le talent qu'on lui accordait en ces trois choses pour l'art de se faire aimer des dames qu'il trouvait chez Edmond Le Cauchoy et chez plusieurs autres de ses connaissances de Paris.

« Ah ! si je pouvais être délivré de ma folie pour cette femme, comme je me garderais à l'avenir ! S'il pouvait arriver un jeune lieutenant-colonel à notre régiment !... Que ferais-je ? Me battrais-je ?... Non, parbleu ! je déserterais... »

*
* *

— Mon père me laisse toute liberté, madame ; c'est un excellent père, et comme je désire cette élection avec la plus vive passion, je ne doute pas qu'il y consente.

— Mais vous êtes, ce me semble, bien jeune, monsieur. Je crains bien que ce ne soit une objection sans réplique... »

Les pauvres gens continuèrent ainsi à s'entretenir, et Mme de Chasteller trouva elle-même bien cruelle la gêne qu'elle s'était imposée. Elle tremblait toujours que Leuwen ne fût compris par la cruelle demoiselle de compagnie qu'elle s'était imposée ; mais quand la prudence engagea enfin Leuwen à se lever pour partir, elle s'applaudit mille fois d'avoir Mlle Bérard : elle n'aurait pu ne pas l'engager à rester encore[3].

Le caractère de M. le marquis de Pontlevé était d'être jaloux de tout et de s'imaginer sans cesse que l'on manquait à ce qu'il croyait lui être dû. Lorsqu'il rentra, sa portière ne manqua pas de lui remettre la carte de Leuwen. « Enfin, se dit-il, il est plaisant que ce jeune fat vienne si rarement chez moi. Il y a plus de trois semaines, si je ne me trompe, qu'il ne s'est présenté à ma porte. »

Cependant, la politesse que Leuwen lui avait faite adoucissait la morosité de son caractère.

« Trouveriez-vous des objections, madame, dit-il à sa fille

quand il la vit, à engager M. Leuwen à dîner pour après-demain ? »

Mme de Chasteller n'avait garde de contredire son père ; il eût été mieux de contredire, ou du moins de montrer de l'éloignement pour cette invitation, elle n'en eût pas moins eu lieu, et tout soupçon pour l'avenir en eût été encore mieux éloigné. Mme de Chasteller n'eut pas la force d'avoir tant de talent.

« M. Leuwen est monté chez moi, et m'a témoigné tous les regrets qu'il éprouvait de n'avoir jamais pu vous rencontrer. Il me semble qu'il est sans cesse prié chez les Serpierre, chez Mme de Commercy, chez Mme de Marcilly. Je crois qu'il serait fort contrarié si votre invitation arrivait trop tard... »

Le marquis, contrarié à la seule idée d'être refusé, même avec une excellente raison, se hâta de sonner son valet de chambre et de l'envoyer chez le sous-lieutenant.

Plusieurs choses avaient fait comprendre à Mme de Chasteller que le lendemain la calèche de Leuwen prendrait la même route que la veille [4].

2. MADAME DE CHASTELLER

Caractère de Mme de Chasteller

Mme de Chasteller avait reçu du ciel un esprit vif, clair-voyant, profond, mais elle était bien loin de se croire un tel esprit. Les Bourbons étaient malheureux, et elle ne songeait qu'au moyen de les servir. Elle se figurait qu'elle leur devait tout. Discuter ce qu'elle leur devait eût été une lâcheté et une bassesse à ses yeux.

Elle ne se croyait aucun talent, elle s'objectait le nombre de fois qu'elle s'était trompée en politique et jusque dans les moindres affaires. Elle ne voyait pas que c'était en suivant les avis des autres qu'elle se trompait ; si elle eût suivi dans les petites choses comme dans les grandes le premier aperçu de son esprit, rarement elle eût eu à s'en repentir. Un froid philosophe qui eût voulu juger cette âme cachée derrière une si jolie figure y eût remarqué une disposition singulière au dévouement profond et une horreur également irraisonnable pour tout ce qui était faux ou hypocrite. Depuis la chute des Bourbons à la Révolution de juillet, elle n'avait eu qu'un sentiment : une admiration sans bornes pour ces êtres célestes. Elle songeait sans cesse aux objets de son dévouement. Comme elle avait l'âme naturellement élevée, les petites choses lui paraissaient ce qu'elles sont, c'est-à-dire peu dignes de voler l'attention d'un être né pour les grandes. Cette disposition lui donnait de l'indifférence et de la négligence pour toutes les petites choses ; et comme rien de secondaire ne la touchait, elle avait un fonds de gaieté presque inaltérable. Son père appelait cela de l'enfantillage. Ce père, M. de Pontlevé, passait sa vie à avoir peur d'un nouveau 93 et à songer à la fortune de sa fille, qui était son paratonnerre contre ce malheur trop certain. Sa fille, fort riche, pensait rarement à l'argent, et tant d'imprudence donnait au vieillard une mauvaise humeur incessante. L'indifférence, ou plutôt la philosophie de sa fille pour un misérable détail défavorable ne la mettait point aux abois comme son père. On pouvait dire de celui-ci qu'il n'aimait pas tant les Bourbons qu'il n'avait peur de 93. Mme de Chasteller se fût sentie humiliée de prendre de la joie pour un détail favorable à son courage.

La politique constante de son père avait été de l'éloigner peu à peu d'une amie intime qu'elle avait, Mme de Constantin, et de lui donner pour compagnon de tous les instants un M. de Blançay, son cousin, brave officier, excellent homme, mais qui ennuyait Mme de Chasteller. M. de Pontlevé était bien sûr qu'elle ne ferait jamais un mari de l'ennuyeux Blançay, et ce que la méfiance de M. de Pontlevé redoutait le plus au monde, c'était de voir sa fille se remarier. Toute sa conduite à son égard était basée sur cette crainte [5].

Mme de Chasteller parlait naturellement avec une grâce charmante. Ses idées étaient nettes, brillantes, et surtout obligeantes pour qui l'écoutait. Pour peu qu'elle pût voir deux ou trois fois dans un salon l'indifférent le plus égoïste ou l'*idéologue* le plus enclin à la République, elle le convertissait à l'amour des Bourbons, ou du moins émoussait toute la haine qu'on pouvait avoir contre eux. Par amour pour les Bourbons comme par générosité naturelle, elle tenait à Montvallier un grand état de maison. Malgré les sollicitations de M. de Pontlevé, elle n'avait voulu renvoyer aucun des domestiques de M. de Chasteller. Ses mardis avaient toute cette apparence de bien-être et de bon ton que l'on trouve dans les bonnes maisons de Paris, et qui paraît miraculeuse en province. Les samedis, qui étaient son petit jour, son salon réunissait ce qu'il y avait de plus noble et de plus riche à Montvallier et à trois lieues à la ronde. Tout cela n'allait pas sans un peu d'envie de la part des autres dames nobles, mais elle était si bonne, et les dames rivales voyaient si clairement que, si elle eût suivi son penchant, elle eût habité la campagne tête à tête avec son amie Mme de Constantin, que tout ce luxe, ne faisant pas son bonheur, n'excitait pas trop d'envie. C'est une belle exception en province.

Mme de Chasteller n'était réellement haïe que des jeunes républicains, qui sentaient trop que jamais il ne leur serait donné de lui adresser la parole.

3. LE DOCTEUR DU POIRIER

M. Du Poirier

Du Poirier n'ennuie pas un seul moment. Éloquence cynique, énergique, faisant flèche de tout bois. Lucien dit, après une conversation de six heures : « Il ne m'a pas ennuyé une seule minute. » Il supprime presque toute politesse comme volant du temps. Trois ou quatre mots extrêmement polis en entrant et sortant. Toujours apôtre, toujours démontrant son *dire*, évitant de répondre aux objections qu'il ne peut vaincre. Du Poirier (né en 1760) n'attache aucune importance à tout ce qui n'est pas son apostolat. La vérité nuisible à ce qu'il prêche lui semble un péché à dire ou à reconnaître.

Du Poirier a autant de plaisir à régler les affaires d'un petit ménage habitant au quatrième sur le derrière à Montvallier qu'à faire les affaires d'une préfecture. Cet être n'est heureux qu'en travaillant fort activement ou en démontrant son opinion. On l'écoute à peine ? Sa passion l'empêche d'être sensible à ce petit malheur de vanité, il continue à démontrer.

4. LUDWIG ROLLER

Physionomie de Roller

Au café le 9 février, en arrivant.

Air militaire, c'est-à-dire sergent maître d'armes, du Français, absence de naturel dans le ton. Ce ton parle de fleurets, de pistolets, de duel, et quant aux choses, il parle une fois, ou on lui parle, de ses pistolets : « Je les ai laissés à la maison. » Modèle pour Ludwig Roller.

Air doux du Milanais qui ne fait aucune attention à ce ton militaire, même quand Ludwig Roller parlait du beau temps de la veille et de la pluie à craindre pour le lendemain. Le ton de ses paroles, la terminaison brève et affectée des phrases, les sourcils froncés donnent l'idée de fleuret, de pistolet, d'affaires d'honneur, d'explications à demander. C'était tout à fait le ton d'un caporal maître d'armes dans un régiment.

De temps en temps, dans les grandes occasions, venaient quelques compliments affectés et doucereux, mais cela ne durait guère, et le contraste avec le ton qui suivait immédiatement était frappant.

IV

Personnages épisodiques

[Le premier passage se trouve dans le volume R 288 des manuscrits de Stendhal, fol. 10 à 20. En tête de cet épisode Stendhal a noté :

[Premier volume, Montvallier. Lord Link = évêque de Clogher, mais cela ne peut pas se dire. Modèle : M ^{d} Courtenay de Draveil.]

Dans la marge du même feuillet 10, Stendhal donne d'autres renseignements : « 6 février, Civita-Vecchia. *First* café, un quart de tasse, trouvé bon après dix-huit ou dix-neuf mois d'abstinence. — *Viscount* Saint-Clair (Tremaine), l'auteur n'énonce pas de jugement sur le personnage emprunté à

Voltaire, pas plus nouveau. — Nouvelle preuve que la civilisation française est celle de la bonne compagnie de l'univers. — *First* café, un quart de tasse, effet étonnant. — Santé : vingt-quatre heures après le *first* café depuis dix-huit mois, douleurs d'entrailles et vents dissipés par la chaleur du lit. — Corrigé le 13 février. »

A la fin du fragment (fol. 20 v°) : « 5 février 1835. De dix à dix et demie du soir, dix pages. — Secret du *viscount* Saint-Clair (Tremaine). — *Made* lord Link et le bal, à Civita-Vecchia, du vendredi 30 janvier 1835 (parti avant jour) au 9 février 35, parti à quatre heures du matin, voleurs. Pas chauffé une seule fois. »

Fol. 13 : « Corrigé 13 février. Villa Borghese. »

Fol. 18 : « 6 février, Civita-Vecchia. Pluie, venant de la villa Manzi. »

Le deuxième fragment forme un cahier de 11 feuillets dans le dossier R 288. Il était préparé pour les premiers chapitres du roman, il porte la mention, « Montvallier, premier volume », et dès le début, on lit dans la marge, [Haute vertu de Mme Grandet. Idée à placer dès Montvallier]. Il a été écrit le 27 février 1835, comme le montre la note finale :

[27 février, vendredi, demain samedi gras. De deux à trois, neuf pages, suicide de M. de Cernanges, pour attirer dès Montvallier l'attention sur la vertu de Mme Grandet].

Le titre est simplement « Suicide » et le nom du personnage est partout en blanc sauf dans cette note du dernier feuillet.]

1. LORD LINK [6*]

LORD LINK, personnage sardonique [a]

Dans ces promenades aux environs de Montvallier, Lucien remarqua un magnifique cheval anglais.

« Ce cheval vaut dix, douze, quinze mille francs, qui sait ?

---

a. Milord Link est un *évêque de Clogher*, mais ne pas le dire.

Milord Link est exilé d'Angleterre, il a quatre ou cinq appartements dans Montvallier, ville qu'il a préférée parce que *trop connu et décrié ailleurs*. Mais ne pas exprimer cette cause.

se disait-il. Mais peut-être il a des défauts... Il me semble un peu serré des épaules. »

L'homme qui le montait était fort à cheval, mais la tournure était celle d'un palefrenier qui a gagné un gros lot à une loterie de Vienne, en Autriche.

« Le cheval serait-il à vendre ? pensait Lucien. Mais jamais je n'oserai, cela est trop cher. »

A la seconde ou troisième fois que Lucien vit ce cheval, il se trouva plus près et remarqua la figure du cavalier, qui était mis avec une recherche extraordinaire, et dont la mine lui sembla affectée, précisément parce qu'elle cherchait à conserver l'expression non affectée qu'un homme a quand il est seul dans sa chambre à se faire la barbe.

« Ma mère a raison, se dit Lucien. Ces Anglais sont les rois de l'affectation. » Et il ne pensa plus qu'au cheval ; mais son admiration croissait à chaque fois qu'il le rencontrait.

Mme d'Hocquincourt lui faisant compliment, un jour, sur le sien :

« Il n'est pas mal, je lui suis réellement attaché. Mais j'en rencontre un quelquefois qui, s'il n'a pas quelque défaut caché, est pour la légèreté des mouvements de beaucoup supérieur. Ce cheval semble ne pas toucher terre ou plutôt on croirait que la terre est élastique et dans les mouvements vifs, par exemple, au trot, le lance en l'air.

— Vous perdez terre vous-même, mon cher lieutenant. Quel feu ! Les beaux yeux que vous avez quand vous parlez de ce que vous aimez ! Vous êtes un autre homme. En vérité,

---

Personnage ironique, mais trop paresseux pour être méchant, et menant parfaitement les femmes, parce qu'elles ne produisent pas d'autre effet sur lui que celui d'enfants de sept ans.

Lucien fait de grandes promenades avec lord Link parce qu'il aime à voir les mouvements de son cheval. Le silence de Link lui convient admirablement. La vanité *féminine* de Link se persuade que Leuwen garde le silence *pour lui faire la cour ;* et comme il voit Lucien fort jasant chez Mme d'Hocquincourt et ailleurs, il est charmé de l'effet que lui, Link, produit sur ce jeune Français (dont il voit les belles cuisses avec plaisir, comme je voyais les beaux bras de lady Clémentine).

Au bout de six semaines, lord Link a vraiment de l'estime pour Lucien, et dans le monde, et non dans leurs promenades, dont il respecte le silence (source de demi-comique), il lui communique toutes ses plaisanteries méphistophéliques qui, grâce à cet *écho*, font plus de plaisir à lui lord Link.

par pure coquetterie vous devriez aimer, et être amant indiscret, et parler de votre objet[7].

— Ce que j'aime dans ce moment n'abuse pas de son empire sur moi ; j'aurais peur de mes folies si j'aimais réellement : elles éteindraient bientôt l'amour qu'on pourrait avoir pour moi, et le malheur ne se ferait pas longtemps attendre. Vous autres femmes, vous ne passez pas pour vous exagérer le mérite de ce qu'on vous offre sans cesse, et de trop grand cœur. »

Mme d'Hocquincourt fit une petite mine très agréable pour Lucien :

« Et ce cheval aimé est monté par un grand homme blond, de moyen âge, menton en avant et figure d'enfant ?

— Qui monte fort bien, mais en se donnant trop de mouvements des bras[8].

— Lui de son côté, prétend que les Français ont l'air raides à cheval. Je le connais assez, c'est un milord *anglais* dont le nom s'écrit avec une orthographe extraordinaire, mais se prononce à peu près Link.

— Et que fait-il ici ?

— Il monte à cheval. On le dit exilé d'Angleterre. Voici trois ou quatre ans qu'il nous a fait l'honneur de s'établir parmi nous. Mais comment n'avez-vous pas été à son bal du samedi ?

— Il y a si peu de temps que j'ai l'honneur d'être admis dans la société de Montvallier !

— Ce sera donc moi qui aurai celui de vous mener au bal qu'il nous donne régulièrement le premier samedi de chaque mois, hiver comme été. Il n'y en a pas eu il y a quinze jours parce que c'était l'avent[9], et que M. Rey ne veut pas.

— C'est un drôle d'homme que votre M. Rey et l'empire qu'il exerce sur vous !

— Ah ! mon Dieu ! Pourquoi n'avez-vous pas dit cela à Mme de Serpierre, que vous aimez tant ? Quel sermon vous auriez eu !

— C'est votre maître à toutes que ce M. Rey !

— Que voulez-vous ? Il nous répète sans cesse que nos pauvres privilèges ne peuvent redevenir ce qu'ils étaient dans le bon temps que par le retour des jésuites[10]. C'est bien triste à penser, mais enfin, l'indispensable avant tout ; il ne faut

pas que la république revienne pour nous envoyer à l'échafaud, comme en 93. D'ailleurs, M. Rey, personnellement,
n'est point ennuyeux; il m'amuse toujours pendant vingt
minutes au moins. Ce sont ses lieutenants qui sont pesants;
lui est homme de mérite, amusant même; du moins, on ne
s'ennuie pas quand il parle. Il a voyagé: il a été employé
quatre ans en Russie, et deux ou trois fois en Amérique. On
l'emploie dans les postes difficiles. Il nous est venu depuis
les *glorieuses*.

— Je lui trouvais l'air un peu américain.

— C'est un Américain de Toulouse.

— Me présenterez-vous aussi à M. Rey?

— Non, vraiment! Il trouverait cette présentation tout à
fait *impropre*. C'est un homme qu'il nous faut ménager, cela
a du crédit sur les maris. Mais je vous présenterai au milord
Link, lequel est remarquable par ses dîners.

— J'avais compris qu'il ne recevait jamais.

— Ce sont des dîners qu'il se donne à lui-même. On dit
qu'il en a chaque jour trois ou quatre de préparés à Montvallier et dans les villages environnants; il va manger celui dont
il se trouve le plus rapproché à l'heure de l'appétit.

— Pas mal inventé!

— M. de Vassignies, qui est un savant, dit que Lord Link
est grand partisan du système de l'*utile* en toutes choses, et
avant tout prêché par un Anglais célèbre... un nom de prophète...

— Jérémie Bentham, peut-être?

— Justement!

— C'est un ami de mon père.

— Eh! bien, ne vous en vantez pas aux milords anglais.
M. de Vassignies dit que c'est leur *bête noire*, et M. Rey
nous assurait l'autre jour que ce Jérémie anglais serait cent
fois pis que Robespierre s'il avait le pouvoir. Et le milord
Link est détesté de ses collègues pour être partisan de ce
terroriste anglais. Enfin, pour comble de ridicule, il est ruiné
et ne peut plus vivre dans le *vouest ind (west end)*, c'est le
quartier à la mode de Londres, car il a tout juste quatre mille
livres de rente, c'est-à-dire cent mille francs.

— Et il les mange ici?

— Non, il fait des économies malgré ses quatre dîners, et

va de temps à autre à Paris manger son argent en fort mauvaise compagnie. Il prétend lui-même qu'il n'aime la bonne compagnie qu'en province. On dit qu'à Paris il parle ; ici, il nous fait bien l'honneur de passer toute une soirée sans desserrer les dents. Mais il perd toujours à tous les jeux, et je vous dirai un soupçon qui m'est venu, mais gardez-moi le secret : j'ai cru voir qu'il perd exprès. Il est homme à se dire : Je ne suis pas aimable, surtout pour les sots, eh ! bien, je perdrai ! Les vieilles femmes de l'hôtel de Marcilly l'adorent.

— Pas mal, en vérité !... Mais c'est vous qui lui prêtez de l'esprit. A présent que vous m'expliquez le personnage, il me semble que je l'ai vu chez Mme de Serpierre. Je disais un jour que, quelque esprit qu'ait un Anglais, il a toujours l'air, quand on le rencontre, le matin, de venir d'apprendre à l'instant même qu'il est compris dans une banqueroute ; Mlle Théodelinde me fit des yeux terribles de réprimande, et plus tard j'oubliai de lui en demander la raison.

— Elle avait tort, le milord ne se serait point fâché ; il dit, quand on le lui demande, qu'il méprise tant les hommes qu'à moins qu'on ne le prenne par le bouton de son habit pour lui dire une injure, il ne demande jamais la parole. Est-ce que le Père éternel me paie pour redresser les sottises du genre humain ? disait-il un jour à M. de Vauréal, qui ne savait pas trop s'il ne devait pas se fâcher, car il venait de dire [11] coup sur coup trois ou quatre sottises bien insipides. Il y a Ludwig Roller qui prétend que le milord n'est pas sujet à se fâcher, en vérité je ne vois pas pourquoi. Depuis Juillet, ce pauvre Ludwig n'a pas *décoléré* (n'est pas sorti de colère). Les deux mille francs de sa place de lieutenant sont un objet pour lui, d'ailleurs il ne sait plus de quoi parler ; il étudiait beaucoup son métier, et prétendait devenir maréchal de France. Ils ont eu un cordon rouge dans la famille.

— Je ne sais pas s'il sera maréchal mais il est assommant, avec les théories de M. Rey, dont il s'est fait le répétiteur. Il prétend que le code civil est horriblement immoral, à cause de l'égale division des biens du père de famille entre les enfants. Il faut absolument rétablir les ordres monastiques et mettre toutes les terres de France en pâturages [12*]. Je ne m'oppose point à ce que la France soit un pâturage, mais je

m'oppose à ce qu'on parle vingt minutes de la même
chose.

— Eh! bien, tout cela n'est point ennuyeux dans la bouche de M. Rey.

— En revanche, son élève M. Roller m'a fait déserter
deux ou trois fois, dès neuf heures, le salon de Mme de
Serpierre, où il avait pris la parole; et, ce qu'il y a de pis,
c'est qu'il ne savait rien répondre aux objections. »

On revint au milord Link.

« Le milord aussi, dit Mme d'Hocquincourt, fait de bonnes critiques de notre France.

— Bah! Je les entends d'ici : pays de démocratie, d'ironie, de mauvaises mœurs politiques. Nous manquons de
bourgs pourris, et chez nous on trouve toujours des terres à
vendre. Donc, nous ne valons rien. Oh! rien n'est ennuyeux
comme l'Anglais qui se prend de colère parce que toute
l'Europe n'est pas une servile copie de son Angleterre. Ces
gens n'ont de bon que les chevaux et leur patience à conduire
un vaisseau.

— Eh! bien, c'est vous qui blâmez *ab hoc et ab hac* [13].
D'abord, ce pauvre milord dit toujours ce qu'il a à dire en
deux mots, et puis il dit des choses si vraies qu'on ne les
oublie plus. Enfin, il n'est pas Anglais en un point : s'il
trouve que vous montez bien à cheval, il vous fera monter les
siens, et même le fameux *Soliman*, c'est apparemment celui
que vous admirez.

— Diable! dit Lucien; ceci change la thèse : je vais faire
la cour à ce pauvre mari trompé.

— Venez dîner après-demain, je vais l'engager; il ne me
refuse jamais, et il refuse presque toujours Mme de Puy-
Laurens.

— Ma foi, la raison n'est pas difficile à deviner!

— Eh! bien, je ne sais quel insipide flatteur répétait cela,
un beau jour, devant lui et devant moi; je cherchais une
réponse à un compliment aussi fort, quand il me tira d'embarras en disant simplement : Madame de Puy-Laurens a trop
d'esprit. Il fallait voir la mine de d'Antin, qui était entre le
milord et moi; malgré son esprit, il devint rouge comme un
coq.

Mme de Puy-Laurens et d'Antin font profession de se tout

dire ; je voudrais bien savoir s'il lui aura conté ce beau
dialogue. Qu'auriez-vous fait à sa place [14] ? »

Etc. Etc. Etc [a].

— Cela ne prépare point, je l'avoue, à l'aveu d'un tendre
penchant. Mais je me garderais bien de vous parler sur ce
ton : j'ai trop de peur de vous aimer. Quand vous m'auriez
rendu tout à fait fou, vous vous moqueriez de moi !

A placer plus bas :
Lucien fait de longues courses avec milord Link, ou plutôt
en trottant ou galopant à ses côtés. Lucien n'avait pas envie
de parler, et comprenait d'autant mieux le goût du milord
qu'il le partageait. Il trouva que cet Anglais, quand il esti-
mait son partenaire, répondait avec une sincérité parfaite à
toutes les questions. Quand elles le choquaient ou qu'il
ignorait la réponse à faire, il gardait le silence.

« Je crois, pensait Lucien, que si Mme Grandet lui disait :
Que suis-je à vos yeux ? il répondrait : Une grande et belle
comédienne. »

2. MONSIEUR DE CERNANGES

Suicide

Un de ces événements tragiques dont les journaux sont
remplis et qui, prêtant beaucoup à la phrase sans que le
parleur ait besoin d'esprit, sont si bien calculés pour faire un
grand effet en province, vint, tout à coup agiter Montvallier.
Tant d'honnêtes gens qui s'ennuyaient et ennuyaient les
autres eurent enfin quelque chose de nouveau à dire, et ce
nouveau dura deux mois.

Un beau et jeune Parisien très bien mis, M. de ..., qui
était arrivé à Montvallier peu de temps après Mme Grandet
et qui la voyait deux fois par jour, se brûla la cervelle dans
les bois de Burelviller. Ce jeune homme faisait des vers que,

---

a. Si je voulais une réponse :
— Mentir, mentir, toujours mentir et protester de sa franchise.
— C'est bien peu galant, ce que vous me dites là !

vu l'injustice du siècle pour les génies poétiques et religieux,
il était obligé de faire imprimer à ses frais. On le trouva ayant
à ses côtés un volume de ses poésies magnifiquement relié.
Sur une page de ce volume était écrit au crayon : *Siècle
ingrat!*

Ce ridicule ne fut point aperçu à Montvallier ; en revanche,
on prétendit que M. de... avait été l'amant de Mme Grandet
et se tuait par amour pour elle.

Cela était à demi vrai. M. de ... prétendait bien avoir une
grande passion pour Mme Grandet ; mais s'il eût rencontré la
réputation de M. de Lamartine, il eût pris facilement son
parti sur la haute vertu de Mme Grandet. M. de ... se tua
parce que le monde ne faisait pas attention à son mérite. Il
avait beaucoup de fortune, une belle figure, quelque chose
de noble et d'imposant ; il manquait non pas d'esprit, mais
d'une certaine facilité à retenir les idées des autres et à les
rendre fausses en leur mettant des échasses. Il était parti de la
considération de ces avantages, qu'il s'exagérait beaucoup,
surtout les deux derniers, la beauté et l'esprit, pour croire
qu'il devait être plus heureux qu'un autre homme, et surtout
que la société devait s'occuper de son bonheur et le lui
donner tout fait, pour ainsi dire, en revanche des vers sublimes dont il la dotait.

Pour comble de misère, M. de ... n'avait pas même ce
talent d'intrigue qui, à Paris, est le premier mérite d'un jeune
poète. M. de ... avait bien distribué quelques louis pour
avoir des articles de journaux ; mais, n'ayant pas su devenir
l'ami des journalistes et des charlatans qui ont fait fortune, il
n'avait pas su obtenir même le succès de M. d'Arlincourt.

Sa beauté, sa fortune, sa noblesse, les flatteries de son
libraire, qu'il payait fort bien, et de quelques pauvres diables
qui avaient corrigé des épreuves pour lui ou dessiné des
vignettes qu'il payait au poids de l'or, tout le persuada qu'il
était destiné à doter la France de son lord Byron.

Lord Byron étant surtout admirable comme séducteur,
M. de ... s'était attaché depuis plusieurs années à
Mme Grandet. La conduite de cette dame était parfaite,
elle avait donc souffert les assiduités de M. de ... qui,
excepté quand il parlait de littérature, avait un fort bon ton.
Sa figure noble et mélancolique semblait à Mme Grandet

faire un bon effet sur le devant de son landau ouvert, et peut-être eût-il réussi s'il eût porté un des premiers noms de la cour [15].

M. de ... avait fait une tragédie, dont la poésie ne manquait ni d'harmonie ni de douceur; mais on y trouvait encore moins de sentiments nets et d'idées que dans les ouvrages de ce genre qui ont paru depuis la mort de Talma. Les comédiens admiraient la noblesse de cette œuvre, mais leur caissier leur représenta que vu le mauvais goût actuel *La Mort de Charles I*er n'aurait pas quatre représentations. L'œuvre fut refusée. M. de ... quitta Paris et vint s'établir auprès de Mme Grandet.

Cette démarche parut un peu forte à cette jeune femme, qui plaçait, et avec raison, l'intérêt de sa réputation au premier rang.

« Vous gagnerez l'immortalité à consoler le poète, lui dit gravement M. de ...; le jour de la gloire approche. Ne voyez-vous pas que le public marque déjà de la satiété pour les horreurs de Victor Hugo et d'Alexandre Dumas? »

Mme Grandet marqua toute son horreur pour ces pièces de mauvais ton, mais quelques jours après revint en parlant à M. de ..., à l'insinuation de retourner à Paris ou de continuer sa route pour l'Allemagne, ce pays admirable, centre de toute vraie philosophie.

M. de ... comprit fort bien, car il ne manquait ni de tact ni d'usage.

« Que serai-je donc dans le monde? se dit-il. L'auteur d'une tragédie refusée aux Français, et pas même l'amant de Mme Grandet! »

Deux jours après, il se tua.

Mme Grandet fut outrée de cette mort :

« Il faut être bien mal appris et bien fat pour ne pas s'aller tuer à cent lieues de chez moi! »

Elle affecta de se montrer beaucoup dans Montvallier dont, deux ou trois fois par jour, elle ébranlait les rues avec son magnifique landau.

Enfin, quand elle vit que tout le département se mettait à croire que M. de ... s'était tué pour elle, elle résolut de donner un bal magnifique. Ce serait un nouveau sujet d'attention qui vieillirait l'anecdote piteuse du suicide, et enfin

pour le gros public cette épreuve de gaieté éloignerait l'idée
qu'elle eût trop d'amitié pour M. de ...

Mme de Thémines, une de ses amies de Paris, à la sagesse
de laquelle elle se plaisait à soumettre sa conduite, lui écrivit
qu'un bal si voisin d'un suicide formait un rapprochement de
mauvais goût.

« A Paris, répondit Mme Grandet, je ne me bornerais pas à
vous remercier de votre excellent conseil, je le suivrais. Mais
ici, dans une ville de province, il faut absolument changer le
cours de l'attention publique, qui s'occupe beaucoup trop
encore du malheur que j'ai eu de recevoir un sot chez
moi [16]. »

V

Notes variées

[Chaque volume du manuscrit de Lucien Leuwen (R 310,
t. I à V) contient au début et à la fin des annotations éparses
que nous reproduisons ici telles qu'elles se présentent.]

T. I, feuillets I à XIV.

Fol. 1: «Plan. — Mme de Chasteller suit Lucien Layven [a]
à Paris.

Quel est le plus méchant tour que Mme Grandet peut jouer
à Mme de Chasteller? La faire paraître infidèle, comme
Mlle de Vanghen.

M. Grandet cherche à faire tuer en duel Lucien par Ma-
quin.

27 avril 1835.

— Interruption: 16 mai 1835, fièvre et goutte à Civita-
Vecchia. Repris le 20 juin 35, Omar.

— Été pas trop chaud, du moins jusqu'à aujourd'hui
13 juillet 35. I go to Tivoli for a night. Dimanche passé,
froid aux Fochetti avec les Sandre [b].

a. Stendhal a pensé un moment modifier le nom choisi par celui de
Leuwen. Sur ce feuillet I, il essaie diverses orthographes: Laiven, Layven,
Layvhen.
b. Ces Sandre, que Stendhal orthographie aussi Cendre, sont les Cini,
avec lesquels, on le sait, Henri Beyle était très lié.

Copie : septième séance le 7 septembre. 5 pauls pour 27 pages.

— On peut toujours dire à un habitant du faubourg Saint-Germain : « Est-ce vous qui parlez, ou si c'est votre rôle ? »

— Samedi 25 juillet, vu Michela de retour de Leco *and London*. »

Fol. II : « *Table des matières* (pour moi, à supprimer, échafaudage de la bâtisse) : Chronologie 297
Introduction de Mme Grandet et son bal masqué à Mont-vallier, tome V, page 484.

— Rien de plus facile que de faire relier de nouveau un volume ; le troisième, je crois, a été rerelié pour transposition. Donc, s'il y a des adjonctions trop fortes, faire relier de nouveau. »

Fol. II v° : « 24 février. — Ce sot de *Scarabée* estime mes ouvrages et mon talent depuis qu'il a lu la lettre de M. Guizot, du 27 janvier. »

Fol. III : « *Les Bois de Prémol.*

— *For me.* — Demande : Quel est le caractère de Lu-
                                cien ?
                    Réponse : Un bon jeune homme qui se
                                force.
Le plan doit donner au héros des occasions d'espérer selon son caractère.

— Madame de Sauves au lieu de Mme d'Hocquincourt. »

Fol. IV et V : « *Table pour moi, et que je changerai* [a].

4 octobre. Chapitre   1, page   1
            —   2.   19
            —   3.   42

---

a. La pagination donnée par Stendhal ne correspond nullement avec celle du manuscrit. Elle représente peut-être la pagination prévue par l'auteur dans le livre imprimé.

Fol. VI: «*Testament*.

Si la mort ou la paresse me surprennent avant la fin de ce roman, qui s'appelle l'*Orange de Malte*, et doit avoir trois volumes: Nancy, Paris, et... Madrid-Omar, je le lègue à Mme Pauline Périer-Lagrange, ma sœur. Si Mme Périer n'en fait pas commencer l'impression dans les six mois qui suivront mon trépas, je lègue ce manuscrit à M. R. Colomb, rue Godot-de-Mauroy, n° 35, Paris. Si dans les 400 jours qui suivront mon décès M. R. Colomb n'a pas fait commencer l'impression de ce roman, je le lègue à M. A. Levavasseur, libraire, place Vendôme, 16, qui a imprimé le *Rouge et le Noir*. J'ai suivi l'usage des peintres, que je trouve amusant, et travaillé d'après des modèles. Il faudra ôter soigneusement toute allusion trop claire qui ferait de la satire. Le vinaigre est bon, mais, mêlé à de la crème, il fait un plat détestable.

Je voudrais que ce livre fût écrit comme le Code civil. C'est dans ce sens qu'il faut arranger les phrases obscures ou incorrectes.

Effacer partout Montvallier et mettre Nancy, ville où je n'ai passé que deux heures.

Civita-Vecchia, le 21 décembre 1834.

                                             H. BEYLE.

— J'ai commencé ceci le 5 mai 1834. Mais pendant les courses de deux mois à Albano je ne l'ai ouvert qu'une fois. Et le métier me saisit souvent dans le plus grand feu, comme mardi dernier, pour me jeter pour deux ou trois jours dans le style officiel, où je ne suis pas assez lourd. Il faudrait deux mois passés de nouveau au milieu de hobereaux de Piquet[a]. J'ai oublié bien des traits. »

Fol. VI vº : « 14 mars 1835 (*by* 11 mois à Civita-Vecchia ou 71. Lettre de Colomb.) *Thougts* (*sic*). — Il y a dans les *Bois de Prémol* une quantité énorme de récit, chaque phrase raconte pour ainsi dire, si je les compare à celles du *Médecin de campagne* de M. Balzac ou de *Koatven* de M. Sue. Or, la première qualité d'un roman doit être raconter, amuser par des récits, et, pour pouvoir amuser les gens sensés, peindre des caractères qui soient dans la nature.

En général, *idéaliser* comme Raphaël *idéalise* dans un portrait pour le rendre plus ressemblant. Idéaliser pour se rapprocher du beau parfait seulement dans la figure de l'héroïne. Excuse : le lecteur n'a vu la femme qu'il a aimée qu'en *idéalisant*. »

Fol. VII : « Une heure du matin, 17 juin, chaleur, revenant du Cours avec lady Sandre.

For me. — Je note des niaiseries parce que ce sont pour moi des découvertes.

Quelques phrases de politique ne font pas longueur et *distraction*, mais au contraire *introduction* (passage des idées habituelles du lecteur aux idées du roman) au commencement *of a novel*. »

a. Lecture très incertaine.

Fol. VIII : « *Plan*. — Omar, 28 avril 1835. — Je supprime le troisième volume, par la raison que ce n'est que dans la première chaleur de la jeunesse et de l'amour que l'on peut avaler une exposition et de nouveaux personnages. Arrivé à un certain âge, cela est impossible. Ainsi donc, plus de duchesse de Saint Mégrin et de troisième volume. Cela fera un autre roman.

Maintenant Mme Grandet compromet Mme de Chastel-ler. Se figurer Menti perdant sa rivale auprès de Grandbois. Quelle rage ! Qui pourrait l'arrêter ? Il faut ici, outre ce qui s'y trouve, une intrigue chaude. »

Fol. IX : « *Plan*. — A Montvallier, Lucien trouve à Mme Grandet une mine beaucoup plus altière qu'à Paris.

Elle lui dit avec un petit air de complicité, la trois ou quatrième fois qu'il vint chez elle : " Si vous n'allez pas à la messe, ne venez pas si souvent chez moi.

— Ma foi, je serais bien dupe de me priver de la vue d'une amie, je le ferai ; faute de messe... "

Cette réponse était exactement la pensée de Lucien, et ne fut pas du tout du goût de Mme Grandet.

Lucien le vit fort bien. " Et je ne me priverai de venir chez elle, se dit-il, que si elle me rechasse. Ce sera son directeur, le fameux M. Rey, qui lui aura inspiré ce propos. "

Bien établir que Lucien est soupçonné de saint-simo-nisme. »

Fol. XI : « *Souvenir*. Notes pour moi. — En commençant les *Bois de Prémol*, en mai 1834, après m'être presque uniquement occupé de mon métier depuis septembre 1830 (séjour à Trieste, arrivée à Civita-Vecchia, maladie mortelle, voyage à Ancône, etc., etc.), je pense qu'il m'arrivera l'accident noté au bas de la page 250 ou 300 du second volume de *Rouge et Noir*, *the charge of the present comedy*.

5 mai 1834.

Je fais le premier manuscrit trop long, je le sens bien. A Marseille, en 1828, je crois, je fis trop court le manuscrit du *Rouge*. Quand j'ai voulu le faire imprimer à Lutèce, il m'a fallu faire de la substance au lieu d'effacer quelques pages et

de corriger le style. De là, entre autres défauts, des phrases
heurtées et l'absence de ces petits mots qui aident l'imagination du lecteur bénévole à se figurer les choses. Je fais donc
ceci trop long de 200 pages, afin qu'à Lutèce, après *the fall
of me or of the j.*, je n'aie que deux choses à faire : 1° couper
des pages et des phrases ; — 2° rendre le style plus clair
encore, s'il est possible, et plus coulant, moins heurté. Voir
mon opinion sur le style, page 268 [a].

Ce premier volume relié a 261 pages de 19 lignes. »

Fol. XI v° : « Placer à Montvallier le suicide de M. de ...
Le bal projeté de Mme Grandet se terminant en ornement
de *Church*. »

— *Madame la duchesse de Saint-Mégrin.*
Placer Mme la duchesse de Saint-Mégrin dans ce premier
volume.

Dans son château de Prémol, à trois lieues de Montvallier,
dans la montagne, au milieu des bois noirs, vu de la plaine
(comme le véritable Prémol), Mme la duchesse de Saint-
Mégrin pleure la mort de M. de..., son vertueux amant (un
méthodiste). Lucien la retrouve à..., au troisième volume, et
elle le fait destituer.

24 février 1835. »

Fol. XII-XIII : « *Montvallier*. — Madame Grandet tient en
quelque sorte le premier rang dans le pays à cause de sa haute
vertu. (Cent mille livres de rente, 26 ans et une vertu sans
reproche.) Marquer cette vertu par des traits de pruderie,
mais le ton est d'une douceur parfaite (modèle : Mme de
Sainte-A.). Par exemple, Mme Grandet ne va qu'aux grandes occasions chez Mme d'Hocquincourt, parce que sa vertu
est choquée du ton de légèreté qui règne dans cette maison.
Par des actes négatifs, au moyen de choses desquelles
Mme Grandet s'abstient, elle a de la noblesse au goût des
sots.

a. Dans la dernière rédaction de Stendhal, ce fol. 268 est devenu 439.
Dans l'un des « pilotis » enfoncés par Stendhal pour fonder son œuvre, il
réfléchit sur les façons diverses de s'exprimer des différentes classes de la
société.

Mme Grandet passe cinq ou six mois de l'année à Montvallier, son mari fait de fréquents voyages à Paris.

M. Rey, à qui ces voyages donnent de grandes idées,
confirmées par les rapports des jésuites de Paris, se fait le
directeur de Mme Grandet, faveur qu'il n'accorde qu'à fort
peu de personnes[a].

Dans un château à trois lieues de Montvallier, Prémol,
situé au milieu des bois noirs sur le penchant de la grande
montagne, au-delà des bois et des collines de Burelviller,
Mme la duchesse de Saint-Mégrin pleure la mort de son
amant, le méthodiste comte de Rudern.

Caractère du duc

M. le duc de Saint-Mégrin avait 80 000 livres de rente en
bois dans le département. C'était un homme disert, poli, bien
élevé, qui savait un peu de tout et n'avait pas le sens commun. Du reste, *bon enfant*, comme on dit à Montvallier, sans
prétention et n'ayant pas huit jours de suite la même. Il
brillait à la Chambre des Pairs par des discours qui auraient
dû le faire de l'Académie, car on eût dit un *centon* des lettres
de Mme de Sévigné. Il était brave quand quelqu'un prenait
la peine de le mettre en colère, et s'était fort bien battu une
ou deux fois, mais du reste il n'avait pas l'ombre de force
dans le caractère. »

Fol. XIII v° : «*Note sur ce travail lui-même*.

Du 1er mai au 15 avril 1835, 200 jours de travail réel ont
produit 5 volumes reliés.

Il ne manque à cela que le rôle de Du Poirier à Paris.

Le 15 avril, la tramontane me faisant mal aux nerfs, je
reprends le premier volume non pour le polir, mais pour y
ajouter les masses qui manquent :

1. Le bal de Mme Grandet[b].
2. Mme la duchesse de Saint-Mégrin à son château de
Prémol.

15 avril 1835, abîmé par la tramontane qui règne depuis
huit jours... »

a. « Modèle : M. de Quélen avec Mme Besançon. » On sait que Stendhal
appelle *Besançon* son ami de Mareste.

b. Stendhal l'appelle ici *Gourandet*.

Fol. XIV : « *Les Bois de Prémol.* (*Corrections de Paris,* 1836.)

6 septembre 1836.

Madame de Chasteller est un caractère tendre et sincère, ardent ; elle n'a jamais réfléchi à l'origine de sa passion pour la branche aînée. Quand elle connaît Leuwen, elle est mécontente de tous ses coreligionnaires sans pénétrer la cause de son mécontentement, et de là tristesse mortelle. Elle connaît Leuwen et s'aperçoit *qu'il n'est pas hypocrite.* Elle voit en même temps le défaut de ses coreligionnaires. C'est tout ce qu'il y a de plus rare en 1836. Les premières conversations qu'elle a avec lui *ont pour but de lui faire subir un examen à cet égard.* Le personnage qu'elle aimait le mieux dans son parti était celui qui était exagéré, mais pas hypocrite. Il y a un personnage comique, c'est Gérôme Meurier, toujours un peu ivre. Ne jamais parler de sa bravoure ; mieux que cela, il a une peur du diable de se battre comme soldat, et pourtant se bat fort bien en duel (comme un véritable Italien) ; c'est que dans ces cas il est en colère.

(Origine de la liaison :) Les témoins de Leuwen l'avaient abandonné sur un mot amer de sa part, un mot trop vrai, le croyant d'ailleurs hors de tout danger. Il perdait tout son sang et allait s'évanouir par mouvement nerveux, quand Meurier[a] vient à son secours. Leuwen lui demande sa parole de ne jamais parler de l'état dans lequel il l'a trouvé ; Meurier ne dit mot[b]. »

a. En revoyant cette note, Stendhal corrige le nom de Meurier en celui de Ménuel. Nous retrouvons ce Ménuel dans le *Chasseur vert,* comme personnage épisodique.

b. Stendhal renvoie à la « page 291 et suivantes ». Il ne reste de cette ancienne pagination qu'un feuillet aux trois quarts coupé (actuellement fol. 461 du tome 1er) où commence l' « histoire de Jérôme Ménuel », datée du « 6 septembre 1836 ». Cette histoire débute ainsi : « Ménuel était de la compagnie de Lucien. Un régiment renferme bien des histoires singulières, à côté de la plate histoire du conscrit parti en pleurant du village natal, plus tard à demi consolé en faisant gauchement le métier de soldat en attendant le moment de la délivrance et la fin des cinq ans de service. Il avait été ouvrier relieur à Saint-Malo... »

A la suite du fragment *« les Bois de Prémol »,* on lit : « Lucien trouve un gros lourdaud qui paraît au mieux avec Mme de Chasteller ; c'est qu'il n'est pas hypocrite. Ensuite, il a à combattre tous les mauvais tours, calomnies, etc., que Dominique a trouvés auprès de Menti. »

Fol. XIV v⁰ : «*Épigraphe*. — Il y avait une fois une famille à Paris qui avait été préservée des idées vulgaires par son chef, lequel avait beaucoup d'esprit, et de plus savait vouloir.

— 16 avril. — Un M. Leuwen (*Débats* du 5 ou 6 avril) publie des vaudevilles. Il faudra peut-être écrire Lhéven, ou Laiven, ou Les Venne[a].

Ajouter à ceci en corrigeant : Mme Grandet à Montvallier ; Mme la duchesse de Saint-Mégrin. Mars 1835.

— Ils m'ont assez pesé dans la vie réelle pour souffrir qu'ils viennent encore gâter mon plaisir quand je me donne le passe-temps d'écrire.

(Peut-être ces 5 lignes suffisent. 8 mars 35.)

— Un jour qu'il était consigné.

— 11 mars 35. — *Épigraphe* (après avoir lu ce bon flatteur de Balzac, le *Médecin de campagne*). — Je ne flatterai personne pour accrocher des louanges : d'ailleurs, je n'aurais peut-être pas la grâce qu'il faut pour flatter agréablement les prêtres et nobles (ceci est dur), l'écusson et titre. Agréablement veut-il dire : d'une façon agréable pour eux ?

Non, rien qui fasse penser, mais au contraire quelque chose qui dispose à l'émotion, qui est le moyen de force du roman. »

T. I, notes des derniers feuillets (fol. 434-442).

Fol. 459 v⁰ : « 14 mai 35. Si ceci ne vaut rien, j'aurai perdu un an de travail ; il valait mieux faire les *Mémoires* de Dominique. Les détails de cet autre travail m'en ont éloigné. Si ceci ne vaut rien, une des grandes causes sera d'avoir eu à penser au plan. Ceci m'aura occupé pendant un an. Je me suis ennuyé chez moi en lisant pendant les deux mois de grande chaleur, puis à Albano. »

Fol 460 : « Table pour moi, à supprimer : échafaudage.

Chapitre Iᵉʳ . . . . page 1

a. De fait, Stendhal, sur le feuillet 1, cherche plusieurs orthographes du nom de Leuwen : « L. Laiven », — « L. Layven », — « L. Layvhen. »

Matière : *Lecteur bénévole*, et ensuite exposition surtout par monologue.

Fol. 460 v⁰ : « A l'exception de M. votre père, que vous
aimez, ne trouvez-vous pas toutes les personnes de votre
société un peu hypocrites ? (Épigraphe nouvelle *for the novel.*) — Sous Louis XV, on faisait la cour à un homme ;
maintenant, on fait la cour aux députés, aux électeurs, etc.
8 septembre, *after* champagne Véry, une heure du matin. »

Fol. 462 : «*Chronologie.*

1833. Lucien part de Paris pour Nancy le 25 avril 1833.

1834. Il rentre à Paris après onze mois, le 25 mars 1834.
        Il part de Paris pour les élections, trois mois
        après, le 25 octobre[a] 1834, et revient aussitôt.
        Ouverture de la Chambre, 25 novembre 1834.
        Du retour de Lucien de Nancy à Paris à la sotte
        confidence que lui fait son père du marché avec
        Mme Grandet, cinq mois : confidence vers le
        24 décembre 1834.

1835. Un mois après, second départ pour Nancy, 24 jan-
        vier 1835.
        Crise ministérielle.

Durée jusqu'ici : 22 mois.

Ces époques sont pour moi, c'est un échafaudage. Elles ne
seront clairement indiquées que si cela me convient. »

Fol. 462 v⁰ : « Réflexion de Dominique. Un romancier
comme M. Léon Gozlan, je suppose, regarde quel effet cela
fait. Dominique regarde que tous les souverains détrônés,
tous les grands malheurs, finissent par la bataille ; mais,
content de la *vérité*, peut-être Dominique ne se demande-t-il
pas assez souvent : "Quel effet cela fait-il ?" 7 septembre 1836, jour où le ministère éclate dans le *Moniteur*. »
(C'est le 6 septembre 1836 que le ministère Molé remplaça
le ministère Thiers.)

Fol. 462 v⁰ : « PLAN. — Ménuel cherchera par la suite à se
faire un protecteur de Lucien. Il désire aller à l'étranger où

---

a. *Sic*. Primitivement, au paragraphe précédent, Stendhal avait écrit
25 *juillet* 1834 au lieu de 25 *mars* 1834.

l'on ne voit point de gendarmes, mais y aller légalement. Ménuel est devenu l'homme le plus légal. 7 septembre 36. »

Fol. 470 vº : « 10 février 35. *Masses*, quatre livres.

Livre I. — La vie de province parmi les gens les plus riches qui l'habitent. Ils haïssent, ils ont peur, leur malheur vient de là.

Livre II. — Amour passionné suivi d'une brouille fort raisonnable en apparence. Le héros a si peu de vanité qu'il ne prend pas sa maîtresse en grippe. Il se réfugie à Paris.

Livre III. — Son père veut le marier. Vie de Paris parmi la haute banque, la Chambre des députés et les ministres.

Livre IV. — Vie de ce qu'il y a de plus noble et de plus riche parmi les Français qui vivent hors de France. Dénouement. »

Fol. 471 : «*Critique*. — Le lecteur se dit : C'est bien vrai, mais que c'est triste ! il faut le faire sourire par une petite pointe de satire, comme Molière : Dorine, dans la scène d'amour de *Tartuffe*, s'écrie : "Que les amants sont fous !" Cependant, Molière n'avait pas à craindre l'exclamation : "Ah ! que c'est triste dans cette scène d'amour !" mais seulement : "Qu'est-ce que ça me fait ?" 27 février. »

T. III du manuscrit : sur les premiers feuillets, non numérotés par Stendhal, on trouve les indications suivantes :

Fol. B : «Longueur de l'*Orange* : *Thomas Morus* a 900 lettres environ par page (966 par page pleine ou sans alinéa, mais elles sont fort rares), 900 lettres par page et 391 pages au second volume. Compter le nombre de lettres d'une page commune de ceci. — Se foutre complètement de tout, seule r[essource] *of* Dominique[a]. »

Fol. C : « Dans ce volume Lucien arrive à Paris page ... »

Fol. D : Titre de l'ouvrage, que Stendhal intitulait encore l'*Orange de Malte*, en fac-similé d'un titre imprimé «*L'ORANGE DE MALTE*. o Tome 3. o *PARIS*, o 1839. (Après *the end* de l'expérience actuelle.) »

En tête des feuillets numérotés par lui, Stendhal écrit encore quelques notes :

a. Le manuscrit porte, S. F. C. D. T.

Fol. 1 : « Table des matières pour moi et que je supprimerai, c'est l'échafaudage de la bâtisse. »

Fol. 2 : « 22 février 35. — Chronologie. — Échafaudage pour moi ; je l'écris uniquement pour éviter les contradictions dans les petits mots de descriptions de saisons ou autrement. Probablement les époques exactes resteront dans le vague. Rien ne vieillit un roman comme le dernier chiffre des dates. Ainsi, dans le texte, au lieu de 1835, dire 183. ; au lieu de : aller à Caen, aller à ***.

Les époques essentielles de la chronologie, c'est onze mois à Nancy (trois à l'ennui, huit à l'amour), neuf dans les bureaux du ministre pour devenir et se montrer travailleur. Ouverture de la Chambre après la révolte de novembre.

Lucien quitte Paris pour Nancy, 25 avril 1833.

Il rentre à Paris, après un séjour de onze mois en province, le 25 mars 34.

Sept mois après, il part pour les élections à Blois, Caen, etc., 25 octobre 34. — On agite les élections à Nancy sept mois avant (cela est un peu fort).

Sotte confidence que lui fait son père du marché fait avec Mme Grandet, 24 décembre 1834, neuf mois après le premier retour de Nancy.

Troisième départ de Lucien pour Nancy : 24 janvier 1835. Crise ministérielle en janvier ou février. (Il y a eu un petit voyage incognito à Nancy, comme Dominique à Rennes. Voyage de curiosité tendre, il ne lui a pas encore pardonné l'enfant, il le lui pardonne en novembre 1834.)

Fol. 2 vº : « Je fais le plan après avoir fait l'histoire, comme *(trois mots illisibles)*. Faire le plan d'avance me glace, parce qu'ensuite c'est la *mémoire* qui doit agir, et non le cœur. L'appel à la mémoire me glace, second trait. Le premier est oubli de ce qui a été fait il y a six mois, mais oubli complet. Par exemple, je me disais il y a un an : ai-je fait Mlle de Wranghel ? (Avec les trahisons d'Aix-en-Savoie.)

T. III : à la fin du volume voici les notes de Stendhal que l'on peut lire :

« Plan du 14 décembre 1834. — Lucien reçoit une mission électorale où il est constamment bafoué. »

Au verso du dernier feuillet du texte : « Source de comique : Amour joué de Lucien, Mme Grandet dupe. — Sécher Mme Grandet, ne lui laisser rien de spontané, rien de gentil. »

— « Outre le génie. 14 décembre. — La grande différence entre Fielding et Dominique, c'est que Fielding décrit *à la fois* les sentiments et actions de *plusieurs* personnages, et Dominique d'*un seul*. Où mène la manière de Dominique ? Je l'ignore. Est-ce un perfectionnement ? Est-ce revenir à l'enfance de l'art, ou plutôt tomber dans le genre froid du personnage philosophique ? »

— « 20 décembre. Civita-Vecchia. *To take.* — Lucien observe un trait ou un mot de cruauté d'un jeune noble de quinze ans ; il se dit : — La conscience d'avoir sur les autres hommes un privilège dont on craint l'attaque empêche de voir des frères et des égaux chez tous les hommes. Un noble doit être vieux et méfiant plus tôt qu'un autre homme et plus impitoyablement : il n'a pas les souvenirs de la première jeunesse. »

Sur les derniers feuillets du manuscrit :

Fol. 391-392 : « 27 février 1835. — *Chatterton* [17*]. — Ce jésuite de *Journal des Débats* dans un feuilleton de M. R. sur *Chatterton* (15 ou 16 février), mauvais drame de M. Alfred de Vigny, cache avec soin ce qui fait la plus sanglante critique de l'arrangement actuel de la société : le charlatanisme et l'intrigue plate, continue, basse, sans lesquels le talent ne peut percer. Ce mal a deux effets : les charlatans sans aucun talent accaparent les récompenses que la société doit, *pour son intérêt,* donner aux talents. Si cette erreur se bornait au mérite littéraire, le mal serait léger ; mais si c'est dans la carrière littéraire seule que ces injustices sont visibles, elles sont surtout funestes dans les états directement utiles : la médecine, le droit, l'architecture. Dans toutes ces carrières, sans charlatanisme nul succès. Le régime actuel est admirable pour les intrigants sans talent, comme M. de Salvandy, Pariset, Raoul Rochette, et pour les gens de mérite doués du génie de charlatanisme, tels que MM. de Chateaubriand, Casimir Delavigne, Victor Hugo, le sculpteur David.

Rien ne pique la vanité d'un gouvernement sale comme le *suicide*. On ne veut pas de ses bienfaits. Pour rendre justice au sujet de l'homme de génie qui se tue, comme le Tasse aurait dû faire, on pourrait faire un drame dans lequel le héros se tuerait parce que décidément, faute de savoir intriguer, il ne peut pas obtenir de quoi vivre. J'ai oublié les détails, qui au café se présentaient en foule. »

Fol. 401 : *«Les trois portes.* Troisième partie, 22 mois après la pastorale. — Troisième partie, Rome, Kapel. — Le parti *zelanti* a cela de bon que quelque sottise ou infamie que l'on fasse, elle est pardonnée d'avance et même justifiée. Mais il oblige à une infinité de petites pratiques, de courses aux [*un mot illisible*] et dans les églises, qui prennent tout votre temps et le font passer de la manière la plus ennuyeuse du monde. D'ailleurs, beaucoup des politiques, en devenant vieux ou plus imbéciles, tombent dans les *zelanti*. »

Fol. 402 : « Le 24 décembre 1834, envoyé ce volume au relieur Filippi, via Cremona. »

— « Le 23 janvier 1835, envoyé le volume suivant, et quatrième, au relieur Filippi, via Cremona. »

T. IV du manuscrit, sur les 14 premiers feuillets que Stendhal n'a pas numérotés se trouvent les notes suivantes :

Fol. A : *«Sur l'auteur de ceci.* (J'écris ceci pour ne pas l'oublier : deux cents jours de travail réel ont produit cinq volumes in-folio reliés.)

15 avril 1835.

Hier au soir, je suis mort d'ennui chez la plus jolie, la plus jeune, la plus riche, la plus bienveillante pour moi jeune femme de Rome, que j'ai quittée à une heure *in her bed*. L'*ennui* dans lequel je nage ne me remonte pas pour ce travail. Les travaux de l'intelligence sont invisibles pour les gens au milieu desquels je vis. L'atmosphère de Paris produit un effet *contraire*. Rien ne me remonte pour ce travail-ci, il faudra donc le corriger, quant à l'élégance ou à l'*attrait de la forme,* quand je serai à Paris. Supposant cette idée vraie, je mets ici trop de choses ; je veux qu'à Paris il ne me reste plus qu'à *ôter*.

Le 15 avril, en un an moins quinze jours, j'ai fait toute la première partie, c'est-à-dire Leuwen à Nancy et à Paris, à l'exception du rôle de Du Poirier à Paris. Dans cette année moins quinze jours, il y a soixante ou soixante-dix jours d'extrême chaleur et trois voyages à Civita-Vecchia sans travail, trente qui, avec soixante-dix d'extrême chaleur, font cent. Donc, deux cent cinquante journées de travail habituel, parmi lesquelles cinquante sans rien faire. Donc, deux cents jours de travail. »

Fol. B-D : « Volume 4. — *Testament*.

(Don du présent livre à Mme Pauline Périer-Lagrange, chez M. Colomb, 35, Godot-de-Mauroy.)

Si le ciel m'appelle à jouir de la récompense de mes vertus avant que *this novel* ne soit *printed*, je crains que ces volumes ne soient privés d'un *fair trial* [d'un bon juge] et ne tombent entre les mains de quelque marchand mercier, par état ou par esprit, qui se servira de ce papier pour allumer des fagots verts. Afin de donner à ces volumes quelque prix aux yeux des sots, j'y ai fait placer quelques eaux-fortes. Je laisse bien ces volumes à Mme Pauline Périer-Lagrange, qui sait lire mon écriture, mais probablement elle sera devenue dévote, et les jettera au feu. Il faudrait les faire revoir par quelque écrivain, mais non pas de ceux qui sont adonnés au style à la mode et à l'affectation, outre qu'ils coûteraient trop cher. Ne pas demander les soins de MM. Jules Janin, Balzac, mais par exemple prier M. Ph. Chasles de corriger le style, de supprimer les redites mais de laisser les extravagances. Le siècle est si adonné à la platitude que ce qui nous semble extravagance en 35 sera à peine suffisant pour amuser en 1890. A cette époque, ce roman sera peinture des temps anciens, comme *Waverley* (sans faire comparaison de talents). Ce qui semble exorbitant à nos esprits timides est encore bien au-dessous de nos mœurs actuelles, lesquelles sont cependant bien étiolées (excepté dans l'art de voler, par le télégraphe, à la Bourse).

J'ai copié les personnages et les faits d'après nature, et j'ai constamment *affaibli*. Que sera-ce si un diable d'éditeur eunuque affaiblit encore cette copie affaiblie de mœurs étiolées ? Relisez les lettres de Voiture ; on s'étonne que cela ait valu la peine d'être écrit. Tel, et cent fois pis, serait ce pauvre roman ; cela diminue le plaisir que j'ai à l'écrire.

Dans quelles mains le laisserai-je? C'est pour lui donner quelques chances que je l'ai fait relier. (Le meilleur éditeur serait sans doute le chevalier Prosper Mérimée, maître des requêtes, mais à peine s'il daigne écrire ses propres ouvrages.)

Tant que pour vivre je serai obligé de servir le Budget, je ne pourrai *print it,* car ce que le Budget déteste le plus, c'est qu'on fasse semblant d'avoir des idées. Et toutefois, quand je vois les bonnes têtes de nos républicains, j'aime encore mieux ce qui est : les sept à huit personnages qui conduisent la charrette sont choisis parmi les moins bêtes, si ce n'est les plus honnêtes. (Voir le prêt fait par la Banque vers le 4 février 1835, emprunt Ghébart reçu ou rejeté, fausse mort de Ferdinand VII[a], pour favoriser une banque. Quand on se permet de telles choses, on a toute honte bue.)

Donc, je lègue ce roman, en cinq ou six volumes reliés, à Mme Pauline Périer-Lagrange (chez M. R. Colomb, rue Godot-de-Mauroy, n° 35), avec prière de le faire imprimer et corriger par quelque homme raisonnable. Corriger quant au style et aux indécences, mais laisser les extravagances. Si Mme Pauline Périer-Lagrange est devenue dévote, je la prie de remettre ces volumes manuscrits reliés à M. Levavasseur, libraire, place Vendôme, ou à la bibliothèque de la Chambre des députés, si toutefois cette bibliothèque veut recevoir une telle infamie. Si elle n'en veut pas, à la bibliothèque de Grenoble.

Rome, le 17 février 1835.

H. BEYLE.

Je ne sais quel titre donner à ce livre; peut-être LUCIEN LEUWEN, ou l'*Amarante et le Noir.* (Le lendemain du charmant bal du Palais Torlonia.)»

Fol. B v° : «*Testament.* — Je donne et lègue ces six

---

a. Si ce fait n'est pas exact (la fausse mort du roi d'Espagne Ferdinand VII, en 1832, je crois), les fausses nouvelles sur l'emprunt Ghébart adopté ou rejeté par les Cortès vers la fin de 1834, sont assez vrais, je crois. (Note de Stendhal.)

volumes manuscrits, intitulés *Leuwen*, à Mme Pauline Beyle, veuve Périer-Lagrange, ma sœur.

Rome, le 10 avril 1835.

H. BEYLE.

On pourra vendre ceci à M. Alph. Levavasseur, qui l'a demandé. Faire corriger les passages scabreux, sans trop aplatir. »

Fol. E v° : « Je fais le plan après avoir fait l'histoire, comme dicte le cœur, autrement l'appel à la mémoire tue l'imagination (chez moi du moins). 23 février 1835. Rome, carnaval. »

— « 12 avril 1835. Je trouve bien observé le principe vu par Dominique dans le *Tartuffe*, peu de faits mais parfaitement développés, quant à l'espace accordé. »

— « 15 avril 1835. Deux cents jours de travail, du 1er mai au 15 avril 1835, ont produit cinq volumes in-folio faisant peut-être huit cents pages comme le *Rouge*. Il manque à cette partie le rôle de Du Poirier à Paris, homme d'une fougueuse éloquence mourant de peur le soir.

1835, le 15 avril, je reprends le premier volume, non pour le polir, mais pour y placer le bal de Mme Grandet et autres masses nécessaires. »

Fol. F : « 22 février 1835. Hier, *call* de *miss* Latour[-Maubourg] et yeux de lady Prior à Scarabée. Mal au cœur de Dominique pour tout cela. »

— « *Chronologie* (échafaudage pour moi) :

Lucien quitte Paris pour Nancy le 25 avril 1833.

Il y rentre, après onze mois de séjour en province, un autre homme, le 25 mars 1834.

Trois mois après il part pour Blois, Caen, mission d'élections, 25 octobre 1834[a].

Sotte confidence que lui fait son père du marché fait avec Mme Grandet, neuf mois après son retour de Nancy à Paris, le 24 décembre 1834.

Ouverture de la Chambre le 25 novembre 1834.

___

a. Stendhal avait d'abord fixé le séjour de Lucien en province à quinze mois, c'est-à-dire jusqu'au 15 juillet 1834. Il a bien corrigé *quinze* en *onze* et *juillet* en *mars*, mais il a oublié de corriger *octobre 1834* en *juin 1834*.

Troisième départ de Lucien pour Nancy (il y a un petit voyage incognito, comme Dominique à Rennes), le 24 janvier 1835.

Crise ministérielle en janvier ou décembre.

Ainsi, onze mois à Nancy et neuf dans les bureaux du ministère, c'est assez pour devenir et paraître travailleur.

Cet échafaudage est pour moi, je l'écris pour éviter quelque contradiction dans les petits mots de description de saison ou autrement. Probablement la chronologie, les époques exactes, resteront dans le vague. »

Fol. G, H, I, blancs.

Fol. J : *« Les Bois de Prémol*, 4.

Appo coloro che questo tempo chiameran antico[a]. Je voudrais bien savoir ce qu'on dira du temps présent dans cinquante ans[b]. Par quel côté surtout se moquera-t-on de nous ?

Objection : je vois dans la Gazette du 24 décembre que c'est là la prétention de tous les romanciers. »

Fol. K : blanc.

Fol. L : *« 4ᵉ* tome relié.

Les Bois de Prémol. »

— « 4ᵉ volume relié. 25 décembre. »

— « Le 12 janvier, à 276, douze pages par jour pendant vingt-trois jours. »

Fol. M : « 14 décembre. » — « Corrigé le 20 décembre à Civita-Vecchia (V. le naufrage Henri IV). » — « Corrigé le jour de Noël, en sortant *del Gesù.* Procureur des jésuites, gravité. Yeux de Julie *hast true.* » — *« There begins the* 4ᵗʰ volume. »

— *« Caractère de Coffe.* — C'était un petit homme nerveux, maigre, alerte, actif, presque tout à fait chauve. Il n'avait que vingt-cinq ans et en paraissait trente-six. Homme parfaitement pauvre et également honnête, le mécontentement était peint sur cette figure, qui ne s'éclaircissait que lorsqu'il agissait avec vigueur. Coffe était renommé à l'École pour son silence presque parfait ; mais ses petits yeux

---

a. « Parmi ceux qui appelleront notre temps l'ancien temps. »

b. C'est-à-dire quand nous serons pour la postérité ce que 1785 est pour nous. — 4 avril 1835. (Note de Stendhal.)

gris, toujours en mouvement, parlaient malgré lui. Dans s[
mépris pour le siècle actuel, Coffe pensait qu'aucune affai[
ne valait la peine qu'on s'en mêlât. L'injustice et l'absurdi[
lui donnaient de l'humeur malgré lui, et ensuite il avait [
l'humeur d'en avoir et de prendre intérêt pour cette mas[
absurde et coquine qui forme l'immense majorité des hor[
mes. La fortune à peu près unique de Coffe était son grade[
l'École polytechnique; une fois chassé, il fit argent de tou[
et forma un petit capital de 3 000 francs, avec lequel [
entreprit un petit commerce. Ruiné par une banqueroute, [
fut mis à Sainte-Pélagie où il eût passé cinq ans pour retro[
ver la misère à sa rentrée dans le monde, si l'on ne fût venu[
son secours. Il avait le projet, si jamais il pouvait réun[
400 francs de rente, d'aller vivre dans une solitude, en Pr[
vence. »

T. IV, annotation finale :

Sur les derniers feuillets du volume, on lit : « Table po[
moi, échafaudage à enlever la bâtisse terminée. » Stendhal n[
reproduit pas une deuxième fois cet « échafaudage », qu'il [
déjà fait au début du tome IV.

— « *Thoughts*. — A Rome, au sixième volume, Lucie[
dit : Quand j'emploie le charlatanisme, mon attention e[
fixée sur lui et je ne puis plus voir de longtemps que ce qu'[
y a de plus laid dans la nature humaine. Je hais les homme[
Cela est plus pénible pour moi que de me voir réduit à l[
dernière place partout. (10 février 35. Retour et dépêche[
Marine.)

Dans ce troisième volume imprimé, Lucien a de l'expé[
rience, je puis me permettre des réflexions de la nature de l[
précédente. »

— « J'étais préparé au pis; la dépêche était en [*un mo[
illisible*] de fanal. (10 février 1835.) »

— « Une partie *(to make) of the life of* Dominique e[
forme de Journal. » Est-ce une allusion à la *Vie de Henry[
Brulard*, qui fut commencée seulement le 23 novembre[
1835? Ou bien Stendhal avait-il l'intention dans sa troisième[
partie, qui devait se passer à Rome, de faire des aventures de[
Lucien Leuwen une sorte d'autobiographie?

— Sur la dernière feuille de garde du volume, on lit :
« *Testament.* — Je donne et lègue les volumes reliés intitulés
Leuwen, au nombre de quatre ou six, à Mme Pauline Beyle,
veuve Périer-Lagrange, et, si je lui survis, à M. R. Colomb,
rue Godot-de-Mauroy, à Paris. Rome, le huit mars 1835.

H. BEYLE. »

— « Je donne les volumes intitulés *Leuwen* à Mme Pauline Périer-Lagrange, et après elle à M. R. Colomb, mon
cousin. Rome, le 12 avril 1835.

H. BEYLE. »

T. V du manuscrit sur les feuillets du début :

Au fol. 52 v° est un «*Plan*. — Je cherche une action
probante, id est sacrifice de la seconde passion à la première.
— M. Leuwen croit être sûr de M. Grandet par sa femme,
qui est la maîtresse de son fils. Il demande à Lucien :
« Peux-tu mener cette femme, qui mène son mari, pendant
six mois ? Tout le monde verra que c'est à cause de toi que
j'ai fait M. Grandet ministre, c'est te faire ministre en sa
personne. Je deviendrai un héros d'amour paternel, c'est une
affectation qui n'a pas encore été occupée. Nous mettrons
Grandet à l'Intérieur, tu seras secrétaire général et dans le
fait, pour le pouvoir, ministre. Nous verrons si tu sais faire
quelque chose.
— Je serai à peu près, comme Sganarelle, l'ambitieux
malgré lui. »
Au plus beau de cette combinaison, c'est-à-dire quand la
présence de Lucien est la plus nécessaire possible, il déserte
pour aller voir Mme de Chasteller qui est malade à Nancy.
Mme Grandet était précisément jalouse de Mme de Chasteller. Tout le plan de M. Leuwen est barbarement renversé.
Au fond, c'est une petite plaisanterie fort polie et fort
indirecte de M. Leuwen contre Mme de Chasteller qui décide Lucien à partir pour Nancy et à planter là Mme Grandet.
20 janvier. »
En interligne, cette addition : « M. Leuwen met toute sa
vie dans son ambition, ce sera sa dernière passion. Il a assez

joui de la belle position à laquelle il est arrivé, il en est
ennuyé, il l'a digérée. »

Dans un angle inférieur du feuillet : « Bon plan, 14 février
1835. » — « 16 mars. »

Dans la marge : « Le spectateur est sûr de l'amour d'un
homme quand il voit cet homme exposer sa vie à un péril
certain pour jouir de son amour. Jacques Joly entend appeler,
pour aller au tribunal révolutionnaire cinq heures après, le
nom Jacques-François Joly, son fils. Il répond pour son fils,
va à la mort. Voilà un père qui aime son fils. »

Plus bas : « Question. — Qu'est-ce que Leuwen peut faire
de pis à son père, et qui soit pour lui-même d'un plus dur
remords, sans être crime ? »

Avant la pagination de Stendhal sont 7 feuillets, que je
numérote A-G. Les fol. A et C-G sont blancs. Le fol. B,
paginé par Stendhal 376, contient le titre « *les Bois de Prémol*, V » ; en haut, cette note : « Du 18 janvier au 11 avril 35,
made this fifth volume, very lowly for Mme Grandet, que je
n'aime pas. » (Fait ce cinquième volume, très abject pour
Mme Grandet.)

— Fol. 1. — « *Les Bois de Prémol*, V » Au-dessous : « Le
roman doit raconter. (Maxime pour moi, à effacer, cela
serait pédant pour le public.) » — En bas du feuillet : « Chronologie, 519. Bal de Mme Grandet au premier volume, 484.
14 mars. 384 à 600. » — De la main de Romain Colomb,
sous le titre *Les Bois de Prémol :* « Roman fait en 1833, dans
l'appartement Casa Conti. »

— Fol. 1 *bis*. — Diverses notes éparses :

1. « *L'Orange de Malte*. On pourrait dire (mais le son est
moins joli) : *Le Télégraphe* (friponnerie de de Vaize). »

2. « Non : orange est devenu ignoble, c'est le cadeau que
la canaille se fait. Et puis, on dit *une orange*, et non *Orange
de Malte*. (14 février.) Choisir autre chose au moment de
mettre sous presse, comme on dit à Paris. (14 février.) »

3. « Mille francs pour le 24 février. [*Un mot illisible*] le
24 janvier. »

4. « 23 janvier. J'envoie le tome IV au relieur, et je couds
celui-ci, c'est-à-dire les 72 premières pages jusqu'à 410. »

— Fol. 2 : En titre et en épigraphe : « V. — Le roman est
un livre qui amuse en racontant. » — En haut du feuillet :

« M. Leuwen marche au ministère. » Et : « 18 janvier,
21 pages. »

— Fol. 2 vᵒ. — Diverses notes jetées au hasard :

1. « Temps. — Temps de travail : le 2 avril, je suis à
266ᵃ. Du 18 janvier au 2 avril, 75 jours seulement $3 + \frac{41}{75}$
(sic). Mais dans tout le voyage à Civita-Vecchia, du 22 mars
au 6 avril, un seul jour de travail. Peu travaillé aussi dans le
voyage de février. »

2. « Temps. — Du 18 janvier à avril, la fin de ce volume
a marché lentement parce que je n'aime pas Mme Grandet. »

3. « 11 février 1835. — Pour relever le caractère de Lucien, faire qu'il résiste à son père et dise enfin : Je ferai tout,
je consentirai à tout, excepté au mariage.

M. Leuwen lui dit : Je te dirai un traître mot : on me croit
riche ; depuis que nous avons perdu Van Peters, cela est
moins vrai. Je puis te donner une fille bien élevée et sans
vices rédhibitoires avec 80 000 francs de rente et des espérances. — A quoi je réponds : non, mille fois non. »

4. « Civita-Vecchia, 3 avril 35. — Le 7 avril, à Rome,
introduire Du Poirier à la fin du quatrième volume relié. »

5. Note sans date : « *Style*. — Mauvais mot : *spirituel*,
pour : *plein d'esprit*. »

Les notes débordent dans les marges du feuillet suivant :
« Du 18 janvier 35 au 11 avril, ce cinquième volume marche
lentement ; d'abord, deux longs séjours à Civita-Vecchia,
ensuite je n'aime pas Mme Grandet. N'en pas dire du mal
dans le premier volume relié. »

— Fol. 3 et 4. — « *Plan après coup du cinquième*
volume ᵇ.

---

a. En réalité, la première page où soit notée une rédaction du 2 avril est,
dans le tome V, le fol. 331 (611 d'une pagination rayée, plus ancienne).

b. Note de Stendhal dans la marge : « 10 avril. — Je ne fais jamais de
plan avant ; cela me glace, ce faisant, ensemble la mémoire et l'imagination. »

M. Leuwen parle de ministère à Mme Grandet.

Mort de M. Leuwen. Ruine de Lucien. Offre de banqueroute. Dialogue avec le vieux général ministre de la Guerre. Il est nommé second secrétaire, il part pour Capel. »

Les chiffres donnés par Stendhal dans son « plan », qui est plutôt une « table », se réfèrent à une ancienne pagination, que Stendhal a rayée pour adopter celle que nous suivons.

T. V du manuscrit : ultimes notes se rapportant à *Lucien Leuwen* et terminant le dossier :

«*Cour*. — Idée : Image de l'intérieur d'une cour espagnole. La comtesse Sandre et le prince Φιλ. [la comtesse Cini et le prince Philippe Caetani]. Religion, besoin d'aide de camp pour promener, peur [*un mot illisible*], attention extrême à la moindre action [*plusieurs mots illisibles*] et vanité de la tête de Sandre, horreur pour apprendre. [*Plusieurs mots illisibles.*] Vu par moi quand je lui apprenais..., qu'elle ignorait absolument. Ignorance complète de tout. »

Sur le même feuillet est encore une autre note : « Description de la société noble à Nancy, I, p. 80. La société de province est une cérémonie [*sic*]. Cette partie corrigée, reliée. Vie de province de M. Balzac. Le commencement de la cour abandonnée. 6 avril. »

Le reste du volume (fol. 424-444) est occupé par un plan inachevé de pièce de théâtre : *Torquato Tasso* et une idée de roman : *Maria Fortuna*. Les deux derniers feuillets se rapportent encore à *Lucien Leuwen*. Voici la copie de ces deux feuillets :

Fol. 443 : « La fierté de Mme Grandet, et plus encore son amour naissant, s'abaissa jusqu'à lui dire : *Vous pensez à la rue de la Pompe !*

Cette parole imprudente redoubla le sombre de Lucien, et la fierté de Mme Grandet en fut tellement choquée qu'elle fondit en larmes ; mais c'était des larmes de colère. Quoi ! Elle avait pu s'abaisser à ce point ! Et devant un petit jeune homme sans consistance dans le monde !

Lucien, en voyant couler ces larmes, lui dit avec une politesse glaciale :

— Mon caractère n'est pas consolateur, madame, et je prends le parti de vous présenter mes respects.

Il partit après ces paroles cruelles, dont il ne sentait réellement pas toute la portée. L'unique chose qu'il vit bien clairement, c'est qu'il était hors d'état de supporter plus longtemps un dialogue de ce genre. Quoi ! On osait, sans provocation de sa part, lui rappeler un bonheur si doux et dont il était à jamais privé ! Et la personne qui osait parler était précisément celle qui lui faisait manquer à ses devoirs envers ce bonheur absent ! »

Dans la marge, Stendhal a écrit les notes suivantes :

1. « Morceau à placer. Fin de soirée. Lucien et Mme Grandet. »

2. « *Jugement*. — A votre âge, vous ne devriez plus faire ces folies, tomber dans des folies pareilles. »

— Fol. 444 : « Cette tête si belle de Mme Grandet certes en ce moment ne manquait pas d'expression, charme si rare chez elle. Pour extrême augmentation de charmes, elle avait les cheveux un peu en désordre ; elle venait de jeter son chapeau avec distraction. Et toutefois cette tête si belle et si jeune, que Paul Véronèse eût voulu avoir pour modèle, faisait, exactement parlant, mal aux yeux à Lucien[a]. Il n'y voyait plus qu'une catin triomphant d'être assez belle pour se vendre afin d'acheter un ministère. Plus elle réunissait de richesses, de considération et d'avantages sociaux, plus à ses yeux il était odieux de se vendre. « Elle est à cent piques au-dessous d'une pauvre fille du coin de la rue qui se vend pour avoir du pain ou acheter une robe[b]. »

Au verso du même feuillet : « Déjeuner le 22 février, dimanche, *with* deux princes, un duc, un comte. Quel bonheur, dirait Besan[c], pour Dominique ! Un jeune prince romain nous dit, pour nous faire la cour et comme une chose hardie (en présence de l'estampe plate du plat tableau d'Horace[d], le *Pont d'Arcole*), que *questo uomo è stato grande*, que Napoléon a été un grand homme. En 1835 ! *A génie a chi non pas : si fa notte innanzi sera, ma : si fa giorno dopo il mezzo di. Poliruspo*. » (Un génie [parlant ironiquement du prince romain] pour qui non pas : il fait nuit avant le soir, mais : il fait jour depuis midi. Ruspoli.)

a. Dans la marge : « *To take. Good*, 2 avril. » (Cf. plus haut, chap. LXV.)

b. Ce fragment est daté du « 15 février 35. 13 pages. » — « Corrigé 11 mars. »

c. Besançon, c'est-à-dire le baron de Mareste.

d. Horace Vernet. Le *Pont d'Arcole* est de 1826 ; il fut exposé au Salon de 1827.

NOTES DE L'APPENDICE

1*. C'est au chapitre XXXVII d'*Henry Brulard* que Stendhal évoque ces souvenirs : *Lucien Leuwen* est par ce biais encore relié à l'autobiographie stendhalienne. Micoud était l'oncle du camarade de Stendhal, Cheminade, qui le présenta à son parent ; par là il rencontra l'abbé Delille. Micoud allait devenir en épousant sa nièce Cheminade, veuve de François Jaubert tué à Aboukir, le beau-père du futur député déjà mentionné. Voir l'article Cheminade du *Petit dictionnaire stendhalien* d'H. Martineau, Divan, 1948.

2*. Sans doute ces données viennent-elles de Rubichon : cf. Rude, *op. cit.*, p. 212, qui relève de tels renseignements statistiques sur le paupérisme depuis la Révolution, « chaque habitant de Paris a vu sa pitance en viande réduite d'un quart de ce qu'elle était en 1815 et de près de la moitié de ce qu'elle était en 1750 ».

3. En marge : [*For me* : indécent].

4. Ce fragment a été écrit le « 15 mai » 1834. Stendhal ajoute : « Onze pages sans nulle idée. Peut-être à supprimer. Le 15 mai, après huit journaux. »
Sur la page blanche qui fait face, on lit ces notes, qui n'ont pas de rapport direct avec le texte :
1. « Il faut que vous ayez bien peu d'amitié pour moi pour être allée chercher cette abominable fée.
— Au contraire, c'est parce qu'on craignait la séduction exercée par vos grâces, que l'on s'est vue réduite à prendre cette précaution extrême. »
2. « *Du Poirier*. Il réunissait deux grandes qualités : il était extrêmement charlatan, et extrêmement grand médecin. »

5. En marge. [Elle voit l'hypocrisie générale, et la tristesse, elle aime Lucien comme une exception].

6*. « Évêque de Clogher » est un euphémisme pour désigner l'homosexualité. Ce personnage excentrique doit un trait au prince de Condé (fils du vainqueur de Rocroy) : voir Saint-Simon, *Mémoires*, Pléiade, III, 100, le passage sur la mort du prince, qui avait habitude de « tenir tous les jours quatre dîners prêts en quatre endroits différents ». L'intéressant c'est que le maniaque stendhalien se rapproche de ce grand personnage qui lui-même à la fin de sa vie donnait des signes de dérangement mental : il se croyait mort et ne voulait rien manger.

7. Au-dessus de ce mot, [Menti].

8. Dans la marge le scrupule suivant : [A vérifier, défaut anglais. *To ask to* Sharpe].

9. Dans la marge, [Le roman est-il en décembre ? A vérifier.]

10. Stendhal a écrit d'abord [la religion], puis [des jésuites], le mot étant écrit, « tijé ». Il note pourtant en marge, [Il me semble qu'il est plus élégant de ne pas prononcer le traître mot *téjé*].

11. Au-dessus de ces mots, Stendhal a écrit, [lâcher (Menti)]. H. Debraye suppose que Stendhal songe, comme variante à « dire », à ce verbe qui serait une expression favorite de Menti.

12*. Idée caractéristique de Rubichon qui est physiocrate et malthusien, et qui selon F. Rude (*op. cit.*, p. 211) s'intéresse surtout au développement des subsistances agricoles et de l'élevage, et par-là, à la structure de la propriété : d'où l'importance des pâturages (qui ont régressé depuis la Révolution) et la priorité de l'agriculture.

13. En marge : [Est-ce assez féminin ? Réponse : mais le féminin en conversation engendre cette funeste convulsion nommée bâillement. 6 février 1835].

14. Sur la page blanche qui fait face : « 16 février 35 ; pensé en janvier ou décembre. — Trois cas. Quand ils ont fait amitié, à Paris, milord Link dit à Lucien :

— J'ai trois griefs contre le peuple français.

1° le pauvre général, le seul qui eût un peu de sens, hué par *tous* à l'Hôtel de Ville ;

2° les havresacs pleins de pain de l'immense majorité des gens aisés et âgés de plus de trente ans, à Paris ;

3° votre plus belle jeunesse, la plus instruite, riche, visant à la haute raison, ou même au génie, qui se figurait comprendre le cours de philosophie de M. Cousin. Aucune jeunesse d'université allemande n'a jamais été plus bête.

— C'est beaucoup dire, ajouta Lucien. »

15. Dans la marge : « Ce trait fait prévoir la chute de cette vertu. Il vaut mieux peut-être lui laisser l'apparence jusqu'au moment fatal (cinquième volume relié). »

16. Dans la marge : «*Plan.* — Mme Grandet veut donner le bal, la noblesse n'y veut pas rencontrer Mme la Préfète. Le bal se change en un ornement de *church.* » (D'église.) Puis, au crayon : « Ce bal doit être dans le troisième volume relié que j'avais porté à Civita-Vecchia, écrit fin. »

17*. C'est le 14 février 1835 que *Les Débats* rendent compte de *Chatterton* dans un article qui suscite cette sorte de réponse de Stendhal, qui dans *Brulard* (chap. XXXVII) reparle du drame qu'il lit cette fois publié en brochure. L'article du journal n'était pas tant une critique de la pièce qu'une discussion du thème, et du cas du vrai Chatterton ; les responsabilités de la société dans l'échec du talent étaient niées, il était affirmé qu'elle reconnaissait le mérite ; les cas de Malfilâtre, Gilbert, Shéridan, Chatterton relevaient au contraire d'une recherche de l'échec, d'une pulsion suicidaire même, et

Vigny était accusé d'avoir modifié les vraies données de la réalité : Chatterton, être odieux, insupportable, d'un orgueil maladif et vendu à tout le
monde, « a vécu de vanité, il se tue par vanité ». Une note du chapitre XLV
d'une lecture difficile que nous n'avons pas reprise de l'édition Debraye
faisait allusion à un épisode du même ordre concernant le romancier et
dramaturge Drouineau, auteur du *Manuscrit vert*, d'*Ernest ou le travers du
siècle*, de *La Résignée*, l'*Ironie*. Stendhal avait pêché au vol dans *Les
Débats* du 25 novembre 1834 une information concernant l'homme de
lettres et son statut de vaniteux exemplaire, ou de persécuré-vaniteux : on
apprenait que Drouineau retiré en province « par suite d'une maladie men-
tale » avait à nouveau perdu la raison malgré sa guérison en apprenant que le
Théâtre-Français allait jouer le *Don Juan d'Autriche* de C. Delavigne ; or
lui-même avait un drame du même nom accepté depuis trois ans par le
même théâtre.

TABLE DES MATIÈRES

PUBLICATIONS NOUVELLES

Vous trouverez chez votre libraire le catalogue complet des livres de poche GF-Flammarion et Champs-Flammarion.

GF – TEXTE INTÉGRAL – GF

92/04/M0630-V-1992 – Impr MAURY Eurolivres SA, 45300 Manchecourt.
Nº d'édition 13764. – Octobre 1982. – Printed in France.